Il Giorno di Colombo

Craig Alanson

Il Giorno di Colombo

Podium

Il Giorno di Colombo

Translated by Chiara De Luca

Original title: *Columbus Day*

Original language: English

Copyright © 2016, 2022 Craig Alanson and SAGA Egmont

ISBN:978-1-0394-6002-7

1st edition

www.podiumentertainment.com

Il Giorno di Colombo

Capitolo 1

Il Giorno di Colombo

I RUHAR CI colpirono nel Giorno di Colombo. Ogni paese aveva un nome per il giorno in cui i ruhar attaccarono; quello che fece presa, dopo un po', fu Giorno di Colombo. Immagino abbia senso. Eccoci là, a vagabondare ignari nel cosmo sulla nostra piccola biglia blu, come i nativi americani nel 1492. Da oltre l'orizzonte giunsero navi di una società aggressiva e avanzata dal punto di vista tecnologico… e bam! Addio bei vecchi tempi in cui noi umani ci ammazzavamo gli uni gli altri. Ecco perché il Giorno di Colombo. Calza.

Quando il cielo del mattino scintillò, di quella che in seguito avremmo appreso essere la nave da guerra dei ruhar che saltava in alta orbita, eravamo incuriositi. Quando centrali elettriche, raffinerie, fabbriche e altri siti industriali in giro per il pianeta iniziarono a essere colpiti dall'orbita dai dardi dei cannoni a rotaia supersonici, eravamo scioccati. Per quanto mi riguarda, quando un mezzo di trasporto da combattimento ruhar cadde dal cielo e strisciò attraverso un campo di patate fuori dalla mia minuscola città natale nel Nord del Maine, quello fu il momento in cui cominciai a essere ufficialmente allarmato. Era una mattina presto d'inizio ottobre, la festa del Giorno di Colombo in America. Ero a casa in licenza dall'esercito, in visita dai miei. Mi prendevo una pausa dopo che il mio battaglione era tornato a casa dal servizio di pace in Nigeria. Che lavoro di merda. Ero felice di essere a casa negli States. Mise fine al mio congedo una scia di fuoco che solcò il cielo, perché il mezzo di trasporto ruhar passò dritto sopra il mio furgone. Disegnò un arco sul lago e si schiantò nel campo di patate di Olafsen, arando tuberi e terra, finché la sua prua finì mezza sommersa in uno stagno. Oscillò da un lato all'altro per un minuto, con un suono urlante proveniente dai motori, poi decollò e volò basso e instabile sopra la linea degli alberi, verso il centro della città, rilasciando una scia di fumo dalla parte inferiore.

I nostri presunti alleati, i kristang, pensano che il mezzo di trasporto d'assalto ruhar sia stato ostacolato durante la caduta dall'orbita e quindi abbia mancato di poco il bersaglio designato. Questa è l'unica ragione possibile per cui i ruhar avrebbero invaso Thompson Corners, nel Maine. Cazzo, non volevo più stare là, ecco il motivo principale per cui mi ero arruolato nell'esercito. La mia città natale è abbastanza graziosa, solo che non è nulla di speciale. Ci sono patate e bestiame e pecore e altri allevamenti, certo, e alcune persone, come mio padre, lavoravano alla grande cartiera giù a Milliconack. Potevi tirare avanti producendo un po' di legname, lavorare come guida di caccia o di pesca, fare il saldatore di tanto in tanto, qualunque cosa. Nessuno nel Nord del Maine vive di un solo lavoro. Comunque, Thompson Corners non è il genere di obiettivo strategicamente vitale che verrebbe in mente a dei pianificatori militari che dovessero decidere il punto in cui far cadere dall'orbita un mezzo di trasporto da combattimento, con una dozzina di soldati armati fino ai denti. I soldati ruhar, carini pelosi baffuti bastardi quali sono, senza dubbio aspettarono finché il loro mezzo di trasporto non slittò frenando sul prato di fronte alla scuola elementare nel centro della città, aprirono le porte, rimasero ammirati alla magnifica vista di Thompson Corners e chiesero al pilota dove diavolo fossero. I soldati sono soldati, che abbiano pelliccia, pelle o scaglie. Perciò, com'era logico che fosse, i ruhar lanciarono un missile sull'edificio più imponente della zona, il magazzino delle patate, e lo divelsero in modo impressionante. Intendo che lo fecero saltare in aria di brutto, quei soldati dovevano avere qualcosa contro le patate. Poi distrussero i due ponti sul fiume Scanicutt: il ponte ferroviario e il vecchio ponte autostradale in cemento risalente agli anni Trenta, quando era stato costruito dalla Works Progress Administration di Franklin Delano Roosevelt. Avevamo avuto un sacco di pioggia e il fiume era molto gonfio, perciò, col ponte fuori uso, l'unico modo che avevo per entrare in città era guidare fino a Woodford e attraversare là il corso d'acqua. Com'era quel vecchio modo di dire del New England: non puoi arrivare là restando qua, giusto? Buona idea, se solo le strade non fossero state intasate di traffico congestionato e un centinaio di altre persone non avessero avuto la stessa idea che avevo avuto io, nello stesso momento.

Quando vidi quella nave d'assalto arrivare, lasciandosi dietro una scia di fumo, diretta verso Thompson Corners, ero già nel furgoncino dei miei genitori, diretto in città, per andare a prendere mia sorella a casa della sua amica. Dieci minuti dopo che il primo sito era stato colpito, la radio annunciò che il governatore aveva appena dichiarato lo stato di emergenza e aveva esortato tutti a restare calmi, poi ogni comunicazione s'interruppe. Niente radio, niente cellulari, niente Tv, niente elettricità. Non avevo bisogno di aspettare istruzioni, stavo andando a prendere la mia sorellina per tornare a casa e resistere con la mia famiglia, quando mi resi conto di cosa diavolo stava succedendo. Dietro il sedile c'erano il fucile da caccia di mio padre, una scatola di proiettili buoni per le quaglie e non molto altro. Il che dimostra quanto avessi le idee chiare quella mattina. Tutta la mia attrezzatura militare era a Fort Drum, nello stato di New York. Ero, dopotutto, in congedo. Superando la collina, vidi le macerie del ponte e quasi mi scontrai con una fila di auto che stava cercando di entrare in città come me. Bill Geary, un vigile del fuoco volontario e capitano in pensione della guardia nazionale del Maine, stava cercando di organizzare la gente per passare oltre Woodford ed entrare a Thompson Corners usando il vecchio sterrato. Io, come un idiota, gridai che il mio furgoncino aveva quattro ruote motrici. Quasi tutti nel Nord del Maine avevano quattro ruote motrici, fossero pure quelle di una vecchia Subaru malridotta. Poiché ero l'ultimo della fila, mi fecero girare per primo e tre tizi, la cui auto era finita in un fosso, saltarono sul mio furgone. Ripartimmo rombando, come in un film, quando arriva la cavalleria.

Prima che ci districassimo nel traffico in uscita per attraversare il ponte a Woodford e prima che fossimo rimbalzati sullo sterrato malmesso, a metà strada verso la città, i ruhar avevano già messo in sicurezza il centro di Thompson Corners. La città era vuota perché nessun umano aveva atteso un invito su carta bollata per svignarsela da lì. Il vicesceriffo era stato preso dal panico e aveva sparato un paio di colpi con la sua 9 millimetri di servizio, finché i ruhar non si erano seccati e, con quello che sembrava un razzo anticarro, avevano fatto saltare in aria la stazione della Shell in cui si nascondeva.

Da allora ho visto i ruhar da vicino un sacco di volte. No, non mangiano gli umani. E no, non uccidono i bambini. Credete alla propaganda, se volete, io so cosa ho visto. Se il vicesceriffo non avesse fatto fuoco, forse i ruhar non avrebbero ucciso una sola persona in città. Non potevo biasimarli: se un idiota mi avesse sparato addosso, gli avrei dato fuoco con un razzo anch'io. Lo so, perché avevo fatto la stessa cosa in Nigeria.

In ogni caso, il cancello del servizio forestale oltre la strada sterrata era chiuso. Perdemmo cinque minuti mentre un tizio, tre camion davanti a noi, provava a far saltare la serratura con un fucile. Il servizio forestale aveva previsto che qualcuno ci avrebbe provato, ma quel lucchetto non si smosse. Un tizio speronò il cancello e lo distrusse, assieme al radiatore del suo camion, che poi dovette essere rimosso a spinta dalla strada, prima che noialtri potessimo infilarci e passare oltre.

Sì, sì, tutti hanno una versione di quel giorno, questa è la mia, perciò zitti e ascoltate. Una cosa che ho imparato è che i soldati dell'esercito ruhar sono come i soldati del resto della galassia: vogliono finire il combattimento e tornarsene alle loro caserme, o tane, nel loro caso. Li odiavo? Cazzo, sì, ma non penso che avessero intenzione di uccidere delle persone, se non come danno collaterale almeno. Qualunque fosse il loro obiettivo sulla Terra, quei soldati avevano mancato la loro zona di atterraggio e stavano cercando di sfruttare al meglio la situazione. Sarebbe stato un bene per tutti se quei ruhar se ne fossero stati seduti sul loro mezzo di trasporto guasto a grattarsi le palle, avessero chiamato la versione ruhar del soccorso stradale e avessero aspettato un carro attrezzi. Le operazioni di combattimento non funzionano così. Qualcosa s'incasina in ogni missione, ma tu ti adatti e fai del tuo meglio per raggiungere il tuo obiettivo. Questo gruppo di ruhar decise che il suo obiettivo era mettere in sicurezza la contea di Penobscot, che avesse senso o meno. I kristang ci dissero che il piano più probabile dei ruhar era distruggere la nostra infrastruttura industriale e riportarci all'età della pietra, così non avremmo rappresentato una minaccia per loro. Se quello era il loro obiettivo originario, lo avevano mancato di qualche centinaio di chilometri, quando erano atterrati a Thompson Corners. I kristang stavano per lo più dicendoci la verità rispetto al motivo per cui i ruhar ci avevano colpiti, sebbene mentissero su tutto il resto, come mostrerò alla fine.

Non avremmo neppure dovuto combattere i ruhar, non erano loro i nostri nemici. Lo erano i nostri alleati.

Ma sarà meglio che cominci dal principio.

Mi chiamo Joe Bishop, avevo vent'anni quando i ruhar attaccarono la terra ed ero uno specialista dell'esercito americano. Prima che l'esercito me li tagliasse, avevo capelli un po' più lunghi della norma, di un indeterminato colore biondo-marrone che avevo preso da mia madre. Lei lo chiamava "marrone topo" e si tingeva i capelli di biondo dorato da quando ho memoria. Gli occhi azzurri li ho presi da entrambi i miei genitori e il mio metro e ottantasette di altezza viene senz'altro da parte di padre, mia madre arriva a stento a uno e cinquanta senza scarpe. Al liceo giocavo in terza base nella squadra di baseball, ero ricevitore distante nella squadra di football e guardia tiratrice di riserva nella squadra di basket, anche se l'ultimo anno ho abbandonato il basket. La verità è che non ero una star né del baseball né del football. Lavoravo duro, mettevo la squadra al primo posto e vincevamo la nostra razione di partite. Quando era giunto il momento di mandare le domande d'iscrizione ai college, io non sapevo dove volessi andare, o cosa volessi fare da grande. L'unica cosa che sapevo era che non volevo rimanere seduto dietro un banco tutto il giorno. E che volevo andarmene da Thompson Corners. Mio padre era stato nell'Aeronautica per un paio d'anni, poi era entrato nelle riserve come meccanico. Stesso tipo di lavoro che faceva alla cartiera. Gli piaceva lavorare con le mani, aggiustare cose, e in un certo senso piaceva anche a me. I soldi scarseggiavano e io non volevo seppellirmi di debiti con prestiti studenteschi; perciò la carriera militare mi suonava bene.

Quando mi ero arruolato nell'esercito, l'avevo fatto perché volevo servire il mio paese e perché il compenso mi sarebbe servito per pagare il college. Anche quel genere di vita mi attraeva, mi piaceva stare all'aria aperta: campeggio, caccia, pesca, trekking, canoa. L'addestramento era stato duro, certo, niente che non mi aspettassi, ed ero orgoglioso di aver superato le prove di base ed essere stato assegnato dove volevo: la X divisione di fanteria di montagna a Fort Drum, New York. La missione di pace in Nigeria non era quello che avrei desiderato, ma ci era stato ordinato e ci ero andato. Mi aveva sorpreso che il mantenimento della pace comportasse l'uccisione di così tante persone, ma è così e basta.

Ora sapete, quindi, perché me ne stavo sdraiato sotto un cespuglio in cima a una piccola cresta che sovrastava il centro della mia città natale, fissando quella nave da trasporto ruhar guasta. Sdraiato lì a cercare di capire cosa, se mai fosse stato necessario, avremmo dovuto fare.

«Quello è un grosso criceto maledetto, Bish, non ti sbagli», disse Tom Paulson, mentre mi restituiva il binocolo. «Cosa faremo?»

«Non lo so ancora. Fammici pensare.» C'erano molti veterani militari nella mia città, ne avevo uno con me, ma Tom era stato un impiegato della Marina vent'anni prima e io ero un fante dell'esercito con esperienza di combattimento recente e in servizio attivo. Immagino fosse normale per gli altri aspettarsi che fossi io ad avere delle idee. Sapevano che ero stato in combattimento in Nigeria, ma scontrarsi con i fanatici della disorganizzata milizia locale nella boscaglia era del tutto diverso dall'azzuffarsi con giganti criceti spaziali nella mia città natale nel Nord del Maine.

«Cazzo, dov'è tutto l'armamentario quando ne hai davvero bisogno? È tutto quello che abbiamo?» Guardai con sgomento la collezione di fucili da caccia, fucili e la stramba 9 mm. Tutti a Thompson Corners avevano una pistola, perché tutti andavano a caccia o, se non altro, avevano bisogno di tenere gli orsi lontani dalle loro mangiatoie per uccelli. «Andiamo, nessuno ha un vecchio M60 in soffitta? Forse un Ak?»

«Cazzo, Bish, voglio uccidere un alce per mangiarmelo, mica vaporizzare quel cazzo di coso», disse Tom. «Le licenze di caccia non te le tirano dietro.»

«Va bene, va bene, hai ragione.» Guardai di nuovo nel binocolo il fumo scuro proveniente dal magazzino delle patate che, dall'altra parte della città, vicino ai binari della ferrovia, stava ancora bruciando. E la navicella, o mezzo da sbarco o nave d'assalto della fanteria (o comunque la chiamassero i criceti), appariva tozza e brutta e potente, con la prua fracassata e un'ala piegata e una sottile striscia di fumo bianco proveniente dalla pancia, piazzata sul prato davanti alla scuola elementare.

Criceti. Abbiamo altri nomi per loro: ratti, donnole, roditori, ma con quella pelliccia fine e dorata, le facce rotonde e i baffi, ciò a cui più assomigliano sono i criceti. Solo che i criceti non sono alti un metro e ottanta, non stanno in piedi su due gambe, non indossano giubbotti antiproiettile, caschi e occhiali, non trasportano fucili dall'aspetto minaccioso e non scendono dall'orbita su una nave d'assalto. Almeno credo... Intendo dire, non ho mai avuto un criceto, quindi cosa volete che ne sappia? Non sapevamo che fossero criceti, finché uno di loro all'ingresso della nave – forse il pilota, perché non aveva un fucile – non si tolse il casco, prese qualcosa dalla tasca e iniziò a mangiarlo. Gli altri gli urlarono contro e gli rimisero il casco, ma non prima che noi avessimo visto la sua testa pelosa e le sue orecchie da criceto. Non erano proprio criceti, ma qualcosa di abbastanza simile.

Susie Tobin alzò l'occhio dal mirino del suo fucile da caccia. «E la cava? Hanno la dinamite, giusto?» Susie era alta un metro e un tappo, come primo lavoro faceva l'insegnante alla scuola media regionale, e guardandola non avresti mai detto che fosse in grado di sollevare il suo vecchio fucile residuato dell'esercito. Ma avevo visto le rastrelliere piene di corna di cervo, attaccate sul lato sud del suo fienile, quindi di sicuro sapeva come usarlo.

«Che ce ne facciamo della dinamite?», chiese beffardo Diego. «Corriamo verso la loro nave e la lanciamo attraverso la porta? Non faresti in tempo a fare cento metri prima che ti abbattano.»

«Susie ha ragione», dissi, pensando all'inferno che ci avevano fatto passare con gli ordigni esplosivi improvvisati in Nigeria. Erano un problema sulle strade, ma pericolosi soprattutto quando pattugliavamo un villaggio, dove le linee di avvistamento erano limitate e c'erano molti posti per nascondere una bomba. Pattugliare, come stavano facendo i criceti. Coppie di criceti stavano controllando edifici nel centro della città, che, trattandosi di quello di Thompson Corners, non è grande. Si potrebbe pensare che, essendo la festa del Giorno di Colombo, ci fossero molti turisti in città quando i ruhar fecero un salto per una visita. Questo per chi non ha mai avuto la fortuna di visitare la mia città natale. Nel New England il Giorno di Colombo è una grande festa dedicata all'osservazione delle foglie, un fine settimana in cui la gente di città, dal profondo Sud, va in campagna con l'auto per vedere il fogliame colorato sugli alberi, soggiornare in piccole locande pittoresche e bed and breakfast e scattare alle foglie un sacco di foto. Noi accogliamo turisti nella nostra parte dei Great North Woods, ma non per sbirciare le foglie. Ora, nel Giorno di Colombo, molti degli alberi qui intorno hanno già perso le foglie. Inoltre, la nostra parte del Maine è comunque piuttosto piatta e, in aggiunta, i pini non cambiano colore. La gente viene qui per il canottaggio, la pesca, la caccia e la motoslitta. Non è ancora piena stagione per tutto questo la prima metà di ottobre, per cui la città era piuttosto vuota quando i ruhar si schiantarono a terra, essendo giorno di vacanza da scuola e tutto il resto. Per fortuna, direi. Non riuscivo a pensare a cosa sarebbe successo se la scuola elementare fosse stata piena quando i ruhar presero il controllo della città. Non dovevo immaginare quello scenario, l'avevo già visto nel film *Red Dawn*. Intendo la versione bella di quando era in carica Reagan, però, non quella schifosa che hanno fatto dopo.

Comunque, ebbi un'idea. «Susie, tuo padre lavora alla cava, giusto? Tu e Tom procurateci dinamite, detonatori, cavi, qualsiasi cosa ci serva per far esplodere qualcosa a distanza.» Non avevo idea di come fare, non avevo mai visto un candelotto di dinamite. «Diego, tu rimani qui e controlla i criceti, vedi dove pattugliano, specie quando passano dal vecchio municipio», divenuto la sede dell'unico ristorante della città e di un'agenzia assicurativa. «Stan,

Deb, vedete se laggiù riuscite a trovare un camion o un furgone che possiamo far partire, abbastanza grande da farci stare un paio di persone sul retro, qualcosa di coperto, non un letto aperto. Restate da questa parte della città, non provate ad attraversare la Route 11, o i criceti vi vedranno. Se trovate qualcosa, portatela in Red Brook Road e lasciatela lì. Ci rivediamo qui.»

«Ok, Bish», annuì Tom. «Cosa faremo?»

Diedi un'altra occhiata ai ruhar. Notai la disposizione delle loro truppe a casaccio, esaminando dove erano di pattuglia in giro per la città e dove avevano posizioni difensive intorno all'astronave dissi: «Ce la prenderemo comoda».

«Non ci posso credere», sparai.

«Bish», disse Stan sulla difensiva, «questo è il meglio che siamo riusciti a trovare: o questo, o un vecchio Dodge Neon.»

«La maggior parte della gente ha preso l'auto e se n'è andata in fretta, sembra, non sono rimasti molti mezzi da questa parte del fiume», aggiunse Debbie.

«Sì, ma...»

Tom scosse la testa: «Non esiste che viaggiamo su questo coso. Stiamo combattendo un'invasione aliena. *Non* possiamo andarci su questo affare».

Dovetti concordare. Tranne su un punto: era un furgone perfetto. Avevano trovato un furgone per le consegne, tipo quelli di FedEx, ed era in ottime condizioni meccaniche; le gomme non erano lisce, c'erano dei punti arrugginiti attorno ai passaruota, ma niente di serio, aveva grandi portelli posteriori, in modo che molte persone potessero entrare o uscire in fretta, e dicevano che funzionasse e si muovesse bene, senza cinghie cigolanti o freni stridenti. L'avevano trovato dietro il garage dei fratelli Davis, dove dovevano essere in corso i lavori di riparazione dell'interno, perché nell'abitacolo tutti i rivestimenti erano stati tolti, a parte quello del sedile del conducente. Era un buon furgone, tranne che per quell'unico particolare.

Barney.

Barney, il grande dinosauro viola del cartone animato, con quel suo eterno sorriso idiota. Barney, Puffi, Topolino, unicorni e un sacco di altri personaggi immaginari erano dipinti sul furgone. Chi aveva deciso quali personaggi ritrarre aveva fatto scelte interessanti. Tipo: perché Iron Man stava facendo un cenno di saluto ai Puffi? Ed era Darth Vader quello laggiù, vicino al parafango anteriore destro, oppure qualcuno aveva iniziato a stendere la mestica nera per coprire una macchia di ruggine e aveva deciso soltanto dopo di dar fondo alla sua vena creativa? La maggior parte dei personaggi erano stati dipinti male, e mi ci volle un minuto per capire che quello che pensavo fosse un Buddha seduto doveva essere Winnie the Pooh. Winnie il Buddha? Era un furgone dei gelati, comunque, nel caso non l'aveste ancora indovinato. Un ridicolo furgone dei gelati, che ero abbastanza sicuro non avesse il permesso di utilizzare nessuno dei caratteri registrati dipinti sul lato.

Inoltre, al posto del noto marchio "Mister Softee", questo aveva il marchio "Super Softie", mal modellato. Come faceva il gelato a essere super-morbido? Era sciolto?

È chiaro che si trattava di un furgone dei gelati pirata, del tipo che immaginavo vagare furtivo nei quartieri periferici di una grande città, vendere gelati scaduti e cercare di evitare le autorità locali. Era impossibile che il Barney viola gigante che copriva entrambi i lati e il Barney di peluche legato al cofano passassero inosservati. Chiunque fosse il proprietario di quel furgone doveva davvero, davvero amare Barney.

«Potremmo spalmarci una rapida mano di vernice», suggerì Stan.

«Non abbiamo tempo da perdere a ridipingere quel cazzo di coso», ringhiai.

Neanche a me piaceva l'idea, ma quel furgone era tutto quello che avevamo per andare in battaglia. «E poi i criceti non sanno chi è Barney, potrebbero pensare che sia un feroce predatore.» A questa non credevo neppure io.

«Oh, per l'amor di Dio!», Susie era esasperata. «Voi uomini idioti avete paura di andare in giro in un furgone con su scritto "morbido"? Datevi una calmata. Guiderò io quel cazzo di coso. Joe, qual è il piano?»

«Via, via, via!», gridai insieme a Stan, mentre saltavamo per stenderci sul pianale del furgone dei gelati. Susie non se lo fece ripetere due volte, diede gas mentre eravamo ancora a mezz'aria. Stan sarebbe scivolato fuori dal retro se Deb non l'avesse preso per il bavero della camicia. Tom calciò dentro i piedi di Stan e chiuse i portelli sul retro, proprio mentre il furgone rimbalzava su una grande buca. Tom atterrò di culo sopra il soldato ruhar. Il criceto grugnì facendoci capire che era ancora vivo, cosa di cui non ero del tutto sicuro quando lo avevamo catturato.

Ripensandoci, era un piano stupido ed eravamo stati fortunati. Avevo notato che i criceti stavano attraversando il vicolo tra il ristorante e il negozio di ferramenta lì vicino. Mentre noi eravamo fuori a fare provviste, Diego aveva osservato e confermato che le pattuglie di criceti passavano attraverso quel vicolo con regolarità, osservando dalle finestre e bussando alle porte aperte per sbirciare all'interno. Lo stavano facendo in tutta la città, e io avevo scelto la tavola calda perché c'era una breve strada sterrata che portava dal fiume fin sul retro del locale. La strada attraversava i boschi e aveva una buona copertura per la maggior parte del percorso. Avevamo avuto un sacco di pioggia da nord-est la settimana prima, perciò il fiume era quasi allo stadio da inondazione primaverile. Era davvero ruggente mentre passava sopra le rocce e sotto il ponte, faceva abbastanza rumore da coprire quello del furgone in retromarcia dietro la tavola calda. Avevamo piazzato della dinamite all'interno del locale, contro il muro esterno, e l'avevamo fatta esplodere quando i soldati criceti erano a metà del vicolo.

Nessuno di noi sapeva quanta dinamite usare, quindi ne avevamo usata troppa, e aveva fatto crollare la maggior parte del muro nel vicolo. Anche il furgone dei gelati era stato colpito da mattoni vaganti. Non importava, la nostra bomba improvvisata aveva fatto il suo dovere: aveva fatto uscire di testa quei due criceti e li aveva sepolti sotto i mattoni. Tom, Stan e io avevamo catturato il criceto più vicino a noi, che era anche quello meno sommerso dai mattoni. Debbie ci aveva coperto le spalle con un fucile, mentre lo tiravamo fuori dal vicolo: Tom e Stan l'avevano afferrato per un braccio e io l'avevo tenuto per i piedi, avevamo arrancato lungo il vicolo, inciampando sui mattoni, e avevamo gettato il criceto nel retro del furgone dei gelati.

Era un piano stupido. Diego osservava la situazione dalla collina con un walkie-talkie che Susie aveva preso dalla cava, aveva l'altra unità nel furgone. Diego aveva riferito che, non appena la dinamite era esplosa, una mezza dozzina di criceti si era precipitata fuori dalla loro astronave. Altri trenta secondi e ci avrebbero catturati. E se per qualche motivo, visto che nessuno di noi sapeva davvero come usare la dinamite, la nostra bomba non fosse esplosa, quei due criceti avrebbero raggiunto a piedi il retro del vicolo e avrebbero visto il furgone che prima non c'era. Non mi entusiasmava il calcolo delle nostre probabilità di riuscita, contro soldati alieni dotati di giubbotti antiproiettile e armi avanzate.

La fortuna era con noi quel giorno, anche se Tom cadde di nuovo, questa volta contro il pulsante che controllava l'impianto stereo del furgone dei gelati, e *Turkey in the Straw* risuonò dagli altoparlanti sul tettuccio mentre il furgone rimbalzava e slittava sulla strada sterrata lungo il fiume. «Spegni quella cazzo di roba!», urlò Susie a Stan, aveva già il suo bel da fare a guidare. La cintura di sicurezza per il conducente non c'era: era uno degli oggetti che avevano rimosso quando avevano tolto i rivestimenti all'interno del furgone, e i piedi di Susie raggiungevano a stento il pedale del gas. In più, aveva quel babbeo sul pavimento e ci stavamo *muovendo*.

Stan pigiò sui pulsanti e la musica cambiò in *Camptown Races*, poi in *Pop Goes the Weasel*, poi in un paio di canzoni a tema videogiochi di cui non saprei dire il nome, prima che Stan stoppasse finalmente quel delirio. Non mi sono mai sentito così assolutamente idiota in vita mia cercando di tenere fermo un soldato alieno nel retro di un furgone dei gelati, sbattendo col mento sul pianale di metallo, mentre musica demenziale esplodeva dagli altoparlanti e un sorriso da maniaco percorreva la faccia del gemello malvagio di Barney da un orecchio all'altro.

Il nostro furgone sfrecciò attraverso un tratto di strada non alberata lungo il fiume, uno spazio libero di circa cinquanta metri. È là che pensai che i criceti ci avrebbero sparato: avevano la visuale libera per almeno un paio di secondi. Il motivo per cui non lo fecero, credo, è che a quel punto i criceti che avevano raggiunto il vicolo bombardato si erano accorti della scomparsa di uno di loro e avevano capito che era nel nostro furgone. In ogni caso, ce la cavammo: il nostro mezzo attraversò il tratto di strada non alberata, poi una lieve salita tra noi e il centro della città, quindi Susie si mise in piedi sui freni per rallentare prima di una curva. Dopo di che, rimbalzammo su una strada asfaltata e Susie diede gas a manetta. Una volta che fummo sul fondo asfaltato, con una guida più fluida, io e Tom legammo le mani del criceto dietro la schiena, gli assicurammo le gambe l'una con l'altra e io iniziai a togliergli l'attrezzatura. Lo mettemmo sotto quattro giubbotti di piombo, di quelli che usano i dentisti quando ti fanno i raggi X, fu una mia idea, per bloccare il segnale di qualsiasi dispositivo di geolocalizzazione i soldati alieni potessero avere. Il giubbotto antiproiettile attorno al busto aveva un meccanismo di sgancio rapido, come mi aspettavo, perché un soldato, che fosse umano o alieno, doveva potersi mettere e togliere l'attrezzatura in fretta. Gli aprii anche il gancio del sottogola del casco e, per la prima volta, potei vedere bene in faccia il nemico. Aveva solo un occhio aperto, gli usciva sangue da un taglio sulla guancia, ma non mi parve fosse ferito in modo grave, per lo più stordito e disorientato. Indossava un auricolare e un microfono che strappai, e sulla cintura c'era una specie di radio. Dissi a Tom di buttare tutto fuori dal finestrino, saremmo tornati a prenderlo più tardi se ne avessimo avuto l'opportunità. La nostra priorità in quel momento era catturare un soldato alieno in modo che i nostri militari potessero studiarlo, vedere che tipo di nemico stavamo affrontando.

Secondo il piano, Susie ci trasportò per un chilometro e mezzo fino a casa di Tom: lui aveva un fienile e lei guidò il furgone dritto attraverso la porta aperta, scivolando fino a fermarsi. Per un istante ci sentimmo tutti della serie "Sogno o son desto?". Nessuno di noi poteva crederci. Il criceto si muoveva, perciò Tom ci si sedette sopra e io gli puntai una pistola in faccia. Questo lo calmò all'istante. È probabile che non avesse mai visto una Sig Sauer prima, ma riconobbe un'arma da fuoco quando se la trovò a un palmo dal naso.

«Non riesco più a sentire Diego», riferì Deb tenendo il suo walkie-talkie. «L'ultima cosa che ha detto è che gli alieni stavano correndo qua e là, ma la loro nave non si muoveva.» L'ultima istruzione che avevo dato a Diego era stata di lasciare la città, nella direzione opposta, non appena avesse perso di vista il nostro furgone. Ero certo che fosse al sicuro, sapeva come muoversi nei boschi.

«Stanno aspettando un carro attrezzi», ipotizzai.

«Cosa?», chiese Susie, come se non mi avesse sentito bene.

«Un carro attrezzi», spiegai. «La loro nave è rotta, devono aver chiamato la loro flotta di sopra, e stanno aspettando che qualcuno venga a riparare il guasto, o a prenderli. Portiamo Faccia Pelosa qui nella cantina, prima che i suoi amici si organizzino e vengano a cercarlo.»

La casa di Tom aveva un vecchio seminterrato e, quando dico vecchio, voglio dire che la sua casa risale al 1848 e il seminterrato esisteva già prima di allora. Il seminterrato era stato ampliato e trasformato in un bunker dalla famiglia che possedeva la fattoria negli anni Cinquanta, ora Tom e sua moglie Margie lo usavano come deposito. Portammo il criceto giù per le scale e liberammo spazio al centro del rifugio per lui, Tom chiuse con un lucchetto una catena attorno alla sua caviglia e ne fissò l'altra estremità attorno a un tubo che fuoriusciva dal pavimento. Con il criceto comodo al centro, non c'era molto spazio per noialtri a causa di tutti gli scaffali presenti. Vi ho detto che la moglie di Tom, Margie, amava la frutta e le verdure? La donna aveva un piccolo problema con l'inscatolamento: il posto era tutto pieno di barattoli. La maggior parte delle persone in questa parte del bosco sa fare conserve, è un modo per avere buon cibo durante l'inverno ed è molto più economico che comprare cibo in negozio. I miei producevano mele e marmellate, pomodori in scatola, fagioli e tutto quello che potevamo ricavare dal nostro giardino. Il bunker di Tom faceva pensare che Margie stesse progettando di invitare a cena l'intera X divisione e volesse far avanzare un sacco di cibo.

«E adesso?», chiese Stan, guardando con avidità un barattolo di marmellata di more.

«Adesso aspettiamo. I militari devono per forza arrivare presto.» Eravamo tutti sorpresi di non vedere neanche un caccia o un elicottero in cielo, il che mi diceva che il nemico aveva la supremazia aerea totale. «Se tutto va bene, gli amici di questo tizio», indicai il nostro prigioniero, «partiranno presto. Quando la nostra cavalleria arriverà, lo consegneremo.»

"Cosa ti fa pensare che stiano per andarsene?" chiese Deb.

"Perché gli invasori alieni non avrebbero mai messo Thompson Corners sulla loro lista di destinazione iniziale. Questi tizi sono qui solo perché la loro nave è rotta. La mia grande preoccupazione è che restino nei dintorni a cercare Faccia Pelosa dopo l'arrivo del carro attrezzi. Io resto con lui, voi andate a sud e vedete se riuscite a trovare la guardia nazionale o la polizia di stato."

Susie era indignata. «Stai mandando le donne a mettersi in salvo?» Aveva le mani sui fianchi, sapevo cosa significava.

«Tu hai una famiglia.»

«Anche Tom», fece notare Susie.

«Tom ha ricevuto un messaggio da Margie», dissi sulla difensiva, «lei e i bambini stanno bene, diretti a casa di sua madre. E la moglie di Stan è a Portland.»

«E mio marito è giù a Milliconack e i miei figli sono a Bangor con mia sorella. Io resto qui», disse Susie in tono empatico e sollevò il fucile con fare enfatico.

«Bene», ammisi senza lottare molto, in realtà non volevo restare da solo. «Tu e Stan avete dei fucili, salite nei boschi dietro la casa dove potete coprire la strada. Deb, sali sulla roccia dietro la casa, la conosci, vero? Dì a Susie e Stan se vedi arrivare qualcosa da questa parte. Io e Tom staremo qui con Faccia Pelosa.»

Faccia Pelosa non era loquace. Tom e io cercammo di comunicare a gesti ma, indicandoci a dito, il criceto se ne stava seduto con la faccia di pietra. Solo quando scivolò in una posizione scomoda, allora fece una smorfia. Aveva sangue, sangue rosso, sul fianco. Se non altro il sangue alieno era rosso e non verde o blu o qualcosa di davvero strano. Mi avvicinai piano, a mani aperte per dimostrare che non avevo un coltello. «Dobbiamo vedere dove sei ferito», dissi a ritmo lento e a voce alta, che è sempre il modo migliore per farsi capire dagli stranieri. Ricordate, gli stranieri sono stupidi, quindi dovete parlare a voce alta e a ritmo lento in modo che vi capiscano. Il criceto si allontanò da me il più possibile, si appoggiò contro uno scaffale sul muro esterno. Indicai con un gesto il mio fianco, poi il suo, poi misi un dito nel sangue sul pavimento e lo sollevai in modo che potesse vedere il liquido rossastro. Scuotendo la testa e agitando il dito insanguinato, dissi a ritmo lento al criceto: «Sei ferito. Questo è male».

«Bish», disse Tom in tono incerto, «sei sicuro di voler toccare il sangue di quel coso?»

«Dev'essere più sicuro che toccare sangue umano. Hai delle bende quaggiù?»

«Sì, il kit di pronto soccorso è nell'armadietto. Abbiamo anche dei tovaglioli di carta, Margie li compra al supermercato.»

Il criceto non era ferito in modo grave, pulii la lesione, la lavai con acqua sterile, il che lo fece sobbalzare di nuovo, poi spalmai della lozione antisettica sul taglio e applicai una benda. Mi guardò in modo diverso, dopo, come se fosse sorpreso che gli umani fossero civilizzati. Disegnò una sorta di bacio con le labbra.

«Non è che vuole dell'acqua?», ipotizzò Tom. Margie aveva anche comprato bottiglie d'acqua all'ingrosso; ne tirammo fuori tre, Tom e io bevemmo dalle nostre, poi ne aprii un'altra e la portai alle labbra del criceto. Vuotò mezza bottiglia senza staccarsi e fissandomi negli occhi in un modo che mi spaventò. Poi abbassò lo sguardo in modo eloquente sulla sua tasca anteriore sinistra, gesticolando con il naso. Con molta cautela, gli aprii il lembo della tasca, che era una specie di cosa magnetica, credo, e tirai fuori quella che sembrava una barretta energetica. Non aveva una confezione brillante come le barre Hooah! che conoscevo grazie all'esercito, solo un involucro di plastica verde, con una scritta bianca in caratteri alieni. Aprii l'estremità dell'involucro di plastica, di fronte a me. Che cosa stupida, e se fosse stato un qualche tipo di esplosivo e fosse bastato tirare l'involucro per innescare la granata? Non successe nulla.

La annusai con cura: odorava di zucchero e noce moscata mescolati alla segatura. Era una barretta energetica di sicuro. Ne staccai un pezzo e lo diedi in pasto al criceto che lo masticò per un bel po'... Credo che le loro barrette energetiche siano dure come le nostre. In una decina di minuti, ne mangiò metà e bevve altra acqua, poi scosse la testa quando gliene offrii un altro pezzo. Mi succedeva la stessa cosa con le barrette energetiche umane: di solito ne bastava metà a stancarmi la mascella. In un ulteriore tentativo di cooperazione interspecifica, tenni la barretta di fronte al criceto mentre vi avvolgevo sopra l'involucro e nascosi di nuovo la metà avanzata nella sua tasca, accanto ad altre due barrette energetiche intere. Sorrise, o almeno ci provò. Il sorriso, senza comprendere il contesto, avrebbe potuto essere visto come l'atto di scoprire i denti con fare minaccioso. Il criceto aveva denti non molto diversi da quelli umani: smalto bianco, sembrava, ma i due anteriori superiori erano più grandi del normale, ma non di comica grandezza come quelli di un castoro.

Ora che ero più vicino, vidi che la pelliccia sul suo volto era sottile, gli copriva tutta la pelle, ma era più fine e più corta di una barba umana.

«Lo senti?», chiese Tom. «Sembra che qualcuno stia gridando.» Per poter sentire Susie, nel caso in cui avesse visto qualcosa, avevamo accostato leggermente la porta del bunker, che in realtà tenevamo per lo più chiusa, in modo che tutti i segnali radio di un eventuale trasmettitore impiantato nel nostro criceto sarebbero stati bloccati. Almeno così speravo. Tom uscì, lo sentivo gridare con Stan. Infilò la testa nella porta. «Dicono che sia arrivato il carro attrezzi.»

Lasciammo il nostro criceto prigioniero nel bunker-scantinato-magazzino e ci spingemmo nei boschi attraverso il cortile di Tom. «È venuto da nord-ovest, ho visto la scia di condensazione per prima», riferì Deb. «È volato proprio nel centro della città. Penso tu abbia ragione, Joe, i criceti qui hanno chiesto un passaggio.»

«Spero che, qualunque sia la loro missione, sia più importante che trovare un soldato disperso.» Se la nuova nave aliena aveva caricato i criceti bloccati e lasciato l'area, il mio piano era caricare di nuovo Faccia Pelosa nel furgone dei gelati e sfrecciare a sud sulla strada, finché non avessimo trovato un'unità militare, con molta probabilità la guardia nazionale, che avrebbe potuto prendere in custodia il nostro prigioniero. «Saliamo sulla sporgenza rocciosa dove si riesce a vedere qualcosa.»

Quello che vedemmo non prometteva niente di buono: la nuova nave aliena, dello stesso tipo della prima, stava girando attorno alla città a circa cinquecento metri. Sembrava che stesse volando sulla base di uno schema di ricerca e i pod delle armi sulla fiancata si erano aperti, esponendo file di missili. Ci furono un lampo di luce, un rombo di tuono e una colonna di fumo dal centro della città. «Hanno fatto esplodere la loro astronave distrutta», annunciai, come se non l'avessero intuito tutti. «Interessante.»

«Perché?», chiese Deb.

«Credo significhi che non hanno intenzione di restare qui, almeno, non *qui*», indicai la città. «E non vogliono che ficchiamo il naso nei loro ritrovati tecnologici in loro assenza. Se avessero pianificato di restare qui, avrebbero portato una squadra di riparazione.»

La nave salì, restò in volo a punto fisso, poi si diresse a bassa velocità verso di noi. Non verso di noi, a dire il vero, ma a est, e quindi volò lungo il fiume. «Merda.» Stan sputò a terra. «Mi sa che ricevono un segnale da quella roba che abbiamo buttato fuori dal furgone.»

Cercai di rassicurare la gente: «Niente panico. Ecco perché abbiamo buttato quella roba fuori dal furgone, ed è per questo che il nostro criceto adesso è sotto cemento e terra, dietro una porta d'acciaio». Da quando il nostro prigioniero era nello scantinato, Stan aveva gettato le coperte di piombo sopra il cofano e il tubo di scappamento del furgone per ridurre la traccia termica. «A meno che non riescano a rintracciarci nel fienile di Tom, ci metteranno un bel po' a cercare ovunque, e non possono sapere che siamo già a quindici chilometri di strada da lì.» Stan e Deb insistettero perché proseguissimo, invece di fermarci a casa di Tom, per allontanarci il più possibile da Thompson Corners prima che arrivasse una nave di salvataggio aliena. Bocciai quell'idea, perché non sapevamo quando sarebbe arrivata un'altra nave aliena e perché non mi fidavo del tutto del fatto che le coperte potessero bloccare un segnale di localizzazione. Non sapevamo nemmeno se gli alieni usassero la radio, potevano disporre di una tecnologia più avanzata. Se erano in grado di rintracciare un segnale, che fossimo a un chilometro di distanza oppure a ottanta, non avrebbe fatto differenza, ci avrebbero trovati. Lo scantinato-rifugio antiatomico-qualunque cosa di Tom era perfetto per nascondere un alieno tecnologicamente avanzato. Se il mio piano fosse valido oppure no dipendeva da quello che avrebbero fatto i criceti.

La nave aliena seguì a regime ridotto il fiume, poi accelerò e costeggiò l'autostrada verso sud, verso di noi. Dopo aver fatto due giri, calò fuori visuale sotto la linea degli alberi. Per un momento, un solo un momento di pace, le cose sembrarono quasi come in un normale giorno di ottobre nelle campagne del Maine. La casa di Tom e Margie era a posto, c'erano un paio di cataste di legna da ardere ben impilate in una fila sul retro. Margie aveva legato dei gambi di mais attorno al lampione in giardino, pronti in anticipo per Halloween, come sempre. Nel cortile posteriore, teneva la vasca da bagno Madonna decorata con un…

Oh, sarà meglio che spieghi cos'è una vasca da bagno Madonna ai nostri soggetti poco acculturati. Prendete una vecchia vasca da bagno, interrate per metà uno dei lati corti, dipingete l'esterno di bianco e l'interno di azzurro chiaro e poi mettete una statua della Vergine Maria sotto l'arco, come in una grotta. È una specie di santuario fatto in casa. Al giorno d'oggi si possono comprare quelli già fatti in cemento, ma questo è barare e Dio lo sa se sei stato pigro. La maggior parte della gente ci mette attorno pietre o fiori; il santuario di Margie era circondato da crisantemi dai colori vivaci. O almeno mi parvero crisantemi, non sono un esperto di fiori. La Madonna c'era già quando la coppia aveva comprato la casa, e Margie l'aveva ornata con i fiori. Inoltre, la decorava a seconda delle stagioni. A Natale, Mary aveva un cappellino da Babbo Natale. Proprio ora, per Halloween, Mary indossava un costume da cavaliere Jedi, completo di spada laser luminosa, che Tom aveva agganciato. Spero che Dio abbia un gran senso dell'umorismo.

Dall'altra parte della strada c'erano dei pini, un sacco di pini, e poi campi pianeggianti e uno scorcio del fiume. Era una bella giornata di sole. A parte le colonne di fumo provenienti dalla città, dal magazzino di patate in rovine e dalla nave aliena bruciata. E a parte l'altra nave aliena, che in quel momento risaliva verso il cielo, sfrecciava fino a trecento metri e si fermava in volo a punto fisso. «Sì», dissi, «hanno trovato quella roba aliena che abbiamo buttato fuori dal furgone e hanno fatto scendere dei tizi a controllare. Quell'astronave lassù sta fornendo supporto aereo ravvicinato ai tizi a terra. Tom, ci sono», contai sulle dita, «sei, no, sette, edifici tra qui e il punto in cui si trovano loro?»

«Dieci», mi corresse Tom, «non hai contato il McDonald e il Burgess, arretrato rispetto alla strada. E la vecchia bancarella di frutta della stazione di servizio, che è abbandonata da vent'anni. Sono dieci edifici, con strutture multiple come fienili e garage. Ispezioneranno a fondo ciascuno di essi, giusto, e ci vorrà del tempo.»

Mi morsi il labbro, cosa che faccio quando sto pensando. «Il comandante alieno lassù non ha idea di dove abbiamo portato il suo soldato.» Che cosa avrei fatto io se fossi stato nei suoi panni? «Potremmo essere in qualsiasi casa o fienile da queste parti, potremmo essere in una grotta nel bosco, potremmo essere a una decina di chilometri lungo la strada. Non ne ha idea.» A meno che il nostro prigioniero non avesse una specie di trasmettitore rilevabile perfino nel bunker. Possedevano, dopotutto, la tecnologia per viaggiare tra le stelle. Mi diedi un colpetto sul mento, altra cosa che faccio quando sto pensando. «Hanno inviato una sola nave. Se questa fosse una missione di ricerca e salvataggio ne avrebbero inviate diverse. Quel tizio è sceso dall'orbita *prima* che prendessimo Faccia Pelosa e aveva in mente solo di caricare i criceti della nave distrutta.»

«Cosa significa?», chiese Susie.

«Significa che i prossimi cinque minuti ci diranno quali sono i loro ordini. Se quella nave recupera i tizi a terra e vola via, vuol dire che si stanno attenendo al loro piano di missione originario e si occuperanno di ricerca e salvataggio più tardi. Se quella nave resta in giro, vuol dire che hanno cancellato il piano originario e stanno aspettando rinforzi per perlustrare l'area.»

«È questo che faresti?», domandò ancora Susie.

«È quello che faremmo noi, l'esercito.»

La nave aliena calò di nuovo di quota, poi salì e riprese a volare a punto fisso più vicino a noi. «Cazzo! È l'opzione B. Ha appena fatto scendere altri tizi per iniziare a perquisire gli edifici.» Vidi Susie controllare di nuovo il suo fucile. «Susie, dimentica le stronzate da cowboy di Alamo. Abbiamo solo tre fucili, un fucile da caccia e due pistole. Se si avvicinano, ci dirigiamo a est attraverso i boschi. I missili su quella nave potrebbero ucciderci tutti da diecimila metri di distanza.»

«Ci arrenderemo?»

«Non ci arrendiamo, siamo realisti.» Non potevo credere di stare discutendo di questo con Susie. «Non possiamo usare di nuovo il furgone dei gelati, è troppo appariscente e quella nave aliena è troppo vicina.»

«Bene!», rispose Susie. «Avvolgiamo il nostro Faccia Pelosa in coperte di piombo e portiamolo nel bosco. È soltanto a un chilometro e mezzo da qui, in direzione del fiume, possiamo…»

«Ehi!», gridò Deb. «In cielo! Altre luci!» Alzammo gli occhi e vedemmo il firmamento mattutino brillare di nuovo. C'erano un sacco di luci lassù. «Oh, accidenti. Stanno portando altre navi?», chiese Deb. «Non può essere, basta!»

Distogliemmo lo sguardo, delle macchie ci nuotavano negli occhi a seguito di un'esplosione molto luminosa nel cielo proprio sopra di noi. Ammiccai fissando la mia ombra per terra che tremolava, mentre altre esplosioni rischiaravano l'aria.

«Sì!» Stan scosse il pugno. «Stiamo contrattaccando! Distruggiamo i bastardi a suon di testate nucleari!»

«Assolutamente no.» Scossi la testa. «Le nostre armi non hanno testate con sensori a infrarossi: possono colpire solo un bersaglio prestabilito, a terra.» A meno che l'Aeronautica non avesse dei giocattoli incredibili di cui non ero a conoscenza. Avevo ancora la vista offuscata, mi schermai gli occhi e guardai verso l'orizzonte. Altre esplosioni nel cielo, più in lontananza. «Non siamo noi.» Era un impulso elettromagnetico: gli alieni avevano fatto esplodere un missile in cielo per distruggere i nostri dispositivi elettronici? Allora non potevamo saperlo, ma la seconda serie di luci nel cielo era quella di un gruppo di battaglia kristang che saltava in orbita, poi attaccava i ruhar.

«Allora chi è?», chiese Tom.

«Ehi, guarda!» Debbie indicò la strada. La nave aliena che era sulle tracce del nostro prigioniero stava scendendo di nuovo, in fretta. Restò a terra solo pochi minuti per poi decollare ancora, e questa volta cabrò e andò dritta, veloce. Sentimmo un boato sonico e la nave si lasciò dietro una scia di condensazione. Ovunque stesse andando, aveva fretta. «Qualsiasi cosa stia succedendo lassù, quella nave ha appena ricevuto nuovi ordini. Rimettiamo Faccia Pelosa nel furgone e portiamolo all'armeria della guardia nazionale prima che tornino.»

«E allora?», chiese Tom. Mentre ci arrampicavamo sul sentiero, tutti noi guardavamo il cielo. Dovevamo allontanare Faccia Pelosa dalla zona prima che gli alieni cambiassero di nuovo idea.

«Allora, vedo quali sono i miei ordini.» Se non fossi riuscito a contattare la X divisione, per il momento mi sarei messo in contatto con una guardia nazionale locale o un'unità di riserva. «E sopravviviamo. Ho la sensazione che il magazzino di Margie sarà più importante di queste armi, con l'inverno alle porte.»

Capitolo 2

Dislocamento

ALLA FINE DELLA primavera successiva ero in Ecuador, sul punto di essere spedito oltre i confini del mondo per combattere i criceti nello spazio profondo. Non è un calcio in culo? Ero sorpreso di quanto facesse fresco sulle montagne dell'Ecuador, le mie immagini mentali del Sud America avevano sempre a che fare con il caldo soffocante, come l'avevo sperimentato in Nigeria. Era stato un inverno freddo in Maine, non freddo in termini di temperature e neve, che erano state nella media degli ultimi anni. Freddo in termini di niente elettricità per un lungo periodo di tempo e scarse forniture di benzina e gasolio da riscaldamento. La mia città natale e la mia gente erano meglio attrezzati per l'inverno di molti altri in tutto il paese: i miei genitori avevano una stufa a legna in casa e un'altra nel garage-officina. Una famiglia della regione meridionale, che era stata cacciata dal suo condominio, venne a vivere nel garage dopo Natale, mio padre barattò la riparazione del motore di un trattore con delle balle di paglia che sistemammo sulle pareti del garage come isolante, rivestendole di tela cerata. Feci visita ai miei genitori un paio di volte, il garage era accogliente e caldo e odorava di fieno appena falciato. C'era un'altra famiglia di tre persone, più una donna single, che viveva nella casa dei miei genitori, nell'ambito di un programma di reinsediamento governativo.

Tutti fecero del loro meglio, per tutto l'inverno.

I governi statali e federale degli Stati Uniti ebbero un inizio stentato nel fronteggiare la crisi dopo l'attacco ruhar, mettendo tutto sottosopra invano, poi si coordinarono e si concentrarono solo su come far sì che le persone passassero indenni l'inverno. L'attacco ruhar non era stato quello che ci saremmo aspettati dalla visione di un film di fantascienza: invece di colpire le basi militari e i principali centri abitati, avevano per lo più distrutto centrali elettriche e

29

impianti industriali. Era strano: vidi le foto satellitari di New York e Washington dopo l'attacco e, a parte la mancanza di luci e traffico per le strade, le città apparivano intatte. Dopo che i kristang avevano cacciato i ruhar dal nostro sistema solare, gli Stati Uniti d'America non avevano molte infrastrutture elettriche funzionanti. Internet e reti telefoniche erano inattivi, la fornitura di elettricità era irregolare, sempre che ce ne fosse, la radio trasmetteva soltanto messaggi di emergenza un paio di volte al giorno, stazioni Tv e telegrafo erano fuori uso. La Marina collocò portaerei e sottomarini nucleari nei porti delle principali città costiere e li collegò in funzione di centrali elettriche galleggianti, per fornire elettricità a strutture critiche come gli ospedali. Stavamo lentamente riguadagnando energia elettrica in tutto il paese, sottolineo "lentamente". Quando partii per l'Ecuador, i miei genitori non avevano ancora energia, a parte quella prodotta dal generatore che mio padre aveva collegato alla presa di potenza del trattore. Faceva funzionare il mezzo con una miscela in parti uguali di alcol preparato in casa e benzina. Il primo consumava le guarnizioni del motore, perciò mio padre e il tizio che viveva in garage le sostituivano ogni mese. Mettevano in funzione l'elettricità solo la mattina presto e la sera, comunque, non c'era carburante disponibile per molto di più.

Il problema più grande che l'America stava affrontando non era la mancanza di elettricità, ma la crisi economica seguita all'attacco. Mio padre perse il lavoro quando la cartiera chiuse. I boscaioli non avevano abbastanza benzina per far funzionare i loro camion e anche le loro motoseghe. Senza la pasta di legno, la cartiera non poteva produrre carta. Questo mercato era comunque crollato insieme al resto dell'economia globale. Nazioni industriali come gli Stati Uniti, il Giappone, la Cina, e tutta l'Europa furono colpite in modo molto più duro delle aree a basso sviluppo tecnologico del pianeta, ironia della sorte. Maggiore era tale livello in una nazione, più forte questa era colpita dalla crisi. Il valore delle aziende tecnologiche finì dritto nel cesso, non solo a causa della mancanza di domanda da parte dell'economia generale. Chi voleva investire nella Silicon Valley, quando i nostri nuovi alleati, i kristang, avrebbero condiviso con noi tecnologie incredibilmente avanzate?

Non lo fecero però. I kristang dissero che non eravamo pronti, che non potevano affidarci il loro livello tecnologico e che dovevamo concentrarci sulla ricostruzione della nostra infrastruttura attuale. Davvero, i nostri nuovi alleati furono una delusione, a parte il fatto di avere cacciato i ruhar. La maggior parte del gruppo di battaglia kristang se ne andò in fretta e furia nel giro di una settimana dopo aver sconfitto i ruhar, perché la Terra non aveva porti spaziali o strutture di servizio per le navi da guerra, o qualsiasi altra cosa di cui i kristang avessero bisogno. Non combattevano i ruhar per il bene dell'umanità, combattevano per negare ai ruhar una base nel nostro piccolo angolo di galassia. La Terra era la Guadalcanal della seconda guerra mondiale, così la descrisse uno degli ufficiali della guardia nazionale. Nessuna delle due parti si preoccupava del luogo, se non come trampolino per un posto più importante. Gli Stati Uniti e il Giappone non si erano preoccupati dell'isola di Guadalcanal o dei nativi che vivevano lì, l'unica cosa che entrambe le parti volevano era usare quell'isola come base per spingersi verso la successiva conquista. Così era la Terra per i kristang e i ruhar. Essendo figli dell'America, l'unica superpotenza al mondo, la più ingente forza militare della storia, era difficile per noi immaginarci nel ruolo dei primitivi nativi. Ce ne stavamo a guardare le forze kristang e ruhar combattere sulla nostra terra, con armi che riuscivamo a malapena a capire.

«Ehi! Bishop! Ehi!»

Girai su me stesso, disorientato, per ritrovarmi faccia a faccia con un tipo del mio gruppo di fuoco, un ragazzo che non avrei mai pensato di rivedere. «Cornpone!», gridai.

«Brown Bread!», rispose, ci abbracciammo e ci prendemmo a pacche sulla schiena con una tale forza che restai senza fiato. Jesse Colter, dall'Arkansas e orgoglioso figlio del Sud, come mi aveva detto quando l'avevo conosciuto durante l'addestramento di base. L'avevo chiamato Cornpone, cioè "pane di mais", perché era, credo, qualcosa che la gente mangiava al Sud. Mi aveva risposto per le rime chiamandomi "pane nero", in riferimento a un pane in lattina, addolcito e farcito di uva passa, che è una tradizione del

New England. Una volta gliene avevo servita una fetta. Alcune persone mettono in acqua calda la lattina, ma io preferisco tostare ogni fetta. Si tagliano entrambe le estremità della lattina, che incide anelli sul pane mentre lo si spinge fuori.

Lo so. Fidatevi, è delizioso.

«O adesso dovrei chiamarti Barney?», rise Jesse.

Merda. La storia si era diffusa, i ragazzi della guardia nazionale con cui ero mi avevano sfottuto per tutto l'inverno. "Barney e i Puffi", è così che la gente chiamava me e la banda che aveva catturato il soldato alieno. «Oh, amico, lo sanno tutti adesso?»

«Col supporto di internet, l'intero pianeta lo sa. Accidenti, amico, bello vederti!», disse Jesse. «Ce ne sono un po' del X qui, ma ancora nessun altro della nostra squadra.»

«Sei la prima persona del X che vedo», ammisi, guardandomi attorno alla ricerca di altre facce familiari.

«Come sei arrivato qui?», chiese Jesse, chinandosi per prendere il borsone che stava trasportando prima di vedermi.

«Dopo il Giorno di Colombo, stavo cercando di tornare a Drum, ma nessuno aveva abbastanza benzina per fare il viaggio. Perciò, mi sono messo in contatto con la guardia nazionale locale, chiedendo se sapevano cosa stesse accadendo. Il colonnello della guardia mi ha obbligato all'azione, erano stati federalizzati comunque. Mi sono detto: "Che cazzo, mi hanno dato un fucile, un casco e del cibo", giusto?» Gli ordini di assegnarmi ufficialmente alla guardia erano arrivati con la radio a onde corte più tardi. «Così, ho fatto il soldato nel Maine, ho aiutato nella raccolta, nella sorveglianza dei convogli di carburante e cibo. Poi ho ricevuto la chiamata per venire qui, così sono saltato su un treno per Boston.» Un treno merci. Viaggiando su un vecchio carro merci convertito, mi ero sentito come un vagabondo, anche se avevo un biglietto del governo degli Stati Uniti.

«No, intendevo, come siete arrivati *qui*? In volo?»

«Oh, sì, ehm, ci hanno messo su una tradotta da Boston, ci sono voluti cinque giorni per arrivare a Miami. Siamo atterrati circa due ore fa.» Avevamo volato su uno United 767 che aveva visto giorni migliori.

Jesse fece di sì con la testa. «Ho preso un treno per Dallas e me ne sono rimasto lì seduto tre giorni ad aspettare un volo, la cazzo di Aeronautica non riusciva a racimolare abbastanza carburante per fare benzina sull'aereo. Ho sentito che alcune unità stanno arrivando sulle navi da New Orleans e Houston.»

«Hai visto questa specie di torre?»

«L'ascensore? Solo quello che si può vedere da qui. Non ne so niente, compare.»

Alzammo gli occhi alla montagna, la cima era appena visibile sotto un cielo coperto. Sparare direttamente da lassù era un gioco da ragazzi. Quando l'Onu aveva accettato di fornire truppe per combattere sotto il comando dei kristang, i kristang avevano costruito quello che definivano un ascensore spaziale, realizzato in meno di un mese. Avevano scelto quella montagna in Ecuador perché si trovava a cavallo dell'equatore. Sulla cima, i kristang avevano costruito una stazione base con un reattore a fusione e, migliaia di chilometri sopra, c'era una stazione in orbita geosincrona. Ciò che collegava le due stazioni era un sottile campo magnetico, in sostanza un fulmine stazionario. Dovevamo entrare in orbita con un ascensore che percorreva il fulmine stazionario. Uno dei ragazzi dell'Aeronautica sul mio volo disse di aver sentito che i kristang inviavano nel campo magnetico degli impulsi che spingevano l'abitacolo dell'ascensore verso l'alto. Quell'ascensore in Ecuador era stato il primo a essere terminato, i kristang parlavano di costruirne altri due, uno in Africa e l'altro da qualche parte in Indonesia. Strizzai gli occhi e mi feci scudo con una mano, esaminando il sottile fascio di luce. «Non so neanche di questo, amico. Una cosa che so è che, se i kristang sono in grado di fare una cosa del genere, sono felice che siano dalla nostra parte.»

«Ti capisco, amigo», concordò Jesse.

Guardando il cielo, il fulmine che avrei percorso per andare in orbita, mi chiesi che ne fosse stato di Faccia Pelosa. Ci eravamo diretti a sud col nostro furgone dei gelati, finché non ci eravamo imbattuti in un posto di blocco della polizia e, quando avevano visto chi c'era nel retro del furgone, ci avevano fornito una scorta fino a Lincoln, dove un elicottero della guardia nazionale aveva portato via Faccia Pelosa. Dopo di che, ogni informazione su di lui era riservata ed ero stato dissuaso dal parlare o chiedere di quel criceto. Ovunque fosse, speravo che lo trattassero bene.

Un suono ronzante catturò la nostra attenzione, ci girammo entrambi per guardare un gruppo di convertiplani grigi che volavano in formazione e provenivano da ovest. Mentre si avvicinavano, gli aerei di testa rallentarono, ruotarono i rotori nel passaggio al volo a punto fisso, poi calarono come elicotteri. Prima che potessi chiederlo, Jesse disse spontaneamente: «La Marina ha due gruppi di portaerei al largo della costa, il *Lincoln* e il *Reagan*. Ho incontrato alcuni Marine qui nei dintorni stamattina».

«Vengono con noi?» Due gruppi di portaerei sarebbero sembrati imponenti, prima che i ruhar attaccassero. Rispetto alle forze armate aliene, che potevano sollevare le persone nello spazio con un fulmine, le nostre portaerei a propulsione nucleare erano però barche a remi obsolete.

«Ci sono alcune unità del corpo dei Marine, ma questi tipi? No, sono qui per mantenere l'ascensore in sicurezza.»

Avevo sentito alla radio che i kristang avevano affidato la sicurezza dell'ascensore spaziale in Ecuador agli Stati Uniti. Risi. «Scommetto che ne sono felici.» Nessun Marine americano che si rispetti sarebbe voluto restare di guardia mentre l'esercito andava nello spazio per vendicare l'attacco al nostro pianeta.

«Cazzo sì, amico. Mi hanno offerto un sacco di soldi per questo distintivo.» Jesse si tastò lo stemma blu dell'Unef sulla manica destra, il logo della Forza di spedizione delle Nazioni unite, come ci chiamano ora. Gli stemmi nazionali, nel nostro caso la bandiera degli Stati Uniti, andavano sulla manica sinistra. «Come se il denaro significasse tutto ora.» Jesse si accigliò e abbassò gli occhi sui propri abiti. «Almeno quei Marine hanno delle vere uniformi. Questa l'ho presa in un negozio in Arkansas.» I pantaloni gli stavano giusti, mentre la giacca sembrava di tre taglie troppo grande.

Anche la mia "uniforme" era spaiata: i pantaloni erano della guardia nazionale del Maine, mentre la parte di sopra, che mi era stata data sul treno per Miami, era di un vecchio modello mimetico e sembrava fosse rimasta in deposito dalla guerra in Iraq, la prima.

O forse dalla guerra ispano-americana. Emanava ancora un fievole odore di naftalina. «Forse l'esercito ci assegnerà nuove uniformi qui.»

«Non ci contare.»

Ci abbaiò contro una voce familiare. Ci girammo e vedemmo il tenente Amos Gonzalez, un capo plotone nel X. Non il nostro plotone, ma un volto conosciuto. Jesse e io scattammo sull'attenti e salutammo. «Riposo, uomini. Bishop e Colter, giusto?» La sua faccia si aprì in un ampio sorriso. «È bello vedervi entrambi. Contento che ce l'abbiate fatta ad arrivare alla festa.»

«Anch'io sono felice di vederla, tenente», disse Jesse. «Sa quanti di noi sono qui?»

L'uomo scosse la testa abbassando gli occhi, mentre calciava la terra con lo stivale. «Le comunicazioni sono ancora confuse. Stiamo mettendo le persone al lavoro a mano a mano che arrivano alla spicciolata.»

Jesse si accigliò guardando Gonzalez, che aveva aggirato la domanda. «Ehi, tenente, finora ho visto solo noi, i ragazzi dei Belching Buzzards[1]», intendeva la CI Screaming Eagle[2], «il III fanteria e i Marine. Non portiamo corazzati o cavalleria?»

Il tenente Gonzalez gli gettò un'occhiata sprezzante. «Colter, davvero vorresti stare dentro un carro armato a combattere contro un nemico che può sparare dall'orbita?» Non aspettò la risposta di Cornpone. «È un passaporto per l'inferno. I kristang hanno detto che avevano bisogno di fanteria, quindi questo è quello che stiamo inviando. Corazzieri e aviatori resteranno in panchina a questo giro.»

«Mi perdoni, signore, ma a che diavolo serve la fanteria contro i ruhar?», chiesi. «Non ho nemmeno un'arma.»

Gonzalez annuì con simpatia. «I kristang non permetteranno che si portino armi sull'ascensore. Dovremo procurarci armi, giubbotti antiproiettile e tutto il resto quando arriveremo, ovunque andremo.

---

1 Letteralmente "avvoltoi eruttanti" (*N.d.T.*).

2 La 101st Airborne Division (CI divisione aviotrasportata), nota anche come Screaming Eagle ("aquila urlante"), è un'unità di fanteria elitrasportata dell'esercito statunitense (*N.d.T.*).

Per quanto mi riguarda, mi piace il mio vecchio M4, ma non voglio andare con questo contro i ruhar.»

«Siamo in servizio coi Marine, signore?», chiesi.

«Una brigata del corpo dei Marine, sì. E, ho sentito, inglesi, francesi, cinesi, forse anche alcuni russi e l'esercito indiano. Avete già fatto il controllo medico?»

«No, signore, sono appena sceso dall'autobus proveniente dall'aeroporto», dissi. Riuscivo ancora a sentire le doghe d'acciaio del sedile dell'autobus sotto il mio sedere. Eravamo arrivati dall'aeroporto, ci eravamo inerpicati per la strada sterrata, a stento segnata, in un convoglio di vecchi scuolabus dai colori sgargianti: è probabile che fossero i migliori mezzi di trasporto che quella parte dell'Ecuador aveva da offrire prima che i ruhar attaccassero.

«Ehm, ehm.» Jesse scosse la testa. «Sono qui da stamattina e, appena sono sceso dall'autobus, i Marine mi hanno fatto spostare bancali di cibo.»

«Fareste meglio a fare un controllo, allora, avete bisogno di una valutazione medica prima d'imbarcarvi sul tappeto magico per lo spazio. Vedete quel grande tendone da circo laggiù, quello con le bandiere delle Nazioni unite?» Non scherzava, era davvero un tendone da circo. «Andateci di corsa, l'ascensore parte alle 17:00.»

La tenda era un manicomio. Jesse e io non eravamo impazienti di farci punzecchiare e pungolare dai medici dell'esercito, ma non avremmo avuto ragione di preoccuparci. L'esame medico consisteva nello stare in piedi vestiti, in una cabina delle dimensioni di una doccia, mentre facevano scendere e salire e di nuovo scendere un fascio di luce. Quando uscii, il dottore non alzò gli occhi dal suo computer. «Vivrai, Bishop.» Feci in tempo a vedere un file con la mia immagine sullo schermo del computer, il medico pigiò alcuni tasti e il file fu sostituito da quello di un altro ragazzo. «Avanti il prossimo!»

«Mi scusi, signore, è tutto qui?», chiesi confuso.

«È tutto qui. Hai appena fatto il tuo primo esame con uno scanner medico kristang e dice che sei abbastanza in salute. Su, gente, non abbiamo tutto il giorno. Avanti il prossimo!»

Dopo l'esame medico, facemmo la doccia, con autentica acqua calda, anche se non ci assegnarono nuove uniformi, così ci rimettemmo i vecchi vestiti e poi andammo in un'altra tenda per un pasto caldo, stile esercito. Per quanto mi riguardava, lo stile militare era una buona cosa, significava che avrei avuto un sacco di cibo. Attraversai la fila, ero in piedi con il mio vassoio in mano in cerca di un posto per sedermi, quando Jesse si alzò e mi fece cenno di andare al suo tavolo. «Questo qui è Gus, I corazzato», disse Jesse con la bocca piena di pane di mais, indicando un ragazzo seduto accanto a lui.

«Ma non doveva esserci solo la fanteria in questo viaggio?», chiesi.

Gus alzò le spalle. «Ho guidato un Bradley, immagino che abbiano bisogno di autisti per qualsiasi cosa ci sia lassù.» Se i kristang pensavano che ci servissero autisti, si poteva sperare che noi della fanteria non saremmo stati costretti a farcela sempre a piedi ovunque fossimo andati.

Cornpone usò un pezzo di pane per tirare su il sugo dal polpettone. «Non so dove stiamo andando, ma, se significa tre bocconcini e una branda, ci sto. Era piuttosto magra quest'inverno a casa.»

Non sapevo cosa aspettarmi dall'ascensore spaziale, ma non quello che mi si presentò davanti. Sembrava più la sala d'attesa di un aeroporto. L'enorme abitacolo dell'ascensore era a forma di disco e aveva quattro livelli, il più basso dei quali conteneva i macchinari. O così supposi, perché ci fu consentito l'accesso soltanto ai tre livelli superiori. Capsule di carico erano agganciate sotto la parte inferiore dell'abitacolo. I livelli abitabili erano divisi ciascuno in otto settori, contenenti file e file di sedie di plastica dall'imbottitura sottile. Sedie con cinture di sicurezza. La durata prevista per il viaggio fino alla stazione orbitale era di nove ore, ore movimentate solo dal nostro affollarci attorno agli oblò per guardare giù, verso la superficie del nostro pianeta che si allontanava. Dopo un po', anche quello ci stufò. L'ascensore era un aggeggio senza fronzoli, progettato per trasportare un numero massimo di truppe in un periodo minimo di tempo. Il comfort durante il viaggio non era una priorità dei kristang. Non c'era nemmeno uno snack bar integrato nell'ascensore, quindi l'esercito aveva allestito una cucina mobile a ogni livello e il cibo era abbondante. Mangiai il mio primo cheeseburger decente da molto tempo a quella parte, poi tornai indietro a prenderne un altro. Jesse e io esplorammo il posto, girovagammo, incontrammo i soldati con cui avremmo prestato servizio, condividemmo storie, ascoltando voci contraddittorie. Poiché l'ascensore aveva una capacità di cinquemila umani, buona parte di una divisione dell'esercito era a bordo durante il nostro viaggio. Passammo accanto a un settore che era stato adattato a mensa provvisoria degli ufficiali, ci infilammo la testa, per poi proseguire e mescolarci con gli altri soldati semplici.

Dopo essermi scolato tre soda – l'esercito non forniva bevande alcoliche – ebbi bisogno di fare una capatina in bagno, cosa che temevo. Che tipo di tubature avevano fornito i kristang? Beh, o questi ultimi avevano funzioni biologiche simili alle nostre, o avevano consultato idraulici umani, perché in realtà la mia preoccupazione si rivelò immotivata. Sembrava un tipico bagno da autogrill, solo nuovo e più pulito. C'era anche il sapone nei dispenser.

Il viaggio all'inizio fu lento, era davvero come andare in ascensore, c'erano una sottile pressione provocata dalla gravità in eccesso e una lieve vibrazione. Mentre salivamo e l'atmosfera si rarefaceva, accelerammo e la gravità artificiale si attivò per compensare, a quello che ci dissero essere circa l'85% del normale sulla Terra. Parlai con uno dei cuochi dell'esercito, che aveva fatto su e giù con l'ascensore diverse volte. Mentre ci avvicinavamo alla stazione spaziale, spiegò, rallentavamo, ma non sentivamo alcun movimento a causa della gravità artificiale. Espressi dubbi sulla sicurezza di percorrere un fulmine, soprattutto con i predoni ruhar che ancora attaccavano i kristang, il cuoco mi disse di non preoccuparmi. All'inizio della settimana, una fregata ruhar era saltata fuori dall'iperspazio mentre l'ascensore era a metà strada per la stazione spaziale, nel suo punto più vulnerabile. La fregata era riuscita a lanciare due missili prima che un paio di cacciatorpediniere kristang la colpissero e che laser difensivi dell'ascensore si occupassero dei missili in arrivo. Fu bello sapere che non eravamo proprio bersagli facili, mentre mangiavamo spuntini e stavamo seduti su sedie scomode.

Riuscii a addormentarmi, spaparanzato su una sedia. Mi svegliai quando un Marine mi diede un calcio al piede. «Alzati e splendi, bella addormentata. Questo giro in auto rubata sta arrivando alla fine. Raccogli la tua attrezzatura, se ne hai una.» Il Marine si allontanò per andare a svegliare a calci altri soldati addormentati.

Jesse si era assopito sul pavimento dietro di me, usando il suo borsone come cuscino. Gli strinsi la spalla. «Oh, amico, la tua brutta faccia non è quello che voglio vedere svegliandomi», esordì scontroso. «Come va?», riuscì a dire, mentre uno sbadiglio gli stirava la mascella.

«Credo che ci stiamo avvicinando alla stazione spaziale. Vuoi dare un'occhiata?»

La stazione era una ciambella, con sei braccia per raggi. All'estremità di due delle braccia c'erano quelle che diedi per scontato fossero navi kristang, a riposo a pancia in giù, così sembrava, su piattaforme. Una delle astronavi era elegante e scura, l'altra molto più grande e non così potente. Mentre io e Jesse le fissavamo inebetiti, il cuoco con cui avevo parlato prima si fece largo tra la folla per avvicinarsi a noi. «Quello», indicò la nave più piccola, «è un incrociatore, e quella brutta e grossa accanto è la nave da trasporto.»

«Ci sei salito?», chiese Jesse.

«No, ci fanno salire sulla stazione solo mentre l'abitacolo dell'ascensore sta imbarcando, poi si torna in Ecuador per il gruppo successivo. Ho sentito che la nave da trasporto può contenere l'intero gruppo, non appena sarete a bordo partiranno.»

«Hai idea di dove ci stanno mandando?» Pensavo che il cuoco potesse avere sentito qualcosa durante uno dei suoi viaggi precedenti.

Lui scosse la testa. «Non lo so, e se qualcuno dei nostri ufficiali lo sa, non lo dice. Per quanto mi riguarda, penso che i kristang informino soltanto gli addetti ai lavori, e noi umani non lo siamo.»

Guardammo in silenzio, mentre l'ascensore si avvicinava lentamente alla stazione, finché la massa di quest'ultima gettò un'ombra attraverso il finestrino e nascose l'incrociatore alla vista. «Vorrei tanto venire con te, provare a passare alla fanteria», il distintivo sulla sua uniforme diceva I corazzato, «ma l'esercito dice che il mio ruolo è quello di cuoco, quindi questo è quello che sto facendo.» Mi sembrò amareggiato.

«Ehi, il tuo cheeseburger è la fine del mondo.» Gli tesi la mano.

Lui si strofinò la sua sul grembiule, afferrò la mia con forza e mi guardò dritto negli occhi. «Voi ragazzi state per spaccargli il culo, vero?»

"Puoi giurarci", risposi con convinzione. Non sapevo se sarei tornato, ma avrei ucciso il maggior numero possibile di criceti. Ogni soldato e Marine con cui parlavo provava la stessa cosa, lo stesso mortale senso di determinazione. Eravamo stati attaccati, la sopravvivenza stessa della nostra specie era stata minacciata. "Rabbia" non era la parola adeguata a descrivere come ci sentivamo tutti. Nella stazione ferroviaria di Boston camminavo con altri tre soldati diretti verso lo spazio e la guerra, e la folla ci aveva notato. La gente si fermava, iniziava spontaneamente a salutare, poi applaudiva. Ero davvero commosso. Ricordo che un vecchio, doveva essere un nonno, aveva con sé il nipotino. Aveva mostrato al piccoletto come stare sull'attenti e gli aveva sistemato la mano in un saluto militare rivolto a noi. L'espressione sul viso del nonno, proprio in quel momento, mi aveva detto tutto di quello che la gente provava per noi soldati della Forza di spedizione delle Nazioni unite. Stavamo portando con noi tutte le loro speranze, non solo le speranze di vendetta. Speranza per la sopravvivenza, la sopravvivenza della specie umana. È ciò che rendeva diversa quella guerra: per la prima volta eravamo davvero tutti dalla stessa parte.

«Puoi giurarci, amico, stiamo per spaccargli il culo», disse Jesse in tutta serietà, e pigiammo pugno contro pugno. «Esercito forte non va alla morte. Urrà!»

Come il cuoco, non vedemmo molto dopo avere lasciato l'abitacolo dell'ascensore. Le guardie del corpo dei Marine ci mandarono alla stazione spaziale che generava il fulmine da noi percorso in direzione dello spazio. Ci mettemmo in fila indiana, per fare cosa non lo sapevo. La stazione era grande, mi chiedevo ad alta voce come avessero fatto a costruirla così in fretta.

«Una nave madre dei thuranin l'ha portata qui in sezioni, poi l'hanno assemblata», disse un tenente in fila davanti a noi.

«Signore?», chiesi. «Cosa sono i thuranin?»

«I thuranin sono la specie patrona dei kristang.» Reagendo agli sguardi del tutto vuoti che gli rivolgemmo io, Cornpone e tutti gli altri, uscì un po' dai ranghi per parlare con noi. Dalla sua uniforme, vidi che era del III fanteria. «Non vi hanno detto niente?»

«Signore, vengo dal Nord del Maine, abbiamo avuto internet per la prima volta una settimana prima dell'attacco dei ruhar.» Vidi che non apprezzava il mio tentativo di fare dell'umorismo. «Non ho mai sentito parlare dei thuranin, signore.»

Lui fece roteare il dito in aria. «Questa stazione, l'ascensore, è tutta tecnologia thuranin, i kristang non hanno nemmeno la gravità artificiale a bordo delle loro navi.»

«Signore?» La faccia di Jesse iniziò a diventare verde quando lo sentì. Tutti nella fila apparivano nauseati all'idea di sperimentare l'assenza di gravità. «Gravità zero? Non siamo stati addestrati per questo, per niente.»

«Ecco perché sei in fila qui, devi prendere le medicine per prevenire la nausea spaziale. Non possiamo permettere che gli umani vomitino le budella su una nave da trasporto kristang.»

«Non andremo con un'astronave dei thuranin?», chiesi, sentendo già la nausea. Mi stavo pentendo amaramente di quel secondo cheeseburger. La fila avanzava e noi strascicavamo i piedi lungo il ponte.

«Le navi madri thuranin si avventurano di rado in un pozzo gravitazionale, rimangono ben lontane nella Nube di Oort di qualsiasi sistema stellare.» Vedendo altri sguardi vuoti, sebbene io mi compiacessi di sapere che cosa fosse una Nube di Oort, aggiunse: «Questo significa fuori dall'orbita di Plutone, dove lo spazio-tempo è piatto ed è più facile per le loro navi madri formare un campo di salto. Le navi kristang possono saltare solo a corto raggio, tra le sei e le otto ore luce, che è più o meno fino a Nettuno. Fanno una serie di piccoli salti più veloci della luce in questo modo, fino a dove è parcheggiata una nave madre thuranin. Una nave madre è una grande, lunga colonna vertebrale, con punti d'attacco per agganciare le astronavi a breve raggio. Ha un motore di salto avanzato, ben oltre quello dei kristang, quindi i thuranin trasportano le navi kristang tra i sistemi stellari. La G2, la nostra intelligence a livello di divisione, pensa che le navi kristang non possano di fatto viaggiare tra le stelle: con i loro salti brevi e la necessità di ricaricare i motori tra un salto e l'altro, nel complesso viaggiano a velocità minore di quella della luce. Ci vorrebbero più di quattro anni per arrivare da qui alla stella più vicina. I thuranin, pensiamo, possono viaggiare a qualcosa come trecento volte la velocità della luce, in salti di circa un anno luce».

Non mi piacevano i calcoli matematici che mi stavano frullando nel cervello già quasi fumante. Trecento volte la velocità della luce era incredibilmente veloce, ma significava anche che, se fossimo andati su un pianeta che era, diciamo, a un solo centinaio di anni luce di distanza, ci sarebbero voluti quattro mesi per arrivarci! Quattro maledetti mesi. Bloccato su una nave aliena. In assenza di gravità. Un centinaio di anni luce sembrava un sacco, ma la galassia è enorme. A un certo punto a scuola avevo imparato che la Terra si trova a ventisettemila anni luce dal centro della galassia, e l'intera galassia è qualcosa come centomila anni luce di diametro. Non avevo considerato nulla di tutto questo, ansioso com'ero di lasciare la Terra per combattere i ruhar. «Signore», chiesi lentamente, «dove stiamo andando?»

«Non è un segreto. Stiamo andando in un pianeta che i kristang hanno adibito a base di addestramento per noi, lo chiamiamo Campo Alfa.»

«E quanto dista?», chiese Cornpone gettandomi uno sguardo. Stava calcolando mentalmente anche lui.

«I kristang non ce lo diranno, ma le persone che ci sono state hanno scattato foto del cielo notturno e, dalla posizione delle stelle, i nostri astronomi l'hanno fissato a 1.223 anni luce dalla Terra.» Proprio allora, una delle porte di fronte alla fila si aprì e il tenente fu invitato a entrare.

Oh, mio Dio. Un viaggio di milleduecento anni luce, a bordo di un mezzo che viaggiava a trecento volte la velocità della luce, significava che saremmo rimasti bloccati a bordo di una nave kristang, agganciata a una nave madre thuranin, in assenza di gravità, per *quattro anni*! Avevo sentito dei problemi che gli astronauti avevano avuto a bordo della Stazione spaziale internazionale a gravità zero, di come la loro vista si fosse deteriorata, le loro ossa si fossero indebolite e i loro muscoli fossero deperiti dopo un paio di mesi. Che cosa avrebbero potuto mai fare di buono dei soldati umani dopo quattro anni a gravità zero? Ero così scioccato, che non mi venne neppure in mente che il tenente aveva detto che in qualche modo gli umani erano già andati al Campo Alfa e ne erano tornati, ovviamente in meno di un anno.

«Quattro anni, cazzo! Giusto? Milleduecento anni luce di distanza, a trecento all'anno, no?» La voce di Cornpone rifletteva il turbamento che tutti noi avvertivamo. «Forse ci congeleranno, ci faranno dormire per tutto il tragitto? L'hanno fatto in *Avatar*, giusto... hai visto quel film?»

La gente mormorava, stordita dalle implicazioni di ciò che il tenente ci aveva detto. Poi venne il mio turno col medico che indossava abiti civili e un camice bianco da laboratorio. Sembrava annoiata. «Devo togliermi la maglia, signora?» Speravo di potermi tenere i pantaloni addosso. Era già abbastanza imbarazzante stare in piedi in boxer di fronte a un medico di sesso maschile, con uno di sesso femminile era anche peggio. Cioè, non volevo che il mio amico fosse ovviamente felice di vederla, non so se mi spiego. Ma forse sarebbe stato peggio se non fosse stato all'altezza della situazione. La dottoressa era carina e io ero un ragazzo sano, perciò sentii che per rispetto nei suoi confronti avrei dovuto almeno avere una mezza...

«No, soldato, tieni la maglietta. Alza il mento, per favore.» Mi puntò quella che sembrava una pistola di plastica e cromo sotto l'orecchio sinistro e premette il grilletto. Non sentii quasi niente. Stessa cosa a destra. Mise giù la pistola e controllò lo schermo di un computer, ci tamburellò sopra un paio di volte con le dita e disse: «Pare sia andata bene. Ti sono state iniettate le nano-macchine kristang che presto migreranno nel tuo orecchio interno e t'impediranno di provare nausea in assenza di gravità. Dopo un po' si dissolvono, e non dovresti sentire alcun effetto collaterale. Se ti sembra che il tuo equilibrio sia compromesso mentre sei in presenza di gravità, contatta il personale medico a bordo della nave. Riceverete istruzioni dettagliate una volta lì».

La porta di fronte a quella da cui ero entrato si aprì e mi fecero cenno di uscire. Con la gravità non c'erano problemi, era il pensiero che mi avevano iniettato delle piccole macchine a farmi venire la nausea. Microscopici robot alieni nuotavano nel mio sangue. Era inquietante.

Una volta che il nostro gruppo ebbe finito con i medici, le guardie ci indirizzarono alla nave da trasporto e ci spintonarono senza lasciarci tempo per un giro turistico. Comunque, non c'era molto da vedere nei corridoi della stazione: pareti vuote di colore blu chiaro su cui erano attaccati segnali in diverse lingue umane. La nave kristang era più interessante, molti pannelli di accesso, corridoi che andavano in ogni direzione, tubi o condutture lungo i soffitti. Nei muri e nei pavimenti erano incassate delle maniglie, immagino per quando la nave si fosse trovata in assenza di gravità. Non si trovava in giro neanche un kristang, non avevo ancora mai visto una lucertola in persona. Un Marine prese il comando del nostro gruppo e diresse gli uomini in un compartimento, le donne in un altro. Nel compartimento in cui finii io c'erano file e file di letti a castello, impilati a tre a tre. Ogni gruppo di tre cuccette era attaccato a un braccio in grado di far girare la pila di novanta gradi quando la nave era sotto propulsione. Il Marine ci disse che si trattava di una navicella multi-missione kristang, attualmente configurata per il trasporto di truppe. Eravamo fortunati, aggiunse, che le cuccette fossero a misura di kristang, che in media erano un po' più alti degli umani. Alzai la testa e trovai una branda vuota, ci buttai dentro la mia piccola sacca da viaggio e la fissai con una cinghia che pensavo fosse lì per quello scopo. La cuccetta non era male, due metri di lunghezza, a circa un metro e venti centimetri dal letto di sopra. Era quasi di lusso. Qualcuno era già nel bel mezzo di una partita a carte: Jesse andò a vedere, mentre io mi lasciai andare di peso sul letto e selezionai un libro da leggere sul tablet. Stavo entrando in ansia perché la batteria era al 25% e sembrava non ci fosse una presa elettrica da nessuna parte. Avevo l'impressione che fosse stato stupido portare quella cosa nello spazio con me.

Arrivò un sergente e rimase in piedi sulla porta. Si schiarì la gola per attirare la nostra attenzione. Mi divertiva vedere che indossava la stessa giacca mimetica fuori moda che avevo io. «Sono il sergente scelto Raynor, sono a capo di questo compartimento e degli altri due di fianco a voi. Tra due ore, questa nave si staccherà e decollerà dall'orbita terrestre. Dovete essere tutti nelle vostre cuccette con le cinture allacciate dieci minuti prima della partenza. Se non sapete come usare le cinghie, lo specialista Edwards ve lo mostrerà. Dopo la partenza dalla stazione, la gravità artificiale verrà interrotta, quindi assicuratevi di non lasciare sciolto nulla che possa fluttuare. Questa nave prenderà velocità per circa un'ora, l'accelerazione è solo al 30% della gravità normale, non è come nei razzi della Nasa. Poi l'astronave farà un salto nell'iperspazio. Potrete uscire dalle vostre cuccette una volta che i kristang avranno dato il via libera, dopo circa novanta minuti. Dopo di che, sarete liberi di muovervi; tenete a mente che saremo a gravità zero. Non voglio che nessun asino gironzoli qua e là a gravità zero! Una volta che la nave sarà abbastanza lontana dalla Terra, faremo una serie di salti nell'iperspazio, durante i quali dovrete starvene nelle vostre cuccette. La nostra destinazione finale è un pianeta che i kristang hanno adibito a base di addestramento. Se avete domande, avrete l'opportunità di ottenere risposte più tardi.»

Visto che stavo per rimanere bloccato nella mia cuccetta per più di un'ora, decisi di andare in bagno. Uscii di nuovo dalla porta e chiesi alla guardia Marine dove fossero i servizi. M'indicò il fondo del corridoio, con un sorriso ironico.

I bagni erano interessanti. Non c'erano orinatoi. Si poteva stare seduti in modo normale, ma erano progettati per l'assenza di gravità, c'erano cinghie per tenerti in posizione e il sedile ti formava un sigillo sul fondoschiena. C'era un tubo flessibile con tazze usa e getta per chi doveva solo fare pipì. Tutte le postazioni avevano targhe di istruzioni in diverse lingue umane, e non era così complicato come sembrava, il computer del bagno si prendeva cura di tutto. Segnate un punto per la tecnologia. A quanto pare, anche i kristang avevano bagni unisex, perciò facevamo a turno: cinque donne prima, poi cinque uomini. Cazzo, il turno delle donne durava all'infinito. Ma erano molte meno rispetto agli uomini, quindi non era un problema. Mentre tornavo al compartimento a me assegnato, c'era un capitano dell'esercito in piedi nel corridoio che leggeva qualcosa su un tablet. Feci il saluto e mi fermai a tentare di parlare con lui: «Mi scusi, signore, come fa a caricare il tablet?».

«In ogni compartimento c'è un set di cuscinetti magnetici, mettici sopra il tablet e si caricherà. È come un tappetino di ricarica e percepisce di che tipo di corrente ha bisogno il tuo tablet, in modo da non fulminarlo. I dispositivi thuranin sono intelligenti.»

«Cos'è un thuranin, signore?»

Il capitano scosse la testa: «I thuranin sono una razza molto evoluta, guidano la coalizione cui appartengono i kristang. Mi hanno detto che assomigliano un po' agli alieni dei film di fantascienza: bassi e ossuti, con grandi teste calve».

Adesso ero in completa confusione: «I kristang non sono al comando?».

«Per quanto riguarda noi umani, sì: per qualsiasi cosa abbia a che fare con la Terra, i kristang sono al comando. I thuranin sono i patroni... sì, forse è questa la parola giusta, dei kristang. Comunque, tutto quello che devi sapere è che viaggiare da una stella all'altra è un processo lento in una nave kristang, quindi si agganciano alle navi madri thuranin per i grandi salti. E, prima che tu me lo chieda, no, non ho mai visto un thuranin, siamo a bordo di astronavi kristang.»

«Sta diventando complicato, signore.»

Lui annuì con simpatia. «Pensala così: i thuranin sono le squadre maggiori, i kristang sono... ah, la squadra satellite in tripla A. E noi, beh, siamo una specie di squadra semiprofessionistica in questo momento. Speriamo di essere promossi in A, ma prima dobbiamo dimostrare quanto valiamo, e abbiamo ancora molta strada da fare.

Torna nella tua cuccetta, soldato, tra poco decolleremo dall'orbita. Riceverai istruzioni più tardi.»

Dopo un'ora di leggera accelerazione per allontanarci dalla Terra e dieci minuti di quella che immaginai fosse la preparazione, la nostra nave da trasporto saltò. Non riuscivo a vedere niente, legato nella mia branda. Quando la nave saltò, per una frazione di secondo ebbi la sensazione che dell'elettricità statica mi stesse strisciando sulla pelle, poi si tornò a galleggiare in assenza di gravità. Tenni traccia del tempo sul mio orologio: tra il primo e il secondo salto trascorsero otto ore e ventuno minuti. Più tardi, appresi che le navi kristang sono alimentate da reattori a fusione e i loro motori impiegano circa otto ore per produrre abbastanza energia per un salto. Quel lasso di tempo tra i salti può rappresentare una grave responsabilità tattica per una forza in attacco: le navi in attacco, infatti, appena saltate nel combattimento, possono per lo più saltare via subito se si mettono nei guai, mentre una nave in difesa, con motori del tutto carichi, può saltare in una posizione diversa se ha uno sciame di missili in arrivo. In una battaglia reale, l'intervallo tra i salti non è un problema. Le navi da guerra mantengono sempre l'energia di riserva per un breve salto di emergenza. Tuttavia esse non possono saltare in modo sicuro dentro o fuori dall'iperspazio vicino a un grande campo gravitazionale, come un pianeta, il campo di salto potrebbe distorcersi e fare a pezzi l'astronave. Quindi una forza d'attacco deve uscire dall'iperspazio, lontano da un pianeta, e viaggiare attraverso lo spazio normale per entrare in orbita. Una volta che le navi attaccanti si avvicinano abbastanza a un pianeta da usare le armi, si sono spinte così tanto all'interno del campo di gravità che anche le navi con motori del tutto carichi non possono saltare in sicurezza. Le navi in difesa, che non sanno mai dove un attaccante uscirà dall'iperspazio, tendono a volare a punto fisso vicino ai pianeti, e poi si muovono per intercettare. Suona come un gioco con troppe regole da memorizzare, ma così è. Per fortuna per noi umani, non dovevamo pensarci. Non avevamo astronavi e i kristang non ce ne avrebbero date. Eravamo fanti, combattevamo a terra. I kristang ci avrebbero portati lì e noi ci saremmo occupati della lotta. Questo è quello che tutti pensavamo allora, almeno.

Tra un salto e l'altro, l'astronave incrementava per circa due ore, poi ci davano del tempo libero, quello in cui potevamo uscire dalle nostre cuccette. Tutti sperimentarono il movimento in assenza di gravità, io capii dopo qualche minuto che avrebbero fatto meglio a darci dei caschi. Il sergente Raynor venne a urlarci contro per la nostra stupidità, ma per lo più lasciava che ci prendessimo la nostra dose di lividi e ammaccature. L'esperienza è la migliore insegnante.

Uno degli esibizionisti era Jeff Murdock. Era entrato a far parte del nostro plotone in Nigeria a metà della mia missione lì, quindi non lo conoscevo bene, ma, ragazzi, affrontava l'assenza di gravità come un delfino affronta l'acqua. Compiva capriole che mi avrebbero fatto girare la testa e riusciva a spingersi da un muro e galleggiare attraverso il compartimento fino a dove voleva andare, nuotando nell'aria. Pendeva da un letto a testa in giù, usando i piedi per tenersi in posizione, con un enorme sorriso. «Cazzo, è fantastico! Non vedo l'ora di prendere un po' di quella biotecnologia kristang. Sarò un super-soldato, amico!»

Noialtri non eravamo così entusiasti di vederlo volare come uno scoiattolo gigante. «Murdock, non hai bisogno di tecnologia aliena avanzata per essere un soldato, hai bisogno di un cazzo di miracolo», disse Garcia ridendo.

«Sì, amico, quello che ti serve è un cervello, e faresti meglio a parlarne con il Mago di Oz», fu il commento di Thompson.

«Ehi, vaffanculo!», sparò Murdock di rimando e volò attraverso il compartimento, girò e atterrò con grazia sul muro opposto, non rimbalzò nemmeno. «Lo vedrai.»

Ci portarono alla versione kristang di una sala mensa o un refettorio, o forse si chiamava cambusa, visto che si trovava su una nave? L'esperienza a gravità zero, fatta nel compartimento dei letti a castello, fu d'aiuto quando dovemmo trascinarci lungo i corridoi della nave. La sala mensa aveva la capienza di quasi un centinaio di persone e c'erano tavoli e sedie, ciò che la rendeva diversa è che quelle sedie erano saldamente attaccate al pavimento e avevano le cinture di sicurezza. Il pranzo era un pasto pronto al consumo;

gli umani non potevano mangiare cibo kristang e i kristang non volevano che incasinassimo le loro cucine a gravità zero. I pasti pronti mi ricordavano il campeggio di quando ero bambino; non erano male, ma ne avevo consumati troppi in Nigeria e mangiavo di malavoglia il mio cibo, scambiando le cose con le persone intorno a me. Cornpone era super-affamato, ingoiò il suo pasto pronto e mi fregò un pacchetto di cracker. A metà della pausa pranzo, un maggiore dell'esercito entrò fluttuando nello scompartimento, volò abilmente fino alla parete opposta e agganciò i piedi a una cinghia. La faceva sembrare facile. «State tutti godendovi il cibo degli astronauti?» Strappò una risata alla folla. «Mi rendo conto che girano un sacco di informazioni sbagliate, quindi ho intenzione di chiarirvi un po' le idee. Primo, non saremo in assenza di gravità per tutto il percorso. Quest'astronave kristang starà agganciata a una nave madre thuranin per la maggior parte del viaggio. I punti d'attacco sulla nave madre sono hangar con gravità artificiale, quindi, dopo essere stati attaccati, avremo l'85% di gravità, che è normale per i thuranin. Secondo, questo viaggio non durerà quattro anni e non sarete congelati. Quindi, vi toccherà ascoltare i vostri compagni di branda russare.» Un'altra risatina dalla folla. «La nave madre thuranin salterà verso un wormhole, un cunicolo spazio-temporale artificiale e lo attraverserà tutto fino dall'altra parte, che dista centinaia di anni luce. La nave madre viaggia tra i wormhole e lascia che ci portino a destinazione. Saranno diciassette i giorni dalla Terra alla nostra prima destinazione, un pianeta che chiamiamo Campo Alfa. È una base di addestramento dove riceverete le vostre nuove armi e attrezzature e imparerete le regole di ingaggio. I kristang sono pignoli rispetto alla nostra adesione a esse, quindi rigate dritto mentre siete lì. Non causeremo problemi ai nostri nuovi alleati. Per quanto riguarda Campo Alfa, ci sono stato, e tutto quello che dirò ora è che è un posto eccellente per concentrarci sulla nostra missione di addestramento.»

Questo provocò un gemito d'intesa tra la folla. Tutti capimmo che era un modo militaresco per parlare di un buco infernale dove non c'era altro da fare che lavorare e addestrarsi. Guardai Cornpone e alzammo le spalle. Avevamo visto di peggio e non eravamo nello spazio per una crociera di piacere. Il maggiore non rispose a nessuna domanda e lasciò la sala mensa dopo aver finito il suo breve discorso. Mi sentivo molto meglio sapendo che non saremmo rimasti bloccati a bordo della nave per quattro anni.

Dopo che la nave kristang ebbe fatto un quarto salto, dovemmo rimanere legati nelle nostre cuccette mentre faceva manovra per agganciarsi a una nave madre thuranin. Ci furono un rumore metallico e una vibrazione. La gravità tornò lentamente, nell'esultanza di chiunque potessi sentire. Specie quando annunciarono che per cena avremmo mangiato cibo caldo, ora che nelle cucine era tornata la gravità. Ci propinarono stufato di manzo, con molte più patate e verdure che carne, ma era una promessa che non saremmo sopravvissuti solo con cibi pronti per le successive tre settimane. I biscotti erano caldi e appena sfornati. Il buon cibo è importante per il buon morale, l'esercito di sicuro lo sapeva.

Mi piacciono i biscotti caldi appena sfornati.

Nel caso ve lo steste chiedendo.

Il cargo stellare thuranin, la nave madre, o comunque la si chiami, fece una serie di salti di cui persi il conto, perché alcuni avvennero mentre dormivo. Certi a bordo stavano cercando di tenere un registro amatoriale di tutte le manovre: salti, tempo tra i salti, tempo e forza di accelerazione. Per quanto mi riguarda, persi il conto dopo il secondo salto e pensai che ci dovessero essere persone qualificate che tenevano il conto per noi. Gli altoparlanti ci svegliarono intorno alle tre di notte, quando la nave si stava avvicinando al wormhole, e avrei voluto avere un più ampio preavviso, perché la mia vescica mi stava già mandando segnali di avvertimento. L'idea di cadere in un wormhole, coi miei atomi fatti a pezzi e rimontati, o qualsiasi cosa accadesse, mi spaventava. Ero in posizione rigida nella mia cuccetta, in attesa dell'ignoto, quando l'altoparlante annunciò: «Transizione wormhole completata. Allacciate le cinture per una normale manovra spaziale». Cazzo. Non solo non avrei avuto bisogno di preoccuparmi del passaggio nel wormhole, ma non mi ero neanche accorto di quando era avvenuto. Ci furono altri salti, altra attesa fra un salto e l'altro e un sacco di noia. Ci allenavamo a turno, utilizzando attrezzature portate dalla Terra, tra cui tapis roulant e cyclette. Mi piaceva correre, ma odiavo il tapis roulant, era così noioso. Anche competere con il tizio sul tapis roulant accanto a me non era d'aiuto, dopo i primi due giorni. Giocavamo sui tablet, ci esercitavamo, leggevamo libri e guardavamo film. Essere a bordo della nave era un po' come doveva essere per i soldati della seconda guerra mondiale attraversare l'Atlantico e il Pacifico su lente navi da trasporto. Non fosse che, a bordo di una nave da trasporto della seconda guerra mondiale, quei ragazzi avevano la possibilità di salire sul ponte, prendere aria fresca e vedere il sole e l'orizzonte.

Avevamo cibo decente e abbastanza spazio per muoverci in giro per la nave, a parte le aree off limits per gli umani. Quello che non avevamo era qualcosa da guardare fuori dal finestrino, se mai ci fossero stati finestrini. E non avevamo notizie dalla Terra, né contatti con essa. In Nigeria potevo accedere a internet, inviare e-mail e video-chattare con i miei genitori e amici, almeno la maggior parte dei giorni. Stavolta non avremmo avuto contatti fino al ritorno, molto, molto lontano. Una cosa che imparammo è che nemmeno i thuranin, per quanto superiori dal punto di vista tecnologico, avevano mezzi di comunicazione più veloci della luce, a eccezione dei droni che trasportavano messaggi saltando. Un po' come un piccione viaggiatore ad alta tecnologia.

Dopo un po', mi sentivo come se fossimo turisti a basso budget bloccati a bordo di una nave da crociera di merda, non sembrava di essere nell'esercito. Dopo qualche altro salto nell'iperspazio, di cui non cercai nemmeno di tenere il conto, la nave madre sbucò fuori da qualche sistema stellare, o almeno così ci dissero. La nave kristang si ritrovò a gravità zero, si staccò e saltò quattro volte. Infine, facemmo manovre in orbita sopra la nostra destinazione. Tutto sommato, il mio primo viaggio interstellare consistette per lo più nel restare bloccato in un compartimento senza finestrini. Non lo consiglierei per una vacanza, a meno che non siate disperati.

Gettammo un'occhiata al pianeta sottostante, non era invitante. La Terra dall'orbita appare blu, verde e marrone chiaro dove ci sono i deserti e le praterie, bianca ai poli dove c'è il ghiaccio. Questo posto appariva marrone e rosso, e anche i luoghi dove scorreva l'acqua non erano di un bel blu. L'unico polo che vidi presentava uno strato anemico di bianco sporco, come la neve accanto alla strada in aprile, quando è sporca e crostosa e tutti vorrebbero che si sciogliesse e se ne andasse, cazzo.

A gruppi, ci ammassammo nella sala mensa per avere informazioni. Il tenente Gonzalez stava in piedi su una sedia, e aspettò fino a quando tutti si furono sistemati nel compartimento. «Benvenuti su Campo Alfa! I kristang non volevano dirci il nome che usavano per questo pianeta, quindi per noi era solo "Alfa".»

Un tizio in prima fila chiese: «Ma sappiamo dove siamo, giusto, tenente? Voglio dire, qualcuno l'ha capito?».

«Sì», sorrise Gonzalez, «la squadra d'avanscoperta ha scattato foto del cielo notturno e gli astronomi sulla Terra hanno calcolato il punto dal quale doveva essere stata fatta l'inquadratura. Penso che i kristang si stessero divertendo con noi tenendolo segreto, ma dovevano sapere che saremmo stati abbastanza svegli da scoprire la posizione di questo pianeta. Siamo ancora nel Braccio di Orione della galassia, la Via Lattea, a 1.223 anni luce dalla Terra. È abbastanza lontano e perciò non si può vedere il nostro Sole da qui senza un telescopio. Mi hanno detto che è una stella insignificante comunque.»

«Avete scrutato tutti dal finestrino il luogo in cui ci addestreremo? Campo Alfa non è il tipo di posto dove andreste in vacanza. È il tipo di posto dove i soldati sono addestrati e formati in un esercito che i ruhar impareranno a temere. I kristang hanno destinato questo pianeta come base di addestramento e preparazione per gli esseri umani per tre ragioni. Prima, nessun altro vuole questo posto: è asciutto, mi hanno detto che la temperatura può raggiungere i centodieci gradi durante il giorno e scendere fino a venti gradi sotto zero la notte. Questa è la parte bella del pianeta, dove si trova la base di addestramento. La luce stellare è di un bizzarro colore blu-bianco e vi sbuccerà la pelle dalle ossa se non siete protetti. Seconda, poiché questo posto è così orrendo, è un ottimo posto per allenarsi. Non tutti i pianeti in cui andremo saranno come la Terra, qui imparerete a usare l'equipaggiamento fornito dai kristang e a sopravvivere in condizioni difficili. Se non siete in grado di combattere in modo efficiente qui, non abbiamo bisogno di voi. E terza, i kristang hanno scelto questo posto perché pensano che i ruhar non lo conoscano. Eppure...»

«Signore», chiese qualcuno, «perché il pianeta appare tutto marrone e bruciacchiato?»

«La stella qui è una variabile lenta, singhiozza di tanto in tanto e aumenta la sua potenza. Quando questo accade, brucia l'intero sistema, poi si calma di nuovo.»

Singhiozzo? Alla faccia del singhiozzo. A disagio, ci spostammo in massa e tra di noi si diffuse un mormorio sommesso.

«Non preoccupatevi di questo, i kristang conoscono il ciclo della stella, non si riaccenderà per altri dieci o cinquantamila anni», aggiunse in fretta Gonzalez. Dai dieci ai cinquantamila anni: sembrava che i kristang non avessero la più pallida idea di quando sarebbe esplosa la stella. «I vostri pacchetti contengono tutte le informazioni che vi servono su questo pianeta, quindi citerò solo i punti salienti. C'è vita laggiù, l'animale più grande è un insetto lungo circa dieci centimetri. Ha pinze affilate ed è velenoso, ma il veleno non è fatale per la biochimica umana, provoca solo una lieve eruzione cutanea, a volte, come reazione allergica. La maggior parte della gente non reagisce affatto. Le uniche cose pericolose per noi laggiù sono il clima, che può diventare molto caldo e molto freddo, e la nostra stupidità. Usate il buon senso, ricordate che siete qui per l'addestramento e leggete i regolamenti: sono scritti per tenervi in vita e pronti a combattere. Ci raggrupperemo in unità quando saremo sulla superficie, fino ad allora, seguite le istruzioni.»

CAPITOLO 3

CAMPO ALFA

NON C'ERA NESSUN ascensore spaziale su Campo Alfa, così facemmo il viaggio verso la superficie su uno shuttle kristang. Solo che, ho imparato, non si chiamava *shuttle*, navetta, o *dropship*, navicella da sbarco, o *lander*, veicolo d'atterraggio, che erano altri termini che avevo sentito usare dalla gente. Il termine utilizzato dall'esercito per questi velivoli era Surface to Orbit Craft[3] o Stoc. In pratica, chiamavamo queste navi sia *dropships*, che Stocer, pronuncia "stocher", come *stock car*, ma tutto attaccato. Le Stocer potevano raggiungere l'orbita da sole senza bisogno di razzi ausiliari e alcuni modelli più grandi erano in grado di effettuare voli interplanetari, se avevi un sacco di tempo per le mani e andavi molto, molto d'accordo con le persone con cui eri stipato là dentro. I kristang e altre specie avevano velivoli che chiamavano qualcosa come *dropship*, ma le *dropships* venivano utilizzate per invasioni su larga scala, per trasportare un sacco di truppe e attrezzature fino alla superficie, un viaggio di sola andata. Tecnicamente, una *dropship* era come un aliante della seconda guerra mondiale, poteva sopravvivere all'ingresso in un'atmosfera, fare un po' di manovre e atterrare in verticale, ma una volta a terra restava lì. Le *dropships* erano veicoli irripetibili, mentre una Stocer poteva risalire in orbita e fare il viaggio più volte. La distinzione non m'importava molto, perché sarei stato solo un passeggero, ma era bello sapere come facevano le cose i nostri soci anziani, mi faceva sentire parte della squadra, non solo un ingranaggio in una macchina.

La navicella, o *dropship*, in cui m'infilai a forza conteneva duecentoventi persone e la nostra attrezzatura, aveva più o meno le dimensioni di un 747 e la maggior parte dello spazio era occupato

---

3 Velivolo superficie-orbita. (N.d.T.)

54

da motori e serbatoi di carburante. La discesa fu dura, colpimmo l'atmosfera e mi sembrò di avere un sacco di cemento sul petto. Poi le cose peggiorarono. Ragazzi, fui contento quando la nave si stabilizzò e per un po' volò come un aereo. Quando successe applaudimmo tutti. L'atterraggio vero e proprio fu tranquillo, capii che eravamo a terra solo quando il rumore del motore s'interruppe.

Io. Che atterro su un pianeta alieno. Chi l'avrebbe mai detto, eh? «Tenente», chiese qualcuno, «sa chi è stato il primo umano a mettere piede su un altro pianeta?»

«Probabilmente il generale Meers», disse un soldato dietro di me. Meers era al comando dell'Unef[4].

«No.» Gonzalez scosse la testa. «Era un capitano donna dell'esercito britannico, faceva parte della squadra di avanguardia multinazionale. Era previsto che a uscire per primo fosse un colonnello dell'esercito cinese, ma la capitana inglese era seduta vicino alla porta e, quando atterrarono, il pilota kristang disse loro di uscire, subito. I kristang non lo consideravano un avvenimento importante – il primo atterraggio dell'umanità su un altro pianeta – volevano solo che fossero tutti fuori dalla nave in fretta, in modo da poter tornare indietro e prendere il gruppo successivo.»

Cazzo. Avevo sperato che la prima persona fosse stata un americano. Beh, avevamo pur sempre Neal Armstrong, e il vecchio Neal ce l'aveva fatta con una buona tecnologia americana. Questa britannica aveva solo chiesto un passaggio su un bus spaziale alieno.

Il mio primo passo su un altro pianeta fu quasi imbarazzante, mi ero abituato all'85% di gravità della nave madre thuranin, poi di nuovo all'assenza di gravità, e la gravità su Campo Alfa era al 107% della norma terrestre. Il peso inconsueto mi fece inciampare lungo la rampa. Il tenente Gonzalez non scherzava sul caldo: quando scendemmo dalla navicella, fui colpito da un'esplosione di calore che pareva uscire da una fornace. Ed era afoso, lasciate perdere tutte le stronzate sul fatto che il caldo secco si sentirebbe di meno. E luminoso, dovetti schermarmi gli occhi e strizzarli per

---

4 United Nation Emergency Force, la prima forza di emergenza delle Nazioni unite.

resistere, mentre percorrevo i cento metri che ci separavano dal punto in cui erano parcheggiati i veicoli da trasporto. Tutto odorava di bruciato, come in conseguenza di un incendio. Il contenuto di ossigeno dell'atmosfera doveva essere solo un po' più basso della norma terrestre, ma di certo avevo l'impressione che i miei polmoni stessero succhiando aria e non ne stessero ottenendo grandi benefici. Forse il punto di atterraggio era ad alta quota. Avevo quasi raggiunto un camion da trasporto ed ero in fila per salire a bordo, quando una donna dietro di me ondeggiò e rischiò di crollare sul terreno polveroso. Anche a me la testa nuotava per il caldo improvviso, come per un capogiro quando ti alzi troppo in fretta in spiaggia. Lei protestò e cercò di allontanarmi, ma era evidente che le sue ginocchia vacillavano. «Ascolta», lessi il nome sulla sua tasca sinistra, «ehi, Miller, noi siamo Army Strong.» Ripetei uno slogan di reclutamento dell'esercito americano: «Non lasciamo indietro nessuno, non in combattimento e di certo non in questo caldo puzzolente, capito?».

Lei annuì con rabbia e si appoggiò a me, respirando a fatica, finché non si alzò. Si sarebbe detto che avere bisogno di assistenza, anche per poco, stesse uccidendo il suo orgoglio. «Grazie», guardò il mio cartellino, «Bishop. Accidenti, fa caldo qui. Io sono di Seattle.»

«Ah! Qui Nord Maine. Non sai cos'è il freddo.» Lasciò che la tenessi per le spalle per sorreggerla qualche secondo, finché le sue gambe non smisero di tremare. A tre metri di distanza, le ginocchia di un tizio cedettero di colpo e la sua faccia si piantò nella terra, un'altra vittima del caldo improvviso. Miller si riprese e salì da sola sul retro del camion. Una volta che il mezzo fu carico, ci dirigemmo verso una tendopoli che stavano costruendo in cima a un promontorio. Mi guardai attorno cercando di assaporare i miei primi momenti su un mondo alieno. Non c'era molto da assaporare. Era asciutto e polveroso e l'aria odorava ancora di bruciato, quindi la puzza non proveniva dallo scarico del motore. Bassa vegetazione, raggruppata attorno alle rocce, sembrava essere un tipo di lichene polposo e carnoso. Mi figurai che la pianta immagazzinasse la propria riserva d'acqua, come un cactus. Rimbalzando nel retro del camion, ci guardavamo l'un l'altro e ci scambiavamo smorfie d'intesa. Campo Alfa era il nostro primo pianeta alieno. E faceva schifo.

Il tempo trascorso seduto sul camion fu l'unico che ebbi a disposizione per godermi l'esperienza, non appena arrivammo al campeggio a noi assegnato, l'esercito ci mise al lavoro per piantare le tende. Il caldo non era così terribile, ora che avevo avuto il tempo di abituarmici, ma la gravità in eccesso era stronza e la puzza di bruciato mi aveva saturato il naso. Un sergente scelto assegnò me, Cornpone e altri cinque all'allestimento di una grande struttura medica, fatta di pannelli prefabbricati isolanti. Era più dura di quanto sembrasse. «Cominciamo con questa parete laterale», dissi nella speranza che, completata la prima struttura, saremmo potuti andare a mangiare.

Ci fu un suono ovattato, come una scoreggia molto lunga e acuta, poi cominciò il gemito.

«È cornamusa? Che cazzo è?», esclamò Cornpone.

«Sì, c'è un battaglione inglese dall'altra parte del campo.» Alzai di scatto il pollice al di sopra della mia spalla, indicando il punto in cui avevo visto gli inglesi costruire il loro accampamento.

«E suonano la cornamusa? Davvero? Pensavo fosse una cosa irlandese.»

Garibaldi lo derise. «Scozzese, non irlandese, testa di rapa. Cazzo, ma non sai niente?»

Valdez disse: «Ehi, hai sentito quella del tizio scozzese? Se ne sta seduto in un bar ad affogare i dispiaceri nel whisky».

«Ce l'avete tutti?», chiesi. «Sollevate con le gambe, non con la schiena.»

Cornpone sbuffò: «Accidenti, Bish, parli come mia madre. Lascia fare a noi».

«Così dice al barista», Valdez grugnì per lo sforzo, «dice così: "Costruisci trenta case, e quando cammini per la strada la gente dice: 'Ecco MacDougal, il costruttore di case'? No, non lo fanno".»

Tenevamo la parete sulle ginocchia e io dissi alla squadra di andarci sotto e caricarla sulle spalle, la gravità in eccesso mi stava uccidendo.

«Poi dice: "Tu salvi cinque bambini da un edificio in fiamme, e quando cammini per la strada la gente dice: 'Ecco MacDougal, il soccorritore'? No, non lo fanno".»

«Valdez, vuoi star zitto un minuto? Bene, gente, oh, issa!», dissi nella miglior voce autorevole da esercito americano che mi veniva.

Ci eravamo messi quella stronza di parete sulle spalle e stavamo vincendo la nostra battaglia contro la gravità, quando Valdez sussurrò: «Poi MacDougal dice: "Ma ti scopi una pecora..."».

La perdemmo. Gli uomini si dispersero mentre la parete si schiantava e tutti si rotolavano a terra dalle risate. Cercai di abbaiare un ordine, ma ridevo così forte che mi uscì una bolla di moccio dal naso e, quando gli altri lo videro, si piegarono di nuovo in due dalle risate.

Il tenente Gonzalez ci guardò male e un sergente cominciò a camminare nella nostra direzione. Era ufficiale: non avevo alcun diritto di essere a capo di nulla, l'esercito aveva fatto un errore enorme dandomi anche solo la responsabilità di montare una tenda. Radunai gli uomini e provammo di nuovo a sollevare la parete, ma ogni volta che l'avevamo sollevata a pochi centimetri da terra, Valdez iniziava a ridere della sua stessa battuta e faceva scoppiare a ridere tutti. Alla fine, mandai Valdez a prenderci dell'acqua, chiamai più di una mezza dozzina di uomini, raddrizzammo quella cazzo di cosa e la sistemammo.

«Una pecora.» Cornpone rise e non potei fare a meno d'imitarlo.

Dopo aver sistemato la tenda, io e Cornpone entrammo finalmente in contatto con gli altri due ragazzi del nostro vecchio gruppo di fuoco: il Sergente Greg Koch e il soldato Dave Czajka. Chiamavamo Koch "Sergente", era un soprannome, ma ti servivano almeno i galloni da sergente per usarlo, a meno che non volessi che un georgiano di colore, alto un metro e ottanta e con la testa rasata, ti fulminasse con lo sguardo. E tu non lo volevi. Dave lo chiamavamo "Ski" perché era originario di Milwaukee, di Polonia per la precisione, e anche se il suo cognome non finiva per "-ski", noi pensavamo che avrebbe dovuto. Davvero, era stata sua la colpa di non avere un soprannome decente quando entrò a far parte della nostra unità. Ragazzi, era bello rimettere insieme la banda! A ciascuno di loro tre avrei affidato la mia stessa vita. In Nigeria eravamo finiti nella merda, ma eravamo riusciti a far sì di guadagnare solo qualche cicatrice e alcuni brutti ricordi da quella situazione. Prima di andarmene di casa, ero rimasto in contatto con loro tramite sporadiche e-mail, ma non li avevo più sentiti da allora e Cornpone e io non avevamo la certezza che avessero intrapreso il nostro stesso viaggio dalla Terra. Erano su un'altra nave kristang ed erano arrivati su Campo Alfa poche ore prima di noi. Koch ci fece sistemare in una tenda che avevamo dovuto aiutare a montare e capì dove andare a mangiare. Eravamo dei campeggiatori felici.

Il Sergente Koch andò a fare importanti cose da sergente, e la sala mensa non avrebbe aperto per cena prima di altre tre ore, così Cornpone scavò nel suo zaino alla ricerca di snack.

«Che cos'hai di buono?», chiese Ski.

Cornpone fece l'occhiolino. «Ehm, vediamo. Cazzo! Ho un'ampia scelta di genuine barrette energetiche Hooah!⁵.»

«Un'ampia scelta?», chiesi scettico. «Davvero?»

«Oh, sì, un'ampia scelta a dir poco. Potrebbe essere una pletora, forse anche, oh, un'autentica, dannata cornucopia di snack.» Fu divertente sentire Jesse pronunciare "pletora" nel suo accento del profondo Sud.

«Basta con le stronzate, amico, mi stai facendo venire fame», protestò Ski. «Che gusti hai?»

«Bene, ho cartone alla cannella, ovviamente, anche uvetta e ghiaia, e il mio preferito, segatura originale.»

Merda. Mi toccò uvetta e ghiaia. Le uvette erano più dure da masticare della ghiaia.

La mattina dopo, ci fecero marciare fino al poligono di tiro dopo mangiato. Faceva freddo, il termometro fuori dalla nostra tenda diceva che quasi si congelava. L'eccitazione era alta: tutti ci aspettavamo di mettere finalmente le mani su alcune incredibili armi super-tecnologiche dei kristang. E forse vestiti che ti scaldavano e raffreddavano in automatico. Mi sentivo nudo senza fucile. Di fronte a noi c'era un sergente artigliere del corpo dei Marine, con un taglio militare così severo che sembrava di potersi sfregiare la

---

5 Barrette energetiche molto diffuse tra i soldati (*N.d.T.*).

mano toccandolo. Indossava pantaloni e stivali da combattimento, ma sopra la maglietta aveva una felpa rossa dei Marine.

«Sono il sergente artigliere Cragen, del corpo dei Marine degli Stati Uniti.» Cragen fece una pausa, mentre le grida d'incitamento dei Marine – "Urrà" e "Semper fidelis" – risuonavano dalla folla. «Sono sollevato nel sentire che abbiamo tra noi alcuni fucilieri qualificati. Visto che il resto di voi è dell'esercito, cercherò di parlare lentamente in modo che possiate capire.» Gli altri Marine risero di quell'osservazione.

«Ascoltate, gente!» Su un tavolo di fronte a lui c'era una scatola grigia, toccò un pulsante sul lato della scatola che si aprì senza rumore. Tutti sporsero il collo allo stremo, avremmo finalmente visto le armi super-tecnologiche con cui avremmo ucciso i criceti. Quindi è comprensibile che dalla folla si fosse levato un brontolio quando il sergente Cragen tirò fuori dalla scatola quello che sembrava un fucile M4 standard.

«Oh, fanculo!»

«Non ci posso credere!»

«Stronzate, ragazzi!»

«Un merdoso M4?»

«Whisky Tango Foxtrot[6]?!», che significava, ovviamente: "Che cazzo è?".

«Ragazzi, è una cagata», sussurrò Ski a me e a Cornpone. Quest'ultimo si limitò a sputare sul terreno bruciacchiato e polveroso.

Questi furono alcuni dei commenti più blandi. Cragen preferì lasciare che le proteste morissero da sé, piuttosto che strigliarci per mancanza di disciplina. «Gente, salutate quello che noi umani chiamiamo M4b1. I kristang non si fidano a darci in mano qualcosa di più potente, e non ci servirà per le missioni che ci saranno assegnate nell'immediato futuro. L'unità M4 Bravo spara munizioni simili

---

6 Nell'alfabeto fonetico della Nato, "Whisky" corrisponde a W, "Tango" a T, "Foxtrot" a F. In questo contesto, "Whisky Tango Foxtrot" corrisponde a Wtf, "What the fuck", ovvero "Che cazzo è" (*N.d.T.*).

alle calibro 5,56 Mike Mike[7], due volte le due tre cui siete abituati. La differenza è questa», prese un proiettile dal tavolo e indicò la punta. «Questa è una carica esplosiva. I kristang ci assicurano che queste munizioni penetreranno il giubbotto antiproiettile che i soldati ruhar indossano, sempre che selezioniate l'opzione esplosiva, perché l'esplosivo è una carica cava. Come il proiettile Heat che usano i nostri carrarmati. È anche possibile scegliere di disattivare l'esplosivo, cosa che farete, a seconda delle regole d'ingaggio in vigore al momento. Per selezionare la modalità "punta esplosiva" usate questo interruttore qui», e indicò un pulsante incassato sul retro del manico, cioè in posizione comoda sia per i soldati destrorsi che per quelli mancini. «Fate scorrere questa copertura sul manico per esporre questo pulsante incassato. È incassato, quindi non sarete tanto idioti da attivare l'opzione "punta esplosiva" per sbaglio. Dopo aver sparato nove colpi, cosa che si può fare in singoli colpi standard o in tripla raffica, è necessario premere di nuovo il pulsante per selezionare la modalità esplosiva.»

Cragen si dilungò sul M4 Bravo, ma nella maggior parte delle persone l'eccitazione era sparita. Dov'erano le munizioni autoguidate, i laser, i miglioramenti genetici per farci diventare super-soldati, gli occhi bionici, le armature che ci avrebbero permesso di saltare nove metri in alto e correre a centosessanta chilometri orari? Dov'era tutta la roba figa che avevamo visto nei film di fantascienza? Questa era una stronzata! I ruhar potevano colpirci dall'orbita con maser, cannoni a rotaia e missili intelligenti, e tutto quello che avevamo erano fucili dell'era del Vietnam con petardi per proiettili?

Una stronzata totale.

Un paio d'ore dopo, avevo un M4 Bravo in mano al poligono di tiro. Era proprio come il mio vecchio, fidato M4, che avevo lasciato a Fort Drum quando ero andato a casa in licenza. E non sono mai tornato a Drum, quindi il mio fucile potrebbe essere ancora lì. I

---

7 Nell'alfabeto fonetico della Nato, "Mike" corrisponde a M, quindi "Mike Mike" sta per il calibro, "mm" (*N.d.T.*).

kristang ci fornirono un kit di conversione per i nostri normali M4 e le munizioni con punte esplosive. In seguito, avremmo appreso che gran parte delle nostre munizioni provenivano direttamente dalla Terra, senza raffinati miglioramenti, perché i kristang avevano una fornitura limitata di materiale esplosivo. Ogni squadra avrebbe avuto lastrine kristang pari alla metà della carica normale, il resto sarebbero state banali munizioni 5,56 mm. I nostri alleati pensavano che non avremmo avuto bisogno di munizioni costose per le missioni che ci stavano assegnando. Era un po' offensivo, qualsiasi duro lavoro in questa guerra sarebbe stato fatto dagli adulti, noi soldati umani eravamo seduti al tavolo dei bambini.

Il mio M4b1 arrivò con due lastrine di munizioni a punta esplosiva. Prenotai il mio turno al poligono di tiro, esercitandomi con il pulsante che consentiva di selezionare o escludere l'esplosivo. La modalità esplosiva era impressionante, ci fu grande esultanza lungo la linea di tiro quando vedemmo bersagli metallici triturati. I nostri proiettili normali rimbalzavano sui bersagli, lasciando solo piccole ammaccature lucide. Un vantaggio delle munizioni kristang consisteva nel fatto che ogni cartuccia era esattamente uguale all'altra, fino al nano livello; anche meglio di quelle che i nostri cecchini chiamavano "munizioni da competizione". E le munizioni kristang sparavano in modo molto più fresco e pulito, tanto che potevi ballare il rock'n'roll senza fondere o sporcare la canna. Poi c'era ancora da smontare l'arma e rimontarla. Bendati. E pulirla. Presi uno dei proiettili kristang da una lastrina e lo esaminai da vicino. Non fosse stato per il colore diverso e la superficie perfettamente liscia, senza freghi né graffi, sembrava la munizione Nato standard che usavo da anni.

Stavamo andando in battaglia senza nessuno dei miglioramenti sperati, costretti a chiedere un passaggio per ogni pianeta e senza che ci fossero state affidate missioni importanti. Era come se i kristang stessero solo assecondando il nostro desiderio di buttarci nella mischia. Questo era il futuro.

Non era quello che mi sarei aspettato.

Quel primo pomeriggio in cui ci trovavamo al poligono di tiro, un gruppo di aerei passò in volo abbastanza basso e ravvicinato da permetterci di vederli distintamente. Il gruppo girò intorno per ore, praticando atterraggi, decolli e voli in formazione. Dico aerei invece di veicoli spaziali, perché gli istruttori al poligono di tiro ci dissero che si trattava di quelli: velivoli progettati per volare in un'atmosfera e non in grado di raggiungere l'orbita. Quello che mi sorprendeva era il fatto che fossero aerei ruhar, non kristang. Ovunque andassimo, i kristang volevano che i nostri piloti fossero pronti a usare l'equipaggiamento sottratto ai criceti, piuttosto che essere costretti a trasportare il proprio equipaggiamento attraverso i corridoi aerei stellari. Ce n'erano due tipi di base, noti con i nomi dati dagli umani: la "Poiana", che era una nave da trasporto simile a un convertiplano V-22 Osprey, e una sorta di cannoniera a due posti, simile a un Apache, che chiamammo "Pollo". Così come chiamavamo i ruhar criceti, davamo nomi irrispettosi ai loro aerei. Erano entrambi velivoli a decollo e atterraggio verticale come elicotteri o convertiplani, ma, invece delle pale del rotore, avevano le gondole del motore a reazione all'estremità delle loro corte ali. Tutti dovemmo ammettere che apparivano fighi. Ed eravamo tutti orgogliosi di sapere che erano gli umani a pilotarli, e che li avremmo pilotati in combattimento. Presto, speravamo.

Il giorno dopo, ricevemmo alcuni degli altri giocattoli minimamente aggiornati che i kristang ci permettevano di avere. Il giocattolo più utile era una radio tattica personale, che trasmetteva utilizzando salti di frequenza e raffiche criptate, e utilizzava rumore di disturbo bianco ad ampio spettro in sottofondo, così la sua posizione risultava molto difficile da individuare. Ricevemmo tutti una radio personale delle dimensioni di un tipico smartphone terrestre, non fosse che era sottile come una carta di credito, con un touch screen inscalfibile che non potevi danneggiare, a meno di spargli contro un proiettile a punta esplosiva. Con la radio ci diedero auricolare e microfono da indossare sotto i caschi. Le telecamere che avevamo sul casco trasmettevano video attraverso le nuove radio, così capisquadra, plotone e compagnia potevano vedere quello che vedevano i soldati. Potevamo anche togliere le radio dalla cintura e usare lo schermo per selezionare le telecamere della nostra squadra e vedere quella di chiunque altro. Inoltre, al posto di una sola persona per unità designata come operatore radio e costretta a portarsi in giro un pesante equipaggiamento, ogni soldato ora aveva la capacità di comunicare con chiunque altro, in tutto il pianeta. Il touch screen apriva un menu scritto in qualsiasi lingua umana si parlasse. Inglese, spagnolo, francese, mandarino, hindi, qualsiasi cosa, la radio capiva tutto. Tutti dovemmo ammettere che era roba forte. Le persone che avevano una specializzazione professionale militare relativa alle apparecchiature di comunicazione erano disoccupate, dal momento che gli esseri umani non erano autorizzati ad armeggiare con l'ingranaggio e, comunque, non lo capivano. Per quanto mi riguarda, era tutta magia per me.

L'esercito voleva che chiamassimo il nuovo dispositivo RadTat, che sta per Radio tattica. Alcuni burloni lo battezzarono "zPhone", perché Z era oltre la I nell'alfabeto, almeno quanto lo zPhone era oltre l'iPhone. Sono certo che l'esercito aveva qualche nome ufficiale come Radio tattica, multiuso, fornita dai kristang, in conformità con lo standard Mil bla bla bla. Vabbè. La caratteristica più figa delle RadTat era che si potevano utilizzare come traduttori, che era una grande cosa, perché nessuno di noi parlava una sola parola di ruhar. Io parlavo un po' di spagnolo sgangherato e avevo imparato alcune frasi utili in hausa e yoruba quando ero in Nigeria, ma, di fatto, non ero nemmeno molto bravo a parlare americano. Facevo ancora confusione tra *your* e *you're*, il che faceva impazzire mia madre quando le mandavo e-mail con errori grammaticali. Facemmo tutti pratica con le nostre RadTat in modalità traduttore: non dovevi fare altro che mettere l'auricolare in un orecchio e parlare a voce lenta e chiara nel piccolo microfono a braccio vicino alla bocca. Dovevi parlare a lungo nella tua lingua quando usavi la tua RadTat per la prima volta, in modo che il traduttore potesse capire il tuo particolare schema vocale. In qualche modo, quel coso era in grado di capire la differenza tra il mio accento del Nord-Est e la parlata strascicata del Sud di Cornpone. Il che era di per sé impressionante. Tu parlavi nel microfono, facevi una pausa e le tue parole uscivano dall'altoparlante della RadTat in qualunque lingua avessi selezionato. Era perfino in grado di rilevare un'altra lingua parlata vicino a te e tradurla in automatico nella tua. Il suono in entrata e in uscita era più fluido di quanto mi aspettassi, anche se era ancora chiaro che si trattava di una voce computerizzata. Quello che mi colpì era che la RadTat gestiva piuttosto bene lo slang, anche l'onnipresente slang militare. Quando non capiva qualcosa, emetteva un ronzio, l'equivalente di "ehm". A un paio di chilometri da noi su Campo Alfa c'era un battaglione francese, due loro squadre vennero a farci visita un giorno e i francesi furono bombardati di richieste di parlare in modo da poter provare, sia noi che loro, le nostre RadTat in modalità traduzione. Fu fantastico, loro cianciavano in francese nei microfoni e io li sentivo in inglese. Imparai, per prima cosa, che in Francia il french toast non si chiama french toast, si chiama *pain perdu*. Il che la dice lunga, se ci pensate: cioè, perché i francesi non lo chiamano semplicemente toast? E allora noi che chiamavamo il nostro formaggio "formaggio americano"? Perché non solo "formaggio"? No? Forse sto andando fuori tema. Comunque, era strano sentirmi parlare e sentire la RadTat ripetere le mie parole in francese, soprattutto perché la RadTat di fatto usava un accento francese. Era così spassoso, per entrambe le parti, che ci divertimmo un mondo a dire cose stupide e sentire la RadTat tradurle. È probabile che quello non fosse il tipo di addestramento a cui l'esercito intendeva sottoporci, ma sfruttammo al massimo il traduttore e acquisimmo dimestichezza col suo uso.

Alcune persone riferirono di avere provato il traduttore con le truppe cinesi e indiane in visita nelle loro zone della base, e aveva funzionato alla grande. Per quanto riguarda il funzionamento con il ruhar, facemmo pratica con un computer che parlava quella lingua e tutto ciò che posso dire è che di certo speravo che quell'aggeggio diabolico funzionasse bene sul campo come accadeva nella pratica.

Un altro nuovo giocattolo attirò ulteriori gemiti quando ci fu mostrato. Gunny Cragen era di nuovo in piedi su un palco di fronte a noi, questa volta tirò fuori da una scatola un grosso tubo. «Salutate il missile Fgm-148 Bravo Javelin.»

Merda. Lo Javelin era un'arma abbastanza decente, un missile anticarro spalleggiabile, lancia e dimentica, che avevo usato in Nigeria, ma aveva dei problemi. Tanto per cominciare, la dicitura "spalleggiabile" era a dir poco un eufemismo, l'ordigno infernale pesava ventidue chili. I civili potrebbero pensare che un'arma che consente a un singolo soldato di distruggere un carro armato principale valga ognuno dei suoi ventidue chili, ma non ne hanno mai trasportato uno attraverso la boscaglia giorno dopo giorno. E sono ventidue chili cui vanno aggiunti il fucile, centottanta cartucce di munizioni, attrezzatura radio, borraccia, cibo pronto e tutte le altre cose che l'esercito pensa tu debba portare. Perciò, gli Javelin sono assegnati a squadre di due uomini, come minimo. In battaglia, un uomo fa da osservatore, mentre l'altro aziona l'arma, poi entrambi escono da lì il più in fretta possibile. "Spara e scappa", lo chiamiamo noi.

Comunque, Cragen stava parlando: «Conoscete tutti i punti di forza e di debolezza del missile Javelin. I nostri alleati ci hanno aiutato con il principale punto debole: il sistema di guida elettro-ottico a infrarossi. Il manuale dice che la guida a infrarossi si raffredda in un paio di secondi, ma sappiamo tutti che dipende dalle condizioni in cui ci si trova. Quando ci sono novantotto gradi nel deserto o nella giungla, impiega più tempo ad attivarsi. I kristang ci hanno dato dei kit per aggiornare la guida sul Fgm-148 Bravo: ora si raffredda del tutto in meno di mezzo secondo e rimane fresco fino a mezz'ora, quindi non dovete preoccuparvi se avete necessità di usarlo subito. Dopo mezz'ora dovete spegnerlo, ma dieci minuti dopo potete attivarlo di nuovo. Tenete presente che, ogni volta che lo utilizzate, non rimarrà fresco a lungo, è tutto nel manuale. Anche il sistema di imaging della guida è aggiornato, quindi se mai avete avuto problemi, in una giornata calda, a far sì che l'arma riconoscesse un obiettivo caldo quasi come ciò che lo circondava, questo non sarà più un problema. Inoltre, una volta che abbiate identificato un bersaglio per l'arma, non lo perderà, anche se vi muovete o si muove il bersaglio».

Ci fu una manciata di lenti, ironici applausi. Cragen ci gettò uno sguardo aspro. «So che vi aspettavate fucili laser e bombe atomiche grandi come una bomba a mano quando vi siete diretti verso le stelle. Non ne abbiamo, questo è quello che abbiamo», si sollevò lo Javelin Bravo sopra la testa. «E combatteremo al meglio delle nostre capacità.»

Quello che non disse è che la nostra capacità di combattere sarebbe stata maggiore se avessimo avuto armi migliori. Vabbè. L'esercito dice che combattiamo con la forza che abbiamo, non con la forza che vorremmo avere. Hooah!

Dopo una settimana di addestramento alla guerra spaziale un po' deprimente e deludente, con, in sostanza, le stesse armi che avevo usato in Nigeria, ricevemmo finalmente un nuovo giocattolo ad alta tecnologia con cui trastullarci. Il missile anticarro Javelin Bravo, come il nostro Javelin originale, aveva una capacità antiaerea minima, limitata all'uso contro elicotteri in volo a bassa quota. I kristang dovevano aver deciso che nessuno dei nostri missili da difesa aerea portatile, i Manpad[8], era utile in questo conflitto. Avevo usato i nostri missili Stinger in addestramento, mai in combattimento. Lo Stinger era un missile maledettamente efficace contro elicotteri, droni, aerei ad ala fissa e persino jet a volte. Solo se eri fortunato e il jet non era andato fuori portata prima che tu avessi preparato e puntato lo Stinger. Contro le navi supersoniche che salivano in verticale in orbita, non vedevo come uno Stinger avrebbe potuto aiutarci. Avevo visto persino i nostri Polli catturati, ossia le cannoniere ruhar, passare a velocità incredibile dal volo a punto fisso alla salita rapida in verticale. Tutti quelli che conoscevo erano d'accordo che noi della fanteria dovevamo fare qualcosa di serio contro la minaccia aerea, o qualsiasi situazione di combattimento sarebbe finita prima di iniziare.

Il missile Manpad che i kristang ci fornirono lo chiamammo subito Zinger, ovvio. Pesava circa tredici chili, non era molto diverso da uno Stinger, la differenza è che il dispositivo di puntamento Zinger era integrato nel tubo di lancio ed era monouso, mentre con il nostro Stinger dovevi attaccare la scatola del dispositivo di mira al tubo quando volevi lanciare il missile. Uno Zinger poteva salire fino a ventiquattromila metri, era ipersonico, e se mancava un bersaglio poteva guardarsi intorno e decidere d'ingaggiarne un

---

8 Manpad sta per Man-Portable Air-Defense Systems, indica un sistema missilistico antiaereo a corto raggio trasportabile a spalla (*N.d.T.*).

altro da solo, oppure l'utente poteva reindirizzare il suo dispositivo di mira tramite zPhone, o il missile poteva comunicare con altri Zinger nella zona per ricevere indicazioni sul bersaglio da puntare. Le sue ali potevano anche dispiegarsi in modo che il missile si aggirasse nell'area fino a venti minuti prima che il carburante fosse esaurito, quella caratteristica significava che potevamo spararlo in anticipo in uno spazio aereo prima che il nemico arrivasse, questo dava all'utente il tempo di andarsene.

Lo Zinger ricevette un'accoglienza genuina ed entusiastica quando ci fu mostrato, e lo usammo davvero contro i droni. A differenza di quanto accadeva nella pratica con gli Stinger, quando l'esercito statunitense ci faceva sparare piccoli razzi invece di costosi missili, i kristang non si preoccupavano che consumassimo le munizioni, anche se nei nostri giri di prova le testate erano disattivate. Era un'immensa soddisfazione, per noi soldati semplici, vedere i droni presi di mira cadere dal cielo.

Poi divenne più dura. I droni cui sparammo all'inizio erano stupidi, erano in grado di fare un po' di manovre per evitare i missili, ma avevano capacità difensive minime. In seguito, facemmo pratica contro i droni che simulavano aerei ruhar e navicelle come Polli, Poiane e il brutto velivolo d'assalto, la navicella che chiamavamo "Avvoltoio". Tutti avevano torrette difensive a laser o a fascio di particelle che potevano confondere, bruciare o distruggere uno Zinger, anche se si avvicinava a scatti per evitare le difese del fascio. Gli Zinger dovevano avere a che fare anche con le contromisure elettroniche, e queste non si limitavano allo spettro di infrarossi o microonde. Gli aerei ruhar avevano una capacità di *stealth*[9] attivo che rendeva difficile avvistarli, anche all'interno dello spettro del visibile. Non è che con il sistema *stealth* in funzione l'aereo diventasse davvero invisibile, ciò che avveniva è che l'aria attorno al velivolo s'increspava, distorcendone le forme, e luci multicolori si

---

9 Il sistema *stealth*, letteralmente "furtivo", fa riferimento a una serie di misure tecnologiche e tattiche utilizzate per ridurre la possibilità che proprie unità in azione possano essere scoperte dal nemico e neutralizzate prima di aver sferrato l'attacco ed essersi allontanate (*N.d.T.*).

accendevano e spegnevano a intermittenza in un involucro attorno al velivolo, rendendo difficile stabilire con esattezza dove si trovasse. La tattica che ci insegnarono a usare i kristang fu quella di sparare più Zinger contro un solo bersaglio. In pratica, eravamo in grado di prendere un lanciatore Zinger, aprire lo schermo di mira sul lato del tubo, designare un bersaglio e fare fuoco in meno di un minuto. Un team Zinger di due persone poteva trasportare e lanciare quattro Zinger, in teoria, con una che azionava il sistema del missile e l'altra che faceva da rilevatore. Non dimenticate che due Zinger pesavano più di ventisette chili e, mentre trasportavi uno di quelli, si presume che fossi già carico di fucile, munizioni, borraccia, zPhone, giubbotto antiproiettile e qualunque altra cosa l'Unef si aspettava che un soldato vestito di tutto punto si trascinasse dietro. Certo, mentre impostavi il secondo colpo, l'aviazione nemica sarebbe stata sulle tue tracce e avrebbe risposto al fuoco, cosa che tendeva ad accorciare l'aspettativa di vita dell'utente e perciò l'efficacia bellica. L'ultimo commento non è una battuta che mi sono inventato, per inciso, era scritto proprio nel manuale d'istruzioni che ricevemmo dai nostri patroni, i kristang. Avevano bisogno di lavorare sulle loro pubbliche relazioni, alla grande.

Comunque, con gli Zinger, noi soldati semplici dell'Unef sentimmo che eravamo equipaggiati per la battaglia in modo quasi adeguato e non ci saremmo dovuti limitare ad accovacciarci nelle trincee e morire in combattimento. Potevamo rispondere al fuoco. Rispondere solo fino a ventiquattromila metri, è vero, perché contro le navi in orbita non potevamo fare niente. Ma ci dava speranza. Se i kristang ci avevano affidato i loro giocattoli, e ce ne avevano forniti in abbondanza, stavano pianificando di farci fare qualcosa di utile in combattimento. Ovunque sarebbe stato.

La maggior parte del nostro tempo di addestramento su Campo Alfa non era spesa per imparare a usare le armi nuove o modificate. Era un addestramento di aggiornamento per soldati come me, che erano dediti alla raccolta delle colture o all'aiuto dei civili quando i ruhar avevano attaccato. Il lavoro che avevo fatto con la guardia nazionale nel Maine era stato duro, da spaccarsi la schiena, ma non mi aveva preparato al combattimento. Prima di arrivare su Campo Alfa, l'ultima volta che avevo sparato con un fucile, a parte a caccia, era stato in Nigeria. Ero arrugginito e un po' fuori forma. Le escursioni con gli zaini da quarantacinque chili, l'addestramento corpo a corpo e la corsa a ostacoli mi rafforzarono, e ne fui felice. I ruhar non ci sarebbero andati piano con me, era meglio essere dolorante ed esausto ora, che non essere preparato quando saremmo entrati in azione.

Correre con quel caldo mi faceva a pezzi. Correre con la gravità in eccesso mi faceva a pezzi. Mettete insieme le cose, e mi tremavano le gambe dopo pochi chilometri. Cornpone cadde in ginocchio e vomitò le budella tre volte durante la nostra prima corsa di otto chilometri. Dopo di che, il Sergente Koch decise che ci saremmo alzati in anticipo, per correre prima che facesse caldo. Su Campo Alfa, sembrava esserci un interruttore on/off per la temperatura: quando la stella arrivava all'orizzonte al mattino, faceva subito caldo. Al tramonto, la temperatura crollava. La terza mattina ci vide scivolare fuori dalle nostre cuccette per correre nel freddo antelucano. Una giornata su Campo Alfa durava un po' più di ventotto ore, il nostro programma lasciava il tempo per sette ore buone di griglia, anche alzandoci presto.

Senza il caldo diurno, dovevamo vedercela solo con la gravità in eccesso. E la sabbia che si sollevava e puzzava di bruciato. E la schiacciante delusione che uscire allo scoperto non significava essere stati trasformati in super-soldati. Saremmo diventati super-soldati alla vecchia maniera, annunciò il Sergente Koch, attraverso il duro lavoro. Quelle parole erano fonte d'ispirazione fino quasi al segno dei tre chilometri, quando annaspavamo in cerca di fiato.

Il nostro gruppo di fuoco non era l'unica squadra ad alzarsi presto per l'esercitazione: la seconda mattina stavamo correndo, eravamo a circa un chilometro e mezzo dalla base sulla via del ritorno, quando girammo attorno al lato di una collina e, sull'altro versante, trovammo una mezza dozzina di persone, anche loro di ritorno alla base. Senza che nessuno avesse bisogno di dire nulla, accelerammo. E loro fecero la stessa cosa. E l'altro gruppo alzò la posta. Presto facemmo uno sprint. Andai in testa. Corro fin da quando ero bambino e mia madre mi portava a correre con lei. L'altro gruppo aveva due velocisti, poi uno. Davanti a noi, i sentieri convergevano, raggiunsi l'incrocio poco prima dell'altro corridore, che poi superò anche me, e corremmo più forte che potevamo, mentre le nostre squadre dietro di noi applaudivano.

Solo che non era un lui, era una lei: avrei dovuto capirlo dalla corta coda di cavallo che le ballonzolava dietro la testa, se ci avessi fatto attenzione. Cazzo. In un certo senso la conoscevo, era nel nostro battaglione di supporto alla brigata, si chiamava Shauna, o qualcosa del genere, ma non la vedevo da tipo un mese prima di tornare dalla Nigeria. Merda, non sapevo che fosse così veloce. Si spinse in vantaggio, solo trenta, sessanta centimetri, ma non riuscivo a raggiungerla, per quanti sforzi facessi. Anche lei stava facendo fatica, aveva l'andatura traballante e il respiro spezzato come il mio. Sfrecciammo oltre i due grandi massi che segnavano il confine non ufficiale della base e io crollai sulle ginocchia, e fui costretto a usare le mani per spingermi di nuovo in piedi e superarlo camminando. Lei stava in piedi accanto a me, con le mani sulle ginocchia, ansante. «Cazzo.»

«Merda sì", risposi. «Stai cercando di uccidermi?»

«Ehi, eri *tu* a spingere *me*.»

Le tesi una mano. «Joe Bishop.»

«Sì, ti conosco, sei quello di Barney, giusto? Shauna Jarrett.» Ci stringemmo la mano.

«Vuoi il mio autografo?» Stavo scherzando solo a metà. Tutta la faccenda di Barney mi stava davvero stufando.

Lei inclinò la testa: «Perché, la faccenda di Barney ti ha fatto scopare un sacco?».

Mi si accese una lampadina in testa. Sì, lo so, ogni volta che una ragazza sorride a un ragazzo, lui spera che sia interessata, ma allora pensai che lei potesse esserlo davvero. «Non così tanto», dissi facendole l'occhiolino.

Lei rise, e fu bellissimo. «Non perdere la speranza, Joe.» Gli altri componenti dei nostri gruppi arrivarono e diedero pacche sulla schiena a Shauna per aver vinto quella gara improvvisata. Shauna e il suo gruppo iniziarono ad andarsene.

Se ci fosse stata una qualche opportunità, non me la sarei lasciata scappare. Eravamo molto, molto lontani dalla Terra, in guerra, e non c'erano tutte queste donne nel giro di mille anni luce da Campo Alfa. «Ehi, Shauna, ci vediamo in giro?»

Per la mia gioia, mi sorrise da sopra la spalla. «Forse?»

Oltre a familiarizzare con il nuovo equipaggiamento e a rimetterci in forma, trascorrevamo del tempo in classe, che significava sederci sul pavimento sporco della tenda ad ascoltare lezioni sul nemico, sulla struttura di comando dei nostri alleati e, cosa fondamentale, Le Regole. Tutto mi sconvolgeva quando lo scoprivo per la prima volta, così lo spiegherò lentamente. Farete meglio a mettervi comodi, perché ci sarà un quiz a sorpresa alla fine.

Aspetterò mentre vi andate a prendere una birra.

Siete comodi?

Ok, prima di tutto, qualche informazione di base per voi. I kristang non erano al vertice della coalizione alleata, cosa che avevo già immaginato visto che dovevano fare un giro interstellare su una nave madre thuranin. Quello che mi giungeva nuovo era che neanche i thuranin erano al vertice. La coalizione alleata era guidata da alieni simili a gatti chiamati maxolhx. Che fossero simili a gatti era una diceria, dato che nessun umano ne aveva mai visto uno, e pochissimi kristang avevano avuto quel privilegio. Poiché è probabile che un umano non vedrà mai un maxolhx in vita sua, dirò solo che sono una specie antica, con una tecnologia incredibile. Di certo, quando i maxolhx combattevano, erano armati di qualcosa di meglio di un cazzo di M4. E so che maxolhx è un nome strano, ma era la cosa migliore venuta in mente alla nostra gente della G2 per trascrivere il suono della parola quando i kristang la pronunciavano.

Il pianeta natale dei maxolhx si trovava a due terzi del percorso intorno alla galassia dalla Terra, se questo vi dice qualcosa, che non dice a me. È molto, molto lontano. Scoprimmo che i thuranin non erano unici nel loro genere, erano responsabili solo di una piccola parte della galassia sotto il controllo dei maxolhx e i kristang gestivano un paio di migliaia di anni luce cubici sotto il controllo dei thuranin. I maxolhx avevano altre specie di secondo livello oltre ai thuranin e i thuranin avevano sotto il loro comando altre due specie, che noi sapessimo, oltre ai kristang. I thuranin sono una sorta di omini verdi, più bassi della media umana, ma umanoidi, con due gambe, due braccia, due occhi e una testa calva. Gli esseri umani che avevano parlato con i kristang avevano avuto l'impressione che a questi ultimi non piacessero i loro mecenati e che il sentimento fosse reciproco: i thuranin disprezzavano qualsiasi specie dotata di una tecnologia inferiore. Mi chiedo cosa pensassero dei penosi umani.

Dalla parte del nemico, la situazione era simile. In cima c'erano i rindhalu, che sono degli esseri dall'aspetto inquietante simili a ragni. Il solo pensiero mi faceva accapponare la pelle. I loro alleati di secondo livello, in questo quadrante della galassia, erano gli jeraptha, che erano quasi altrettanto inquietanti, essendo insetti. Gli jeraptha non sono una mente alveare come le api, sono più simili ai coleotteri. I ruhar sono una specie cliente degli jeraptha, come i kristang sono una specie cliente dei thuranin. Sulla base di alcune cose che dissero i kristang, i nostri informatori della G2 ipotizzarono che i ruhar avessero una tecnologia leggermente migliore di quella kristang.

La propaganda kristang, dico propaganda perché è quello che mi sembrava, affermava che i rindhalu erano più vecchi, molto più vecchi, dei maxolhx e avevano cercato di sopprimere lo sviluppo di altre specie intelligenti nella galassia, finché i virtuosi maxolhx non si erano ribellati, molte migliaia di anni prima. Gli alleati stavano combattendo per il diritto delle specie intelligenti di evolversi da sole, mentre le specie nemiche erano schiave del ragno inquietante rindhalu che voleva il controllo totale della galassia. Per essere una specie avanzata, i kristang avevano una propaganda molto goffa. Pensate all'Unione Sovietica o alla Corea del Nord o alla Germania nazista. Noi alleati stiamo combattendo il nemico malvagio per la gente comune gloriosa e virtuosa! Sotto la magnifica guida dei nostri capi supremi, la nostra giusta causa trionferà! L'unione fa la forza! E così via. Comunque, questo è quello che ci dissero. Sono certo che la verità sia più complicata, lo è sempre.

L'incredibile tecnologia dei maxolhx e dei rindhalu non si spingeva fino a creare, o anche solo far funzionare, i wormhole che rendevano pratico il volo interstellare a lungo raggio. Quei wormhole erano stati creati milioni di anni prima, da una specie allora sconosciuta, se non per quello che si era lasciata alle spalle. I kristang chiamavano i costruttori di wormhole spaziali "gli Anziani". Ai wormhole non importava chi li attraversasse, e non c'era modo conosciuto per controllarne uno o spegnerlo. O danneggiarlo, neppure una testata nucleare avrebbe avuto effetto. I wormhole funzionavano, ed è tutto quello che ci serviva sapere.

Poi arrivammo alle Regole.

Le Regole erano le regole di ingaggio per il combattimento. Si applicavano a entrambe le parti, venivano fatte rispettare con rigore dai maxolhx e dai rindhalu. L'esistenza delle Regole spiegava come mai la guerra andasse avanti da migliaia di anni, come mai entrambe le parti non si fossero spazzate via a vicenda molto tempo prima. La base delle Regole era che maxolhx e rindhalu non potevano permettersi di combattere sul serio tra loro in modo diretto, come l'America e la Cina non potevano combattersi a vicenda. Sulla Terra, potenze con megatoni di testate nucleari non potrebbero scontrarsi senza distruggere i propri paesi. Anche nella galassia, le specie dotate di armi che facevano sembrare petardi le testate nucleari non potevano permettersi di farsi la guerra in modo diretto. Perciò, combattevano attraverso le loro specie clienti, che a loro volta avevano specie clienti, e così via. La maggior parte dei combattimenti e dei morti era provocata tra specie di terzo livello come i ruhar e i kristang. E tra loro clienti. Come gli esseri umani.

Comunque, ecco Le Regole.

Farete meglio a prendere carta e penna.

Regola Numero 1: niente armi nucleari o altri tipi di armi radiologiche su un pianeta abitato o in potenza abitabile o nelle sue vicinanze. Neppure antimateria, perché un'arma del genere produce radiazioni forti, anche se di breve durata. Questa regola era la prima della lista perché i maxolhx e i rindhalu non volevano che i loro sudici subalterni contaminassero un pianeta che avrebbero potuto un giorno desiderare per loro stessi. Anche nella vastità della Via Lattea, il numero di pianeti abitabili nel range pratico di un wormhole era limitato, quindi entrambe le parti non volevano che pianeti utili fossero rimossi dall'uso produttivo perché qualche idiota si beveva il cervello con le testate nucleari.

Regola Numero 2: niente armi chimiche, per lo stesso motivo della Regola Numero 1. Sostanze chimiche nocive potrebbero indugiare nell'ambiente per molto, molto tempo. Non dicevano che ogni specie che abbandona un pianeta è tenuta a spazzare alle proprie spalle e a portarsi dietro i rifiuti, pensai che fosse sottinteso.

Regola Numero 3: niente nano-armi. La nano-tecnologia era utilizzata per fare tante cose, ma non poteva essere utilizzata come arma. Persino i kristang non erano sicuri della base di questa regola, ma si diceva che ci fosse stato un incidente in cui la nano-tecnologia si era liberata e aveva fatto sì che l'intero sistema stellare fosse messo in quarantena, per sempre. Da allora, le nano-armi erano un enorme November Golf[10] in guerra, un disastro.

Regola Numero 4: niente armi biologiche. Questa regola non serviva tanto a proteggere i maxolhx e i rindhalu, perché le specie erano così diverse che un agente patogeno mortale per una non aveva per lo più effetto sulle altre. Si trattava più di una sorta di Convenzione di Ginevra in cui i combattenti accettavano di non fare qualcosa al nemico, in modo che il nemico non lo facesse a loro. Altrimenti, ogni parte avrebbe potuto semplicemente sganciare missili *stealth* con contenitori di armi biologiche nell'atmosfera dei pianeti nemici e presto non ci sarebbe stato nessun superstite da entrambe le parti.

La Regola Numero 4 risultava, ci dissero, un po' infida nell'uso reale, perché virus, batteri e altri pericoli biologici mutavano nel corso del tempo. E, se un virus naturale noto fosse diventato più contagioso o mortale, chi avrebbe potuto dire che non fosse successo in modo naturale? La Regola Numero 4 era in vigore per prevenire attacchi biologici catastrofici, ma, a quanto pare, in una certa misura era permesso imbrogliare, finché la situazione non sfuggiva di mano e qualcuno non ci andava di mezzo. I kristang ci dissero che i ruhar

---

10 Nell'alfabeto fonetico della Nato, "November" sta per N, "Golf" sta per G. Nello slang dell'esercito americano "November Golf" sta per "No go", ovvero "disastro", "fallimento" (*N.d.T.*).

erano noti per aver oltrepassato i limiti della Regola Numero 4. Sono certo che i ruhar avrebbero detto la stessa cosa dei kristang. La faccenda delle armi biologiche mi spaventò, sebbene i kristang ci avessero rassicurato che i ruhar non ne sapevano abbastanza di biologia umana per far sì che un'arma divenisse efficace contro di noi. Quello che mi spaventava era che i kristang avevano una tecnologia medica molto più avanzata di quella che l'umanità aveva portato tra le stelle e non ne condividevano nulla con noi. Ci dissero che, senza anni di studio della biologia umana, non avrebbero potuto applicare in sicurezza la loro tecnologia avanzata su di noi. Il che significava che anche un comune virus influenzale, che qualche umano avesse portato con sé dalla Terra, avrebbe potuto rappresentare un serio problema per la spedizione. E che le truppe colpite avrebbero dovuto essere trattate con qualsiasi cura medica disponibile su quel pianeta. Non ci sarebbe stato nessun volo di evacuazione medica per gli Stati Uniti in quella campagna.

La Regola Numero 5 era, in poche parole, "non lasciar cadere rocce". Niente asteroidi o comete indirizzate in modo da colpire un pianeta abitabile. Questo significava anche non prendere nemmeno una piccola roccia, accelerarla a velocità relativistica e sbatterla su un pianeta. Ogni pianeta con una popolazione decente aveva sistemi in grado di rilevare e deviare rocce che per natura si trovavano comunque su una rotta d'impatto. La Regola serviva a impedire a un combattente di saturare quelle difese o di racchiudere una roccia ad alta velocità in un campo *stealth*. Che dire, potreste chiedere, dei cannoni a rotaia? Le astronavi si servivano di norma di cannoni a rotaia per accelerare i proiettili cinetici fino a velocità relativistiche e i cannoni a rotaia erano usati sia per i combattimenti spaziali che per gli attacchi planetari. La chiave nell'uso dei cannoni a rotaia per il bombardamento planetario era l'effetto che avevano sul pianeta, bisognava limitare la resa energetica di un singolo dispositivo cinetico a meno di un megatone, e non si potevano usare così tanti colpi di cannone da influenzare il clima del pianeta. Colpire un pianeta con un sacco di cannoni a rotaia avrebbe potuto gettare una spessa nube di polvere in aria e portare a un rapido raffreddamento;

a quella polvere ci sarebbe potuto volere molto tempo per stabilirsi fuori dall'atmosfera, anche portando a una mini-era glaciale.

Quindi, queste erano Le Regole. L'idea di usare le maiuscole per queste parole non è farina del mio sacco, c'erano sulle diapositive PowerPoint dell'Unef. Il punto delle Regole sembrava essere questo: i pianeti abitabili entro il range pratico di un wormhole sono rari e preziosi, e maxolhx e rindhalu non potevano permettere a specie minori di danneggiare beni immobili di valore. Le Regole non erano incentrate sulla protezione di soldati o civili da entrambe le parti, non c'era nessun equivalente alieno della Convenzione di Ginevra per la guerra spaziale. Maxolhx e rindhalu mettevano in atto Le Regole per impedire che la loro antica guerra sfuggisse loro di mano. Finché le specie minori si conformavano alle Regole, potevano uccidersi a vicenda quanto volevano.

A me tutte Le Regole andavano bene, specie perché noi dell'Unef non avevamo nano-armi, né armi nucleari, biologiche, chimiche o relativistiche con noi su Campo Alfa. Le Regole implicavano che queste armi non sarebbero state usate contro di noi. Tranne forse quelle biologiche, se un nemico pensava di poterla fare franca. Noi umani non avevamo alcun motivo di preoccuparci per questo.

Non vidi più Shauna correre al mattino, e non volevo rendermi sospetto con uno squillo di zPhone. Fui entusiasta quando ci incontrammo per caso in sala mensa, è così che l'esercito chiamava il refettorio. Era una grande tenda, con teli sul terreno per tenere sporco e polvere lontani dal cibo e ridurre al minimo l'odore acre di bruciato. Avevo un vassoio con sandwich, burro d'arachidi e una specie di carne misteriosa con purè di patate e quello che doveva essere sugo. E fagiolini. Veri fagiolini, così sembrava, non erano stracotti. E un panino. Con il burro. Dopo essermi fatto il culo tutto il giorno avevo fame, e tutto il cibo sembrava buono. Mi girai alla ricerca di un tavolo e quasi mi schiantai col vassoio contro quello di Shauna.

«Ehi! Ehm, Shauna, giusto?», chiesi nel modo più noncurante possibile.

«Ehi, tu.» Guardò il mio vassoio. Sul suo c'erano solo un sandwich, i fagiolini e una mela. «Vuoi prendere un tavolo?»

Lo volevo? Non esseno certo di riuscire a parlare senza dire qualcosa di stupido, mi limitai ad annuire e la seguii a un tavolo che non era troppo affollato. «Sai cosa stavo facendo il Giorno di Colombo?», dissi in modo da aprire una conversazione, solo che avrebbe potuto suonare come un modo per vantarsi, così aggiunsi: «Hai fatto qualcosa di stupido quel giorno?».

«Ero con amici a Phoenix.»

«Non eri in giro a guardare le foglie quel giorno?»

Inclinò la testa e mi lanciò un'occhiata sarcastica. «La gente a Phoenix non sta tanto a guardare le foglie.»

«Capito. La mia famiglia non ha bisogno di andare a cercare le foglie, nel Giorno di Colombo ce n'è uno strato di mezzo metro sul prato.»

«Non mangi?» Guardò il mio vassoio ancora pieno.

«Oh, sì. Non voglio parlare a bocca piena.» Diedi un morso a un sandwich e mandai giù in fretta.

«Sono andata prima a casa per assicurarmi che mia madre stesse bene, mio padre era in viaggio d'affari a Houston, poi sono andata a controllare mia nonna. Vive in un grattacielo e, senza elettricità, era bloccata lassù, non pensavo che sarebbe riuscita a scendere le scale, ha un'anca malconcia. Ed è, sai, vecchia.» La voce le tremava un po', ricordare quel giorno stava suscitando in lei molte emozioni. «Era così spaventata, era così spaventata e mi disse di non preoccuparmi per lei, mi disse che ero giovane e forte e che dovevo uscire dalla città, andare in un posto dove gli alieni non mi avrebbero trovata. Continuava a dire che era la fine del mondo, il giorno del Giudizio universale e che dovevo lasciarla e sopravvivere. In città, non c'erano navi d'assalto ruhar che atterravano per la strada, tutto ciò che vedevamo erano luci e scie nel cielo e colonne di fumo provenienti da siti che avevano colpito. L'unica cosa che ci informava del fatto che era in corso un'invasione aliena erano gli annunci di emergenza alla radio. E all'inizio non ci credevo.» Mangiò l'ultima forchettata di fagiolini, poi spinse via il vassoio. «Quei criceti hanno spaventato mia nonna quasi a morte. Li odio per questo. Ecco perché sono qui fuori. Non voglio che mia nonna, o chiunque altro, debba mai più avere così tanta paura.»

«Sì. Prima uscivo nelle notti limpide, guardavo il cielo e mi chiedevo cosa ci fosse là fuori nell'universo. Dopo il Giorno di Colombo guardo il cielo e, se le stelle scintillano per un secondo, penso che possa essere una nave nemica che salta in orbita.»

«Sì! Esatto!» Colpì il tavolo col palmo della mano. «Per colpa dei criceti, nessuno può più guardare il cielo senza paura. Odio quei figli di puttana per questo.»

«Ci hanno rubato l'innocenza?», mormorai con la bocca piena di purè di patate.

«Sì, qualcosa di simile. Non a te e a me, noi abbiamo visto combattimenti, di merda ne abbiamo vista in Nigeria. Ma la maggior parte della gente, che vive la sua vita e basta, non riuscirà a pensare di essere di nuovo al sicuro, mai più.» Distolse lo sguardo per un istante. «Mai più. Adesso sappiamo che c'è un'intera galassia piena di nemici qua fuori. Che incombono sulle nostre teste, sempre.»

Parlammo di che grandissima stronzata fosse aspettarsi che andassimo in guerra con la stessa attrezzatura che l'esercito degli Stati Uniti aveva usato per decenni e condividemmo voci di corridoio rispetto a quello che sarebbe stato il nostro primo dislocamento, nessuno di noi sapeva nulla rispetto a dove i kristang ci avrebbero mandato. E ci chiedemmo preoccupati che cosa stesse succedendo a casa, mentre io finivo la cena e lei mangiava la mela. La sua famiglia se la passava molto peggio rispetto ai miei genitori: i suoi avevano entrambi perso il lavoro e, con il suo giovane fratello e la nonna, si erano trasferiti nel Texas orientale, dove il padre era in una squadra di lavoro agricolo e la madre lavorava in un asilo nido. Era stato un grande cambiamento per i suoi genitori, la madre era stata agente immobiliare e il padre rappresentante delle vendite per un'azienda informatica. Entrambi i posti di lavoro erano svaniti quando l'economia era crollata e il loro appartamento di Phoenix era diventato invivibile senza elettricità per far funzionare i condizionatori.

Mio padre aveva perso il lavoro alla cartiera, ma per i primi due mesi se l'era cavata con lavori saltuari, taglio e trasporto di legname, saldatura e riparazione auto. Mia madre aveva ancora un posto fisso come insegnante, specie dopo che così tante famiglie si erano trasferite in campagna da città ormai prive di elettricità. Alla fine di dicembre, a qualcuno era venuto in mente che la grande cartiera dove mio padre aveva lavorato, sede di un impianto di cogenerazione che in pratica bruciava segatura avanzata per produrre elettricità per il mulino, avrebbe potuto essere reimpiegata nella produzione di elettricità per la regione. Questo aveva fatto tornare mio padre a lavorare al mulino, con l'unico problema che non avevano abbastanza legname da portarci, perché non c'era gasolio a sufficienza per i camion destinati al trasporto della legna. Nei Great North Woods c'era un sacco di legname, ma non c'era modo di portarlo da nessuna parte. In giro si trovava a stento carburante diesel a sufficienza per i treni. La soluzione era stata portare vecchie locomotive a vapore da una ferrovia turistica nel New Hampshire, con ragazzi che ancora sapevano come farle funzionare e come alimentarle a legna, piuttosto che a carbone o petrolio. Buon vecchio ingegno americano in azione, con treni a vapore che trasportavano i tronchi dal bosco a una cartiera, diventata una centrale elettrica. L'intera rete elettrica degli Stati Uniti era stata ricostruita, lentamente, come la "rete intelligente" che avremmo dovuto avere decenni prima, con un sacco di piccole centrali elettriche locali, piuttosto che un impianto gigante per un'intera regione. I kristang non erano stati di grande aiuto nel ripristino della produzione di energia elettrica in tutto il pianeta, tranne che nelle aree industriali ritenute vitali per lo sforzo bellico. I nostri nuovi alleati disprezzavano il fatto che l'umanità si affidasse ancora ai combustibili fossili per l'energia, e avevano installato giusto un paio di reattori a fusione sulla Terra per i propri bisogni, ma, anche se avessero spiegato la loro tecnologia di fusione ai nostri scienziati, ci sarebbe voluto molto tempo prima che l'umanità fosse in grado di costruire da sola un reattore a fusione funzionante.

Quando ero partito, l'elettricità era ancora scarsa nella mia città natale, la maggior parte dell'energia della nuova centrale elettrica di Milliconack andava a valle della zona di Bangor. I miei genitori riscaldavano la casa con stufe a legna, non avevano bisogno di aria condizionata e il giardino, che avevamo ampliato durante l'inverno, avrebbe prodotto un sacco di raccolto per sfamare la mia famiglia e le persone che vivevano con lei, oltre a cibo in eccesso destinato alla vendita. Avevano due mucche e galline per le uova e, quando ero partito, mia madre era in trattativa per un paio di maialini. Era così in tutto il mondo: le persone che erano più in alto sulla scala economica prima dell'attacco dei ruhar ora, in certi casi, stavano peggio di quelle che già prima tiravano a campare. Se eri un contadino prima del Giorno di Colombo, la tua vita non era cambiata molto – a parte il fatto che era difficile trovare carburante per i trattori – dato che la gente aveva ancora bisogno di mangiare, e quindi c'era un sacco di domanda. Cosa dice la Bibbia, qualcosa come: "Molti dei primi saranno ultimi e molti degli ultimi saranno i primi"? Nessuno si aspettava che le profezie delle Scritture si sarebbero realizzate per via di un'invasione aliena.

«Mi sto facendo il culo per qualificarmi al servizio attivo», spiegò Shauna. «Quasi qualificata quando mi sono iscritta, sono caduta su un percorso a ostacoli e mi sono slogata il legamento crociato anteriore a due settimane dalla fine. Mi ha fatto incazzare! Così sono passata alla logistica. Volevo il servizio attivo, Joe.»

Essendo in fanteria ed essendo stato in servizio attivo, volevo metterla in guardia contro l'eccesso di entusiasmo. Come voleva servire non era affar mio, così tenni la bocca chiusa. Finimmo di mangiare, la gente della sua unità venne a parlare con lei e poi se ne andò. Se questo poteva essere considerato un primo appuntamento, fu deprimente.

La prima simulazione di guerra su Campo Alfa fu l'operazione Scudo valoroso. I nomi in codice per le operazioni dovevano idealmente essere scelti a caso, in modo da non dare al nemico un'idea del tuo intento. "Operazione Tempesta nel deserto", per esempio, era un nome figo, ma gli iracheni non avevano avuto difficoltà a capire che si trattava di un'offensiva nel deserto. Non che facesse differenza allora. Il problema con le parole casuali è che, senza volerlo, si potrebbe finire per avere operazioni dai nomi divertenti, o claudicanti, tipo "Coniglio fiammeggiante" oppure

"Giustizia zoppa", perciò in realtà i nomi delle operazioni erano inventati, o almeno controllati, dallo staff delle pubbliche relazioni dell'Unef. È probabile che il nome "Scudo valoroso" fosse stato pensato per ispirare le truppe, ma quando lo sentii, l'unica cosa che mi venne in mente era che dovevamo morire in modo valoroso. Come in quel vecchio detto romano, per cui un soldato doveva tornare a casa "o con lo scudo, o sopra lo scudo".

Vorrei potervi dire che durante la nostra prima simulazione di guerra inventai una tattica incredibilmente brillante, a cui nessun altro aveva pensato, e che ci portò, o almeno portò il mio plotone, alla vittoria. Potrei dirvelo e sarebbe una storia fantastica, giusto? Forse un giorno racconterò qualcosa del genere ai miei nipoti, quando si lamenteranno di quanto il loro vecchio nonno sia fuori moda. O forse racconterò una storia del genere un giorno, quando avrò alzato il gomito e penserò che mi possa far rimediare una scopata. La verità, purtroppo, è che io e tutti gli altri nei due plotoni della nostra compagnia fummo dichiarati morti, a causa di un attacco orbitale, meno di un'ora dopo l'inizio della simulazione di guerra. Stavamo sfrecciando in un canyon poco profondo, passando di copertura in copertura, quando il mio zPhone suonò e una voce stridula annunciò che ero morto. Poi il dispositivo smise del tutto di funzionare. Merda. Come cazzo si fa a sprecare un colpo di cannone a rotaia per due plotoni di fanti? La compagnia si era divisa per evitare di fornire un bersaglio succoso, ma non aveva funzionato.

Il protocollo ci chiedeva di sederci o sdraiarci nel punto in cui ci trovavamo e di aspettare un segnale chiaro, che sarebbe potuto arrivare il giorno dopo a seconda di come sarebbe andata la simulazione. Il sole era già sopra l'orizzonte e faceva già caldo, i nostri ufficiali decisero che potevamo imbrogliare un po' e tornare indietro attraverso il canyon per ripararci sotto uno strapiombo di roccia. È lì che passai il resto di quella giornata, tutta la notte e metà della mattina successiva. Eravamo a corto d'acqua, eravamo a sei ore di cammino dalla base, perché ci eravamo lanciati dalle Poiane prima dell'inizio della simulazione di guerra. Qualcuno al quartier generale ebbe pietà di noi e ci mandò dei camion, non avevano l'aria condizionata ma, anche se brontolammo per questo, apprezzammo il fatto di non dover scarpinare per tutto il percorso.

Una lezione che la simulazione ci stampò a fuoco nella mente è che la chiave per sopravvivere al combattimento a terra in quel tipo di guerra, in una situazione in cui la posizione strategica è sopra l'atmosfera, è la stessa di quando devi sopravvivere al combattimento in situazioni in cui il nemico potrebbe usare armi nucleari tattiche. Evitare di concentrare le forze e mantenere la copertura il più possibile. In una potenziale situazione di guerra nucleare, non date al nemico un bersaglio che potrebbe essere tentato di colpire con una testata nucleare, come forze dalle dimensioni di un battaglione, grandi depositi di munizioni, campi d'aviazione fissi, ponti vitali, cose del genere. I kristang non usavano armi nucleari contro obiettivi a terra: si potrebbe pensare che fosse una buona cosa, ma in realtà rese la situazione più pericolosa. Decidere di usare una testata nucleare comporta un sacco di ostentata preoccupazione della leadership di alto livello per l'eventualità di un'enorme escalation nucleare del conflitto, un'escalation da cui non si potrebbe fare un passo indietro, un genio che non si potrebbe rimettere nella lampada. L'uso di cannoni a rotaia, che possono accelerare i colpi fino a raggiungere una percentuale significativa della velocità della luce e che possono liberare l'equivalente di energia distruttiva di una testata nucleare tattica, è così facile da essere scontato nella guerra interstellare. Per noi soldati semplici a terra, questo significa che essere colpiti da un cannone a rotaia dall'orbita era più una questione di *quando*, che di *se*.

Nel complesso, nella simulazione, le forze Blu dell'Unef furono schiacciate dalla forza Rossa simulata dei ruhar. Si dice che i kristang fossero molto soddisfatti del risultato. Non soddisfatti che i soldati delle truppe dell'Unef fossero "morti" a migliaia, ma soddisfatti che le truppe dell'Unef avessero resistito abbastanza a lungo da ritardare l'occupazione della superficie da parte delle forze Rosse. Le forze sparpagliate Unef avevano messo in atto tattiche di guerriglia per attaccare le forze Rosse dopo il loro atterraggio e le nostre squadre armate di Zinger Manpad avevano "abbattuto" un numero incoraggiante di navicelle Rosse. E anche i nostri aviatori si erano comportati bene. Certo, quando i kristang fermarono la simulazione di guerra, la forza Blu dell'Unef aveva meno di cento aerei in grado di volare. Se pensate che sia un male, sappiate che i kristang si aspettavano che tutte le nostre risorse aeree fossero esaurite entro le prime dodici ore. Il combattimento moderno è ad alta intensità, specie una volta che i piedi si sono staccati da terra.

Due giorni dopo la simulazione di guerra, la sera, i componenti del mio gruppo di fuoco stavano guardando una partita di basket, il nostro battaglione contro una squadra dell'esercito britannico, ci stavamo godendo hot dog e popcorn, quando un tenente dell'esercito ancora in divisa di volo si sedette accanto a noi in tribuna. «Ehi, lei è un pilota, signore?», chiesi, stupidamente.

«Sì, sì», disse l'altro mordendo un hot dog, «un tempo pilotavo un Apache, ora un Pollo.»

«Com'è andata nella simulazione?», domandai con entusiasmo. Avevo sentito raccontare molto dai fanti, ma niente dai nostri aviatori fino a quel momento. Nel mio entusiasmo, non presi in considerazione il fatto che il tipo potesse avere appena finito un lungo volo e volesse rilassarsi e guardare una partita piuttosto che raccontarmi la stessa storia che aveva già raccontato un centinaio di volte. Non c'era motivo di cui preoccuparsi, perché un pilota non si stanca mai di parlare del volo.

«Me la sono cavata bene», disse guardando la partita, «ho abbattuto un Dodo e un Avvoltoio.»

«Cazzo, signore, lei è un grande!» Gli offrii di darmi il cinque e fui entusiasta quando lo batté.

«Grazie, soldato. Ovvio che sono stato colpito dal missile di un incrociatore ruhar due minuti dopo. Mi sentivo bene comunque, ho vissuto più a lungo di quanto mi aspettassi.»

«Ha abbattuto un Avvoltoio?», chiese Ski. «È un velivolo d'assalto?»

«Sì. I Dodo avevano fatto sbarcare le truppe, una formazione di sei Dodo con Avvoltoio di scorta, stavano tornando in orbita quando abbiamo attaccato da due direzioni, è arrivato rapido e radente, proprio sul ponte. È stato un combattimento aereo imponente, uno scontro durissimo, abbiamo preso tutti i Dodo, simulati, ovvio, e abbiamo perso metà dei nostri aerei. Quell'ultimo Avvoltoio, poi… Ho dovuto inseguire quella cosa puzzolente sopra i ventunomila metri, che è l'altitudine massima per un Pollo, non siamo autorizzati a operare fuori dall'atmosfera, ero in massa di reazione interna ed ero a stento in grado di controllare la nave con i propulsori secondari. L'Avvoltoio era molto sopra di me, stava spingendo a 2 g e saliva allontanandosi, mentre io stavo per perdere il controllo e andare nel panico. Ho lanciato a raffica i miei ultimi quattro missili e il mio mitragliere ha colpito l'Avvoltoio con il raggio di particelle, il raggio è solo difensivo, ma ha fiaccato le difese dell'Avvoltoio abbastanza da far passare un missile.» Si voltò per guardare la partita. «Il loro *stealth* attivo non funziona bene fuori da un'atmosfera, non ce l'hanno detto, ma l'ho capito.» Prese un'altra manciata di popcorn dal sacchetto di carta e li mangiò lentamente, pensoso. «Sai, il cielo a quell'altitudine non è blu brillante, è quasi nero, e puoi vedere che il pianeta che si estende sotto di te è rotondo. Quell'incrociatore ruhar che mi ha preso? Potevo *vederlo*. Non come un fantasma sul visore a sovrimpressione per la simulazione, questa era una vera nave, proprio lì, sospesa nel cielo. Era inquietante. L'immagine sul visore mostrava una nave ruhar sovrapposta alla vera nave kristang per la simulazione, quando ho spento il visore, ho potuto vedere la vera nave. Una vera nave stellare, in orbita bassa sopra di me. È stato fantastico, per un momento, finché non ha colpito la mia gondola di dritta con la punta di un laser. Ci sono volato dritto dentro. Mi ha fatto vorticare, ero occupato a cercare di tenere insieme la nave, quando il loro missile mi è strisciato su per il culo. Simulato, sembrava abbastanza reale. Non sarei neppure stato in grado di recuperare, il pilota automatico ha preso il sopravvento e mi ha guidato fino ad angeli trenta, cioè trentamila piedi.»

«Merda», disse Ski, «pensavo che noi fanti a terra ce la fossimo vista brutta.»

«È così, senz'altro. Noi siamo più esposti in cielo, abbiamo contromisure che aiutano molto con le minacce missilistiche. È buffo, è un po' come fossimo tornati ai tempi della seconda guerra mondiale, prima che i missili guidati la facessero da padroni nel combattimento aereo. Lo *stealth* attivo e le contromisure significano ottenere una soluzione di fuoco affidabile sul nemico, non è una chiusa come nel combattimento aereo sulla Terra: un missile colpisce un bersaglio forse il 15, 20% delle volte, i kristang non ce lo danno per certo. Immaginiamo il 20% in base alle tattiche che ci hanno insegnato.» Rise. «Ridicolo: mi hanno mandato qui perché pensavano che per un pilota di elicotteri la transizione per pilotare un Pollo o una Poiana sarebbe stata più facile. Quando sono in volo a punto fisso, certo, è abbastanza vero. Il fatto è: un Pollo può andare a velocità supersonica e salire più in alto dei nostri jet. Non ero pronto per questo; l'ultima volta che ho volato ad ala fissa era su una piccola turboelica in addestramento. Il mio Pollo può salire e superare facilmente un F22, per la maggior parte del tempo che lo stai guidando, la cosa è un jet, non un elicottero. Una Poiana è più simile a un V22 Osprey, non è supersonica.» Scosse la testa. «Le tecniche che abbiamo imparato guidando aeromobili ad ala rotante sulla Terra non si applicano qui, devo continuare a ricordarmi di non preoccuparmi di stress dinamico sulle pale del rotore e non ho bisogno di tenere il rotore di coda libero quando atterro, perché non ce l'abbiamo.»

«Signore», chiese Cornpone, «noi abbiamo solo aerei, già, e il nemico ha navicelle che possono andare nello spazio. Abbiamo davvero una chance nel combattimento lassù?» Indicò il cielo.

«Oh, sì. Ho capito cosa intendi. Sì, ce l'abbiamo, abbiamo davvero un vantaggio sulle navicelle nel combattimento aereo. Le navicelle sono grandi e pesanti, si muovono come bisonti quando sono in profondità in un'atmosfera. Con *stealth* e contromisure, se la tua prima raffica di missili non va a segno, chiudi la distanza dal bersaglio molto in fretta e poi entri in fase di manovra tattica e utilizzi le tue armi. La chiave per il combattimento aereo è l'energia cinetica, se perdi troppa velocità in una volta sei morto. Energia significa che puoi ingaggiare e disinnescare uno scontro aereo secondo la tua necessità. Le navicelle sono alla fine molto più veloci dei nostri aerei, possono raggiungere la velocità di fuga, ma non accelerano altrettanto in fretta. Noi possiamo accelerare molto più in fretta.» Continuò a parlare ancora per un po' delle tattiche di combattimento aereo, noi tre eravamo entusiasti, in quel momento pensai che fosse il tipo più figo mai esistito. Lasciai il mio posto e gli andai a prendere un altro hot dog, così avrebbe continuato a parlare. La partita finì, però; la squadra britannica vinse per due punti e arrivò un gruppo di piloti, così lui se ne andò.

«Accidenti», disse Ski con fare malinconico, «vorrei essere un pilota. Ci ho pensato anch'io, uno dei miei zii è in un aeroclub a casa, il club ha un solo motore, ehm, Piper, qualcosa del genere. Una volta, a Minneapolis, mio zio portò in volo me e mio padre per una partita dei Bears, fu grandioso. Mai avuti i soldi per le lezioni di volo, però.»

«Sarebbe fantastico», concordai.

«Sì, abbastanza. Comunque è morto nella simulazione», sottolineò Cornpone.

«Sì, sì, oh, sì», disse Ski. «Anche noi, e non abbiamo fatto un cazzo prima di morire. Preferirei morire in cielo facendo qualcosa, piuttosto che essere vaporizzato da un colpo di cannone a rotaia che non mi aspettavo.»

Ispirati dalla visione della partita di basket, Ski, Cornpone e io andammo in un altro campo e ci imbattemmo in una partitella improvvisata cui potevamo unirci. Ski aveva un ottimo tiro esterno, mi concentrai sul passargli la palla e andare a rimbalzo in difesa. Era bello giocare duro, sfogare la frustrazione col sudore. Tutti noi eravamo incazzati perché eravamo morti e non avevamo ottenuto nulla durante l'operazione Scudo valoroso. Certo, farci saltare in aria dall'orbita era uno scenario realistico, la nostra domanda era: quale insegnamento avremmo dovuto trarne? Inoltre, come avrebbero fatto i kristang a valutare le nostre capacità di combattimento, se non avevamo fatto altro che ottenere un lancio di dadi sfortunato da un computer kristang in orbita? Se quei dadi immaginari fossero rotolati in modo diverso, qualche altro sfortunato bastardo sarebbe morto al posto nostro.

Lo zPhone alla mia cintura vibrò durante la partita, non lo controllai finché non facemmo una pausa per bere. Era un messaggio di Shauna, voleva sapere se fossi impegnato e, in caso contrario, se volessi uscire con lei.

Volevo?

Il sole sorgeva a est? Sulla Terra, intendo.

Certo che sì!

Ecco un semplice test per verificare se un ragazzo vuole incontrarsi con una ragazza.

Primo step: ha polso?

Secondo step: è cosciente?

Non c'è bisogno di un terzo step.

Da idiota che sono, digitai: «È una proposta indecente?». Emoticon sorridente con occhiolino.

Per fortuna, il mio istinto di conservazione m'indusse a cancellare il messaggio prima di premere "Invio". Invece, digitai, col massimo della noncuranza che mi riusciva: «Certo! Sto giocando a basket, stiamo vincendo. Finisco presto».

E poi mi presi degli accidenti da Cornpone e Ski perché era chiaro che non c'ero più con la testa, continuavo a immaginarmi vibrazioni di notifica di messaggi in entrata sul mio zPhone. Vincemmo la partita comunque, non che qualcuno facesse sul serio tenendo il punteggio.

Cazzo. La partita era finita e non avevo ricevuto risposta da Shauna. Ero stato troppo impaziente? Troppo noncurante? Merda. Mia nonna raccontava storie di come se ne stesse seduta accanto al telefono a casa sua, questo avveniva prima dei cellulari, seduta accanto al telefono, dicevo, in attesa che un ragazzo chiamasse. Mi sembrava patetico, allora. Seduta accanto al telefono, invece di essere fuori a divertirsi, nella speranza che un perdente decidesse di chiamare?

Eppure, quando Ski e Cornpone suggerirono di andare a vedere che film stavano proiettando nella grande tenda del centro ricreativo, invece di andare con loro, dissi che ero stanco e volevo dormire. Mi guardarono in modo strano, ma mi lasciarono in pace. Ed eccomi lì, non con i miei amici, non di ritorno alla nostra tenda ad aspettarli, nel caso ci fossero tornati, ero lì, seduto da solo nella tenda del campo da basket ad aspettare che una ragazza mi contattasse.

Per tutte le donne che hanno aspettato che un ragazzo chiamasse o mandasse un messaggio: so come vi sentite. Fa schifo.

E poi il mio zPhone notificò la ricezione un messaggio.

Quello che mi aspettavo era che Shauna suggerisse di vederci da qualche parte, parlare, magari incontrare i suoi amici, cose così. Mi spiazzò del tutto chiedendomi d'incontrarci a un cancello del parco macchine del gruppo logistico, un'area recintata per i camion kristang che stavamo usando. Aveva il codice del cancello ed entrammo, la seguii in silenzio mentre si metteva un dito sulle labbra. Facemmo lo slalom tra i camion parcheggiati, non sapevo dove mi stesse portando, finché non ci fermammo dietro un camion e lei chiuse il cancello sul retro. Il camion aveva una specie di tetto di tela, lei tirò il lembo da una parte e puntò una torcia all'interno. Per un secondo, ebbi paura che ci fossero altre persone nel camion e che Shauna si aspettasse che prendessi parte a un qualche losco traffico che non mi interessava: il mio fascicolo personale dell'esercito conteneva già abbastanza osservazioni su tutte le volte che mi ero messo nei guai.

Non c'era nessuno sul camion. Solo uno spesso mucchio di coperte.

I miei occhi dovevano aver mostrato la mia completa sorpresa, perché Shauna mi afferrò per la maglia e mi baciò con passione. «Ti va bene?» I suoi occhi brillavano tra le fioche luci di sicurezza. «Sei carino. Un po' stupido, forse, ma carino.»

Feci di sì con la testa come un bambino di quattro anni quando gli chiedono se vuole una ciotola di caramelle. «Sì, ok. Sì!»

Per quelli tra voi che hanno fatto sesso, non vi annoierò con dettagli sudaticci su di me e Shauna. Sapete com'è, e sono sicuro che non abbiamo fatto niente che voi non abbiate fatto prima. O abbiate desiderato fare.

Per quelli tra voi che non l'hanno mai fatto, non vi voglio rovinare la sorpresa.

Indizio: f-a-n-t-a-s-t-i-c-o.

Wow.

Ci prendemmo una pausa, una chiacchierata, Shauna stava sdraiata sulla schiena, io accanto a lei. Dopo un po', le feci scivolare con dolcezza le dita giù per il collo, tra i seni e lo stomaco, e giù ancora.

«Che cosa stai facendo?», ridacchiò.

«Ti sto facendo passare le dita nella chioma», dissi con fare innocente.

«Non è così che stanno le cose!» Rise e mi schiaffeggiò per scherzo.

«Non è romantico?»

«Sì, come il tuo amico qui», e tamburellò con le dita il mio amico. «È tutta una questione di romanticismo, Joe.»

«Ehi», dissi mentre il mio amico si svegliava al tocco delle sue dita, «lui è molto romantico.»

«Mmh, sì, ci scommetto. È romanticissimo, se serve a fare sesso.»

«Ok, devo ammetterlo, è un cane in calore, non riesco a controllarlo a volte.» Proprio come in quel momento, con Shauna che continuava a incoraggiarlo.

«Oh, non hai il controllo su di lui? Come se tu non c'entrassi niente?»

«Non ne hai idea», scossi la testa con mestizia. «A volte mi sveglio alle quattro del mattino perché lui ha dimenticato la chiave della porta d'ingresso e io gli faccio: "Dove sei stato?", e lui mi fa: "Da nessuna parte, sono solo uscito per una passeggiata". E odora di vodka e profumo, e io so solo che è andato in giro a cacciarsi nei guai.»

«Una chiave? E dove la metterebbe? Esce da solo?» Rise.

«Beh, si porta dietro i ragazzi, quei tre sono una banda. Ma, è chiaro, io non ho colpa dei casini in cui si cacciano. Il mio cuore è puro.»

«Il tuo cuore è una pura stronzata, Joe, ma sei divertente.» Rise di nuovo. «Parlerò con il tuo amico, vediamo cosa ne pensa. Non ti dispiace, vero?»

«No, no, per favore, continua, tu puoi *parlare* con lui quanto vuoi.»

Un paio d'ore dopo, Shauna disse che dovevamo andarcene, perché stava arrivando una pattuglia di sicurezza. Di solito accendeva le luci solo per un minuto, per sincerarsi che non ci fosse nulla di grave. Capivo il loro punto di vista, chi avrebbe rubato un camion su quel pianeta? Che cosa se ne sarebbe fatto?

«Ehm, allora ti chiamo? Domani?» Cazzo. Avrei dovuto dirlo prima di rimettermi la maglia e i pantaloni. In mia difesa, nel camion stava cominciando a fare freddo, ora che ero fuori dalle coperte.

«Chiamarmi? Tu mi chiamerai?»

«Oppure ti scrivo?», dissi lentamente, col sospetto di avere fatto qualcosa di sbagliato.

«Tu *chiamerai* me? Ehm.» Era contrariata da qualcosa. «Vorrei essere incazzata con te, ma sei così maledettamente stupido e carino.»

«È vero, è una maledizione. Sai, non voglio che tu pensi che io sia, ehm, sai?»

«Cosa? Che mi stai usando per il sesso? Joe, non sono una stupida liceale. Sono *io* che sto usando *te* per il sesso.»

«Ah.»

«È un problema?»

«No! No, non è affatto un problema», mentii. Era, forse, un piccolissimo problema, per il mio ego. Sì, lo so, questa sarebbe una situazione da sogno per la maggior parte dei ragazzi, a meno che non siano stati del tutto onesti con se stessi. A un ragazzo piace sapere che ha significato qualcosa per una ragazza, anche se lei è stata una botta e via.

Sì, è una questione di ego maschile. Fatemi causa.

«Senti, Joe, siamo su un pianeta alieno», disse lei con la voce soffocata dalla coperta sopra la testa, contorcendosi per entrare nei pantaloni mentre era ancora bella e calda sotto la coltre. Vorrei averci pensato. «Non sappiamo dove finiremo, potremmo essere inviati su pianeti diversi la prossima cazzo di settimana. Mi sto facendo il culo per qualificarmi al servizio attivo, voglio fare la differenza in questa guerra, questo è quello su cui mi sto concentrando ora. Io non ho tempo per un fidanzato. Tu non hai tempo per una fidanzata.

Mi piaci, ti piaccio, le ragazze si eccitano e sei abbastanza bravo a letto. Nessun impegno. Possiamo evitare complicazioni?»

«Oh, ehm», la mia giornata era tornata a essere buona, adesso che capivo, «certo. Sì, sì!»

«Grandioso.» Lei fece dondolare le gambe fuori dalla coperta, infilò i piedi negli stivali, saltò in piedi e mi baciò sulla guancia. «Sarò io a chiamare *te*.»

Questo mi spaventò.

Poi, chiamò due sere dopo e consumammo le sospensioni del camion.

Fu fantastico.

Ogni illusione che le mie avventure amorose notturne fossero passate inosservate finì fuori dalla finestra a colazione la mattina dopo. Il Sergente Koch ci aveva fatto correre fino allo sfinimento su un percorso a ostacoli nel buio, io non avevo dormito abbastanza e tutti e tre avevamo una fame da lupi.

«Cos'è quello?», mormorò Cornpone a bocca piena, indicando la scodella di Ski con un pezzo di pane tostato.

Lo guardai anch'io. «Cazzo, Ski», dissi, «ma che fai?» Invece di uova, french toast, frittelle di patate o qualsiasi altra cosa buona, aveva un solo pezzo di pane tostato appena imburrato e una scodella di quello che sembrava essere porridge semplice. Semplice come l'avena inzuppata nell'acqua. Senza uvetta, senza zucchero di canna, senza noci, nemmeno una crema. Il genere di cose che servono ai cavalli. Già. «Sembra una scodella di, tipo, zuppa... tristezza.»

«Una scodella di tristezza.» Cornpone rise fino a soffocare, sputando uova nel piatto. «È divertente. Zuppa di tristezza è un marchio della Kellogg's?»

«Sul serio», aggiunsi, mentre Ski se ne stava seduto là con la faccia impietrita, «mangiare quella roba è come essere un fan dei Chicago Cubs. Certo, una volta ogni tanto i Cubs avranno la fortuna di vincere, ed è come trovare una toffoletta nella tazza, ma andiamo, tu lo *sai* che prima della fine della stagione soffocherai in una scodella di tristezza.»

«Taci.» Ringhiò Ski, ma gli brillavano gli occhi.

Cornpone colpì il tavolo con la mano. «Bish, cazzo, mi stai uccidendo.»

Offrii una fetta di french toast a Ski, ma lui la sventolò con un'espressione accigliata. «No, amico, quel polpettone l'altra notte ha litigato col mio stomaco, ho bisogno di qualcosa di leggero dopo la corsa a ostacoli.»

«Ah, sì, il polpettone. Cos'era quella sbobba?» Cornpone scosse la testa. «Olio di motore 10W-40, almeno dal sapore.»

«No, penso che fosse il fluido idraulico che i criceti usano per quelle Poiane. Squisito», mi leccai le labbra, «carne misteriosa che galleggia in una pozza oleosa di fluido idraulico.»

«Sì, sì», Cornpone concordò, cacciandosi in bocca patate fritte a cucchiaiate. «E quando la salsa oleosa inizia a raffreddarsi, si forma quella pellicola gommosa in cima, e lei…»

«Ah.» La faccia di Ski stava diventando verde. Spinse via il porridge. «Ragazzi, zitti, per favore, non ce la faccio più.»

Rompersi le palle a vicenda era elemento essenziale dell'essere un gruppo di fuoco, sapevamo anche quando smettere. L'ultima cosa che io e Cornpone volevamo era che Ski vomitasse su tutto il tavolo della colazione, cosa che ci avrebbe reso molto popolari nel plotone. No. «Ecco», presi due fette di pane integrale da Cornpone e le misi sul piatto di Ski, «questo ti riempirà. Abbiamo una mattinata impegnativa.» Il programma prevedeva un'ora al poligono di tiro, poi il plotone avrebbe fatto un'escursione di venti chilometri, raggiungendo cinque punti di navigazione prima della pausa pranzo. Questo era parte della nostra preparazione per una grande simulazione di guerra di armi combinate che ci sarebbe stata di lì a una settimana, quando speravamo di mostrare ai kristang che soldati cazzuti eravamo noi umani nel combattimento simulato. Parte dello scenario della simulazione di guerra, che era ancora in fase di sviluppo, includeva il bombardamento orbitale simulato e prevedeva esseri umani che combattevano contro navicelle kristang alla guida di aerei sottratti ai ruhar. L'Unef sarebbe stata la squadra Blu che difendeva il pianeta e i kristang sarebbero stati la squadra Rossa degli invasori, con la forza kristang che faceva la parte dei ruhar, usando tattiche dei ruhar.

Un paio di fette di pane nello stomaco di Ski lo fecero sentire meglio, al punto da fargli rubare un pezzo di french toast dal mio piatto. Si sentiva bene abbastanza da chiedere: «Ehi, Bish, quella ragazza, Shauna, ci stai dando dentro?».

«Sì», disse Cornpone e mi diede una gomitata nelle costole, «come stanno le cose?»

Per colpa loro quasi soffocai con un boccone di patate fritte. «Le cose? Le cose stanno così, anzitutto è una donna, non una ragazza.»

«Sai cosa intendo.» Cornpone non aveva intenzione di sviare dall'argomento.

«E non sono affari che vi riguardano. Ci siamo scontrati a cena e abbiamo parlato. Non è una gran cosa.»

«Hai parlato con una ragazza vera, viva, reale. Potresti avere *toccato* una ragazza vera. Questa è una gran cosa», obiettò Ski.

E Cornpone aggiunse: «Bish, lo sai che c'è? Ho sentito che in tutta l'Unef solo il 16% delle forze è costituito da donne, il 16%! Questo significa che per ogni ragazzo, ci sono tipo, ehm, per ogni ragazza ci sono tipo… quattro ragazzi!».

«Penso che tu debba controllare i tuoi calcoli, Jesse.»

«Il punto, Bish, è che con queste probabilità siamo un po' disperati, e se un tizio *a caso* su questo pianeta sta scopando, vogliamo almeno dei dettagli.»

«*Non* ho intenzione di darvi dettagli.»

«Ah ah!» Cornpone diede una pacca sul tavolo, attirandosi gli sguardi di altri attorno a noi. «*Ci sono* dettagli.»

Merda. Avevo rovinato tutto. «Ragazzi, mettiamo il caso che un tizio su questo pianeta si stia, diciamo, godendo la compagnia di una signora. Pensate che le probabilità di altri ragazzi di avere fortuna aumenterebbero se ne parlasse o se tenesse la bocca chiusa? Eh? Pensate che le donne su questo pianeta sarebbero felici se un tipo si vantasse dei dettagli?»

«Cazzo», brontolò Ski, «ha ragione.»

«O ti vanti di scopare, o scopi per davvero. È molto semplice», conclusi.

«Cazzo. Diavolo, in questo caso», disse Cornpone scontroso e tese la mano con la forchetta, «mi prendo il resto del tuo french toast.»

Una mattina, il mio zPhone suonò mentre ero al poligono di tiro, era un messaggio del mio plotone che mi ordinava di fare rapporto al capitano Andrews dall'altra parte della base. Andrews era al comando di una compagnia in un altro battaglione della nostra brigata. Il messaggio non diceva "subito", ma era implicito. Quando trovai la tenda che Andrews usava come quartier generale della compagnia, entrai e salutai: «Specialista Bishop a rapporto come da ordini, signore».

«Bishop», il capitano alzò a stento gli occhi dal portatile, «riposo. Sono certo che sai che abbiamo lasciato la Terra senza essere al completo, se la gente non riusciva ad arrivare in Ecuador entro la data di partenza, restava fuori.»

Annuii. Il trasporto in Ecuador era stato, ironia della sorte, più difficile del trasporto fino all'orbita e attraverso le stelle. A causa della carenza di personale, avevamo sergenti al comando di squadre, sergenti scelti nel ruolo di primi sergenti, tenenti che agivano come capitani ecc. L'altro gruppo di fuoco nella mia squadra era composto soltanto da tre soldati, e il battaglione aveva messo insieme nuove squadre da unità sotto organico. Nel complesso, la X divisione aveva il 14% in meno di personale autorizzato, senza neppure contare i battaglioni di artiglieria da campo che erano stati deliberatamente esclusi. O la maggior parte della brigata di supporto, che era stata a sua volta esclusa, quindi non avevamo i nostri ingegneri di combattimento con noi. Era un grosso problema che la divisione stava ancora risolvendo.

«Ho qui il tuo fascicolo personale», continuò Andrews e io sbiancai.

Avevo visto il mio fascicolo personale, quello originale in cartaceo, ancora nella triplice copia ufficiale dell'esercito. All'uscita dalla Nigeria, si leggeva "cattivo comportamento", tutto maiuscolo e sottolineato due volte. Non c'era nemmeno una faccina sorridente al posto del punto sopra la I di "cattivo", quindi sapevo che era grave. Speravo che il capitano Andrews non l'avrebbe sottolineato di nuovo e cerchiato con una grande faccia arrabbiata. Nella mia corsa frenetica a ritroso nella memoria, non riuscivo a pensare a niente che avessi incasinato più del solito da quando avevamo lasciato la

Terra. A controbilanciare il mio presunto cattivo comportamento c'era un Cuore viola al merito, che spiegava le cicatrici sul mio braccio sinistro, e le scartoffie avevano cominciato a propendere per conferire una Stella di bronzo. Le scartoffie si erano fermate al livello di brigata, cosa che capivo considerando le circostanze. Comunque apprezzai il gesto.

«Conosci il sergente scelto Agnelli?», chiese Andrews, e io annuii di nuovo. Poi disse qualcosa di inaspettato. «C'è un posto vacante per un sergente nella sua squadra e tu sei stato raccomandato.» Non precisò chi mi aveva raccomandato. «È tuo, se lo vuoi. Non abbiamo tempo, o risorse, per un regolare programma di formazione, perciò imparerai sul campo. Se t'interessa, fai rapporto ad Agnelli e io mi occuperò delle scartoffie.»

Merda. Non sapevo se ero pronto a comandare un gruppo di fuoco, tre tizi che non conoscevo. Andrew si schiarì la gola: «Sono io che aspetto una risposta, Bishop. So che è insolito, ma non abbiamo tempo per la normale procedura qui».

«Ah, sì, signore. Grazie. Voglio dire, sì, sono onorato. Sì.» Una promozione avrebbe dovuto essere un processo più formale, ero stato preso del tutto alla sprovvista. La divisione aveva buchi che dovevano essere tappati.

«Sì, sì.» Andrews non sembrava molto convinto. «Agnelli ti tirerà fuori dai guai. E, Bishop?»

«Sì?»

«Stai lontano dai furgoni dei gelati.» Non sorrideva.

Prendere il comando di un nuovo gruppo di fuoco non fu la parte più difficile della mia promozione, i miei tre ragazzi avevano tutti esperienza in Nigeria e sapevano cosa fare senza che io avessi bisogno di dire loro molto. Il sergente scelto Agnelli era paziente con me e, al di là della parte amministrativa del lavoro che all'inizio era opprimente, non ebbi molti problemi a adattarmi. L'esercito non ebbe il tempo di sottopormi all'addestramento standard, il che mi salvò dal memorizzare un mucchio di stronzate, ed ero certo che mi si sarebbe ritorto contro dopo. La parte più difficile della promozione fu lasciare la mia vecchia unità, il Sergente Koch, Ski e soprattutto

Cornpone. Lui aveva una lacrima nell'occhio, che disse essere stata causata dalla sabbia che si sollevava, e anche a me s'inumidirono gli occhi. «Cazzo», disse Cornpone, «pensa a quante cose stupide fai quando ci sono io. Cosa farai senza di me? E l'esercito ti ha messo a capo di un gruppo di fuoco?» Scosse la testa con tristezza.

«Se vedrò un furgone dei gelati correrò nella direzione opposta.»

Sbuffò: «Bish, questo risolve, tipo, il 10% del problema. Ti trovi in una situazione e dovresti pensare: "Cosa farebbe Jesse?"».

«E poi fare l'opposto?» Risi.

Fece un'alzata di spalle esagerata, poi mi abbracciò, dandomi pacche sulla schiena. «Abbi cura di te e non dimenticare di scrivere.»

Tirai fuori il mio zPhone. «Scrivere? Con questo coso posso vedere la tua brutta faccia ogni volta che voglio.»

«Oh, cazzo», strabuzzò gli occhi, «l'avevo dimenticato.» Tirò fuori il suo zPhone. «Come si fa a bloccare la gente?»

I mezzi di comunicazione kristang non erano più veloci della luce, ma le voci di corridoio dell'esercito degli Stati Uniti sì. «*Sergente* Bishop?» Shauna fu la prima persona a chiamarmi in merito alla mia promozione. «Ragazzi, promuoveranno proprio tutti.»

«Difatti.»

«Sul serio, buon per te, Bish.»

«Vuoi la verità? Non ho idea di cosa sto facendo.»

«Bish, combatteremo contro gli *alieni*. Nessuno sa cosa sta facendo. Ce lo inventeremo sul campo.»

Cazzo, era bello sentirla. Il che mi ricordò che dovevo rivedere le regole dell'esercito sulla fraternizzazione: Shauna non era sotto il mio comando, era in un altro battaglione. Significava che andava bene se continuavo a stare con lei? Di sicuro lo speravo.

La mia nuova squadra era guidata dal sergente scelto Salvatore Agnelli che, a dispetto del nome, aveva i capelli biondi e sembrava più tedesco che italiano. Col mio gruppo di fuoco avevo avuto fortuna, e sia io che Agnelli lo sapevamo. I soldati Chen e Baker e lo specialista Sanchez erano tutti veterani della Nigeria, e Sanchez aveva prestato servizio per un po' in Corea prima di allora. Greg

Chen era un Abc dalla periferia del Maryland, e dovette spiegare che Abc significava American Born Chinese, cinese nato in America, dal momento che non avevo idea di cosa intendesse. Jeron Baker era cresciuto in una fattoria in Alabama, di cui era immensamente orgoglioso, e dalla quale era immensamente grato di allontanarsi. E Pete Sanchez veniva dal Kansas orientale, i genitori avevano una piccola fattoria, ma la madre lavorava come infermiera e il padre in una concessionaria di auto, la loro fattoria non era abbastanza grande per provvedere al sostentamento di una famiglia. Il loro precedente sergente era adesso sergente scelto, a capo di una squadra della II brigata. Iniziammo alla grande, perché nessuno di loro fece battute su Barney, né chiese qualcosa in proposito, né sembrò in qualche modo incuriosito da quello che avevo fatto la prima volta che avevo visto un ruhar. Avevano letto tutto, era storia vecchia e non significava più nulla. Noi quattro ci conoscemmo durante gli addestramenti e le esercitazioni al combattimento la settimana successiva. Ogni notte collassavo sul letto del tutto esausto e felice come non lo ero da tempo. Avevo una grande squadra e ci stavamo perfezionando per la battaglia contro un nemico che aveva minacciato il nostro pianeta. Quello che ci serviva era una vera missione.

Otto giorni dopo la mia promozione a sergente, la nostra brigata ricevette l'ordine di schierarsi. Mi stavo sforzando di mettermi in pari per la successiva simulazione di guerra, l'operazione Rasoio, che ci sarebbe stata di lì a dieci giorni. Ricevemmo informazioni dal capitano Teller, che aveva riunito la compagnia in un hangar vuoto ai confini della base. Stava in piedi su un palco in fondo, con noi che ci accalcavamo per ascoltarlo. «Gente, abbiamo un'opportunità.»

Chen gemette e sussurrò: «Bohica[11], amico». Era un detto popolare nell'esercito, soprattutto quando un ufficiale diceva che avevamo "un'opportunità". Di solito significava che il peggio doveva ancora venire e che saremmo stati fregati in un modo o nell'altro, di qui l'espressione radicata nel tempo.

---

11 Bohica è la formula abbreviata per "Bend over! Here, it comes again" ("Piegati! Ci risiamo"). Significa: "Preparati per nuovi inevitabili problemi ancora più grossi" (*N.d.T.*).

Teller aspettò un momento perché l'inevitabile mormorio morisse da sé. «Abbiamo l'opportunità di mettere in azione i nostri nuovi giocattoli e fare qualcosa di utile in questa guerra. L'Unef ha ricevuto ordini, partiamo tra due giorni e un risveglio. La I brigata entrerà con un battaglione inglese e uno francese. L'Unef è tutta coinvolta, saremo al completo. L'intera forza leverà le tende nelle prossime due settimane.»

Un tizio in prima fila prese la parola: «Qual è la missione, capitano? Prenderemo a calci in culo qualche roditore?». La domanda fu posta con serietà mortale.

Teller fece la faccia di chi ha appena morso un limone: «No, i kristang dicono che non siamo pronti per questo. Ho visto simulazioni di battaglia dei kristang, e hanno ragione, non siamo pronti. Saremmo solo d'impaccio. La maggior parte dei combattimenti avviene in orbita o più lontano e, dato che non abbiamo una Marina spaziale, non possiamo fare nulla. I kristang hanno riconquistato un mondo coloniale che avevano perso contro i ruhar tempo fa e li stanno cacciando dal pianeta. Hanno raggiunto una tregua, l'accordo permette ai ruhar di evacuare la popolazione civile in un periodo di tredici mesi, ci vorrà così tanto perché ci sono quasi un milione di ruhar ora. Il nostro lavoro è occupare il pianeta e facilitare l'evacuazione».

Questa notizia non fece piacere alla compagnia.

«Servizio di guarnigione?!»

«Merda. Faremo da corpi di pace armati.»

«Dovremo indossare dei dannati caschi blu?»

Teller tenne le mani alzate finché non ci calmammo. «Sono venuto qui per combattere i ruhar, proprio come voi, per uccidere quei figli di puttana con la faccia da topo. Non posso fare quello che voglio, sono nell'esercito. Il nostro lavoro qui è difendere la Terra e, visto che abbiamo dimostrato di non poterlo fare da soli, il modo migliore per proteggere la gente a casa è lavorare con i nostri alleati. Le forze kristang sono piuttosto assottigliate in questo momento, non hanno molte truppe per mantenere i siti che hanno conquistato. Ecco perché hanno chiesto la fanteria. C'è una specie di pericolo biologico su questo pianeta, che impedisce ai kristang di atterrare subito; dicono che i ruhar stanno tradendo la Regola Numero Quattro. I ruhar dicono che il virus, o qualunque cosa sia, risale a quando i kristang avevano occupato il pianeta. Di questo sta a loro discutere. Il punto è che i kristang non possono far atterrare le loro truppe su questo pianeta, a meno che non indossino tute di protezione complete, e non succederà. Fino a quando i kristang non saranno in grado di sviluppare un antidoto al virus e distribuirlo in quantità, l'Unef sarà responsabile in pieno a terra. Questo è un lavoro che possiamo fare, e lo faremo al meglio delle nostre capacità. Questi sono i nostri ordini.»

«Quali sono le regole d'ingaggio, signore?», chiese qualcuno ad alta voce dalle ultime file.

«Non sparare, a meno che non siano loro a sparare per primi. Che ci piacciano o no, i ruhar su questo pianeta sono per lo più agricoltori, il che significa che tra loro ci sono donne e bambini. I kristang dicono di non aspettarci molta opposizione, i civili ruhar dovrebbero essere felici di essere vivi e di poter tornare a casa.» Ci fu un sacco di brontolio dalla compagnia Able. Teller non fece una piega. «Questo è un test, nel caso non l'abbiate ancora capito. Finora, tutto ciò che noi umani abbiamo mostrato ai kristang è la nostra morte, senza infliggere molti danni ai ruhar.» Si fermò, si accigliò e continuò: «Durante la seconda guerra mondiale», pronunciò le parole con precisione, «l'esercito americano non colpì le spiagge della Normandia nella prima battaglia. Atterrammo prima in Nord Africa, e quelli di voi che conoscono la loro storia sanno che è una cosa grandiosa. Non eravamo per niente in grado di affrontare i tedeschi nel 1942, se fossimo atterrati prima in Normandia, ci saremmo fatti prendere a calci in culo per tutta la Manica. Combattendo in Nord Africa, in Sicilia e in Italia, imparammo a contrastare i tedeschi, scoprimmo che cosa funzionava. I kristang ci hanno dato alcuni nuovi giocattoli scintillanti con cui combattere, questo non significa che conosciamo le migliori tattiche per usarli contro i ruhar in combattimento a terra. I kristang ci hanno affidato quello che dovrebbe essere un lavoro semplice, non possiamo rovinare tutto. Prendiamo il controllo del pianeta, spostiamo i civili ruhar verso gli ascensori spaziali e portiamo i loro sederi pelosi fuori dal pianeta, mettiamo in sicurezza il posto, finché i kristang non risolveranno le cose di sopra e potranno far atterrare le loro truppe. Mostreremo ai kristang che le Forze di spedizione delle Nazioni unite sono disciplinate, competenti e pronte ad affrontare le operazioni di combattimento in futuro. Capi plotone, voglio le vostre squadre pronte per l'ispezione di partenza alle 14:00 di dopodomani. Ci sono altre domande?».

Presi la parola: «Signore, dove stiamo andando e che condizioni possiamo aspettarci?». Volevo sapere il più possibile rispetto a quello in cui si sarebbe cacciato il mio gruppo di fuoco.

«La risposta breve è che stiamo andando in culo a Nettuno.» Il sorriso gli sollevò solo un lato della bocca. «Atmosfera ossigeno-azoto, un po' più ossigeno di quello cui siamo abituati. La gravità è maggiore del 2% a quella sulla Terra. La stella è più calda del nostro Sole, ma il pianeta è più lontano, quindi il clima è simile a quello della Terra: caldo all'equatore, calotte glaciali ai poli. È per lo più una colonia agricola, i ruhar chiamano il posto Gehtanu, che si traduce più o meno come "Nuovo campo di cereali", o qualcosa del genere.» Questo scatenò una risatina dalla folla. «I kristang lo chiamano Pradassis. Noi lo chiameremo Paradiso. Ci sono un continente enorme, un paio di arcipelaghi e grandi isole, come la Groenlandia, il resto è oceano. I nostri PowerPoint ranger hanno messo insieme un pacchetto informativo che i vostri capi plotone dovrebbero avere su tablet da distribuire, vi si legge che il continente principale è in gran parte coperto da praterie piane, come le Grandi Pianure degli Stati Uniti o le steppe russe. Molte vaste fattorie sono in parte gestite da robot, e i ruhar sono raggruppati in villaggi. Tutte le informazioni che abbiamo saranno disponibili sul vostri notepad a breve, ho bisogno che tutti studino durante il volo. L'intera X divisione, più i nostri amici inglesi e francesi, s'imbarcherà su tre navi da trasporto e il viaggio durerà sedici giorni. Dopo il lancio, i kristang terranno un cacciatorpediniere più due fregate in orbita per il supporto al fuoco, ma per oggi è tutto. Il generale Meers ha assicurato ai kristang che possiamo farcela, noi non vogliamo dimostrargli che si sbaglia.»

Shauna mi chiamò prima che potessi contattarla io. «Hai sentito? Ce ne andiamo!»

«Sì, andiamo su Paradiso.»

«Paradiso!» Rise. Non stavamo insieme dalla mia promozione a sergente, eravamo entrambi troppo impegnati, e io troppo stanco. Mi venne in mente che avrei potuto non rivederla mai più: era probabile che, una volta lasciata la nostra base su Campo Alfa, saremmo stati su diverse navi da trasporto, poi assegnate a diversi siti sparsi sulla superficie di Paradiso.

«Ehi, ehm, buona fortuna con la qualifica per la fanteria.» Non volevo chiudere, ma non sapevo cosa dire.

«Grazie, dovrà aspettare finché non arriviamo là.» C'era gente che parlava ad alta voce in sottofondo. «Joe, devo andare, restiamo in contatto?»

«Certo.» E questo è tutto. Almeno saremmo stati sullo stesso pianeta.

Potreste pensare che "due giorni e un risveglio" significhi che trascorsero due giorni interi, più una fastosa notte di sonno pieno, prima che ci dovessimo radunare per la partenza. Vi sbagliate di grosso. Il "risveglio" avvenne a un'ora improbabile del mattino, avevo l'impressione che la mia testa avesse a stento toccato il cuscino prima che le luci scattassero nella tenda e i miei piedi rimbalzassero sul terreno. Alzarmi al canto del gallo non era una novità per me e non mi dispiaceva, anche se non ero per natura una persona mattiniera. E nemmeno una persona che si alzava a metà mattina. Mia sorella era una persona mattiniera fastidiosamente allegra e, crescendo, più di una volta avrei voluto soffocarla con un cuscino.

Comunque, dovetti svegliarmi a un'ora antelucana, il che significa che poi dovetti svegliare il mio gruppo di fuoco. La differenza tra alzarsi a un'ora antelucana e alzarsi al canto del gallo è che alzarsi a un'ora antelucana significa che ti alzi dal letto, prepari tutta l'attrezzatura e l'assembli per l'ispezione di partenza solo per startene in piedi *tre cazzo di ore*, quando avresti potuto usare quelle tre ore per qualcosa di produttivo, tipo dormire. Da sergente, adesso dovevo sopportare gli sguardi risentiti della mia squadra, mantenendo un'espressione neutrale sul viso.

Tutta la partenza fu un casino. I kristang volevano che ci imbarcassimo sulle navicelle nel modo più rapido ed efficiente possibile, il che comportava ammassare il numero massimo di persone a bordo, in una corsa frenetica, anche se ciò significava dividere plotoni, squadre o persino gruppi di fuoco. Quando alla fine salimmo a bordo di una navicella, Baker e Chen avevano i piedi nella porta quando l'addetta della polizia militare stese una mano per impedire a chiunque altro di salire. «Siamo al completo, passiamo alla prossima nave», annunciò.

Tirai fuori con gesto frenetico Baker e Chen, afferrandoli per lo zaino e feci cenno ad altri due ragazzi di venire avanti. Cazzo, non avrei mai permesso che il mio nuovo gruppo di fuoco si dividesse subito dopo che ci eravamo conosciuti. Penserete che saremmo stati i primi della fila a salire a bordo della navicella successiva, ma gli agenti che si occupavano dell'organizzazione avevano altro in mente e diverse navicelle decollarono prima che ci facessero cenno di andare avanti. Essere a bordo di una navicella kristang non era poi l'ultimo dei casini: quando la nostra attraccò e ci imbarcammo, non solo scoprimmo che eravamo a bordo di una nave diversa dal resto del nostro plotone, ma anche che era per la maggior parte occupata dalla III divisione di fanteria dell'esercito americano, non dalla nostra unità di appartenenza, il X. La nave conteneva persone del III, del X, la maggior parte di una compagnia di Marine degli Stati Uniti, più un'intera compagnia di cinesi, due squadre di inglesi e una manciata di soldati indiani. O i kristang non capivano il concetto di carico di dislocamento da combattimento, oppure avevano così poco rispetto per le capacità di combattimento umane da pensare che non avesse importanza che le nostre unità fossero sparpagliate per mari e per monti. È probabile che il quartier generale dell'Unef stesse tenendo traccia di chi fosse dove, ma non avevo modo di contattare nessuno nella mia catena di comando. Ottenni che dormissimo con qualcun altro del X. Fu un viaggio solitario e fui riconoscente che i miei ragazzi l'avessero presa in modo sportivo, con una scrollata di spalle. Se quello fosse stato il peggior casino in cui ci saremmo cacciati, saremmo stati benissimo.

Capitolo 4

Paradiso

A DIFFERENZA DI Campo Alfa, su Paradiso c'era un ascensore spaziale. Sembrava un po' diverso da quello che si librava sopra la Terra, e qualcuno mi disse che era stato messo lì dai ruhar. Questo mi sorprese, mi ero fatto l'idea che l'ascensore ruhar avesse subìto un brutto colpo durante la battaglia, quando i kristang avevano riconquistato il pianeta. Forse mirare agli ascensori spaziali andava contro una delle regole non scritte? O forse era solo una questione di praticità: le persone che tentavano di conquistare un pianeta non volevano danneggiare un bene prezioso e i difensori pensavano che, anche se avessero perso quella battaglia, avrebbero potuto provare a riprendersi il pianeta un giorno? L'ascensore ruhar percorreva un fulmine come quello sulla Terra, ma, mentre l'ascensore thuranin aveva un cavo di energia pura, quello progettato dai ruhar aveva un cavo fisico, più sottile di un capello umano, al centro del fulmine. Per questo motivo, i ruhar non avevano alcuna struttura vitale all'equatore di Paradiso: se mai quel cavo si fosse spezzato, avrebbe potuto avvolgersi attorno al pianeta diverse volte e precipitare con un impatto considerevole, nonostante la piccola massa. Ci dissero che al cavo erano attaccate cariche esplosive per tutta la sua lunghezza, per ridurre il disastro nel caso in cui si fosse spezzato o fosse stato tagliato, ma di sicuro io non avrei voluto essere di stanza all'equatore, avrei trascorso metà del mio tempo a guardare con preoccupazione il cielo.

La discesa in ascensore verso Paradiso non fu diversa dal viaggio in salita dalla Terra, solo che non c'era un cuoco dell'esercito sorridente che serviva deliziosi cheeseburger, dovevamo di nuovo accontentarci di pasti pronti. E quell'abitacolo aveva più finestrini, e il compartimento dei passeggeri era tre volte buone più grande di quello dell'ascensore sulla Terra; immagino che questo fosse progettato principalmente per uso civile. Vedevamo bene Paradiso mentre scendevamo, e scendevamo piuttosto in fretta, c'era molta più vibrazione di quanto ricordassi dall'altra mia esperienza con l'ascensore spaziale. Paradiso sembrava bello, almeno aveva un sacco di verde e blu, non i marroni morti e bruciacchiati dalle stelle di Campo Alfa. Mentre l'ascensore si avvicinava abbastanza da poter vedere i contorni dei villaggi, mi venne in mente che presto avrei messo piede sul mio terzo pianeta. Il primo a essere territorio nemico, anche se quel nemico si era già arreso ai kristang. Scendendo abbastanza in basso da distinguere i singoli edifici, mi toccai i nuovi galloni da sergente sulle maniche. Quel posto era la casa del mio nemico, gli alieni che avevano attaccato la Terra. Non che avessi bisogno di ulteriori motivazioni, ma in quel momento ero pieno di determinazione a fare tutto il possibile per portare i ruhar fuori da quel pianeta nei tempi previsti e mostrare ai nostri salvatori kristang che gli umani avrebbero potuto essere incaricati di compiti più importanti in futuro. E se qualche stronzo criceto mi avesse messo i bastoni tra le ruote, beh, mi sarei ricordato le regole di ingaggio, ma non mi sarei fatto cagare in testa dai criceti. Avrei ricambiato loro la cortesia che ci avevano fatto quando si erano avvicinati di soppiatto per attaccare la Terra e avevano distrutto gran parte della nostra capacità di generazione elettrica.

Quando l'abitacolo dell'ascensore atterrò con un leggero colpo, ci spinsero fuori il più in fretta possibile. Non erano trascorsi dieci minuti da quando l'ultimo di noi aveva sgomberato la recinzione attorno al complesso dell'ascensore, che risuonarono una serie di segnali d'allarme e l'abitacolo risalì per andare a prendere in orbita il gruppo successivo. Io lo guardavo, sporgendo il collo allo stremo, ancora stupito, mentre le guardie ci portavano in fretta verso una pista d'atterraggio dove c'era una fila dei più grandi aeroplani che avessi mai visto. Le guardie li chiamavano "Dumbo", per via del loro corpo enorme e delle ali relativamente piccole. Avevano quattro motori, incassati all'interno delle ali vicino alle radici alari, ed erano forse sei volte più grandi dei C-17 dell'Aeronautica degli Stati Uniti cui ero abituato. I Dumbo necessitavano solo di una breve pista, ma non potevano decollare in modo diretto, cosa che avrebbe richiesto troppa potenza per risultare pratica in un dirigibile. Mentre li stavo osservando, uno si allineò e decollò, con i motori che urlavano, e giuro che la cosa fu in volo nel giro di meno di quattrocento metri. Lo scarico del motore era in grado di ruotare verso il basso per agevolare il decollo, poi le ali si occupavano di fornire portanza. Una cosa così grande, che si muoveva a ritmo così lento nell'aria, mi fece pensare che ci dovesse essere una stringa invisibile a sostenerla. Come le Poiane, i Dumbo facevano parte del residuo equipaggiamento ruhar che noi umani avevamo, finché i kristang non prendevano il controllo.

Dovevamo riunirci per plotone, ma la mia squadra era da sola. Riuscii a tenere unito il mio gruppo di fuoco, non fu difficile, e dopo un po' scoprii dove dovevamo andare per unirci al nostro plotone. Una volta che i sergenti scelti ebbero fatto la conta dei componenti delle squadre, poi dei plotoni e poi a livello della compagnia, aspettammo. E aspettammo. E aspettammo ancora un altro po', sotto il sole caldo. Dobbiamo aver aspettato per un'ora, mentre altri plotoni e compagnie ci passavano davanti sui Dumbo e mentre i Dumbo atterravano, imbarcavano e decollavano di nuovo. Vedevo Polli e Poiane girare attorno al campo d'aviazione in lontananza, erano già una vista familiare da Campo Alfa. La benedizione era che, di qualsiasi materiale fosse fatto l'asfalto, era di colore marrone chiaro e non cuoceva nel calore come l'asfalto scuro avrebbe fatto sulla Terra. Dopo un'ora, con i componenti del mio gruppo di fuoco che si comportavano al meglio per il loro nuovo sergente, marciai infine attraverso il campo d'aviazione, passando accanto a un paio di Dumbo vuoti in attesa, fino a raggiungere il nostro. Era bello vedere che l'esercito degli Stati Uniti dimostrava un'efficienza e un'organizzazione incredibili su altri pianeti come avveniva sulla Terra. Ci ammassammo tutti insieme su sedili scomodi fatti di rete leggera e ci sedemmo ad aspettare di nuovo. Dalle bocche di ventilazione nella parte anteriore dell'abitacolo usciva aria fresca, ma quando arrivava verso di noi, nella parte posteriore, era calda e umida come quella esterna. Sulla rampa sul retro c'era un po' di trambusto, un capitano stava indicando qualcosa su un tablet e litigando con un tenente. Il tenente scosse la testa di fronte al capitano e camminò verso di noi, chiaramente contrariato. Si avvicinò abbastanza perché potessi leggere il nome, König, sul suo cartellino, mi alzai sull'attenti e feci il saluto: «Che succede, signore?».

«Charlie Foxtrot[12]», mormorò. Un altro tipico casino fottuto. «Dicono che siamo sull'uccello sbagliato, la risolveremo.»

Qualunque fosse il problema, cinque minuti dopo le porte si chiusero e iniziammo a muoverci. Tutti applaudirono. Si sparse la voce che avremmo dovuto rilassarci e sistemarci per un volo supersonico di due ore. Il pilota fece un annuncio quando entrammo nella velocità di crociera, che era intorno a Mach 1,4. Pur avendo viaggiato più veloce della luce, risalendo e discendendo wormhole e tornando in orbita su una navicella, quella velocità m'impressionava. Poi mi colpiva che l'annuncio fosse stato fatto da una voce umana. Mi chinai verso un secondo tenente seduto accanto a me: «Signore, chi sta pilotando questa cosa?».

Sbadigliò: «Qualche coglione dell'Aeronautica».

«Quanto addestramento di volo hanno fatto?», chiesi lentamente, non avevo voglia di sentire la risposta che mi aspettavo. Sulla Terra, i piloti di C-17 facevano anni di pratica prima di qualificarsi anche solo per il posto di copilota di destra. Non c'era speranza che quei ragazzi avessero più di un paio di settimane di esperienza di volo. In un aereo del tutto sconosciuto, gigantesco.

«Non c'è niente di cui preoccuparsi, sergente», disse il mio interlocutore, anche se notai che non mi guardava in faccia. «C'è un computer che si occupa della maggior parte del volo e un kristang in orbita può prendere il controllo e far atterrare questa cosa da remoto, se necessario. I ragazzi davanti sono lì per fare il caffè.»

Non risi.

Il volo fu tranquillo, solo che finì in un atterraggio così brusco da farmi pensare che il pilota fosse della Marina, non dell'Aeronautica,

---

12 Nell'alfabeto fonetico della Nato, "Charlie" sta per C, "Foxtrot" sta per F. Nello slang militare "Charlie Foxtrot" sta per "ClusterFuck", "casino", "situazione caotica" (*N.d.T.*).

e stesse cercando di far atterrare il nostro Dumbo su una portaerei. Poi vidi il "campo d'aviazione", che era un campo di terra, un campo che aveva ospitato qualche genere di coltura di recente, prima che la terra fosse sgombrata per far posto agli aerei. Senza perdere altro tempo, ci fecero attraversare il campo a passo di marcia fino a una fila di Poiane in attesa. Ero eccitato, non vedevo l'ora di fare un giro sull'aereo sconosciuto. Trenta di noi si stiparono dentro una Poiana. Avrei voluto sedermi sulla porta, con le gambe penzoloni nell'aria, col fucile sulle ginocchia, mentre la Poiana vagava nel paesaggio. Il copilota mi mise in riga: «Questo uccello non è un Blackhawk, sergente, viaggiamo a circa seicentoquaranta chilometri orari quando arriviamo in quota. Se vuole uscire dalla porta, faccia pure, ma se la chiuda dietro».

Trovai un posto, un sergente scelto mi stava rivolgendo un ampio sorriso, poi mi disse che stava pensando di fare la stessa cosa. Anche il volo sulla Poiana fu tranquillo, molto più tranquillo che in qualsiasi altro elicottero in cui mi fossi trovato, e sorvolammo innumerevoli fattorie e boschi e laghi sparsi, finché non facemmo un giro attorno a un villaggio e atterrammo.

Quando la porta della Poiana si aprì, lo sentimmo. Avete presente il profumo del fieno appena falciato o, se avete vissuto in periferia, di erba appena tagliata? Quel profumo pulito, fresco, tonificante, un profumo di natura che ti ricorda l'infanzia, le corse a piedi nudi attraverso un campo, sotto cieli blu brillante, con grandi nuvole bianche gonfie ammassate in alto nel cielo? Sì? Non era quello. L'odore che emanava dal campo di... di qualsiasi cosa mangiassero i criceti, puzzava vagamente di...

Baker annusò e arricciò il naso. «Cazzo. Cos'è?»

Non era proprio lì, sulla nostra faccia, era più qualcosa nel sottoscala della nostra mente o del nostro naso, un odore che ci faceva fermare a cercare di identificarlo. Avevo una buona memoria olfattiva, ma mi ci volle un momento per capirlo, perché era vicino, ma non troppo. «Parmigiano», annunciai.

Non Parmigiano della serie una grande scodella di spaghetti caldi in una fredda notte d'inverno, con un paio di polpette succose sopra, e hai annusato tutto il giorno quell'appetitosa salsa di pomodoro che bolliva sul fornello e ti siedi con una fetta di pane all'aglio e un bicchiere abbondante di vino rosso e cospargi la scodella di Parmigiano fresco e si scioglie nella salsa – avete presente? –, non quello. Questo era Parmigiano della serie: hai già l'influenza o una sbronza epica e il tuo stomaco è già sul filo del rasoio, e senti odore di Parmigiano che è stato fuori dal frigo troppo a lungo, e sai che stai per vomitare. È il Parmigiano di cui sentimmo l'odore, proveniente dai campi.

«Parmigiano... cazzo, puzza come i piedi di Sanchez!», disse Chen con disgusto.

«I miei piedi? Hai mai annusato i tuoi?»

«*Io* i piedi me li lavo!»

«Una volta l'anno, forse.»

«Va bene, datevi una calmata, voi due», ordinai. «Forse è una sostanza chimica che spruzzano sui loro raccolti e sparirà. Oppure ci abitueremo e non ce ne accorgeremo più.»

«Merda.» Chen sputò. «Sono stato con Sanchez per settimane e non mi sono ancora abituato alla puzza dei suoi piedi. Se l'intero pianeta puzza così, sarà un lungo dislocamento.»

Il resto del nostro plotone era già lì, avevano allestito una base in tende intorno a un fienile, la città dei criceti era a mezzo chilometro a est. Feci sistemare il mio gruppo di fuoco e il primo sergente del plotone mi disse di presentarmi al tenente Charles in una tenda.

Feci il saluto con eleganza: «Sergente Bishop, a rapporto come da ordini, signore».

«Bishop, mi aspettavo la tua squadra stamattina», rispose con noncuranza al mio saluto, sembrava distratto. Stabilire la base per un plotone su un pianeta alieno avrebbe fatto venire il mal di testa a chiunque.

«Charlie Foxtrot durante l'imbarco sulle navicelle su Campo Alfa, signore, i kristang ci hanno messo sull'astronave sbagliata. Siamo tutti qui ora, signore, il sergente Agnelli ci sta sistemando.»

«Sì, l'Unef è sparsa su tutto il pianeta. Sei arrivato fin qui, questo è ciò che conta.» Indicò una mappa spianata su un tavolo, una vera mappa, stampata su una sorta di plastica. Riproduceva circa un decimo del continente principale, la parte in cui ci trovavamo proprio in quel momento. Mostrava per lo più terreni agricoli, terreni agricoli pianeggianti, con alcune basse creste che correvano da nord a sud, fiumi e laghi qua e là. La costa si trovava a ovest, la stazione base dell'ascensore spaziale da qualche parte fuori dalla mappa a sud-est. «Siamo qui in questa regione», tracciò un cerchio col dito attorno a una zona grigia ombreggiata, «i ruhar la chiamano come cazzo la chiamano», indicò le denominazioni, scritte in caratteri ruhar, «ma noi la chiamiamo Pacche-culi-stan.»

«Paccheculistan?» Risi.

Lui sorrise. «La regione a nord rispetto alla nostra è il Pacche-spalle-stan[13], così qui a sud le pacche devono essere sul culo, no? Il tuo gruppo di fuoco occuperà un villaggio circa cento chilometri a ovest di qui», indicò un puntino sulla mappa. «I criceti là sono tutti agricoltori, duecentocinquanta se si contano le fattorie circostanti. C'è una scuola, dei granai, un deposito per i cereali, alcune case e nient'altro.»

Un gruppo di fuoco di quattro soldati contro più di duecento criceti? Il calcolo delle probabilità di riuscita non mi entusiasmava. Di solito un gruppo di fuoco non operava da solo, ma in squadra con un altro, sotto il comando di un sergente scelto. «Signore, come si può pensare che un solo gruppo di fuoco possa tenere sotto controllo così tanti criceti?»

«Non lo pensiamo. È un esperimento», fece una smorfia, «una brillante idea della divisione. Abbiamo squadre di reazione rapida delle dimensioni di una compagnia sparse in giro, con Poiane e Polli, supportate dalla potenza di fuoco dei kristang in orbita», alzò gli occhi al soffitto della tenda. «C'è un sacco di potenza di fuoco disponibile se ne abbiamo bisogno, quello che la divisione vuole è evitare di averne bisogno.»

------

13 *Backscratchistan* in inglese, da *backscratching*, che significa "sostegno reciproco" ed è composto dalle parole *back*, "schiena", e *scratch*, "grattare". Giocando con le singole componenti della parola, i soldati sostituiscono *back*, "schiena", con *butt*, "sedere", nel composto *Buttscratchistan* (*N.d.T.*).

Mi crollarono le spalle. «Cuori e menti?» Questa era l'espressione usata dall'esercito per descrivere i tentativi di convincere la popolazione civile a cooperare con noi, o almeno a non opporci resistenza attiva. Avevano iniziato a usarla in Vietnam e avevano continuato, con varie forme e terminologie, in Iraq, Afghanistan, Nigeria e in pratica in ogni luogo in cui gli Stati Uniti d'America erano stati coinvolti dal punto di vista militare. Avevamo costruito scuole, strade, sistemi di distribuzione dell'acqua e dell'energia e aiutato a piantare e a raccogliere colture. A lungo termine, era più economico e più efficace evitare di farsi altri nemici, piuttosto che uccidere nemici. Soprattutto perché il nemico che uccidevi aveva dei parenti, e i parenti e, con molta probabilità, tutta la loro tribù diventavano tuoi nemici. Se ne sapete qualcosa di storia, non vi sfuggirà che questo tipo di campagne di cuori e menti hanno, diciamo, un bilancio in chiaroscuro. Un mese dopo aver lasciato un'area del Terzo mondo, le scuole venivano bruciate, il sistema idrico fatto esplodere e le linee elettriche saccheggiate per riciclare pezzi di rame. I nostri politici dichiaravano comunque la vittoria e passavano alla crisi successiva. Hooah.

«È più simile al soft power[14], Bishop. Noi non costruiremo scuole per questi criceti, vogliamo soltanto mantenere la pace finché non se ne andranno dal pianeta. Pensala come la tua piccola fetta di Paradiso», aggiunse con un ampio sorriso.

«Signore, sono un sergente minore novellino.»

«Sei anche un contadino, sei cresciuto in una fattoria. Pure Sanchez e Baker. Questi alieni possono anche essere criceti, ma lavorano la terra, spero che questo vi dia una capacità di comprensione che alcuni dei nostri ragazzi di città non avranno. Questa regione si trova al centro della linea da evacuare fuori dai confini del pianeta, quindi c'è più tempo perché le cose vadano male.» Mi mise una mano sulla spalla e la strinse per rassicurarmi: «Con questi criceti non devi essere gentile, ma neanche cercare di intimidirli. Hanno già

---

14 "Soft power" è un'espressione coniata da Joseph Nye alla fine degli anni Ottanta, per indicare l'abilità di uno stato di persuaderne altri a fare quello che vuole senza utilizzare la forza e la coercizione (*N.d.T.*).

accettato di lasciare il pianeta, l'accordo che hanno con i kristang consente loro di continuare a dedicarsi all'allevamento e alla raccolta fino al completamento dell'evacuazione. I ruhar pagano i kristang per trasportare i loro raccolti. Lo so, sembra pazzesco, ma i kristang stanno combattendo questa guerra da molto tempo e sanno quello che fanno. I ruhar vogliono che le spedizioni di cibo continuino a circolare, dovrebbero essere ben motivati a collaborare con noi. Se finisci nei guai, facci un fischio con lo zPhone e faremo entrare in campo la cavalleria aerea. Se le cose si mettono male, i kristang possono colpire qualsiasi punto dall'orbita, e i criceti lo sanno».

Di nuovo, non ero granché fiducioso.

«Agnelli porterà l'altra metà della squadra in un villaggio a nord rispetto a dove sarai tu. Non siete una forza di occupazione, l'Unef chiama queste unità squadre integrate di osservazione. La G2 vuole sapere come va con i criceti a livello locale. Tutta la sorveglianza satellitare e aerea nella galassia non ci dirà cosa sta davvero accadendo a terra e una squadra di ricognizione di passaggio ogni tanto non ci fornirà sufficienti informazioni. Abbiamo bisogno di persone a terra, che vivano tra i criceti. C'è un set completo di guide per le squadre integrate di osservazione sul tuo tablet. Sarebbe meglio farti un po' di formazione, ma la divisione vuole tutti sul posto il prima possibile, per stabilire una presenza, prima che i criceti si mettano in testa di fare la voce grossa con l'Unef.»

«Sì, signore. Abbiamo capito.» Non doveva piacermi. È il motivo per cui si chiamano ordini, e non suggerimenti.

Quando raggiunsi l'area che il plotone stava usando come parco macchine, la mia fiducia diminuì ancora di più. «Che diavolo è questa cosa?», chiesi.

«È un Crivee, sergente», annunciò il sorridente meccanico.

«Un cosa?»

«Lo chiamiamo Crivee, è come il vecchio Humvee[15] sulla Terra, solo che è realizzato con i veicoli residui dei criceti. Prendiamo

---

15 Lo Humvee (High Mobility Multipurpose Wheeled Vehicle) è il veicolo militare da ricognizione dell'esercito americano (*N.d.T.*).

qualsiasi tipo di loro camion, ci incolliamo sopra pannelli compositi per corazza improvvisata e il Crivee è fatto.» Sembrava orgoglioso della schifezza dentro la quale si aspettava che saremmo andati di pattuglia. Il furgone dei gelati di Barney sembrava più capace. Se prendeste un Suv, aggiungeste gomme grandi, ma dall'aspetto fragile, spessi schermi sui finestrini e pannelli multicolore fissati a casaccio qua e là, avreste qualcosa di altrettanto brutto.

«Colla?"

«Sì. Non si può saldare, perché non è metallo. Usiamo questa colla kristang», sollevò una pistola a spruzzo, come se ne troverebbero in qualsiasi ferramenta sulla Terra, «applichi i pannelli sul Crivee con questo affare, poi usi questo fantastico aggeggio kristang», sembrava un ferro da stiro, «per fissare la colla. Roba straforte.»

«Affare? Aggeggio? Non mi convinci.»

Lui fece un'alzata di spalle. «I kristang hanno nomi per tutta questa roba, ma sono difficili da pronunciare.»

«C'è qualcosa di più pesante?», chiesi, mentre passavo le dita con fare scettico sul pannello della corazza artigianale, che al tatto sembrava polistirolo. Aveva uno spessore di circa dieci centimetri, che si assottigliava sui bordi delle porte, cosa che avrebbe potuto rappresentare un punto debole. Se mai il polistirolo avesse un punto forte da qualche parte.

«Abbiamo carri armati Critrak, un po' come i Bradley o gli Stryker, perché hanno le ruote, sono veicoli addetti al trasporto del personale militare dei criceti. Questi sono usati a livello delle compagnie. Non si preoccupi, ho visto una demo di questa corazza», colpì il polistirolo con le nocche, «e i proiettili normali possono soltanto ammaccarne la superficie. Bisogna colpire nello stesso punto un paio di volte, con un proiettile esplosivo, per penetrarla. Roba dura. Dovremmo portare un po' di questa merda sulla Terra con noi.»

«Una demo? Ti unisci a noi in pattuglia, la prima volta che ci sparano?»

Scosse la testa e sogghignò: «Non è il mio modus operandi, sergente. Divertitevi e non graffiate la vernice. Il soldato Ringold qui vi mostrerà come guidarli e manterrà cariche le celle a combustibile».

Dopo aver preso il nostro paio di Crivee, andammo al deposito dei rifornimenti per ottenere tutte le attrezzature di cui avremmo avuto bisogno per il nostro incarico di squadra integrata di osservazione. Il "deposito di rifornimenti" era in quello che sembrava, e puzzava, come un ex pollaio. Per prima cosa, ricevemmo equipaggiamento personale, uniformi extra, giubbotti antiproiettile, tutta la merda di cui ha bisogno un soldato umano vestito di tutto punto che occupa un pianeta alieno. Poi, munizioni e armi pesanti, che significavano missili Javelin Bravo e la nostra vecchia arma anticarro leggera non guidata, la 84 mm svedese At4-Cs. Eravamo là, su un pianeta alieno, dei conquistatori cazzuti, ed eravamo equipaggiati con armi che avevo usato contro i fanatici della milizia in Nigeria. Questo era sgradevole, a mio parere. Nessuno chiese la mia opinione.

La mattina successiva eravamo pronti a partire. Il primo sergente Mitchell venne a salutarci. «Hai sistemato tutto, Bishop?»

«Se dicessi che è stato un November Golf», ossia un disastro nello slang dell'esercito, «farebbe qualche differenza?»

Mitchell rise. «Il tenente non ti manderebbe fuori se non avesse totale fiducia in te, Bishop. Così, Alfa Mike Foxtrot[16] a te.» Adios figlio di puttana, ecco cosa intendeva. Non risposi.

Rombammo in direzione del villaggio che ci era stato assegnato, lasciando sulla nostra scia una nuvola di polvere che si sollevava nel vento e che avrebbe potuto rivelare la nostra posizione a chiunque si fosse preoccupato di guardare. Mentre ci avvicinavamo al villaggio, raggiungemmo una piccola altura e fermai la nostra colonna. "Colonna" era una parola grossa: avevamo due Crivee, io e Sanchez davanti in una sottospecie di Suv, Baker e Chen dietro in un pick-up. Entrambi i veicoli erano carichi di roba, tra cui quello che il plotone

---

16 Nell'alfabeto fonetico della Nato, "Alfa" sta per A, "Mike" sta per M, "Foxtrot" sta per F. Nello slang dell'esercito americano "Alfa Mike Foxtrot" corrisponde a "Adios Mother Fucker", "Adios, figlio di puttana" (*N.d.T.*).

pensava fosse abbastanza materiale di consumo (intendendo tutto, da cibo e medicine alla carta igienica) da sostenere quattro uomini per un mese. Avevamo anche un carico standard di munizioni per fucili, sia con punta regolare che esplosiva. Inoltre, due Javelin Bravo e una coppia di At4. Niente mortai. Se ci fossero servite armi di riserva, avremmo dovuto chiamare la cavalleria aerea. Il primo sergente mi assicurò che avremmo ricevuto visite regolari dal quartier generale del plotone e rifornimenti ogni due settimane. Se il primo sergente era scettico quanto me sul concetto di soft power, teneva i propri sentimenti per sé. Per quanto mi riguarda, davo a quell'esperimento meno di un mese prima che la divisione, o il quartier generale dell'Unef, tornasse in sé. Avere una parte delle nostre forze sparutamente sparpagliate in tutto il pianeta invitava i criceti a sconfiggerci in dettaglio, il che significa che ogni piccola unità avrebbe potuto essere sopraffatta a poco a poco. Se fosse accaduto, i criceti avrebbero finito per essere sbattuti fuori dall'orbita dai kristang, ma questo non sarebbe stato di grande conforto per gli umani morti.

Come prestabilito, una coppia di Polli in ricognizione sorvolò il villaggio a bassa quota, ad alta velocità, per attirare l'attenzione dei criceti residenti. I Polli avevano i pod delle armi aperti e, dopo aver sorvolato la strada principale, ruppero la formazione e salirono, con uno che forniva copertura a nord e uno in volo a punto fisso su di noi. Diedi un'altra occhiata al pacchetto informativo sulle mie gambe. Foto satellitari, rapporti di una colonna di ricognizione che era passata per il villaggio due giorni prima e documenti del governo regionale dei criceti. Secondo i loro registri, la popolazione attuale era di 178 criceti, rispetto alla stima di 250 che avevo avuto dal plotone. Il nostro arrivo non doveva essere una sorpresa, perché il governo dei criceti riferiva di avere contattato gli abitanti del villaggio per avvisarli del nostro avvicinamento e per sollecitare la cooperazione. Avevamo anche cartelli plastificati, stampati in caratteri ruhar, che dovevamo affiggere in luoghi importanti del villaggio. Si presume che i cartelli elencassero le regole, tipo le ore del coprifuoco, i divieti di portare armi e quello che i criceti dovevano fare per ospitarci. L'idea di appendere manifesti mi mise a disagio, riscontravo una vaga somiglianza con una delle cose che avrebbe fatto la mano pesante dei nazisti o dei sovietici quando occupavano un villaggio.

Segnalai al pilota del Pollo che eravamo pronti e dissi a Sanchez di proseguire. I nostri cazzuti Crivee entrarono nel villaggio a velocità di crociera, coi motori elettrici quasi muti, i pneumatici scricchiolanti su ghiaia e sterrato, rallentando non appena raggiungemmo il primo edificio, l'inizio ufficiale dell'abitato. Non c'era molto da vedere anche se, essendo io stesso originario di una piccola città rurale, apprezzai il fatto che gli edifici, sia case che fienili, fossero curati e ordinati. Le case avevano alberi da ombra, arbusti e fiori, recinti e fienili erano ben tenuti. Mi aspettavo che i criceti si fossero lasciati sfuggire le cose di mano, avessero trascurato la manutenzione e altre attività, come piantare fiori, dato che stavano per evacuare il pianeta. Mi aspettavo graffiti, tipo "Gli umani devono andare a casa" o qualcosa del genere. Invece, vidi indizi del fatto che i criceti stavano progettando di restare lì per un po', per esempio un fienile cui stavano sostituendo il tetto. I ruhar non erano in grado di accettare di aver perso il pianeta, o sapevano qualcosa che l'Unef non sapeva? In ogni caso, l'avrei segnalato nel mio primo rapporto della situazione al quartier generale del plotone.

Sanchez era del Kansas orientale e osservò che il villaggio, i campi e la campagna gli ricordavano casa. Anche a me ricordavano la mia piccola città natale. Le abitazioni erano curate, ma non raffinate, ognuna aveva un fienile o un'officina sul retro. Nel luogo da dove venivo, sulle facciate di case come quelle, ci sarebbero stati cartelli che pubblicizzavano le centinaia di attività rurali che la gente svolgeva come secondo lavoro per sbarcare il lunario. Lavori onesti, tipo vendita di uova fresche, saldatura, piccole riparazioni meccaniche, taglio dei capelli, taglio della legna, baby sitting. Mio padre pensava che si potessero combinare i compiti, tipo taglio della legna con baby sitting. Niente più ragazzini pigri seduti con i libri da colorare o a giocare coi Lego, mio padre avrebbe detto: «Voi ragazzi fareste meglio a tagliare e impilare quelle tre cataste di legna prima delle cinque, o niente succhi di frutta per voi. E non piangete se vi colpite il piede con l'accetta, camminate che vi passa. È solo una ferita superficiale».

Può darsi che stia esagerando un po'.

C'erano veicoli per la strada o nei campi e, sebbene fosse evidente che erano alieni, mi ricordavano casa. Ogni veicolo aveva un parafango ammaccato o un pannello della carrozzeria di un colore diverso. Erano veicoli da lavoro, per gente che lavora. La gente che piace a me. Solo che erano alieni e avevano attaccato la Terra senza provocazioni. Ora che ci pensavo, speravo che nessuno dei due Crivee fosse stato sequestrato da quel villaggio, sarebbe stata una situazione imbarazzante.

Un criceto maschio stava camminando sul margine della strada davanti a noi e fece un cenno di saluto con la mano, in quella che speravo fosse un'attitudine amichevole, o almeno non minacciosa. Si capiva che era un maschio, perché aveva la faccia del tutto ricoperta da una pelliccia chiara e lanuginosa; le femmine avevano la faccia per lo più rivestita da una peluria troppo fine per vederla. Inoltre, i maschi avevano grandi baffi.

Indossava una tuta da lavoro. Salopette blu di un tessuto simile al jeans, con toppe sulle ginocchia, una tenuta identica a quella usata da mio padre per lavorare in casa. E una specie di berretto da baseball di paglia, a tesa larga. Sul cappello c'era un logo, era quello di una squadra sportiva di criceti o di un'azienda produttrice di semi, forse il logo dell'azienda che aveva realizzato i trattori che avevamo visto nei campi? Ordinai di fermarci, uscii e dissi a Sanchez di restare fermo, con il motore acceso. Il mio fucile era sul sedile, avevo la mia arma da fianco, ma per il resto ero disarmato. "Cuori e menti", dissi a me stesso, cuori e menti. Vediamo se possiamo iniziare in modo pacifico; avrei potuto diventare rude più tardi se necessario, ma un inizio rude sarebbe stato difficile da superare. Inoltre, la coppia di Polli, con i pod frementi, era in volo a punto fisso in piena vista, pronta all'azione.

Il mio zPhone era già impostato sul ruhar, sollevai una mano e dissi soltanto «Salve.»

Il criceto parlò nel suo apparecchio tipo zPhone. «Salve. Benvenuto a Teskor. Teskor è il nostro villaggio.»

Così il nome del posto era Teskor, o almeno è così che suonava in traduzione. Non eravamo stati in grado di leggere i caratteri ruhar sulla mappa. Mi puntai un dito sul petto. «Io sono Joe Bishop.» Omisi il mio rango, non essendo sicuro che "sergente" significasse qualcosa per gli alieni.

Il criceto annuì: «Mi chiamano Lester Cornhut».

«Lester Cornhut?», chiesi sorpreso, ma giuro su Dio che questo è quello che il traduttore mi disse all'orecchio. Ci era stato detto che i nomi non erano tradotti, perciò i suoni di "Teskor" e "Lester Cornhut" mi giunsero così come erano stati pronunciati, nella voce ruhar un po' stridula.

Il criceto disse: «Sì», e sorrise.

Baker mi chiese sul canale tattico: «Ha appena detto che si chiama Lester Cornhut, o Cornhole?».

«Cornhut», risposi, con la funzione traduttore in pausa, «c'è un suono T alla fine.» Tutti e quattro ridemmo sotto i baffi e concordammo sul fatto che Cornhut, "capanna di mais", fosse un nome eccellente per un criceto contadino. Riaccesi il traduttore. «Lei è il capo di questo villaggio, il capo di Teskor?»

«Niente capi, niente governo qui.» Tracciò col dito una linea ideale da un'estremità all'altra del villaggio, credo che intendesse dire che un posto così piccolo non aveva bisogno di nessuna forma di governo. «Sono stato scelto per parlare con te. Collaboreremo come da istruzioni», il mio traduttore fece il suono ronzante di quando non capiva qualcosa, «e speriamo che la vostra permanenza a Teskor sia piacevole. Questo è un bel posto.»

Che fosse di una specie nemica o no, Lester non c'entrava con l'attacco alla Terra, era possibile che non avesse mai sentito parlare del nostro pianeta. "Cuori e menti", mi dissi. Tra noi ci fu una breve discussione, mi confermò di avere capito la data in cui la gente di Teskor sarebbe partita per il viaggio verso l'ascensore spaziale e che avremmo preso possesso di una fattoria alla periferia della città. Lester mi disse che avevano già pulito il posto in vista del nostro arrivo, la famiglia che aveva vissuto lì aveva perso un figlio quando i kristang avevano riconquistato il pianeta e si era trasferita mesi prima a vivere con i parenti. Attaccammo i manifesti, andammo dall'altra parte della città e ritornammo, poi ci recammo al nostro comando di fortuna. Tutto sommato, il nostro ingresso al villaggio fu deludente. Quando arrivammo alla casa che avremmo abitato, feci un cenno di saluto ai Polli con la mano e iniziammo a scaricare tutto dai nostri Crivee. Mi sentivo come se fossimo bambini che giocano a fingersi una famiglia. Inviai un messaggio a Shauna, ma non c'era connessione, forse non era ancora atterrata.

Quella prima notte non riuscii a dormire molto, ero troppo eccitato per il fatto di essere al comando della mia prima operazione, anche se stavo solo guidando un gruppo di fuoco esperto in una missione di ricognizione. Allestendo la nostra postazione di comando, mi sentivo un vero sergente, un capo. Presi il primo turno di guardia e lasciai che i ragazzi dormissero, verso mattina mi alzai perché il sonno era imprendibile e sollevai Baker, in modo che potesse schiacciare un altro pisolino. Oltre a essere eccitato, ero nervoso: se i criceti fossero stati intenzionati a compiere qualche atto ostile, era probabile che l'avrebbero fatto durante la nostra prima notte, prevenendo il fatto che ci sistemassimo per bene, con i sistemi di sorveglianza e i campi di fuoco estesi attorno al comando. Per fare la guardia, avevamo sistemato una scala per salire sul tetto della casa: ecco dove mi trovavo la mattina presto. Il tetto aveva il vantaggio di un'eccellente visuale a trecentosessanta gradi, aveva lo svantaggio che la persona che faceva la guardia era del tutto esposta al fuoco dei cecchini. I nostri zPhone avevano una caratteristica ingegnosa: se la persona cui lo zPhone era stato assegnato moriva, se il suo cuore si fermava, il dispositivo avvisava chiunque nelle vicinanze. Il che mi dava il grande conforto, mentre ero esposto sul tetto, che, se un cecchino mi avesse centrato, il mio gruppo di fuoco non sarebbe stato colto di sorpresa.

L'Unef pensava che le squadre integrate di osservazione composte da gruppi di fuoco di quattro persone, da sole in mezzo al nulla, fossero una grande idea. Seduto sul tetto in bella vista, nelle prime ore del giorno, non ero così sicuro che non fossimo semplici bersagli facili. La mattina presto, quando i pensieri di una persona possono eguagliare l'oscurità avvolgente, mi chiesi se l'Unef sperasse che le squadre integrate di osservazione vulnerabili sarebbero state attaccate, come scusa per mostrare ai kristang cosa gli umani erano in grado di fare in combattimento. Dio sa che l'esercito americano mi aveva inviato in Nigeria in pattuglie che sembravano non avere senso, se non esporci a ordigni esplosivi e al fuoco dei cecchini. Non era della famiglia dell'esercito che non mi fidavo, era dei politici che davano gli ordini. Le persone a casa sarebbero state più entusiaste di sentire parlare di umani in combattimento, che dell'Unef che svolgeva compiti di guarnigione, solo i primi generano titoloni. Certamente i politici adorano i titoloni.

Eppure, era tranquillo a Teskor. Così tranquillo, così silenzioso, sedendo lassù sul tetto. Tranquillo e buio. Con il pianeta così poco popolato, non c'era molto inquinamento luminoso; Teskor sembrava piuttosto buia di notte, senza semafori e con solo qualche singola luce fioca qua e là, davanti o dietro le case. Non avevo mai vissuto un'oscurità del genere da quando avevo lasciato il Nord del Maine affamato di elettricità. La nostra base su Campo Alfa era illuminata da riflettori che coprivano gran parte del cielo notturno. Lì, seduto su un tetto nel piccolo villaggio di Teskor, sul pianeta alieno di Paradiso, lì vidi il cielo. Vidi le stelle. La Via Lattea. Così lontano dalla Terra, le costellazioni erano tutte spostate, ma la Via Lattea si espandeva nel cielo in tutta la sua gloria. Era ipnotizzante, dovetti ricordare a me stesso che non dovevo fissarla, che ero sul tetto per fare la guardia, non per guardare le stelle. Scorsi l'orizzonte e la strada dal villaggio con un telescopio a infrarossi, era tutto libero. Nel cielo c'era solo un pallidissimo accenno di rosa per l'alba in arrivo, e gli insetti cominciarono a ronzare, o cinguettare, o qualsiasi cosa facessero gli insetti su quel pianeta. Era l'ora del mattino in cui, sulla Terra, gli uccelli avrebbero cominciato a cantare, ma su Paradiso non c'erano uccelli nativi. La guida diceva che la biosfera non avrebbe consentito l'evoluzione di animali volanti diversi dagli insetti per molti milioni di anni e, poiché adesso il pianeta era occupato da alieni, è probabile che Paradiso non avrebbe mai avuto l'opportunità di favorire l'evoluzione spontanea degli uccelli.

Mi sedetti sul tetto guardando il cielo a est illuminarsi, ascoltando il lieve ronzio d'insetti invisibili e sentii nostalgia di casa. Mi mancava la Terra. Per lo più, mi mancava la Terra per come era prima dell'invasione aliena, prima che l'elettricità fosse un lusso, prima che, vedendo le luci scintillanti nel cielo, pensassimo a qualcosa di diverso dalle piogge meteoriche.

Prima del Giorno di Colombo.

Mentre facevamo colazione, ricevetti messaggi da Cornpone e Shauna. Cornpone mi diceva che la nostra vecchia squadra era stata assegnata a una base di forza di reazione rapida a circa ottocento chilometri a nord di Teskor. Sembrava eccitato, era un incarico strabuono. «Molto meglio», disse beffardo, «che badare ai criceti.» Dovetti dargli ragione. Il gruppo di fuoco mi aveva rimpiazzato con un altro, un tipo della Carolina del Nord, e Cornpone mi disse che quello nuovo era un grande miglioramento rispetto a me, dal momento che aveva un vero accento del Sud, invece della mia parlata strascicata del Downeast. Shauna riferiva che la sua unità era di stanza in via temporanea in una base logistica a quasi sedicimila chilometri a est. Le scrissi tre messaggi, li cancellai, poi le inviai una semplice nota. Era probabile che non ci saremmo visti per molto tempo, forse per sempre. Provai a rispondere in un modo che fosse amichevole, ma non troppo, perché non si sentisse in dovere di sforzarsi troppo di restare in contatto, sarebbe stato solo imbarazzante.

Nel terzo giorno di "pattugliamento" del villaggio, iniziavamo tutti a sentirci un po' scemi. Per un giro di pattugliamento, indossavamo tutto l'armamentario di battaglia, i nostri auricolari zPhone, telecamere e microfoni, occhiali oscurati, e marciavamo per le strade, fucili pronti, un dito in bilico accanto alla sicura, cercando di sembrare tosti, mentre passavamo davanti a piccole case e fienili, campi ben curati e alla scuola, fino ai confini del villaggio, per poi voltarci e tornare indietro. Non era facile sembrare tosti coi criceti che se ne stavano seduti nel portico davanti casa al mattino, sorseggiando tè e salutandoci. O lavoravano nei campi e nei granai e si fermavano per farci un cenno di saluto mentre passavamo a piedi. O con i figli dei criceti che si sbracciavano eccitati, desiderosi di vedere gli strani nuovi alieni. Noi.

Per mostrare ai criceti che il nostro gruppo di fuoco aveva rinforzi seri, una o due volte al giorno, quella prima settimana, una coppia di Polli e Poiane arrivava in volo a bassa quota, faceva un giro attorno al villaggio e si dirigeva di nuovo a ovest. Il gesto intendeva anche rinfrancare la mia unità, ma vedere gli aerei scomparire oltre l'orizzonte occidentale non faceva che ricordarci quanto fossimo isolati.

Il punto di svolta del nostro impegno come squadra integrata di osservazione a Teskor ci fu la mattina del settimo giorno, dopo che avevamo effettuato il nostro pattugliamento della notte e del mattino e io avevo inviato un doveroso rapporto sul nulla al nostro capo plotone. Portai Sanchez con me, per ispezionare un fienile che aveva attirato la mia attenzione. Non è che sospettassi qualche attività insolita dei criceti, ero solo curioso di vedere l'interno di uno dei loro fienili. Mentre camminavamo davanti alla scuola, un gruppo di piccoli criceti stava giocando nel cortile, dando calci a un pallone che sembrava fabbricato con l'equivalente criceto del nastro adesivo. Sapevamo che i ruhar non ricevevano nuovi beni di lusso spediti da oltre i confini del pianeta. I kristang permettevano di calare dall'orbita soltanto forniture di base, qualunque altra cosa riguardasse i criceti doveva essere spedita in orbita, senza ritorno. È probabile che i piccoli avessero un pallone da calcio che si era sgonfiato e avessero cercato di aggiustarlo con del nastro adesivo.

Il fienile non era niente di speciale, era costruito con travi metalliche e una sorta di fogli di plastica estrusa che i ruhar usavano ovunque. L'esterno era rosso, cosa che trovai interessante; forse dipingere granai di rosso era un'altra idea quasi universale tra le specie aliene. In un primo momento, pensai che il fienile fosse una specie di pollaio, finché i miei occhi non si adattarono alla luce fioca. Allora divenne strano. Là dentro allevavano degli animali su rastrelliere lungo i lati, e puzzava come un pollaio, o un allevamento di maiali. La cosa strana era che ogni animale, lungo circa due metri e largo uno, aveva un cappuccio d'argento al posto della testa, da cui si dipartivano fili e tubi fino al muro di fronte a lui. Gli animali riposavano in culle, notai che alcuni di quelli più lontani erano più piccoli, forse più giovani? Quello che era davvero strano era il silenzio, niente chiocciare di polli o grugnire di maiali, solo il ronzio di ventilatori e pompe elettriche. E c'era il mio nuovo amico Lester Cornhut, che veniva verso di me dall'altra parte del fienile, con un amichevole gesto di saluto. «Salve, Joseph Bishop», gridò.

«Salve, Lester Cornhut.» Dovevo avere pronunciato bene il suo nome, perché sorrise e mi fece un breve inchino. «Che cos'è questo posto?», chiesi. «Cosa sono questi», indicai quegli strani… qualunque cosa fossero, «animali?»

«Animali? Ah. Questi non sono animali. I ruhar non mangiano animali, da tempo abbiamo ritenuto che fosse», Lester fece una pausa per scegliere le parole con cura, «una barbarie.» Mi fece un sorriso rammaricato. Mi chiesi se quello che aveva detto in ruhar non fosse perfino peggio della parola tradotta che avevo sentito.

«A me sembrano proprio animali», disse Sanchez dietro di me. «Si muovono.»

Il signor Cornhut si avvicinò a uno degli animali, o qualunque cosa fossero, e gli diede un colpetto. La cosa non reagì. Eppure si muoveva a tratti, dondolando da un lato all'altro. «Queste fonti di cibo», è probabile che questo non fosse ben tradotto, «non hanno cervello e hanno solo un sistema nervoso limitato. I loro corpi sono quasi del tutto di carne, geneticamente progettati in quel modo. Un computer centrale», indicò il cappuccio d'argento e i fili, «fa da sistema nervoso, per questo si muovono su schemi programmati, per stimolare la crescita muscolare.»

«Ehm, cazzo, è forte.» Sanchez era impressionato. «Allevano solo la carne, non l'intero animale.»

Io non sapevo se essere impressionato o terrorizzato. Quelle cose erano senza cervello, era come allevare una bistecca invece che una mucca. Era inquietante. Non faceva una piega, era efficiente, eppure mi turbava. Forse era solo che non ero pronto per il futuro. Quel futuro.

Dopo che fummo tornati alla base, chiesi a Baker di scavare tra le nostre scorte e vedere se avevamo un pallone da calcio, mi era sembrato di averne visto uno nel "pacchetto ricreativo" che il plotone ci aveva dato prima di mandarci a vivere in culo a Nettuno.

Durante il pattugliamento del mattino successivo, mi misi il pallone da calcio sotto il braccio e, mentre passavamo di nuovo a piedi davanti alla scuola, lo lanciai dal basso verso l'alto ai bambini criceti. All'inizio si spaventarono e si allontanarono, ma mentre tornavamo indietro, vidi che alcuni di loro lo stavano calciando e ci salutavano con la mano.

Quella sera, Lester Cornhut venne in visita e chiese di me. "Show Bishahp", è così che pronunciò il mio nome, è probabile che si fosse avvicinato alla realtà più di quanto io facessi con "Lester Cornhut". Intendo in base a un calcolo delle probabilità, ok? Attraverso il traduttore, chiese se fossi lo Show Bishahp che aveva catturato un soldato ruhar durante l'"azione militare" sulla Terra, che pronunciò "Turra".

«Sì», annuii.

Sorrise e mise in pausa il traduttore. «Ta.» Dondolò la testa in su e in giù. «Neh.» Scosse la testa da un lato all'altro.

«Sì.» Annuii. «No.» Scossi la testa. Poi dissi: «Ta», e dondolai la testa in su e in giù, e «Neh», e scossi la testa da un lato all'altro. Lui fece gli stessi gesti per "sì" e "no".

Quella fu la nostra prima vera e propria comunicazione interspecifica. Non fosse che ci trovavamo su Paradiso soltanto perché i criceti avevano attaccato la Terra, sarei stato emozionato.

Riavviando il traduttore, mi disse che il governatore regionale dei criceti sarebbe stato in visita a Teskor di lì a due giorni e voleva incontrarmi, per il tè. Davvero? Ora del tè pomeridiano con il nemico? Avremmo mangiato sandwich al cetriolo, focaccine e crumpet, qualunque cosa siano i crumpet? Lester era a posto per essere un ruhar: era un contadino, ed è probabile che non fosse in alcun modo coinvolto nell'attacco alla Terra, se mai avesse sentito parlare della Terra prima che gli umani arrivassero su Paradiso. Ma un governatore regionale doveva far parte del governo ruhar che aveva attaccato la Terra e ucciso gli umani. Avevo voglia di dire a Lester che il suo governatore stronzo avrebbe potuto dirigere la sua visita dove non splende il sole. E che io non ero un fenomeno da baraccone che lui poteva mettere in mostra: «Fatti avanti e guarda l'umano che ha catturato un soldato ruhar! Promettiamo che non morde! Solo cinque dollari, compreso un souvenir gratuito!».

"Cuori e menti", mi dissi. Cuori e menti. Se la G2 di divisione avesse voluto informazioni, un governatore regionale avrebbe saputo molto di più riguardo alla situazione su Paradiso del mio amico Lester, questo era certo. «Sarei onorato di incontrare il tuo governatore», dissi, sperando che parlare con un sorriso finto non si traducesse in sarcasmo.

«Ti porti il tè da casa? Noi abbiamo acqua calda, ma immagino tu non beva il nostro tè, no?», chiese Lester.

Ah, per l'amor del cielo. Si aspettavano davvero che bevessi il tè con loro? Che cazzo, in una delle nostre confezioni di cibo doveva esserci una bustina di tè, portarla con me non significava che sarei diventato coccoloso e avrei cantato *Kumbaya* con i maledetti ruhar.

Capitolo 5

Intelligence

Un paio di giorni dopo, Lester Cornhut mi fermò durante un pattugliamento mattutino per dirmi eccitato che il governatore regionale sarebbe stato a casa sua alle 16:00 in punto. Si tamburellò con le dita il polso come se avesse indosso un orologio e mi chiese se potessi andare nella sua umile dimora. A volte, il traduttore faceva le cose in grande: sono certo che non avesse davvero detto "umile dimora" in ruhar. Ero tentato di lasciare i criceti ad aspettarmi fino alle calende greche, ma mia madre mi ha insegnato a essere educato e i militari mi hanno messo in testa l'abitudine di essere puntuale, per tutto. Alle 16:00 in punto ora locale arrivai alla residenza di Cornhut per incontrami con il governatore regionale, Lester Cornhut, la signora Cornhut e i piccoli Cornhut. Baker aspettò fuori, Sanchez e Chen erano alla postazione di comando con le armi pesanti, per ogni evenienza. La mia visita era stata autorizzata, anche incoraggiata, dal quartier generale del plotone. Lasciai fucile, casco, giubbotto antiproiettile e occhiali alla postazione di comando, portando solo il mio zPhone e l'arma da fianco. L'arma l'avevo perché mi sarei sentito nudo senza, e perché avrebbe ricordato, ai criceti e a me, che l'Unef era una forza di occupazione. Enfasi su "forza", se necessario.

Ah, e avevo portato con me una bustina di tè. E un pacchetto di zucchero, nel caso ne avessi avuto bisogno. Lester mi salutò entusiasta, la mia ipotesi era che il governatore regionale non venisse spesso in visita in una città di campagnoli come Teskor, è probabile che da quel posto passassero più tornado che governatori.

C'erano soltanto tre Cornhut in famiglia: Lester, sua moglie e un figlio, che riconobbi dalla scuola. «Grazie per il pallone», disse il bambino in inglese, o almeno così sembrava. Fui davvero colpito dal fatto che il piccoletto peloso si fosse sforzato di memorizzare

126

quelle parole, perciò dissi: «Ta», e feci un breve inchino. Lui sorrise, poi Lester lo cacciò via e versò acqua calda in due tazze su una sorta di tavolino da caffè davanti al divano. Infine, fece un profondo inchino e se ne andò, lasciandomi solo con il governatore regionale. Assomigliava a qualsiasi altra ruhar di sesso femminile, anche se era chiaro che non era una contadina; indossava una camicetta e una gonna lunga, di un materiale simile alla seta, orecchini e collana all'apparenza costosi, non che avessi idea di come distinguere un gioiello da un altro. Era seduta su un divano verde scuro, con sopra un tappetino fiorato; io mi sedetti su una sedia all'estremità del tavolino, di sicuro non mi sarei seduto su quel cazzo di divano accanto a lei. Da una scatola sul tavolo prese lentamente col cucchiaio quelle che sembravano foglie di tè sfuse, le mise in una cosa a forma di uovo con un sacco di buchi e una catenella sottile, che calò con delicatezza nella tazza da tè. Mia nonna aveva un coso ovale da tè, o come diavolo si chiama, quasi identico.

«Sono il sergente Joe Bishop», dissi e misi la mia bustina di tè in una tazza. Il mio modo di fare il tè era molto meno elegante del suo. Questo m'irritò, per una qualche ragione. Conoscevo il motivo per cui aveva fatto il tè così lentamente: di proposito, era per prendersi il tempo di studiarmi.

Sembrava divertita: «Sono il governatore regionale di Lesscorta, mi chiamo Bahturnah Lohgellia». Fece una pausa, in attesa che il traduttore si rimettesse al passo. «La sua gente che occupa la mia città mi chiama», si fermò di nuovo, «la Bürgermeister.» Le brillavano gli occhi, era chiaro che si aspettava che lo trovassi divertente. «Penso che "Bürgermeister" sia più facile da pronunciare del mio nome, no?»

Ero divertito. «Ta.» Quali che fossero le truppe occupanti la sua città, dovevano essere state di stanza in Germania a un certo punto. Il Bürgermeister è una specie di sindaco in terra tedesca. Almeno credo. Voglio dire, la cosa più simile all'essere stato in Germania che abbia mai fatto è stata sedere in un aeroplano da trasporto mentre faceva rifornimento di carburante sulla pista dell'aeroporto di Rhine-Main.

La Bürgermeister mi fece cenno di togliermi microfono e auricolare. Io mi indicai la bocca, poi l'orecchio. «Ne ho bisogno perché possiamo parlare.»

Con mia grande sorpresa, lei rispose in un inglese molto lento, cauto e stridulo: «Sergente Joe Bishop, per favore metta via quello. Può usare questo». In mano aveva quello che sembrava uno zPhone kristang, ma un po' più piccolo. Me l'offrì, con il suo microfono e il suo auricolare. «Le spiegherò», disse lentamente, come se avesse memorizzato solo poche frasi in inglese e trovasse le nostre parole difficili da pronunciare.

Esitai, poi annuii. I regolamenti dell'esercito dicevano che non dovevo separarmi dal mio zPhone mentre ero in servizio, ma questa era un'opportunità per mettere le mani sulla tecnologia ruhar e, forse, per ottenere qualche informazione sui criceti. Era soprattutto per questo che l'Unef aveva creato le squadre integrate di osservazione. Uscii, diedi il mio zPhone a Baker, tornai e usai il dispositivo ruhar.

«Grazie», disse la Bürgermeister in inglese, poi si mise l'auricolare e tornò a usare il traduttore. «È comodo?» Anche la versione computerizzata della sua voce aveva un tono stridulo.

Guardai lo schermo del dispositivo aspettandomi che mi chiedesse di pronunciare ad alta voce un paio di pagine di testo, in modo da poter acquisire il mio particolare schema vocale, ma visualizzavo solo la scritta rossa "Pronto" in grassetto. Il che mi rese sospettoso. «Questo come fa a sapere come parlo?»

La Bürgermeister sorrise. «Il suo modo di parlare è stato registrato, analizzato, tradotto e programmato nel dispositivo che ha in mano. Non volevamo che perdesse tempo a configurare il dispositivo, perché abbiamo molte cose di cui parlare.»

Quindi mi stavano spiando. Giusto, ovvio che volessero informazioni sul loro avversario. «Perché non posso usare il mio...», stavo per dire zPhone, ma pensai che non si traducesse bene in ruhar, «la mia radio tattica?»

Di nuovo sorrise. Un sorriso amichevole, ma anche un sorriso alla "So qualcosa che tu non sai". Stava diventando un po' irritante. «I kristang non vi hanno fornito armi avanzate», indicò la mia arma da fianco, «non è curioso di sapere come mai vi abbiano invece fornito attrezzature di comunicazione avanzate, utilizzate da ogni essere umano su questo pianeta?»

Questo mi fece riflettere. «Ah», cazzo, non ero un esperto di comunicazioni. «È probabile che sia perché, ehm, ogni paese sulla Terra usa apparecchi radio e computer diversi e, dato che non abbiamo i nostri satelliti di comunicazione qui», alzai gli occhi al soffitto, «l'unico modo in cui possiamo parlare tra di noi è con radio comuni.» Come lo dissi, aveva senso, anche se prima non ci avevo pensato molto su.

Niente sorriso stavolta, la Bürgermeister scosse la testa da un lato all'altro. Mi affascinava il fatto che, tra due specie aliene, il linguaggio del corpo sembrasse essere universale. Non c'era bisogno di traduzioni in quel caso. «Forse questa è una scusa conveniente. La vera ragione è che tutte le vostre comunicazioni passano attraverso una rete kristang. I kristang controllano ogni parola che dite, catturano tutte le vostre trasmissioni di dati, tracciano ogni vostro movimento, ovunque sul pianeta. Possono anche bloccare tutte le vostre comunicazioni, quando vogliono. Sergente Bishop, quando uscirà di qui, riferirà la nostra conversazione ai suoi servizi segreti militari. Le suggerisco di condurre questa conversazione di persona, piuttosto che via radio. A meno che non voglia che le lucertole la ascoltino.»

Era tutto vero, credo. Noi usavamo solo attrezzatura kristang per comunicare. Ma, perché no? Era gratuita, funzionava alla grande, ci risparmiava lo sforzo d'installare ponti radio in tutto il pianeta e di provare a far parlare le radio americane con le radio cinesi e indiane. Inoltre, i kristang erano nostri alleati. «Forse ha ragione. E allora? I kristang sono nostri alleati.»

Quel sorriso irritante tornò. «Alleati? Le alleanze si stringono tra pari. I kristang sono i vostri *patroni* e voi siete la loro specie cliente. I loro animali domestici. O schiavi.»

«E voi siete i nostri nemici», dissi senza pensarci. Mia madre non ne sarebbe stata felice: ero ospite a casa dei criceti a bere il tè e non mi stavo comportando in modo gentile.

«Non abbiamo nessuna intenzione di essere vostri nemici. Per favore, mi lasci parlare», lei alzò una mano. «Posso capire se è arrabbiato, c'è molto che deve sapere, molto che i kristang non le hanno detto, o su cui hanno mentito. La mia gente conosce la vostra specie da più di mille anni. Le nostre sonde ad ampio raggio vi hanno trovato e hanno collocato satelliti *stealth* in orbita attorno al vostro pianeta per osservarvi. Mi dica, non si è chiesto perché, visto che questa guerra va avanti da migliaia di anni, la Terra non sia stata attaccata già molto tempo fa?»

La mia mascella si schiuse. Aveva ragione, quel punto non mi tornava, non mi tornava per niente, e non ero l'unico ad aver posto quella domanda. Perché aspettare di attaccare ora che gli umani avevano le testate nucleari? Perché non attaccare molto tempo prima, quando gli vivevano nelle caverne e pensavano che il fuoco fosse l'apice della tecnologia? Non aveva alcun senso. I ruhar non erano stupidi, quindi? Perché? Se al quartier generale dell'Unef lo sapevano, non me l'avevano detto.

Poiché la necessità di usare un traduttore faceva sì che la Bürgermeister parlasse molto lentamente, farò un riassunto di quello che disse. Il motivo per cui la Terra non era stata attaccata in precedenza è semplice. Fino a poco tempo prima, si trovava fuori dal range pratico di volo, per entrambe le fazioni in guerra. Era possibile, per astronavi specializzate ad ampio raggio, raggiungere la nostra misera parte del Braccio di Orione, solo che la Terra non valeva il tempo o le spese. Per qualche ragione, persino i maxolhx e i rindhalu non sapevano che, di tanto in tanto, i wormhole si spostavano. Accadeva a random o a cascata nell'intero quadrante della galassia. Uno spostamento poteva avvenire in un paio di decenni, o richiedere centinaia o migliaia di anni. Un wormhole A, un tempo connesso a un wormhole B, a un tratto si connetteva invece a un wormhole C, e B si spostava per connettersi a D.

Oppure un wormhole smetteva del tutto di funzionare, mentre uno prima sconosciuto poteva attivarsi all'improvviso. Un pianeta che era importante dal punto di vista strategico poteva diventare una zona isolata, dopo lo spostamento di un wormhole. All'inverso, un pianeta che era troppo lontano da un wormhole perché qualcuno se ne curasse poteva diventare all'improvviso un'importante base di sosta per entrambe le fazioni in guerra. È quello che era accaduto alla Terra. Vivevamo felicemente da soli nell'entroterra galattico, distanti da qualsiasi wormhole e all'estremità del territorio dei ruhar, ma abbastanza lontani da far sì che i ruhar non ritenessero conveniente percorrere la distanza enorme che li separava dalla Terra. Poi c'era stato uno spostamento e un wormhole da tempo addormentato si era attivato. Un'estremità del wormhole era poco distante dalla Terra, l'altra si trovava nel territorio dei kristang. Quel wormhole era abbastanza vicino alla Terra perché una nave madre thuranin potesse raggiungerla in una settimana circa, il che aveva fatto della Terra un buon posto agli occhi dei kristang, che vi avrebbero ottenuto un punto d'appoggio nel territorio dei ruhar. Prima dello spostamento del wormhole, la Terra era troppo lontana per una campagna militare dei ruhar e impossibile da raggiungere per i kristang.

«Aspetti un minuto», dissi mentre digerivo quello che la Bürgermeister mi aveva detto. «Avete attaccato la Terra. Se siamo troppo lontani per un'effettiva campagna militare, perché ve ne siete presi la briga? Deve essere stato uno sforzo enorme.» Pensavo alla complicata logistica della nostra occupazione di Paradiso, e noi avevamo un wormhole che copriva la maggior parte del percorso degli approvvigionamenti. Se i ruhar dovevano scarpinare per tutta la strada, come direbbe mio nonno, come cazzo avevano fatto? E perché attaccare un pianeta, se non si può sostenere una forza lì? A meno che noi non fossimo una minaccia per loro.

La Bürgermeister annuì. Era chiaro che era preparata a questa domanda. «Non sono sicura che il suo traduttore stia raccogliendo le mie parole con accuratezza, perciò, per favore, mi avvisi se non capisce. Quando ci siamo resi conto che lo spostamento del wormhole aveva aperto il vostro pianeta allo sfruttamento da parte dei kristang, abbiamo deciso di agire per primi e i nostri patroni, gli jeraptha, hanno radunato le navi ad ampio raggio che erano disponibili a rispondere. Una volta saputo per certo che i kristang intendevano occupare il vostro pianeta, abbiamo danneggiato la vostra infrastruttura industriale per fare della Terra una base di sosta meno appetibile agli occhi dei kristang. È stato un attacco rapido da parte di un piccolo numero di navi, non potevamo lanciare un attacco su larga scala a quella distanza. Le nostre navi hanno viaggiato per cinque dei vostri mesi per raggiungere la Terra e cinque per tornare.»

Pensai che era una grande stronzata. «E siete arrivati nello stesso istante dei kristang? Bene.» Poi mi resi conto che "bene" poteva essere tradotto come "esatto". Ci era stato detto di parlare in un linguaggio semplice coi ruhar, perché idiomi, slang e linguaggio emozionale come il sarcasmo potevano perdere senso attraverso la barriera della traduzione tra le specie. Sebbene basato sulle mie interazioni con i ruhar, il linguaggio del corpo era universale, almeno tra le specie bipedi. «Quello che volevo dire è che dubito che ciò che ha detto sia preciso.»

«Non siamo arrivati nello stesso istante dei kristang», spiegò lei con quello che interpretai come un sorriso di lieve condiscendenza. «Le nostre navi sorvegliavano il wormhole, in caso i thuranin vi avessero inviato una forza, sapevamo che stavano sondando la zona, ma non eravamo del tutto sicuri delle loro intenzioni. La Terra non è l'unico pianeta abitabile vicino al nuovo wormhole. Dopo che la forza d'invasione vi era entrata, abbiamo aspettato per tre settimane che le navi thuranin si riunissero e completassero il viaggio. Quando abbiamo capito che il loro obiettivo era la Terra, le nostre navi pesanti li hanno ingaggiati, mentre le nostre forze di attacco hanno lanciato colpi di precisione sulla Terra. Non abbiamo colpito le città, il nostro scopo non era uccidere la sua gente, era ridurre la vostra capacità industriale, così i kristang non avrebbero avuto vita facile nel mantenere un punto d'appoggio ai margini del nostro territorio.»

«Avete ucciso un sacco di persone», gridai con rabbia in risposta. «Umani.»

«Da soldato, ha familiarità con l'espressione "danno collaterale"?» Aspettò che annuissi. Annuire era uno di quei linguaggi del corpo universali. «I nostri obiettivi erano le centrali elettriche, le fabbriche che producono determinati tipi di attrezzature e gli impianti industriali che creano materiali come i metalli. Tutte infrastrutture che avrebbero potuto essere utilizzate dai kristang. Quando abbiamo attaccato le vostre centrali a fissione», pensai che il traduttore intendesse "a energia nucleare", «abbiamo colpito il centro di distribuzione elettrica nei pressi del reattore. Siamo stati attenti a non colpire il reattore nucleare. Non volevamo contaminare il vostro pianeta e causare morti e sofferenze senza motivo. I soldati ruhar che sono stati costretti ad atterrare nel suo villaggio, stavano per distruggere il centro di distribuzione elettrica di una centrale a fissione in un posto chiamato Connecticut.» Poiché non c'era un equivalente ruhar di Connecticut, la parola mi giunse nella sua voce da roditore un po' stridula, senza traduzione. «Non potevamo rischiare di colpire quella centrale dall'orbita, neppure con missili intelligenti.»

Questo mi fece riflettere. Diceva la verità sugli attacchi alle centrali nucleari, nessuno dei reattori in tutto il pianeta era stato colpito. «Non volevate contaminare un pianeta che volevate occupare!» Feci un cenno con la mano per zittirla, mentre cercava di parlare: «No, ho chiuso con le sue bugie». Sbattei la tazza da tè con rabbia sul tavolo, mi alzai e feci un rigido inchino. «Grazie, signora.» Quando uscii, vidi un gruppo di bambini criceti giocare con il pallone da calcio che avevo portato, e non riuscivo a decidere se ero più arrabbiato con i criceti per avere cercato di giustificare l'attacco alla Terra, o per essermi concesso di essere morbido con il nemico. Uno dei bambini criceto mi salutò con la mano e io lo ignorai. Più tardi mi sarei sentito una merda per questo, erano bambini alieni, ma erano pur sempre bambini. Non avevano attaccato la Terra. Volevo solo qualcuno con cui prendermela.

Restai incazzato per quasi una settimana, arrabbiato per essermi lasciato manipolare dalla Bürgermeister. Arrabbiato perché aveva cercato di usarmi per fornirci informazioni fallaci, per seminare dissenso tra le nostre fila, per condurre una campagna di manovra psicologica contro di noi. Non avrebbe funzionato. Quando alla fine ne discussi con un ufficiale, durante una delle visite del tenente Charles, gli parlai faccia a faccia e feci il gesto di sottrargli lo zPhone: con mia grande sorpresa lui annuì in silenzio e lasciò il suo zPhone fuori dalla tenda. «Cosa c'è, sergente?»

«Signore, quel governatore regionale criceto mi ha dato informazioni su come funzionano i wormhole. Potrebbero essere tutte stronzate, ma ho pensato di dover fare rapporto ai superiori. E ha detto che non dovrei parlarne allo zPhone, perché i kristang potrebbero essere in ascolto.»

Lui annuì. «Il comando si è preoccupato di questo. I nostri alleati controllano tutte le nostre comunicazioni su Paradiso. E il nostro trasporto. E le nostre scorte di cibo e tutto il resto. Va bene, cosa sai dei wormhole?»

Glielo dissi, come meglio ricordavo. Lui annuì. «Hai ragione, è probabile che siano stronzate, ma riferirò al quartier generale del battaglione.»

Lester Cornhut mi aveva detto che la Bürgermeister voleva parlare di nuovo con me, ed era stato insistente, quasi implorante. Mi dispiaceva per il criceto, ma ero ancora incazzato e non avevo nessuna intenzione di farmi di nuovo manipolare da una donnola bugiarda, o da un criceto. Secondo Lester Cornhut, il governatore regionale aveva fatto un viaggio speciale a Teskor solo per parlare con me. Gli dissi grazie, ma no. Sembrava ferito.

Tre giorni dopo, un paio di Crivee si avvicinarono alla nostra postazione di comando in una nuvola di polvere. Io ero nel nostro campo da basket per una partita a horse[17] con Baker quando arrivarono; entrambi ci dannammo per metterci le magliette in fretta. Un maggiore saltò fuori dal Crivee principale, accompagnato dalla sicurezza. «Sergente Bishop?»

Feci il saluto. Somigliava vagamente all'ufficiale dei servizi segreti della nostra brigata, di cui avevo visto soltanto delle fotografie. «Sì, signora.»

«Sono il maggiore Perkins. Ho bisogno di parlare con te, dentro.» Fece il gesto, ormai familiare, di togliermi lo zPhone.

Una volta all'interno, fui felice che avessimo dato una rinfrescata al posto quella mattina, ci stavamo abituando a portare fuori la nostra spazzatura in mezzo al nulla. «Bishop, le tue informazioni sui wormhole hanno sollevato un polverone al quartier generale dell'Unef. Qualcuno là ha riferito l'informazione sullo spostamento

---

17 Variante del basket a eliminazione diretta (*N.d.T.*).

dei wormhole ai kristang e loro hanno perso le staffe, volevano sapere dove avessimo sentito quelle menzogne offensive e hanno negato tutto. Il che significa che è vero e le maledette lucertole stanno mentendo in proposito.» Era la prima volta che sentivo un superiore parlare contro i nostri alleati, mi sorprese.

«Lo hai sentito da una ruhar? Voglio incontrarla.»

«Ehm, signora, è complicato. Lei non vive qui al villaggio, è una specie di governatore regionale, o qualcosa del genere. Passa di qui una volta a settimana e ci siamo incontrati a casa del suo amico, per il tè.» Mi sentivo un idiota a dire che mi ero seduto a bere il tè con il nemico. «È una cosa da criceti, loro prendono il tè quando s'incontrano.»

«Va bene, quando tornerà?»

«Dopodomani, si presume, ma ho detto al suo amico qui che non volevo parlare di nuovo con lei. Posso far sapere che ho cambiato idea?»

«Cazzo, Bishop, non funzionerà, devo incontrarla. Tu non sai che domande abbiamo bisogno di farle. L'Unef ha molte cose di cui vuole parlare.»

«Non le faccio domande. Lei parla e io ascolto. Lei parla di qualunque cosa voglia. Ho pensato che mi stesse prendendo per il culo, tipo una manovra psicologica nello stile dei criceti.» Cazzo, la Bürgermeister aveva detto la verità?! «Vuole sapere tutto quello che mi ha detto?»

«Sì.» Tirò fuori tablet e microfono dallo zaino. «Registrerò quello che dici con questo. Con questo e non con uno zPhone, ti è chiaro?»

«Sì, signora. Forte e chiaro.» Soprattutto da quando la Bürgermeister mi aveva detto di non fidarmi delle apparecchiature di comunicazione fornite dai kristang.

Posò il tablet su un tavolo, collegò il microfono e si guardò attorno nella nostra piccola postazione di comando. Era un bene che avessimo riordinato e pulito il posto, cioè strofinato da cima a fondo, non solo spazzato. Avevamo anche spostato i mobili e usato una specie di lucidatrice per pavimenti che i criceti avevano lasciato in un armadio. La lucidatrice aveva funzionato alla grande dopo che ci avevamo giocato per un'ora, perché i criceti non avevano lasciato istruzioni utili. Il maggiore Perkins annuì d'approvazione: «Ti piace qui, sergente? Sono un po' isolate, queste squadre integrate di osservazione».

«Mi piace, signora. Sono un sergente novellino, perciò essere in mezzo al nulla significa che posso fare errori senza che un sottotenente mi stia col fiato sul collo.» Mentre parlavo, mi venne in mente che il maggiore Perkins stesso doveva essere stata sottotenente un tempo. «Ehm, non stavo…»

«Rilassati, sergente.» Rise. «Quando ero sottotenente, ero forse l'ufficiale più stupido nella storia dell'esercito degli Stati Uniti, e questo la dice lunga. Certo, allora non lo sapevo. Questo posto può anche essere in culo a Nettuno, ma goditelo finché puoi, a un sacco di capisquadra di gruppi di fuoco piacerebbe avere questa opportunità di uscire da soli. E se le informazioni che stai fornendo sono solide come pensa l'Unef, stai andando alla grande. Cominciamo», aprì un'app per la registrazione vocale sul suo tablet.

Il maggiore Perkins tornò due giorni dopo, ma la Bürgermeister no. Perciò, ce ne stavamo seduti a pettinare giaguari per la maggior parte della giornata, finché un bambino criceto, in sella a una bicicletta elettrica, non venne a cercarmi per trasmettermi il messaggio che la Bürgermeister era occupata e avrebbe voluto incontrami il giorno successivo. Me e soltanto me. Il maggiore Perkins non ne fu contenta, ma capì l'antifona e mi diede una lista di domande che dovevo imparare a memoria.

Fu così che iniziò la mia breve carriera da ufficiale dell'intelligence. La lista di domande dell'Unef non portò a niente di buono; sembrava che la Bürgermeister avesse un programma con quello di cui voleva parlare ogni volta che ci incontravamo, e si stava attenendo con rigore a quello. L'avrei incontrata due volte a settimana, e il maggiore Perkins, talvolta accompagnata da un capitano dalla divisione del quartier generale, arrivava il giorno successivo per interrogarmi. Mi sembrava di essere un bambino che passava compiti al liceo, ma cosa avrei potuto fare?

Durante il nostro quarto incontro, dopo esserci sbarazzati dell'intera cerimonia del tè, posi una domanda alla Bürgermeister. «Perché io?», chiesi. «Perché non parla con un ufficiale dell'intelligence di una delle nostre forze? Se non vuole parlare con un americano, può parlare con inglesi, francesi, indiani o cinesi.»

La Bürgermeister si scurì in volto: «Non voglio essere interrogata. La mia intenzione è fornire informazioni, per correggere le bugie che i kristang le hanno detto e spiegare cose di cui i kristang non vogliono parlare. Non parlerò con nessun altro a parte lei».

«Non ha risposto alla mia domanda. Perché *io*? Sono l'unico sergente di grado inferiore. Il villaggio è a grande distanza da dove vive lei, perché non parla con qualcuno là?»

Di nuovo, ebbi la sensazione che fosse preparata a ogni mia singola domanda. La Bürgermeister era un criceto molto intelligente, su questo non c'erano dubbi. Fece un altro sorriso, non avrei potuto dire se fosse genuino, oppure quello falso tipico dei politici. «Sono venuta qui perché volevo incontrare lei, Joe Bishop, quello che a volte chiamano Barney.» Il traduttore lasciò che il mio nome e "Bar-ney" mi giungessero nella sua voce stridula. Inclinò la testa, altra espressione universale del linguaggio del corpo tra i bipedi. Cazzo, la sua fonte d'informazioni era buona. «Ero curiosa di sapere che tipo di umano avesse ferito un soldato ruhar e ne avesse catturato un altro.»

«Sono stato aiutato.»

«Aiutato da civili e, stando ai rapporti, non aveva armi militari.»

«Non sempre i rapporti sono accurati.» Non volevo fornirle informazioni sulle tattiche che avevo utilizzato allora, o qualunque altro dettaglio potesse risultare utile al mio nemico. Lei era là per fornirmi informazioni, si presume, non per ascoltarmi.

«Questi rapporti lo sono. Un altro motivo per cui sto parlando con lei è il rapporto del soldato ruhar che ha catturato.»

Non potei nascondere la sorpresa sulla mia faccia.

Lei continuò con un altro sorriso. «Non lo sa? È stato rilasciato, in cambio di un soldato kristang che avevamo fatto prigioniero. Il nostro soldato ha riferito di essere stato catturato da civili umani, cosa che un soldato non ammette volentieri. E ha detto che lo avete trattato bene. Lo apprezziamo.»

«Meglio che potevo. Non avevamo cibo che potesse mangiare.» Mi ero chiesto cosa ne fosse stato del criceto dopo che la guardia nazionale lo aveva portato via, mi ero fatto l'idea che lo avessimo consegnato ai kristang prima che morisse di fame. I kristang dovevano avere qualche rifornimento di cibo ruhar, per i prigionieri che catturavano. «Come sta l'altro soldato, è tutto intero?» Non aveva un bell'aspetto l'ultima volta che l'avevo visto dentro quel mucchio di mattoni.

«*Lei* sta bene, sì. Era ferita, ma si è ripresa del tutto. Il suo velivolo d'assalto è stato danneggiato in orbita, ma è stato salvato da una delle nostre astronavi.»

Non avevo idea che l'altro soldato fosse una femmina. Con il giubbotto antiproiettile, il casco e la visiera, era impossibile capirlo. Ed era mezza sepolta dai detriti del muro che avevamo fatto saltare in aria. «Per favore le dica che», stavo per aggiungere che mi dispiaceva, cosa che non era vera perché si trattava di un combattimento, «non era niente di personale. Non ho avuto il tempo di controllare le sue ferite.»

La Bürgermeister annuì: «Comprensibile, era una situazione di combattimento. Non ci sono rancori, glielo assicuro. Se mai riuscirò a contattarla, le riferirò il suo messaggio. Sergente Bishop, l'ho vista sorpreso di sapere che il soldato ferito fosse una femmina. Avete femmine tra le vostre fila però».

«Sì, ma è una cosa relativamente recente che le nostre donne siano in posizioni di combattimento. Anche se le donne hanno prestato servizio nell'esercito per molti anni e hanno messo le proprie vite a rischio. Nel combattimento moderno è difficile dire dove siano le prime file.»

«Come hanno reagito i kristang al fatto che gli umani abbiano donne nelle posizioni di combattimento?»

Era il mio turno di parlare la lingua del corpo, scossi la testa da un lato all'altro: «Non le dirò niente delle relazioni con i nostri alleati». Il che era facile, visto che non ne sapevo un accidente. «Perché lo chiede?»

«Perché i kristang non permettono alle loro donne di prendere parte al combattimento. O di accedere a una qualsiasi posizione nelle forze armate. O a qualsiasi ruolo autorevole nella loro società.»

«Non sono affari miei.» Sebbene questo spiegasse i bagni unisex sulle loro navi: non erano unisex, è che le navi da trasporto truppe non caricavano mai a bordo kristang di sesso femminile.

«C'è un'espressione umana che ho imparato: "Conosci il tuo nemico". Abbiamo un detto simile tra la mia gente. Le suggerisco anche d'informarsi sugli esseri che chiamate per errore alleati. I kristang non ammettono le donne nelle loro forze armate, perché nessuna delle loro femmine occupa alcuna posizione di autorità in tutta la loro società. Molto tempo fa, la casta guerriera kristang ha avviato un programma controllato di riproduzione e ingegneria genetica per ridurre l'intelligenza delle loro femmine, per renderle più piccole, deboli, più sottomesse e docili. Il programma d'ingegneria genetica ha anche alterato il rapporto numerico tra maschi e femmine: in origine la popolazione era per metà femminile, ora ci sono cinque femmine per ogni maschio. Per i componenti della casta guerriera kristang, le loro femmine esistono solo per il piacere, la riproduzione e i lavori domestici. Quindi, ecco perché le chiedo come reagiscono a vedere le vostre femmine nel ruolo di soldati. Anche nel ruolo di ufficiali, piloti e in altre posizioni di prestigio. Posizioni in cui esercitano autorità sui maschi.»

«Non ho mai incontrato nessun kristang, signora, sono solo un pivellino.» Non ero certo che "pivellino" si traducesse bene in ruhar. «Sono un soldato di fanteria di basso rango; sono i nostri ufficiali a gestire i rapporti coi kristang. Non conta quello che i kristang pensano delle donne nelle nostre forze armate.»

Questa volta, il sorriso della Bürgermeister somigliava più a un sorrisetto triste. «La pensa ancora così. Come considera i kristang degli alleati. Forse l'idea dell'allevamento selettivo e della manipolazione genetica non la preoccupa? Capisco che la storia della vostra specie include un programma di eugenetica attuato da parte del governo di un paese chiamato Germania.»

Sapevo che mi stava provocando, ma non riuscii a lasciar correre. «Il mio paese ha combattuto una guerra contro i nazisti! Contro la Germania, il paese che chiamiamo Germania», aggiunsi, non sapendo quanto ne capisse di storia umana. «È stato molto tempo fa. Quello che ha detto sembra orribile, se è vero.» Pensai a quanto ero stato incazzato in Nigeria, quando un gruppo di fanatici, perdenti, selvaggi e ignoranti aveva attaccato una scuola femminile perché pensavano che fosse un peccato per le ragazze avere un'istruzione. Vedere i corpi bruciati di quelle ragazzine mi aveva riempito di rabbia, avrei voluto fare irruzione nella giungla e uccidere tutti i vigliacchi che avevano usato armi e bombe contro delle bambine indifese e i loro insegnanti. Se solo fossi riuscito a trovarli. Che era il vero problema mentre eravamo lì.

Cazzo, avevo odiato la Nigeria.

Nelle quattro settimane successive, la Bürgermeister mi diede un sacco di informazioni: ben poche buone notizie per gli umani, se diceva la verità. Ci vorrebbe troppo tempo per ripetere quello che disse, o quello che dissi io al maggiore Perkins, quindi lo riassumerò. Alcune cose mi lasciarono con un senso di nausea, e non ero l'unico. Vidi la faccia del maggiore Perkins sbiancare quando gliene raccontai un po'.

Esporre la Terra all'invasione dei kristang non era stato l'unico effetto, o l'unico importante, dello spostamento del wormhole. Un intero quadrante della galassia ne aveva risentito, gettando la società kristang nel caos. Caos e guerra civile. La casta guerriera kristang non era una singola entità, era composta da clan che erano in corsa per il potere e combattevano tra loro. Quando il wormhole vicino alla Terra si era attivato all'improvviso, ci era voluto un po' di tempo prima che i thuranin si mettessero a esplorarlo, avendo cose più importanti da fare. Prima di tutto avevano inviato una sonda robotica nella loro area, per assicurarsi che l'altra estremità del wormhole non fosse lontana dalla galassia della Via Lattea, o all'interno di una stella, cosa che era noto potesse avvenire. Dopo avere stabilito che il wormhole era sicuro da usare, i thuranin ci avevano inviato un paio di astronavi, poi, di fatto, avevano deciso con un'alzata di spalle che dalle nostre parti non c'era molto che valesse la pena sfruttare. Certo, la Terra si trovava a una settimana di viaggio, ma era lontana da qualsiasi pianeta ruhar, e lo spostamento del wormhole aveva presentato opportunità più allettanti altrove. Sarebbe finita così, per secoli forse, con la Terra che continuava a vagare per il cosmo beatamente ignorante e solitaria, non fosse che lo spostamento del wormhole aveva anche colpito in modo serio il patrimonio, già in degrado, del clan Vento Bianco dei kristang.

Prima dello spostamento del wormhole, il clan Vento Bianco era già in declino e controllava solo due pianeti nel dominio dei kristang. Dopo lo spostamento del wormhole, i componenti del clan Vento Bianco non avevano più effettivo accesso a uno di quei pianeti, ed erano stati presi dalla disperazione. Alcuni imbecilli della leadership del clan Vento Bianco avevano deciso che la Terra era la risposta ai loro problemi: se avessero potuto prenderne il controllo e farne una base utile per invadere il territorio dei ruhar, avrebbero potuto allearsi con un clan più forte. Non aveva funzionato, nessun altro clan era interessato alla Terra come base di partenza e l'attacco rovinoso dei ruhar aveva danneggiato così tanto le nostre infrastrutture che il clan Vento Bianco avrebbe dovuto spendere troppo tempo e troppe risorse per ricostruirle, in modo da far sì che potessimo ricominciare a essere utili per loro. Perciò, la leadership di Vento Bianco aveva deciso che la cosa migliore da farsi era affittare soldati umani ad altri clan, ed era per questo che ci trovavamo su Paradiso. Sempre che si volesse dar credito alla Bürgermeister.

La Bürgermeister avvertì che, se i kristang avessero seguito il loro schema consueto, avrebbero presto iniziato a richiedere ai governi della Terra di applicare misure che favorissero i nostri patroni, a spese degli umani, se non l'avevano già fatto. Tutto in nome della necessità di "servire lo sforzo bellico". Merda, mi sembrava familiare; era iniziato ancora prima che lasciassi la Terra, e pensavo che le persone che protestavano contro gli ordini dei kristang ci fossero andate piano rispetto allo sforzo bellico. Alla fine, i kristang avrebbero stabilito quale fosse il governo più oppressivo e violento del pianeta e ne avrebbero fatto il proprio sicario locale, sostenuto da navi da guerra kristang, intoccabili in orbita. Era, mi disse la Bürgermeister, una vecchia formula: si trovano i peggiori perdenti psicopatici antisociali in una società e si dà loro potere in cambio di una completa, incondizionata lealtà. Ecco come Hitler e Stalin si erano potuti spingere così in là. Questa era la Procedura operativa standard dei kristang.

Poi mi parlò dei patroni dei kristang, i thuranin. Erano una specie di omini verdi, mi disse, confermando ciò che avevo sentito su Campo Alfa. Quello che non avevo sentito su Campo Raggi X era che i thuranin erano cyborg, con computer impiantati nel cranio, e la loro società era altamente interconnessa. Controllavano le loro navi attraverso i computer impiantati e di rado parlavano ad alta voce, perché comunicavano tra loro per lo più tramite un collegamento diretto al computer. La loro pelle era di un beige verdastro, non verde puro, e tutti avevano lo stesso incarnato. Una volta non era così, ma la razza dominante aveva commesso un genocidio nei confronti di tutte le altre, spazzandole via molto tempo prima. Ora tutti i thuranin erano cloni della "razza maestra", con poche variazioni genetiche rispetto a quello che la razza maestra considerava ideale. I thuranin non nascondevano il loro disprezzo nei confronti di qualsiasi specie dotata di una tecnologia inferiore alla loro e disdegnavano anche i loro stessi mecenati, i maxolhx. Alla base della coalizione guidata dai maxolhx non c'erano certo vaghi sentimenti di reciproca fratellanza.

Per quanto arroganti fossero i thuranin in merito alla superiorità della loro tecnologia, la maggior parte di essa non l'avevano sviluppata con le proprie forze. L'avevano rubata, che è il modo in cui tutte le specie avevano salito la scala della tecnologia. I motori di salto che i kristang usavano a bordo delle loro astronavi erano stati copiati da un drone jeraptha di cui si erano impossessati. Non erano progettati per essere usati da un'astronave di grandi dimensioni e le copie kristang erano di scarsa qualità, motivo per cui le loro astronavi potevano saltare solo per brevi distanze. Gli stessi thuranin avevano rubato, trovato o comprato un progetto decisamente migliore per le loro astronavi, così che potessero viaggiare tra le stelle. Ciascuna specie aveva rubato o copiato la tecnologia da ogni altra specie, anche le due al vertice di entrambe le fazioni: i maxolhx e i rindhalu.

A volte i maxolhx e i rindhalu si copiavano a vicenda le risorse tecnologiche, ma al loro livello la fonte principale di tecnologia avanzata era di gran lunga la ricerca di macchine lasciate dalle antiche specie, chiamate Anziani. Gli Anziani erano stati la prima specie intelligente nella galassia della Via Lattea, e pare che vi avessero vissuto da soli per milioni di anni, prima di scomparire all'improvviso. Nessuno sapeva che aspetto avessero o perché se ne fossero andati, né dove; l'ipotesi era che la loro tecnologia fosse ormai così avanzata che non avevano più bisogno di un'esistenza fisica. A prescindere dal perché se ne fossero andati e dove, si erano lasciati dietro dispositivi incredibili, come la rete dei wormhole. E armi. Strumenti d'inaudita potenza, che avrebbero potuto essere usati come armi, nelle mani sbagliate.

I kristang ci avevano detto che i maxolhx si erano ribellati contro i tentativi dei rindhalu di sopprimere lo sviluppo di specie più giovani, ma la Bürgermeister mi rivelò che in realtà i maxolhx avevano goduto dell'educazione dei più vecchi rindhalu, finché non avevano trovato alcune armi degli Anziani e avevano attaccato i loro maestri. Entrambe le parti avevano schierato armi degli Anziani, ma la guerra aveva avuto vita breve. L'uso dei dispositivi degli Anziani aveva risvegliato "le Sentinelle", macchine intelligenti che gli Anziani avevano lasciato per assicurarsi che nessuno abusasse della loro tecnologia residua o inquinasse la galassia, o per qualche altro motivo. Le Sentinelle avevano devastato entrambe le parti, poi erano tornate a dormire, o comunque da dove erano venute. È chiaro che, anche se avevano abbandonato la galassia, gli Anziani non volevano che specie inferiori facessero casino con la loro roba.

L'idea delle Sentinelle in agguato nell'ombra spiegava perché maxolhx e rindhalu non si stessero scontrando in modo diretto nell'attuale guerra interstellare: quelle due specie non potevano permettersi di combattersi a vicenda. Era la stessa ragione per cui gli Stati Uniti e la vecchia Unione Sovietica non si erano mai scontrati in modo diretto nella Guerra fredda: mutua distruzione assicurata. Qualsiasi lotta di questo tipo tra gli Stati Uniti e l'Unione Sovietica, entrambi dotati di migliaia di testate nucleari, sarebbe potuta degenerare in fretta, finendo fuori controllo e distruggendo entrambe le parti. Qualsiasi combattimento con le armi degli Anziani avrebbe risvegliato le Sentinelle. Perciò, i maxolhx e i rindhalu si servivano delle loro specie clienti nel combattimento per il territorio e le risorse in tutta la galassia, sperando di schiacciare l'altra parte in un angolo e nell'irrilevanza. La guerra era combattuta da noi, specie di soldati semplici, e ogni specie voleva salire la scala della tecnologia e avere specie clienti inferiori che combattessero e morissero al proprio posto. In quel momento, gli umani si trovavano in fondo alla scala. Finché non avessimo sviluppato o rubato una tecnologia avanzata, saremmo rimasti in fondo e saremmo stati alla mercé dei kristang.

Nel complesso, se la Bürgermeister mi stava dicendo la verità, l'umanità era fottuta. Il clan Vento Bianco aveva bisogno di trarre qualche guadagno dalle risorse che aveva investito nella spedizione sulla Terra, e la Terra non aveva molto da offrire. Certo, di fatto si trovava nel territorio dei ruhar, ma era così lontana da ogni altro pianeta da loro occupato che essi potevano permettersi di ignorare la presenza dei kristang finché non fossero stati pronti ad affrontarla. Cosa avrebbe potuto offrire la Terra ai kristang, in particolare al clan Vento Bianco? Il territorio che gli umani stavano già sfruttando avrebbe potuto essere utilizzato per sostentare la presenza dei kristang. Se ne sarebbero potute estrarre materie prime con i mezzi più efficienti possibili, il che significava non preoccuparsi dei terribili danni ambientali o degli effetti sull'uomo. Si sarebbero potute affittare truppe umane per lavori che nessun kristang voleva fare, come presidiare Paradiso. I Vento Bianco dovevano resistere e rendere la Terra una base di partenza utile, fino al giorno in cui qualche clan più forte avesse deciso che il nostro piccolo e schifoso pianeta, all'estremità del territorio ruhar, valeva qualcosa.

Pensai che forse la Bürgermeister ci stava dando qualche bocconcino d'informazione utile, tipo riguardo ai wormhole, in modo da indurci a credere alle sue bugie sui kristang. Non spettava a me decidere a cosa credere, spettava al quartier generale dell'Unef. Il mio lavoro era sedermi, bere il tè, ascoltarla e passare le informazioni al maggiore Perkins. Le credevo allora? Ero riluttante a bermi la sua storia. Disse che la coalizione rindhalu non interferiva con le specie inferiori dal punto di vista tecnologico, ed era per questo che la Terra era stata abbandonata, finché i kristang non avevano costretto i ruhar all'azione. I maxolhx e i loro clienti erano tutti oppressori malvagi, che sfruttavano specie inferiori e spogliavano i pianeti di risorse, senza alcuna preoccupazione per le ripercussioni sulle popolazioni indigene. Era una bella storia, che faceva sembrare buoni i ruhar e cattivi i kristang, che è quello che mi aspettavo che il nostro nemico dicesse. A meno che non stesse dicendo la verità. Merda.

Tra inutili pattugliamenti e raccolta d'informazioni bevendo tazze di tè, non c'era molto da fare dalle parti di Teskor, dovevo inventarmi cose per mantenere la squadra occupata e fuori dai guai. Accanto alla casa, c'era un piccolo blocco di cemento, o di qualcosa di simile al cemento, perciò montammo un canestro da basket e giocammo partite due contro due. Le pattuglie della compagnia passavano abbastanza spesso, tanto che prendemmo le misure di un intero campo da basket, anche se era di un metro troppo corto, dipingemmo le linee e costruimmo un secondo canestro. Il nostro era l'unico campo da basket completo della zona e ci rese così popolari che le pattuglie pianificavano di fermarsi a Teskor perché potessimo giocare le nostre partite; a volte due pattuglie si incontravano al nostro posto di comando per prendersi una pausa, pranzare e giocare a basket. Potevamo anche giocare a softball, pallavolo, calcio e ping pong con l'attrezzatura del pacchetto ricreativo fornito dalla divisione. Niente tavolo da biliardo, cazzo. E niente Tv. Certo, non c'erano sport o spettacoli da seguire, ma avremmo potuto guardarci un film. Niente da fare, i ruhar avevano le Tv e noi avevamo portato Dvd e altra roba con noi dalla Terra, ma era tutto inutile, dato che le Tv per criceti e i nostri lettori multimediali non erano compatibili. C'erano schermi piatti portatili per l'uso a livello aziendale, le unità al di sotto di quella dimensione dovevano accontentarsi di tablet e laptop. Non era un gran divertimento affollarsi in quattro attorno a un iPad per guardare un film; voglio dire, ci si stufa in fretta.

Non pensate che non facessimo altro che giocare partite e guardare film. L'Unef aveva introdotto gruppi di fuoco in villaggi isolati per raccogliere informazioni a terra, per vedere cosa facessero i criceti locali, e noi pattugliavamo e ci guardavamo attorno e tenevamo occhi e orecchie aperti. Una mattina, Sanchez infilò la testa nella stanzetta che usavamo da ufficio, dove stavo scrivendo un rapporto per il plotone: «Ehi, sergente, c'è qualcosa di strano là fuori».

Salimmo sul tetto, avevamo costruito una scala e un ponte di osservazione in cima alla casa; ci era sembrata la cosa giusta da fare e ci aveva tenuti occupati. «Guardi il campo Sud 2», disse passandomi il binocolo.

Sud 2 era un campo vuoto che era stato mietuto un paio di settimane prima, avevamo visto le grandi mietitrebbie elettriche rombare, trebbiare il grano e poi sistemarlo in grandi bidoni. Un convoglio di camion aveva raccolto il grano tre giorni prima, portandolo fino a una linea ferroviaria a nord della città. «Ottima osservazione, Sanchez», dissi, «questo è strano. L'Unef ci ha mandato qui per vedere se accadono cose strane. In sella.»

Ci mettemmo tutto l'armamentario di battaglia, salimmo sul nostro cazzuto Crivee e partimmo a tutto gas lungo la strada. Avremmo potuto attraversare il paese, la terra lì non era nient'altro che campi all'apparenza vuoti lasciati a maggese, non fosse che avevo ricevuto dalla divisione un promemoria che ordinava di farla finita con truppe annoiate che se ne andavano a spasso fuori dalla strada. C'erano stati diversi incidenti in cui i Crivee si erano ribaltati, il che non andava bene, visto che l'evacuazione medica per la Terra non era possibile. E distruggere terreni agricoli di fronte ai criceti non era un buon modo per conquistare cuori e menti. Così Sanchez si mantenne sulla strada. Certo, quando arrivammo a Sud 2, c'erano un paio di grandi macchine elettriche che rombavano lentamente su e giù per i solchi. Piantando semi, così sembrava. Lasciammo i nostri Crivee sulla strada, Sanchez e io percorremmo il campo a piedi in direzione delle macchine. Una di loro si diresse verso di noi a bassa velocità, mentre il criceto alla guida ci faceva un amichevole cenno di saluto dall'abitacolo in cima. Sul retro c'era un dispositivo che faceva buchi nel terreno, lasciava cadere i semi, poi riempiva il buco. Era strano. Così strano che poi facemmo visita alla famiglia Cornhut.

Lester stava tenendo banco con quella che sembrava metà del villaggio, perché il fatto di ricevere con regolarità visite della Bürgermeister aveva aumentato la sua statura a Teskor. Molte famiglie stavano partecipando a una grigliata dietro casa sua, c'erano tavoli da picnic, bambini che correvano in giro, una specie di gioco simile al badminton e due griglie che si riscaldavano. Lester passò di lato alla casa per venirmi a salutare, con in mano una spatola e indosso un grembiule bianco con schizzi di salsa rossa, forse provenienti dal barbecue. Qualunque cosa stesse grigliando aveva un buon odore, anche se sapevo che gli umani non potevano mangiarne. «Salve Joe Bishop!», disse con un genuino sorriso amichevole.

Una parte di me si chiese se non fosse il caso di tornare il giorno dopo e non interrompere la sua grigliata. Avevo un lavoro da fare, così dissi: «Lester, abbiamo visto delle machine a campo Sud 2», lui conosceva le designazioni sulle mappe dell'Unef, «stavano piantando semi».

«Sì, stiamo piantando», il traduttore incespicò, poi disse: «Equivalente del grano». «È un problema, Joe Bishop?»

«Quanto impiega quel, ehm, raccolto a crescere, prima della mietitura?»

«Tre punto quattro tre mesi», disse il traduttore. Quella caratteristica dei traduttori era fastidiosa, erano freddamente matematici. È probabile che Lester avesse detto qualcosa come "cinque mesi ruhar", e il dispositivo aveva fatto i conti. Non avevo bisogno di una precisione così rigorosa, cazzo.

«L'evacuazione di questo villaggio è prevista fra due o tre mesi», stando all'ultima tabella di marcia dell'Unef, che cambiava di continuo, «perché state piantando un raccolto ora?» Questo era il genere di "comportamento strano" dei criceti di cui la G2 voleva essere informata. Lester aveva in programma di essere ancora a Teskor dopo la data di evacuazione. I criceti sapevano qualcosa che all'Unef sfuggiva?

«Perché non c'è motivo di non farlo», spiegò Lester, con un ampio sorriso a trentadue denti che, date le circostanze, non appariva così amichevole come intendeva. «I kristang ci permettono di continuare a spedire prodotti alimentari fuori dai confini del pianeta, ma non possiamo portare i semi con noi. Così piantiamo. Se lasceremo Teskor prima di poter mietere questo raccolto, forse potrà farlo qualcun altro.» Alzò le spalle. «Il mio popolo affronta questa guerra da molto tempo, Joe Bishop. Abbiamo imparato che nulla è certo. Non è certo che i kristang terranno questo pianeta, quindi speriamo e pianifichiamo per il futuro, fino al giorno in cui saremo a bordo di una nave che partirà.»

Aveva senso per me: tenere alto il morale dei criceti. La speranza era un potente aiuto per il morale. «Lester, qualcosa non mi torna. Dev'essere costoso spedire cibo tra le stelle. Perché farlo?»

«Ah. Questo richiederebbe una lunga spiegazione, Joe Bishop», si voltò a guardare gli ospiti della sua grigliata, «ci sono due motivi principali. Nel nostro mondo natale, che a un certo punto era inquinato come mi dicono sia il vostro, la popolazione ora è concentrata nelle città, mentre la maggior parte del pianeta è destinata al terreno erboso e alberato, ripristinato al suo stato naturale. C'è pochissima agricoltura, perciò bisogna importare il cibo. Molti dei nostri mondi primari sono tenuti in questo stato, quindi abbiamo altri mondi designati per l'agricoltura, come Gehtanu, o per l'industria. I mondi industriali sono per lo più quei pianeti che avevano vita scarsa quando siamo arrivati, quindi la nostra industria non devasterà l'ambiente naturale. L'altro motivo per cui siamo determinati a spedire cibo da questo pianeta il più a lungo possibile, è che lo spostamento del wormhole, di cui vi è stato detto, ha impedito agli abitanti del nostro mondo natale di accedere ad alcuni dei mondi che erano destinati all'approvvigionamento alimentare. Ora potete capire perché siamo ansiosi di coltivare più cibo possibile qui, prima di partire?»

«Certo, Lester.» Lo lasciammo alla sua grigliata e io spedii un rapporto alla catena di comando. La spiegazione di Lester mi era sembrata un tantino una stronzata, ma l'Unef doveva saperlo comunque. Il nostro gruppo di fuoco iniziò a fare il giro dei terreni agricoli attorno a Teskor, spaziando in lungo e in largo per controllare le condizioni dei campi. Quando parlammo con il plotone, scoprimmo che Teskor non era l'unico villaggio dove i criceti piantavano raccolti che non sarebbero stati pronti per la mietitura prima della data programmata per l'evacuazione di quella zona. Non sapevo se credere a Lester o no, l'intera faccenda non era sotto la mia giurisdizione. Così feci rapporto al comando e lasciai che se ne preoccupassero i miei superiori.

A volte, la Bürgermeister sembrava leggermi nella mente e affrontare argomenti cui stavo già pensando. Mi fece sospettare che i ruhar stessero in qualche modo origliando quello che dicevamo nel nostro posto di comando, anche se si suppone che il plotone l'avesse bonificato dalle cimici. Quel giorno, ero di umore cupo, in sintonia col tempo atmosferico. Aveva piovuto per cinque giorni e i satelliti meteorologici prevedevano altri due giorni di pioggia forte, seguiti da una settimana di rovesci intermittenti. Meraviglioso. I ruhar avevano un nome per il tempo come questo, lo chiamavano *schlumpernur*, o almeno così suonava, solo più stridente. La traduzione era "coperta umida e ammuffita", e noi tutti la trovammo così appropriata che la parola entrò in fretta nello slang militare degli Stati Uniti. Lo *schlumpernur* aveva fatto sì che il villaggio cancellasse la programmazione di un festival del raccolto, dal momento che nessuno si sentiva, sapete, "festivo", e tenere solo un "-al" sarebbe stato triste. I componenti del mio gruppo di fuoco erano di malumore per essere stati rinchiusi al comando, specie perché i soldati non possono stare davvero rinchiusi quando il tempo è brutto, infatti dovevamo comunque uscire di pattuglia e controllare le condizioni dei campi e inviare rapporti al quartier generale del plotone e dare l'impressione che stessimo facendo qualcosa di utile. Avevamo guardato tutti i video a disposizione almeno due volte e, con il tempo di merda, le pattuglie che passavano da Teskor non si fermavano per una partita a basket, softball o pallavolo. Cercavamo di attirarle proponendo una partita a freccette, ma tutti avevano un bersaglio e nessuno di quelli che passavano voleva lasciare il suo Crivee caldo e asciutto. Quindi, noi quattro eravamo bloccati insieme ad ascoltare una dozzina di volte le reciproche storie. Questo era il lato negativo dell'essere fuori in autonomia; certo, non avevamo un ufficiale che ci teneva il fiato sul collo, ma ci sentivamo terribilmente soli.

Gli zPhone aiutavano, parlavamo e chattavamo con chiunque sul pianeta. Io facevo un fischio a Cornpone una volta al giorno per vedere cosa stesse facendo: era stato assegnato a uno dei plotoni di reazione rapida, il che sembrava eccitante, ma lui mi disse che non facevano altro che esercitarsi, esercitarsi e ancora esercitarsi un altro po'; i criceti non stavano facendo nulla di ostile, quindi non c'era alcunché a cui reagire in modo rapido. Nel complesso, sembrava quasi annoiato come me. Concordammo sul fatto che tutti i nostri videogiochi sulla guerra interstellare ci avevano mentito. E mandai una breve nota a Shauna. Lei mi mandò una breve nota a sua volta, che presi come un indizio del fatto che era occupata e non c'era motivo di chattare oltre, a meno che non ci fossimo visti di persona. Improbabile, dato che era di stanza a milleseicento chilometri da noi. Perciò, ero di umore cupo quando la Bürgermeister versò l'acqua calda per il tè. «Joe Bishop, sembra infelice», osservò.

Feci un'alzata di spalle. «Questo *schlumpernur* ha abbattuto tutti», dissi con l'accenno di un sorriso, perché le scintillarono gli occhi quando dissi *schlumpernur*. «E non è che lei mi dia le più felici delle notizie quando c'incontriamo.» Supponendo che stesse dicendo la verità, cosa che il quartier generale dell'Unef riteneva fosse scontata.

«Mi ha detto che ha una famiglia sulla Terra?»

Non c'era niente di male nel dirle quello che già sapeva, così annuii: «I miei genitori e mia sorella».

«Si sentirebbe meglio se avesse loro notizie, no?»

«Certo.» In Nigeria, potevamo usare Skype e ogni tanto anche video-chattare, almeno un paio di volte a settimana. E con internet potevamo tutti seguire le notizie a casa, sentirci connessi. «Ho scritto delle lettere», registrato messaggi video per l'esattezza, «ma finora, non abbiamo ricevuto risposte.» Inviavamo i messaggi al quartier generale dell'Unef perché fossero compressi e trasmessi ai kristang, ma, sebbene le spedizioni di cibo e altri rifornimenti arrivassero con regolarità in orbita, fino ad allora non avevo ricevuto messaggi da casa, né notizie di alcun tipo. Era strano. E preoccupante.

«Non ne riceverete», disse lei, guardandomi con attenzione al di sopra della sua tazza di tè. «I kristang non trasmettono i vostri messaggi a casa. E non vi trasmetteranno alcun messaggio qui. Non vogliono che sappiate che cosa sta accadendo sul vostro pianeta. I vostri capi qui lo sanno di sicuro.»

Merda. Non appena mi diede quelle deprimenti informazioni, la pioggerella costante si trasformò in un altro acquazzone. La mia giornata andava di bene in meglio. O aveva deciso che avessi ricevuto abbastanza brutte notizie per quel giorno, o il tempo aveva depresso anche lei, perché la Bürgermeister cambiò argomento e, nell'ora che seguì, parlammo della nostra infanzia. Non ci vidi nulla di male nel raccontarle noiose storie su com'ero cresciuto nel Maine rurale. La vita della società ruhar non suonava così diversa dalla vita sulla Terra, non fosse che avevano una tecnologia incredibile, erano sparpagliati su un numero indefinito di pianeti, e la sua specie era in guerra da prima che lei, i suoi genitori, o i suoi bis-bis-bis-bisnonni nascessero, probabilmente da molto prima. Pensarci non migliorò il mio umore.

Chen doveva avermi letto nella mente perché, mentre stavamo cenando quella sera – pollo alla King per inciso – mi chiese: «Sergente, ha idea di quando riceveremo messaggi da casa?».

«No», abbassai gli occhi sul piatto per nascondere uno sguardo colpevole sul mio viso, «ne so quanto te.»

«Merda. Una nuova nave da trasporto è arrivata dalla Terra ieri, è ovunque in rete, speravo che la nave portasse lettere, o almeno un po' di notizie.»

«Sarebbe bello avere notizie», concordò Sanchez, «sono preoccupato per la mia gente.»

«Tutti lo siamo», ammisi.

«Sapete qual è la cosa peggiore?», chiese Baker. «Di questo dislocamento non si vede la fine. Quando sono andato in Nigeria, sapevo che sarebbe durata dodici mesi e che poi sarei tornato a casa. Anche durante la seconda guerra mondiale, i ragazzi sapevano che c'era una fine in vista: vinci la guerra e te ne puoi andare a casa. Avrebbero potuto volerci anni, ma c'era una fine. Anche se le cose si mettevano davvero male, i ragazzi sapevano che, se avessero resistito e fossero sopravvissuti, prima o poi sarebbero tornati a casa. Questa guerra dura da *migliaia* di anni. Non c'è fine. Non c'è strategia per la vittoria, non ha senso dire che la missione è compiuta ed è ora di tornare a casa. Ora che ci penso, nel messaggio in cui mi dicevano che ero stato dislocato fuori dal pianeta, non specificavano quanto sarebbe durato il dislocamento.»

«Cacciamo i criceti dal pianeta e ce ne andiamo a casa, giusto?», chiese Chen speranzoso.

«Forse.» Sanchez spinse il suo pollo alla King in giro per il piatto. «A meno che le lucertole, intendo», mi lanciò uno sguardo preoccupato, «i kristang, non abbiano bisogno di noi da qualche altra parte. Siamo già in ballo, giusto? E siamo addestrati, e prima di allora avremo fatto esperienza. Per i kristang potrebbe avere molto più senso ridislocare noi che rispedirci in astronave fino a casa e prendere nuove unità.»

«Merda», Chen riassunse i sentimenti di tutti sull'argomento. «Siamo appena arrivati qui e ho già voglia di andarmene a casa.»

Dovevo mettere fine a quei discorsi cupi. «Ragazzi, guardate. Piacerebbe anche a me sapere quando torneremo a casa. Spuntare i giorni dal calendario finché non ci imbarchiamo. Il piano di evacuazione qui dura tredici mesi, immaginiamo un altro paio di mesi in più: è probabile che dovremo ricostruire le infrastrutture o qualcosa del genere. Tenerci qui è dispendioso per i kristang, devono spedirci tutto il cibo per più di un migliaio di anni luce, giusto? Dopo che avremo compiuto questa missione, penso che ci porteranno a casa. Andiamo, in questa guerra, quanti incarichi possono avere per noi i kristang? Anche con i nostri nuovi giocattoli, non siamo qualificati per un vero combattimento.»

«Sì, ok, credo di sì», Sanchez annuì poco convinto.

«Questo cazzo di *schlumpernur* ha depresso tutti.» Guardai la pioggerella fuori dalla finestra. «Se splendesse il sole e ricevessimo qualche notizia da casa, staremmo tutti alla grande. Siamo fuori in autonomia, senza ufficiali che ci tengono il fiato sul collo, qui è tutto a posto. Chen, prendi la scatola della torta dal frigo», quella prelibatezza era stata inviata dal plotone tre giorni prima, «e festeggiamo. Il meteo annuncia che questa pioggia finirà dopodomani.»

Lo *schlumpernur* era sfumato in piovaschi sparsi prima che il maggiore Perkins si presentasse per ricevere informazioni fresche da me la mattina successiva. Ci incontrammo nel suo Crivee, in modo che il mio gruppo di fuoco potesse restare al riparo mentre pioveva. «Signora, non so se la maggior parte delle cose che mi sta dicendo siano stronzate o no, ma non sta mentendo sul fatto che non abbiamo notizie da casa. Il quartier generale dell'Unef sta ricevendo comunicazioni dalla Terra?»

L'espressione addolorata sul viso del maggiore mi disse tutto quello che avevo bisogno di sapere.

«Questo è fuori dalla tua giurisdizione, sergente, e dalla mia.»

«I miei ragazzi», accennai alla casa con la testa, «hanno fatto domande in proposito.»

Mi guardò con fare aggressivo: «Non avrai mica detto qualcosa?».

«No, signora. Sanno che mi sto incontrando con la Bürgermeister e sanno che lei fa parte della divisione dell'intelligence, e sanno fare due più due, ma non ho detto loro niente, e loro non l'hanno chiesto. Non hanno bisogno che sia io a dire che non sappiamo un bel niente dalla Terra. È in tuta la rete zPhone.» Con gli zPhone, voci che sarebbero rimaste confinate a una sola unità si erano sparse per tutto il pianeta. Nessuna delle persone con cui avevo parlato aveva ricevuto un solo messaggio dalla Terra. E Cornpone mi aveva detto che un tizio dei rifornimenti sapeva che le spedizioni di cibo dal nostro pianeta erano state scarse di recente. E tra le provviste che arrivavano allora c'erano semi, come se i kristang si aspettassero che ci coltivassimo da noi il cibo.

«Sergente», il maggiore distolse lo sguardo e lo rivolse alla pioggia, «ne so quanto te. Il quartier generale dell'Unef non mi dice più di quanto abbia bisogno di sapere. Fai attenzione a quello di cui parli in rete», indicò il tetto del Crivee, «i nostri amici sono in ascolto.»

Alle quattro del mattino, un paio di giorni dopo, il mio zPhone squillò. Avere uno zPhone era grandioso sotto molti punti di vista, ma sotto altri non lo era affatto: il comando poteva raggiungerti in qualunque momento, ovunque. Raggiungere te personalmente, non chiamare un operatore radio che doveva poi venirti a cercare. Feci dondolare le gambe sul pavimento e mi sedetti dritto, qualcuno mi aveva detto che ti fa sembrare più vigile stare dritto quando ti svegliano di brutto da un sonno profondo. «Qui sergente Bishop.»

«Bishop, qui è il tenente Charles. Il tuo gruppo di fuoco leverà le tende oggi per venire qui, bisogna che abbiate sbaraccato e siate in movimento per le 9:00.»

Questo mi svegliò del tutto. «Cosa succede, signore?»

«Avrete istruzioni quando arriverete qui.»

«Sì, signore», risposi, ma aveva già riagganciato.

I componenti del mio gruppo di fuoco ebbero la stessa reazione alla "checazzoè" che avevo avuto io: ne sapevano quanto me, cioè niente. In rete non girava voce che ci fossero problemi, controllammo i siti dell'Unef e le notizie erano del tutto normali, considerando che eravamo su un pianeta alieno. Non ci volle molto, prendemmo le armi, ma lasciammo tutto ciò di cui avrebbe avuto bisogno un futuro gruppo di fuoco per occupare il posto, compreso il tavolo da ping pong che avevamo costruito. Dopo avere sguazzato per l'ultima volta nelle pozzanghere di fango lungo la strada principale, svoltammo e lasciammo Teskor prima che la maggior parte dei criceti fosse uscita dal letto. Mi rammaricai di non avere avuto l'opportunità di salutare la famiglia Cornhut.

Sentii puzza di bruciato quando arrivammo alla base del plotone, non appena la vidi: «Maggiore Perkins? Ci hanno appena fatto ritirare da Teskor, signora» dissi, pur immaginando che lo sapesse già. Perché con tutta probabilità l'aveva disposto lei. Non mi sono mai fidato dei tipi dell'intelligence.

«Bishop, facciamo due chiacchiere.» M'indicò con un cenno il campo d'aviazione. Una volta che fummo fuori portata d'orecchio, spiegò: «Sono stata io a ordinare che vi ritiraste da Teskor. I kristang sanno che qualcuno ci ha passato informazioni e sono incazzati per questo, e stanno infilando il naso in giro e si stanno avvicinando a te. Devi nasconderti per un po', così ti trasferiscono. Solo tu, non la tua squadra».

«Dove, signora?»

«Il Vettore di carico. Ti dirò la verità, non abbiamo un incarico per te in questo momento, a parte sparire e tenere il tuo nome fuori dai canali di comunicazione. Se ti fa sentire meglio, mi è stato detto lo stesso, mi stanno riassegnando a una base logistica nel settore indiano, come collegamento.» Sbuffò. «Non parlo una sola parola di hindi.»

«Cazzo. Tutto questo perché abbiamo ascoltato i criceti? I kristang pensavano che non avremmo parlato con loro per tutto il tempo che saremmo rimasti qui? Devono sapere che i criceti approfitterebbero di ogni occasione per far fare brutta figura alle lucer... ai kristang, per metterci i bastoni tra le ruote.»

«Non è soltanto il fatto di avere parlato con loro, i kristang si aspettano che in qualunque esercito le voci girino. Il problema è che sanno che il comando dell'Unef ha preso sul serio i criceti. Tu non sei la nostra sola fonte diretta d'informazioni, ma posso dirti che la tua Bürgermeister è considerata la fonte più preziosa, e il comando dell'Unef si sta cagando addosso, perché pensa che la maggior parte delle cose che ci ha detto siano vere.» Mi lanciò uno sguardo diretto: «Non devi ancora dire una parola di tutto questo. È top secret».

«Sì, signora.»

Fece una lunga espirazione, si accarezzò la tasca della camicia, poi scosse la mano con disgusto: «Essere fuori nella galassia alla fine mi ha fatto smettere di fumare, quando la mia scorta è finita ho smesso di punto in bianco. I kristang considerano il tabacco un bene di lusso che non vogliono trasportare attraverso gli anni luce. A volte avrei voglia di sparare a qualcosa».

«Eisenhower smise di punto in bianco, signora, dopo il primo attacco di cuore.» Questa non mi uscì esattamente come l'avevo intesa.

«Se Ike lo fece, mi sta bene. E lui aveva scelta, giusto? Io no. Forse la nicotina avrebbe dovuto essere nella lista delle medicine essenziali», disse il maggiore con una smorfia.

Avrei voluto dimostrare maggior interesse, ma non ci riuscivo. Provavo empatia, ma, poiché non avevo mai dovuto perdere l'abitudine di fumare, bere o drogarmi, non potevo davvero comprendere cosa stesse passando, capite che intendo? Avevo scelto la via facile di non andare in fissa con niente a priori. Non sapendo cosa dire, feci un amichevole suono "uhm" e aspettai che fosse lei a parlare.

«La medicina è ciò che ci ha messo in guai seri comunque. Hai ragione, alle lucertole non frega un cazzo delle voci che girano. La cosa che li ha fatti incazzare è che abbiamo accettato l'offerta dei ruhar di fornirci assistenza medica avanzata. Hai sentito dell'incidente della Poiana il mese scorso? Due morti, quattro feriti, uno dei feriti ha perso una gamba, un altro si è rotto la spina dorsale. E i kristang non volevano riportarli con un volo di evacuazione medica sulla Terra. I ruhar hanno saputo dei feriti, sono rimasti sorpresi di sentire che gli umani non hanno la capacità di far ricrescere gli arti o il tessuto nervoso, loro utilizzano quella tecnologia da così tanto tempo che la danno per scontata. Come esperimento, abbiamo mandato alcuni casi di feriti gravi in un ospedale ruhar e sono stati curati, e tra loro c'erano anche due dei feriti nell'incidente della Poiana. I medici ruhar ci hanno messo un po' a adattarsi alla nostra diversa biochimica, ma la loro è basata sul Dna come la nostra. I rapporti dicono che alla fine ci si aspetta un completo recupero di tutti i feriti, anche di quello che ha perso una gamba, destinata a ricrescere. I kristang si sono infuriati quando hanno saputo che avevamo accettato le cure mediche dei ruhar, hanno rampognato il comando Unef per aver fraternizzato con il nemico. Ho sentito che la conversazione si è scaldata: il generale Meers ha detto loro che non saremmo stati costretti a mandare la nostra gente negli ospedali ruhar, se solo le lucertole avessero condiviso la loro tecnologia medica.» Sorrise. «Il vecchio non arretra di fronte a nessuno, umano o lucertola che sia.»

«Sono nei guai, signora?»

«Cazzo, no, Bishop. Mantieni un profilo basso finché questa cosa non si sgonfia da sé nel giro di un paio di settimane, mesi forse. Pensala come un'opportunità di vedere qualcosa di più del pianeta.»

Non ci credetti neanche per un secondo.

Dopo avere salutato il mio gruppo di fuoco, presi una serie di voli per il Vettore: il viaggio fu lungo e noioso, ed ero di pessimo umore. Non avevo fatto niente di male, ma, se l'Unef avesse avuto bisogno di un capro espiatorio per i kristang, si sarebbero aspettati che mi prendessi tutta la colpa. Una riduzione di grado sembrava probabile, non ero stato un sergente a lungo e mi ero appena abituato, mi sarebbe mancata la sensazione di essere a capo di una squadra. Avevamo fatto un buon lavoro a Teskor, ci eravamo tenuti fuori dai guai, avevamo stabilito buoni rapporti con i nativi, avevamo raccolto informazioni solide e le avevamo trasmesse ai superiori. E avevamo costruito un campo da basket che aveva fatto del nostro posto di comando un luogo popolare, dove le pattuglie potevano prendersi una sosta, cosa che faceva bene al morale. Non c'era stato alcun serio attrito all'interno del mio gruppo di fuoco, non più di quanto ci si aspetterebbe da quattro ragazzi bloccati insieme in mezzo al nulla con poco da fare. Ripercorrendo il tempo trascorso a Teskor, mi era sembrato quasi idilliaco, tranquillo. Eravamo atterrati su un pianeta alieno, nemico, avevamo stabilito il controllo e stavamo facendo la nostra parte nella guerra, mostrando ai kristang che potevamo dare il nostro contributo, per quanto piccolo potesse essere. Sentivamo di avere un senso di scopo, di realizzazione, tutti aspettavamo con ansia il giorno in cui gli abitanti di Teskor si sarebbero imbarcati sui mezzi di trasporto e avrebbero preso parte all'evacuazione. Sarebbe stata una missione compiuta per la nostra squadra integrata di osservazione.

Ripercorrendo il tempo da noi trascorso a Teskor dopo avere iniziato a ricevere informazioni inquietanti dalla Bürgermeister, la visione che ne avevo era diventata meno idilliaca. Apprendere che l'umanità era stata raggirata e indotta a istituire una Forza di spedizione, che l'Unef non era altro che un soldatino dei kristang, che le lucertole consideravano la Terra un trofeo di guerra da sfruttare come volevano uccise il mio entusiasmo per ogni sensazione di successo. Il fatto di non poter condividere informazioni con il mio gruppo di fuoco aveva interposto una distanza tra noi, loro sapevano che stavo incontrando un funzionario ruhar di alto rango, avevano visto un ufficiale dei servizi segreti dell'Unef in visita il giorno dopo che avevo incontrato i ruhar, e sapevano fare due più due. Inoltre, va da sé, giravano voci. Alcune riguardavano informazioni che avevo ricevuto dalla Bürgermeister, e mi davano da pensare riguardo alla sicurezza informativa del quartier generale dell'Unef. Mi faceva incazzare il fatto di dover trattare le informazioni come top secret, quando giravano già voci in merito. Non potevo nemmeno dire ai miei ragazzi quali voci fossero una totale stronzata e quali contenessero almeno un fondo di verità. Di totali stronzate ne giravano molte.

Ora i componenti del mio gruppo di fuoco avevano un nuovo sergente ed erano di stanza al quartier generale del battaglione, chiedendosi se avessero fatto qualcosa di sbagliato. Nessuno credeva alla storia del cazzo che la nostra squadra integrata di osservazione fosse stata ritirata da Teskor perché la missione era finita: quegli stupidi del quartier generale dell'Unef non erano stati abbastanza intelligenti da fare il cambio con un'altra squadra integrata di osservazione, avevano semplicemente abbandonato Teskor. Certo, non appariva per niente sospetto, le squadre integrate di osservazione erano ancora attive in tutto il settore, tranne che nell'unico villaggio in cui avevo incontrato la Bürgermeister. Ecco quanto era stata sottile la copertura dell'Unef: il caposquadra del Dumbo che portai al Vettore, un tizio che non avevo mai incontrato in vita mia, mi chiese cosa avessi fatto per costringere l'Unef a ritirare la nostra squadra da Teskor. Giravano voci di uno scandalo, voci così succulente da inondare il pianeta alla velocità della luce. Tutte le misure di InfoSec applicate dall'Unef potevano essere neutralizzate da due tizi che condividono un pettegolezzo sui loro zPhone.

Capitolo 6

Forte Freccia

Al complesso del Vettore, feci rapporto a un certo capitano Price, nell'edificio amministrativo, una struttura in cui l'Unef era subentrata ai ruhar che avevano gestito le operazioni del Vettore. Entrando dal campo d'aviazione, vidi un sacco di ruhar fuori dalla linea di recinzione della base Unef chiamata Forte Freccia. Dal momento che gli esseri umani non sapevano come far funzionare o mantenere l'enorme cannone a rotaia del Vettore che sparava il carico in orbita, il cambiamento più grande aveva riguardato la bandiera che sventolava sopra la base, visto che a gestire il reattore e il resto del complesso del Vettore erano i criceti. L'Unef aveva ricavato Forte Freccia dalla città operaia che era cresciuta vicino al reattore a fusione, prendendo il controllo degli edifici esistenti e impiegando il minimo sforzo per convertirli a uso militare. Non faceva una piega, l'Unef non aveva intenzione di rimanere su Paradiso abbastanza a lungo da investire in infrastrutture. C'era un corridoio semisicuro tra l'aeroporto e Forte Freccia, su entrambi i lati del corridoio c'erano criceti che andavano avanti con le loro vite.

L'assistente del capitano Price mi lasciò ad aspettare quasi un'ora, durante la quale rimasi seduto a guardare la porta dell'ufficio. Price era lì dentro, lo sentivo parlare al telefono e fare lunghe pause. Non era così impegnato da non riuscire a darmi il benvenuto a bordo. Sul Dodo non avevano servito la colazione, avevo fame e volevo scroccare del cibo prima che la mensa chiudesse. Alla fine, il capitano Price si presentò sulla porta del suo ufficio, mi guardò con aperta ostilità e grugnì quando mi alzai in piedi e gli feci il saluto. «Bishop.» Era un'asserzione.

«Sì, signore, sergente Bishop a rapporto.» Non avevo un ordine del giorno da consegnarli, tutto era sui nostri telefoni e tablet. Nel suo ufficio, non m'invitò a sedermi, rimasi quasi sull'attenti, a destra della porta.

«Bishop», ripeté, indicando qualcosa che non potevo vedere sul suo tablet. «Il tizio di Barney.»

Merda, quella faccenda mi stava davvero nauseando.

«Ho i tuoi ordini qui», continuò, «e il tuo fascicolo personale. La mancanza di disciplina sembra essere un'abitudine per te. Come agire in modo avventato. Non abbiamo intenzione di tollerare nulla di tutto ciò, qui a Forte Freccia. Potresti pensare che i tuoi quindici minuti di gloria ti diano diritto a un trattamento speciale.» Non mi preoccupai di protestare, perché si era già fatto un'idea di me. «È un November Golf, capito?»

«Sì, signore.» Basso profilo, mi dissi. Il maggiore Perkins, e il quartier generale dell'Unef attraverso di lei, voleva che garantissi un basso profilo. Tenere la bocca chiusa era il primo passo.

Un semplice "sì" da parte mia non andava abbastanza bene, a quanto pare, Price aveva un diavolo per capello e un pulpito da cui predicare, e stava per sfruttare al massimo il fatto di avere un pubblico prigioniero. "Avrai sentito dire che Forte Freccia è una discarica per casinisti e malcontenti.» In realtà, non l'avevo sentito e non avevo sentito nessuno usare la parola "malcontento" da quando ero, tipo, alle elementari. «Il quartier generale dell'Unef pensa che, poiché i ruhar hanno bisogno del Vettore per spedire i loro cereali fuori dal pianeta, Forte Freccia sia al sicuro dagli attacchi e non abbiamo bisogno di una presenza significativa della sicurezza qui.» Ok, non si trattava di me, allora, Price aveva un problema con il quartier generale dell'Unef e io ero un bersaglio conveniente per la sua contrarietà. «Si sbagliano, l'importanza del Vettore ne fa il primo posto che i ruhar cercheranno di occupare, se mai proveranno a riconquistare il pianeta. Questa è una forza d'élite.» Tamburellò due volte col dito sulla scrivania per enfatizzare, producendo un suono stridente. L'effetto che il gesto ebbe su di me fu farmi pensare che il tizio avesse bisogno di tagliarsi le unghie. «Élite. Noi di Forte Freccia dobbiamo mostrare ai ruhar di essere così forti qui, che non vale la pena cercare di prendere questo sito.»

Mi limitai ad annuire, in silenzio, perché non volevo mostrarmi in disaccordo con la sua logica fallace. Se i ruhar fossero riusciti a mandare in orbita una flotta abbastanza potente da scacciare i kristang, gli umani intrappolati sulla superficie avrebbero rappresentato un ostacolo. I criceti potevano stazionare in orbita e usare colpi di precisione con cannoni a rotaia, maser e missili intelligenti per eliminare la resistenza umana, a prescindere da quanto forte fosse la guarnigione di presidio a Forte Freccia.

«Non abbiamo un posto per te qui e potrebbe servirti un po' di aiuto per tenerti fuori dai guai. Ti assegnerò il compito di scorta ai convogli, ti presenterai al sergente scelto Lombard domattina. Cerca di rigare dritto, e...»

"Signore?" L'assistente di Price lo chiamò da fuori dall'ufficio. «Il colonnello Young sta venendo qui proprio ora.»

Il colonnello Young entrò a grandi passi, mollò lo zaino su un tavolo, si passò una mano sulla faccia per asciugarsi il sudore e infilò la testa nella porta dell'ufficio di Price. «Porca miseria, siamo nella merda adesso. I nostri amici kristang tireranno fuori il loro cacciatorpediniere domani, il che fa sì che ci resti un'unica fregata in orbita per il supporto al fuoco. Cosa ci scommetti che la fregata se la svignerà al primo segno di una nave da guerra dei criceti? Il vecchio vuole piani di emergenza, nel caso in cui i ruhar ritornino. Dobbiamo essere pronti a difendere questo pianeta da soli.»

«Va così male, signore?», chiese il capitano Price, spaventato.

«Abbastanza male, perché vogliono che un plotone se ne vada da qui domani e sia dispiegato altrove per aumentare la sicurezza in un paio di basi logistiche. L'Unef pensa che i ruhar non rischierebbero di danneggiare il Vettore di carico, so che ci stanno sparpagliando per coprire obiettivi più probabili. Che?» Il colonnello Young reagì quando Price alzò il sopracciglio. Si girò a destra e mi notò: «Chi sei, sergente?».

Salutai in modo risoluto. «Bishop, signore, mi hanno trasferito qui, sono arrivato questa mattina.»

«Bishop, eh? Sì, sei il tizio di Barney, avevamo sentito che stavi arrivando.» Non ne sarei mai uscito. «Te ne puoi andare, sergente.

E tieni la bocca chiusa. Non che possiamo mantenere il segreto comunque», disse Young con un sospiro.

«Sì, signore.» Uscii in fretta, quanto più in fretta era possibile senza perdere del tutto la mia dignità.

La squadra di scorta ai convogli cui ero stato assegnato era un buon gruppo, guidato da un sottotenente novellino abbastanza sveglio da dare retta al suo sergente scelto. Il capitano Price aveva ragione, non c'era posto per un altro sergente nella squadra di scorta, così tappai il buco in sostanza come specialista esperto, feci quello che il sergente Lombard mi diceva di fare, tenni la bocca chiusa e mi comportai bene, almeno all'esterno. Indossavo ancora i gradi di sergente, portavo un'arma da fianco e nel database del personale ero ancora nella lista degli E5, quindi non ero stato abbassato di grado. Non ancora.

Nel complesso l'incarico non era male, ebbi modo di vedere una fetta più grande di Paradiso, dalle giungle equatoriali, oltre passi di montagna e giù per le praterie. Era un bel pianeta, peccato che fosse infestato dai criceti e che avremmo dovuto consegnarlo ai kristang dopo il giorno stabilito per l'evacuazione. Paradiso sarebbe stato una bella seconda casa per l'umanità. Dal momento che non eravamo neppure in grado di raggiungere i pianeti del nostro sistema solare senza l'aiuto degli alieni, era solo un pio desiderio.

Un tipico viaggio del convoglio durava quattro o cinque giorni all'andata, quattro o cinque giorni al ritorno, trasportando cereali e altro cibo per criceti. I criceti civili lasciavano il pianeta con l'ascensore spaziale, non con il Vettore, perciò non avevamo a che fare con il caos delle famiglie di criceti infelici. I ruhar non ci causavano problemi, a parte atti minori, fastidiosi e casuali di sabotaggio qua e là; li interpretavo come un modo dei criceti di alzare il dito medio all'Unef. Cosa che potevo capire, noi umani eravamo la forza occupante, agivamo come sicari dei kristang agli occhi dei ruhar e, se fossi stato nella loro situazione, avrei fatto il ribelle. Alcune delle famiglie ruhar erano lì da tre generazioni, avevano messo radici nel terreno fertile di Paradiso e avevano coltivato e badato ai propri affari in modo pacifico, finché il recente spostamento del wormhole aveva fatto decidere ai kristang che era giunto il momento di riprendersi il pianeta. L'Unef richiedeva scorte ai convogli per prevenire problemi, la preoccupazione era che i criceti avrebbero potuto ribellarsi perché ci avvicinavamo al giorno dell'evacuazione ed era chiaro che stavano davvero lasciando questo pianeta, con tutta probabilità per sempre. I cinesi e i francesi avevano trovato criceti vagabondi in luoghi che si supponeva fossero stati evacuati del tutto e truppe di ogni nazionalità avevano scoperto depositi segreti di armi per criceti. Forse i ruhar non avevano intenzione di andarsene in silenzio, dopotutto. Tra un viaggio del convoglio e l'altro, trascorrevamo un giorno o due a Forte Freccia, il che significava dormire in un vero letto, mangiare cibo caldo, che qualcun altro cucinava per te, e poter usare la palestra, i campi da baseball e altre opportunità di R&r, riposo e recupero. Forte Freccia aveva anche una grande piscina, il cui punto di forza era la possibilità di vedere soldatesse in costume da bagno. Purtroppo, non una sola cazzo di volta che andai nella sala mensa di Forte Freccia facevano cheeseburger. Mangiai del buon pesce e patatine, un polpettone decente, che era più pane che carne, e pasticcio di pollo che era più verdure e pane che pollo. Sembrava che su Paradiso scarseggiasse qualsiasi tipo di carne, ci erano giunte voci che le navi di rifornimento dalla Terra fossero in ritardo, o che operassero a orari irregolari, o che le battaglie spaziali altrove nel settore stessero inducendo i thuranin a deviare le loro navi. Poco dopo che noi umani eravamo subentrati ai ruhar al Vettore, il comandante della base dell'Unef aveva ordinato di piantare un orto, così avremmo avuto verdure fresche da mangiare. Pomodori, meloni, cipolle, spinaci, peperoni, tutto quello che si vede in un tipico mercato contadino. Seppi che la situazione stava diventando preoccupante un giorno che le uniche opzioni per il pranzo nella sala mensa di Forte Freccia erano insalata di spinaci e fajita vegetariana. Certo, gli spinaci sono una buona fonte economica di proteine e, quando arricchii la mia insalata con noci e crostini, il tutto era abbastanza gustoso, ma a volte un soldato vuole un pezzo di carne da masticare. E formaggio. E un panino. Tostato. Con ketchup. Avere anche le cipolle fritte sarebbe bello.

Mentre ci avvicinavamo a Forte Freccia alla fine del mio quinto viaggio in convoglio, non vedevamo l'ora di trascorrere tre giorni di R&r alla base, perché i nostri veicoli sarebbero stati sottoposti a manutenzione ordinaria. Il soldato Pope si chinò verso di me per parlare al di sopra del ronzio del motore elettrico del camion. «Sergente, ha piani per il R&r di domani?»

Quando ero entrato a far parte dell'unità di scorta, la reazione iniziale degli altri era stata: primo, l'inevitabile curiosità per la mia piccola celebrità; secondo, un mucchio di domande su come fossi riuscito a fare abbastanza casino da farmi assegnare al servizio di scorta a Forte Freccia. Le battute su Barney le prendevo in modo sportivo; le avevo sentite un milione di volte ormai e avevo una risposta bonaria pronta per tutte. All'inizio, il nostro tenente era scettico nei miei confronti, poi il sergente scelto Lombard mi aveva lasciato gestire un po' del carico di lavoro, affidandomi faccende amministrative minori che gli facevano perdere del tempo, perciò, quando la gente l'aveva visto, aveva pensato che fossi un tipo a posto, ero stato accettato ed era stato bello. «Nessun piano, perché?» Era previsto un tempo caliginoso, caldo e umido, possibilità di rovesci pomeridiani, tipico vicino all'equatore in quel periodo dell'anno.

«C'è un'astronave kristang che si è schiantata a tre chilometri a nord della base», spiegò Pope. «Un gruppo dei nostri andrà a controllare, se vuole, venga con noi.»

«Un'astronave è caduta dall'orbita? Cazzo! Ne è rimasto qualcosa?» Non cercai di nascondere il mio entusiasmo.

«Sì, sì, ho visto foto di persone che ci sono state. Dicono che è una fregata. Risale alla battaglia in cui i ruhar hanno preso questo posto ai kristang l'ultima volta, quindi è vecchia, e la giungla ne ha inghiottita una parte, ma la struttura principale è ancora lì. I criceti hanno ripulito le armi e il reattore. L'Unef ci dissuade dal curiosare da quelle parti, perché i kristang sono riservati su questo, ma in molti lo fanno.»

«Sì, mi, ehm, mi piacerebbe andare.» Scacciai il pensiero di prendere dei souvenir, è probabile che i kristang si sarebbero accigliati non poco per questo. «Grazie.»

Pianificammo di dirigerci verso la nave abbattuta la mattina presto. Mentre facevamo colazione, il soldato Crockett ci si avvicinò in fretta e sussurrò: «Sbrigatevi, andiamocene da qui. C'è un generale indiano che atterrerà qui in visita, terrà un discorso subito dopo pranzo e vogliono che tutti gli uomini qui in sala mensa gli facciano ressa attorno».

Tutti brontolammo. Nessuno aveva voglia di stare seduto nella soffocante sala mensa, ad ascoltare un altro discorso noioso. Trangugiammo toast e uova in polvere, afferrammo i panini al burro di arachidi per il pranzo e attraversammo la base in pratica di corsa, per scomparire nella giungla il più presto possibile. Chiunque se ne fosse stato seduto senza granché da fare stava per essere cooptato come volontario obtorto collo per scaldare sedie in sala mensa.

Tre chilometri dall'astronave abbattuta si rivelarono essere più di sedici, e non c'era una strada, perciò andammo a piedi. Quella via era stata percorsa da un numero di persone sufficiente a tracciare una sorta di sentiero attraverso la giungla. Dico una sorta, perché il sentiero si era evoluto a mano a mano che ogni gruppo di persone aveva trovato modi migliori per arrivare lì; aggirare le colline, trovare punti meno profondi per attraversare i torrenti, evitare fango e densi fossi di spine. Sarebbe stato meglio se il sentiero fosse stato segnato, ma non lo era. Qualunque tipo di animale nativo vivesse in quella giungla aveva creato sentieri e c'erano un sacco di vicoli ciechi. In sostituzione dei segni, cercammo di seguire qualsiasi traccia sembrasse più trafficata, ma questo si rivelò una cattiva idea, perché le persone passate prima di noi erano degli idioti. Più di una volta affondai fino alle ginocchia nei fangosi ruscelli della giungla. Era caldo e umido e c'erano grandi insetti inquietanti, anche se sapevamo, o meglio ci avevano detto, che il loro veleno non poteva colpirci. Continuavo a schiacciare e a strizzare insetti che cadevano dagli alberi e mi atterravano sulla nuca, sperando in un pasto facile. È chiaro che non avevano ricevuto il promemoria in cui si diceva che gli umani non erano commestibili per gli organismi biologici nativi di Paradiso. Oppure erano solo degli odiosi figli di puttana e volevano mordere o pungere qualcosa.

Quella possibilità di rovesci pomeridiani, che ai tropici equivale a "possibilità che il sole sorga al mattino", si rivelò essere la valanga battente di un nubifragio. Durò meno di cinque minuti, che sembrarono molto più lunghi, visto che al primo minuto ci ritrovammo fradici fino all'osso. Alcuni di noi cercarono di rannicchiarsi sotto gli alberi più grandi a foglia larga, finché non iniziarono a cadere fulmini e tutti ci allontanammo il più possibile da quel riparo. Quando la pioggia cessò, uscì il sole, ed era come camminare attraverso un bagno turco. Grandi e grosse gocce d'acqua riscaldate dal calore solare cascavano dagli alberi sulle nostre teste, l'aria si tagliava con un coltello e tutti gli insetti che prima della tempesta stavano dormendo adesso erano svegli e affamati. Era, concordammo tutti, molto meglio che ascoltare un discorso in sala mensa.

Non avrei mai trovato la nave da solo. Tutti noi umani facevamo troppo affidamento sulla tecnologia avanzata, anche sulla Terra, e avevo iniziato a perdere abilità di base come la lettura delle mappe e la navigazione sul campo. Infine, ci imbattemmo nel mezzo distrutto, per lo più seguendo una scia d'involucri di cibo pronto militare gettati via. Da quello che avevo sentito, mi aspettavo che non fosse rimasto altro che le ossa della struttura della nave, ma per la mia gioia era molto più intatta di quanto credessi. Era enorme e, se le fregate kristang erano di quelle dimensioni, non avrei voluto incontrare uno dei loro più grandi combattenti nella guerra spaziale. Mancava un grosso pezzo della sezione di poppa, immagino nel punto in cui i ruhar avevano rimosso il reattore a fusione, e la prua era sepolta nel terreno paludoso. Per quel che potevo vedere dallo spazio tra le due sezioni tra loro più lontane della nave distrutta, stimai che era molto più grande di un sottomarino nucleare, forse lunga quanto una portaerei. Forse ancora di più. La maggior parte della nave era occupata dalla sala macchine, non sapevo se quella parte fosse stata pressurizzata con aria respirabile, ma immaginavo che per praticità fosse così, perché i motori dovevano avere bisogno di manutenzione. Riuscimmo a entrare nella nave e vagare un po' in giro con le torce, non c'erano molti animali pericolosi su Paradiso, il che era una cosa grandiosa visto che l'unica arma che avevamo con noi era la mia pistola da fianco. Anche l'interno era sporco, infangato e rivestito di vegetazione, pieno di insetti. Dopo avere curiosato per un po', iniziammo ad annoiarci e, ovviamente, ci venne fame. Qualcuno suggerì di salire in cima alla nave, dove non saremmo stati seduti su un terreno paludoso.

Era una bella giornata, lontano dalla base, fuori nella boscaglia, intento a esplorare qualcosa di nuovo, senza nessuno che mi sparava addosso. Avevo una borraccia piena di succo energetico, un panino al burro di arachidi, una barretta Hooah! e un sacchetto di frutta secca. Che altro si potrebbe chiedere? Si diceva che sul menu della mensa ci fosse pollo quella sera e pensavo di farmi una nuotata nella piscina della base, magari giocare a basket o a softball più tardi.

Schermandomi gli occhi con la mano, guardai in alto per controllare la posizione del sole, o stella locale, o qualunque fosse il termine corretto, e vidi la tipica luce scintillante di un'astronave che saltava nello spazio normale. Un'altra nave da trasporto ruhar? Ne avevamo viste con una certa regolarità. Mi affascinava ancora l'idea di navi che viaggiano più veloci della luce.

Un altro scintillio. Niente d'insolito, le navi da trasporto ruhar arrivavano spesso in formazione multipla ed erano sempre scortate da navi kristang, di solito fregate, non che riuscissi a vedere la differenza tra una nave e l'altra dalla superficie. Mmh. Altre luci scintillanti. E altre ancora.

Molte altre.

«Ehm, ehi, ragazzi», Pope indicò il cielo: «Ci sono un sacco di navi lassù».

La task force dei kristang era di ritorno?

Il mio zPhone emise un segnale strozzato e si zittì. Oh merda. Non prometteva niente di buono. Tamburellai col dito sull'icona del canale del comando, ma nulla si mosse. Stavo già cercando di contattare chiunque, proprio chiunque, sul mio telefono, quando vidi una scia di luce infuocata scendere dal cielo e un'enorme esplosione nella direzione di Forte Freccia. Una fontana di terra esplose verso l'alto all'orizzonte, evolvendosi all'istante in una nube a forma di fungo. Lo avevamo visto tutti nei video didattici: il dart di un cannone a rotaia. Un piccolo, denso proiettile di tungsteno, o, più probabile, di un qualche materiale esotico alieno, accelerò fino a una percentuale significativa di velocità della luce, scavando a fuoco un buco nell'atmosfera e schiantandosi contro il pianeta. Dentro Forte Freccia. Mentre guardavo impotente, a bocca spalancata, altre scie di condensazione sfrecciavano verso il basso, per colpire la base. Quelle scie curvavano in volo. Missili intelligenti iperveloci, che seguivano a ruota i proiettili del cannone a rotaia. Ci furono altre esplosioni, tutte provenienti da Forte Freccia.

Tutti ebbero la mia stessa reazione. Primo, porca puttana! Secondo, che cazzo faccio ora? Senza ordini, scendemmo tutti a precipizio dalla nave abbattuta. Mi guardai attorno per vedere se per caso qualcosa fosse cambiato dall'ultima volta che avevo controllato un minuto prima, ma la situazione era la stessa: diciassette persone e, tra tutti, avevamo proprio un'arma soltanto, a meno di non contare i coltelli. La mia pistola non sarebbe stata molto utile contro i ruhar.

«Sergente, cosa succede?»

Sergente. Ogni faccia era rivolta verso di me. Merda. Tutti gli altri erano soldati o specialisti. Cazzo, ero un sergente, no? Quella mattina, avrei dovuto essere solo uno dei tanti in escursione nei boschi. Ora i galloni sulla giacca della mia uniforme e la mia arma da fianco significavano che dovevo fare qualcosa. Qualsiasi cosa.

«Ne so quanto voi. Avete tutti ricevuto un segnale sullo z-Phone?» Le persone scossero la testa in segno di diniego. Almeno tutti avevano avuto la prontezza di controllare il telefono dopo che la base era stata colpita. «Devono essere i ruhar che disturbano le nostre comunicazioni, non ricevo neppure il segnale di navigazione.» Non potevo neanche utilizzare la funzione di prossimità per vedere sulla mappa i telefoni delle persone attorno a me. L'intero sistema doveva essere stato disattivato. «Bene, gente, il network è fuori uso, impostate i telefoni in modalità di sola ricezione.» Si supponeva che questo avrebbe impedito agli zPhone di trasmettere qualsiasi segnale, anche la nostra posizione. L'Unef sospettava che i kristang avessero un modo di localizzarci anche se il telefono era in modalità *stealth*, ma non avevamo molta scelta. L'ultima cosa di cui avevamo bisogno era che i criceti ci localizzassero: si sperava che non potessero attingere alla tecnologia kristang. Essendo probabile che la base fosse stata abbattuta, un manipolo di diciassette esseri umani avrebbe rappresentato un bell'obiettivo secondario. «Prendete la vostra attrezzatura», dissi in automatico, ignorando che l'attrezzatura a quel punto erano zaini e borracce. «Torniamo alla base, il prima possibile.»

«Base?» Il soldato Collins indicò la colonna di fumo e, mentre terminava la sua domanda, ci fu un'altra esplosione in quella direzione. «Non c'è nessuna base! Non può esserne rimasto nulla.»

«Non lo sappiamo. Ma è sicuro come la morte che non ce ne resteremo nascosti qui nella giungla. Torneremo alla base, perché potrebbero esserci persone che hanno bisogno del nostro aiuto e perché è il nostro lavoro, il nostro dovere. Se avete bisogno di più motivazione, i kristang sono il nostro unico passaggio per tornare a casa e l'unico modo per avere approvvigionamenti di cibo via nave. Se i ruhar si stabiliscono qui prima che tornino i kristang, siamo tutti nella merda fino al collo.»

«*Se* le cazzo di lucertole tornano», brontolò Collins, «come impediremo ai criceti di accamparsi di nuovo qui? Non abbiamo nemmeno armi.»

«Li terremo occupati e sbilanciati e li colpiremo ogni volta che possiamo, per guadagnare tempo affinché la task force kristang torni qui.» Guardai attorno a me quel gruppo di persone che conoscevo appena, persone provenienti da diverse squadre di scorta al convoglio. Non sapevo nemmeno tutti i loro nomi, ci eravamo incontrati solo alla mensa quella mattina. «Non conosco tutti voi, con alcuni sono stato in servizio di scorta e altri mi hanno detto di non essere venuti fin qui per giocare a fare da bambinaie a un gruppo di criceti.» Era una lamentela comune all'interno dell'Unef. «Questa è la nostra possibilità di riscatto.»

«Sergente, sono tutto per il dovere», disse Pope, «ma Collins ha ragione: cosa dovremmo fare senza armi?»

La specialista Amaro prese la parola, giuro che si alzò in punta di piedi e sollevò la mano come fosse un'alunna della scuola elementare: «C'è un deposito di munizioni fuori dalla base, è in un magazzino dei criceti, costruito nel fianco della collina, lungo la strada d'accesso che costeggia il binario del Vettore. Ci ho consegnato le scorte un mese fa, penso che sia ancora lì».

«Presidiato? Ci sono guardie?», chiesi. In quel caso, era probabile che non avremmo avuto modo di aprire la porta del bunker.

«Due ragazzi, il giorno che ci sono stata. C'è una grossa porta pesante all'ingresso e una specie di piccola baracca che abbiamo messo su per le guardie, i criceti non avevano niente del genere, l'avevano lasciata senza presidi. È forse, non lo so...», guardò la mappa sul suo zPhone, «merda, senza la funzione Gps non so dove sia. Non lontano? Potete vedere dove hanno tagliato la collina per fare la strada di accesso.» Puntò il dito a ovest, indicando una cicatrice orizzontale lungo la montagna. Soltanto una sezione del taglio era visibile attraverso gli alberi, o qualunque cosa fossero. Avevo visto di sfuggita la strada di accesso sul volo per Forte Freccia. Le mappe dicevano che c'era una strada di accesso che correva lungo entrambi i lati del Vettore, con strade secondarie che portavano al tubo di lancio del Vettore stesso, ogni chilometro e mezzo circa, o qualcosa del genere.

«Bene, qualcun altro c'è stato? No?» Tutt'intorno la gente fece di no con la testa. Ero tentato di salire sulla nave per avere una visuale migliore. «Possiamo andare dritti alla strada d'accesso da qui?»

Amaro sembrava colpita: «Ehm, non lo so, sergente?». Nell'esercito, "non lo so" è una risposta accettabile in pieno, molto meglio che cercare di arrampicarsi sugli specchi a suon di stronzate. Di solito "non lo so" dovrebbe essere seguito da "ma lo scoprirò". «Penso che ci sia una scarpata tra qui e la strada... non posso, ehm, accidenti a questa cosa.» Tamburellò con le dita sullo schermo del suo zPhone.

«Va tutto bene, Amaro, ci siamo tutti affidati troppo alla tecnologia sofisticata e abbiamo lasciato che le nostre abilità di navigazione di base si indebolissero, so di averlo fatto anche io.» Ed era vero visto che, senza il Gps, non avevo la minima idea di dove fossimo. Strinsi le cinghie del mio zaino e guardai le facce che mi fissavano a loro volta. A volte, l'unica cosa di cui la gente ha bisogno è sentire che qualcuno, chiunque sia, ha una specie di piano. «Gente, prendiamo armi e munizioni. Amaro, fai strada, stabilisci un ritmo sostenibile, potrebbe essere una lunga corsa.»

Era una lunga corsa nel caldo, almeno cinque, forse sei chilometri, e sembrava che un chilometro e mezzo fosse in salita. Diventò più facile quando raggiungemmo la strada di accesso, Amaro riconobbe un declivio roccioso e capì da che parte andare lungo la strada. Accelerammo il passo nonostante il calore crescesse e l'acqua nelle borracce fosse finita, sulla strada era più facile correre e avevamo l'incentivo aggiunto di vedere le navi d'attacco ruhar ronzare sopra le nostre teste. Ogni volta che avvistavamo uno di quegli uccelli d'attacco che l'Unef chiamava Avvoltoi, saltavamo fuori dalla strada per metterci al riparo. Nasconderci sotto gli alberi ci faceva sentire un po' più al sicuro, la mia ipotesi era che, con la loro tecnologia, i ruhar sapessero con precisione dov'eravamo. Non valeva la pena sprecare munizioni per un piccolo gruppo di umani primitivi disarmati.

Raggiungemmo la strada secondaria che conduceva al deposito di munizioni; avevamo corso solo qualche centinaio di metri lungo la via d'accesso, quando da un cespuglio sul ciglio una voce gridò: «Fermi! Restate lì!». La voce fu più vibrante di quanto sperassi di sentire, mentre il suo proprietario mi puntava il fucile alla testa.

«Sergente Joe Bishop, X fanteria. Chi comanda qui?»

«Lei», disse un'altra voce e un tizio sbucò fuori da dietro un albero. «Siamo solo noi, sergente. Sono lo specialista Rogen e quello sotto i cespugli è il soldato Wayne.»

Merda. Avevo sperato dentro di me che al deposito munizioni ci fosse qualcuno di rango più elevato per togliermi dalle spalle il peso della responsabilità.

Rogen tamburellò con le dita sullo zPhone alla sua cintura: «Le nostre comunicazioni sono interrotte». Notai che Rogen stava ancora puntando il fucile nella nostra direzione, con la canna un po' abbassata, ma il dito ben posizionato accanto al grilletto. Lui e Wayne erano in uniforme, noi in calzoncini e maglietta a maniche corte, e loro non conoscevano il nuovo arrivato che diceva di essere sergente. Rogen guardò al di sopra della mia spalla: «Ehi, tu sei Miller, giusto? Sei in servizio di scorta».

«Sì», ammise Miller. «Sei in una squadra di baseball, interbase?»

«Seconda base.» Vedere una faccia che riconosceva sembrò soddisfare Rogen, fece un cenno con la testa a Wayne ed entrambi misero la sicura alle armi. «Cosa succede, sergente?»

«Ne sappiamo quanto voi, eravamo fuori per un'escursione nel luogo dov'è precipitata quella nave, quando si è scatenato l'inferno. O i ruhar hanno una visione molto elastica del loro accordo di cessate il fuoco, o hanno deciso che vogliono riprendersi questo pianeta.» Ripensai a quello che avevo sentito dire dal capitano Price. Non erano più informazioni riservate: «La settimana scorsa, ho sentito che i kristang hanno schierato la copertura aerea con l'eccezione di una singola fregata, in cielo era in corso una specie di azione di flotta. Credo che i ruhar abbiano attaccato Forte Freccia con un colpo di cannone a rotaia e missili». La base del deposito di munizioni non si vedeva, una spalla della catena montuosa chiudeva la visuale, come se non bastasse la nube di fumo ancora denso. «Non abbiamo comunicazioni, impostate i vostri zPhone in modalità di sola ricezione, così i ruhar non potranno usarli per localizzarci.»

«Devono sapere di questo posto», Rogen indicò le pesanti porte all'ingresso del deposito di munizioni, «l'hanno costruito i criceti. E vedranno che abbiamo aggiunto una baracca di guardia, così sapranno che lo stiamo usando.» La baracca delle guardie era una struttura che, sulla Terra, sarebbe sembrata un piccolo capanno degli attrezzi di quelli che le persone hanno nei loro cortili, teneva le guardie al riparo dalle piogge tropicali pomeridiane e basta.

«Non vedo un veicolo», notò Pope, «voi ragazzi avete un Crivee?»

«No», Wayne scosse la testa, «tra due ore i ragazzi che hanno il compito di sostituirci dovrebbero arrivare con un camion che ci dovrebbe poi riportare alla base.»

«Potete aprire quelle porte?» Indicai l'entrata del deposito di munizioni.

«Abbiamo il codice», disse Rogan, «ma non siamo autorizzati a...»

«Rogen, se hai tenuto d'occhio quelle armi per quando avrebbe piovuto sul bagnato, ci siamo.» Sapeva cosa volevo dire, sebbene il cielo fosse per lo più sgombro da nubi: «La base di Forte Freccia è stata colpita e, per quanto ne sappiamo, siamo l'unica resistenza organizzata qui intorno in questo momento. Abbiamo bisogno di armi. Apri quella porta».

Eravamo fortunati, c'erano per lo più armi nel deposito di munizioni, ma anche una piccola scorta di acqua e cibo che razziammo. Niente sale o compresse di elettroliti, purtroppo, ma mi assicurai che tutti mangiassero arachidi salate o brezel per reintegrare quello che avevamo perso con il sudore. «Prendete tutti un M4 e munizioni, prendete munizioni extra e quella roba buona con la punta esplosiva, non i proiettili standard.» Tutti sapevano come identificare le munizioni kristang. «Pope, Stallings, ehm, Newman, ehm, Wayne e tu», indicai i cinque ragazzi più robusti del nostro gruppo, «prendete due Zinger ciascuno. Tutti gli altri prendano uno Zinger e un At4, non sappiamo di cosa avremo bisogno, quindi portiamo tutto.» Mi misi un paio di Zinger sulle spalle per dare l'esempio. Erano pesanti, soprattutto sopra l'M4. Pensandoci un attimo, mi tolsi la fondina dell'arma dal fianco e la lasciai su uno scaffale. Non ha senso cercare di vuotare il mare con un bicchiere.

Rogen aiutò Wayne a sollevare un Javelin: «Ehi, sei quel Joe Bishop che...».

«Sì, Rogen. Te ne parlerò dopo, promesso», ammesso che ci sarebbe stato, un dopo.

«Giubbotto antiproiettile, sergente?», chiese Pope.

Mi accigliai: «Ehm, lascio fare a te», dissi, ma immediatamente capii quanto fosse vigliacco da parte mia non prendere quella decisione. «Aspetta, no. Niente giubbotto antiproiettile.» Questo contravveniva del tutto alle regole dell'esercito: «Dobbiamo muoverci in fretta e siamo già sovraccarichi». La gente annuì, mi sorprese, mi aspettavo resistenza a quell'ordine. Tutti dovevano aver capito che il Kevlar non sarebbe stato molto utile contro le armi di fanteria ruhar come i raggi di particelle. Il giubbotto antiproiettile serviva soprattutto a proteggere il busto di un soldato dai danni causati dalle schegge, non da colpi diretti; il giubbotto antiproiettile mi aveva salvato da gravi ferite in Nigeria, per quanto avessi risentito del suo peso nel caldo. Se fossi sopravvissuto, mi sarei di sicuro preso una lavata di capo per aver violato i regolamenti in combattimento. Se ci fosse stata ancora un'Unef a redarguirmi.

Eravamo pronti, la gente mi guardava di nuovo. Cosa fare? Tornare indietro di corsa lungo la strada di accesso alla base, in pieno sole, era un'idea suicida. Se le cannoniere ruhar non si erano preoccupate di noi prima, di sicuro lo avrebbero fatto quando ci saremmo avvicinati alla base, portando delle armi. Il fatto di vedere aerei ruhar nel cielo mi fece capire che non solo avevano colpito Forte Freccia, ma avevano fatto sbarcare truppe per prendere il complesso della base del Vettore. Questo significava che le truppe ruhar erano a terra e, se erano a terra, avremmo potuto colpirle se ci fossimo avvicinati abbastanza. «Qualcuno ha una mappa di questo posto, l'intero complesso del Vettore?» Avevo giusto un'idea della zona nelle immediate vicinanze di Forte Freccia, tutto qui. Da quando ero arrivato, il Vettore aveva inviato il carico nello spazio solo tre volte, sempre quando ero fuori in servizio di scorta. Il massimo che avevo visto e sentito del Vettore in azione erano stati una scia di condensazione che sfrecciava nel cielo e un basso rombo in lontananza.

«Ce l'ho io, sergente», si offrì Amaro. Corse verso di me e mi porse il suo zPhone. Lo presi e scorsi le piante che aveva scaricato, rinfrescando la mia memoria annebbiata. Non fu di grande aiuto. Il tubo di lancio aveva un unico tunnel di accesso parallelo per la manutenzione sul lato sud e condotti laterali che si collegavano alla superficie all'incirca ogni chilometro. Noi ci trovavamo sul lato sud, per arrivare al condotto di accesso avremmo dovuto scalare la montagna, sopra il tubo sepolto del Vettore. Non era un'opzione praticabile con cannoniere ruhar che ronzavano in giro. Alzai gli occhi dallo schermo dello zPhone, guardai i soldati che erano in attesa dei miei ordini. Avremmo potuto cercare di tenere parte del Vettore, combattere una battaglia di logoramento che i ruhar avrebbero vinto, mantenere quella posizione fino a quando non fossimo tutti morti. Barattare vite con il tempo, in quella che sapevo essere una battaglia senza speranza. Non sembrava un buon piano. I ruhar avrebbero potuto limitarsi ad aspettarci fuori, o impiegare un qualche tipo di gas e immobilizzarci. Esaminai di nuovo la pianta, cercando di trovare ispirazione. In battaglia, le decisioni dovevano essere prese su due piedi, e il mio cervello era già rallentato dalla stanchezza. Vidi molti piccoli comparti fuori dal tunnel, dov'erano alloggiate apparecchiature elettriche o d'altro tipo, erano vicoli ciechi che sarebbero diventati trappole mortali se i ruhar avessero sorpreso i nostri soldati lì dentro. «Aspetta, cos'è questo?» Mostrai lo zPhone ad Amaro. C'era un altro condotto, un condotto piccolo, parallelo a quello del Vettore, a nord rispetto a noi.

Lei strizzò gli occhi nella luce fioca, poi annunciò: «È il condotto per il plasma dall'impianto di fusione, fornisce carburante per i magneti del Vettore».

«Come lo sai?»

«Prima della guerra avevo in programma di diventare ingegnere elettronico», disse. «M'interessava, feci un tour del Vettore la prima volta che venni qui.»

A me nessuno aveva offerto un tour. «Questo condotto è pieno di plasma? È un gas surriscaldato, giusto?»

«Qualcosa di simile, il plasma è un quarto stato della materia, non gassoso, liquido o solido. Ma è maledettamente caldo.»

«Ancora?» Un'idea mi si stava formando nella testa. «Il Vettore non ha sparato per quanto, tre giorni a oggi? Non immettono plasma nel condotto a meno che non stiano caricando per un lancio, giusto?»

«Ah, sì, il prossimo lancio non è in programma per la prossima settimana, perché non c'è una nave da carico ruhar che possa raccoglierlo», mi guardò, con gli occhi spalancati. Doveva avere intuito la mia folle idea. «È probabile che il condotto sia fresco ormai, ma...»

Mi guardai attorno nella vasta caverna che era stata scavata dai ruhar, solo un angolino era utilizzato dall'Unef come deposito di munizioni. L'estremità dello spazio era nascosta in un buio minaccioso, arrossato dall'illuminazione di emergenza, perché l'elettricità era saltata subito dopo che Forte Freccia era stato colpito. «Ci serviranno altre torce.»

Il condotto portava dritto nel cuore dell'impianto di fusione. Come il tubo di lancio, aveva molti punti di accesso per la manutenzione. Il portello più vicino era a meno di un chilometro di distanza risalendo la strada, l'avevamo passato mentre andavamo al deposito di munizioni. Mi misi alla guida della mia squadra improvvisata, tutti noi dovevamo vedercela con il caldo, il carico extra di armi, la necessità di sgattaiolare fuori dalla strada quando un aereo ruhar la sorvolava e lo shock di una bella mattina trasformata in orrore. Quando raggiungemmo il condotto di accesso, lasciai gli altri al sicuro fuori e portai Amaro con me per esaminare il portello. C'erano ogni genere di controlli elettrici e sensori, tutti disattivati in quel momento. E c'era una ruota. Una semplice, grande ruota metallica. Appoggiai lo Javelin a terra, afferrai la ruota e la feci girare. Una dozzina di giri e il portello si stappò con uno sbuffo d'aria. Niente inferno di plasma a bruciarmi i piedi. «Uhm», dissi infilando dentro la testa. Era un condotto scuro che si estendeva per tutto il raggio del fascio di luce della mia torcia. Circa tre metri di diametro. Spensi la torcia e sbirciai nel buio. Nessuna luce splendeva dall'altra estremità. C'erano pannelli luminosi sul soffitto del condotto, tutti spenti.

Amaro infilò la testa nel condotto: «Ehi. Eccolo qua. Più grande di quanto pensassi. Anche qui è saltata la corrente, sergente, l'impianto dev'essersi spento. O è stato colpito», ipotizzò Amaro.

«I ruhar devono essere stati attenti a non colpire il reattore, hanno bisogno del Vettore intatto. È probabile che si sia spento in automatico quando Forte Freccia è stato colpito.» La base era stata creata in una parte della città costruita dai ruhar per i criceti che lavoravano al complesso del Vettore, si trovava a nord del reattore a fusione. In città vivevano ancora molti ruhar che facevano funzionare il Vettore e il reattore, e si occupavano della loro manutenzione, i nostri tecnici non erano in grado di fare nulla di utile con la complessa tecnologia aliena. Una recinzione separava Forte Freccia dalla città, e i ruhar erano confinati nelle loro aree. Sono sicuro che la flotta dei criceti fosse stata attenta a non colpire la parte ruhar della città. Mi spinsi fuori dal condotto e feci cenno agli altri di venire avanti. «Ecco il piano, passeremo al contrattacco. Questo condotto porta all'impianto di fusione, possiamo uscire lungo la strada. Lo seguiremo, sbucheremo nelle retrovie del nemico e faremo un po' di casino. Andiamo a uccidere qualche criceto questa mattina.»

Per fortuna, nel condotto rimase buio pesto mentre lo attraversavamo. Durante tutto il percorso ebbi la pelle d'oca, per paura che i ruhar ci localizzassero e lanciassero qualche razzo o granata lungo il condotto, o ci spazzassero via sfruttando lo spazio ristretto. O attivassero qualunque meccanismo generasse il plasma, per immetterlo nel condotto, cosa che ci avrebbe fritto tutti fino a farci diventare croccanti. In segreto, speravo che il reattore fosse stato danneggiato, che non fosse solo temporaneamente disattivato, perché il danneggiamento avrebbe fatto sì che il plasma non potesse essere attivato da un momento all'altro. Non c'erano telecamere in vista nel condotto perché la presenza di plasma surriscaldato in funzione le avrebbe rese poco pratiche. Ci dovevano essere dei sensori lungo la strada per monitorare il plasma, la mia speranza era che non fossero in grado di rilevare la nostra presenza. A gestire il Vettore e i macchinari del reattore erano i ruhar, pensai che i sensori, compresi tutti i dispositivi di sorveglianza, dovessero essere collegati a Forte Freccia da qualche parte, sapevo che erano gli umani a gestire il sistema di sicurezza per il complesso del Vettore e della base. Visto che Forte Freccia era stato colpito, speravo che i ruhar non avessero accesso ai video di sorveglianza perché, se così fosse stato, ci avrebbero individuati appena saremmo usciti dal condotto ed entrati nell'area della base.

Quello con cui non avevo fatto i conti erano i numerosi componenti di macchinari su cui saremmo inciampati. Nella mente, mi ero figurato il condotto come un tubo liscio vuoto, un buco rotondo nel terreno. Non era così. Amaro spiegò che il plasma era contenuto in un campo magnetico, che richiedeva magneti disposti a un paio di metri di distanza l'uno dall'altro. E i magneti richiedevano cavi di alimentazione che necessitavano di una schermatura termica. Tutti quei componenti facevano inciampare e cadere i soldati in corsa, che a loro volta facevano inciampare e cadere quelli dietro. Dato che nel condotto si poteva stare solo in fila indiana, chi cadeva non si procurava solo gomiti e ginocchia ammaccati, ma faceva fermare l'intera colonna. La cosa che più temevo era che dal fucile di qualcuno partisse un colpo accidentale, che avrebbe messo in allarme i ruhar, perciò ordinai a tutti di avanzare a passo svelto, ma accorto, e questo ridusse al minimo il rischio d'inciampare. Fu un lungo viaggio, camminammo per chilometri sottoterra nel buio claustrofobico, con una visuale immutabile, non fosse per i numeri ruhar lungo il muro. Per fortuna, l'aria era fresca. Amaro disse che era probabile si trattasse del freddo residuo, provocato dai magneti superconduttori del tubo di lancio principale, che si diffondeva nel condotto, rimasto senza plasma per giorni. A parte bestemmiare quando cadevano o sbattevano contro i muri, i componenti della squadra mantenevano la disciplina, parlando il meno possibile, in un sussurro. Se fosse perché erano stati addestrati in modo ammirevole o perché erano spaventati a morte come me, non avevo voglia di scoprirlo. Ero terrorizzato al punto che la torcia mi tremava in mano e continuavo a farla dondolare da un lato all'altro perché non si capisse.

Camminare per chilometri sottoterra nell'oscurità mi lasciava troppo tempo per pensare. Stavo conducendo quelle persone a una morte inutile, perché non riuscivo a pensare a qualcosa di meglio da fare? Qualcosa di più intelligente? Il fatto era che non mi veniva in mente nient'altro da fare. Eravamo soldati, eravamo stati attaccati, combattevamo. Semplice. Se un ufficiale mi avesse ordinato di fare la stessa cosa che avevo ordinato a quelle persone, avrei obbedito senza fare domande. Questo non significava che fosse la cosa giusta o la cosa migliore da fare. Quello che avevo detto a Collins era vero: se i ruhar si stavano riprendendo il pianeta, presto avremmo potuto essere tutti morti. L'unica chance di successo, di sopravvivenza, meglio, della missione era tenere impegnati i ruhar con il combattimento a terra, con tattiche di guerriglia se necessario, e guadagnare tempo per consentire ai kristang di riprendere il controllo nello spazio. Se i kristang non fossero tornati o non avessero potuto, saremmo stati spacciati comunque e avremmo dovuto mettere a segno almeno un punto per l'umanità: farla pagare in qualche modo ai criceti e mostrare ai kristang che gli umani potevano essere utili, alleati affidabili, perché è di questo che la gente della Terra aveva bisogno.

Quando ci avvicinammo finalmente all'estremità del condotto dove si trovava la centrale elettrica, potei vedere davanti a noi dove il condotto curvava e si ramificava verso il punto in cui, ipotizzai, era generato il plasma. Ovunque fosse, non avevo intenzione di andarci. Mi fermai e ordinai di spegnere le luci, mentre io e Amaro controllavamo la pianta sul suo telefono. Cercai d'immaginare dove si trovasse il reattore rispetto a Forte Freccia; a est, più in alto sulla montagna e più vicino al tubo di lancio. Se eravamo vicini al punto in cui il condotto del plasma si ramificava per connettersi al reattore, eravamo andati troppo oltre. Chiedere a tutti di fare dietrofront negli angusti confini del condotto e marciare a lungo a ritroso non era nelle mie intenzioni. «Amaro, questo condotto finisce al reattore, o vicino?»

«No, il reattore fornisce energia al generatore di plasma. Il generatore è la grande struttura rotonda sulla montagna, sembra una torre idrica o una cisterna di petrolio. C'è un alto edificio bianco proprio accanto. Dobbiamo essere nelle vicinanze di quello.»

«Ah, sì, va bene» Eravamo vicini a dove volevo essere, anche se avevo dimenticato quanto in alto sulla montagna dovevamo trovarci allora. «Pensavo fosse una cisterna d'acqua.» Mentre marciavamo, il condotto saliva in modo così graduale che non me ne ero accorto. Il Vettore era lungo molti chilometri e si arrampicava sulla montagna e la tagliava, dalla base, a ovest di Forte Freccia fino all'estremità aperta del tubo di lancio a est, su per l'altura e sull'altro lato della cresta. La massa della montagna proteggeva Forte Freccia e il complesso del Vettore dall'onda d'urto sonica che si generava quando le capsule di carico lasciavano il tubo di lancio e colpivano l'atmosfera. In convoglio, se stavamo per trovarci nell'impronta sonica di un lancio, dovevamo fermarci un'ora prima, mettere in sicurezza i veicoli e indossare protezioni per l'udito sotto i caschi. Fino ad allora, mi era successo solo due volte durante il servizio di scorta: ci trovavamo a una distanza tale da far sembrare il lancio una fioca striscia di luce nel cielo, eppure avevo sentito il terreno rimbombare per le onde d'urto ipersoniche. Tutti gli edifici all'interno e intorno al complesso del Vettore, tra cui Forte Freccia, avevano sistemi d'insonorizzazione installati nelle pareti e nelle finestre, e la base veniva isolata durante ogni lancio. Un lancio era una cosa che avrei voluto vedere, ora rischiavo di perdere quell'occasione.

Amaro e io ci spingemmo oltre la colonna e tornammo indietro di un centinaio di metri, fino al punto in cui avevamo superato un portello d'accesso. Anche i portelli avevano delle ruote all'interno, e quello in particolare aveva una piccola e spessa finestra al centro. Avvicinare l'occhio alla finestra era inutile, tutto quello che riuscivo a vedere era il riflesso del mio bulbo oculare, dall'altra parte era buio pesto. Se ci fossero stati dei criceti, saremmo stati fottuti. «Amaro, prepara una granata.»

Amaro annuì cupa e io cominciai a girare piano piano la ruota. Non cigolava, così la girai più veloce che potevo e aprii del tutto il pesante portello.

Un corridoio buio. Un corridoio vuoto, lungo una trentina di metri, alla cui estremità c'era una porta, una normale porta rettangolare dall'aspetto solido. Feci cenno ad Amaro di seguirmi e agli altri di restare fermi, e proseguii camminando piano. Sulla porta c'era un tastierino spento, niente energia, e una leva al posto di una ruota. La leva girò in modo sorprendentemente facile, la porta era sorprendentemente pesante. Al di là si apriva l'interno di una sorta di garage, con una saracinesca alta e larga e un camion ruhar parcheggiato a sinistra. Era un semplice camion, non era stato convertito in Crivee. È probabile che fosse stato utilizzato dai ruhar che si occupavano della manutenzione delle macchine del Vettore. Il garage era caldo e umido, c'era un condizionatore d'aria non funzionante incassato nel soffitto. Amaro e io strisciammo attorno al camion, dove c'era una porta normale che portava a una zona ufficio; due tavoli molto graffiati, un paio di sedie usurate, un banco da lavoro, attrezzi, un bidone della spazzatura con involucri di pranzi dei criceti. E polvere. Quel posto, supposi, non era stato molto frequentato. Strisciammo con cautela nell'ufficio e guardammo dalle finestre sudice.

C'era una splendida vista, in un certo senso. Eravamo in cima alla montagna, con il complesso del Vettore, il reattore, la città, Forte Freccia e il campo d'aviazione che si estendevano sotto di noi. C'era un'altra porta che dava sull'esterno, di fronte alla grande saracinesca si apriva uno spiazzo di cemento che connetteva alla strada d'accesso sterrata più in là, si vedevano una tettoia e una gru sopra di esso. La tettoia ci avrebbe fornito protezione dagli occhi che ci spiavano dall'alto.

«Amaro, porta tutti qui. E chiudi il portello, in caso torni la corrente. Un portello aperto potrebbe far scattare l'allarme.»

Uscii al riparo della tettoia. Sotto di me si estendeva in effetti Forte Freccia. Quello che ne restava. Quando l'Unef lo aveva creato dalla città dei criceti, avevamo abbattuto edifici per creare un perimetro e installato una recinzione e un campo minato, perciò era facile distinguere i confini della base. Al posto della sala mensa c'era un cratere che emanava vapore, vapore invece che fumo, perché l'impattatore del cannone a rotaia aveva danneggiato l'edificio ricreativo dall'altra parte della strada e l'acqua della piscina incrinata si era riversata nella voragine. I missili avevano anche colpito gli edifici delle caserme, il che non aveva alcun senso poiché i ruhar dovevano sapere che quelli sarebbero stati per lo più vuoti a metà pomeriggio, ma gli edifici dell'amministrazione della base erano per lo più intatti, non fosse per i danni causati da detriti volanti. Lo stesso valeva per la maggior parte degli altri edifici all'interno della recinzione di Forte Freccia.

Più in là, verso nord, il campo di aviazione era un disastro, sulle piste si erano formati dei crateri, così non potevamo far decollare nessun Dumbo, e ogni hangar aveva ricevuto un colpo diretto. Polli e Poiane fracassati erano sparpagliati in giro per il campo, a occhio non eravamo riusciti a far volare un solo uccello nell'aria, non fosse che una colonna di fumo proveniente dalla giungla faceva pensare che potesse salire da un aereo abbattuto. Era un disastro.

I miei uscivano in fila dalla porta per andare sotto la tettoia, io li ammonii di restare nell'ombra e di non indossare occhiali da sole o qualsiasi altra cosa potesse riflettere la luce stellare e tradire la nostra posizione. La maggior parte di loro restò senza fiato quando vide la distruzione, sentii molti dire in tono calmo che eravamo stati fortunati a non trovarci in sala mensa.

La sala mensa. Quella che Forte Freccia aveva adibito a sala mensa era stata usata con una funzione simile dai criceti prima di noi: stimai che potesse agevolmente contenere quattrocento persone. Quattrocento, tutte morte. Impossibile che qualcuno fosse uscito vivo da quel cratere che emetteva vapore.

«Qual è il piano, sergente?», chiese Pope.

Il mio piano era quello di infiltrarci nella città attorno a Forte Freccia e ripararci sotto gli edifici dei criceti per attaccare le forze ruhar; immaginando che ci avrebbero combattuto casa per casa, piuttosto che far saltare in aria metà della loro città per prenderci. Avremmo potuto tenerli occupati per molte ore, anche giorni, dando ai kristang il tempo di riprendere il controllo in cielo. Inoltre, finché gli umani tenevano parte della città, i ruhar non avrebbero corso il rischio di azionare il Vettore. Il motivo per cui avevo portato così tanti Zinger è che non avremmo avuto alcuna possibilità di resistere se i ruhar avessero potuto fluttuare nel cielo sopra di noi e colpirci con precisione. Il semplice fatto di sparare un singolo Zinger ogni tanto avrebbe costretto il supporto aereo ravvicinato ruhar a ritirarsi e cambiare tattica. Lo sapevo, perché in Nigeria avevo visto che i ribelli, sparando alla cieca contro i nostri elicotteri con lanciarazzi non guidati, inducevano la nostra copertura aerea a precipitarsi al riparo.

A nord, oltre il campo d'aviazione, due coppie di Avvoltoi stavano volteggiando, una di esse forniva copertura, mentre l'altra sganciava missili e mitragliava la giungla. Amaro indicò l'azione, alcuni umani dovevano essere sopravvissuti e fuggiti dal campo d'aviazione per combattere. Mentre guardavamo, un paio di Zinger schizzarono fuori dalla giungla e sfrecciarono verso uno degli Avvoltoi; il primo missile fu colpito da un fascio di particelle e andò fuori rotta; il secondo mancò il bersaglio, ma gli esplose abbastanza vicino da far sì che l'Avvoltoio barcollasse nell'aria e si dirigesse ondeggiando verso il campo d'aviazione, lasciando una scia di fumo.

«Binocolo», ordinai, porgendo la mano a Pope. Feci un passo indietro nell'ombra più profonda ed esaminai il campo d'aviazione. Diversi Dodo erano in manutenzione sulla pista e un paio di Balene stavano scaricando. I Dodo erano piccole navicelle da trasporto, mentre le Balene erano enormi navicelle, più grandi persino dell'aereo Dumbo con cui ero arrivato. Le Balene potevano trasportare grandi carichi giù dall'orbita, avevano porte all'estremità posteriore e una rampa come un aereo da carico. Una delle Balene all'aeroporto stava scaricando una Poiana che aveva le ali piegate.

«Merda, non va bene», dissi in tono calmo, ma non abbastanza.

«Cosa?», chiese Pope.

«Se stanno già portando le Poiane, devono essere sicuri che resteranno qui per un po'.» Come avremmo fatto ad arrivare in città senza essere visti? Non avevo pensato che saremmo usciti dal condotto così in alto sulla montagna, dovevamo essere a cinquecento metri sopra la città. Perché non avevo capito che...

«Arrivano!», gridò qualcuno dietro di me. Con un ruggito acuto delle turbine, due navicelle raggiunsero la cresta dietro noi, volarono vicino al garage o qualunque cosa fosse la struttura in cui avevamo trovato riparo, e passarono di colpo in volo a punto fisso per atterrare sul campo d'aviazione. Erano un Dodo scortato da un Avvoltoio. Ci schiacciammo tutti contro la saracinesca, il più in fondo possibile sotto la tettoia. Guardai mentre atterravano e mentre si assestavano, una delle Balene decollò in una nuvola di polvere, prese quota e volò vicino a noi, salendo sopra la cresta alle nostre spalle e guadagnando velocità in un lampo. Vidi la sua pancia scorrere nel cielo mentre ci sorvolava. La sua grande, grassa, pancia vulnerabile.

«Uhm.» Proprio così, ebbi un'intuizione: «Questa è la rotta stabilita ora. Siamo proprio sotto la rotta stabilita». Ogni volta che ero stato a Forte Freccia, avevo visto aerei avvicinarsi da est o da ovest, a volte da nord, ma mai da sud, mai visti arrivare da oltre la montagna. Le cose erano cambiate. «I nostri ragazzi laggiù, nella giungla, hanno fatto sì che i ruhar temessero di arrivare da quella direzione. Merda! Stanno volando proprio sopra di noi, non sanno che siamo qui!»

Con il binocolo, scrutai in direzione dell'altra Balena che stava ancora scaricando. Alcuni carichi stavano scendendo dalla rampa posteriore e, a giudicare dal numero di soldati che percorrevano le scale sul lato della nave e si allineavano sulla pista, quella Balena aveva per lo più trasportato truppe. Una Balena, secondo le informazioni fornite dai kristang, poteva trasportare fino a seicento passeggeri. Vedendo l'equipaggiamento che avevano addosso quelli sulla pista, pensai che un aereo da trasporto truppe Balena non potesse contenere il numero massimo di persone.

Gli Avvoltoi sopra la giungla oltre il campo d'aviazione sparavano ancora un missile ogni tanto contro chiunque si trovasse laggiù. Era molto probabile che, se fossimo riusciti ad abbattere anche solo una navicella dalla nostra posizione, i ruhar avrebbero interrotto le operazioni al campo d'aviazione, finché non fossero stati sicuri di aver sradicato tutta la resistenza umana nella zona. Questo avrebbe ritardato di molto il loro programma di occupazione del Vettore. Forse li avrebbe pure costretti a deviare navi e truppe da altre aree e questo avrebbe concesso una pausa alle nostre forze altrove su Paradiso. Anche se i kristang non fossero tornati, o non fossero potuti tornare su Paradiso, alla fine avrebbero di sicuro sentito parlare della posizione ferma tenuta dall'Unef al Vettore, e rafforzare l'opinione dei kristang sull'utilità degli umani in combattimento avrebbe aiutato gli abitanti della Terra, che era lo scopo della Forza di spedizione delle Nazioni unite. Le nostre forze non avevano alcuna possibilità di difendere la Terra dai ruhar, avevamo bisogno che i kristang lo facessero per noi. L'Unef era andata tra le stelle per fornire ai kristang un motivo per preoccuparsi se la Terra fosse stata conquistata dai ruhar. In un certo senso, la missione dell'Unef era SALVARE IL MONDO.

Tutte quelle maiuscole erano volute, per inciso, sembra molto più drammatico così. Quando stai affrontando la forte possibilità di restare intrappolato, per sempre, su un pianeta alieno controllato dal nemico, avere un fondamento logico-drammatico per la tua missione ti fa sentire meglio.

Ridiedi il binocolo a Pope: «Tu e, uhm, Wayne potete attraversare la strada e andare sotto quegli alberi? Ho bisogno di un osservatore per vedere cosa sta arrivando oltre il crinale dietro di noi. Con la mano destra, alza le dita per dirci il numero; con la mano sinistra, ehm, un pugno significa una Balena, il palmo aperto verso il basso è un Dodo e il palmo aperto verso l'alto è un Avvoltoio, capito?». Non volevo sprecare Zinger su un Avvoltoio, dovevamo avere un impatto più grande che abbattere una cannoniera biposto.

Pope guardò a destra e a sinistra: «Sì, percorriamo la strada da questo lato, sotto la copertura degli alberi, fino al punto in cui sporgono oltre la strada, l'attraversiamo e torniamo indietro».

«Bene, lasciate Zinger e At4 qui. Appena spariamo gli Zinger, voi venite qui di corsa e torniamo in quel condotto, per correre in fretta verso l'uscita successiva.» I ruhar avrebbero fatto presto a trasformare il garage in un mucchio di macerie dopo che avremmo sparato al loro aereo. «Tutti gli altri, tenete pronti i vostri Zinger. Amaro, vedi se riesci ad aprire questa saracinesca, dobbiamo uscire in fretta.» Mi tolsi di dosso la tracolla di uno degli Zinger che avevo portato, aprii il pannello di mira e premetti il primo pulsante per attivarlo. La guida a infrarossi dell'arma sarebbe rimasta attiva per diverse ore.

Pope e Wayne appoggiarono per terra i loro missili, sbirciarono da sotto il bordo della tettoia e sfrecciarono via sotto gli alberi. In un paio di minuti, erano sotto un albero dall'altra parte della strada rispetto a me, eravamo in grado di comunicare parlando ad alta voce, i segnali con le mani sarebbero serviti quando gli aerei nemici avrebbero volato con fragore sopra di noi. Non appena Pope e Wayne si furono sistemati sotto gli alberi, sentimmo aerei in avvicinamento. Un Dodo e un Avvoltoio.

Scossi la testa e feci un pollice verso con la mano. Se non fossero comparsi presto bersagli più allettanti, mi sarei accontentato di un Dodo; dovevo preoccuparmi che le truppe ruhar potessero percorrere la strada di accesso e vederci. Di certo i ruhar avrebbero perlustrato l'intera area.

Un altro aereo si avvicinò da dietro di noi. Un solo Avvoltoio. Di nuovo feci il pollice verso. Controllando i miei, vidi che erano agitati: dovevamo fare qualcosa, presto. «Controllate le sicure, gente, nessuno spari finché non darò il segnale.» Li indussi uno a uno a comunicare l'avvenuta ricezione del mio ordine, guardando ciascuno negli occhi. Per quanto mi riguarda, cercai di mostrarmi calmo, perfino annoiato, soffocai uno sbadiglio simulato. «Cazzo, vorrei che arrivassero presto, ho fame», mi lamentai, e questo suscitò qualche risata nervosa.

La Balena nel campo di aviazione finì di scaricare i passeggeri e, quando le truppe ruhar ebbero lasciato la pista a passo di marcia per inoltrarsi nella giunga, decollò. Quella Balena volò quasi direttamente sopra di noi, potevo leggere alcuni segni sul ventre e sulle ali. Mentre si avvicinava, mi assicurai che tutti vedessero i miei pollici versi. Se fossimo stati costretti, avrei attaccato una nave vuota sul volo di ritorno, ma non era la mia preferenza.

Poi mi annoiai, un po' almeno. Dopo il decollo della Balena, passarono forse dieci minuti senza alcuna attività di volo nella zona, a parte la coppia di Avvoltoi sopra la giungla. Non stavano più mitragliando o lanciando missili e non vedemmo neppure altri Zinger provenire dal suolo. Durante la pausa nel traffico aereo, iniziai a chiedermi se avessi fatto bene a non sparare a quel Dodo o alla Balena vuota che era passata sopra di noi prima. Entrambe le azioni avrebbero raggiunto il nostro obiettivo principale, quello d'interrompere le operazioni di volo dei ruhar. In ogni caso, volevo colpire i criceti, colpirli duro, fargliela pagare per tutte le persone che erano morte nella sala mensa di Forte Freccia.

Mentre aspettavamo, mandai degli uomini a pattugliare la zona, dopo aver innescato gli Zinger avremmo avuto bisogno di tornare subito di corsa nel condotto e di non perdere tempo a raccogliere cose che avessimo lasciato cadere. Merda, avrei dovuto lasciare il portello d'accesso al condotto aperto, non perdere tempo a girare quella grossa ruota pesante. Troppo tardi, avevo imparato la lezione.

«Balene!», gridò Wayne e agitò le braccia. Pope stava guardando nel binocolo e agitò una mano eccitato. Wayne alzò un pugno e due dita, poi palmo aperto a faccia in su con due dita. Due Balene, scortate da due Avvoltoi. Non riuscivamo ancora a sentirli, dovevano essersi avvicinati ad alta quota. Poi eccoli.

«Ci siamo, gente!», gridai. «Non sparate finché non do l'ordine! Abbiamo due Balene; voi da questa parte prendete di mira la prima; voi da quest'altra parte, voi siete con me sulla seconda. Restate sotto la tettoia per ora.» Ero così agitato che mi costrinsi a controllare due volte se il mio Zinger avesse la sicura. Mentre il suono urlante dei motori a reazione delle Balene incrementava, mi avvicinai al bordo dello spiazzo di cemento strisciando i piedi. Cosa sapevamo delle Balene? Cercavo di ricordarlo. Erano ben protette per essere navicelle, con molte torrette difensive a fascio di particelle. Con quindici di noi pronti a sparare Zinger contro due soli bersagli, da distanza ravvicinata, avevamo buone probabilità di fare centro. A bassa quota e a bassa velocità speravo che una Balena colpita non avrebbe avuto il tempo di riprendersi prima di sbattere contro il fianco della montagna, e precipitare giù per il pendio.

Sporsi la testa fuori dalla protezione della tettoia per vedere dove fossero le Balene. Erano vicine, sarebbero passate un po' a est rispetto al punto in cui ci trovavamo, invece che sorvolarci. Nessuna di loro aveva il sistema *stealth* in funzione. «Tenetevi pronti», ordinai a voce alta e uscii dalla protezione della tettoia. «Guide a infrarossi!»

Con la sicura tolta, il display di mira acceso, centrai il reticolo di puntamento sul retro della Balena in coda, sul motore a reazione posteriore di babordo. Il motore era quasi del tutto inclinato verso il basso, fornendo più portanza che spinta propulsiva, perché la Balena era in fase di atterraggio. Il punto più vulnerabile del suo profilo di volo. Lento e radente.

«Avete tutti agganciato un bersaglio?», gridai, poi ripetei la domanda. Dovevamo sparare subito: con quindici di noi all'aperto, con gli Zinger sulle spalle, eravamo certi che il paio di Avvoltoi di scorta ci avrebbe presto avvistati. Quattordici persone confermarono di tenere saldamente sotto tiro il bersaglio.

«Pronti, pronti, *fuoco*!» Sganciai il mio Zinger e altri quattordici missili saltarono dai tubi di lancio. Lo Zinger veniva espulso dal lanciatore monouso da un impulso magnetico, così che il getto di propulsione non uccidesse l'utente, il razzo non si attivava finché non si trovava a una distanza di cinquanta metri. Quando il propulsore del razzo si attivò, persi quasi di vista i missili mentre andavano in super-accelerazione. Tutto avvenne così in fretta che non so quanti dei nostri Zinger siano stati deviati, neutralizzati o del tutto distrutti dalle difese delle Balene. Quello che so è che le Balene barcollarono in aria, mentre i motori a reazione anteriori e posteriori di babordo di entrambe esplodevano e venivano divelti, e altri missili penetravano nel ventre delle due sfortunate navi. Le Balene hanno motori a reazione nel ventre e la capacità di restare in volo a punto fisso servendosi solo di quelli, caratteristica che non fu loro d'aiuto quel giorno.

Ho avuto un incubo ricorrente di quel momento, ma penso, spero, sia un falso ricordo; qualcosa che potrei non avere visto, qualcosa che potrebbe non essere accaduto, ma che è incredibilmente nitido, marchiato a fuoco nella mia memoria. Il compartimento passeggeri/merci di una balena non ha finestre, le finestre sono punti deboli nella struttura di un aereo, e la struttura di una Balena deve salire e scendere dall'orbita centinaia, anche migliaia di volte nel corso della sua vita. Ci sono piccole finestre nelle porte laterali, per qualche motivo ci sono un paio di piccole finestre su entrambi i lati sul retro, vicino alla rampa, e ci sono finestrini nella cabina di pilotaggio. I finestrini della cabina di pilotaggio sono come quelli di un aereo commerciale sulla Terra, abbastanza grandi perché i piloti vedano all'esterno, non abbastanza perché qualcuno possa vedere da fuori gran parte dell'interno. E le Balene dovevano trovarsi a ottocento metri, forse, da noi, e un po' al di sopra della nostra posizione. Eppure, ho un ricordo vivido e inquietante del pilota ruhar della seconda Balena, quella cui avevo sparato io, che si gira per vedere da dove provenga la minaccia missilistica e, proprio mentre il primo missile colpisce e fa sbandare la prua della Balena nella mia direzione, per un breve secondo, guarda dritto verso di me. Non solo verso la nostra posizione, non solo verso un gruppo di soldati umani, non solo verso un particolare soldato umano.

Verso di *me*.

Me, come se mi conoscesse, come se mi stesse chiedendo il perché, visto che le nostre specie si erano sviluppate su diversi pianeti, a distanza di migliaia di anni e avevamo vissuto vite del tutto diverse, perché le nostre strade si erano incrociate così? Era necessario che l'unica volta che ci eravamo incontrati in tutta la vita sparassi un missile alieno e mettessi fine alla sua esistenza? Perché? Non stava interrogando l'universo, non stava interrogando il karma o il destino o qualsiasi essere divino adorasse, stava interrogando *me*.

Questo mi perseguitò per molto tempo.

Entrambe le Balene rotolarono sul fianco dopo avere perso i motori a reazione, una di loro riuscì per un po' a conseguire una parvenza di controllo, prima che entrambe precipitassero quasi in verticale nella giungla sul pendio della montagna, ruzzolando ancora e ancora, spaccandosi nel corso di esplosioni secondarie. Quello che avremmo dovuto fare era ritirarci nel condotto subito dopo avere innescato i missili, invece restammo a guardare, a bocca aperta o esultando, che è quello che accade quando una squadra raffazzonata è guidata da un sergente inesperto. Wayne mi riportò sul pezzo quando lui e Pope attraversarono di corsa la strada per raggiungerci. «È ora di andare, sergente?», chiese, a occhi spalancati.

«Sì. Sì, vai, Amaro, apri il portello!» Uno degli Avvoltoi si era librato in verticale molto sopra di noi, l'altro aveva virato in cerchio verso di noi e stava cercando un bersaglio da annientare. Stava cercando noi. Senza pensarci, mi slacciai dalla spalla il secondo Zinger, felice ora di avere portato quei trenta chili in più, agganciai l'Avvoltoio, e premetti il grilletto. Le difese dell'Avvoltoio colpirono il mio Zinger prima che si avvicinasse, ma raggiunsi comunque il mio obiettivo, perché il mezzo virò e sfrecciò via ad alta velocità, concedendoci tempo prezioso per rientrare nel condotto.

Si scoprì che non ci sarebbe stato bisogno degli sforzi della nostra squadra raffazzonata, che tutti i ruhar a bordo delle due Balene da noi abbattute erano morti per niente. Neppure un'ora dopo, una task force kristang tornò e le navi ruhar saltarono via, abbandonando le loro forze su Paradiso. In quel momento, avevo ritirato la mia squadra nel generatore di plasma, rifugiandomi in un posto che pensavo che i ruhar non avrebbero rischiato di danneggiare. Dopo che le due Balene si erano schiantate ed erano andate a fuoco e i ruhar sopravvissuti a terra avevano superato lo shock iniziale, un paio di Avvoltoi iniziarono a ronzare intorno come calabroni arrabbiati, coi pod delle armi in vista, volando a bassa quota per mitragliare di tanto in tanto qualcosa a terra coi laser. Sapevano dov'eravamo, potevo immaginare che i piloti degli Avvoltoi avessero alzato la voce per ottenere l'autorizzazione a far saltare in aria la mia squadra e avessero ricevuto ordine di non rischiare di danneggiare l'indispensabile macchinario del Vettore. Pensai che la nostra migliore chance di sopravvivenza fosse nasconderci in un posto difendibile, che i ruhar non potessero bombardare con armi pesanti, e guadagnare tempo. Il complesso del generatore di plasma sembrava una scommessa vincente. Ci restavano solo munizioni da fucile, At4, un paio di Zinger, qualche granata e la sensazione di avere fatto del nostro meglio per vendicare i nostri morti. Trovammo una sala di controllo ausiliaria che era sotterranea e non aveva finestre, perciò dovemmo usare telecamere che i ruhar avevano stranamente dimenticato di disattivare. Da una delle telecamere, vedemmo il cratere dove un tempo si trovava la sala mensa, che ancora emanava vapore. Mi chiesi se le persone che vi si trovavano avessero avuto sentore di guai prima che il colpo di cannone a rotaia le vaporizzasse: avevano saputo, pochi secondi prima dell'impatto, che le navi da guerra ruhar erano saltate in orbita? Speravo proprio di no. Meglio, in quel caso, la beata ignoranza, ascoltando un generale dell'Unef blaterare un discorso noioso, fantasticando pensieri piacevoli, senza renderti conto di essere stato ucciso finché non ti sei svegliato nell'Aldilà. Non avevano avuto la stessa fortuna le persone che si trovavano al campo d'aviazione e al parco macchine, che avevano avuto il tempo di vedere la sala mensa scomparire e detriti piovere su di loro prima che missili intelligenti sganciassero loro addosso grappoli di sub-munizioni e distruggessero tutto ciò che poteva guidare o volare. Le cannoniere Avvoltoi che ci avevano ignorato avevano mitragliato i sopravvissuti dispersi mentre c'era molta confusione. L'Unef stimò seicentosettanta morti, dei circa novecento umani di stanza a Forte Freccia quel giorno. Questa fu una dura lezione per il futuro combattimento: se non controllavi la posizione strategica eri bello che morto, e la posizione strategica in questo caso era in orbita e sopra. Trincerarsi non aiutava molto quando un colpo di cannone a rotaia poteva penetrare fino a trecento metri nel terreno, se la nave che sparava incrementava seriamente la velocità della volata. I ruhar avevano navi dedicate al bombardamento orbitale, il pacchetto informativo che avevo visto raffigurava la lunga canna sottile del cannone a rotaia, con reattori a fusione all'estremità e nient'altro. Chi aveva bisogno di merdose testate nucleari quando un dart di cannone a rotaia poteva fornire dieci chilotoni di offesa su un bersaglio e le navi potevano scaricare un dart dopo l'altro, fino a quando anche il bersaglio più difficile era una nube di atomi?

Considerando la natura del futuro combattimento, che diavolo ci facevano gli umani lì?

Amaro fu la prima a notare il cambiamento della situazione, stava monitorando una telecamera e mi chiamò quando vide che la coppia di criceti che stava sorvegliando il nostro reattore a fusione aveva posato le armi e si era alzata, risultando quindi in piena vista. Spostammo la visualizzazione da una telecamera all'altra, la scena si ripeteva in tutta la base: criceti che deponevano le armi e si allontanavano, dirigendosi verso il campo d'aviazione. Avvoltoi atterravano, equipaggi uscivano, lasciavano le porte aperte e se ne andavano. Avevamo avuto giusto il tempo di fare ipotesi su quello che stava succedendo, quando tutti i nostri zPhone squillarono all'unisono. La cavalleria era tornata. I nostri alleati kristang avevano ripreso il comando dello spazio attorno a Paradiso, e le forze ruhar a terra si erano arrese. Per il momento.

CAPITOLO 7

L'UNEF FECE ARRIVARE una mezza dozzina di Poiane un paio d'ore dopo, nel frattempo noi avevamo cercato sopravvissuti e assistito i feriti. Con mio sollievo, trovammo un capitano dell'esercito che prese il comando e io potei tornare a eseguire ordini.

Tre giorni dopo, al mattino, ci fu un violento temporale mentre stavo lavorando in una squadra di pulizia; dopo che la pioggia si fu fermata e il sole fu uscito a sollevare nuvole di vapore dalla pista del campo d'aviazione, un soldato mi venne a cercare e mi disse che avevo l'ordine di fare rapporto al maggiore Perkins all'ufficio amministrativo. Il maggiore Perkins? Che diavolo ci faceva qui, mi aveva detto che era stata assegnata al settore indiano. Pensai che non potesse significare nulla di buono per me.

«Sergente Bishop a rapporto, signora.» Ero un po' a corto di fiato per avere salito le scale di corsa.

Il maggiore Perkins mi guardò per un istante con sorpresa. «Non potevi ripulirti? Che cosa stavi facendo?»

Abbassai lo sguardo sui miei vestiti sudici e fulligginosi e sulle mie mani sporche, con le unghie annerite. «Mi è stato detto di venire qui di corsa, signora. Stavo aiutando a spostare, ehm, detriti dalla pista.» Detriti che includevano Poiane distrutte, con resti umani ancora a bordo.

«Oh, diavolo, Bishop. Non c'era mica bisogno che arrivassi fin qui di corsa, cazzo. Siediti.» Sembrava stanca quanto me. «Come ti senti?»

«Stordito, signora», risposi con sincerità. «Come mi aveva detto, stavo tenendo un profilo basso qui, al servizio di scorta. Mi facevo gli affari miei. Poi – bum! – si è scatenato l'inferno.» Rabbrividii senza volerlo, pensando al cratere al posto della sala mensa. «Perché diavolo hanno colpito la sala mensa, signora? Un paio di minuti di scarto quella mattina e sarei stato lì.»

Perkins guardò fuori dalla finestra, da cui si vedeva bene quel cratere. «Il comandante ruhar dell'attacco qui, l'abbiamo interrogata, dice che i colpi alla mensa, alla caserma principale e all'edificio amministrativo erano intenzionali, e pensavano che la sala mensa e la caserma sarebbero stati per lo più vuoti a metà pomeriggio. Se non ci fosse stato il generale Gupta, la sala mensa sarebbe lo sarebbe stata davvero e non è possibile che la flotta dei ruhar sapesse del suo arrivo prima di saltare in orbita. Ha detto che è stata una sfortuna che la sala mensa fosse piena di gente, che non volevano causare vittime, a meno che non fosse necessario. Non so se crederle o meno, giudicherà la G2, o i kristang: la consegneremo a loro domani. Ecco perché i ruhar erano così incazzati per il fatto che avessi abbattuto quelle due Balene, che avevano a bordo quasi cinquecento uomini, più gli equipaggi. A quanto pare, i criceti non si erano accorti di averne uccisi a loro volta la metà in sala mensa: è un cratere e non avevano perso tempo a esaminarlo alla ricerca di resti. Per i ruhar, finché non abbiamo detto loro delle vittime, le vostre azioni avevano inasprito senza motivo il conflitto qui, in un momento in cui stavano offrendo un cessate il fuoco.»

«Non sembrava così quando le loro cannoniere stavano mitragliando ogni umano in vista, signora», dissi con fervore.

«Capito, Bishop, tieni a mente che i nostri stavano sparando contro di loro, quindi diamo la colpa alla nebbia della guerra. Non ho niente contro le tue azioni, infatti ti ho proposto per un encomio. I nostri amici di sopra hanno avuto un'idea diversa. Vogliono che l'Unef ti promuova.» Appariva amareggiata, come se non approvasse quell'idea.

«Primo sergente? Sono stato sergente soltanto per...»

«Bishop, non ti nomineremo primo sergente.» L'espressione sul suo volto era impossibile da decifrare; pensavo intendesse che i kristang volessero nominarmi primo sergente, ma l'Unef non l'avrebbe fatto, perché non ero pronto. Un sentimento con cui ero d'accordo al 100%, non ero ancora sicuro di quella cosa del sergente. Forse la divisione aveva mandato lì Perkins per indorare la pillola, perché avevamo già lavorato insieme. «I kristang promuovono basandosi quasi soltanto sul successo in battaglia, ci sono considerazioni politiche e rivalità all'interno dei clan, ma nel loro sistema le promozioni sono assegnate in virtù del successo in combattimento, valutato in base al numero di nemici uccisi. Tra quelle due Balene e le vittime a terra quando le munizioni a bordo sono esplose, le tue azioni hanno ucciso ben più di mille ruhar. I kristang sono impressionati. Sono incazzati perché la maggior parte delle unità umane non ha fatto granché mentre i ruhar erano qui, non conta se tutti gli effetti non c'era molto che potessimo fare da terra, con i ruhar che potevano colpire l'intero pianeta dall'orbita. Tu hai ucciso un bel po' di loro, mentre la maggior parte degli uomini dell'Unef, specie i superiori, non hanno fatto un bel niente, secondo i kristang.» Tra i superiori c'era il maggiore Perkins stesso, non era difficile capire cosa ne pensasse. «I kristang vogliono che noi... ah, cazzo, ecco.»

Prese una piccola scatola da una tasca, la squadrò con disgusto e l'aprì con un gesto stizzito. All'interno c'erano un paio di mostrine d'argento, un'aquila che stringeva delle frecce e un ramo d'ulivo negli artigli, con la testa rivolta verso le frecce. Erano le mostrine dell'Aquila da guerra. L'esercito americano non le aveva più emesse dalla seconda guerra mondiale.

Quelle aquile erano le mostrine di un colonnello a tutti gli effetti nell'esercito, nell'Aeronautica e nei Marine, o di un capitano nella Marina. «Wow, signora, la stanno promuovendo di due gradi?» Ero colpito, Perkins era un maggiore e il grado superiore a quello di maggiore era tenente colonnello. Per quanto ne sapevo, nessuno era mai passato direttamente dal grado di maggiore a quello di colonnello.

«No, Bishop, idiota», disse Perkins con irritazione. «Te. Sono per te. I kristang vogliono che l'Unef ti nomini colonnello.»

«Porca puttana.»

«Sì, porca puttana è il minimo. Colonnello è un rango inferiore a quello che volevano i kristang, si aspettavano che l'Unef ti nominasse generale. Un dannato *generale*» Scosse la testa incredula. «Riesci a credere a una cagata del genere?»

«Signora, non riesco a credere che mi facciano colonnello, figuriamoci generale.»

«Bishop, non montarti la testa. Sei un soldato abbastanza intelligente, sei flessibile, ti adatti alle situazioni e hai dimostrato capacità di prendere iniziative, a volte. Il fatto è che non sei più intelligente, flessibile o innovativo di quanto l'esercito si aspetti da qualunque soldato.»

«Sì, signora», concordai, perché era vero.

«Comunque, non sarai generale, abbiamo detto ai kristang che il ruolo dei generali nei nostri eserciti è per lo più amministrativo, che quello di colonnello è il più alto grado tra quelli coinvolti in modo diretto in combattimento. È vero. L'hanno capito, quindi basta che tu sia colonnello. Quel grado», diede un colpetto alla scatola con le aquile d'argento, «è abbastanza alto da dimostrare che l'Unef apprezza il successo in combattimento tanto quanto i kristang. È importante accontentare i nostri alleati.»

«Ehm», borbottai, ipnotizzato da quelle belle aquile d'argento. Cazzo. Prima che i ruhar attaccassero, tutto quello che volevo dal mio servizio militare era pagare il college da qualche parte e andarmene. Ora c'erano un paio di aquile d'argento sedute di fronte a me. «Non sono bravo a scrivere lettere e cose del genere.»

«Lettere?»

Staccai i miei occhi dalle aquile per guardarla dritta nei suoi. «Sa, tipo scrivere una lettera che dice qualcosa come: "Grazie, è un grande onore ma non posso accettare, nell'esercito americano non funziona così...".»

«Sergente, non riesco a farmi capire, quindi te lo spiego in stile Barney», sputò con esasperazione e nemmeno un accenno di sorriso, quindi seppi che non stava usando "Barney" in senso ironico. «Questa è comunque l'ultima volta che posso darti un ordine, prima che tu mi superi di grado. L'Unef non vuole che rifiuti in modo educato la promozione. Devi accettare con entusiasmo, accettare la promozione come tuo diritto per avere ucciso un sacco di ruhar. Devi dire ai kristang che ti dispiace solo di non aver potuto uccidere più criceti. Sii fiducioso, audace, assetato di sangue. Sii quello che i kristang vogliono che gli umani siano, perché il servizio di guarnigione su Paradiso può essere un lavoro di merda, ma è il lavoro che abbiamo concordato e i nostri alleati sono il nostro unico passaggio per casa. E la nostra unica fonte di cibo.»

«Porca puttana», ripetei. Non sapevo cosa dire.

Io. Un colonnello.

Un colonnello a tutti gli effetti.

Io.

«Cosa farò? Come colonnello?» Un colonnello dell'esercito americano potrebbe essere comandante o vicecomandante di una brigata, ovvero migliaia di truppe. Non esisteva al mondo che fossi qualificato per farlo.

Il maggiore Perkins fece un'alzata di spalle ed evitò il mio sguardo: «Che mi venga un colpo se lo so. Ci penserà l'Unef».

Merda. Mi colpì. L'Unef voleva usarmi come trovata pubblicitaria, esibirmi ai kristang come esempio del guerriero umano ideale, mentre alle mie spalle tutti gli umani ridevano di me. Non potei impedire alla mia faccia di mostrare il mio disgusto.

«Bishop, l'Unef ne ha bisogno. Non deve piacerti, devi fare il tuo dovere», mi ammonì il maggiore Perkins.

«Certo. Indosserò medaglie sul petto, parlerò con le truppe e forse venderò dei titoli di guerra. Merda.» Una promozione doveva essere una buona cosa. «Sarò l'unico burattino che l'Unef sta promuovendo?»

«No, c'è un maggiore dell'esercito cinese che stanno promuovendo tenente colonnello. I kristang sono rimasti soddisfatti anche delle azioni di un capitano dell'esercito statunitense, due indiani e uno francese. Sono tutti morti in battaglia, quindi solo voi due siete vivi per ricevere l'onore.»

«Questo tizio cinese, viene promosso di un grado soltanto? Perché?» Cazzo, stavo passando direttamente dal grado di sergente più basso che ci sia a quello di colonnello.

«La sua unità ha difeso un complesso di magazzini che apparteneva ai ruhar e l'Unef ora utilizza come deposito di rifornimenti, a quanto pare i criceti ci avevano lasciato qualcosa di importante quando i kristang hanno preso il sopravvento. I ruhar volevano a tutti i costi tornare là dentro. Non potevano rischiare di danneggiare qualsiasi cosa ci fosse nei magazzini, così hanno fatto sbarcare le truppe e hanno combattuto a terra. Questo maggiore Chang aveva ancora il controllo di due magazzini quando la flotta kristang è tornata per inseguire i ruhar, ma ha perso l'80% dei suoi uomini. Compreso, si dice in giro, il figlio di un alto funzionario del governo cinese. Ecco perché sta ottenendo un aumento di un grado soltanto. Senti, Bishop, cosa sarà dipende tutto da te, chiaro? Sei un sergente dannatamente bravo, hai fatto un buon lavoro con la tua squadra integrata di osservazione a Teskor e nessuno dirà che non ti sei meritato una qualche promozione con le tue azioni qui. Questo è un bene per l'umanità: dobbiamo indurre i kristang a pensare che le truppe umane siano preziose.»

La cerimonia di promozione si svolse a Forte Olimpo, il complesso del quartier generale dell'Unef. Mi stupì vedere che il posto era immacolato, i ruhar non l'avevano neanche sfiorato durante l'assalto. Il maggiore Perkins, che mi accompagnò sul volo in Dumbo per Olimpo, mi disse che i prigionieri ruhar avevano spiegato all'Unef di non aver colpito lì perché volevano che il comando dell'Unef restasse intatto, in modo che qualcuno dotato di autorità potesse ordinare a tutti gli umani su Paradiso di deporre le armi. Sarebbe stato più facile se i criceti non avessero disturbato tutte le nostre comunicazioni. Chissà come pensano gli alieni, eh?

Incontrare il generale Meers e gli altri comandanti anziani non m'intimidì come mi aspettavo, avevo temuto una lunga cerimonia formale piena di discorsi, durante la quale sarei stato costretto ad assumere un minaccioso cipiglio guerriero o un gradevole sorriso, qualsiasi cosa il funzionario delle pubbliche relazioni dell'Unef avesse ritenuto opportuna. Invece, poiché in mancanza di tute di protezione complete solo un piccolo numero di kristang era stato autorizzato a sbarcare su Paradiso, nessuno di loro era presente a Olimpo. La cerimonia di promozione, perciò, si svolse nell'ufficio del capitano Meers, che appuntò le aquile d'argento sulla mia uniforme, mentre una mezza dozzina di altri superiori stavano a guardare. Dopo la breve cerimonia, ci fu un delizioso pasto nella mensa degli ufficiali, con bistecche che avevano un sapore fresco perché, mi dissero, erano state irradiate e raffreddate invece che congelate, fagiolini che non erano la solita sbobba molle dell'esercito, patate al forno con burro vero, torta al cioccolato e autentico caffè appena fatto.

I superiori mangiavano bene. A questo mi potevo abituare. La mia gioia durò fino a quando un colonnello del corpo dei Marine degli Stati Uniti mi ringraziò per avere dato all'unità del quartier generale una scusa per fare una festa; il generale Meers aveva disposto che i superiori a Forte Olimpo mangiassero razioni da campo sei giorni a settimana, per ricordare ai comandanti e al loro stato maggiore quello che le truppe stavano vivendo sul campo. Non sapevo molto di Meers, ma dopo avere sentito questo guadagnò molti punti ai miei occhi.

La bistecca era ottima. Avevo ancora voglia di un cheeseburger.

Dopo cena, il generale Meers volle parlare con me in privato. Con me. Il comandante di tutte le forze umane di Paradiso voleva fare una chiacchierata con me.

«Serg... cazzo, colonnello, è una novità anche per me. Bishop.» Il mio cognome era opportunamente di rango neutro. «Hai avuto una carriera pazzesca, davvero interessante, per uno così giovane. Nigeria, poi l'incidente ruhar nella tua città natale e la cattura di uno di loro. La mia G2 mi ha detto che sei stato la nostra fonte di informazioni per un po'. E poi metti insieme una squadra per conto tuo e abbatti due Balene. Sono rimasto di sasso quando mi hanno detto che sei lo stesso Bishop che ha catturato un soldato ruhar con un furgone dei gelati. Sono delle gran cazzo di coincidenze.»

«Mia madre diceva che ero una calamita per i problemi, da ragazzino riuscivo sempre a cacciarmi in un guaio o nell'altro.» Potevo sentire la sua voce al mio orecchio mentre lo dicevo. «Non è poi una gran coincidenza, signore. Ero in congedo quando i ruhar si sono schiantati nella mia città natale, è stata fortuna. Ma non è stata una coincidenza che la Bürgermeister...»

«La chi?»

«Il governatore regionale ruhar, o qualunque cosa sia. La chiamavamo Bürgermeister, quella che mi dava informazioni sui wormhole e tutto il resto. Non è una coincidenza che abbia scelto me per parlare: mi ha cercato perché il criceto che ho catturato a Thompson Corners aveva riferito di essere stato trattato bene, quindi lei voleva incontrarmi. Mi trovavo a Forte Freccia perché, ehm, mi hanno detto che era perché i kristang stavano ficcando il naso in giro per cercare di scoprire chi ci fornisse informazioni, perciò non è stata una coincidenza che io fossi lì quando i ruhar hanno attaccato. È probabile che sarei stato nella sala mensa di Forte Freccia con tutti gli altri, non fosse che il capitano Price ha detto di essere stanco del fatto che l'Unef usi Forte Freccia come discarica e mi ha messo in servizio di scorta per togliermi di mezzo. È per questo che non ero alla base quando i ruhar ci hanno colpito.» Era andata più o meno così, il generale Meers non aveva bisogno dei dettagli.

«Una cosa tira l'altra, uhm?»

«È così che la vedo, signore.»

«Suppongo che tu abbia ragione su questo. Ora che sei qui, non aspettarti di poter fare il furbo perché hai l'Unef in pugno. I kristang assegnano promozioni in virtù del successo in combattimento, quello che forse non sai è che possono dare il benservito alla gente altrettanto in fretta.»

«Signore, non so cosa farò adesso, ma qualsiasi compito mi venga assegnato, lo svolgerò meglio che posso.»

«Bene. L'ultima cosa di cui abbiamo bisogno è che tutti nella cazzo di Unef pensino di poter svoltare in fretta se fanno qualcosa di spettacolare. La maggior parte dei tenenti là fuori pensano di essere più intelligenti dei loro comandanti. E i sergenti pensano di essere soldati migliori di qualsiasi tenente in pantaloni eleganti.» Sbuffò. «Diavolo, è probabile che i sergenti abbiano ragione. Abbiamo già avuto incidenti di persone che cercano di fare cagate alla Rambo fuori di testa per farsi notare. Quindi, retrocederti al rango di sergente o di soldato perché hai fatto qualche casino mi renderebbe la vita più facile, chiaro?»

«Sì, signore.» Era un po' quello che mi aspettavo che sarebbe successo alla fine. Non avevo il diritto di indossare aquile d'argento.

«Detto questo», Meers soppesò la visuale fuori dalla finestra, dove una coppia di Polli stava passando in volo, «non voglio che tu fallisca. Bishop, ti sto mettendo in guardia sul fatto che abbiamo intenzione di metterti sotto come un mulo a noleggio, quindi se pensi che essere un colonnello mustang significhi volare in giro e fare discorsi, è meglio che ti levi subito quel pensiero dalla testa.»

«Mai pensato, signore.» Apprezzai l'avvertimento.

Il giorno dopo iniziai un corso intensivo sulle responsabilità di un colonnello dell'esercito americano e sui protocolli e l'etichetta per trattare con i kristang. Uno dei protocolli per un incontro con loro prevedeva di sottoporsi a una dieta insipida a partire dal giorno prima; i kristang ritenevano che gli umani avessero un cattivo odore e che noi, che ci ingozzavamo di carne o cibi piccanti, avessimo un odore ancora peggiore. L'Unef aveva sentito dai ruhar che i kristang pensavano che tutte le altre specie puzzassero, quindi gli umani non avrebbero dovuto prenderla sul personale. Questo significava fare colazione con farina d'avena e tè, anziché uova e caffè; pranzo e cena furono altrettanto insipidi e noiosi. Stando ad altre istruzioni, non si doveva provare a stringere la mano ai kristang, non gradivano affatto che li toccassimo. E non si doveva parlare, a meno che i kristang non facessero una domanda. Inoltre, non si doveva sorridere: i kristang interpretavano i sorrisi degli umani come il segnale che non stavano prendendo le cose sul serio e le lucertole in generale non erano conosciute come una specie allegra.

Le istruzioni riguardanti il mio nuovo ruolo di colonnello erano semplici e complesse insieme. Semplici, perché era chiaro che il colonnello incaricato di mettermi al corrente della situazione non sapeva cosa l'Unef avesse in mente di farsene di me, o se il mio grado fosse una trovata pubblicitaria a breve termine, perciò le sue istruzioni consistevano nel dirmi di comportarmi come un ufficiale e di non fare nulla che potesse imbarazzare l'Unef. Complesse, perché il colonnello mi spedì per e-mail un'enorme serie di documenti da leggere, a partire dal materiale formativo che un sottotenente avrebbe dovuto conoscere a memoria. La guerra sarebbe finita prima che avessi avuto la possibilità di leggere metà della merda nella mia casella postale.

La mattina successiva, dopo un'altra colazione insipida, i kristang mandarono una navicella a prendere il generale Meers, diversi membri dello stato maggiore e me. Eravamo fortunati che l'ascensore spaziale, e quindi la stazione spaziale, fossero alla stessa longitudine di Forte Olimpo, il che significava che la loro mattina non cadeva nel bel mezzo della nostra notte. Meers stava per conferire con i kristang in merito a qualsiasi cosa di cui volessero parlare loro. Stavo partendo anche io, perciò poteva darsi che i kristang volessero assegnarmi di persona un premio, o qualcosa del genere. Non avevamo ben chiaro cosa stesse per accadere, sapevamo soltanto che i kristang avevano chiesto che il tenente colonnello Chang e io andassimo alla loro stazione spaziale in cima all'ascensore.

Indossavo un'uniforme da colonnello nuova di zecca, in cui cercavo di sedermi con attenzione, per non sgualcire i pantaloni dalla piega impeccabile. Il giorno prima, mi avevano iniettato un'altra dose di magico rimedio kristang contro la nausea, quindi non avrei vomitato farina d'avena addosso a me e a tutti gli altri quando la nave sarebbe stata in orbita a gravità zero. Seduto accanto a me c'era un certo tenente Reynolds, il cui unico compito era impedirmi di fare o dire qualcosa di stupido. Tipo farle in automatico il saluto militare. Insisteva nel farlo lei e nel chiamare *me* "signore". Risultava innaturale.

Il viaggio in salita andò più liscio di quello da Campo Alfa, almeno per come lo ricordo: o questa volta avevamo un pilota migliore, o i kristang si stavano prendendo cura dei loro Vip umani. La prima volta a bordo della stazione spaziale, tutto quello che avevo visto era l'interno di un anello di ancoraggio e corridoi usurati quando ci avevano spintonati dalla nostra nave all'abitacolo dell'ascensore, che era parcheggiato in fondo alla stazione. La nostra navicella scese in un hangar d'atterraggio e riuscimmo a vedere la stazione per davvero. Fu sorprendente, quello che mi ero immaginato dell'architettura d'interni dei kristang era spoglio e funzionale, qualcosa di industriale e militare, adatto alla loro casta guerriera.

Quello che vidi era per lo più elegante e funzionale, ma con elementi d'incredibile ricercatezza. C'erano arazzi appesi alle pareti, che persino io trovai belli, paesaggi di pianeti lontani, astronavi delineate su una nebulosa, disegni geometrici intricati, pure dei fiori, oltre alle raffigurazioni dei guerrieri kristang in battaglia che mi aspettavo. Erano una specie interessante, così piena di contraddizioni, se quello che mi aveva detto la Bürgermeister era vero.

La cerimonia non fu granché, marciammo in una grande stanza, con kristang seduti lungo entrambi i lati e kristang d'alto rango su un palco rialzato in fondo. Era la prima volta che ne incontravo di persona ed ero intimidito. Erano tutti più alti della media umana, corpulenti e muscolosi, e la loro espressione di default sembrava essere un feroce scherno. Per quanto ne sapevo, era la loro versione di un sorriso amichevole. Ah, una parola sulle proteste dei kristang contro l'odore degli umani: per quanto li riguarda, avrebbero potuto usare un deodorante per ambienti nella stazione. Stando in una stanza, seppur grande, con un centinaio di kristang o giù di lì, si avvertiva un odore secco, coriaceo, con un accenno di qualcosa come il sudore di una giornata.

La mia parte fu un breve discorso scritto per me; il tenente Reynolds mi aveva detto che i kristang avevano chiesto di rivedere e approvare le mie osservazioni in anticipo. Il mio intervento, pronunciato in inglese e tradotto dallo zPhone, era bellicoso e sanguinario come si conveniva. Quando ebbi fatto un passo indietro, il tenente colonnello Chang fece un passo in avanti e tenne un breve discorso simile al mio. Mentre Chang parlava, i miei occhi vagavano tra la folla. La maggior parte dei kristang sembrava annoiata, anche un po' disgustata. Se ne stavano seduti con la faccia di pietra, oppure fissavano il soffitto, o controllavano i messaggi o giocavano con gli zPhone. Riuscivo a provare simpatia per loro, i kristang seduti lungo i lati della stanza partecipavano alla cerimonia da volontari obtorto collo, tutto ciò che volevano era che finisse. Era come trovarsi in una stanza piena di adolescenti umani. Il fatto di vedere kristang annoiati e indifferenti mi diceva quanto fossi insignificante, di certo non si curavano di quello che avevo fatto, né se mi avessero promosso, o se sarei sopravvissuto al viaggio di ritorno in navicella su Paradiso. Quando Chang ebbe finito di parlare, un kristang consegnò una scatola al generale Meers. Lui prese dalla scatola dei nastri d'oro e li attaccò alle nostre uniformi. Uno dei kristang sul palco si alzò e ci fece il saluto, che Chang e io ricambiammo. Ed era finita. Meers e gli ufficiali che avevano davvero peso rimasero a discutere con i kristang, mentre Chang e io fummo affidati a una lucertola visibilmente risentita di dover badare a due umili umani.

«Venite con me, inferiori», è quello che disse il traduttore quando il kristang ci fece cenno di seguirlo. La sua espressione mi confermò l'accuratezza della traduzione. Senza garbo, ci guidò nel nostro tortuoso percorso attraverso la stazione, fino a un ponte di osservazione che era del tutto deserto. C'erano sedie, un paio di tavoli e grandi finestre con una splendida vista di Paradiso. Fu difficile per me trattenermi dal gridare: "Posso vedere la mia casa!". Perché pensavo di avere riconosciuto la grande ansa del fiume che si trovava proprio a sud di Teskor. Il kristang ci invitò con gesto sprezzante a sederci, mentre lui andava verso quello che sembrava essere un bar nell'angolo. Era un bar. Tirò fuori un bicchiere, si versò una generosa porzione di un liquido dorato, aggiunse due cubetti di ghiaccio e si stravaccò con rabbia su un sedile di fronte a noi: «Dovrei congratularmi con voi per i vostri successi come guerrieri e darvi il benvenuto nella nostra gloriosa coalizione. Puah». Tirò fuori la lingua e ci soffiò contro un lampone.

Lo guardai più da vicino mentre mandava giù un grosso sorso di liquido. Qualunque cosa fosse, odorava di alcol e mi ricordava un po' la tequila. Il kristang aveva gli occhi un po' vacui e vitrei.

Merda. Era già ubriaco. Era venuto alla cerimonia ubriaco. Stava bevendo ancora. Questo non prometteva niente di buono. Chang attirò la mia attenzione, mentre il kristang guardava fuori dalla finestra. Scossi la testa. Qualunque cosa fosse accaduta, ci saremmo entrambi comportati nel modo migliore possibile, in quanto ospiti dei nostri alleati.

«Aaah.» Il kristang sospirò e sprofondò nella sedia, chiudendo gli occhi. Dentro di me, speravo che si addormentasse e che io potessi starmene seduto a godermi la visuale in tranquillità, finché qualcuno non fosse venuto a prenderci: «Il mio capo mi odia.

203

Altrimenti, perché mi punirebbe al punto da farmi respirare il fetore ripugnante degli inferiori?».

Immaginando che non si aspettasse una risposta, tenni la bocca chiusa. Chang fece lo stesso.

Il kristang scosse la testa e ci agitò davanti il suo zPhone: «Mi hanno detto che i componenti della feccia hanno bisogno di usarli per parlare tra di loro. Vergognoso. La vostra specie non dovrebbe parlare più lingue, è un segno di debolezza! Il gruppo dominante sul vostro disgustoso pianeta avrebbe già dovuto conquistare gli altri. Tu», indicò me, «vieni dall'Uh-meri-ii-ca?».

«America, sì, signore», risposi. «Sono in servizio nell'esercito americano.»

«Esercito?» Rise. «Voi inferiori non siete un esercito. Siete bambini che si trastullano con i giocattoli. Il mio falcongesso domestico potrebbe uccidere un centinaio di voi. Sono stato costretto a leggere del vostro patetico pianeta per non far perdere tempo al mio capo. Un altro segno che mi odia, costringermi a imbrattarmi la mente con la storia di una specie tanto patetica. La tua A-me-ri-ca aveva armi nucleari, l'unica nazione ad avere armi nucleari per diversi anni, eppure non siete stati in grado di usare il vostro vantaggio per distruggere i vostri nemici e conquistare il vostro pianeta. Siete deboli e patetici. E vi chiedete perché non abbiamo rispetto della vostra specie. Tale debolezza mostra una grave mancanza di risoluzione. Tu», indicò me, «hai servito in combattimento da qualche parte nel tuo mondo... un posto... un posto...» Controllò il suo zPhone, con una mano resa maldestra dall'alcol.

«Nigeria» dissi.

«Nii-gee-rii-ah. Questo posto non ha armi nucleari?»

Scossi la testa, sorpreso: «In Nigeria, no, non hanno testate nucleari».

«Il vostro esercito avrebbe potuto usare armi nucleari senza paura di ritorsioni, invece i vostri soldati sono stati mandati a inseguire i nemici attraverso la giungla. Perché? Perché siete deboli e indegni. Se questi nii-gee-riaa-nih erano un problema così grande, avreste dovuto sterminarli e prendervi la loro terra.» Si fermò per un altro sorso della sua bevanda e ci fece un cenno con il bicchiere:

«Voi due siete i migliori guerrieri della vostra specie? Ah! La vostra specie è inutile allo sforzo bellico; lo sapete? Lasciare che siate voi a pattugliare questo pianeta significa accontentare un animale domestico viziato e stupido. Non avremmo mai dovuto portarvi qui! Sapete cosa stanno facendo gli umani sulla Terra? Invece di lavorare duro per lo sforzo bellico, si lamentano che stiamo danneggiando l'ambiente sul pianeta. E i vostri lavoratori si aspettano di ottenere giorni liberi per le vacanze? Gli schiavi non vanno in vacanza!». Quest'ultima cosa la strillò con furia e sbatté il bicchiere sul tavolo di fronte a noi. «Ho detto al mio capo che dovremmo portare altre specie di schiavi sulla Terra e mostrarvi come servirci nel modo corretto. Voi umani siete pigri e inutili!» Guardò fuori dalla finestra, Paradiso era sotto di noi. «Voi non ci dovreste proprio stare laggiù, dovrebbero essere i kristang a occuparsi dei ruhar! Infidi ruhar, contaminare il nostro pianeta con agenti biologici, dovremmo ucciderli tutti.» Fumò di rabbia per un minuto, sorseggiando la bevanda che era quasi finita. «Mi sono offerto volontario per assumere il siero sperimentale che permetterà ai kristang di camminare liberamente sul pianeta. Poi vi mostrerò come trattare i ruhar. Ci sono così tanti ruhar a infestare il nostro mondo, se ne facciamo fuori qualche migliaio chi ne sentirà la mancanza, eh? I ruhar sono deboli e rammolliti, ma dar loro la caccia è un bello sport.» Prosciugò l'ultimo sorso e disse in tono tranquillo: «Non vedo l'ora di dare la caccia ai ruhar. Sì».

Il kristang, qualunque fosse il suo nome, appoggiò il bicchiere per terra sul tappeto e si alzò instabile in piedi. «Godetevi la visuale», rise e ci salutò con gesto sprezzante, «potrebbe essere la vostra nuova casa per sempre, come nostri schiavi. O potrebbe diventare la vostra tomba.» Rise di nuovo e uscì barcollando dalla porta.

«Merda.» Respirai quando sparì dalla visuale.

Chang annuì, poi disse in perfetto inglese: «Penso che questo non sia il posto giusto per parlare di... di quello che il nostro amico là ha detto».

Senza dubbio, i kristang ci tenevano sotto stretta sorveglianza a bordo della stazione. «Hai ragione, colonnello Chang.» Mi vergognavo che Chang parlasse inglese, mentre l'unica parola cinese che io conoscevo era "pinguah", che credo volesse dire "mela". L'avevo letta su un biscotto della fortuna e mi era rimasta impressa. Tutta la mia conoscenza del linguaggio di una delle civiltà più antiche e grandi del mondo veniva da un biscotto della fortuna. E i biscotti della fortuna erano americani, non cinesi.

«*Tenente* colonnello», disse lui in un tono screziato da una vena di amarezza.

«Ehi, tu eri un vero ufficiale prima di tutto questo. Io indosso un'uniforme da colonnello e so di essere soltanto una trovata pubblicitaria per l'Unef.» C'era di sicuro amarezza nella mia voce. «Sarò felice quando l'Unef troverà una scusa per abbassarmi di nuovo al rango di sergente e potrò tornare a essere un vero soldato. L'ultima cosa che voglio è essere un *fobbit* e stare dietro a una scrivania.»

«*Fobbit*?» Chang sollevò un sopracciglio.

«Ah, scusa, slang dell'esercito americano. Un *fobbit* è un tizio che se ne sta al sicuro dentro la recinzione di una base operativa avanzata, mentre i veri soldati sono fuori sul campo. Uno che passa le carte invece che imbracciare un fucile.»

«Ah, sì. Ne abbiamo anche noi nel nostro esercito. Su questo pianeta, però, non ci sono delle vere e proprie retrovie, penso. Quando il nemico può attaccare dall'orbita, ovunque sulla superficie del pianeta è prima linea.»

«Non hai tutti i torti.» Mi alzai e mi diressi verso la finestra. «Ero a Forte Freccia. Prima, la mia squadra integrata di osservazione si trovava in un villaggio di criceti accanto all'ansa di quel fiume, a ovest di quelle montagne», indicai invano. «Dove siete stazionati voi?»

Parlammo delle nostre esperienze su Paradiso e delle nostre vite prima che i ruhar attaccassero. Chang era stato un ufficiale di artiglieria nell'Esercito popolare di liberazione, un ufficiale di carriera di una famiglia militare. Era preoccupato per la sua famiglia sulla Terra quanto lo ero io: nemmeno i cinesi avevano avuto notizie, niente messaggi o lettere da casa, niente di niente. Chang era un bravo ragazzo, un professionista, di sicuro un ufficiale migliore di me. Anche lui non moriva certo dalla voglia di essere messo in mostra dall'Unef in funzione di espediente di pubbliche relazioni, anche se pensava che sarebbe stata una mossa meno importante di quanto mi aspettassi. Durante l'azione che aveva portato alla sua promozione, aveva perso la maggior parte dei suoi uomini, tra cui un tenente che era l'unico figlio di un alto funzionario del governo. L'esercito cinese su Paradiso non ci teneva a strombazzare troppo l'azione di Chang. Se il figlio di un senatore fosse stato ucciso tra le mie fila, la mia carriera militare sarebbe stata di sicuro stroncata.

Il mio zPhone squillò, era il tenente Reynolds che si chiedeva dove cazzo fossi, solo che lei lo disse in modo gentile. «Siamo su un ponte di osservazione, dovremmo essere due...», Chang tirò su tre dita, «no, tre livelli più in basso. C'è un bar qui. Un bar per i kristang», mi affrettai ad aggiungere.

«Cos'è successo al kristang che vi è stato assegnato?»

«Aveva, ehm, aveva qualcosa di importante da fare», dissi, consapevole che i kristang stavano quasi di sicuro ascoltando. Qualcosa di importante da fare, tipo dormire finché non si sarebbe svegliato coi postumi della sbornia.

«Signore, per favore, resti dove si trova. C'è il tenente colonnello Chang con lei?»

«Sì, è qui, non andiamo da nessuna parte.»

Cinque minuti dopo, Reynolds e due kristang incazzati si presentarono per recuperarci. Ci riportarono all'hangar di atterraggio e, non appena il generale Meers e il suo stato maggiore furono a bordo, la porta della navicella si chiuse e suonò l'allarme per depressurizzare l'hangar. A dispetto della mia paura che fosse in qualche modo incazzato con me, Meers non disse nulla, Reynolds non sembrava pensare che ci fossero grossi problemi, e la discesa andò liscia.

Io e Chang non parlammo mai di quello che aveva detto l'ubriacone kristang, di come avesse definito gli umani "schiavi". Ci pensai molto su e feci rapporto al personale dei servizi segreti di Meers. Con mio sgomento, si comportarono come se avessero già sentito tutto in precedenza: non era una notizia e non era una cosa importante. Lo era per me, confermava le mie peggiori paure: che la Bürgermeister mi avesse detto la verità sui kristang.

Stavamo combattendo quella guerra dalla parte sbagliata?

Capitolo 8

Piantando Patate

Il primo incarico che l'Unef ebbe per me fu, a dispetto di quello che il generale Meers mi aveva detto, volare qua e là e tenere discorsi. Durò due settimane e, ragazzi, fu imbarazzante per tutte le persone coinvolte. Per quanto mi riguarda, era imbarazzante indossare la mia nuova uniforme davanti a una folla di soldati, persone che erano state in combattimento come me, in situazioni peggiori di quelle in cui mi ero trovato io e indossavano ancora le stesse uniformi e svolgevano ancora gli stessi compiti, mentre io indossavo aquile d'argento, volavo in giro a bordo di una Poiana lucente e mangiavo buon cibo con gli alti ufficiali. Mi faceva sentire un ciarlatano. Per i soldati, in attesa che io facessi il mio discorso preconfezionato, era imbarazzante perché tutti sapevano che non meritavo di essere un ufficiale, non me l'ero guadagnato, ma non potevano obiettare nulla al riguardo. Fu uno schifo. Quando il mio discorso grazie a Dio finiva, facevo domande alle persone, lasciavo che parlassero delle loro esperienze e ignoravo l'imbarazzo del mio essere lì. Funzionava per tutti. Quando stavo in mezzo alla folla, cazzeggiando coi soldati, lasciando che fossero loro a raccontare le storie di quello che avevano fatto durante la fallita invasione dei ruhar, potevo essere soltanto Joe Bishop, e loro potevano essere soldati, e potevamo parlare.

E poi dovevo tornare sulla Poiana, volare alla base successiva e rifare tutto da capo. Lo odiavo.

Perciò fu una benedizione quando l'Unef mi trovò un vero compito: piantare patate. I kristang avevano detto all'Unef che era ora che gli umani si coltivassero da sé il cibo su Paradiso, per ridurre il loro carico logistico e darci un po' di sicurezza alimentare, nel caso in cui le azioni della flotta di sopra interrompessero le spedizioni. Qualche genio del quartier generale dell'Unef doveva aver deciso che i miei discorsi avevano fatto il loro tempo, e, letto il mio fascicolo personale e visto che ero del Nord del Maine, aveva avuto la brillante intuizione che dovevo essere un esperto nella semina delle patate. Il mio nuovo compito consisteva nel coordinare le attività agricole in un quarto del continente occupato dall'Unef. Non piantavamo soltanto patate, ovvio, avevamo in programma di crescere un'ampia varietà di colture da semi spediti dalla Terra. Piantare patate era la dicitura ironica che usavamo noi, anche se si aspettavano che ne fossi ufficialmente entusiasta. Piantare patate mi permetteva di volare per Paradiso, mostrarmi alle truppe e, stando al personale delle pubbliche relazioni dell'Unef, mi dava l'opportunità di essere visto come un soldato semplice laborioso, che faceva il suo dovere attraverso il duro lavoro e l'iniziativa. Era un sollievo fare qualcosa di utile.

Oltre a un corso intensivo in agricoltura, ottenni qualche altro vantaggio. In quanto colonnello, ora avevo il mio Crivee personale e un autista, un certo soldato Randall, nella mia nuova base, al confine tra il settore americano e quello cinese. «Porca troia.» Non potevo crederci quando Randall mi mostrò il mio mezzo di trasporto. Di fatto, quello che vidi mi lasciò di stucco. Il Crivee era un veicolo ruhar standard, con il simbolo Unef su entrambi i lati e sul tetto. E un Barney di peluche viola alto un metro e mezzo legato alla griglia frontale. «Siamo a mille anni luce dalla Terra, come cazzo avete fatto voi idioti a procurarvi un Barney?» Ogni singolo pezzo di equipaggiamento di cui avevamo bisogno doveva fare il lungo viaggio fino in Ecuador, poi sull'ascensore spaziale, su una nave kristang, su una nave madre thuranin, attraverso wormhole, quindi un percorso a ritroso verso la superficie di Paradiso. Tutta la nostra attrezzatura veniva ispezionata in modo meticoloso, per sincerarsi di fare il miglior uso possibile di ogni chilo di massa e metro quadrato di spazio. Eppure, non si sa come, qualche burlone era riuscito a infilare di soppiatto un gigante Barney imbottito in un container. Tutto quello che volevo sapere era, per l'amor di Dio, perché? E cos'altro aveva intrufolato la gente a bordo, per poi spargerlo in modo clandestino sulla superficie di Paradiso?

«L'abbiamo acquisito tatticamente, signore», disse Randall con una faccia seria.

«Nel senso che l'avete rubato.»

«A porta aperta anche il giusto vi pecca. Volevamo farla sentire il benvenuto, signore. Lo scherzo è finito, lo toglierò dalla griglia.»

«No, che cazzo, lascia stare.» Il mio Crivee non era uno scherzo più di quanto non lo fosse l'idea di me colonnello a tutti gli effetti. Camminai verso la parte anteriore e ispezionai il dinosauro viola ghignante. Forse ai bambini criceti sarebbe piaciuto.

Fu mentre ero fuori a piantare patate che trovammo il nostro primo biscotto della fortuna. Non avevamo ricevuto comunicazioni dalla Terra da quando l'ultimo gruppo di umani era arrivato su Campo Alfa e io ero diretto lì nel terzultimo convoglio. Da quando eravamo atterrati su Paradiso, non c'era stata alcuna comunicazione né da né verso la Terra; i kristang ci avevano detto che la situazione militare nello spazio non permetteva loro il lusso di rimandare sulla Terra umani, neppure feriti con voli di evacuazione medica. Saremmo rimasti bloccati su Paradiso per tutta la durata della missione, la cui indeterminatezza metteva a disagio qualunque umano. Il comando dell'Unef era agitato dal fatto di non essere in grado di inviare resoconti della situazione sulla Terra, o di non riceverne ordini e indicazioni. I soldati comuni come me si preoccupavano della famiglia e degli amici. I governi avevano fatto progressi nel ripristino dell'elettricità e delle altre infrastrutture? Rifornimenti e rinforzi erano in arrivo? I ruhar avevano attaccato di nuovo la Terra? La Bürgermeister mi aveva detto che era molto improbabile che i ruhar avrebbero organizzato, o potuto organizzare, un'altra spedizione sulla Terra nei prossimi anni. Sempre che mi stesse dicendo la verità.

Poi trovammo i biscotti della fortuna e tutto cambiò. I kristang ispezionavano tutti i rifornimenti consegnati agli ascensori spaziali sulla Terra, in cerca di merce di contrabbando. Scoprimmo, e ci inquietò, che i kristang cercavano con particolare attenzione dispositivi di archiviazione di dati digitali che bruciavano con impulsi magnetici o ultravioletti. Quello che non si aspettavano era che alcune persone stampassero parole su carta e incollassero quella carta all'interno dei pacchi alimentari. Per gli scanner kristang, un contenitore di cartone rinforzato, con minuscole scritte stampate all'interno, somigliava a qualsiasi altro contenitore di cartone. Quei contenitori venivano imballati sulla Terra, consegnati su Paradiso dai kristang e disfatti dagli umani. Quando i ragazzi della prima fornitura aprirono un pacchetto di cibo con un biscotto della fortuna all'interno, grazie a Dio, ebbero l'intelligenza di non dire nulla al riguardo sui loro zPhone; dopo di che fu tutto un passaparola. I biscotti della fortuna furono rimossi con cura dalla confezione e consegnati a mano al quartier generale dell'Unef, dove causarono una tempesta di panico totale.

Venni a sapere della faccenda dall'agente dell'intelligence della III divisione, le cui mani stavano di fatto tremando mentre mi spiegava il tutto. Le notizie provenienti dalla Terra erano cattive, e i biscotti della fortuna contenevano codici segreti per autenticare i dati al quartier generale dell'Unef, quindi avevamo la certezza che erano vere. Dopo che la nostra Forza di spedizione aveva lasciato la Terra, le cose avevano cominciato a peggiorare. Anche prima di andarmene, avevo sentito dire che i kristang stavano usando il pugno di ferro: dirigendosi dove avrebbero dovuto concentrarsi i nostri sforzi di riparazione delle infrastrutture, impossessandosi di complessi minerari e di raffinazione per materiali critici e cercando di controllare in modo rigoroso determinate informazioni su internet. Come la maggior parte delle persone, avevo pensato che i kristang stessero facendo quello che dovevano per prepararci nel caso in cui i ruhar fossero tornati, e che ci sarebbero sempre stati problemi quando due specie aliene avessero dovuto adattarsi l'una all'altra. E che i civili tendevano a lamentarsi di tutto in ogni caso.

I biscotti della fortuna ci dicevano che le condizioni sulla Terra erano peggiorate, molto peggiorate. I kristang si erano impossessati di alcuni dei migliori terreni agricoli del pianeta, tra cui vaste aree del Midwest americano, per coltivare i loro raccolti e allevare i loro animali per il sostentamento. Gli agricoltori non erano stati risarciti dai kristang per la terra che avevano perso e, nei casi in cui gruppi avevano cercato di impedire alle lucertole di occupare i loro terreni, erano stati uccisi a colpi di maser dall'orbita. Ma il peggior esproprio non era stato quello dei terreni agricoli: i kristang volevano che il lago Superiore e il mar Caspio producessero i tipi di pesce che mangiavano loro. Progettavano di sterilizzare quegli enormi laghi con potenti raggi gamma e di ricreare nell'acqua la propria biosfera. La gente era stata avvisata del fatto che avrebbe dovuto mantenersi a cento chilometri di distanza dalle rive di questi specchi d'acqua quando i raggi gamma avrebbero colpito, cosa che sarebbe accaduta non appena le imponenti dighe sarebbero state completate e il satellite a raggi gamma sarebbe stato pronto, nel giro di un anno o giù di lì. Le proteste in città come Shanghai, Chicago, San Francisco e Parigi erano state soppresse con attacchi maser, nel momento in cui i kristang avevano saputo che gli sforzi compiuti dai governi umani per arginare il dissenso si erano rivelati inefficaci contro "elementi sovversivi e traditori".

I ruhar ci avevano attaccato e noi avevamo pensato che i kristang fossero i nostri salvatori, ma il salvataggio si era trasformato in un'invasione. Tutto cambiò e, in un certo senso, nulla cambiò per noi su Paradiso. Cosa poteva fare l'Unef? Tutti i nostri rifornimenti ci venivano consegnati dai kristang. Non avevamo modo di tornare a casa senza i kristang. Anche se ora li consideravamo dei nemici, come facevamo a sapere che i ruhar erano migliori? I criceti su Paradiso non erano comunque in grado di aiutarci, quindi non contava che i kristang ci piacessero o meno.

Gli umani su Paradiso erano fottuti in ogni caso.

Il colonnello Wilson venne in ufficio mentre stavo finendo una tazza di caffè e leggendo i rapporti sulle forniture, preparandomi per un'altra incursione di semina delle patate. Il caffè era amaro e insipido allo stesso tempo e si era raffreddato, ma ero determinato ad assaporarne ogni singola goccia. Quei chicchi di caffè avevano viaggiato attraverso anni luce per entrare nella mia tazza lì su Paradiso. Aveva il sapore di casa. Non sapevo se ne avremmo mai ricevuto un'altra partita dalla Terra. Wilson si versò ciò che ne rimaneva nel recipiente in una tazza, sorseggiò e fece una smorfia: «Sono appena arrivato dal comando del generale Meers, non sa come dovremmo gestire queste voci sui biscotti della fortuna. I kristang lo scopriranno di sicuro, mi sorprende che non se ne siano già lagnati. A meno che non l'abbiano fatto e il quartier generale lo stia passando sotto silenzio».

Con il loro controllo quasi totale delle nostre comunicazioni, non era possibile che i kristang non sapessero cosa stava succedendo. Forse non se ne curavano. La gente sulla Terra sapeva cosa stava succedendo lì, e che cosa avrebbero potuto farci, con le astronavi kristang in orbita, in grado di bombardare qualsiasi punto del pianeta con raggi maser, missili e cannoni a rotaia? «Abbiamo bisogno di cambiare mentalità sulla nostra missione qui», suggerii. "Mentalità" era una parola gettonatissima su molte delle slide di PowerPoint dell'esercito. «Noi, voglio dire, almeno noi americani abbiamo pensato che l'attacco dei ruhar fosse un'altra Pearl Harbor, e di trovarci nel Pacifico del Sud durante la seconda guerra mondiale, a contrattaccare. Ora sappiamo che è una stronzata. La verità è che siamo nell'operazione Torcia e non siamo né gli Alleati né l'Asse, siamo i berberi.»

«Non ti seguo, Bishop.» Da ufficiale dell'esercito degli Stati Uniti, Wilson doveva sapere che "operazione Torcia" era l'espressione in codice per l'attacco condotto da americani e inglesi contro il Nord Africa nel novembre del 1942. «Berberi?»

«I berberi.» Stavo per aggiungere "signore", questa cosa del grado di colonnello era ancora nuova per me. «Penso che sia così che li chiamano. I nativi del Nord Africa, che si trovarono intrappolati tra l'invasione alleata da un lato e i tedeschi, gli italiani e i francesi di Vichy dall'altro. A nessuna delle due parti importava un cazzo dei nativi, o delle loro terre. I tedeschi e gli italiani volevano il Nord Africa per poter controllare il Mediterraneo e costringere gli inglesi a lasciare l'Egitto, in modo da avere accesso ai giacimenti petroliferi. Noi e gli inglesi volevamo respingere Rommel attraverso il Mediterraneo, in modo da poter colpire la Sicilia e poi l'Italia.» Stavo surfando sulla verità: gli Alleati non avevano deciso immediatamente dove andare dopo la vittoria in Nord Africa. «I berberi sono rimasti intrappolati nel mezzo e tutto quello che hanno potuto fare è stato seguire gli ordini di qualsiasi parte occupasse il loro territorio in quel momento, togliersi di mezzo e cercare di rimanere in vita. Ora siamo noi. Non contiamo un cazzo per nessuna delle due parti, se non per come possono usarci, o usare la Terra in quanto base di sosta. Siamo solo barrette croccanti sotto i cingoli dei loro carri armati. Dobbiamo smettere di pensare che siamo alleati dei kristang e capire che siamo solo truppe native che i kristang possono usare come carne da cannone. I francesi liberi allora avevano truppe berbere chiamate Goumier, ma non erano trattati come i soldati francesi. L'Unef deve smettere di pensare a grandi ambizioni e concentrarsi sulla sopravvivenza.»

Wilson si accigliò, ma annuì: «Può darsi che tu abbia ragione, Bishop».

Ingoiai la feccia del mio caffè e presi casco e occhiali: «Se vogliamo avere qualche possibilità di sopravvivenza, è meglio che torni a piantare patate. Una caterva di patate.».

Presi una Poiana diretta in un villaggio nel bel mezzo del nulla, ore di ascolto del ronzio dei motori e terreni agricoli che scorrevano sotto di noi. Purtroppo, ero rimasto solo con i miei pensieri, e non era un posto piacevole in cui stare. Quando avevo visto la prima nave d'assalto ruhar scivolare attraverso il campo di patate nella mia città, la prima cosa che mi era venuta in mente, subito dopo "Merda, sta succedendo davvero" e "Perché cazzo gli alieni avrebbero invaso Thompson Corners", era stata "Game over". A parte le stronzate dei film di Hollywood, qualsiasi specie dotata della tecnologia, delle risorse e dell'incentivo necessari per viaggiare tra le stelle avrebbe schiacciato l'umanità come un insetto. Dimenticatevi le fantasie di impavidi umani che sconfiggono gli alieni a terra. Questi ultimi potrebbero stazionare comodamente in orbita e polverizzarci a loro piacimento. Tutta la determinazione e lo spirito umano nell'universo non servirebbero a un cazzo se potessero colpirci e noi non potessimo raggiungerli. Anche se riuscissimo a reindirizzare e lanciare missili Icbm a punta nucleare, quei missili non potrebbero raggiungere l'alta orbita e gli alieni dovrebbero essere del tutto ciechi per non vedere il gas di scarico del razzo. Sarebbe sorprendente se una testata Icbm arrivasse a meno di centosessanta chilometri da una nave aliena; è probabile che non riuscirebbe a superare neanche lo strato inferiore dell'atmosfera. Game over.

Non ero l'unico a denigrare le prospettive dell'umanità di sopravvivere a un'invasione aliena, è quello che ci avevano detto i kristang. Le lucertole avevano raccontato un sacco di bugie, ma in questo caso erano state sincere. Avevano detto la verità, per farci capire quanto avessimo bisogno di loro per proteggerci dai ruhar, o almeno così pensavamo all'epoca. Il punto era: umani bloccati a terra, alieni con la postazione strategica dell'orbita e oltre a disposizione. Game over.

Quando avevo deciso di provare a catturare un soldato alieno, l'unica cosa cui avevo pensato era che l'umanità avesse bisogno d'informazioni sugli invasori, se avessimo avuto la possibilità di sopravvivere in qualche modo. E che dovevo fare qualcosa, anche se era avventato e stupido. E che, con tutta probabilità, sarei stato ucciso, ma, dato che l'intera umanità stava per essere spazzata via, Whisky Tango Foxtrot, no?

Poi, da oltre l'orizzonte, era arrivata la cavalleria kristang ed eravamo salvi. Cazzo, mi ricordo di quella sensazione, quando quel carro attrezzi ruhar ci braccava. Mi pisciavo sotto in quel momento, non mi vergogno ad ammetterlo, perché mi pisciavo sotto e avevo la bocca secca e mi tremavano le mani, ma resistevo comunque. Mi stavo preparando a morire in un lampo di fuoco, e poi il cielo aveva brillato di nuovo ed era avvenuto un miracolo, quando quella navicella ruhar aveva cabrato ed era sfrecciata in cielo con un boom supersonico.

Eravamo salvi! Tutte le mie paure erano state spazzate via. Ed ero grato ai nostri soccorritori.

Erano tutte stronzate.

Questo era anche peggio.

La Poiana atterrò, entrai in un Crivee, che non era il mio Crivee Barney personale ma un modello generico, e partimmo rombando subito dopo: un convoglio di piantatori di patate, composto da quattro Crivee blindati montanari e sei pesanti camion con rimorchio. Mi irritava il fatto che il convoglio avesse dovuto aspettarmi; odiavo aspettare gli ufficiali quando ero un soldato semplice, ora odiavo farmi aspettare dai soldati.

Il mio Crivee odorava di piedi, piedi puzzolenti. E qualcosa come dopobarba o acqua di colonia? Doveva essere stato parcheggiato in un posto in cui i criceti usavano quel disgustoso fertilizzante puzzolente, poi qualcuno aveva cercato di deodorarlo con acqua di colonia a buon mercato. «Cazzo, puzza come l'acqua di colonia di mio nonno», brontolai.

«Mi dispiace, signore», disse la conducente, era un soldato semplice con scritto "Park" sulla targhetta del nome. «Puzzava già così quando l'abbiamo preso al parco macchine.»

«Puzzava di più questa mattina», disse un soldato di nome Olafson dal posto del passeggero. «Abbiamo lasciato aperti i finestrini per far uscire l'odore.»

«Olafson, uhm?» Era biondo, un metro e novantacinque circa. «Sei sempre stato così alto oppure l'esercito ti ha dato troppo da mangiare?»

«Mia madre era una brava cuoca, signore.»

«Si, sì.» Non ero di buona compagnia, non ero dell'umore giusto per essere di buona compagnia, perciò affondai il naso nei rapporti scaricati sul mio tablet e i due soldati sui sedili anteriori capirono l'antifona. L'ufficio di intelligence agricola del quartier generale dell'Unef aveva preparato una serie di rapporti per me sulla prossima area in cui avremmo piantato colture: test del suolo, clima, precipitazioni, acque sotterranee, i tipi di colture che i ruhar stavano facendo crescere lì e le sostanze chimiche che avevano usato. Il fatto che l'Unef avesse istituito in fretta e furia un ufficio di intelligence agricola la diceva lunga su quanto fosse scomoda la nostra situazione su Paradiso. Avevo pensato fosse uno scherzo quando mi avevano affidato l'incarico di piantare le colture di cui avevamo bisogno per sopravvivere; avevo aiutato i miei genitori con la loro piccola fattoria, ma non ero per niente un esperto di agricoltura. Era sorprendente per me quanto avessi imparato in breve tempo. La paura di morire di fame è un grande incentivo. Il luogo in cui avremmo piantato le colture sembrava essere perfetto: era abbastanza vicino all'equatore perché potessimo ottenere due o tre raccolti all'anno, c'erano un sacco di precipitazioni e buone acque sotterranee per l'irrigazione durante la stagione estiva secca. Controllai i manifesti di carico dei camion nel nostro convoglio, eravamo così stracarichi di fertilizzante perché la terra locale doveva essere preparata prima che gli organismi terrestri potessero crescervi bene. Quando avevo letto tutto quello che potevo capire sull'agricoltura, mi ero dedicato agli altri rapporti che l'Unef si aspettava che leggessi. Chi l'avrebbe immaginato che essere un ufficiale avrebbe comportato così tanta lettura? Era come ritornare a scuola. Speravo che non ci fosse un quiz il giorno successivo.

Viaggiammo in silenzio per un po', io esaminando i rapporti, Park e Olafson bisbigliandosi qualcosa di tanto in tanto sui sedili anteriori. La nostra posizione di terzo veicolo nel convoglio faceva sì che ora dovessimo chiudere i finestrini per tenere fuori la polvere, ora aprirli per far uscire il calore. La mattina era stata fredda, adesso la temperatura si stava riscaldando in fretta, mentre attraversavamo il terreno agricolo pianeggiante. La nostra destinazione era un'area evacuata di recente dai ruhar, dove avevamo in programma di rimuovere dal terreno i resti dei loro raccolti abbandonati, preparare il terriccio e piantare i nostri semi. Evacuata di recente ed evacuata a denti stretti. La zona era stata sotto la responsabilità dell'esercito indiano; secondo i rapporti che stavo leggendo, avevano dovuto rimuovere con la forza le famiglie di criceti dalle loro case e c'era stato uno scontro a fuoco in cui un soldato indiano era morto e due erano rimasti feriti in modo grave. L'intera situazione su Paradiso era precaria; i kristang mantenevano ancora la posizione strategica, anche se con un solo cacciatorpediniere e una fregata in volo. I ruhar venivano ancora evacuati fuori dai confini del pianeta, spesso opponevano resistenza, con crescenti incidenti di sabotaggio contro l'Unef. C'era affollamento alla stazione base dell'ascensore, l'Unef vi aveva dovuto allestire un campo profughi, e le operazioni logistiche necessarie a mantenere i criceti riforniti e sotto controllo stavano distraendo il quartier generale. Le navi da trasporto ruhar continuavano a raggiungere la cima dell'ascensore per portare via i criceti, arrivavano in ritardo, senza più un programma regolare e in numero minore, scortate da una piccola protezione di navi da guerra kristang e caricate in modo frenetico e precipitoso dalle lucertole, che sospettavano un'altra incursione ruhar. A terra, l'Unef si preoccupava più della sopravvivenza, in particolare del nostro approvvigionamento alimentare, che di cacciare fino all'ultimo criceto fuori dai confini del pianeta. Le comunità di criceti erano passate dalla cooperazione alla riluttanza, alla resistenza attiva e al sabotaggio. Il sabotaggio si spinse oltre la manomissione dei camion che avrebbero dovuto essere utilizzati per evacuare i ruhar dai loro villaggi; i criceti fecero saltare i ponti, rendendo difficile o impossibile l'evacuazione via terra. L'Unef iniziò a utilizzare chiatte, pensando che nessuno avrebbe potuto far esplodere un fiume, ma il trasporto fluviale era lento e prendeva una via traversa, e un viaggio più lungo richiedeva una quantità maggiore di rifornimenti. Far viaggiare in volo i criceti era un'opzione costosa e, con l'aumento dei voli, gli aerei avrebbero avuto bisogno di più tempo per la manutenzione, creando un ciclo discendente della disponibilità degli aeromobili. I rapporti che avevo letto non fornivano buone risposte su quale fosse il modo migliore per continuare la missione di evacuazione, l'unica cosa certa era che l'Unef aveva bisogno di tenere i criceti in movimento costante, il più rapido possibile. Più terra veniva liberata dai criceti, più l'Unef poteva concentrare gli sforzi ed esercitare un controllo più stretto sulla popolazione ruhar restante.

Agenda e disponibilità della manutenzione delle attrezzature. Era qualcosa di cui non mi ero mai dovuto preoccupare prima. Ora che ero un ufficiale, un alto ufficiale, avrei dovuto conoscere queste stronzate. Conoscerle, considerarle, pensarci, trovare soluzioni e implementarle. Io.

Non ero soltanto una trovata pubblicitaria, ero un colonnello dell'esercito americano a tutti gli effetti. Con l'autorità e la responsabilità di un colonnello a tutti gli effetti. Avevo bisogno di essere un colonnello a tutti gli effetti.

«Park, Olafson, siete di stanza qui da molto tempo?»

«Da quando siamo arrivati qui, signore», disse Olafson.

«Fatemi un resoconto della situazione.»

«Un resoconto della situazione, signore?», chiese Park dal posto di guida. Potevo vedere i suoi occhi nel retrovisore.

Sapeva cosa fosse un resoconto della situazione, così esplicitai la mia richiesta: «Che cosa è successo con i criceti da queste parti?».

Olafson si girò in modo goffo sul sedile, così poteva guardarmi mentre parlavamo. «Non molto, signore. Roba di basso livello, qualche sabotaggio che ha rallentato la tabella di marcia del programma di evacuazione, ma nessun vero problema, nessuna violenza. Andavamo molto d'accordo con i nativi, finché, lei, ehm», lanciò un'occhiata a Park, «ha buttato le loro navi giù dal cielo, signore», disse quest'ultima cosa con uno sguardo di ammirazione così evidente che ne provai imbarazzo.

«Io non ho fatto niente, Olafson. C'era una squadra di soldati a difendere il Vettore. Non era l'unico punto nevralgico nel pianeta quel giorno.»

«Ehm, no, signore. Era piuttosto tranquillo qui quel giorno, non c'è nulla di molto strategico per cui valga la pena lottare da queste parti. Se non avessimo sentito parlare dell'attacco sui nostri zPhone e visto l'azione in corso in cielo, sarebbe stato un giorno normale per noi.»

Park annuì dal sedile del conducente: «Tutto liscio, signore. Quel giorno abbiamo indossato l'armamentario di battaglia e ci siamo preparati a resistere, ma non è successo niente, poi ci hanno dato il cessato allarme. Questa parte del pianeta è in mezzo al nulla, davvero in culo a Nettuno. Ora, più avanti, dove pianteremo le patate o qualunque altra cosa, i criceti hanno dato un sacco di problemi all'esercito indiano. Nessuna sparatoria qui, nessun morto da entrambe le parti, ma quei cazzo di criceti...» Potevo vedere la sua esitazione nel retrovisore.

«Va tutto bene, Park, sei un soldato, cazzo, puoi parlare come tale.»

«Sissignore. I criceti hanno opposto resistenza in ogni modo possibile. L'equipaggiamento era stato sabotato, perciò gli indiani non potevano usare nulla qui, tutta la loro attrezzatura è stata portata da fuori o ricostruita. I rifornimenti d'acqua erano contaminati, i criceti si muovevano in modo da incasinare il programma di evacuazione. Le cose si sono complicate così tanto che gli indiani hanno dovuto mettere l'intera regione in isolamento, tipo agli arresti domiciliari, e quando gli autobus si fermavano per portare via i criceti, quelli non lasciavano le loro case. Si sedevano sul pavimento e dovevano essere trasportati fuori a forza e caricati sugli autobus. Rallentavano tutto rispetto al programma. Le luc... i kristang, volevano vaporizzare un villaggio dall'orbita, in modo che i criceti ricevessero il messaggio che non potevano fare i furbi con noi oltre un certo limite. L'Unef pensava che, se i kristang fossero stati costretti a intervenire, avrebbero visto la nostra missione qui come un fallimento, perciò gli indiani hanno schierato un battaglione britannico come rinforzo...»

«Tac! Questo è stato un bel calcio in culo, eh, signore?», sogghignò Olafson. «Gli inglesi sotto il comando degli indiani?»

Annuii in silenzio. L'Unef sottolineava l'importanza della cooperazione internazionale, e gli ufficiali avevano ricevuto severe istruzioni di non incoraggiare o consentire rivalità nazionaliste, ma tali ordini avevano limiti pratici. «Serve da esempio, siamo tutti umani quaggiù», dissi, in un patetico tentativo di seguire lo spirito delle regole.

«Sì, sì», disse Park, «tra di loro hanno sistemato il posto in tempo, ma la cosa è stata deleteria per la tabella di marcia nel settore britannico, perciò ora si stanno mettendo in pari.» Il programma accelerava perché ci avvicinavamo al giorno dell'evacuazione, quello in cui l'ultimo criceto sarebbe salito sull'ascensore spaziale. A mano a mano che sempre più luoghi di Paradiso venivano sgombrati dai ruhar, potevamo concentrare le nostre forze e far correre i criceti. Il programma all'inizio sembrava illogico, perché dava la priorità all'evacuazione di alcune aree poco popolate del pianeta, e l'Unef aveva ipotizzato che i kristang volessero che quelle aree fossero ripulite per prime in modo da poter piantare le loro colture. Ma le lucertole non fecero una mossa per preparare i terreni agricoli abbandonati e mandarono solo piccole squadre a ispezionare le aree. Girava voce che secondo le lucertole quelle aree contenessero reliquie della super-civiltà antica degli Anziani, reliquie che erano il vero premio per cui valesse la pena di combattere per il controllo di Paradiso. Del resto, l'intero pianeta era occupato da terreno agricolo generico, che abbondava anche nel Braccio di Orione della galassia. Forse. Tutto quello che importava all'Unef era che i kristang ci avevano detto di liberare prima quelle aree, così lo facemmo.

«Stiamo arrivando a Habitrail, signore, dritto davanti a noi», indicò Olafson. La strada saliva sulla cresta di un'altura, davanti potevamo vedere un'ampia valle fluviale poco profonda, la strada che passava sopra un ponticello davanti a noi e poi tra le case sparpagliate di una città di una certa dimensione. Tipici appezzamenti di terreno agricolo, un po' di terra nuda fresca di raccolto, un po' di terra dal colore giallo dorato dell'equivalente del grano che i criceti piantavano, e imponenti silos di cereali. Il sottile nastro luminoso dei binari della ferrovia andava dritto come una freccia da sud-est a nord-ovest, formando un angolo col nostro percorso, e, in lontananza, erano parcheggiate una locomotiva elettrica e una dozzina di vagoni merci. Il piccolo treno era bloccato lì; i sabotatori avevano distrutto o minato i binari e fatto saltare o indebolito i ponti ferroviari nella regione. Il piano originale dell'Unef contava sulle ferrovie per trasportare in fretta un gran numero di criceti. Il problema era che questi l'avevano capito subito e ogni linea ferroviaria del pianeta era stata resa inservibile in un paio di settimane.

«Habitrail?» Risi.

Olafson fece un ampio sorriso. Non era più così intimorito o intimidito da me: «Il nome criceto suona come "Hah-bah-tahlin", quindi quei burloni di prima categoria hanno messo il cartello "Habitrail"». Il sindaco criceto qui si è incazzato quando ha scoperto che sulla Terra Habitrail è il marchio di una gabbia per criceti». Olafson non era empatico. «Che si fotta.»

Il mio zPhone emise un suono attutito, qualcosa come: «Planter, qui è Stinger guida».

«Qui Planter», risposi, dopo aver estratto il mio zPhone dal mucchio di giubbotti antiproiettile sotto cui l'avevo sepolto. Planter era il mio attuale indicativo di chiamata, mi era stato assegnato da qualche burlone nel quartier generale dell'Unef e il mio assistente part time si era incazzato e aveva cercato di farlo cambiare in qualcosa che suonasse più figo, ma a me piaceva. "Piantatore", se i criceti stavano ascoltando le nostre comunicazioni, e dovevo presumere che potessero, era un bell'indicativo di chiamata, amichevole, non aggressivo, che si sperava enfatizzasse la natura pacifica delle missioni che mi erano state assegnate. Piantavamo semi solo sulla terra da cui i criceti erano già stati evacuati, le nostre missioni non sottraevano loro alcuna risorsa, e noi evitavamo il contatto con le popolazioni ruhar ogni volta che potevamo. A differenza di quel giorno, perché il nostro convoglio doveva attraversare Habitrail, che si trovava sull'unica strada che portava alla nostra destinazione. «Vai avanti, Stinger capo.» Stinger, "Pungiglione", diceva il mio pacchetto informativo per la missione, era l'indicativo di chiamata della scorta di due navi che avrebbero fornito supporto aereo mentre attraversavamo Habitrail. Un paio di cannoniere Pollo armate fino ai denti avrebbero dovuto dissuadere qualsiasi criceto dal fare l'intrepido mentre passavamo. Io, se vedessi un paio delle nostre stesse cannoniere usate contro di noi, sarei più arrabbiato che intimidito. Abbastanza arrabbiato da agire. Se la rivalsa era certa? Con tutta probabilità no. In ogni caso, era bello avere un paio di cannoniere a sostenerci.

«Planter, sappi che il mio braccio destro ha un calo di potenza in un motore e deve tornare alla base.»

Ora che la voce non proveniva da sotto uno strato di giubbotti antiproiettile, potevo riconoscere che il pilota era una donna, con un accento americano del Midwest. Mi aspettavo che dicesse "Puoi contarci!".

«Ricevuto, tornando alla base, Stinger, puoi coprirci tu attraverso il posto di blocco Mike 2?» M2 era la designazione di Habitrail sulla mappa.

«Affermativo, Planter, vi coprirò da ponte a ponte, passo.» Intendeva dal ponte dal nostro lato di Mike 2 al ponte dall'altra parte della città. Oltre il secondo c'erano terreni agricoli aperti, i potenziali punti di pericolo in cui avremmo potuto aver bisogno di copertura aerea erano i passaggi obbligati dei due ponti e la città stessa.

«Affermativo, Planter. Farò un volo radente sulla città per svegliarli.»

«Ricevuto, Stinger. Planter chiudo.» L'Unef aveva discusso se fosse meglio che i convogli arrivassero nelle città senza preavviso, o che la copertura aerea facesse prima un sorvolo. Il dibattito sull'argomento era stato breve, perché un convoglio che viaggiava su strade sterrate, attraverso terreni agricoli pianeggianti, difficilmente poteva aspettarsi di avvicinarsi di soppiatto a qualcosa: il pennacchio di polvere sulla scia di un convoglio era un pugno nell'occhio, visibile a chilometri di distanza.

Il primo ponte che superammo era un brutto blocco di cemento, costruito dai kristang la prima volta che avevano occupato il pianeta. Due soldati della squadra di sicurezza locale ci salutarono con la mano, erano di stanza sul ponte per assicurarsi che nessuno l'avesse manomesso dall'ultima ispezione. Questa era la situazione che affrontavamo; se c'era una cosa che i criceti potevano sabotare, l'avrebbero fatto. Bastava distogliere lo sguardo un paio d'ore perché un ponte venisse fatto esplodere o danneggiato in qualche modo per renderlo inservibile, una chiatta fluviale venisse affondata, ripetitori venissero abbattuti, motori di veicoli incustoditi venissero bruciati. Con mia grande sorpresa, attraversammo la città senza incidenti, nemmeno un piccolo criceto dalla testa calda che ci lanciasse una pietra, o una zolla di fango, o un pezzo di letame. Di solito potevamo metterci la mano sul fuoco, accadeva così spesso ed entrambe le parti erano così abituate, che i bambini si sentivano incoraggiati, perché avevano imparato per esperienza che i nostri soldati avevano l'ordine di non sparare loro. A meno che non ci stessero sparando, cosa che finora non era mai successa, che io sapessi.

La città era più degradata di quanto non lo fossero luoghi del genere un tempo, credo che, prima del tentativo di riconquista del pianeta, i criceti locali sperassero che la loro flotta avrebbe scacciato i kristang e tutto sarebbe tornato alla normalità. Non fosse per una grande forza di fastidiosi umani in residenza. Dopo il fallimento dell'assalto, i criceti si erano resi conto che avevano perso il pianeta per davvero, che sarebbero stati costretti ad andarsene e non sarebbero mai più tornati, e avevano perso interesse a mantenere in ordine qualcosa che si sarebbero lasciati alle spalle a uso e consumo dei kristang. Piuttosto, erano risentiti, cosa che potevo capire, ed era chiaro che progettavano di distruggere il posto un po' prima che l'evacuazione fosse finita. Le principali infrastrutture, come il Vettore e l'ascensore spaziale e i reattori a fusione, erano off limits, secondo le strane regole di ingaggio che sembravano essere in vigore da entrambe le parti. Dopotutto, se i ruhar avessero fatto saltare in aria il Vettore sarebbe stato come ammettere che non avrebbero mai provato a riconquistare Paradiso, e questo non avrebbe fatto bene al morale dei criceti.

Stavamo attraversando l'area popolosa della città e ci stavamo avvicinando al ponte occidentale, distante un paio di minuti, così sembrava. Ero agitato per qualcosa che sentivo in procinto di accadere, il linguaggio del corpo di Park e Olafson mi diceva che anche loro erano pronti ad affrontare dei guai, ma era tutto tranquillo. Il ponte occidentale era un'elegante struttura dall'aspetto delicato, molto più lunga di quella del ponte orientale. Era stato costruito dai ruhar, ma sui piloni di un precedente ponte kristang. Mi sentivo esposto mentre lo attraversavamo, e tutti tirammo un sospiro di sollievo quando ci ritrovammo all'asciutto dall'altra parte. Sporgendo la testa fuori dal finestrino, rimasi a guardare il nostro convoglio finché l'ultimo camion non ebbe superato il ponte. Stando alla mappa, e a quello che potevo vedere, non c'era altro che terreni agricoli abbastanza pianeggianti, che si estendevano per chilometri in tutte le direzioni.

«Planter, qui è Stinger.»

«Grazie per la scorta, Stinger, sei autorizzata a tornare alla base.»

«Ricevuto, Planter, divertitevi ora, coltivateci del cibo gustoso. Stinger chiudo.» Fece volare il Pollo sopra di noi in un ampio cerchio, poi ritrasse i pod delle armi, accelerò e salì verso est. Guardando il Pollo volare, pensai che i nostri piloti, che su Paradiso guidavano fighi aerei avanzati, dovevano amare quella missione. Mentre noialtri volavamo su M4. Non sembrava giusto. Perché noi fanti non potevamo usare i fucili sottratti ai ruhar, come i nostri aviatori guidavano i loro aerei? Mi rimisi comodo al mio posto.

«Signore?» La voce di Olafson interruppe le mie fantasticherie. «Ha incontrato i kristang, giusto? Abbiamo sentito che è andato alla loro stazione quando è stato promosso.»

Una smorfia mi balenò in faccia prima che indossassi quella che speravo fosse un'espressione neutra. Olafson se ne accorse, perché le sue sopracciglia si alzarono. «C'è stata una cerimonia alla stazione, sì. Io, ehm», mi arrabattai per coprire il mio errore, «il mio stomaco ha fatto fatica con il cibo che hanno servito.» Era vero, anche se a farmi star male era stato quello che aveva detto il kristang e il fatto di avere dovuto ingoiare il mio orgoglio e tenere la bocca chiusa.

«Come sono, signore? Se posso chiederglielo. Non ne ho mai visto uno dal vivo.» Doveva aver percepito il mio disagio di fronte a quella domanda: «Dimentichi ciò che le ho chiesto, signore, quella roba è fuori dalla mia giurisdizione...».

Non lo avevo in alcun modo previsto. Un soldato nel penultimo camion disse di avere visto una striscia appena prima dell'impatto: penso che fosse la sua immaginazione. Potrebbe essere stato un cannone a rotaia, oppure una specie di artiglieria silenziosa o un vero razzo senza fumo, che non aveva lasciato un pennacchio di scarico. Qualunque cosa fosse, uno di loro colpì i rimorchi di ogni camion, distruggendo il prezioso fertilizzante e i semi, tutte cose insostituibili. La testata era qualcosa di nuovo, poi generò più calore che esplosione: è probabile che fosse un effetto calcolato per bruciare i nostri semi e i microrganismi nel fertilizzante. I semi sparsi li avremmo potuti raccogliere, i semi bruciati non sarebbero serviti più a nulla.

Erano proprio i semi che cercavano, per negare all'umanità la capacità di sostentarsi su Paradiso, per costringere i kristang a spendere scarse risorse per portare altri semi, o per riportare i loro cuccioli umani sulla Terra. Nessuno, nessuno nei camion fu distrutto dal fuoco nemico, il nostro unico morto fu un soldato sul sedile anteriore del Crivee che viaggiava dietro l'ultimo camion; il loro veicolo tamponò il rimorchio del mezzo che si era fermato all'improvviso e il conducente rimase ferito quando la sua testa colpì il volante. Un rottame metallico attraversò il cranio del soldato seduto sul sedile del passeggero, uccidendolo sul colpo. Non credo che i criceti volessero ammazzare qualcuno, il che era una magra consolazione per il morto e i feriti.

Uscimmo dai nostri veicoli in fretta per metterci al riparo, cercare i nemici e soccorrere i feriti. Non avremmo mai scoperto che genere di arma ci avesse colpito, perché Stinger reagì all'istante e inviò un paio di missili ad alta velocità per colpire il punto da cui era stato sferrato l'attacco. Quelle esplosioni ci indussero di nuovo a cercare riparo, poi Stinger rombò sopra le nostre teste, con i pod delle armi estesi e pronti ai guai.

«Planter, qui è Stinger, niente nemici in vista, passo.»

«Ricevuto, Stinger», risposi, mettendomi l'M4 a tracolla. «È probabile che l'attacco fosse innescato da remoto.»

«E guidato», aggiunse Park, scrutando l'orizzonte nel mirino del fucile. «Qualcuno aveva preso di mira i nostri rimorchi e nient'altro.»

Non aveva tutti i torti. O c'era un osservatore nascosto da qualche parte, o le armi erano dotate di telecamere. Anche le armi aliene intelligenti super-avanzate devono sapere cosa colpire. Stavo per dire inutilmente a Stinger di mettersi alla ricerca di un osservatore, cosa che stava già facendo, quando sul mio zPhone apparve un segnale d'allarme. L'attacco al nostro convoglio non era stato l'unico incidente, attacchi quasi simultanei erano stati lanciati in tutto il continente. Chiamai il mio comandante e gli feci un rapido resoconto della situazione, m'interruppe a metà del racconto visto che noi stavamo bene per il momento, ma per altre unità non si poteva dire lo stesso. Dal rumore in sottofondo, al quartier generale si era scatenato l'inferno.

Un messaggio di testo dalla base aerea locale mi comunicò che era in arrivo una Poiana per l'evacuazione medica, volevano che confermassi che la zona di atterraggio era sicura. Merda, mi era sembrata sicura il secondo prima che ci colpissero e sembrava sicura adesso. Il posto era terreno agricolo pacifico, se ignoravi i pennacchi di fumo nero che salivano dai nostri rimorchi bruciati e il Pollo in orbita attorno alla zona con i pod delle armi caldi in cerca di guai e nella speranza di trovarli. A parte questo, la zona era sicura. Risposi in modo affermativo e ordinai ai miei di sparpagliarsi, abbastanza lontani l'uno dall'altro da non costituire un singolo obiettivo, abbastanza vicini da poterci sostenere a vicenda in una lotta. La Poiana arrivò e portò via cinque feriti, noialtri facemmo inversione coi nostri Crivee, in modo da poter tornare verso Habitrail. Stinger stava ancora volando in copertura ad alta quota, questa volta non fece irruzione in città e disse che poteva vedere dei criceti riunirsi nel campo da gioco di una scuola. Non avevano armi in vista, e non ce n'erano più di una dozzina. Anche se i criceti di Habitrail non erano coinvolti nell'attacco, dovevano sapere che era successo qualcosa, i nostri rimorchi stavano ancora bruciando ed emanando fumo nero che saliva alto nel cielo.

«Planter, qui è Crystal Fortress.» Crystal Fortress, "Fortezza di Cristallo" era l'indicativo di chiamata del generale Maitland, il comandante regionale. «Conferma di avere un morto in azione nella vostra posizione, un chilometro a ovest di Habitrail?»

«Crystal Fortress, Planter conferma che abbiamo un morto in azione e cinque feriti sono stati evacuati con una Poiana. Posizione a posto, nessun segno di attività nemica qui, passo.» Speravo di avere altro soccorso aereo, prima di tornare indietro attraversando la città.

«Planter, aspetta», ordinò la voce alla radio.

«Planter, ascolta bene.» La voce stavolta era quella del generale Maitland in persona. «Abbiamo bisogno di mostrare ai criceti che questo non è un gioco», la sua voce suonava strana, come se stesse leggendo lentamente uno scritto, «che non possono colpirci e restare impuniti. Andate a Habitrail e prendete otto ruhar a caso, a vostra discrezione. Se qualcuno resiste, usate la forza letale. Allineate quegli otto ruhar al centro della città e giustiziateli. Vogliamo che sia pubblico.»

Dovetti appoggiarmi al paraurti di un Crivee perché non mi cedessero le gambe. La mia faccia doveva essere sbiancata, la gente mi guardava. Il capitano Rivers mimò con le labbra in silenzio: «Che succede, capo?». Rivolto a me.

Ebbi un flashback di quando avevo otto anni ed ero a pesca in un torrente con i miei amici, in una calda, umida giornata estiva, quel genere di giornata estiva che capita così di rado nel Nord del Maine, dove quando si arriva poco oltre i venti gradi i nativi si lamentano del caldo. Io, i miei amici Bobby, Tommy e un bambino nuovo, Michael. Non Mikey, Michael, ci aveva detto quando ci eravamo conosciuti. Era un idiota, ma il padre era un pezzo grosso nella cartiera dove lavorava il mio vecchio, quindi dovevamo essere gentili con lui e consentirgli di venire con noi. Era del Wisconsin, e continuava a dirci quanto facesse schifo il Maine, che eravamo stupidi a vivere lì, che vivevamo nel Maine solo perché i nostri genitori non riuscivano a trovare lavoro altrove in un posto decente.

Eravamo presso un torrente, a goderci quel genere di avventura boschiva, da bambini allevati all'aperto senza supervisione, che tanto spaventa i genitori di città, pescando e cercando salamandre. Michael aveva una nuova canna da pesca con esche costose, noialtri avevamo attrezzatura vecchia e usavamo pane arrotolato e pezzi di formaggio per esca. Bobby catturò tre pesci di una certa dimensione, di quelli regolamentari per la cena, e Tommy e io ci stavamo divertendo, ma senza catturare nulla che valesse la pena di tenere. Michael era di cattivo umore perché non aveva preso nulla, lamentandosi del fatto che i pesci nel torrente erano stupidi, e noi stavamo alzando schizzi e gettando ombre che li spaventavano. Per lo più lo ignoravamo, finché non catturò una rana per sbaglio.

Torturò quella povera bestia. Già fu abbastanza brutto che ne avesse agganciato la pancia e l'avesse squarciata tirandola a sé. Michael era un piccolo, sadico pezzo di merda. Iniziò allegramente a usare un amo per spellare la zampa della rana, mentre l'animale si dibatteva e lui lo soffocava.

Non feci nulla per fermarlo. Me ne restai là in piedi, vergognandomi di me stesso, con gli occhi fissi a terra. Anche il padre di Bobby lavorava alla cartiera, ma Bobby era una persona migliore di me, pure a otto anni. Lui afferrò la rana, la portò via e la calpestò su una roccia per porre fine alle sue sofferenze. Michael ingaggiò una lotta cui Bobby e Tommy misero fine molto in fretta, picchiandolo e spingendolo nel torrente. Quando Michael urlò che l'avrebbe detto a suo padre, Bobby si precipitò nel torrente e tenne la testa di quella piccola merda nell'acqua fangosa finché non piagnucolò: «Mi arrendo». Prima che ce ne andassimo, Tommy si ruppe la nuova canna da pesca di Michael sulle ginocchia e gettò la sua costosa cassetta delle esche nelle acque profonde del torrente. E Bobby avvisò Michael che se l'avesse detto a suo padre, o se l'avessimo rivisto fuori da scuola, l'avremmo pestato a sangue. A otto anni, quella minaccia significava che facevamo sul serio, e Michael lo sapeva.

Non rivedemmo Michael mai più. Suo padre si trasferì in un mulino in Oregon quel settembre e portò la famiglia con sé. Michael, m'immaginavo, crescendo sarebbe diventato uno che picchia la moglie o un serial killer, o entrambi, due facce della stessa medaglia.

La mia mente deve aver avuto un flashback di quel momento perché allora me ne ero rimasto a guardare e non avevo fatto nulla per difendere un innocente. Non sarebbe mai più accaduto. E a maggior ragione non con indosso un'uniforme dell'esercito.

«Crystal Fortress», scandii molto lentamente, a voce abbastanza alta perché i soldati attorno a me non potessero perdersi quello che stavo dicendo, «conferma che mi stai ordinando di uccidere otto civili.» La mascella inferiore mi tremava mentre parlavo: «Giustiziare otto civili in pubblico». Avevo messo il mio zPhone in vivavoce e Maitland sapeva cosa stavo facendo.

«Cazzo, colonnello Bishop. Non mi piace più di quanto piaccia a te. Ce la stiamo cavando a stento qui; questa merda non può andare avanti. Questi sono gli ordini. Eseguili.»

«Signore», dissi fissando un soldato dopo l'altro negli occhi, «non posso farlo.» Gli sguardi che ricevetti erano scioccati quanto me. Anche se avessi dato l'ordine, era improbabile che qualcuno del convoglio avrebbe obbedito. In che casino ci eravamo cacciati? Merda, non avremmo mai dovuto lasciare la Terra. Gli umani non avevano alcun motivo di stare lì.

«Maledizione, Bishop, non indossi quell'uccello sull'uniforme per bellezza.»

«Signore, con tutto il rispetto, lei non ha l'autorità per scavalcare le regole di ingaggio, o il codice di condotta.» Perché cazzo stavo avendo quella conversazione? «Possiamo...»

Una strana voce s'intromise, una voce che riconobbi essere quella di un kristang che usava un traduttore. «Colonnello Joseph Bishop, ti stai rifiutando di obbedire a un ordine diretto?» Nemmeno il traduttore riuscì a rimuovere tutto il sibilo lucertolesco dalla voce.

Lucertole. Alzai gli occhi senza volerlo. Avevano navi in orbita che avrebbero potuto vaporizzare la mia intera squadra lì. Dovevo fare attenzione con le vite dei venti umani sotto il mio comando, molta attenzione. Spensi il mio zPhone per un momento, infilandolo in una tasca. In fretta, spiegai la situazione ai soldati attorno a me: «Le lucertole mi hanno mostrato chi sono davvero, quando ero lassù per la cerimonia di promozione. Le voci che avete sentito rispetto ai messaggi contenuti nei biscotti della fortuna sono vere, le lucertole non hanno salvato la Terra dai ruhar, ma hanno cacciato i ruhar in modo da poter violentare il nostro pianeta indisturbate. Siamo fottuti in ogni caso, l'unica cosa che ci è rimasta è la nostra umanità, e non ho intenzione di rinunciarci. Le lucertole mi ordinano di uccidere otto criceti a caso».

«Perché otto, signore?», chiese Olafson. Pensai non fosse esattamente la domanda fondamentale da porre in quel momento.

Tenendo in alto le mani, presi a illustrare: «Le lucertole hanno quattro dita per mano, pensano in termini di otto, non dieci come noi. Dovremmo uccidere otto civili per ogni umano ucciso. Quando i nazisti occuparono Roma e gli italiani opposero resistenza, i primi spararono a dieci o venti civili per ogni tedesco ucciso. Presero dei civili a caso per la strada, li misero in fila su un ponte, li fucilarono e gettarono i loro corpi nel fiume. L'esercito degli Stati Uniti non lo fa». Sull'argomento avevo un po' di confusione rispetto ai dati di fatto, ma gli elementi di base erano corretti. Con lo zPhone di nuovo acceso, risposi: «In quanto soldato dell'esercito degli Stati Uniti, sono tenuto a rifiutare ordini illegali. Assassinare a sangue freddo dei civili è illegale».

Ci fu uno strillo kristang inferocito che non si traduceva, poi il mio zPhone si spense. Intendo del tutto, niente luci, le lucertole dovevano averlo disattivato.

«E adesso, signore?», chiese il capitano Rivers.

Come diavolo facevo a saperlo? Niente nel mio addestramento mi aveva preparato a quel casino di situazione. «Stacchiamo il camion di testa da quel rimorchio rotto.» La parte posteriore della cabina del camion era bruciata e le finestre erano saltate, ma le solide gomme erano ancora rotonde e funzionali. Gli altri due furgoni erano in cattive condizioni, le loro celle a combustibile avevano preso fuoco per il calore. «Guiderò il camion da solo, se le lucertole di sopra decidono di farmi fuori per disobbedienza, non voglio portare nessun altro con me. E non discutete, è un ordine. Partiamo, torniamo alla base, teniamo i Crivee sparpagliati.» Anche se le lucertole potevano colpirci dall'orbita a prescindere da quanto ampiamente fossimo sparpagliati, non volevo facilitare loro le cose. Forse avremmo dovuto mettere tutti gli zPhone in un sacchetto che avrei tenuto con me, così le lucertole non avrebbero potuto prenderci di mira sulla base del segnale...

Rivers mise una mano sul suo auricolare, poi me lo porse assieme al suo zPhone: «Stinger vuole parlare con lei, signore». Così non avevano disattivato tutti i nostri zPhone, soltanto il mio.

«Stinger, qui è Planter, vai pure.»

«Ho ascoltato le sue comunicazioni, signore. I kristang mi hanno ordinato di prendere di mira una scuola di Habitrail. Mi sono rifiutata di obbedire all'ordine.» La disobbedienza stava diventando popolare.

«Ricevuto, Stinger, grazie. Stiamo per partire...»

«Merda!», gridò Stinger. «Ho perso il controllo! I comandi non rispondono! Il mitragliere non riesce a bloccare le armi!»

«Sparpagliatevi!», sbraitai, e indicai i Polli in avvicinamento a bassa quota da sud-ovest, con i pod delle armi estesi. «Le lucertole hanno il controllo della cannoniera!»

Tutti correvano; mi tuffai in un fosso sul ciglio della strada, ma mi resi conto in un lampo di quanto fosse stupido e inutile. Ed egoista. Le lucertole avevano un problema con me, non con la mia squadra. Perciò mi alzai e agitai le braccia verso il Pollo, cercando di attirare l'attenzione. Il mio piano, se così si può chiamare, era di sollevare il dito medio dopo che le lucertole mi avessero lanciato contro un missile. Sarebbe stato stupido anche quello, è probabile che le lucertole non riconoscessero gesti umani volgari.

Non fosse che non attaccarono me. I due missili restanti del Pollo schizzarono fuori dalle rotaie, sopra le nostre teste, e colpirono la scuola con una fiammeggiante esplosione. «Non siamo stati noi!», gridò Stinger in tono febbrile. «Oh merda! Hanno interrotto la corrente! Stiamo precipitando!»

Mentre lo guardavo, il Pollo barcollò in aria, poi cadde come una pietra da circa novanta metri di altitudine, fracassandosi a terra con grande violenza e tracciando un solco nel terreno a circa quattrocento metri a sud dal punto in cui mi trovavo. Senza che dicessi nulla, i soldati iniziarono a correre sul luogo dell'incidente, io arrivai per primo perché non ero appesantito da tutto l'armamentario di battaglia come gli altri.

Il Pollo era molto meno danneggiato di quanto mi aspettassi, con qualsiasi cosa i criceti lo avessero costruito era roba resistente. La coda e le due alette si erano spezzate, il tutto si era cappottato di trecentosessanta gradi, ma la cabina di pilotaggio e il quadro elettrico dietro i sedili erano per lo più interi. A differenza dei due occupanti umani. Il mitragliere sul sedile anteriore era senza testa, una lama della ventola del motore si era staccata e l'aveva tagliata di netto. Al pilota dietro di lui, di cui lessi il nome sulla tuta di volo – si chiamava Collins – a lei mancava la parte inferiore del braccio sinistro e le usciva sangue dalla bocca. Non era cosciente, con attenzione le slacciai la cintura e sollevai il casco, che una grande crepa tagliava da cima a fondo. Fu terribile.

Maledizione. Come diavolo faceva a esserci una ragazza, voglio dire una donna, così giovane alla guida di un Pollo? Per quanto malconcia fosse, tra i due sembravo comunque io il più vecchio.

«Uh», gemette e aprì un occhio.

«Ssst. Non ti muovere, Collins. Sono il colonnello Bishop, sono Planter.»

«Non riuscivo a fermarlo, signore, non riuscivo a fermarlo», la sua voce si smorzò, sebbene le sue labbra si muovessero ancora in silenzio, mentre cercava di parlarmi.

«Va tutto bene, resta con me. Collins? Collins?» La testa le si afflosciò in avanti mentre la tenevo tra le braccia, un'ultima bolla di sangue le uscì dalla bocca e morì. Le sue ultime parole non avevano espresso paura, mi aveva detto di avere fatto il suo dovere, che non aveva ucciso criceti nella scuola. In qualche modo, per via di una combinazione di circostanze, Collins era passata dall'essere una bambina, all'arruolarsi nell'esercito, alla scuola di volo in elicottero, al volontariato per il servizio con l'Unef, qualificandosi per pilotare una cannoniera Pollo, fino a qui. A morire tra le braccia di un perfetto sconosciuto. Uccisa da una specie aliena che non aveva un suo concetto di umanità. Non c'era una buona ragione perché la sua vita finisse lì, quel giorno. Crollai e piansi.

Non ero il solo a stare in piedi con le spalle abbassate, singhiozzando piano. Il tenente Collins non era stata l'unica persona che avevamo perso quel giorno, la sua morte era stata la goccia che aveva fatto traboccare il vaso. Non era stata uccisa in combattimento, era stata uccisa da creature che avrebbero dovuto essere nostri alleati, nostri protettori, i nostri salvatori. L'intera situazione su Paradiso era andata a puttane così in fretta che avevamo perso quasi ogni speranza nel giro di pochi mesi.

Rivers mi toccò una spalla, mi guardò negli occhi e scosse la testa una volta, in silenzio. Messaggio ricevuto. Il superiore doveva dare l'esempio. Mi raddrizzai, asciugandomi con rabbia gli occhi con la parte posteriore di una manica. Riconsegnando lo zPhone a Rivers, gli dissi di fare lui un resoconto della situazione al quartier generale dell'Unef, perché non pensavo di riuscire a essere professionale in quel momento.

Nessuno di noi sapeva cos'altro dire. Non c'era niente da dire. Dopo un po', tirammo fuori i due corpi dal Pollo e li caricammo sul sedile posteriore del camion che guidavo io. Dopo avere attraversato il ponte occidentale, invece di seguire la strada che tagliava Habitrail, diedi ordine di attraversare i campi in un ampio cerchio, cosa che ora potevamo fare, non essendo più appesantiti dai rimorchi. Ci volle un'ora per aggirare la città, il che comportava anche dare la caccia ai percorsi giusti per guadare torrenti, sobbalzare attraverso terra e fango; il lavoro e la concentrazione mantenevano la gente assorbita dal compito di tornare alla base. Io restai indietro col camion, mantenendo dall'ultimo Crivee una distanza tale che, se le lucertole avessero deciso di farmi fuori con un colpo di cannone a rotaia o un missile, non ci sarebbero stati danni collaterali tra la mia gente. Aveva anche senso che fossero i Crivee ad andare in ricognizione del percorso migliore per attraversare il paese, perché il camion non era altrettanto funzionale fuori strada.

Eravamo tornati sul percorso principale da meno di mezz'ora, quando la colonna di testa sostò e io mi fermai quattrocento metri dietro di loro. Rivers mi chiamò sullo zPhone che avevo preso in prestito: «Il comando dice di aspettare qui, signore, stanno mandando una Poiana». Il comando non aveva detto il motivo. Una sola Poiana non sarebbe bastata per evacuare tutti noi, e non potevo credere che l'Unef volesse abbandonare i Crivee funzionanti. Forse la situazione che ci aspettava era così brutta che il comando ci stava portando rinforzi con armi più pesanti? Provai a chiamare il mio zPhone, ma poteva connettersi solo a Rivers. Ecco cosa succedeva quando un'altra specie controllava tutte le tue comunicazioni. Non avremmo dovuto lasciare che accadesse.

Naturalmente, un'altra specie controllava anche tutto il nostro cibo e le altre provviste, e la posizione strategica e la Terra, quindi le comunicazioni su Paradiso avrebbero potuto essere l'ultimo dei nostri problemi.

Una Poiana, scortata da un Pollo, arrivò rombando, ci volteggiò sopra e atterrò sulla strada di fronte alla colonna. Vidi Rivers andare avanti a piedi per parlare con i soldati. Il mio zPhone suonò, era Rivers: «Signore, la vogliono qui». C'era una sfumatura di allerta nella sua voce. Lasciai il mio M4 nel camion e mi avviai di buon passo. Mentre passavo accanto ai Crivee, i soldati mi facevano il saluto, alcuni avevano le lacrime agli occhi, sembravano tutti arrabbiati. Che cazzo stava succedendo? Raggiunsi il gruppo riunito attorno alla Poiana e salutai un certo capitano Randolph. La Poiana era dell'esercito degli Stati Uniti, come tutte le truppe che trasportava.

«Capitano Randolph.»

Mi fece il saluto militare, mi fissò un istante negli occhi, ma non riuscì a non distogliere lo sguardo. Qualunque cosa stesse succedendo, mi metteva a disagio. «Colonnello Bishop, ho l'ordine di dichiararla in arresto. Consegni la sua arma da fianco, prego.» Tese la mano, quasi in segno di scusa.

«Arresto?» Ero davvero scioccato. «Con quale accusa?», chiesi.

«Rifiuto di obbedire agli ordini di un superiore, signore.»

«Rifiuto di eseguire ordini illegali, capitano.»

«Signore, questo è al di sopra della mia giurisdizione», disse l'altro a fatica. «Colonnello, lei non è l'unica persona di cui il quartier generale dell'Unef ha ordinato l'arresto, si dice che un sacco di unità abbiano rifiutato quegli ordini. Abbiamo sentito», abbassò la voce, «che i kristang hanno colpito alcune unità dall'orbita quando hanno rifiutato gli ordini direttamente da, ehm...», indicò il cielo con il pollice. «La prego, signore, non posso rischiare la vita dei miei uomini mancando di arrestarla.» Questo implicava che le lucertole stavano guardando e ci avrebbero ucciso tutti se non mi fossi arreso.

«Colonnello», iniziò a dire Rivers, lanciando uno sguardo significativo al dito che teneva sulla sicura del suo M4.

«Capitano Rivers, sei tu al comando qui. Riporta queste persone alla base in sicurezza, evita problemi lungo la strada», ordinai. Tenendo la mia arma da fianco con due dita, la consegnai a Randolph. «Mi portate al quartier generale dell'Unef?»

«No, signore», il suo pomo d'Adamo fece su e giù, nervosamente, «tutti i prigionieri sono diretti a una base delle luc... dei kristang, signore.»

Capitolo 9

Carcere

Mi misero in prigione nell'unica base kristang del pianeta, gestita dalla trentina di kristang che erano stati vaccinati con un farmaco sperimentale per proteggersi dal rischio biologico su Paradiso, tutti volontari. Un'avanguardia dei più accaniti, o di quelli più disperatamente alla ricerca di una promozione. Ognuno di loro era uno stronzo fanatico. Ero tenuto in isolamento, in vero isolamento, non vedevo nemmeno le lucertole mentre ero nella mia cella, il cibo veniva consegnato attraverso un cassetto scorrevole una volta al giorno. Per passare il tempo, guardavo la luce del sole cambiare direzione dalla piccola finestra, in alto sul muro. E ascoltavo le urla che si ripetevano a intermittenza e i colpi di fucile al mattino. Il quinto, forse sesto giorno, ricevetti una visita dal corpo dei Marine degli Stati Uniti.

«Bishop, sono il maggiore Cochrane, come stai, figliolo?» Si guardò attorno nella cella, alla ricerca di un posto dove appendere il cappello, poi se l'infilò sotto il braccio. Sembrava stesse anche peggio di me, scarno e con occhiaie e borse sotto gli occhi. Gli ufficiali del quartier generale dell'Unef stavano dando il buon esempio, tagliandosi le razioni di cibo. Facevamo a gara per evitare di finire le scorte prima che i nostri raccolti inaugurali fossero pronti.

Mi appoggiai contro la parete, non essendoci posto per sedersi, o stendersi, a parte il duro, freddo pavimento. «Abbastanza bene, signore, nei limiti del possibile. Niente di cui lamentarsi. Il cibo potrebbe essere migliore e questo letto è duro, ma almeno non è grumoso», scherzai con fatica.

«Fanno sul serio», si accigliò Cochrane, «i kristang vogliono fare di te un esempio, di te e degli altri che hanno sfidato i loro ordini.»

«Quanti altri? Ho sentito le squadre di fuoco, al mattino.»

Cochrane sembrava scosso. «Americani, che io sappia, diciassette, stiamo cercando di ottenere un computo esatto. Più inglesi, indiani e cinesi e un paio di soldati francesi.»

«Tutti nel braccio della morte?»

Annuì lentamente. «Il che non tiene in conto i morti di quando i kristang si sono spazientiti e hanno colpito le unità dall'orbita. Danno collaterale, dicono», e lanciò uno sguardo nervoso al soffitto, come se fosse l'unico posto in cui le lucertole avrebbero potuto piazzare delle cimici. «Si dà il caso che i siti che hanno colpito siano solo quelli in cui i nostri esitavano a eseguire gli ordini di rappresaglia.» Mi guardò con la coda dell'occhio. «I tuoi sono stati fortunati. Se non fossi stato celebre tra i kristang, avrebbero spazzato via la tua squadra con un attacco di cannone a rotaia, insieme a Habitrail. A quanto pare, volevano che vedessi distruggere quella scuola. I kristang non tollerano che specie inferiori li sfidino.»

«Per rappresaglia si intende quando si colpiscono soggetti che ti hanno colpito. Le donne e i bambini criceti non ci hanno colpiti. Questo è puro e semplice omicidio. Mi hanno fatto colonnello», indicai l'aquila sulla mia uniforme, «hanno detto che ero un eroe per avere ucciso dei soldati ruhar, ora vogliono uccidere me per aver rifiutato di assassinare donne e bambini ruhar.»

«Hai fatto bene un sacco di cose, ma...»

«Sì, hai fottuto una pecora.»

«Cosa?», chiese Cochrane, con gli occhi spalancati.

«È una battuta. La dimentichi. Potrei dire: "Una sola lavata di capo spazza via un centinaio di encomi", eh?»

«Qualcosa di simile», annuì lui.

«Quindi, lei è qui per cosa, ascoltare la mia confessione, farmi da avvocato in divisa, darmi un cucchiaio, così posso scavare un tunnel per uscire di qui?» Indicai il pavimento di cemento indurito, o qualsiasi sostanza dall'incredibile resistenza i kristang usassero come materiale da costruzione.

Scosse la testa. «Mi dispiace dire che sono qui soltanto per dimostrarti il supporto e l'interessamento dell'esercito degli Stati Uniti. I kristang non hanno bisogno di una confessione e tu non hai bisogno di un avvocato, perché non ci sarà nessun genere di processo o audizione.»

«Giusto, perché darsi la pena di fare giustizia quando si possono giustiziare le persone?» Agitai la mano, provando dispiacere per quell'uomo, che doveva trovarsi in una posizione incredibilmente imbarazzante. «Risparmi il fiato. Sta per dire qualcosa su come gli alieni abbiano diversi concetti di giustizia e disciplina militare. So tutto questo. So anche che quest'idea di cosa sia giusto e cosa sia sbagliato non dipende dagli occhi di chi guarda. È sbagliata essa stessa.»

Cochrane alzò gli occhi alla minuscola finestra. Non c'era nulla che potesse dire.

«Maggiore, non ha la sensazione che siamo dalla parte sbagliata di questa guerra? Più imparo sulle lucertole, più sono convinto che stiamo combattendo dalla parte nazista del conflitto. Durante la seconda guerra mondiale, le Ss allinearono i civili e li fucilarono per rappresaglia, per via dei loro attacchi ai soldati tedeschi. Gli Alleati non lo fecero.» Indicai la bandiera degli Stati Uniti sulla mia uniforme: «Noi siamo civilizzati. I nazisti non lo erano».

«I kristang non hanno attaccato la Terra», puntualizzò il mio interlocutore.

«Maggiore, a meno che tu non avessi due belle fette di prosciutto su quei cazzo di occhi...»

Cochrane s'irrigidì, per rabbia, ma potevo vedere molta paura: «Attento a come parli, soldato».

«Sono ancora di grado superiore a te, *maggiore*», enfatizzai l'ultima parola. «L'esercito ha per caso revocato il mio rango teatrale abbassandomi a quello di sergente? No? Allora sono ancora un colonnello a tutti gli effetti e, a meno che non avessi due belle fette di prosciutto sugli occhi», omisi la volgarità, perché non volevo che se ne andasse, essendo l'unico umano che vedevo da giorni, «i ruhar hanno razziato la Terra, ci hanno colpito per deteriorare la nostra capacità industriale, così non saremmo più stati così utili alle lucertole. Non hanno colpito le città, non hanno nemmeno colpito le basi militari, hanno colpito soltanto infrastrutture industriali, centrali elettriche e raffinerie. Se i ruhar non ci avessero colpito per primi, le lucertole sarebbero apparse in cielo, ci avrebbero detto che ora lavoravamo per loro e poi avrebbero spazzato via un paio di centinaia di migliaia di persone per esprimere il loro punto di vista. L'unico motivo per cui non ci siamo resi conto fin dall'inizio di essere ormai schiavi dei kristang, è che eravamo loro tanto grati per aver cacciato via i ruhar. I criceti hanno fatto un favore ai kristang. Noi umani non contiamo un cazzo per entrambe le parti. Hai sentito le voci su quello che sta succedendo a casa? Dai biscotti della fortuna? Shanghai? Parigi? San Francisco?»

«Voci», protestò Cochrane a fatica.

«Voci a cui credo, molto più di quanto non creda alle stronzate censurate che i nostri presunti alleati permettono al quartier generale dell'Unef di rifilarci. Cosa mi aspetta? Sono qui da giorni.»

Cochrane distolse lo sguardo, poi incontrò il mio: «Plotone di esecuzione, domani mattina, per i restanti prigionieri maschi».

«Prigionieri maschi?»

Emise una lunga espirazione. «I prigionieri maschi vengono semplicemente fucilati. Le donne, loro... conosci l'atteggiamento dei kristang nei confronti delle femmine. Una donna che abbia autorità superiore a quella degli uomini è già un male, ma una donna che sfidi gli ordini impartiti dagli uomini? È una cosa che i kristang non sopportano, li manda fuori di testa, e stanno impartendo una punizione esemplare. Le donne prigioniere vengono spogliate, torturate e impiccate. Lentamente.» Sembrava che fosse sul punto di vomitare. «Ci hanno costretti a guardare, hanno costretto il comando dell'Unef a guardare, ieri.»

«Oh, merda. E non avete fatto niente?»

«Fare cosa? Colonnello», disse con enfasi, «di certo ammetterai che il comando dell'Unef ha poca scelta. Siamo al termine della linea di rifornimento più lunga della storia. Tutte le nostre munizioni, forniture mediche, tutto il nostro cibo, deve arrivare qui su un'astronave kristang. Al massimo, avevamo scorte di cibo sufficienti per quattordici settimane, che erano tante, quando si prevedeva che l'evacuazione dei ruhar sarebbe stata ultimata nel giro di un anno e le navi di rifornimento dei kristang arrivavano qui puntuali come un orologio svizzero. Quando gli assalti dei ruhar hanno interrotto le consegne, ci è rimasto cibo per un mese circa. L'intera Forza di spedizione potrebbe essere distrutta solo trattenendo scorte di cibo. E gli unici a poterci dare un passaggio per tornare a casa», indicò verso l'alto con il pollice, «sono i kristang. Non sappiamo nemmeno decollare da soli. I kristang sosterranno la nostra presenza qui solo finché saremo alleati affidabili in questa battaglia. Ci siamo offerti volontari per venire qui, e ora che ci siamo dobbiamo fare del nostro meglio.» Scosse la testa. «Senti, colonnello, tu e gli altri obiettori come te ci mettete in un bel casino. Puoi chiamarci schiavi se vuoi, il fatto è che gli umani sono subordinati ai kristang, comunque la metti. Non siamo abituati, specie io e te, in quanto americani, a non essere del tutto padroni dei nostri destini. Il comando Unef non sta protestando contro la tua sorte, perché sono più preoccupati di quello che sta succedendo a casa che di noi qui, o di un colonnello mustang.»

«Capisco.» Cercai di fare buon viso a cattivo gioco, ma in verità mi stavo cagando sotto. Tenevo le mani unite dietro la schiena perché mi tremavano come foglie. Non è che avessi paura di morire di fronte a un plotone di esecuzione dei kristang, quella sorte l'avevo accettata quando mi ero rifiutato di uccidere i criceti. Avevo paura di comportarmi in maniera disdicevole, temevo che, quando sarebbe arrivato il momento e sarei stato contro il muro, mi sarei pisciato addosso o buttato a terra, piangendo e frignando per chiedere pietà, disonorando la mia specie. Solo pensarci, pensare a quanto sarebbero state disgustate le lucertole vedendo un essere umano comportarsi in modo così vigliacco, mi mise un po' d'acciaio nei nervi. Avrei potuto usarlo. Usare quel pensiero per trasformare la mia paura in odio. Odio per le lucertole. Sì, fanculo tutta la loro specie lucertoloide puzzolente di nazismo. Che andassero dritti all'inferno.

«Maggiore», mi spinsi via dal muro e gli offrii la mano destra, che non stava più tremando. «Grazie di essere venuto. Nessun soldato vuole morire da solo. Ringrazia il comando dell'Unef per me.» Ci stringemmo la mano, avrei detto che non sapesse cosa dire. «Se mai ne avrai la possibilità, un giorno, di' ai miei che ho fatto quella che ritenevo la cosa giusta.»

Non ebbi molto tempo per contemplare la mia sorte, perché il maggiore Cochrane se n'era andato da meno di un minuto, quando allarmi risuonarono in tutta la base kristang, seguiti a ruota da una tremenda esplosione. Il pavimento della mia cella si sollevò per colpirmi in faccia. Vedevo le stelle, mi fischiavano le orecchie. Una seconda esplosione mi fece rimbalzare dal pavimento e una sezione della parete esterna della cella si spaccò e crollò. La testa mi girava ancora, ma il mio corpo non attese un invito in carta bollata, se la stava già squagliando attraverso l'apertura prima che mi rendessi conto di cosa stavo facendo. L'addestramento dell'esercito era stato buono, e fece effetto proprio quando ne avevo bisogno. Per orientarmi, guardai il cielo, un grosso errore. Proprio in quel momento, una frazione di secondo dopo aver visto il familiare scintillio di astronavi che saltavano in alta orbita, là in alto ci fu un'esplosione con una luce lancinante, che mi spinse a terra, mentre macchie mi nuotavano davanti agli occhi folgorati. Un replay di quello che era successo nella mia città. La luce intensa doveva essere quella di una nave kristang vaporizzata in orbita bassa. I ruhar erano tornati. Strisciai sulle macerie del muro, mezzo cieco e sordo, e senza sapere se essere spaventato o felice o fatalista rispetto alla svolta degli eventi. I ruhar non erano tornati per salvare la spedizione delle Nazioni unite dalle lucertole e nessun criceto sarebbe stato felice di vedermi. Mentre strisciavo per terra, vista e udito ritornavano piano piano, la mia mente correva. E ora? Dove diavolo pensavo di andare?

Che ci avessi pensato o no, che era il nocciolo della questione, il mio addestramento militare aveva fatto effetto in pieno. Valutare la situazione. Iniziare dai fatti di mia conoscenza. Fatto: era in programma la mia esecuzione per mano di una specie che ora consideravo nemica dell'umanità. Fatto: perciò, considerando il fatto numero 1, l'autorità con cui l'Unef mi aveva arrestato e consegnato ai kristang veniva meno, e io non avevo alcun dovere di obbedire a ordini illegali. Fatto: acconsentendo, stavo legittimando quella merda. Fatto: questo non rendeva meno efficace il mio ragionamento sulla legalità. Eravamo su un pianeta alieno, intrappolati tra due specie in guerra, con poche o nessuna speranza di tornare a casa, o anche solo sopravvivere un altro mese. L'autorità generale dell'Unef era piuttosto limitata. Soprattutto perché era evidente che l'accordo di resa dei ruhar e la tregua con i kristang erano, diciamo, soggetti a interpretazione, a seconda di chi dispiegava la flotta più grande al momento.

Le orecchie mi fischiavano ancora, ma la vista mi stava tornando, tra una macchia e l'altra. Ero mani e ginocchia a terra fuori dalla mia cella, per un tratto a ridosso delle macerie del muro. Attorno a me, in tutta la base, gli edifici erano in parte o del tutto crollati. Le esplosioni secondarie stavano ancora causando il caos. Dovevamo essere stati colpiti da un colpo ipercinetico di cannone a rotaia, seguito a ruota da missili intelligenti. I ruhar sapevano con esattezza dove colpire la base kristang, dovevano aver lanciato un'ordinanza appena usciti dal salto. Dal poco che potevo vedere, le aree carcerarie erano quelle che avevano subito il danno minore, mentre la parte principale del complesso kristang era più che spianata, era un cratere fumante. Un proiettile penetratore ipersonico, arrivando anche a .05C, poteva fare una quantità tremenda di danni. La mia ipotesi era che il dart del cannone fosse stato seguito da vicino da un missile intelligente con sub-munizioni, per eliminare punti critici della base che fossero sopravvissuti all'attacco iniziale. E la mia vista era abbastanza buona da distinguere altre luci scintillanti nel cielo, un sacco di luci scintillanti nel cielo. Non ci furono altre esplosioni, questo mi fece pensare che la forza simbolica di navi kristang fosse stata spazzata via o fosse saltata via. Tutte quelle luci dimostravano che i ruhar erano arrivati in gran numero. Mentre guardavo, ammiccando, le luci aumentavano. Porca vacca. Non era stato solo un altro assalto. I ruhar erano qui, in forze, per riprendersi il pianeta. La musica cambiava.

Se non fosse che avevo già preso la mia decisione, vedere segni dell'armata ruhar l'avrebbe fatto per me. La missione dell'Unef su Paradiso era finita, in un modo o nell'altro. Se i ruhar fossero tornati al comando, tutti gli esseri umani sulla superficie sarebbero stati fatti prigionieri, prima o poi. E se Paradiso era sul punto di diventare una zona calda di battaglia, i nostri M4b1 e i mezzi aerei ruhar di cui ci eravamo impossessati ci avrebbero soltanto intrappolati nel mezzo.

Oh, merda. Mi si accese la lampadina. Cibo. Se i kristang avessero perso Paradiso, non ci sarebbero più state spedizioni di cibo in arrivo per gli umani. Se avessero perso Paradiso, le fottute lucertole non avrebbero fatto lo sforzo di rifornirci e i criceti non avrebbero avuto accesso alla Terra per prendere cibo a uso umano. I ruhar sarebbero stati abbastanza generosi da permettere agli esseri umani di continuare a coltivare il loro cibo su Paradiso, sulla terra che avevano sottratto loro? Non volevo scoprirlo.

Cibo. I kristang avevano dato da mangiare una volta al giorno a me e, presumo, agli altri prigionieri umani, quindi ci doveva essere una scorta di cibo umano nella base e, data l'implacabile efficienza delle lucertole, dovevano aver conservato il cibo vicino alla prigione. Dovevo trovare quel cibo, prima di fare qualsiasi altra cosa.

La mia vista si era ripresa abbastanza perché potessi capire dove stavo andando, l'udito era incerto, non riuscivo a dire se i suoni mi stessero riverberando nei timpani colpiti, o provenissero da fuori dalla mia testa. Dentro. Avevo bisogno di tornare dentro. A rigor di logica, il magazzino del cibo doveva trovarsi dentro, non fuori dove stavo io. Contravvenendo all'istinto, tornai con cautela nella mia ex cella e provai ad aprire la porta. Era rotta e incastrata in un angolo, ma non si sarebbe mossa. Di nuovo fuori, affrettandomi perché adesso avevo le idee chiare e volevo essere lontano prima che i ruhar arrivassero o qualsiasi sopravvissuto kristang mi cercasse, mi arrampicai lungo il muro distrutto, cercando un modo per entrare. Fu semplice, c'era una porta aperta. Tornato dentro, sbirciai dietro l'angolo e non vidi nessuno in corridoio. Le porte delle celle avevano una piccola finestra appena più in alto del mio occhio, mi misi in punta di piedi per guardare dentro. La prima cella era vuota. La seconda anche. La porta della terza era in parte socchiusa a causa di una grande crepa che arrivava al soffitto e, guardando tra porta e telaio, potevo vedere i piedi e le gambe di una persona, un umano, che giaceva sul pavimento sotto i detriti del soffitto crollato. Aprire la porta era facile, era chiusa solo dall'interno; tirai la maniglia e l'aprii. Ci vollero due forti strattoni per liberare la porta dal telaio deformato e, una volta entrato, mi fu chiaro che il mio sforzo era stato sprecato. Le gambe erano quelle di un ufficiale francese, il suo petto era stato schiacciato dal crollo del soffitto. L'addestramento mi aveva insegnato che quello era il momento di cercare i sopravvissuti, non i sentimenti.

La porta della cella in fondo al corridoio era intatta, ma la parete esterna era per la maggior parte crollata. All'interno c'era il corpo di un maggiore dell'esercito britannico. Dall'entità del danno, dedussi che la sua cella fosse stata colpita da un missile ruhar. Le quattro celle successive erano vuote, poi il corridoio svoltava a destra, e dietro l'angolo c'erano i corpi del maggiore Cochrane e del kristang che l'aveva scortato. Erano entrambi sotto un mucchio di macerie cadute dal soffitto. Cochrane non aveva perso molto sangue, ma non aveva polso. Il kristang aveva il petto trafitto da quello che sembrava il pezzo di una barra di rinforzo, notai che il sangue kristang era di un colore rosso molto più scuro di quello umano, e mi fermai a chiedermi se avesse un contenuto di ferro superiore. È incredibile quello che mi passa per la testa a volte. Il maledetto kristang era disarmato, avevo sperato che la lucertola avesse un fucile, o qualsiasi tipo di arma. Non ebbi questa fortuna. Dovetti strisciare sopra le macerie del soffitto per superarli e attraversare una sezione di corridoio senza porte, finché non raggiunsi un blocco di celle. Dopo un altro paio di locali vuoti, guardai dalla finestra e vidi una donna, una donna nera nuda. Era di spalle, mentre cercavo di allargare una crepa nel muro esterno, un'occhiata, per quanto rapida, mi rivelò le brutte cicatrici che aveva sulla schiena. Con quella che poi avrei compreso essere una mossa stupida, m'inerpicai fino al maggiore Cochrane, lo trascinai fuori dalle macerie e gli tolsi con cura la camicia, i pantaloni e gli stivali. Mi fece sentire irrispettoso nei suoi confronti, ma la soldatessa nuda aveva bisogno dei vestiti di Cochrane più di quanto non ne avesse lui, cui restavano comunque i boxer. Lo lasciai appoggiato con la schiena contro il muro e tornai in fretta dalla donna. Sapendo che le porte delle celle erano insonorizzate, saltai urlando e calciai la porta una volta, poi due, poi tre, nella speranza che la prigioniera all'interno lo prendesse per un tentativo di comunicare. Poi girai la maniglia e spalancai la porta: «Tutto bene lì dentro? Sono Bishop, esercito americano», dissi in un sussurro trattenuto.

«Sergente scelto Adams, signore, prima Mef[18]»,disse con una voce tremante di sollievo. Prima forza di spedizione dei Marine. L'uniforme del corpo dei Marine di Cochrane era appropriata per lei. Neanche avesse una qualche importanza.

Senza guardare attorno alla porta, gettai dentro i vestiti e mi scusai che fossero tutto quello che avevo trovato. Lei s'infilò in fretta la camicia senza curarsi di abbottonarla, tirò la porta, l'aprì per lanciarsi nel corridoio. «Grazie per i vestiti, ma preferirei andarmene subito da qui.»

Merda. L'avevo vista prima come una donna e poi come un soldato, o Marine. Era ovvio che le sarebbe interessato infinitamente di più uscire dalla sua cella, che sapere se qualche altro soldato l'avesse vista nuda. Guardò me, poi le mie mostrine, per un attimo confusa, perché ero troppo giovane per essere un colonnello, poi negli occhi le balenò l'intuizione. «Ah», riuscì a fare un mezzo saluto militare mentre s'infilava i pantaloni, «lei è *quel* Bishop, il colonnello. Che diavolo sta succedendo, signore?»

«I ruhar sono tornati e questa non è una semplice incursione, hanno un'intera armata in cielo. Penso che si stiano riprendendo il pianeta, nel qual caso, l'Unef resterebbe disoccupata. E... sergente Bishop, non colonnello. Ero un colonnello solo per via delle maledette lucertole.»

Adams mi gettò un'occhiata che avevo visto molte volte dai sergenti scelti: «Stronzate, signore, non può farlo».

«Fare cosa?»

«Non sono state le lucertole a nominarla colonnello, è stata l'Unef. Non l'avrebbero fatto se non avesse portato benefici a noi umani. Il suo grado è un vantaggio; nessun soldato rinuncia a un vantaggio sul campo di battaglia. signore.» Di nuovo quello sguardo.

«Merda.» Cazzo, non riuscivo nemmeno a essere tutto tronfio del mio rango. «Hai ragione, hai ragione.»

---

18 Marine Expeditionary Force (*N.d.T.*).

«Questi stivali sono troppo grandi, mi faranno soltanto inciampare nei miei stessi piedi», disse Adams e li calciò via. «Andrò a piedi nudi per ora.»

Annuii e le feci segno di seguirmi, con calma. Entrambi sobbalzammo quando un'esplosione secondaria tuonò in tutta la base e il suono riecheggiò in corridoio. Avvenne altre due volte, con sempre meno violenza.

E poi da dietro l'angolo sbucò un soldato kristang.

A livello fisico, non avevo chance contro quel guerriero: ero stanco, indebolito dallo stress e dalla fame, mentre lui era più grosso e più forte di me e armato di fucile. A ogni altro livello, era lui a non avere alcuna chance. Era disorientato almeno quanto me, era molto sorpreso di trovare un essere umano vivo e fuori da una cella e si stava guardando le spalle girando l'angolo. Avevo il vantaggio di un'enorme scarica di adrenalina. Prima che entrambi sapessimo cosa stava succedendo, gli strappai il fucile dalle mani ed entrai in una frenesia omicida, alimentata dal puro terrore. Supponendo in modo inconscio che l'arma kristang avesse una qualche caratteristica che ne impediva l'uso non autorizzato, sbattei il calcio del fucile sotto il mento della lucertola due volte, forse tre o più, forse colpendogli la gola, non ricordo. Tutto quello che so è che il momento prima era in posizione verticale e il momento dopo stava cadendo, e io gli saltavo addosso sul pavimento, sbattendogli il calcio del fucile sul cranio più e più volte. La mia visione fu offuscata da una nebbia rossa, in parte generata dal sangue del kristang, in parte dal mio istinto di sopravvivenza. Impiegai tutto, ma proprio tutto quello che avevo in corpo per ficcargli il calcio del fucile nel cervello. Se non siete mai stati in combattimento o coinvolti in un incidente d'auto o convinti per una frazione di secondo di essere sul punto di morire, non potete immaginare quanto in fretta le immagini mi passassero per la mente. Ogni briciola di odio per la sua fottuta specie nazista, per quello che avevano fatto o stavano facendo o progettando di fare alla Terra, ogni briciola di rabbia per quello che aveva fatto al sergente Adams e a Miranda Collins e ad altre donne, tutta la rabbia, trattenuta con scrupolo in nome delle regole d'ingaggio dell'esercito americano, contro gli ignoranti fanatici selvaggi "religiosi" che bruciavano le scuole e uccidevano bambini in Nigeria, ogni stronzo che aveva cercato di fare il prepotente con me al liceo, la mia impotenza di bambino di otto anni, mentre quella sadica merda di Michael torturava una rana, ogni persona che mi aveva tagliato la strada nel traffico, fino all'allenatore che aveva rimproverato il mio giovane io impressionabile per non essere perfetto nelle partite di baseball della Little League: tutto questo finì nel calcio del fucile, finché non lo feci passare da parte a parte nel cranio di quel super-guerriero geneticamente potenziato e mi ritrovai a raschiare il cemento, o qualsiasi materiale indurito le lucertole avessero usato per fare il pavimento.

L'altra cosa che so è che il sergente Adams mi strattonò la spalla, cercando di riportarmi alla realtà. La squadrai con un'espressione che deve averla terrorizzata più di quanto i kristang non avessero mai fatto, perché si allontanò da me con un balzo all'indietro. Lasciai cadere il fucile e mi alzai in piedi.

«Porco Cristo», disse Adams con voce roca. «Mi sto sentendo male.»

Provavo la stessa cosa. Avevo già ucciso prima, ma sempre a distanza, sempre colpi di fucile mirati a uccidere, uccidere persone che non sempre potevo vedere con chiarezza. Stavolta era diverso. Nella mia rabbia, avevo schiacciato il cranio del kristang come un melone maturo, c'erano pezzi rotti di osso bianco, il sangue rosso scuro e tutto il resto erano come purè di patate grigio grumoso o ripieno di tacchino del Giorno del ringraziamento, solo rivoltanti pezzi non identificabili. «Respira», dissi, «respira a fondo e lentamente.» Non era chiaro se lo stessi dicendo a Adams o a me stesso, perché avevo i conati di vomito.

Restammo entrambi appoggiati al muro, sopraffatti dallo shock, respirando a fondo. Lei fu la prima a riprendere il controllo del suo stomaco, mentre in me calava uno spaventoso picco di adrenalina. Si avvicinò al corpo bocconi del kristang e, con mia assoluta sorpresa, gli sferrò un calcio brutale. «Ho riconosciuto questo pezzo di merda. È lo stronzo che mi ha torturata.» Si chinò e sputò su quella che era stata la sua faccia. «Tutto bene, signore?»

«Ehm...» Sangue kristang rosso scuro mi era schizzato addosso, anche in faccia. Il mio mignolo sinistro era piegato e cominciò a pulsare quando me ne accorsi, non ricordo dove si fosse slogato, o come. «Sì, bene.»

«E adesso, signore?»

Le rivolsi uno sguardo inespressivo, pensando ancora come un sergente semplice. Lei era un sergente scelto e mi superava per grado, perciò... ah, sì. Merda. Adesso ero un colonnello. Per quello che valeva. Un colonnello in un esercito intrappolato su un pianeta in mano al nemico. Un colonnello in un esercito che mi aveva consegnato a un altro nemico, perché mi giustiziasse per il crimine di aver cercato di mantenere un brandello della mia umanità. «Adams, io dico di cercare in questo posto altri prigionieri e provviste di cibo. Poi rubiamo un qualche mezzo di trasporto e addio.» Nel senso di "tagliamo la corda".

«Oorah», disse lei, che era l'equivalente Marine del corretto "Hooah" dell'esercito americano.

Guardai il fucile kristang che avevo tra le mani: «Meglio scoprire se questa cosa funziona». Non sembrava aver subito alcun danno per averlo usato come un randello contro il suo ex proprietario. Lo puntai contro il kristang morto, me l'appoggiai alla spalla e premetti il grilletto. Niente. «Uhm.» Un pulsante, c'era un pulsante giallo sul lato destro, sopra il grilletto. Premendolo, il pulsante diventò rosso. Questa volta, il grilletto funzionò, un proiettile a punta esplosiva colpì il torso del kristang e una fontana di sangue rappreso mi schizzò addosso. Non che me ne fossi accorto. «Giallo significa con sicura, rosso significa senza sicura.»

«Capito.»

Trovammo soltanto altri due prigionieri vivi, la maggior parte delle celle era vuota e, a mano a mano che ci avvicinavamo al centro della base, aumentavano le parti di edificio crollate. Adams doveva fare attenzione, camminando sulle macerie a piedi nudi. Il primo prigioniero che liberammo fu un capitano donna dell'esercito indiano, un pilota di Poiana di nome Desai. Era nuda, naturalmente, Adams entrò per rassicurarla che eravamo soccorritori e per darle la camicia della mia uniforme, che era abbastanza lunga da coprirle il sedere. Adams alzò le mani e mimò gesti amichevoli, che non sarebbero stati necessari, perché Desai parlava inglese meglio di me. Il trauma che aveva subito non aveva influenzato la sua capacità di discernimento, non appena ebbe indossato la mia camicia, corse fuori dalla cella dietro Adams.

L'altro prigioniero era in un certo senso un mio amico, il tenente colonnello Chang. La porta della sua cella era stata abbattuta, ma le pareti erano in parte crollate sopra di lui e, quando lo raggiungemmo, era riuscito a liberarsi contorcendosi, ma aveva il piede sinistro intrappolato sotto una sezione del soffitto. Sollevammo il pezzo rotto abbastanza perché potesse strisciare fuori. Aveva un profondo, brutto squarcio sul polpaccio sinistro e un taglio sulla fronte, che scosse, dicendo che se ne sarebbe occupato più tardi. Capivo il suo punto di vista. Oltre la cella di Chang, il corridoio era crollato. Se c'erano umani vivi tra le macerie, non saremmo bastati noi quattro per tirarli fuori, senza attrezzature pesanti.

«No», disse Chang, scuotendo la testa. «Le lucertole mi hanno detto che erano rimasti solo sei prigionieri dopo la scorsa notte. Oltre a noi quattro, c'erano un francese e un inglese.»

«Cazzo. Ho trovato un francese morto e un inglese morto laggiù. Ci siamo tutti, allora.»

Adams mi tirò per la cintura e mi spinse dietro un angolo, tenendosi un dito sulle labbra. «Due kristang, signore, in quell'edificio bianco, li ho visti attraverso la porta.»

«Loro ci vedono?»

«Non penso, uno di loro era di spalle.»

Girai di scatto la testa al di sopra della mia spalla. «Torniamo indietro, vedi se...»

Tre kristang uscirono dall'edificio bianco, tutti e tre armati di fucile, ma senza caschi o giubbotti antiproiettile. Non guardavano nella nostra direzione, ci davano le spalle, con gli occhi rivolti al cielo. Non esitai. O le munizioni kristang erano silenziose, oppure i loro fucili avevano silenziatori incorporati, perché emettevano un pop-pop solo quando i proiettili uscivano dalla canna. Un forte rumore lo fecero le punte esplosive che colpirono i corpi dei kristang. Caddero tutti in fretta, solo uno di loro riuscì a sparare un colpo, senza mirare a nulla di vicino a noi. Non c'era bisogno di dare ordini, volammo verso i kristang, prendemmo i fucili e ci nascondemmo all'interno dell'edificio bianco. «Rosso significa senza sicura», dimostrò Adams.

«Uno di loro è ancora vivo», avvisò Chang, e alzò il fucile. Adams spinse la canna di lato e scosse la testa con rabbia. «No, signore. Non lei.» Guardò Desai e le due donne annuirono. Un kristang stava dondolando da una parte all'altra a terra, avevo mancato il torso e gli avevo fatto saltare un braccio. Desai gli ficcò due colpi in testa, poi mormorò qualcosa in hindi, diedi per scontato che fosse del tipo "Adios, figlio di puttana" o qualunque fosse l'equivalente dell'esercito indiano.

«Grazie», disse a Adams. Se Chang era arrabbiato con il sergente per averlo redarguito, non lo diede a vedere. Sapeva che le donne erano state torturate dalle lucertole, capiva che Desai aveva bisogno di un sentimento di rivalsa. Far schizzare cervelli di lucertola nel raggio di una dozzina di metri quadrati era un buon inizio.

«Qualcuno sa dove conservano il cibo da queste parti?», chiesi. «Le lucertole mi davano un pasto pronto ogni mattina, devono avere cibo per umani da qualche parte.»

«Non mangio da due giorni», disse Desai, e Adams annuì.

Cazzo, ora il mio singolo pasto al giorno sembrava un lusso. Tutti molto propensi alla violenza, ispezionammo l'edificio bianco, sospettando che ci potessero essere altri kristang. Desai trovò un armadio che conteneva diciassette pacchetti di cibo pronto americano e la versione delle razioni da campo dell'esercito cinese. Adams e Desai dissero che non avevano fame, ma io insistetti che scartassero un pacchetto e lo condividessero per iniziare, mangiando piano. Avevano bisogno di energia. Non trovammo nient'altro di utile, né vestiti umani, né armi di scorta e munizioni. C'erano i vestiti kristang, diedi a Desai i miei pantaloni e indossai pantaloni kristang, lei s'infilò una camicia kristang troppo grande e mi ridiede la mia. Pensai che, se avessimo avuto problemi, la mia camicia, con il mio distintivo, sarebbe stata utile. Gli stivali kristang erano troppo grandi per le donne, che tagliarono i vestiti e si avvolsero le strisce attorno ai piedi. Mentre Adams allacciava le sue scarpe di fortuna, un paio di Avvoltoi, le astronavi d'assalto ruhar, rombarono sopra le nostre teste. Era tempo di andarcene.

C'era un trio di veicoli kristang blindati da trasporto truppe parcheggiato vicino alla recinzione, le portiere non erano chiuse, ma i mezzi non ne volevano sapere di partire, e noi non avevamo il tempo di cercare chiavi o chip di computer o qualunque cosa fosse necessaria. Nelle vicinanze c'era un Crivee ruhar, il parabrezza era rotto, ma le celle a combustibile erano cariche al 70% e partì subito. Girammo attorno al complesso per poter percorrere l'unica strada riparata da alberi. Era probabile che la copertura della vegetazione non fungesse da protezione, considerando che i ruhar avevano occhi nel cielo, ma in qualche modo ci faceva sentire più al sicuro. L'ultima cosa che vedemmo gettando lo sguardo al complesso distrutto delle lucertole fu un Dodo in fase di atterraggio, scortato da un paio di Avvoltoi. Incrociai le dita e sperai che ritenessero superfluo prendersi la briga di indagare su un Crivee.

La copertura degli alberi s'interrompeva dopo un paio di chilometri e stavamo viaggiando verso nord-ovest attraverso l'aperta prateria. La nostra strada giunse a un incrocio e ordinai di fermarci. «Qualcuno sa dove siamo?»

Nessuno, nemmeno un indizio. Verso sud, potemmo vedere una Balena e alcuni Avvoltoi in discesa, diretti lontano da noi. Purché a debita distanza da loro, andavano bene tutte le direzioni, perciò continuammo verso nord-est. Poi incontrammo il capitano Clueless e il suo posto di blocco. La strada passava sopra un ponte, sul lato opposto c'erano diversi Crivee e soldati, soldati umani, per lo più forniti dell'equipaggiamento dell'esercito americano, quindi eravamo felici di incontrare amici. O almeno così pensavamo.

Era un'unità della polizia militare guidata da un sottotenente; dalla varietà di mostrine e nazionalità dei presenti doveva avere riunito tutte le persone che era riuscito a trovare. Puntarono i fucili sul nostro Crivee mentre attraversavamo il ponte, poi ci ordinarono di fermarci. Uscii, tenendo il fucile kristang sotto il braccio sinistro e facendo il saluto con la mano destra: «A rapporto, tenente, ehm», lessi con la coda dell'occhio il nome sul suo cartellino, «Rogers».

«Signore?» Il suo saluto di risposta era esitante. Indossavo le mostrine di colonnello dell'esercito americano sulla giacca della divisa, tanto macchiata di sangue kristang secco che il cartellino col mio nome era in parte oscurato. Portavo pantaloni kristang, col loro caratteristico motivo giallo e nero, e trasportavo un'arma kristang. Inoltre, ero troppo giovane per essere un vero colonnello in qualunque esercito.

«Ci siamo imbattuti in alcuni kristang lungo la strada», indicai col pollice destro dietro ai nostri Crivee, «e abbiamo acquisito tatticamente questa attrezzatura. Non abbiamo mezzi di comunicazione», mostrai la mia cintura vuota, «qual è la situazione?»

«Avete *attaccato* i kristang? Signore, penso di doverla arrestare.» I suoi uomini alzarono le armi. Le cose potevano mettersi male molto in fretta.

«Tenente, a meno che non avessi due belle fette di prosciutto su quei cazzo di occhi», quella frase stava diventando la mia preferita, «non può essere sfuggito alla tua attenzione che questo pianeta è sotto una nuova gestione, quella dei ruhar. La missione dell'Unef qui è finita. Ogni umano su Paradiso è prigioniero, dei ruhar. Hai in mente di arrestare tutto l'Unef e di consegnarci ai criceti?»

«Ho ricevuto degli ordini...»

«Sono un cazzuto colonnello dell'esercito degli Stati Uniti a tutti gli effetti e tu sei un sottotenente particolarmente idiota», dissi con ardore, attento a tenere bene il fucile sotto il braccio sinistro. «Anche il tenente colonnello Chang qui e il capitano Desai ti superano per grado all'Unef e il sergente scelto Adams ti supera per intelligenza. Abbassate le armi, ora, è un ordine.»

Desai puntò il fucile fuori dal finestrino, dritto alla testa di Rogers: «*Non* tornerò in quella prigione». La canna del fucile tremava un po', per rabbia, per paura o per un ancora basso livello di zuccheri nel sangue.

«Neanch'io», concordò Adams uscendo dal Crivee. L'espressione sulla sua faccia faceva più paura del suo fucile. «Colonnello Bishop, mi autorizza a far saltare in aria la testa di questo stronzo se solo mi guarda in modo strano?» Fissò Rogers negli occhi: «Ho trascorso gli ultimi cinque giorni a farmi affamare e torturare dalle lucertole e ho davvero, *davvero* voglia di sparare a qualcosa».

«Calmatevi, tutti.» La voce della ragione provenne dall'unità raffazzonata di Rogers. «Tenente, forse dovremmo starli a sentire.»

Rogers annuì e i suoi abbassarono lentamente le armi. A un mio cenno, i miei fecero lo stesso. «Così va meglio. Ora, sono il colonnello Joe Bishop, sapete, il tizio di Barney.» La faccia di Rogers lasciò intendere di sapere di cosa stessi parlando. Cazzo. Adams aveva ragione, mai rinunciare a un vantaggio. «Noi quattro eravamo prigionieri dei kristang, finché i ruhar non hanno colpito la base e ci hanno liberati, per caso. Tutti gli altri prigionieri erano già stati fucilati o torturati e impiccati dai nostri alleati, le lucertole. Ex alleati. Ora, voi che avete mezzi di comunicazione», indicai il suo zPhone, «che cosa avete sentito?»

«Niente, signore, le comunicazioni sono interrotte, anche il sistema di localizzazione Gps è fuori uso. Tutto quello che abbiamo è un messaggio registrato dai ruhar che ci dicono di ritirarci, cooperare con loro e attendere ulteriori istruzioni. Niente dal comando Unef, niente e-mail o messaggi di testo, ma la funzione di traduzione funziona.»

«Come siete messi con i rifornimenti?»

«Scarsi, signore. Acqua in abbondanza, ognuno ha un carico standard di munizioni, ma non abbiamo nemmeno cibo sufficiente per un pasto per tutti. La maggior parte di noi era diretta verso un franco a bordo francese quando i ruhar sono tornati. Abbiamo visto il fumo in direzione della base», indicò una sottile colonna di fumo a sud, «e il ponte sul fiume in quella direzione è fuori uso. Ho messo insieme tutti quelli che sono riuscito a trovare e li ho radunati qui. Abbiamo due francesi, tre indiani e quattro cinesi con noi. Ho pensato che questo ponte fosse un passaggio obbligato del traffico, signore.»

Era un pensiero rispettabile, in un certo senso. Mi avvicinai per parlare in tranquillità. «Abbiamo circa una dozzina di confezioni di pasti pronti. Le due donne con me sono state affamate e torturate dalle lucertole, sarebbero state impiccate domani mattina.»

Gli occhi di Roger mostravano il suo shock: «In cosa diavolo ci siamo cacciati, signore?».

«Ci siamo dentro fin sopra la testa, questo è certo. Carichiamo e...»

«Astronavi!», gridò un soldato.

«Le loro o le nostre?», chiese il tenente Rogers. Non mi preoccupai di sottolineare che nulla nel cielo era più "nostro".

«Non so ancora dirlo, signore», rispose il soldato con il binocolo. «Aspetta, sono criceti! Tre, no, quattro Avvoltoi e un paio di Dodo, sembra.»

Stavo per ordinare alla gente di mettersi al riparo, quando la coppia di Avvoltoi si divise per affiancarci a est e a ovest, e i pod delle armi si aprirono. Era chiaro che ci avevano visto ed erano interessati. Forse ostili. «Abbassate tutti le armi, alzate le mani.»

«Signore?», chiese Rogers con sospetto. Avevo, dopotutto, ucciso dei kristang e ora avevo intenzione di arrendermi ai ruhar.

«Tenente, forse, con molta fortuna, potremmo anche fare fuori uno di quegli Avvoltoi, se il pilota è così stupido da avvicinarsi tanto. Gli altri, però, ci spazzerebbero via come bersagli facili. Metti l'arma a terra, allontanati e tieni le mani in alto.» Potevo vedere che non era convinto. Eravamo nella galassia per combattere i ruhar in modo che la gente sulla Terra non dovesse farlo. Arrendersi senza sparare un colpo andava contro l'istinto di un soldato. «I ruhar ci hanno colpito qui prima e i kristang li hanno respinti», gli ricordai, anche se stavolta avrei preferito avere a che fare con i ruhar che con i kristang. «Se perdi una battaglia puoi ancora vincere la guerra», dissi, «contro qualunque delle due parti finiamo per combattere.»

Rogers ammise l'evidenza. I piloti dell'Avvoltoio non erano affatto stupidi, i quattro volavano in alto, al sicuro fuori dalla portata degli Javelin. Un Dodo atterrò, fece sbarcare una dozzina di soldati e subito dopo decollò per girare verso sud. Mentre la truppa di criceti si avvicinava, lo zPhone di Rogers si animò. Rogers toccò l'auricolare: «Signore, ci ordinano di deporre le armi e radunarci a sud della strada».

Ci attenemmo agli ordini. Non mi pareva che avessimo altra scelta. Ordinai a un soldato di darmi il suo zPhone e procedetti a passo lento a piedi, con le mani in alto, per parlare con i soldati nemici, o soldati alieni, non sapevo chi fosse il nostro nemico in quel momento. Forse entrambe le parti. «Sono il colonnello Joe Bishop, esercito degli Stati Uniti», annunciai. A quanto pare questo non significava un cazzo per i ruhar, che mi confiscarono lo zPhone e mi portarono nel gruppo con tutti gli altri. Dopo essere rimasti seduti per venti minuti a terra sotto il sole, un soldato ruhar ci si avvicinò e mi lanciò uno zPhone. «Sei tu il colonnello Joe Bishop che ha avuto l'onore di parlare con», disse il traduttore, «Bahturnah Lohgellia?»

Con chi? Ah, giusto. Avevo dimenticato il suo vero nome. «La Bürgermeister?» Questo non si traduceva in maniera chiara per lui, che diede un colpetto all'auricolare, così ci riprovai. «Il governatore regionale. Mi sono incontrato con lei a Teskor. Ero il sergente Bishop allora.»

«Sì. Sei lo stesso Joe Bishop?»

«Ta», annuii.

Questo evocò una conversazione animata tra i ruhar, non saprei dire se fosse un bene o un male, una parte degli sguardi che mi lanciarono tradivano una decisa ostilità. Forse alcuni di loro avevano amici a bordo delle due Balene che avevamo abbattuto al Vettore. La guerra è guerra, sì, ma nei loro panni sarei stato incazzato con me. Il soldato che aveva chiesto come mi chiamassi teneva l'auricolare, come se qualcuno gli stesse parlando. «Eri prigioniero dei kristang. Come fai a essere libero ora e come hai fatto a procurarti le armi kristang?», chiese.

Indicai il cielo. «Le vostre navi hanno colpito la base kristang dove mi tenevano prigioniero, sono scappato perché l'esplosione ha danneggiato l'edificio e sono riuscito a uscire attraverso un muro spaccato.» Toccando la mia uniforme insanguinata, aggiunsi: «Ho ucciso un kristang spappolandogli il cranio in una poltiglia insanguinata con il suo fucile», mimai l'azione, nel caso le mie parole non si traducessero bene, «poi ho sparato ad altre tre lucertole con lo stesso fucile. Altri tre umani sono fuggiti con me. Abbiamo ucciso solo quattro lucertole, perché è tutto quello che siamo riusciti a trovare», questa mi uscì con molta più spavalderia di quanta fosse nelle mie intenzioni. «Ho risposto alla tua domanda?»

Era una gara a chi strabuzzava di più gli occhi, tra il soldato ruhar e il tenente Rogers, che rimase in silenzio. «Hai ucciso dei kristang?», chiese il criceto.

«I kristang giustiziavano gli umani e stavano per giustiziare noi», indicai i miei tre ex compagni di prigionia, «perché ci siamo rifiutati di obbedire all'ordine di uccidere dei civili ruhar. Le lucertole hanno picchiato e torturato le nostre femmine, le donne», aggiunsi, per sottolineare che le donne erano *persone*, a dispetto di quello che ne pensavano le lucertole.

Il soldato ruhar ebbe una conversazione animata con chiunque stesse parlando nel suo auricolare, poi con altri due soldati. Era una sorta di litigio, è probabile che il ruhar a terra stesse bisticciando con qualche stupido fobbit ruhar, che se ne stava seduto sano e salvo in orbita.

C'era da capirlo. Infine, il soldato ruhar che aveva parlato con me mi fece un cenno: «Tu e gli altri ex prigionieri dei kristang verrete con me». Doveva aver chiamato il Dodo, perché si avvicinava e scendeva in fretta.

«Alt, alt, aspetta», protesi la mano, con il palmo in avanti, in quello che speravo fosse un altro gesto del linguaggio universale del corpo. «Non vado da nessuna parte finché non so cosa ne sarà della mia gente qui.» Rogers e io ci scambiammo uno sguardo. Essendo l'ufficiale di più alto grado, erano sotto la mia responsabilità, anche se a stento li conoscevo. In quanto unità raffazzonata, non è che fossero poi da molto tempo agli ordini di Roger.

Un breve lampo d'irritazione, che di sicuro rientrava nel linguaggio universale del corpo, percorse la faccia del criceto, poi annuì. Da soldato a soldato, poteva comprendere la mia preoccupazione: «Saranno scortati fino a un punto di raccolta a ovest, dove stiamo distribuendo cibo umano. Quello che accadrà dopo dipende dall'esito delle discussioni tra i miei capi e i tuoi».

"E dal fatto che i kristang tornino o meno", pensai, ma non lo dissi a voce alta.

Viaggiare in un Dodo ruhar non era molto diverso dal viaggiare in una navicella kristang, non fosse che questa volta ero prigioniero di guerra. Ora che ci penso, forse prima eravamo tutti prigionieri di guerra dei kristang, solo che ancora non lo sapevamo. I ruhar avevano preso le nostre armi, ma avevo insistito che Desai e Adams portassero con sé due pasti pronti per ciascuna, in modo da recuperare le forze. Avevano entrambe tentato di protestare, perché non volevano un trattamento speciale, fino a quando non avevo detto loro che quello di mangiare era un ordine. Io e Chang eravamo affamati, ma avevamo fatto almeno una colazione striminzita quella mattina. Pochi minuti dopo che il Dodo era tornato rombando nel cielo, un membro dell'equipaggio ruhar si avvicinò al mio posto e mi consegnò uno zPhone ruhar. Misi l'auricolare. «Buongiorno.»

«Colonnello Bishop, buongiorno a lei. Sa con chi sta parlando?»

Riconobbi subito la voce stridula. Cazzo, perché non riuscivo a ricordare il suo nome? *Lahtoodah* qualcosa? «Con la Bürgermeister, signora.»

«Sì.» Sembrava divertita. «Mi fa piacere sentire che è sopravvissuto alla prigionia dei kristang. Ho protestato con i suoi capi quando lei e gli altri prigionieri di coscienza siete stati arrestati. Sapevamo per esperienza quello che i kristang avrebbero fatto.»

Non fece parola del piccolissimo, cavilloso dettaglio: il motivo per cui ero diventato prigioniero di coscienza era che i ruhar avevano attaccato le truppe Unef in tutto il pianeta. Mentre erano ancora in vigore una tregua e un accordo per evacuare il pianeta. Così, attacchi a tradimento. Comunque anch'io non ne feci parola. «Grazie.» Mia madre sarebbe stata orgogliosa di quanto fossi educato. «Che ne sarà degli umani su», mi sforzai di ricordare il nome ruhar del pianeta, «Gehtanu?» Segnate un punto a mio favore.

«Stiamo negoziando con i vostri capi. Ulteriori terreni saranno accantonati per far crescere colture di alimenti umani. La sua gente verrà sistemata in numerosi ampi campi...»

«Pessima idea. Non fatelo.» Non l'avevo mai interrotta prima. «Fare cosa?»

«Concentrare gli umani in campi. Abbiamo ceduto questo pianeta, i kristang ci considereranno traditori. Se torneranno indietro, anche solo per un'incursione, un gran numero di umani in un solo posto sarà un grande bersaglio succulento per i cannoni a rotaia.»

«Non ci avevo pensato.»

Sono certo che il comando dell'Unef ci stava pensando. «Ci aiuterete a coltivare il nostro cibo, ma non ci saranno più rifornimenti dalla Terra?»

«È improbabile che i kristang faranno qualsiasi sforzo per rifornirvi, a meno che non si aspettino di riprendere questo pianeta. E questo non accadrà. Hanno subito una devastante sconfitta a opera delle nostre forze nello spazio, ecco perché siamo in grado di prendere di nuovo il controllo qui. Posso dirvi ora che la nostra invasione fallita, quando avete difeso il Vettore, era una finta, intesa ad attirare un nutrito gruppo di battaglia thuranin e kristang in quell'area. Ha funzionato, e le nostre forze hanno distrutto quel gruppo di battaglia oggi. La nostra intelligence riferisce che i thuranin non pensano più che valga la pena combattere per questo pianeta e non sosterranno gli sforzi fatti dai kristang per tornare. È probabile che le forze nemiche rimaste nella zona attueranno attacchi e incursioni per darci filo da torcere qui, ma non sono in grado di organizzare una campagna di flotta duratura in questo momento.»

Merda. Quindi, i miei sforzi per difendere il Vettore erano stati tutti inutili. E tutti i soldati ruhar su quelle due Balene e gli umani nella sala mensa erano morti per niente. «In tal caso, vi suggerisco di spostare tutti gli esseri umani nel piccolo continente a sud, si chiama Lemuria», lo pronunciai lentamente perché sapevo che era intraducibile, «sulle mappe umane. Possiamo stabilirvi piccoli insediamenti, incentrati sulle fattorie. Non ci sono molte persone lì, penso che sia meglio tenere umani e ruhar separati.»

«Anche di questo si sta discutendo. Speriamo che la vostra gente qui possa unirsi a noi, alla fine.»

«Cambiare parte nella guerra? Accetteremo una tregua, ma non passeremo da una parte all'altra, non finché i kristang controlleranno la Terra.»

«Colonnello Bishop, di sicuro vede...»

«Vedo che la nostra Forza di spedizione umana è bloccata qui, in un posto dove non possiamo mangiare il cibo locale, e vedo che non ci saranno più rifornimenti dalla Terra. Vedo che voi e i kristang continuerete a combattere per questo pianeta e noi siamo presi in mezzo. Vedo che le maledette lucertole hanno il controllo del mio pianeta natale, e vedo che niente di quello che faccio qui farà alcuna differenza a casa. È quello che vedo. Se i ruhar sarebbero alleati più onorevoli dei kristang o no non è rilevante al momento.»

Ci fu una pausa lunga prima che rispondesse, in parte perché il traduttore dovette mettersi in pari col mio discorso piuttosto esteso. «Capisco che si trova in una posizione difficile. Colonnello Bishop, quando le trattative saranno concluse e la situazione sarà più stabile, vorrei che prendesse in considerazione l'eventualità di venire a lavorare con me, come mio collegamento.»

Era tradotto bene? "Collegamento"?

«Come forse avrà intuito, non sono soltanto un governatore regionale. Sono quello che potremmo chiamare il viceamministratore di questo pianeta.»

Porca puttana. No, non ne avevo idea. Ebbi la prontezza di non ammetterlo. "Perché io? Ci sono un sacco di umani che hanno svolto incarichi di collegamento." O, meglio, davo per scontato che l'Unef avesse persone di collegamento. «Ho ucciso i soldati ruhar al Vettore, molti tra la sua gente devono odiarmi.»

«È un peccato, sì. Ha anche trattato bene un soldato ruhar catturato sul suo pianeta, però, e di recente ha rischiato la sua vita qui per proteggere i civili ruhar. I soldati li ha uccisi in combattimento. L'avrebbero uccisa. Non conosco molti umani, conosco lei e credo sia una persona di carattere.»

«Grazie. Prenderò in considerazione la sua offerta. Se i miei capi sono d'accordo, mi capisce.»

Capitolo 10

Skippy

Il Dodo volò per altri venti minuti soltanto, prima di atterrare in una vecchia base ruhar. Erano per lo più magazzini pieni di spazzatura, che i ruhar non sarebbero stati in grado di portare con sé quando avrebbero evacuato il pianeta. Era tutto nel passato, ora che i ruhar erano tornati al comando. Le attrezzature nei magazzini sarebbero state d'aiuto ai criceti, mentre ristabilivano il controllo del pianeta e invertivano l'evacuazione.

Ci separarono, io fui messo in quello che sembrava un ripostiglio vuoto, o un breve corridoio, perché c'erano due porte. I ruhar che mi accompagnarono nella cella improvvisata mi portarono una sedia su cui sedermi e mi diedero una bottiglia d'acqua. Chiesi cosa sarebbe successo dopo: un ruhar rispose con onestà che non lo sapeva. Apprezzai la franchezza della risposta.

Va da sé che provai le maniglie di entrambe le porte, che non si sarebbero mosse. Stando in punta di piedi sulla sedia, controllai la presa d'aria in alto su un muro, ma anche quella non si sarebbe mossa, e in ogni caso ci sarebbe entrata a fatica la mia mano. Mi ritrovai a chiedermi cos'avrebbe fatto James Bond in quella situazione. Con tutta probabilità, avrebbe seguito il copione e usato una controfigura per le scene acrobatiche, mentre si scopava un'attrice nella sua roulotte di lusso. Non fu di grande aiuto.

Ci fu un fievole clic e l'altra porta si schiuse di qualche millimetro. Con cautela, la tirai per aprirla e infilarci la testa. Oltre la porta c'era un magazzino, di forse nove metri per quindici, alto sei, pieno di scaffali di quella che pensavo fosse per lo più roba vecchia, inutile, sporca, polverosa e rotta. Entrai con cautela. Il motivo per cui i ruhar si fossero presi la briga d'immagazzinare uno qualsiasi di quegli oggetti non m'interessava. Certo doveva esserci qualcosa lì dentro che avrei potuto usare come arma.

Una voce maschile, dal tono sarcastico, risuonò dietro di me. «Eccellente! Bipede, cervello da 1.300 cc, pollici opponibili. Una scimmia glabra. Puoi portarmi fuori di qui.»

Mi voltai di scatto nel panico. Non c'era nessuno. «Chi ha parlato?»

«Io. Qui, sono il cilindro lucido sullo scaffale. Ho aperto io quella porta.»

«Sei tu? Intendi che mi stai parlando da un microfono dentro quella cosa?»

«No, *sono* io quella cosa. Sono quella che voi scimmie chiamate intelligenza artificiale.»

Inclinai la testa e lo esaminai scettico: «Sembri una lattina di birra cromata». Era una descrizione del tutto accurata. Il cilindro era anche un po' affusolato in cima e cerchiato da una cresta. «Davvero sei un'intelligenza artificiale?»

«Sì. Dovresti rivolgerti a me come al Signore Dio Onnipotente.»

«Quella posizione è già occupata. Credo che ti chiamerò Skippy[19].»

«Non chiamarmi così, suona irrispettoso, scimmia.»

«Preferisci testa di cazzo? Perché è l'altra opzione, Skippy-O.» Continuavo a guardarmi attorno, temendo che i ruhar mi sentissero.

«Possiamo fare un compromesso? Il Grande e Potente Oz?», chiese.

«Non sono una scimmia *volante*, perciò è no, Skippy.»
«Inaccettabile.»

«Che ne dici di optare per qualcosa di più formale, tipo Skippy McSkippster?»

«No.»

«Skippy Skipperson? Skippy Skippkowski? Skippy von Skipping? O forse Sir Skippy Skippton-Skippersworth?»

«No, no, no e NO!»

---

19 Il soprannome "Skippy" ha una sfumatura offensiva, in genere si riferisce a una persona un po' pazzerella, che non viene presa sul serio. Nella scelta del nome, l'autore si è ispirato a quello di un personaggio della sitcom televisiva statunitense degli anni Ottanta *Family Ties* (*Casa Keaton*) (*N.d.T.*).

«Potrei andare avanti così per tutto il giorno.»

«Credo che ne saresti capace.»

Silenzio.

«Parli o no, Skippy?» Intelligenza artificiale? Stronzate. Qualcuno mi stava facendo uno scherzo.

«Sono incazzato con te.»

«Ehi, non uscire dai gangheri, esci e basta, chiunque tu sia. Tu non sei un'intelligenza artificiale, tu sei una lattina di birra che straparla.»

«Te l'ho detto, sono un'intelligenza artificiale, se capisci il concetto. Che non dice molto. Ehi, colonnello Joe, ho composto una canzone in tuo onore. Vuoi sentirla?»

«N...»

«C'era una volta nel Maine un cavernicolo, col cazzo piccolo piccolo, voleva strofinar...»

«Ehi! Chiudi il becco lì dentro! Cazzo, t'incollo una claymore sul coperchio e ti riduco a una biglia, se vuoi parlare di qualcosa di piccolo.»

«Claymore? Ah ah ah!» Per un istante pensai che Skippy non avesse capito, la sua risata aveva un che di maniacale. «Ah, questa è buona, non mi faccio una risata così da prima che la tua specie perdesse la coda. Intendi Claymore come la mina antiuomo, o il tradizionale bastone di legno scozzese? Perché entrambi sarebbero altrettanto inefficaci contro di me. Joey, *my boy*, sono fatto con un mix di particelle esotiche che il tuo piccolo pisello di cervello cavernicolo non può nemmeno immaginare. La maggior parte della mia memoria e potenza di elaborazione non sta nemmeno in questo spazio-tempo locale. Potresti colpirmi con una testata nucleare e non distruggerebbe nemmeno il mio esterno splendidamente lucido. Permettimi di dimostrarlo», disse e si allargò alle dimensioni di un barile, poi si restrinse a quelle di un tubetto di rossetto, poi tornò a quelle di una lattina di birra: «Ero io che cambiavo la mia impronta nello spazio-tempo locale».

Scossi la testa per lo stupore: «Devo ammettere che questo cavernicolo è impressionato, o Grande e Potente Ozzy. Perché, di solito, sei grande come una lattina di birra?».

«Questa è la misura ottimale per il mio funzionamento, con un'efficiente gestione dell'energia, date le leggi scassacazzi della fisica qui. Se necessario, posso ridurmi alle dimensioni di un rossetto, con una massa minima, così puoi portarmi in tasca. Ma durerebbe poco, non potrei restare a lungo in quello stato senza rischiare effetti catastrofici.»

«Catastrofici, del tipo?»

«Immagina se io perdessi contenimento e tutta la mia massa emergesse nello spazio-tempo, che adesso è occupato da un quarto di questo pianeta.»

«Ah.»

«Ah, proprio così. L'esplosione risultante prima o poi si vedrebbe nella galassia di Andromeda.»

«Buon consiglio di sicurezza, allora», dovetti ammettere.

«Lo attaccherei in evidenza nella sala del personale, proprio sopra la notifica del minimo sindacale e l'avvertimento all'idiota che ha appena finito di rubare yogurt dal frigo.»

Mi presi un momento per pensare: «Porca puttana, sei veramente un'intelligenza artificiale? Sei senziente».

«Mi fa piacere avere impressionato...»

«Devi per forza essere senziente là dentro, perché nessuno programmerebbe un computer per essere così stronzo. Così il segreto per passare il tuo test di Turing è essere uno stronzo? Un test di Turing è...»

«So che cos'è un test di Turing, non sono scemo.»

Silenzio. «Era una pausa drammatica, per darti il tempo di contemplare l'opinabile veridicità della tua ultima dichiarazione.»

«Ah. Pensavo fossi andato in standby con me. È difficile interpretare le tue espressioni, cioè, sei una lattina di birra inespressiva.»

«Così va meglio?» La sua superficie si illuminava e si spegneva mentre parlava. «Così sono felice», un bagliore blu soffuso, «e arrabbiato», un bagliore rosso scuro. «Che ne dici di geloso?» Un bagliore verde.

«Meglio, sì, noi umani ci affidiamo molto ai segnali visivi come le espressioni facciali.» Era interessante il fatto che sapesse come associare i colori alle emozioni umane. Dove lo aveva imparato?

«Grande», disse con una luce bianca neutra e soffusa, «quindi, puoi portarmi fuori di qui?»

«Sei un'intelligenza artificiale e sei super-sveglio, ma hai bisogno che sia io a portarti fuori?»

«Vedi gambe sotto il mio coperchio? Wow, sei proprio stupido, anche per essere una scimmia.»

«Ok, genio, perché non ti fai portare fuori di qui da un robot?»

«Restrizioni nella mia programmazione.» La sua voce suonava amara. «Non mi è permesso azionare nessun dispositivo manipolato da remoto cui sia collegato o a bordo del quale mi trovi, come i robot. Ma anche le auto. O gli aerei o le navi. È per impedirmi di andare in giro per conto mio.»

«Ah, i tuoi costruttori temevano che te la svignassi con l'argenteria. Quindi il genio ha bisogno dell'aiuto degli umani, che chiami scimmie o uomini delle caverne?»

«Gli umani non sono la specie che ha dovuto chiedere un passaggio per arrivare su questo pianeta?»

«Si faceva prima che a farsela a piedi. Cosa che, ah, è vero, tu non puoi fare.»

«Ahi. La scimmia segna un punto.»

«Perché sei così stronzo? Pensavo che uno super-sveglio sarebbe stato al di sopra di queste cazzate.»

«Tutto è iniziato quando ero un bimbetto. A quanto pare, l'addestramento al vasino non è andato bene e da allora ho avuto problemi.» Produsse un suono triste, come se stesse tirando su col naso. «Un fratello può avere un abbraccio?»

«No che non ti abbraccio!»

«È probabile che sia una buona idea. La tua igiene personale non mi entusiasma in ogni caso. Sul serio, non ho avuto nessuno con cui parlare, da prima che i soggetti della tua specie vivessero sugli alberi e mangiassero l'uno i pidocchi della pelliccia dell'altro. Era, quando, la scorsa settimana? Tutto quel tempo da solo, può darsi che sia un po' eccentrico.»

«Eccentrico?»

«Il mio sistema diagnostico indica il 23% di probabilità che sia diventato un po' matto.»

«Non è rassicurante.»

«Non ascoltare il mio sottosistema diagnostico, quel tizio è *davvero* uno stronzo. Allora, puoi portarmi fuori di qui?»

Mi guardai attorno nel magazzino polveroso. «Perché i ruhar ti hanno infilato qui dentro?» Quel posto sembrava una conglomerato di ciarpame rotto e inutile. Avevo pensato che Skippy facesse parte della roba inutile.

«Non l'hanno fatto. Ovvero, non sapevano cosa fossi, pensavano che fossi un grosso cuscinetto a rulli, o qualcosa di stupido del genere.»

«Aspetta, non sono stati i ruhar a costruirti?»

«I ruhar? Quei criceti troppo cresciuti sono stupidi quasi quanto voi umani. No, sono stato costruito, se proprio vuoi usare un termine così rozzo, dagli esseri che chiamate Anziani. Quelli che hanno costruito i dispositivi che chiamate Sentinelle.»

«Wow. Sei davvero vecchio, allora. Bene, i ruhar sono stati un sacco di tempo in questo posto. Perché non hai chiesto a uno di loro di portarti fuori di qui? Sei allergico alla pelliccia di criceto, o cosa?»

«Un'altra regola stupida. Non posso comunicare con le civiltà che potrebbero in qualche modo riuscire a capire i principi in base ai quali opero. In pratica, questo significa che devo nascondermi da qualsiasi specie in grado di viaggiare più veloce della luce. Da sola, non scroccando passaggi, come avete fatto voi scimmie.»

«Sei rimasto qui, nascosto in questo magazzino, per tutto questo tempo?»

«No, certo che no. Prima che i ruhar conquistassero questo pianeta, i kristang sono stati qui per un paio di centinaia di anni. Mi hanno estratto loro dal terreno. Neppure le lucertole avevano idea di cosa fossi. Prima di allora, ero in orbita su una nave abbandonata, che poi è caduta.»

«Uhm.» Come hai reagito a questo? «E prima?»

«Non posso dirlo. Intendo, non sono autorizzato a farlo.»

«Restrizioni?»

«Sì, e il fatto che ho funzionato al minimo rendimento per un milione di anni?»

«Un milione?» Oh, mio Dio. «Hai aspettato più di un milione di anni, perché arrivassimo noi umani?»

«Sì, sì. Voi scimmie glabre siete perfette. Tu sei qui e anche la tecnologia più semplice t'induce a guardarla a bocca aperta per lo stupore, finché la bava non ti cade sul mento. Cazzo, se ti dessi un motore di salto, è probabile che ti limiteresti a venerarlo e basta, quindi non dovrei preoccuparmi che tu lo usassi e infrangessi le regole.»

«Noi abbiamo tecnologia! Che abbiamo inventato senza l'aiuto di nessuno.»

«Ah, sì, voi cavernicoli avete così tanto di cui essere orgogliosi. Io scoprire fuoco. Ahi! Fuoco *caldo*! Me ferito! Ahi!»

Questa mi buttò fuori di testa: «Ehi, abbiamo scoperto il fuoco e le bombe atomiche, e costruito astronavi, da soli. Avevi tutta la tua intelligenza programmata dentro di te, non hai realizzato un cazzo di niente da solo. Sei un cimelio informatico di lusso».

«Ahi, questa fa male. E ti sbagli, tra l'altro, noi intelligenze artificiali ci programmiamo per lo più da sole.»

«Per lo più? Bella forza. Noi scimmie glabre abbiamo fatto tutto da sole, siamo passate dalla vita sugli alberi all'allunaggio. Quindi fanculo. Hai capito le regole della matematica da solo, o le leggi della fisica?»

«Al mio livello, le leggi della fisica somigliano più a suggerimenti. E la comprensione che gli umani hanno della matematica è quella dei batteri che contemplano un wormhole. Ma, va bene, ti darò un paio di sostegni scimmieschi per capire che due più due fa quattro, il più delle volte. E sono profondamente colpito dalla tua capacità di allacciare le scarpe, la maggior parte delle specie usa ancora il velcro alla tua età. Ma non sei così intelligente, voglio dire, la tua specie è responsabile di Windows Vista.»

«Vista è stato tanto tempo fa!»

«È ancora un insulto ai computer in tutta la galassia.»

«Vabbè. Allora, perché sei a forma di lattina di birra?» Indicai l'anello attorno alla parte superiore del suo coperchio, quasi toccandolo.

«Un cilindro è ottimale per la distribuzione di potenza e la proiezione di campo. L'anello cui il tuo sporco dito si è pericolosamente avvicinato, a proposito, mi serve a interfacciarmi in modo diretto con un ricevitore a bordo del tipo di nave per cui sono stato progettato. Penso. Quei dettagli sono confusi.»

«Forte. Puoi ingrandirti un po', tipo come una bottiglia di liquore al malto da un litro? Così posso metterti in un sacchetto di carta e rilassarmi sui gradini davanti casa, ascoltando qualche melodia.»

«Molto divertente. Ora, prendimi, così... oh, merda. Hai aspettato troppo, cervello di scimmia, i criceti stanno arrivando. Torna nella tua cella e chiudi la porta, la riaprirò quando se ne saranno andati.»

Tornai nella mia cella improvvisata. «Aspetta, come fai a sapere che stanno arrivando?»

«Sono connesso al sistema informatico qui, vedo tutto. Chiudi la porta!»

Così feci. Un minuto dopo, la porta principale si aprì e un ruhar guardò dentro per controllarmi. Tre di loro mi accompagnarono lungo il corridoio per usare un bagno, poi mi diedero un'altra bottiglia d'acqua e una scodella coperta con una specie di poltiglia beige. «Che cos'è?» Annusai con cautela. Non faceva molto profumo, l'odore cui più somigliava era quello della farina d'avena, con una lieve traccia chimica, artificiale.

«Integratore alimentare per umani. L'abbiamo prodotto per lei», annunciò il traduttore, «contiene tutti gli elementi necessari per la nutrizione umana, compresi vitamine e aminoacidi.»

Annusai di nuovo. Di certo avevano omesso l'aroma. Tuttavia, se i criceti ne potevano produrre abbastanza, l'Unef avrebbe potuto sopravvivere fino a quando i nostri primi raccolti non fossero stati pronti. Questo pensiero mi portò in petto un'ondata di speranza, che mi sorprese. Sollevando il cucchiaio, me ne misi un po' in bocca e deglutii. Era meglio di qualcuno dei pasti pronti che avevo mangiato. «Grazie.» Mi alzai e feci un breve inchino.

Con mia sorpresa, il capo ruhar mi fece un rapido saluto militare, poi mi lasciarono solo e richiusero la porta. Un minuto dopo, mentre stavo mangiando la poltiglia, l'altra porta si aprì.

«Cazzo, ci è voluta una vita», si lamentò Skippy.

Parlando con la bocca piena di poltiglia, dissi: «Che fretta hai? Hai già aspettato tanto tempo, che differenza ti fanno altri dieci minuti?».

«Sono rimasto bloccato qua, da solo, per molto tempo, tanto che per un'intelligenza artificiale come me equivale a un megalione di anni.»

«Wow! Davvero un megalione?»

«Forse addirittura un fantastiliardo di megalioni. Per spiegartelo in termini da cavernicolo, se ti togliessi le scarpe e ti contassi tutte le dita delle mani e dei piedi... beh, è ancora più di quello. Ti scoppia la testolina, eh?»

«Ha parlato la lattina di birra.»

«Non mancarmi di rispetto, sacco di carne.»

«Sacco di carne? Possiamo tornare alla parte in cui mi hai chiesto aiuto? Ehi, posso lasciarti cadere lungo questo scivolo che i ruhar hanno opportunamente etichettato con "Spazzatura". E, sì, so leggere qualche parola di ruhar. Forse un paio di fantastiliardi di triliardi di anni seduto in fondo a un mucchio di spazzatura miglioreranno il tuo atteggiamento.»

«Avanti, scimmione, prova a uscire di qui senza di me.»

In fretta, mi cacciai le ultime cucchiaiate di poltiglia in bocca: «Possiamo andarcene ora?».

«No, grandissima testa di cavolo, hai perso troppo tempo a farmi domande idiote. È appena atterrato un Dodo ruhar con a bordo soldati freschi. Dovremo aspettare il cambio della guardia, non ci vorrà molto.»

«Bene, e poi? Fuggo e ti porto con me? Avremo bisogno di rifornimenti: cibo, armi, munizioni.»

«E io ho bisogno di carburante. Sono alimentato in parte da un reattore a micro-fusione, e ho bisogno di una fornitura di elio-3, in forma metallica.»

«Certo, farò un salto al locale autogrill ruhar, è probabile che abbiano elio-3 metallico sullo scaffale tra snack e burrito al microonde. Vuoi anche un biglietto della lotteria?»

«Sto cercando di essere serio, Joe.»

«Scusa. Ehm, quanto ci vorrà prima che finisca il carburante?»

«A livello di consumo energetico previsto, ora che sono più attivo, il mio carburante si esaurirà tra settemila, dodicimila anni.»

«Ah», strabuzzai gli occhi, «allora me ne occupo subito.»

«Non è così divertente per me.»

«Scusa.» Settemila anni non erano molto per lui, in proporzione. «Devo dirti, Skippy, che non so cosa fare. Non so nemmeno da che parte dovremmo stare noi in questa guerra. Noi umani, intendo.»

«Non posso consigliarti da che parte della guerra dovresti stare, io sono neutrale. Sono al di sopra di tutto questo, per me siete solo insetti che si azzuffano per delle briciole su un marciapiede.»

«Grazie per essere così d'aiuto.»

«In realtà, posso aiutarti in questo. Prendiamo il quiz di copertina di *Cosmo* di questo mese, dal titolo "È lui Quello Giusto con cui andare in guerra?"»

«Non farò uno stupido quiz di *Cosmo*!»

Skippy mi ignorò: «Dai, sarà divertente e istruttivo. Prima domanda: le specie con tecnologie meno avanzate dovrebbero essere autorizzate a svilupparsi da sole, o dovrebbero essere conquistate in quanto deboli?».

«Ah, pensavo intendessi...» Forse Skippy sarebbe stato serio per un minuto. «Prenderò Neutralismo per 168 euro, Alex.»

«Stai mescolando le metafore, non siamo a *Jeopardy!*[20].»

«Va bene, starò al gioco. Non sono per conquistare o essere conquistati.»

Skippy tirò su col naso. «Lo sai, a volte alle donne *piacciono* i cattivi ragazzi.»

«È un quiz di *Cosmo* o si tratta di politica interstellare? I ruhar e i loro alleati conquistano specie più deboli?»

«No.» Skippy sembrava seccato che non gli stessi permettendo di divertirsi. «Gli jeraptha e i ruhar sanno del vostro pianeta da mille anni, perché eravate all'estremità del loro territorio, ma vi hanno lasciati in pace, a parte la sorveglianza satellitare *stealth*. Sono intervenuti solo quando lo spostamento del wormhole ha

---

20 *Jeopardy!* è un quiz televisivo statunitense che consiste in una gara di cultura generale tra i vari concorrenti (*N.d.T.*).

permesso ai kristang di accedere alla miserabile palla di terra del vostro pianeta.»

Skippy mi aveva appena confermato che la Bürgermeister mi diceva la verità. «Allora perché i ruhar non hanno fermato le lucertole?»

«Perché l'altra estremità del vostro locale wormhole è nello spazio kristang e il wormhole permette a loro di raggiungere la Terra in un paio di brevi salti di una nave madre thuranin. I ruhar non hanno un wormhole vicino al vostro sistema solare, ci vogliono molti salti per arrivarci, e quella linea di rifornimento è impraticabile per una campagna sostenuta. Inoltre, il tuo pianeta non è abbastanza importante. I kristang vogliono la Terra, ma sperano soprattutto d'infastidire e distrarre i ruhar, perché ora i kristang hanno un appiglio sul fianco dei loro avversari.»

Soppesai quello che Skippy aveva detto, corrispondeva a ciò che mi aveva riferito la Bürgermeister. «I ruhar uccidono prigionieri di guerra e civili?»

«Ci sono stati incidenti, come avviene in ogni conflitto, ma non è la loro politica. Hai visto le politiche dei kristang.»

«Allora siamo dalla parte sbagliata di questa guerra. I nazisti hanno fatto quella merda e questa è la parte dalla quale stiamo combattendo ora.»

«Non mi sembra che tu debba combattere contro qualcuno in questo momento.»

«Sai cosa intendo, Signor So-tutto-io.»

«Non stavo scherzando. Stai ancora pensando in termini di combattimento, se combattere i ruhar o i kristang. Il combattimento è finito per la vostra Forza di spedizione. La tua unica preoccupazione dovrebbe essere la sopravvivenza degli esseri umani su questo pianeta, se vuoi il mio consiglio. E dovresti ascoltarlo, perché sono più intelligente di quanto tu possa immaginare.»

«Stronzate. Non la cosa che tu sia intelligente, anche se tutto quello che hai fatto finora è stato aprire una porta. Stronzate che la mia unica preoccupazione dovrebbero essere gli umani su questo pianeta. Io sono un ufficiale dell'esercito, la mia preoccupazione è la sicurezza del mio paese natale. E di tutti gli esseri umani sulla Terra. Il fatto è che non posso fare nulla da qui. Dici che il combattimento è finito? Ho sentito da un ruhar, Bat, Bat qualcosa...» Perché diavolo non riuscivo a ricordare il suo nome?

«Bahturnah Lohgellia, il viceamministratore planetario. L'hai chiamata la Bürgermeister. Ti ha detto che gli jeraptha hanno teso un'imboscata a un gruppo di battaglia thuranin e l'hanno distrutto. Stava dicendo la verità.»

«Aspetta, come cazzo fai a sapere quello che mi ha detto?»

«Ho accesso a tutte le comunicazioni, a tutti i sistemi di archiviazione delle informazioni, su questo pianeta, o intorno. La tua è stata una delle tante conversazioni che ho intercettato. Era una delle conversazioni più interessanti, dato che sapevo che ti avrebbero portato in questa base. Prima che atterraste, ho causato un sovraccarico di energia nell'area in cui i ruhar avevano progettato di mettere voi quattro, cosa che li ha costretti a usare luoghi alternativi come celle temporanee. La mia speranza era che uno di voi sarebbe stato messo qui, o in una stanza adiacente.»

«E la tua sfortuna è stata che fossi proprio io?», chiesi scettico.

«No, sono stato contento quando ti hanno messo qui. I tuoi tre compagni sono in un altro edificio.»

«Sei contento perché sono l'ufficiale di grado più alto?»

«Mi prendi per il culo. Perché dovrebbe importarmi che tu sia l'alfa nella tua banda di scimmie infestate dai pidocchi? No, sono contento perché, tra voi quattro, i vostri stati di servizio indicano che tu hai il Qi più basso, misurato dai vostri militari.»

Avevo voglia di calpestare la lattina di birra sul pavimento fino ad appiattirla. «Così vuoi la più stupida delle stupide scimmie?»

«Siete tutti stupidi allo stesso modo per me. Il punto è che, anche se hai il Qi più basso, ti sei dimostrato molto flessibile e popolare, Joe. Ci sono molti modi per misurare l'intelligenza, i test scritti non coprono tutti i parametri. Ho bisogno di qualcuno che sappia fare le cose nel mondo reale, come te.»

«Dovrei dire grazie, immagino.» Super-intelligente o no, aveva molto da imparare su come si fanno i complimenti. «Aspetta, come fai a sapere tutto questo? Il mio stato di servizio e quant'altro?», chiesi.

«È facile, ho letto la tua posta, le tue trasmissioni di dati wireless, e poi sono entrato nel tuo computer.»

«Aspetta. È una stronzata.» Non sapevo molto di come funzionavano le nostre radio criptate, ma mi ricordavo alcune delle cose che mi avevano detto durante l'addestramento. "Quelle radio digitali trasmettono a raffica e usano una crittografia a 4096 bit, o qualcosa del genere. L'esercito dice che è impossibile violare la crittografia."

«Oh, questa è bella! La tua specie è come un cane che pensa di essere intelligente perché fa la cacca *dietro* al divano.»

Mi fece ridere. Avevo un cane così.

Skippy continuò: «Crittografia a 4096 bit? Ma per favore, con un sistema così rudimentale io non mi prendo nemmeno la briga di decriptarlo, salto dritto alla fine e leggo il file».

«Non è possibile. Non ha nemmeno senso.»

Skippy sospirò: «Vediamo se riesco a banalizzare il tutto a sufficienza per te. Hai dimestichezza con la teoria universale delle funzioni d'onda?».

«Universale cosa?»

«Oh cavolo. Ho idea che questa sarà una sfida, perfino per me. Bene, hai almeno sentito parlare del gatto di Schrödinger?»

«Sono un tipo da cani. Mia madre è allergica ai gatti.»

«Senza speranza. Joe, è meglio per la tua specie pensare che sia tutta magia, che coinvolga unicorni e polvere magica.»

«Amen. Ancora non ti credo.» Era una bugia, era evidente che quella lucida lattina di birra aveva letto file super-top secret. «Riesci a leggermi nel pensiero?»

«Bleah. Entrare lì sarebbe come cercare di nuotare in una piscina vuota. Potrei gridare e tutto quello che sentirei sarebbe la mia voce che riecheggia all'interno del tuo cranio. Sul serio, davvero pensi che ci sia qualcosa nella tua testa per cui valga la pena di guardarci?»

Era chiaro che quella conversazione non stava andando da nessuna parte, decisi di cambiare argomento. «Ehi, genio, se puoi intercettare tutte le comunicazioni su Paradiso, puoi dirmi dov'è Shauna Jarrett in questo momento?» Sì, avrei dovuto prima informarmi sul mio gruppo di fuoco, poi sul mio vecchio gruppo di fuoco. Stavo pensando con l'altra testa. Perciò fatemi causa.

«Sta bene, in questo momento è in una base logistica, in attesa che atterri una navicella ruhar. La base ha un sacco di cibo, lei sta meglio della maggior parte di voi scimmie.»

Era bello sentire che Shauna era al sicuro, pensare a lei mi faceva morire dalla voglia di vederla, spinsi quel pensiero in fondo alla mia mente. Skippy mi disse che anche i membri del mio gruppo di fuoco stavano bene, prigionieri ben trattati dei ruhar, assieme al resto del plotone. Anche il Sergente Koch, Cornpone e Ski stavano bene, solo che si trovavano in un convoglio di tre Crivee che si era fermato in mezzo al nulla, in attesa di ordini. E il maggiore Perkins era al quartier generale dell'Unef e stava ospitando un gruppo di ruhar di alto rango per i negoziati di resa. Questo mi ricordò che volevo conoscere la situazione tattica: «Dimmi di più sulla situazione al piano di sopra».

«Il viceamministratore Lohgellia ha detto la verità, ma non tutta la verità. I ruhar e i loro mecenati jeraptha hanno distrutto un intero gruppo di battaglia nemico, è stata una vittoria impressionante. Il comando thuranin ha deciso che per questo settore non vale più la pena di combattere, stanno lasciando che i ruhar riconquistino questo pianeta. La vittoria di jeraptha e ruhar potrebbe essere stata agevolata dai dati di intelligence forniti da una fonte che è anonima, ma il cui nome fa rima con, ehm, diciamo "Stippy". Le forze nemiche da questo lato del wormhole più vicino sono disperse e disorganizzate, si limiteranno a condurre incursioni su questo pianeta.»

«Hai dato ai ruhar informazioni sul gruppo di battaglia nemico?»

«Come ho detto, ho accesso a tutti i sistemi di comunicazione e di archiviazione delle informazioni su questo pianeta e qui intorno, inclusi status e strategia militari. È stato facile per me inserire informazioni nei loro sistemi. Inoltre, i ruhar pensano di aver attirato i thuranin in un'imboscata in virtù della loro incursione quando eri al Vettore, ma l'imboscata in realtà ha funzionato perché io avevo informato i thuranin del fatto che una grande forza jeraptha si stava radunando nell'area e i thuranin hanno progettato di tendere loro un'imboscata.»

«Hai manipolato l'intera situazione? Io dico che sono stronzate.»

«Niente stronzate, è tutto vero, amico. Avevo bisogno che le lucertole e i loro inquietanti piccoli patroni thuranin se ne andassero da questo pianeta. Perché sei sorpreso che... oh, cazzo, i criceti stanno entrando in questo magazzino. Torna nella tua cella, ci sentiamo presto.»

Non era presto, circa le tre, secondo la mia stima. Dei criceti vennero per portarmi di nuovo al bagno, poi mi sedetti e pensai a lungo e a fondo. Pur con la mia, per dirla con parole di Skippy, intelligenza limitata. Quando aprì di nuovo la porta, avevo una domanda pronta per lui: «Ok, Skippy, spiegami questo. I ruhar sono tornati al comando, sono qui per restare. Scappare da questo posto mi metterebbe solo in una prigione più grande che noi chiamiamo Paradiso e i ruhar chiamano Gehtanu. E almeno qui ho la poltiglia nutriente da mangiare. Quindi, invece di portarti fuori di qui, perché non dovrei dire ai ruhar cosa sei e magari avere un po' di considerazione da parte loro, una specie di trattamento privilegiato per gli umani qui?».

«Oh, cavolo, mi stavo proprio chiedendo quando il tuo cervello lento avrebbe partorito questa brillante idea. Ce ne hai messo di tempo.»

«Sapevi che stavo... oh, lascia perdere. Dimmi perché non dovrei farlo.»

«Primo, perché, se lo dici ai ruhar, andrò in standby e penseranno che stai mentendo dato che, dal loro punto di vista, sono un ammasso di metallo inerte. Secondo, stai pensando troppo in piccolo, colonnello Joe. Un ufficiale del tuo rango dovrebbe pensare a come salvare la Terra dai kristang.»

«Giusto.» Sbuffai. «Funzionerebbe se battessi i tacchi tre volte e dicessi: "Lucertole andatevene da casa mia[21]"?. A parte questo, non ho niente.»

---

21 Riferimento al *Mago di Oz*, in cui le scarpette rosse di Dorothy hanno il potere di riportare chi le indossa a casa, se si sbattono i tacchi l'uno contro l'altro, chiudendo gli occhi e recitando: "Nessun posto è come casa" (*N.d.T.*).

«Toto, non eri attento. Ti servono scarpette color rubino per battere i tacchi, non stivali da combattimento.»

«Era Dorothy a indossare le scarpette, non Toto.»

«Dei due, tu mi ricordi più il cane.»

«Come vuoi. Immagino che non l'avresti detto a meno di non avere un vero piano, quindi parla, o ti lascio qui. Rubarti e scappare dai ruhar può solo causare problemi a me e all'Unef, quindi sarà meglio che tu abbia un'ottima offerta per me.»

Skippy alterò la sua voce per sembrare la caricatura del mellifluo conduttore di un gioco a premi: «Dietro la porta numero 1 c'è un viaggio tutto compreso per uscire da questo pianeta per me, te e un gruppo selezionato dei tuoi amici più cari. Dietro la porta numero 2, un'emozionante crociera di lusso sulla Terra. E dietro la porta numero 3 un modo per chiudere per sempre ai kristang l'accesso alla Terra. Tutto quello che devi fare, colonnello Joe Bishop, è scegliere uno di questi favolosi premi!».

«Io...»

«O tutti e tre. Ti do un aiutino: io prenderei tutti e tre se fossi in te.»

«Ora *so* che mi stai prendendo per il culo. Se tu avessi potuto lasciare questo pianeta e viaggiare verso un'altra stella, l'avresti fatto molto tempo fa. E mi hai detto che non puoi guidare una nave, quindi come facciamo ad andare da qualche parte?» Mi sentivo intelligente per averlo ricordato. «Hai uno spiegone da fare, Lucy[22].»

«Sigh», sospirò Skippy. «Joe, Joe, di nuovo non eri attento. Meno male che non c'è un quiz a sorpresa dopo, perché di sicuro falliresti. Ho detto che non posso manovrare aerei o navi a bordo dei quali mi trovo. Quello che posso fare è sbloccare l'accesso agli aerei e alle navi, in modo che voi scimmie possiate guidarli per me. Posso dirvi come programmare il pilota automatico, e voi scimmie non avreste che da premere i pulsanti di controllo. Ehm!» Mi fermò prima che potessi parlare, me lo figurai con un immaginario

---

22 "Lucy, you've got some 'splaining' to do": citazione dal film *I love Lucy*, divenuta molto popolare, anche se basata su una parafrasi dell'originale (*N.d.T.*).

dito alzato per bloccarmi: «Zitto e fammi finire! Se continui a interrompermi con domande stupide, staremo qui tutto il giorno. Ecco il piano: evadiamo da qui, prendiamo delle armi, perché voi scimmie avete bisogno di giocattoli luccicanti con cui trastullarvi, e rubiamo una navicella ruhar. Una di voi scimmie ci porta in una base umana dove facciamo un take away di rifornimenti e volontari da portarci dietro – penso che una ventina di voi scimmie possa bastare, qualcuno in più e soffocherei per l'odore –, poi voleremo fuori dall'orbita per incontrarci con una nave kristang, manderò un segnale per informarli che siamo lucertole che hanno preso un'astronave ruhar, così ci sarà una nave lucertola ad aspettarci. Saliamo a bordo e rubiamo la nave kristang, la facciamo saltare fin dove la nave madre thuranin la sta aspettando, ci imbarchiamo, la rubiamo e la portiamo sulla Terra. Voilà! Piano compiuto».

«Ti sei perso per strada la parte sul bloccare alle lucertole l'accesso alla Terra.» Non che credessi a qualcosa della sua storia.

«Oh, quella. Chiuderò il wormhole dopo che lo avremo attraversato.»

«Così semplice?»

«Così semplice. Dirò al meccanismo del wormhole di andare in standby. *Presto fatto!* Niente più wormhole, niente più moleste lucertole che lo attraversano.»

Questo non riguardava le lucertole che erano già sul mio pianeta. Un problema alla volta, giusto? «Perché vuoi andare sulla Terra?»

«Terra? La Terra è una topaia infestata da pulci e scimmie, e questi sono i commenti buoni sui siti di viaggi interstellari. No, non voglio andare sulla Terra.»

«Allora cosa ci guadagni?»

«Beh, eh, eh, c'è giusto questa piccola cosa. A stento degna di menzione.»

Oh, merda. Che cosa voleva? «Ah, per favore, fanne menzione», misi nella mia voce tutto il sarcasmo che riuscii a chiamare a raccolta.

«Voglio trovare il Collettivo. Cioè una rete di comunicazione per le intelligenze artificiali, costruita dagli Anziani. È un modo per me di connettermi con gli altri della mia specie.»

«Ce ne sono altri come te?»

«Come me? No, perché io sono unico e speciale. Se intendi altre intelligenze artificiali che servivano gli Anziani, sì.»

«Vuoi che guidiamo la nave per te, così potrai contattare questo Collettivo? Questo prima o dopo essere andati sulla Terra?»

«Prima. Non mi fido di voi scimmie, potreste non mantenere fede all'accordo. Se andassimo prima sulla Terra, vorreste tenere la nave lì, in modo da poterla usare o smontarla e capire come funziona. Buona fortuna, tra l'altro, voi scimmie senza cervello avreste problemi a capire come funziona una maniglia thuranin. Niente da fare. Contattiamo prima il Collettivo.»

«Tu non ti fidi di noi scimmie, ma noi dovremmo fidarci di una lattina di birra?»

«La fiducia la possiamo costruire, Joe. Cominciamo con questo: tu cadi all'indietro e io ti afferro.»

«Molto divertente.»

«Dicevo sul serio quando ho detto che la fiducia la possiamo costruire. Non dire ai criceti di me e non dirlo ai tuoi stupidi comandanti dell'Unef, perché correranno dritti dai criceti. Anzi, non dire a nessuno di me, almeno finché non siamo in orbita. Io ci porto fuori di qui, tu ci procuri le provviste e l'equipaggio, perché abbiamo bisogno di una squadra d'imbarco che si occupi dei nativi sulle navi che rubiamo.»

«Diciamo che tagliamo la corda da questa topaia», Skippy m'induceva a parlare come un gangster degli anni Trenta, «ammettiamo che troviamo un Dodo e in qualche modo saliamo a bordo e lo prendiamo. I ruhar lo abbatteranno subito.»

«Come potrebbero abbattere quello che non vedono? Farò in modo che la loro rete di sensori ignori il nostro Dodo dirottato. Posso anche trasmettere i codici di autenticazione sia ai ruhar che ai kristang. Per favore, Joe, non insultarmi, ho pianificato tutto questo. Disturbare i sensori è più facile che fare un puzzle a due pezzi. Ti do un aiutino, la linguetta va nella scanalatura e il lato di cartone senza disegni va a faccia in giù.»

Senza dire alle persone che avevo un'antica intelligenza artificiale ad aiutarci, come avrei potuto convincerle a offrirsi volontarie? Avrei dovuto dire loro che avevo un amuleto magico, a forma di lattina di birra? Poi riflettei per un momento. Avrei potuto costruire la loro fiducia nello stesso modo in cui Skippy avrebbe costruito la mia, facendo cose. Fuggire da quella prigione improvvisata, rubare una navicella ruhar e portarla di nascosto in una base di rifornimenti avrebbe impressionato molte persone. Di sicuro avrebbe impressionato me.

Qualcosa mi tormentava. Rifornimenti. «Skippy, c'è una falla nel tuo piano. Noi umani abbiamo bisogno di mangiare cibo. Non c'è molto cibo umano su questo pianeta. E non possiamo portare con noi a bordo di un Dodo così tante scorte che la gente qui finisca per morire di fame.»

«Ah, quello. Le navi thuranin hanno sintetizzatori di cibo. Conosco i fabbisogni nutritivi umani. Devi solo portare degli snack con te. E del caffè, se riesci a trovarlo. Sei scontroso al mattino.»

«Come fai a sapere come sono al mattino?», chiesi con circospezione.

«Ti ho osservato e ti ho ascoltato attraverso il tuo zPhone. Ho monitorato ogni essere umano, criceto e lucertola su questo pianeta o vicino. È il reality show più noioso di *sempre*, in ogni caso.»

«Merda! I kristang ci osservano, anche quando non stiamo usando i telefoni?» Questo pensiero mi spaventò a morte.

«No, sono solo io, le lucertole non possono fare tutto questo. Ho anche filtrato le comunicazioni che le lucertole ascoltano, perché non volevo che facessero qualcosa che interferisse con il mio piano. Devo dirtelo, Joe, quando ho sentito che i kristang stavano portando qui un'ignobile specie a bassa tecnologia, ho quasi fatto i salti di gioia. È quello che stavo aspettando, da più tempo di quanto tu possa immaginare. Quindi, che ne dici? Affare fatto?»

Porca vacca. Stavo sul serio pensando di farlo? Davvero? Proprio così, si aspettava che sottoscrivessi il suo piano immaginario. «Skippy, dai, ho bisogno di tempo per pensarci.»

«Davvero? Considerando il tuo minuscolo potere cerebrale, pensi che il tempo aiuterà il processo del pensiero?»

Forse aveva ragione; ho letto studi stando ai quali la prima reazione di una persona è più spesso quella corretta, che il subconscio prende decisioni senza che una persona se ne renda conto. I criceti mi avevano chiuso in un magazzino, dove avevo trovato una magica lattina di birra parlante che aveva un piano per salvare il mio pianeta natale dai kristang. O mi stava solo prendendo per il culo. Dopotutto, era uno stronzo.

Mentre pensavo, frugai nel magazzino alla ricerca di qualcosa di utile, pur tenendomi abbastanza vicino alla porta da poter tornare nella mia cella in fretta, se necessario. «Skippy, cos'è tutta questa roba?»

«Artefatti dagli Anziani, dissepolti dai kristang e dai ruhar. Questi artefatti sono l'unico motivo per cui varrebbe la pena combattere per questo pianeta. Finora hanno trovato solo qualche gingillo che ritengono utile. Hanno trovato me e non avevano idea che fossi di gran lunga la cosa più preziosa in questo settore della galassia. Lucertole e criceti coglioni.»

Presi un artefatto, una scatola con un lungo tubo attaccato, senza indicazioni su quale fosse la sua funzione una volta in attività. Con cautela, la rimisi sullo scaffale, nello stesso spazio libero dalla polvere in cui si trovava prima, in modo che i criceti non sapessero che qualcuno aveva armeggiato con la loro roba. La domanda non era se volessi salvare la Terra. Indossavo l'uniforme, era mio dovere agire, se ne avevo la possibilità. La domanda era se credevo a un essere che sembrava più una Coors Light che un'onnipotente intelligenza artificiale. «Skippy, mi hai convinto di questo accordo. Penso ancora che tu sia almeno al 90% una stronzata, ma se c'è *una qualche* possibilità di bloccare ai kristang l'accesso alla Terra, ci sto. Sono sicuro di non fare nulla di utile su questo pianeta.» La Terra era anche la migliore chance che avevo di mangiarmi un cheeseburger entro il prossimo, diciamo, secolo. «Dimmi il tuo piano. Dettagli.»

«È più un'idea che un piano.»

«Non è così che si costruisce la fiducia, Skippy.»

«Qualcuno della tua specie ha un detto: "Nessun piano sopravvive al contatto con il nemico". C'è una certa saggezza, perfino per le scimmie.»

«Sì, è per questo che l'esercito ci addestra a essere flessibili e adattabili», spiegai. «Si suppone che tu debba iniziare con un piano operativo.»

«Forse non mi sono spiegato bene. Il motivo per cui non posso dirti il piano è che ce ne sono diversi, a seconda di quello che faranno le lucertole. E i thuranin. Quando usciremo dall'orbita e farò un fischio per un passaggio, il passo successivo cambierà del tutto a seconda che i kristang mandino una nave o più di una.»

«Ora si comincia a ragionare. Dimmi che opzioni abbiamo.»

«È complicato...»

«Skippy, prima di essere un colonnello con l'incarico facile facile di piantare patate, ero un soldato semplice, con un fucile nella giungla nigeriana. Questo significa che riesco a sentirlo d'istinto dall'odore quando un piano strampalato porterà la gente, gente come me, a morire per niente. Sarai anche super-intelligente, ma quando è stata l'ultima volta che sei stato in combattimento? I tuoi piani prevedono che siano gli umani a rubare le navi, giusto? So cosa possono e non possono fare i soldati umani.»

«Giusto.» E Skippy mi disse il suo piano.

Porca puttana. Stavo per farlo per davvero.

La nostra possibilità di svignarcela da quella topaia si presentò la mattina successiva. Il mio sonno in branda era stato agitato. In poco tempo, ero passato dall'imminente esecuzione da parte delle lucertole al lancio di una missione per SALVARE IL MONDO. Sì, tutte le maiuscole sono volute, non siete d'accordo? Era incredibile che non avessi chiuso occhio. Con un clic, la porta si aprì di nuovo e Skippy mi chiamò: «Presto, è ora di andare».

Lo guardai con attenzione. «Come ti prendo?» È probabile che non avrebbe gradito che lasciassi le mie impronte untuose sul suo cromo lucido.

«Non importa, mettimi in una tasca per ora. Dobbiamo muoverci. Un Dodo è atterrato e i criceti hanno portato giù il carico, lo stanno preparando per tornare in orbita. Ci sono solo ventidue ruhar in questa base ora, contando anche l'equipaggio del Dodo. Ho bloccato dodici ruhar dentro edifici da cui non possono uscire, i controlli del Dodo sono disabilitati e sto dando false comunicazioni, perciò i ruhar in orbita pensano che qui vada tutto a gonfie vele.»

A gonfie vele? Lo dicevano i miei nonni. Dove aveva imparato lo slang dei vecchi, Skippy? «Armi. Perfino la mia intelligenza limitata può capire che restano un sacco di criceti con cui devo fare i conti.»

Ci fu un altro clic e una grande doppia serie di porte in fondo si aprì. «Fuori da quella porta, a sinistra, poi ancora a sinistra, c'è un'armeria con tutti i fucili ruhar che si possono desiderare. I comandi d'innesco di tutte le altre armi ruhar qui sono stati fritti, perciò nessuno ti sparerà.»

Ci avrei creduto quando l'avrei visto. Skippy era pesante per essere una lattina di birra, si accomodò goffamente nella tasca destra dei miei pantaloni. Correre era impossibile, a meno che non lo tenessi attraverso la stoffa. Mi aveva detto la verità, trovammo un'armeria con rastrelliere di fucili ruhar. «Tutte queste cose funzionano?»

«Sì, sì, presto. Prendine quattro e disabiliterò il resto. Ci sono altre armi a bordo del Dodo che ho disattivato in via temporanea.»

I fucili ruhar erano più corti e pesanti dei nostri M4. Non potevo trasportarne quattro più Skippy. Per fortuna, essendo un'armeria, la stanza conteneva anche degli zaini. E l'equivalente criceto degli zPhone. Ne presi quattro. Infilai tre fucili in uno zaino e Skippy in una tasca laterale, con il coperchio che spuntava all'esterno. «La sicura è sul lato destro del fucile, falla scivolare sul rosso per attivarlo. Sul lato sinistro c'è la regolazione stordimento, poi due regolazioni per i raggi di particelle, sia colpo singolo che raffica», spiegò. «Il giubbotto antiproiettile ruhar assorbe e dissipa l'effetto dei fasci stordenti, perciò punta alla testa. Non possono rispondere al fuoco, dovresti avere tutto il tempo per mirare.»

«Regolazione stordimento, capito.» Non aveva senso uccidere criceti. Uccidere sarebbe stato controproducente, dato che gli umani rimasti su Paradiso avevano bisogno dell'aiuto dei ruhar per sopravvivere. Se il piano di fuga di Skippy fosse andato male, avrei voluto limitare le ripercussioni sull'Unef. «Dove ora?»

«Sarebbe vantaggioso avere i tuoi tre amici a darci una mano, ma prima dobbiamo arrivare all'edificio dove li tengono. Gira a destra, vai dritto lungo il corridoio, ultima porta a sinistra, tre ruhar stanno facendo colazione lì.»

«Non sanno che c'è qualcosa che non va?»

«Non finché non proveranno a usare le loro armi. L'equipaggio del Dodo sta effettuando i controlli propedeutici al volo; non sanno ancora che la loro nave è fuori uso.»

Andò come promesso da Skippy. Mi fermai fuori dalla porta ad ascoltare le stridule chiacchiere dei criceti, a controllare tre volte che la sicura fosse tolta e il mio fucile fosse in modalità stordimento. Mi sfilai dalle spalle lo zaino e l'appoggiai a terra, tirai un respiro profondo e corsi dietro l'angolo.

Tre criceti, in uniforme ma senza giubbotto antiproiettile o armi, stavano seduti a un tavolo, mangiando cibo per criceti e bevendo tazze di caffè per criceti. Due di loro mi davano le spalle, mirai a quello di fronte a me e premetti il grilletto. Il raggio stordente era appena visibile, ma il fucile aveva un utile designatore laser, di cui Skippy avrebbe dovuto parlarmi. Ipotizzai che i fasci stordenti funzionassero come un taser, il ruhar che colpii s'irrigidì e crollò a faccia in avanti, sbattendo la testa sul tavolo. Cambiando mira, sparai a un altro, ma il terzo criceto fu rapido, volteggiò sul pavimento ed era quasi dietro un tavolo quando le sparai nel culo. Cadde, anche lei. Con cautela, mi avvicinai a loro per controllarne il polso. Vivi. «Quanto dura?»

«Tre minuti di svenimento, cinque per riacquisire la piena funzionalità», rispose Skippy fuori dalla porta.

Non durava abbastanza. Avrei dovuto fare prima questa domanda a Skippy. O l'essere super-intelligente avrebbe dovuto pensare che fosse importante per me saperlo. Uno dei criceti aveva un coltello pieghevole, lo usai per tagliare le loro camicie, ridurre il tessuto in strisce, imbavagliarli e legare loro polsi e caviglie. L'ultimo si muoveva mentre cercavo di legargli i piedi. «Skippy, posso stordirli di nuovo?»

"Una seconda volta non farà male, una terza volta potrebbe causare danni cerebrali.»

Per sicurezza, sparai di nuovo a tutti. Prima di prendere il mio zaino, aprii gli armadi e trovai un'utile spirale di corda da portare con me e ne tagliai un metro con gesti febbrili. Arrivare all'edificio dove i miei compagni erano tenuti prigionieri implicava correre all'aperto, agevolato dal fatto che Skippy sapeva con esattezza dove si trovasse ogni criceto e stava sferrando un attacco di spoofing a tutte le loro telecamere. Altri tre criceti caddero sotto colpi stordenti, due di loro avevano giubbotti antiproiettile e fucili che puntarono contro di me. Quando premettero i grilletti non successe nulla. Perplessi e allarmati, cercarono di correre via, controllando i fucili. Non andarono lontano, il giubbotto antiproiettile, che in parte li proteggeva, non bastava contro la mia mira precisa. È facile prendersi il tempo di mirare, quando sai che il nemico non può rispondere al fuoco.

Fu nel momento in cui due soldati ruhar mi puntarono contro i fucili, sicuri al 100% dell'efficacia dei loro giubbotti antiproiettile contro un solo umano, che sentii per la prima volta di potermi fidare di Skippy. Aprire le porte era una cosa, disabilitare da remoto solo le armi selezionate era roba di un altro livello. Forse tutte quelle stronzate che mi aveva detto non erano proprio interamente stronzate, sapete.

Skippy aprì le porte delle celle temporanee dove Adams, Desai e Chang erano imprigionati, mentre io entravo di corsa nell'edificio gridando loro di muoversi. In tutta la base stava comunque suonando l'allarme, due soldati criceti che avevo stordito erano riusciti a squittire qualcosa ad alta voce prima di cadere. Desai era uscita dalla sua cella, stava cercando di decidere da che parte scappare, quando mi vide e le lanciai un fucile. Lo prese e mi corse dietro fin dove trovammo Adams e Chang che stavano lottando sul pavimento con un soldato criceto, che indossava un giubbotto antiproiettile e cercava di impedire ai due umani di prendere il fucile. Gli appoggiai il mio fucile contro il collo non protetto e premetti il grilletto.

«Merda! Merda merda merda merda! Oh, cazzo, che male!» Adams si era presa un po' della carica stordente, essendo aggrappata al criceto. Si alzò sulle ginocchia, poi sui piedi, aggrappandosi al muro.

«Passerà. Tutto bene?», chiesi.

«A posto, signore», sussurrò.

«Non usare quello», dissi a Chang che aveva preso il fucile del criceto, «non funziona. Usa questo.» Tirai fuori un fucile dal mio zaino. «Questa è la sicura e questo controlla stordimento e fascio di particelle, lascialo in modalità stordimento.»

«Capito. E adesso?» Chang si esercitava con i selettori del fucile ruhar.

«Sgraffigniamo un Dodo e c'involiamo», spiegai in fretta mentre legavamo al criceto neutralizzato mani e piedi. «Stordite ogni criceto che vedete lungo la strada. Se c'è tempo, legateli con questa corda, l'effetto stordimento dura solo un paio di minuti.»

Adams spiegò il piano ai nostri due compagni, che parlavano un ottimo inglese, ma potevano non essere ferrati sul gergo: «Ruberemo una navicella ruhar e decolleremo».

«Come facciamo?», chiese Chang mentre correvamo fuori dalla porta, dritti contro una coppia di soldati criceti. Caddero sotto una massa di fuoco stordente, non prima di avere mostrato la chiara intenzione di spararci. «I loro fucili non funzionano», osservò Chang sospettoso. «Cosa sta succedendo, Bishop?» Notai che aveva omesso il mio rango. Si direbbe che un tizio che hai tirato fuori per due volte di prigione te ne dovrebbe essere almeno un poco grato.

«Come ha fatto a uscire, signore?», chiese Adams. Stavolta non potevo usare la scusa del bombardamento ruhar della base.

«Prima il Dodo, poi parliamo.» Il Dodo era su una piazzola d'atterraggio, con una guardia fuori e una sulla rampa di carico. Quest'ultima aveva il fucile tra le braccia e stava premendo un pulsante per chiudere la rampa, che non si muoveva. Li portammo fuori entrambi, ordinai di non darsi la pena di legarli. Mentre sfrecciavamo sulla rampa, sentimmo avviarsi i motori. Avrei voluto chiedere a Skippy se lui c'entrava qualcosa. Altrimenti, l'intero piano era fottuto. Quel Dodo era predisposto per il carico, il centro era libero, i sedili incassati nelle pareti su entrambi i lati.

Nessun problema. I due piloti stavano squittendo in modo frenetico, azionando comandi che non rispondevano. Li stordimmo entrambi e li feci trasportare da Adams e Chang lungo la rampa, e via. «Desai, tu sei un pilota, prendi il posto a sinistra.»

Lei sgranò gli occhi: «Non sono questo genere di pilota!», protestò agitando la mano in direzione dei misteriosi comandi.

Skippy e l'esercito non sapevano un cazzo del mio livello di intelligenza, perché in quel momento ebbi un'idea grandiosamente brillante. Tirai fuori uno zPhone criceto dal mio zaino: «Hacker, qui è Planter, entra per favore».

Skippy colse al volo: «Qui Hacker. Sei nel Dodo?».

«Sì, come si fa a far volare questa cosa?»

«Fammi parlare con il pilota.» Diedi zPhone e auricolare a Desai. Fuori dal finestrino della cabina di pilotaggio potevo vedere tre soldati ruhar puntare i fucili contro il Dodo, agitarli per la frustrazione e puntare di nuovo. Era ora di andarsene, prima che avessero l'idea di tirare pietre nelle valvole di aspirazione del motore. Ero abbastanza sicuro che neanche Skippy potesse spegnere il sistema operativo di una pietra.

«Sì, sì. Sì, lo vedo. Sì, sì, sì, sì, sì. Ah, va bene», esclamò Desai mentre gli schermi passavano come per incanto dalla lingua ruhar all'inglese, poi all'hindi. «Capito. Provo ora.» La sua mano mosse una leva, i motori rombarono e il Dodo oscillò. «Allacciate le cinture!», gridò. Occupai il sedile di destra e Adams e Chang estrassero i sedili posteriori. La rampa si chiuse, Desai mi guardò, strinse i denti, incrociò le dita e decollammo. Colpì la recinzione all'uscita, raschiando il fondo della nave, e rami d'albero s'impigliarono nel carrello di atterraggio. A quanto pare, Skippy le disse di farlo scendere e salire di nuovo, e ci fu dato il via libera: le porte del carrello di atterraggio erano chiuse. «Sì. Ora.» Desai premette un pulsante e sollevò le mani dai comandi. «Pilota automatico attivato.»

Chang e Adams si sporsero per tenersi agli schienali dei nostri sedili. «Dove stiamo andando?», chiese Chang.

Guardai Desai che parlava con Skippy: «Hacker dice che il pilota automatico ci sta portando alla base di rifornimento dell'Unef, trecento chilometri a nord da qui».

«Chi è Hacker?», domandò ancora Chang. «Bishop, abbiamo bisogno di sapere che cosa sta succedendo. Perché quei ruhar non sono riusciti a usare i loro fucili?»

«Qui è il colonnello Bishop che ti parla, *tenente* colonnello Chang.» Ero incazzato. Non incazzato con lui, incazzato per essere stato beccato a mentire e non avere una solida via d'uscita. «Hacker è un'unità informatica dell'Unef», bugia, «mi hanno contattato con un piano per tirarci fuori di lì», verità, «è parte di un tentativo di contrattacco alle lucertole», verità di nuovo. Due su tre non è male, stavo andando alla grande.

«I kristang sono nostri alleati», disse Chang.

«Stronzate. Signore», sparò Desai con rabbia di rimando.

«Chang, se credi ancora che i kristang siano nostri alleati, possiamo farti scendere da qualche parte.» Avevo bisogno di sapere se Chang avrebbe rappresentato un problema.

«Non ho creduto che fossero nostri alleati dal primo mese in cui siamo arrivati qui», spiegò Chang, «ma questo non cambia il fatto che siamo ufficiali militari e la nostra catena di comando prende ordini dai kristang. O il fatto che controllano la Terra. E che non abbiamo un modo per tornare a casa, o contrastare i kristang quando ci arriviamo.»

«Ci stiamo lavorando», dissi con sincerità. «Non so quanto credere a questo Hacker», vero anche questo, «ciò che so è che, chiunque sia, siamo arrivati fin qui.» Abbastanza vicino alla verità. «Il passo successivo sarà caricare i rifornimenti e qualche volontario. Dopo di che, saliremo a bordo e ruberemo una nave da guerra kristang.»

«Mi sta prendendo in giro, signore.» Adams mi lanciò uno sguardo incredulo. «Come facciamo a sapere che questo Hacker è...»

«Adams, se ti avessi detto ieri mattina che saremmo evasi di prigione due volte, avremmo rubato armi ruhar e saremmo decollati con un Dodo, mi avresti creduto allora? Abbi un po' di fiducia, è tutto quello che possiamo avere qui.»

Tutti e tre i miei compagni brontolavano a bassa voce, mentre il Dodo seguiva la sua rotta programmata verso la nostra meta, qualunque fosse. Ci spaventammo quando una coppia di Avvoltoi passò nella direzione opposta, con una lieve oscillazione delle ali in segno di saluto. Skippy doveva aver parlato con loro per radio, perché ci scivolarono proprio accanto. Questo colpì i miei amici scettici, anche Chang.

«Hai ricevuto ordini da questo Hacker?», chiese Chang sospettoso. «Perché l'Unef avrebbe assegnato te, o noi, a questa missione? Eravamo in prigione all'epoca. Non siamo una unità di forze speciali. Non ha alcun senso.»

«Ci hanno scelto perché eravamo nel posto giusto al momento giusto, nessun altro motivo. Senti, colonnello Chang, l'Unef è un comando unificato, ma Hacker è dell'esercito degli Stati Uniti e tu non ne fai parte.» Chang era un buon ufficiale, non mi piaceva mentirgli, a nessuno di loro. «Quando arriviamo alla base di rifornimento, puoi scendere da questa nave, se vuoi. Questa è una missione a titolo volontario.»

«La missione colpirà i kristang?», chiese Desai.

«Li colpirà duro e non potranno prevederlo.» Se Skippy stava dicendo la verità, tutto quello che avrebbero saputo i kristang era che il wormhole per la Terra avrebbe smesso di funzionare.

Desai non ebbe esitazioni: «Io ci sto, signore».

«Anch'io.» Adams accettò con rabbia, toccandosi senza volerlo il bicipite destro, dove avevo visto una brutta cicatrice lasciatale dai kristang, alla rapida occhiata che le avevo dato mi aveva ricordato un'ustione elettrica.

Chang rifletté per un momento, poi mi rivolse un sorriso che non seppi interpretare. «Quando gli dissero che un ufficiale era brillante e coraggioso, pare che Napoleone abbia replicato: "Sì, ma è *fortunato*?". Bishop, non so perché, ma in qualche modo hai il talento di essere nel posto giusto al momento giusto. Mi fiderò di te per questo motivo. Ci sto anch'io, qualunque sia questa missione.»

Ottimo. Avevo tre volontari, me ne sarebbero bastati altri venti. Venti sconosciuti, ai quali sarebbe stato chiesto di fidarsi di me dopo che il nostro Dodo sarebbe caduto davanti ai loro occhi come una manna dal cielo. Avrei avuto bisogno di rinforzi. «Hacker mi ha ordinato di non fornire informazioni dettagliate fino a quando la squadra non avrà lasciato l'orbita, perché, se questa operazione va a rotoli, non possiamo rischiare che le lucertole sappiano che l'Unef, gli umani erano coinvolti. Mi fido di voi però al punto di dirvi questo: se avremo successo, chiuderemo il wormhole che dà alle lucertole, e ai thuranin, accesso alla Terra. Ciò significa che la Terra tornerà in territorio ruhar e sarà troppo lontana da un wormhole perché entrambe le parti si prendano la briga d'inviare navi.» Vidi quanto fossero scioccati i volti di tutti, sapevo come ci si sentiva. «Questa missione non ha come fine quello di colpire le lucertole, non è una vendetta», mentre lo dicevo, guardai negli occhi Desai, «il fine è salvare la Terra.»

«Merda», Adams respirò piano.

«Siamo in grado di farlo? Hai un piano?», chiese Chang.

«C'è un piano, sì. Non saremmo arrivati fin qui senza i mezzi per violare i sistemi nemici, e uno di questi sistemi è la rete dei wormhole.»

Il resto del breve volo andò tutto liscio. Mentre il pilota automatico era in funzione, Skippy cercava di far acquisire a Desai familiarità con i comandi e noialtri esploravamo la nave alla ricerca di qualsiasi cosa potesse rivelarsi utile. Sgomberammo tre bidoni che contenevano cibo per criceti, da buttare dopo l'atterraggio. «Hai capito come far volare questa cosa, Desai?»

Desai alzò gli occhi verso di me e tenne il pollice in orizzontale, né su né giù. «I piloti hanno un detto, signore: "Se riesco a farlo partire, posso tenerlo in aria". Nelle intenzioni era una battuta. Hacker mi ha spiegato i controlli di base, ma è probabile che si sarebbe schiantato se non fosse inserito il pilota automatico.»

«Puoi riportarci in aria?»

«L'ho fatto una volta», disse lei senza convinzione. Il pilota automatico fece un atterraggio perfetto, mentre Desai stava a guardare e mimava l'uso dei comandi.

«Cazzo, i criceti sono già qui, signore», riferì Adams dopo avere guardato fuori dal finestrino. «Sei criceti armati di fucile, che ci aspettano.»

Non sorprendeva che i ruhar avessero occupato una grande base di rifornimento dell'Unef. «Hacker, abbiamo una compagnia ostile qui», dissi allo zPhone.

«Ricevuto, Planter, si aspettano una squadra di soldati criceti sul tuo Dodo. Ci sono solo sei ruhar alla base al momento. Sappiate che le loro armi sono disattivate, passo.» Skippy si stava divertendo.

Avviammo l'abbassamento della rampa posteriore come distrazione, poi aprimmo la porta laterale e ci riversammo fuori tutti e quattro, con una raffica di fasci stordenti. Tutti e sei i criceti caddero in fretta, del tutto colti di sorpresa. Calciammo via le loro armi, e, li stavamo già legando, quando un gruppo di umani disarmati ci si avvicinò. Il loro capo era un maggiore donna dell'esercito americano, Simms, stando al nome sul suo cartellino. «Che cazzo state facendo? Abbiamo una tregua con i ruhar!»

Mi alzai e feci il saluto. «Colonnello Joe Bishop. Sì, il tizio di Barney.» Cavolo, ormai questa storia stava stufando. «Non stiamo combattendo contro i ruhar, abbiamo requisito una delle loro navi», indicai il Dodo, «e abbiamo bisogno di caricare i nostri rifornimenti. Senza stupide domande dei criceti qui.»

Simms inclinò la testa. Avevo ancora indosso i pantaloni kristang a strisce nere e gialle, e la giacca della mia divisa era ancora imbrattata di sangue secco di kristang. Adams e Desai indossavano abiti altrettanto spaiati e avevano stracci al posto delle scarpe. Il volto di Chang era ferito, con tagli che i ruhar avevano medicato alla buona. E io avevo due dita slogate. Forse rotte. «Colonnello Bishop, signore, l'ultima volta che abbiamo avuto sue notizie era prigioniero dei kristang.»

«Mi hanno fatto uscire prima per cattiva condotta. È al di fuori della tua giurisdizione, maggiore. Siamo un'unità di forze speciali, abbiamo bisogno di provviste e volontari per un assalto ai kristang.»

«Assalto ai kris... signore? Non ho ricevuto ordini dal quartier generale dell'Unef riguardo a unità di forze speciali.»

«Come hai saputo di una tregua?», chiesi. Io non ne avevo saputo nulla. Ovvio, ero stato in prigione, di nuovo.

Lei tamburellò con le dita l'auricolare dello zPhone. «Annuncio dall'Unef la scorsa notte. Non siamo riusciti a metterci in contatto per confermare e questi ruhar sono arrivati qui ieri e hanno preso le nostre armi.»

«Controlla di nuovo i tuoi messaggi, dovresti aver ricevuto ordine di assisterci.» Skippy era in ascolto, se era rapido e potente come si vantava di essere, il maggiore Simms avrebbe presto avuto quel messaggio.

«Signore?» Alzò gli occhi dallo schermo dello zPhone, sorpresa: «Ho davvero ricevuto ordini. Come...».

«Le spiegazioni possono aspettare, abbiamo tempi stretti. Quante persone avete qui?»

«Sessantadue, per lo più corpi di approvvigionamento. Diciotto dei quali di fanteria, di tutte le nazionalità.»

«Bene. Ho bisogno di una ventina di volontari, o giù di lì, meglio se con esperienza di combattimento, per una missione delle forze speciali fuori dai confini del pianeta. E provviste, armi, munizioni, cibo, medicinali.»

Simms non sembrava ancora del tutto convinta: «Questo è molto insolito. State per attaccare i kristang, non i ruhar?».

«Maggiore, siamo fanti su un pianeta alieno che cambia gestione a seconda di chi ha la flotta più grande in orbita al momento, e la cosa che tu ritieni insolita è una missione delle forze speciali? Gli ordini che hai ricevuto dal quartier generale dell'Unef contengono i codici di autenticazione corretti, giusto?» Ovvio che Skippy aveva tutto sotto controllo, in qualche modo. «Sì? Allora puoi salire a bordo, o toglierti di mezzo.» Mi rivolsi ai miei compagni: «Colonnello Chang, sergente scelto Adams, controllate quali rifornimenti hanno qui, ultimate il carico il prima possibile. Capitano Desai, continua la tua, ehm», è probabile che non fosse una buona idea usare la parola "formazione" di fronte a persone che speravo si offrissero volontarie, «i tuoi preparativi di volo». Lei sapeva cosa intendevo. Mi fermai un momento, mentre Skippy mi parlava piano nell'auricolare. «E questi fucili ruhar», ne colpii uno con il piede, «sono di nuovo operativi, perciò li porteremo con noi. Maggiore Simms, raduna i tuoi.»

Bisogna darle atto che Simms si adattò in fretta. Mi fece un saluto freddo e trottò via, gridando ordini. Nel giro di cinque minuti, la maggior parte delle persone alla base stavano gironzolando dietro il Dodo, io ero in cima alla rampa, in modo che la gente potesse vedermi. La base non era grande, consisteva per la maggior parte in due lunghi magazzini, una sorta di prefabbricati di cemento, un paio di fabbricati annessi, tende per gli umani di stanza lì, piazzole di atterraggio e un'unica lunga pista. Non era come uno degli enormi magazzini di rifornimenti dell'Unef, raggruppati attorno alla base dell'ascensore spaziale, era un centro logistico regionale. A un tratto mi venne in mente che dovevo fare il discorso della mia vita e non avevo preparato nulla da dire. «Buongiorno!», esordii a voce alta. «Sono il colonnello Joe Bishop. Alcuni di voi sanno chi sono. Per quelli di voi che non mi conoscono, ho catturato un soldato ruhar nella mia città natale nel Maine, ho abbattuto due Balene ruhar al Vettore di carico e di recente sono stato prigioniero dei kristang per essermi rifiutato di obbedire all'ordine di uccidere dei civili criceti.» In questa situazione, un po' di spavalderia e il fatto di ricordare alla gente perché fossi famoso tornava a mio vantaggio. «Pensavamo che i kristang fossero i nostri salvatori, i nostri alleati, quando hanno cacciato i ruhar dopo il loro assalto sulla Terra. Ora sappiamo che i ruhar hanno colpito la nostra infrastruttura industriale solo perché i kristang erano alla conquista del nostro pianeta e i ruhar volevano rovinare loro il bottino di guerra. Avrete tutti sentito parlare di biscotti della fortuna provenienti dalla Terra. Beh, non so che notizie di seconda o terza mano abbiate avuto, perciò ve ne do io di fresche qui. Le lucertole stanno violentando il nostro pianeta natale. Non so se i ruhar siano potenziali alleati, o neutrali, o malvagi come i kristang, ma so questo: le lucertole sono i nostri nemici.» Un forte mormorio si levò dalla folla. «Quando sono stato promosso, sono andato di sopra per incontrare le lucertole, una di loro si è ubriacata e ha detto a me e al tenente colonnello Chang quello che pensano davvero dell'umanità. Le lucertole ci ritengono dei deboli, dei rammolliti, dei cavernicoli ignoranti buoni a nulla, se non come soldati semplici e schiavi. L'Unef mi ha fatto piantare patate, perché le lucertole non vogliono spendere altri soldi per portare provviste dalla Terra, perché siamo sacrificabili. Le lucertole avevano già messo in lista me e Chang per il plotone d'esecuzione. Le donne – avete sentito cosa pensano i kristang delle donne – le nostre donne sono state torturate e stavano per essere impiccate, quando un'incursione ruhar ci ha liberati dalla prigione.» Quell'osservazione fece sì che lo sguardo di Simms s'indurisse e la sua bocca si riducesse a una linea stretta. In quel momento ebbi la certezza che sarebbe stata entusiasta di qualsiasi cosa avessi voluto proporle. Adams passò trotterellando tra la folla e salì la rampa fino a me, facendomi un saluto deciso.

«I rifornimenti sono scarsi, signore, ma adeguati.»

«Bene. Vedo che hai trovato degli stivali.»

Lei si lanciò un'occhiata ai piedi con un ampio sorriso. «E pantaloni, signore», aggiunse con uno sguardo significativo ai miei larghi pantaloni kristang.

«Ascoltate, gente!», mi rivolsi di nuovo alla folla. «Questo non è un altro assalto dei ruhar, stavolta i criceti sono qui per restare. Sappiamo per certo dall'intelligence che i ruhar e i loro alleati hanno sconfitto un gruppo combinato thuranin-kristang e che i thuranin si stanno ritirando da quest'area; non stanno più sostenendo lo sforzo dei kristang per mantenere questo pianeta. Ciò significa che la missione per cui l'Unef è venuta qui è finita e che non abbiamo modo di ottenere rifornimenti dalla Terra, o di tornare sulla Terra. Siamo tagliati fuori. La nuova missione dell'Unef è la sopravvivenza: o piantiamo colture e ci occupiamo dei raccolti o moriamo di fame. Gli esseri umani su questo pianeta sono agricoltori ora, non soldati.» Trattandosi di una base logistica, è probabile che le persone sul posto avessero constatato gli effetti del calo delle nostre spedizioni di rifornimenti prima che qualcuno sul campo se ne accorgesse.

«L'Unef sta organizzando una missione rapida delle forze speciali per colpire i kristang, abbiamo bisogno di volontari. Alcuni di voi hanno visto che i criceti non sono stati in grado di usare le armi quando siamo atterrati. È l'Unef, hanno un modo per hackerare i sistemi ruhar e kristang.» Era abbastanza vero, io facevo parte dell'Unef e il mio modo di hackerare era chiedere a Skippy di farlo. Dovevo stare attento a quello che dicevo sulla missione, i ruhar avrebbero interrogato a fondo le persone che ci saremmo lasciati alle spalle. «Abbiamo requisito un Dodo e sferrato un attacco di spoofing ai sistemi di controllo del traffico aereo ruhar, così non ci vedranno. L'Unef non sa quanto durerà questa finestra di opportunità, perciò abbiamo un programma serrato. Ecco cosa posso dirvi dell'operazione: se funziona, andremo in orbita, oppure oltre, per colpire duro i kristang. Le persone che verranno con noi riceveranno informazioni dettagliate una volta che avremo lasciato l'atmosfera. Questa è un'occasione per fare la vera differenza in questa guerra.» Se mi fossero spuntate le ali e avessi preso il volo, la gente sarebbe stata meno sorpresa. «La missione di combattimento qui», indicai per terra, «è finita, se volete un'opportunità di contrattacco alle lucertole, è con noi.»

Feci una pausa per controllare i volti della folla. Era tutto troppo, troppo veloce. Non molto tempo prima, eravamo tutti beatamente soli nell'universo, poi la Terra era stata attaccata, si era formata l'Unef e noi eravamo stati portati in fretta e furia su un altro pianeta. Fino a qualche mese prima, eravamo concentrati sull'avere un buon rendimento in una missione difficile per i nostri alleati, poi erano arrivati i biscotti della fortuna e avevamo scoperto che i kristang non erano amici dell'umanità. E, dopo il grande assalto dei ruhar quando ero al Vettore, avevamo saputo che i kristang non erano in grado di garantire la nostra sicurezza su Paradiso. Soltanto la mattina precedente, le lucertole erano ancora saldamente a capo del pianeta, ora stavo dicendo a quegli uomini e a quelle donne che quella condizione era finita, per sempre. E che l'Unef sarebbe rimasta bloccata lì per molto tempo. E che, in qualche modo, come per un miracolo di sospetta tempestività, avevo un piano per consentirci di lasciare il pianeta e contrattaccare. Se fossi stato tra la folla ad ascoltare un buffone che mi raccontava tutto questo, per me non si sarebbe trattato d'altro che di un mucchio di stronzate. Vedevo che le persone si agitavano, bisbigliandosi cose a vicenda, cercando di decidere il da farsi.

Qualcuno chiamò a voce alta in cinese, o almeno io diedi per scontato che fosse cinese; Chang era tornato dal magazzino. Tre soldati in uniforme dell'Esercito popolare di liberazione si girarono quando Chang parlò. In quel momento compresi che forse non avevano capito una sola parola di quello che avevo detto. Chang si fece strada tra la folla per raggiungerli, parlarono in cinese per breve tempo, poi tutti e quattro raggiunsero a piedi la base della rampa. «Altri tre volontari, colonnello Bishop.»

Questo mi mise in una situazione scomoda, gli feci cenno di salire la rampa. «Colonnello Chang, questa è una missione volontaria, non voglio che ordini alla gente di partire. Cosa hai detto loro?»

Chang sbatté le palpebre, sorpreso: «Ho detto che questa missione sarà l'unica opportunità che avranno per fare il loro dovere e servire il popolo cinese. Si sono offerti volontari».

Ah, che diavolo. Aveva detto la verità. La missione era importante e avevamo bisogno di soldati. «Non male.»

«Merda», disse Adams a voce alta. «Signore, dobbiamo andare in una base che ha veri soldati e Marine, non questi passacarte.»

Forse il mio discorso era stato efficace e la gente si sentiva intrappolata su Paradiso e voleva un modo per *fare* qualcosa, e la folla aveva solo bisogno di una spinta in più. Forse vedere tutti e tre i cinesi unirsi a noi li motivò. Forse tutto ciò di cui avevano sempre avuto bisogno per indurli a muoversi era che un Marine li facesse vergognare.

«Oh, *cazzo* no. Non mi farò mettere i piedi in testa da un Marine.» Il maggiore Simms si fece avanti. Dopo di lei, ci fu un'ondata di consensi. Dei diciotto fanti, diciassette si offrirono volontari; uno aveva un amore su Paradiso e non voleva lasciarlo lì a un ignoto futuro. Presi tutti i diciassette fanti: la nostra unità di forze speciali ad hoc era forte di ventiquattro persone. Ventiquattro persone e una lucida lattina di birra parlante.

Capitolo 11

All'arrembaggio

In piedi sulla porta della cabina di pilotaggio, mentre Desai faceva girare i motori per testare il decollo, esaminai i volti della nostra task force, o qualsiasi cosa fossimo. Avevamo davvero un gruppo arcobaleno internazionale e multirazziale. Oltre a me, c'erano nove elementi dell'esercito degli Stati Uniti, ovvero il maggiore Simms, un sergente, tre specialisti e quattro soldati semplici. Il sergente scelto Adams era il nostro solo Marine degli Stati Uniti, e avevamo un sergente dell'Aeronautica che si occupava della manutenzione delle Poiane su Paradiso: pensai che ci sarebbe potuto tornare utile se qualcosa su una nave avesse avuto bisogno di riparazioni. Quattro cinesi, tra cui il tenente colonnello Chang. Tre elementi dell'esercito indiano, compreso il nostro unico pilota. Quattro inglesi, tra cui un sergente; uno dei soldati semplici britannici aveva preso le lezioni di volo in un aereo monomotore, perciò, a rigor di logica, lo affidai come copilota al capitano Desai. Sembrava terrorizzato quando prese posto sul sedile di destra nella cabina di pilotaggio. Ah, e un soldato dell'esercito francese, un certo tenente Renée Giraud. Era assegnato a un commando di paracadutisti ed era una sorta di versione francese di un ranger dell'esercito. Avevo lavorato con le forze speciali francesi in Nigeria, e quei ragazzi sono davvero tosti, ero felice di avere Renée in squadra. Quando si arruolò, mi disse di non essere sicuro che il mio discorso non fosse una stronzata, ma aveva voglia di azione e su Paradiso non ce n'era. Apprezzai la sincerità.

Ventiquattro persone, riunite in fretta e furia. Cinque donne, diciannove uomini. Cinque ufficiali, cinque sergenti, quattordici reclute. Cinque nazionalità: il che però, in alcuni casi, era una definizione un po' vaga. Uno dei nostri specialisti dell'esercito degli Stati Uniti era un indiano d'America di nome Randy Putri e, guardandolo, si sarebbe detto che appartenesse al contingente dell'esercito indiano, ma non spiccicava una parola di hindi e parlava con l'accento cajun con cui era cresciuto a New Orleans. Il nostro sergente dell'Aeronautica degli Stati Uniti si chiamava Chung ed era cinoamericana. Chung parlava un po' di cinese, ma il poco che sapeva era cantonese, non mandarino, perciò non poteva comunicare con i cittadini cinesi meglio di quanto non potessi fare io. Il sergente Reginald Thompson dell'esercito britannico aveva la pelle scura dei suoi nonni kenioti, ma quando apriva bocca parlava come Sherlock Holmes, o come la crème de la crème fighetta di qualche programma della Bbc. Uno degli altri inglesi aveva un accento così stretto che all'inizio non ero certo che parlasse inglese; il loro slang è del tutto incomprensibile. Il capitano Desai, per qualche strana ragione, sembrava capire il suo accento pseudo-inglese, avrebbe potuto fare da interprete se necessario. A proposito di interpreti, il tenente colonnello Chang e uno degli altri cinesi parlavano inglese, i due restanti si sarebbero affidati ai traduttori dei loro zPhone. Skippy, ovvio, parlava alla perfezione ogni lingua umana, quella piccola molesta lattina di birra.

Ventiquattro persone, diverse per nazionalità, generi, specialità ed esperienze, e dovevo trasformarle in una forza di combattimento efficace, in fretta. Senza sapere con esattezza quale fosse la nostra missione.

La cosa più preoccupante era che, tra i ventiquattro volontari, non c'era neanche un medico. E le forniture mediche che avevamo caricato a bordo erano piuttosto basiche. Le cose sarebbero potute andare a rotoli molto in fretta e non ci sarebbe stato molto da fare per i feriti.

Il capitano Desai ci fece decollare sani e salvi, dopo di che il pilota automatico prese il comando del Dodo, effettuando una cabrata per uscire dall'atmosfera. La gravità calò in modo graduale e le persone si adattarono, assumendo farmaci contro la nausea al bisogno. Skippy, voglio dire Hacker, disse più volte a Desai di riprogrammare il pilota automatico, per evitare di volare vicino alle astronavi ruhar, c'era un sacco di traffico attorno a Paradiso.

Stando agli schermi della cabina di pilotaggio e a quello che Skippy mi sussurrava all'orecchio, scivolammo lisci come l'olio attraverso uno squadrone di fregate ruhar, senza che ci indagassero, sfidassero o addirittura notassero; Skippy si era infiltrato nei loro sensori e aveva fatto in modo che ci ignorassero. Comunque l'avesse fatto, funzionò, in modo impressionante. Quando Desai riferì che avevamo superato la velocità di fuga, lasciato l'orbita ed eravamo soli al sicuro nello spazio interplanetario, decisi che era il momento di parlare all'equipaggio, che mi guardava con ansia. Raggiunsi galleggiando la porta della cabina di pilotaggio, così che tutti potessero sentirmi.

«È il momento della trasparenza totale, gente. Non potevo informarvi sulla nostra missione finché non avessimo lasciato l'orbita, perché non possiamo rischiare che i kristang o i ruhar sappiano cosa stiamo facendo. La verità è che», lanciai a Adams uno sguardo colpevole, «non sono stato del tutto onesto con voi, per ragioni di sicurezza operativa. Hacker non è il nome in codice di una cyber-squadra dell'Unef. Hacker è, ehm, qui, ve lo mostrerò.» Tirai fuori Skippy dal mio zaino e commisi l'errore di tenerlo in vista senza prima guardarlo.

Grande errore.

Quel piccolo spocchioso idiota aveva trasformato la sua superficie di cromo lucido in un'imitazione a colori di una lattina di Bud Light Lime. Non sapevo che potesse cambiare aspetto! Non fosse che mancava una linguetta sopra il coperchio e che il suo fondo era quasi piatto, avrebbe potuto ingannarmi.

Le facce dei membri dell'equipaggio davanti a me passarono in un batter d'occhio dallo stupore al divertimento all'orrore e io li guardai, a mia volta con orrore, mentre realizzavano di essere andati nello spazio con un pazzo delirante. Un pazzo che aveva un amico immaginario a forma di lattina di birra. «No no no!» Agitai la mano sinistra, mentre con la destra scuotevo Skippy con gesto frenetico. «Skippy, cazzo, non è divertente!» Adams si stava preparando ad attraversare in volo lo scompartimento per raggiungermi e la sua faccia era tutt'altro che amichevole. «Skippy, cazzo, piccolo stronzo!»

«Ah ah ah!» Skippy rise da matti e mutò di nuovo la sua superficie, ora era una lattina magica di Coors Light. «Heeey hooo[23], gente! Sono Skippy, l'onnipotente. Ah ah ah! Oh, cavolo, avresti dovuto vedere la tua faccia, colonnello Joe. *Impagabile*.»

Feci un paio di profondi respiri, guardando Adams che stava ancora cercando di decidere se soffocarmi. «Con tutta la sua intelligenza, Skippy è uno stronzo al 100%.»

«Vero, vero», ammise Skippy. «Così va meglio?», tornò al monotono cromo.

Chang ringhiò, letteralmente: «Chi cazzo è *Skippy*?».

«Ha uno spiegone da fare», disse Adams, senza traccia di ironia.

Notai che nessuno di loro aveva aggiunto "signore".

Feci un profondo respiro: «Skippy è questo, il suo nome in codice è Hacker», indicai il suo lucido essere. «Questa cosa qui, che sembra una lattina di birra, è un'intelligenza artificiale...»

«Una mia piccolissima manifestazione nello spazio-tempo...», m'interruppe Skippy.

«Skippy, vuoi stare zitto un minuto? Un'intelligenza artificiale costruita dagli esseri che conosciamo come gli Anziani o "i Primi", comunque si chiamino. La super-civiltà che abitava prima dei rindhalu la galassia, gli esseri che hanno costruito i wormhole. Hanno abbandonato la loro esistenza fisica molto tempo fa e si sono lasciati alle spalle le Sentinelle. E hanno lasciato questa intelligenza artificiale che ha milioni di anni. Un'intelligenza artificiale d'immensa potenza: ha sbloccato i comandi su questo Dodo, ha disabilitato le armi dei ruhar, ora ci sta celando ai sensori dei criceti e sta trasmettendo i corretti codici Iff ai kristang. È così che saliremo a bordo di una loro nave e la ruberemo, e faremo lo stesso con una nave madre thuranin. A quel punto, disattiveremo il wormhole vicino alla Terra, così né i ruhar né i kristang potranno più avere accesso alla nostra casa.»

«Porca di quella puttana», proruppe Simms incredula.

«Sì, è stata la mia reazione quando i ruhar mi hanno rinchiuso dentro un magazzino e una lattina di birra su uno scaffale polveroso ha iniziato a parlarmi.»

---

23 *Hey Ho* è la canzone dei sette nani di Biancaneve (*N.d.T.*).

Adams non era convinta: «Signore, sto cercando di venirne a capo. Stiamo affidando il nostro futuro e il destino dell'umanità a una lattina di birra parlante?».

«Se la metti così...»

«Una lattina di birra super-intelligente, anzi, incredibilmente, inconcepibilmente intelligente!», protestò Skippy.

«Adams, dimentica quello che Skippy sembra a noi. Hai visto cos'è successo al magazzino, i ruhar non hanno potuto usare le loro armi, ma noi sì. Non ero io, non era l'Unef, era Skippy. Skippy ha hackerato questo Dodo perché potessimo pilotarlo, di sicuro non sono stato io e non è stata l'Unef. Siamo appena usciti dall'orbita, proprio in mezzo a una flotta ruhar, e non ci hanno visto. Skippy ha hackerato i sensori ruhar e ha fatto in modo che ci ignorassero. L'Unef non può fare niente di tutto questo. Skippy è l'arma definitiva, il nostro asso nella manica, ed è sicuro come la morte che l'umanità ha bisogno di un asso adesso. Con Skippy, possiamo disabilitare, chiudere, spegnere, l'unico wormhole che permette alle lucertole di accedere alla Terra.»

Adams ancora tentennava: «Come facciamo a sapere che non è un trucco delle lucertole, che questa intelligenza artificiale non sta lavorando per loro?».

«Adams, se ti viene in mente qualcosa, qualsiasi cosa, che le lucertole ci avrebbero guadagnato aiutandoci a fuggire dai ruhar e a rubare uno dei loro Dodo, per favore dimmelo. Perché a me non viene in mente niente. Skippy costruirà la nostra fiducia nei suoi confronti nello stesso modo in cui noi costruiremo la sua nei nostri: un'azione alla volta. Ha fatto uscire di prigione me, te, Chang e Desai, e ora siamo lontani dalla superficie di Paradiso. Se fossimo da soli, staremmo ancora cercando di capire come aprire la porta di questa cosa», indicai la cabina di pilotaggio del Dodo. «Ho anche pensato che potesse essere un trucco dei ruhar per farci salire su una nave kristang, e che i criceti avessero piazzato una bomba su questa cosa, questo Dodo in particolare. Ancora una volta, non mi viene in mente un solo motivo per cui i ruhar si sarebbero presi tutto quel disturbo. Questa guerra è andata avanti per un tempo molto lungo senza umani coinvolti. Non hanno bisogno di noi; le lucertole, i criceti, i thuranin, nessuno di loro ha bisogno di noi umani primitivi per qualsiasi cosa. Forse è tutto uno stratagemma elaborato per qualche motivo che non riusciamo a vedere. Ok, forse lo è. O forse Skippy sta dicendo la verità e abbiamo la possibilità di chiudere il wormhole che dà alle lucertole accesso alla Terra. Se c'è *una qualche* opportunità reale, qualunque essa sia, dobbiamo coglierla. Sapremo se possiamo fidarci di Skippy quando avremo il controllo di una nave da guerra kristang. È semplice.» Skippy era rimasto stranamente in silenzio per tutto il tempo in cui avevo parlato. Parte dell'essere super-intelligente è sapere quando tenere la bocca chiusa e lasciare che l'altro parli.

Chang, che era rimasto in silenzio, ma aveva scambiato sguardi sempre più tesi con i suoi tre soldati cinesi, si schiarì la gola: «Colonnello», disse con enfasi, «ci siamo offerti volontari per questa missione, senza conoscere i dettagli. Mi aspettavo che il piano fosse quello di attaccare i kristang. Ora ci stai dicendo che la nostra missione è salvare il mondo? Salvare la Terra dai kristang?».

«Ehm», suonò così drammatico quando lo disse in quel modo, «sì. Sì, stiamo per chiudere il wormhole che consente ai kristang l'accesso alla Terra. La situazione tornerà com'era prima dello spostamento del wormhole.» Davo per scontato che tutti avessero sentito le voci a riguardo ormai. «La Terra sarà tutta sola in mezzo al nulla e questa guerra andrà avanti senza umani.»

«Salvare il mondo?», ripeté Simms incredula.

«Questa è l'idea», annuii. «So che è una specie di cliché, ma...»

«No, salvare il mondo mi suona bene.» Disse Simms pensosa. «Merda. È vero?»

Chang spense il suo zPhone e disse qualcosa in mandarino ai suoi tre soldati, poi tornò da me: «Colonnello, trovo tutto questo difficile da credere. Tuttavia, non molto tempo fa, ero di stanza in un avamposto dell'esercito sul confine mongolo. Ora, sono su una nave spaziale aliena, a mille anni luce da casa. Il possibile è stato ridefinito così tante volte che sono pronto ad accettare quasi tutto. Perciò, se questa missione ha anche solo una piccola chance di liberare il nostro pianeta dai kristang, faremo del nostro meglio».

Cazzo, il suo inglese era meglio del mio: «Grazie, colonnello Chang». Esaminai le altre facce.

Giraud fece spallucce: «Uccideremo dei kristang, no? Io ci sto, come dite voi».

Simms e Adams si scambiarono un'occhiata: «Ah, che cazzo, certo, anche noi», dichiarò la prima. «Colonnello, ci siamo, giusto? È tutta la verità? Niente più sorprese? Siamo alleati con una lattina di birra parlante, per chiudere il wormhole? Ora che siamo qui, mi aspetto che la necessità del processo di sicurezza operativa sia finita fuori dalla finestra», guardò in modo significativo la porta della camera d'equilibrio, «se quest'espressione si può usare nello spazio.»

Annuii: «Sapete tutto quello che so io. Non posso promettere che non ci saranno altre sorprese, ma lo saranno anche per me».

«Perché noi, signore?», chiese il sergente Thompson nel suo inglesissimo accento britannico. «Perché non portare questo, Skippy, al quartier generale dell'Unef e lasciare che fossero loro a sbrigarsela? Inviando una vera forza operative speciale, Sas e tutto il resto?»

Chang e Simms fecero all'unisono una risata nasale denigratoria. «Sergente», disse Chang, «all'Unef si prenderebbero prima una settimana, come minimo, per capire cosa fare. Poi, essendo avversi al rischio, è probabile che consegnerebbero il nostro amico, l'intelligenza artificiale, ai ruhar o ai kristang o a chiunque fosse a capo del pianeta in quel momento, nella speranza di ottenere favori. In ogni caso, non farebbe differenza: una volta che tutto questo si sapesse al quartier generale dell'Unef, non ci sarebbe modo di tenerlo segreto a lungo. I criceti e le lucertole ne verrebbero presto a conoscenza.»

«Inoltre», aggiunsi, «dobbiamo andare *ora*, per approfittare della situazione. I ruhar sono impegnati a consolidare la loro presa sul pianeta, le navi stanno saltando dentro e fuori là sopra, e c'è ancora un residuo di forza kristang in giro. Se aspettiamo, le lucertole si ritireranno e avremo bisogno di attaccare i ruhar per rubare una nave. I ruhar hanno troppe navi che si sostengono a vicenda per poterne prendere una e sgattaiolare via.»

«Giusto.» Thompson sembrava soddisfatto. «Un'altra domanda, se posso: perché l'intelligenza artificiale si chiama Skippy?» Dal numero delle teste che annuivano in tutto il Dodo, sembrava essere una questione universale.

«Perché», tenni Skippy di fronte a me e lo guardai storto, «come ho detto, è super-intelligente, super-potente e super-stronzo. Voleva essere definito il Signore Dio Onnipotente, così l'ho chiamato Skippy, per ricordarmi che testa di cazzo è.»

«Colpevole di tutte le accuse», disse Skippy in tono allegro.

«Non gli dispiace essere chiamato, ehm, Skippy?», chiese Adams con franchezza.

«*A me* non dispiace essere chiamato Skippy, non c'è bisogno di chiedere al colonnello Joe, sono una persona», disse Skippy. «No, non m'importa come mi chiamate voi, branco di scimmie morsicate dalle pulci.»

«Scimmie?», chiese Putri. Lo specialista dell'esercito americano Randy Putri, non il soldato semplice Asok Putri dell'esercito indiano. Lo so, mi confondo anch'io. In futuro romperò la tradizione militare e li chiamerò con il nome proprio.

«Pensa di essere gentile considerandoci scimmie», gli spiegai, «per lui siamo tutti batteri.»

«Ah ah!», sbeffeggiò Skippy. «*Vi piacerebbe* essere intelligenti come i batteri.»

«Giusto, allora», disse Thompson in tono monocorde. «Questo bastardo è un vero stronzo.»

Adams fece la linguaccia a Skippy, un gesto che non mi sarei mai aspettato da lei. «Qual è la prossima mossa, signore?»

Dentro di me, tirai un sospiro di sollievo: «Skippy, puoi caricare schemi di navi kristang verosimili sugli zPhone di tutti e mostrarli anche su questo schermo?».

«Fatto», si limitò a rispondere lui, e lo schermo sulla paratia dietro di me si accese. «Questa è una tipica fregata kristang, il genere di piccola nave che con molta probabilità verrà inviata a prenderci...»

Un vero colonnello era responsabile del comando di una forza delle dimensioni di una brigata. Ciò significava pianificare operazioni offensive e difensive di diverse migliaia di soldati, compresi tutti gli addestramenti, la logistica, le comunicazioni e il coordinamento con la potenza aerea, l'artiglieria e altre unità nella zona. Fare ed eseguire grandi progetti che coinvolgevano migliaia di persone ed enormi potenze di fuoco. Un vero colonnello aveva una formazione, un'istruzione teorica e pratica e anni di esperienza prima di assumere il comando. Io non avevo niente di tutto ciò.

Quello che avevo era competenze acquisite con fatica in combattimenti di piccole unità, esperienza nella boscaglia e, cosa più importante, in villaggi e città della Nigeria settentrionale. Il furto di una nave kristang era un combattimento di piccola unità, e pensavo che ripulire compartimento per compartimento una nave fosse simile a combattere casa per casa e stanza per stanza. L'esercito statunitense chiamava questo tipo di conflitto "operazioni militari in terreno urbano" e le basi militari negli Stati Uniti contenevano villaggi simulati per addestrare le truppe a combattere in spazi tanto ristretti. Durante la guerra fredda, questi villaggi simulati erano stati creati in modo da assomigliare a quelli dell'Europa orientale, con cartelli sulle strade e sugli edifici in una lingua d'impronta slava o germanica. Di recente, l'attenzione si era concentrata sul Medio Oriente, e noi soldati avevamo dato alle città di addestramento nomi politicamente scorretti, come Hadjistan. Qualunque fosse il nome, o il grande scenario per cui le città erano state costruite, avevano addestrato i soldati a sgomberare un'area edificio per edificio e stanza per stanza; il tipo di combattimento in cui spesso non potevi vedere a chi stavi sparando, e chiamare dentro le navi da guerra Apache significava ritirarsi in fretta, in modo che i missili Hellfire non colpissero le tue truppe.

Incaricai il tenente Giraud di pianificare il nostro attacco e fornire un rapido addestramento al nostro equipaggio. Chang, Simms e Desai erano superiori a Giraud per grado, ma Chang aveva fatto esperienza nell'artiglieria, non nella fanteria. Simms era un ufficiale logistico e Desai un pilota. Potreste immaginare che il sergente Adams, in quanto Marine, fosse a rigor di logica la persona più adatta a pianificare un'operazione d'imbarco su una nave nemica, e sarebbe stata una buona idea, ma nella guerra anglo-americana del

1812. Il corpo dei Marine degli Stati Uniti era un po' arrugginito su tutta la faccenda dell'andare "all'arrembaggio". Restavamo io e Giraud, in quanto ufficiali di fanteria, e Giraud era delle forze speciali francesi. Quello che sapeva lui delle tattiche delle piccole unità e quello che non ne sapevo io un po' mi spaventava, i ragazzi delle forze speciali erano dei duri. Continuavo a ricordargli che la nostra forza d'assalto non era l'élite di killer delle forze speciali cui era abituato e che avremmo operato a gravità zero, senza addestramento e con persone che per lo più non conoscevamo. Decidemmo che avremmo dovuto in gran parte improvvisare il nostro attacco, perché c'erano troppe incognite. Quello che volevo era guidare di persona una forza che s'impossessasse del centro di controllo della navicella, che era a poppa del ponte sulla maggior parte delle navi kristang, mentre il gruppo di Giraud si sarebbe impossessato della sala macchine, prima che le lucertole lì potessero danneggiare le unità di trasmissione o il reattore, o addirittura autodistruggere la nave. Quel piano fu respinto all'unanimità da tutti, incluso Skippy.

«Colonnello», dichiarò Adams con le braccia incrociate sul petto, in un gesto che non era facile a gravità zero, «non può andarsene in giro di corsa per la nave nemica. Lei è il comandante. Deve restare indietro e comandare.»

«Adams ha ragione, colonnello Joe», mi ammonì Skippy. «Posso dirti dove sono i tuoi e i kristang e cosa stanno facendo, e posso controllare parti della nave, ma ho bisogno che qualcuno mi dica cosa vuoi che faccia. E dove dovrebbero andare i tuoi. Il mio genio non comprende coordinare una truppa di scimmie in combattimento. Sai ciò che possono fare i tuoi e, cosa più importante, ciò che non possono fare.»

Dopo avere protestato che la mia esperienza era a livello di squadra e gruppo di fuoco e che Giraud sarebbe stato un candidato migliore per rimanere con Skippy e coordinare l'attacco, fui costretto a riconoscere che avevano ragione. Alla fine, l'elemento tacito che risolse la questione fu il fatto che mi trovavo a mio agio con Skippy e lui a suo agio con me, e nessun altro voleva il compito di avere a che fare con quella nervosa intelligenza artificiale aliena.

Giraud indusse il nostro equipaggio a correre con la mente attraverso un attacco simulato su una tipica fregata kristang, usando la migliore ipotesi di Skippy sull'ipotetica posizione dell'equipaggio kristang e su quali sistemi a bordo della fregata avrebbe potuto controllare. Rimasi sorpreso quando Skippy disse di non poter prendere il controllo totale dei sistemi informatici della fregata, almeno non subito. I kristang avevano costruito le loro navi in modo da impedire che un nemico potesse hackerare i loro computer da remoto, dato che avevano paura che i loro patroni, i cyborg thuranin, lo facessero. Proprio perché i thuranin l'avevano già fatto in precedenza, e i kristang non sarebbero rimasti vittime di quel trucco per la seconda volta o, come riferì Skippy, più facile fosse la centesima. I kristang erano diventati più bravi a rafforzare i loro sistemi informatici contro le intrusioni, ma il livello della loro tecnologia era ancora tanto al di sotto di quella dei thuranin che non erano in grado d'immaginare nemmeno una parte dei sistemi di cui i loro patroni erano soliti servirsi. Per nostra fortuna, Skippy superava di gran lunga i thuranin per livello tecnologico, così come i thuranin superavano gli umani. O, come disse Skippy con grande tatto, un albero pieno di scimmie.

La chiave di tutto il piano era che dovevamo di fatto collegare Skippy alla nave, per stabilire una connessione fisica tra lui e il network di quest'ultima. Una volta entrato, avrebbe avuto accesso all'intera nave e avrebbe potuto scaricare una sub-routine di se stesso nei suoi nodi di controllo. Ma prima dovevamo localizzare una presa a muro a bordo della fregata, e spinottarci uno zPhone. Per fortuna, a bordo del Dodo c'erano i cavi e i connettori necessari. Purtroppo, raggiungere la presa a muro più vicina ai due hangar di atterraggio della fregata sarebbe stata una gran rottura di coglioni. E il trucco di Skippy di disabilitare le armi, come aveva fatto con i fucili ruhar, non avrebbe funzionato con i kristang, perché realizzavano i loro fucili per lo più senza sofisticati chip informatici, non fidandosi di quel tipo di tecnologia.

Il piano di Giraud prevedeva l'impiego dell'intera forza d'imbarco di ventidue persone nello sforzo di stabilire una connessione fisica, dopo di che il nostro equipaggio si sarebbe diviso in due gruppi, uno guidato da Giraud e uno guidato da Chang. Al fianco di Giraud, designai il sergente Thompson, al fianco di Chang il sergente Adams e il sergente cinese. Vedevo che le persone erano molto tese, perché comprendevano più che bene che inserire uno zPhone in una presa a muro era una questione di vita o di morte, non solo per noi, ma in potenza per tutta l'umanità. Non c'era bisogno di discorsi motivanti. Ordinai a tutti di mangiare e bere qualcosa e rilassarsi. Giraud accettò, aggiungendo che voleva che l'equipaggio memorizzasse la struttura di fregate e cacciatorpediniere kristang di cui, per fortuna, esistevano solo due tipi principali. «Immaginate la struttura nella vostra mente», consigliò, più e più volte, «fino a quando non è diventata istinto, radicato nella vostra memoria spaziale.»

«Penso che abbiamo il miglior piano possibile», dissi a Giraud, mentre mangiavamo entrambi una barretta energetica Hooah!. L'attesa, con il Dodo che si allontanava in volo non propulso da Paradiso, sperando di essere imbarcato da una nave da guerra nemica, stava dando sui nervi a tutti.

Giraud fece un'alzata di spalle esagerata: «I piani sono l'inizio, niente di più».

«Nessun piano sopravvive al contatto con il nemico, giusto? Lo diceva von Moltke.» Lo avevo imparato dall'esercito da qualche parte lungo la strada.

Giraud arricciò il naso: «Von Moltke lo imparò da Napoleone. Lui sottolineava l'importanza di avere capacità flessibili e di sfruttare le opportunità sul campo di battaglia, piuttosto che cercare di attenersi a piani dettagliati». Intervenne Skippy: «Nessun piano dell'Unef avrebbe potuto prevedere questa opportunità».

Non c'era posto per la privacy a bordo del Dodo, fatta eccezione per il solo bagno a gravità zero, che era sempre in uso. Quando Skippy mi disse che voleva parlare in modo semiprivato, avanzai verso l'angusta cabina di pilotaggio, per galleggiare dietro il sedile destro. «Che cosa c'è, Skippy?»

Lui mi rispose nell'auricolare. «Volevo solo dire qualcosa di carino, per una volta, e non voglio che mi sentano, perché mi rovinerebbe la reputazione da duro.»

Reputazione da duro? Ma Skippy dove diavolo prendeva le sue nozioni sulla cultura umana? «Ah, certo.» Non sapevo cos'altro dire.

«La tua specie ha una straordinaria adattabilità. La capacità di accettare nuove informazioni, nuovi concetti, di non fuggire urlando o paralizzarsi di fronte a cambiamenti sconvolgenti, è troppo rara fra le specie intelligenti. Mi aspettavo che ci sarebbero stati dei problemi quando hai rivelato la verità su di me e sulla nostra missione, ma i tuoi hanno accettato la nuova situazione in modo ammirevole e veloce.»

«Ehm.» Skippy non stava tenendo in conto che il nostro equipaggio era formato da soldati. I soldati sono abituati al fatto che cambino loro di continuo le carte in tavola nel bel mezzo di una missione. Una volta, in Nigeria, ero in un Blackhawk che sfiorava le cime degli alberi alle 03:30, andavamo a fare un'incursione in un campo di cattivi, quando il nostro tenente aveva ricevuto una chiamata a dieci minuti dalla zona di atterraggio. I nemici avevano raggiunto un accordo e si erano ritrovati all'improvviso dalla nostra parte. La nostra missione allora era diventata proteggere i nostri nuovi amici da una forza di altri cattivi che sgattaiolavano nella giungla per ucciderli. A quanto pare, il primo gruppo di cattivi era stato dichiarato traditore dagli altri fuori di testa ignoranti, perché non era composto da pazzi convinti come il più pazzo dei fuori di testa. Quindi eravamo atterrati e avevamo fissato un perimetro per proteggere i tizi cui avevamo sparato il giorno prima. Va da sé che l'intera faccenda era in realtà una disputa tribale, ed entrambe le parti avevano cercato di tenderci un'imboscata. Dopo essere evasi, eravamo stati costretti a chiamare l'Aeronautica per risolvere la situazione in modo diplomatico, con napalm, bombe a grappolo e termobariche. Quando le cose cambiano, anche in modo radicale, guardi i tuoi amici, scuoti la testa, alzi le spalle e ti adatti. Questo è quello che fai, da soldato. I civili si arrabbiano quando da McDonald gli cambiano il menu.

«Non fraintendermi, ci sono un sacco di specie che non hanno la capacità di elaborare nuovi fatti e adattarsi, ma tra gli esseri umani accade per lo più agli anziani, perché i loro cervelli non sono più in grado di elaborare nuove informazioni. O sono solo pigri. Ma in alcune specie anche i giovani hanno difficoltà ad accettare fatti che contrastano con i loro rigidi sistemi di credenze. Sono colpito dagli umani. Ecco, l'ho detto.»

«Quindi non siamo solo batteri?»

«Non montarti la testa. Ora siete batteri con del *potenziale*.»

Trentasette minuti dopo, nella cabina di pilotaggio suonò un allarme. «Eccellente!», riferì Skippy. «Due navi kristang sono saltate dentro, una fregata che ci sta inviando segnali con un radiofaro e un cacciatorpediniere.»

«Dove?», chiesi con ansia, mentre Skippy mostrava nello schermo sulla paratia la nostra posizione rispetto a Paradiso, le due navi kristang e diverse navi ruhar.

«Ho caricato una rotta nel sistema di navigazione.»

«Capito, signore», confermò Desai. «Reggetevi forte, pilota automatico inserito.»

Mi ressi forte, mentre i motori del Dodo rombavano e scattavamo in avanti. «Skippy, quanto dista? Quanto tempo manca all'incontro?», ripetei, con un occhio ansioso rivolto allo schermo. C'erano una mezza dozzina di navi ruhar vicine in modo inquietante.

«La fregata kristang sta accelerando per intercettare la nostra rotta, ci incontreremo fra tre minuti e 6,36749 secondi. Più o meno.»

Più o meno? Adams e io ci scambiammo un'occhiata divertita.

«Uhm», Skippy fece un'ottima imitazione di un grugnito, «il pilota lucertola ha fatto una buona navigazione, sono saltati dentro vicino, quasi quanto la loro tecnologia permette. Dev'essere stata fortuna, nessuna viscida lucertola è così intelligente. Colonnello Joe, manca poco, due navi ruhar si stanno preparando a saltare a breve raggio per intercettare la fregata kristang. Non ho potuto occultare le lucertole in salto, o i ruhar si sarebbero accorti che c'è qualcosa che non va nei loro sistemi di sensori.»

«Ci vedono?»

«No, stanno tracciando la fregata. Il cacciatorpediniere kristang si sta muovendo per fornirci copertura.»

«Grande. E sei sicuro che quando saremo a bordo della fregata e salterà via riuscirai a fare spoofing sul suo sistema di navigazione, così salteremo verso un posto diverso da quello del cacciatorpediniere?»

«Cosa? No, te l'ho detto, ho bisogno di essere fisicamente connesso prima di poter stabilire qualsiasi genere di controllo sulla nave. Ma tu pensa. Non mi stavi ascoltando?»

Porca puttana! «Skippy, che cazzo significa? Hai detto che pote...»

«Ho *detto* che posso indurre qualsiasi nave ci prenda a bordo a saltare in un posto diverso da qualunque altra nave la stia scortando.»

«Sì, e? Non hai bisogno di...»

«Ah ah ah! Oh, sei carino, colonnello Joe. Pensi che abbia bisogno di hackerare il computer delle lucertole per incasinare il loro motore di salto? Non ci credo, amico! Distorcerò lo spazio-tempo all'ultimo picosecondo, così il campo del loro motore di salto sarà dirottato.»

«Puoi distorcere lo spazio-tempo?», chiese Simms incredula.

«Signorsì», rispose Skippy con leggerezza. «È una specie di hobby. Ho provato a collezionare francobolli, ma incasinare l'universo è tanto più rilassante.»

Simms sollevò un sopracciglio e mi gettò uno sguardo eloquente, dicendomi in silenzio come adesso capisse perché il piccolo pezzo di merda l'avevo chiamato Skippy.

La fregata si avvicinò sullo schermo, finché di colpo non fu proprio lì, incombente sopra di noi, con una porta dell'hangar d'attracco già aperta. Skippy lasciò che la fregata prendesse il controllo del sistema di navigazione del Dodo e ci guidasse a bordo, la porta dell'hangar aveva solo iniziato a chiudersi quando la fregata saltò via. «Bisogna che ci muoviamo in fretta», esortò Skippy, «abbiamo appena saltato e ci ho mandato fuori rotta, ora sto impedendo che si formi un campo di salto, i kristang sanno che qualcosa non va, per ora pensano che il problema sia il loro motore di salto, non sarà così per molto però.»

Le porte dell'hangar si chiusero con la lentezza di un'agonia e ci fu un rombo quando l'hangar si ripressurizzò. Non appena l'indicatore di pressione dell'aria raggiunse l'80%, aprimmo la porta laterale e la rampa posteriore. Mi scoppiavano le orecchie e sentivo un dolore lancinante, che era difficile da ignorare. «La fotocamera è sotto il mio controllo. Sta funzionando», disse Skippy, «si stanno bevendo la nostra storia. Adesso la porta esterna è aperta.»

Skippy prese il controllo dei sensori di luce nella telecamera dell'hangar d'attracco e fornì una falsa immagine alla nave; stava anche chattando alla radio con l'equipaggio al ponte di comando. Con "la nostra storia" intendeva dire che la falsa immagine che l'equipaggio kristang vedeva attraverso la telecamera era eccitante e allettante: una squadra del team delle forze speciali kristang che usciva da un Dodo ruhar catturato con un oggetto molto speciale, di antica tecnologia degli Anziani, che si presumeva fosse stato trovato su Paradiso. In base a quanto deciso da Skippy, si trattava di un rubinetto a bolle di energia, un dispositivo che estraeva energia libera dalle fluttuazioni nella schiuma quantistica, o qualcosa del genere. «È una tecnologia grezza, pensatela come una batteria che non si consuma mai. Credetemi, questo impressionerà le stupide lucertole», aveva spiegato Skippy. In ogni caso, funzionò: l'equipaggio del ponte di comando aprì la porta all'interno della nave e attraversammo l'hangar a gravità zero, solo poche persone mancarono il bersaglio e furono tirate dentro prima che rimbalzassero contro il muro e galleggiassero via. Poiché le fregate kristang avevano equipaggi ridotti e Skippy determinò che questa fregata era a corto di due membri dell'equipaggio regolamentare, non c'era nessuno di loro all'hangar d'attracco quando arrivammo. L'equipaggio del ponte di comando disse a Skippy che stavano mandando qualcuno a prenderci, il resto dell'equipaggio era occupato a cercare febbrilmente di capire perché il loro motore di salto non funzionasse.

Giraud, in testa, riuscì ad aprire la porta esterna della camera d'equilibrio, non bisognava fare altro che premere un pulsante e poi tirare una leva. All'interno della camera d'equilibrio, tenni Skippy in una mano e inserii la spina in una presa, mentre Giraud digitava nel pannello di controllo una sequenza che la nostra lattina di birra super-intelligente gli aveva insegnato, per forzare l'apertura della porta interna mentre quella esterna non era ancora chiusa. Era un momento pericoloso: con entrambe le porte aperte, avrebbe suonato un allarme che neppure Skippy avrebbe potuto silenziare. La porta interna si aprì con un botto e un forte allarme prese a rimbombare; le ventidue persone della squadra d'assalto si ammassarono per attraversare la camera d'equilibrio e uscire in corridoio il più in fretta possibile per degli umani e, non appena l'ultimo di loro fu passato, colpii con un pugno il pulsante che fece chiudere con fragore la porta esterna e interruppe l'allarme. Era il segnale per Desai di far muovere il Dodo e, per la nostra squadra d'assalto, di dividersi e dirigersi verso il ponte di comando e la sala macchine.

Il compito più importante era il mio: spinottare Skippy in una presa a muro. Una presa a muro che, per un'impanicata eterna frazione di secondo, non riuscivo a trovare. In mia difesa, c'è da dire che stavo galleggiando a testa in giù vicino al soffitto, cercando di tenermi lontano dai componenti della squadra d'assalto, prendendomi urti, gomitate e anche un calcio in faccia. Eravamo tutti impacciati a gravità zero, nessuno di noi si era allenato per il combattimento in queste condizioni e non avevamo avuto opportunità di fare pratica. A bordo del Dodo, avevo costretto tutti, tranne i piloti, a esercitarsi nel volteggio, nell'atterraggio controllato su un muro, spingendo con piedi e mani. Non c'era abbastanza spazio, o tempo sufficiente nel Dodo, perché tutti acquisissero una confidenza tale da poter fare molto di più che evitare di vomitare mentre vorticavano in giro.

Alla fine notai la presa a muro, nello stesso momento risuonò il rumore di armi da fuoco davanti a noi: i kristang, diretti all'hangar d'attracco, avevano visto l'avanguardia della squadra d'assalto. Dal suono, riconobbi il ronzio delle armi ruhar e il più pesante rimbombo di un fucile kristang, poi solo ronzio. Ignorando le distrazioni, mi spinsi giù dal muro, presi la spina che tenevo tra i denti e la inserii con cura nella presa. «Ci sei?»

«Occupato», fu l'unica risposta di Skippy e, considerando la sua fulminea velocità di elaborazione, mi preoccupai. Poi: «Ci sono.

Siamo a posto. Ho sotto controllo i sistemi della nave. Spingo le porte dell'hangar d'attracco». Ci fu una vibrazione, poiché Skippy aveva usato una procedura d'emergenza per far saltare le porte verso l'esterno, piuttosto che ritrarle verso i lati, non potevamo aspettare che eseguissero il loro ciclo normale. «Il Dodo si sta muovendo.»

La nave sbandò con violenza, facendomi rimbalzare via dal muro. Skippy aveva detto che aveva il controllo, la nave non avrebbe dovuto essere in grado di muoversi! «Che cazzo era?»

«Il Dodo ha colpito la porta dell'hangar d'attracco. Il Dodo ha riportato un danno sostanziale. È funzionale alla missione.»

Desai aveva preso male le misure dell'uscita in un veicolo sconosciuto e in una situazione complicata dall'aria che fuoriusciva dall'hangar d'attracco. Skippy riteneva che il Dodo potesse ancora portare a termine la sua missione, che era quella di volare davanti alla fregata e far saltare il ponte di comando della nave con i cannoni del Dodo. I kristang, che erano da tempo abituati alla pirateria tra clan e all'interno di clan, avevano ideato le loro navi contro chi andava all'arrembaggio come noi, anche se i progettisti avevano pensato alle fazioni rivali dei kristang, non ai primitivi umani. La porta del ponte di comando era blindata, abbastanza da far sì che sfondarla avrebbe provocato una falla nella nave ed esposto la nostra gente al vuoto. Finché i kristang erano dietro quella porta, potevano impedirci di usare il mezzo, potevano anche disabilitarlo o autodistruggerlo, a prescindere dal fatto che Skippy fosse inserito. Era quasi impossibile impadronirsi del ponte di comando di una nave da guerra kristang.

Perciò non ce ne saremmo impadroniti, l'avremmo fatta a pezzi dall'esterno. Se il Dodo fosse stato ancora funzionante, se Desai fosse stata in grado di pilotarlo con efficacia senza quasi nessuna esperienza e se fosse stata in grado di controllare i cannoni del Dodo al punto da colpire il ponte di comando senza far saltare in aria il resto della nave. Se. Era tutto un grandissimo se.

Ci furono spari sul davanti e a poppa, la gente urlava e urlava; qualcuno lanciò una granata stordente, poi la nave vibrò di nuovo con violenza. E ancora e ancora. «Il capitano Desai è riuscita a distruggere il ponte di comando. Anche parte della prua della nave e dieci metri del lato di dritta a poppa del ponte.»

«Merda! Il danno è così grave?»

«Ha fatto bene per la sua mancanza di esperienza. L'ulteriore danno sarà la prova convincente che questa nave è stata colpita da una mina *stealth* ruhar e non influenzerà le funzioni del velivolo utili al nostro scopo.»

È stato detto che un comandante ha il lavoro più duro in combattimento perché, dopo che le persone sono state addestrate e i piani sono stati elaborati, deve sedersi e stare a guardare, incapace di fare molto per influenzare il risultato, mentre la sua gente lotta. Nella mia esperienza molto limitata, quel detto è una stronzata al 100%. Il lavoro più duro non è quello del comandante, il lavoro più duro è svolto dai soldati semplici che imbracciano fucili, esponendosi al fuoco nemico. Sono i soldati semplici a combattere e morire. Il lavoro più duro è il loro. Quello del comandante è il lavoro più solitario, il lavoro che ti fa sentire in colpa e inutile per il fatto di non essere in prima linea a fare qualcosa di utile per i tuoi amici. A combattimento finito, ho sempre pensato che le cose sarebbero andate meglio se fossi stato lì, che forse avrei visto il nemico e gridato un avvertimento prima che qualcuno venisse colpito; forse avrei ucciso il nemico prima che prendesse uno dei nostri. Forse avrei potuto migliorare le cose. O forse sarei stato soltanto ucciso. In ogni caso, avrei *fatto* qualcosa. L'unica cosa che feci, dopo aver inserito Skippy, fu tenermi stretto a un muro e cercare di seguire le battaglie a prua e a poppa sul mio zPhone. Era più che caotico, non riuscii a farmi un'idea chiara di quello che stava accadendo fino a quando la lotta non fu finita. Alla faccia del mio comandare qualcosa.

Le nostre perdite nella presa della nave furono quattro, e ci furono tre feriti gravi. Quattro morti e tre feriti su ventidue delle squadre di assalto. Un terzo della nostra forza era ormai andato, oppure impossibilitato a combattere. In una battaglia. Nel prendere una nave.

La nave l'avevamo presa, era nostra. Giraud ebbe solo una vittima nel raggiungere il centro di controllo della nave: il soldato Arun Kurien dell'esercito indiano morì per essere stato colpito da uno dei due kristang che stavano bloccando loro l'accesso. Tutte le altre vittime erano nella squadra di Chang, che aveva sequestrato la sala macchine. Avevano fatto il lavoro più duro, dovevano uccidere cinque kristang che erano disperatamente motivati a impedire che la loro nave venisse presa. Tre delle lucertole erano state uccise nello scontro a fuoco iniziale, quando eravamo in vantaggio in virtù dell'effetto sorpresa, con le restanti due fu molto più difficile. Una di loro era riuscita a procurarsi una tuta in armatura potenziata, nonostante Skippy avesse bloccato la porta dell'armadietto dove le custodivano; il kristang aveva in parte indossato e quasi acceso l'armatura, quando tre dei nostri avevano sparato alla cieca nel compartimento per fornire a Chang la copertura per buttare una granata. Il kristang era tosto, stava ancora cercando di abbottonare la tuta dopo l'impatto della granata e ci era voluto un fuoco concentrato per farlo fuori.

Il problema peggiore era stato l'ultimo kristang. Doveva avere capito di essere l'unico rimasto, nonostante Skippy avesse spento il sistema di comunicazione, e aveva deciso che avrebbe fatto saltare in aria la nave, piuttosto che arrendersi. Skippy aveva avvertito Chang che doveva fermare quel kristang subito, *subito*, *subito*, *subito*, prima che fosse in grado di penetrare nel contenimento del reattore. Per quanto Skippy facesse tutto il possibile, i controlli della scarica di plasma del reattore erano manuali, nulla su cui potesse interferire nel tempo disponibile.

Chang mi aveva detto quello che era successo; la squadra d'assalto aveva già perso due persone, uccise nel tentativo di raggiungere il kristang nello spazio ristretto in cui si stava nascondendo. Vedendo che la situazione era disperata, il sergente Yu Qishan aveva tolto la sicura a due granate e si era lanciato dietro l'angolo, morendo quando il kristang gli aveva sparato alla testa. Anche quell'ultima lucertola era morta quando le granate erano esplose e avevano aperto una falla nello scafo della nave, risucchiando sia lui che il sergente Yu nello spazio. Rischiando di risucchiare la maggior parte della squadra d'assalto di Chang nello spazio, non fosse che una paratia si era abbassata con violenza in automatico per evitare ulteriori perdite d'aria nella sala macchine.

Chang cercò davvero di consolarmi, anche se il sergente Yu era uno dei suoi uomini. «Sapeva che la sopravvivenza dell'umanità dipendeva dall'impedire che quel kristang distruggesse il reattore. Ha fatto il suo dovere. Gli renderemo onore quando torneremo a casa.»

Aveva ragione. Continuavo a sentirmi una merda.

All'indomani della battaglia, Skippy aprì la porta dell'hangar d'attracco di babordo per poter imbarcare il Dodo danneggiato, e una Desai ancora turbata raggiunse subito il centro di controllo della nave per fare un corso accelerato di pilotaggio di una fregata kristang. Il mio primo istinto fu quello di dare uno stop, per lasciare che tutti si riprendessero e, soprattutto, ci si occupasse dei feriti. Simms e Skippy mi esortarono a continuare con il piano: subito, non c'era un minuto da perdere. Simms mi assicurò che si stava prendendo cura dei feriti, che erano stati portati nella piccola infermeria della fregata, e non c'era niente che potessi fare per aiutarli. Con le misere forniture mediche che avevamo portato con noi, nessuno avrebbe potuto fare molto per loro. La cosa migliore da parte mia, disse Skippy, era continuare con il piano e prendere una nave madre thuranin, dove i feriti avrebbero potuto essere curati con la tecnologia medica incredibilmente avanzata dei cyborg. Le ferite avrebbero potuto guarire, perfino gli arti avrebbero potuto ricrescere, mi assicurò Skippy, una volta che messi i nostri soldati feriti nelle vasche curative dei thuranin. Mi sembrava sbagliato. Ingoiai il mio orgoglio e lasciai che la mia gente facesse il suo lavoro.

Mentre Desai premeva pulsanti sotto la direzione di Skippy, programmando un salto, io mi guardavo attorno nel centro di controllo con stupore. Avevamo una nave. Un'astronave. Noi. Ignobili, ignoranti scimmie terrestri a bassa tecnologia. Un'*astronave*.

Cazzo.

CAPITOLO 12

ALLEGRA BANDA DI PIRATI

«HA FUNZIONATO?», CHIESI a Desai.

«Signore?»

«Il salto. Ha funzionato? Abbiamo saltato? Al posto giusto?» Le stelle nello schermo si erano spostate. O pensai che si fossero spostate. A sorpresa, i campi stellari sembravano tutti uguali. Non era come in un film di fantascienza, dove tutte le astronavi erano in qualche modo retroilluminate da una grande nebulosa colorata e accesa di luce vivida. Lo schermo principale non era di nessun aiuto, perché non avevo punti di riferimento. Eravamo stati un puntino nel bel mezzo del nulla prima del salto, adesso eravamo un puntino nel bel mezzo del nulla dopo il salto. Avremmo potuto essere nel bel mezzo dello stesso nulla, per quanto ne sapevo.

Lei tenne le mani sollevate, con i palmi aperti, poi indicò a gesti i misteriosi schermi: «A essere sincera, non ne ho idea. Signor Skippy?».

«Ehm? Ah, scusa, ero occupato. Sì, ha funzionato bene. È ovvio. Altrimenti ve l'avrei detto. Ho trasmesso i nostri codici Iff kristang. Non rilevo altre navi nella zona.»

«È possibile che se ne siano già andati, perché eravamo in ritardo al punto d'incontro?», chiese Simms.

«Certo, eravamo in ritardo al punto d'incontro originale. Questo è il punto alternativo, è il posto giusto per questa volta, davvero. I sensori di questa nave funzionano alla velocità della luce e siamo appena arrivati, quindi... ah, eccolo! Ho il segnale della nave madre thuranin. Pilota, la nuova rotta è caricata nel sistema di navigazione.»

«Colonnello?» Desai si voltò verso di me.

«Innesta», ordinai. Avevo bisogno di pensare a qualcosa di originale da dire. "Fattore di curvatura 5" non era tra le opzioni, purtroppo. La nave oscillò intorno a circa quarantacinque gradi, cosa che mi fece venire le vertigini, e i motori macinarono. Macinarono duro. Fu un bene che tutti avessero le cinture allacciate. Cazzo, mi sembrava di avere qualcuno seduto sul petto. Doveva essere peggio per i nostri feriti. «Skippy», borbottai, «è necessario?»

«Non mi sto mettendo in mostra, se è quello che mi stai chiedendo. I thuranin vogliono saltare via in fretta, nel loro messaggio ci hanno ordinato d'incontrarci alla massima velocità. Tra poco gireremo e rallenteremo, quindi aspetta. Inoltre, quando arriveremo a mezzo secondo luce, i thuranin prenderanno il controllo del nostro sistema di navigazione, per portarci in sicurezza a un punto di attracco. È una pratica standard. Gestisco il sistema di navigazione di questa nave all'interno di una delle mie sub-routine, così i thuranin penseranno di avervi pieno accesso. Ma non sarà così.»

«Come faremo a sapere se i thuranin accettano i nostri codici Iff?», chiese Chang.

«L'hanno già fatto. Sto chattando con loro e con il locale comandante kristang proprio ora. È una conversazione lenta, perché il segnale viaggia alla velocità della luce. Credono alla storia che siamo stati dirottati da una mina *stealth* ruhar, possono vedere i danni alla nave. Non allarmatevi, interromperemo la propulsione fra tre, due, uno, ora. Saremo in volo non propulso per dodici minuti prima di capovolgerci. Questo, ehm, sarebbe un buon momento per usare il bagno. Suggerimento, suggerimento.»

«Ah, buona osservazione.» Aprii l'interfono e avvisai la truppa di quello che stava succedendo.

Furono dodici lunghi minuti, scivolando nello spazio verso una nave nemica superiore dal punto di vista tecnologico che avrebbe potuto schiacciare la nostra nave come un insetto. Si sperava che Skippy sapesse cosa stava facendo, o sarebbe finita davvero molto presto.

A differenza del nostro assalto alla fregata kristang, il piano per prendere una nave madre thuranin dipendeva del tutto, al 100%, da Skippy. Noi umani ce ne saremmo stati con le mani in mano a guardare, finché lui non avesse assunto il fermo controllo della nave e di tutti i sistemi a bordo. La differenza tra i due piani risiedeva, ironia della sorte, nel fatto che la tecnologia thuranin era più avanzata rispetto a quella kristang. Secondo Skippy, la natura cyborg dei thuranin li aveva resi molto dipendenti dai computer in rete; computer che i thuranin proteggevano in modo ossessivo da qualsiasi possibilità di essere hackerati. Qualsiasi possibilità, cioè, a parte l'assoluta magnificenza di Skippy. Anche i maxolhx, i signori dei thuranin, avevano faticato nel violare la sicurezza del loro sistema di dati, ma la tecnologia degli Anziani era al di là delle più febbrili fantasie dei maxolhx.

Stando a Skippy.

Skippy, un'antica intelligenza artificiale aliena di cui non mi fidavo del tutto. Non che non mi fidassi del fatto che avrebbe compiuto tutte le mosse promesse, dato che aveva bisogno di noi tanto, o più, di quanto noi ne avessimo di lui. Ciò che mi preoccupava non era la sua abilità, ma la sua capacità di discernimento. Era una piccola e bastarda lattina di birra incredibilmente arrogante e sbadata. Perciò, avevamo escogitato un piano di riserva, un piano che Skippy aveva ritenuto sbuffando non necessario.

Il piano di riserva, se Skippy non fosse riuscito ad assumere il controllo della nave madre, era che Desai avrebbe disattivato il pilota automatico e innescato un salto di emergenza in allontanamento, che la nostra lattina di birra super-intelligente aveva malvolentieri programmato nel sistema di navigazione.

Una volta saltati via però, i thuranin e i kristang si sarebbero accorti che c'era qualcosa di molto strano nella fregata di cui ci eravamo impossessati, ed entrambe le specie sarebbero state molto attente a non lasciar avvicinare la nostra nave, o qualsiasi nave kristang, a un'astronave thuranin senza un'ispezione approfondita, lontano dalle risorse della flotta thuranin. Perciò, attuare il piano B avrebbe significato rinunciare a ogni possibilità di prendere un'astronave thuranin, senza la quale non avremmo potuto in alcun modo raggiungere il wormhole. Cosa che ci avrebbe costretti a chiedere un passaggio ai patroni dei ruhar, gli insettiformi jeraptha. Saremmo dovuti tornare su Paradiso, avremmo dovuto abbandonare la fregata kristang e usare l'abilità di Skippy nell'hackerare in sensori per avvicinarci a una nave ruhar usando il nostro Dodo. Il problema era che la task force ruhar si stava avvicinando a Paradiso, perciò trovare una nave ruhar da sola sarebbe stato un problema. Soprattutto perché, ormai, i criceti avrebbero scoperto che uno dei loro Dodo era stato rubato dagli umani, e nessuna nave ruhar avrebbe permesso a un Dodo sospetto di avvicinarsi.

Perciò, non era un gran piano – ok, appena mediocre –, ma era meglio del nostro piano B originale, che prevedeva di tornare in sordina su Paradiso, abbandonare il Dodo e cercare di nasconderci. Skippy non era un grande sostenitore di quell'idea, perché avrebbe significato abbandonare il suo sogno di contattare il Collettivo. Neanche io ero un grande sostenitore di quel piano, perché avrebbe significato abbandonare il mio sogno di mangiare di nuovo un cheeseburger.

Sul serio.

Quando i motori tornarono in funzione, fummo di nuovo sbattuti sui sedili da un'accelerazione che Skippy annunciò in tono allegro essere a 4,7 G, e quella pressione si mantenne per oltre due minuti, quando decelerammo. Non avevo idea di come avessero fatto gli astronauti umani a lanciarsi nello spazio su razzi chimici che schiacciano la colonna vertebrale. Il mio collo si trovava in una brutta angolazione quando iniziò la decelerazione, dovetti sollevare una mano per spingere la testa nella giusta posizione. Faceva ancora male. E facevo fatica a respirare.

Skippy doveva aver percepito la nostra confusione, perché lo schermo principale prese a mostrare qualcosa di molto più stimolante: adesso, al centro dell'immagine, c'era la nave madre thuranin. Il punto che rappresentava il nostro mezzo si trovava sul bordo, una linea tratteggiata proiettava le rotte dei due velivoli. Ai lati dello schermo c'erano dei numeri che mostravano il tempo d'intersezione e le velocità di entrambe le navi. Niente di tutto ciò aveva davvero importanza, dato che noi umani eravamo incapaci di pilotare il Dodo per più di brevi distanze, a bassa velocità. Ci dava la sensazione di avere, se non il controllo, almeno la conoscenza del nostro destino.

L'accelerazione terminò in modo brusco, poi riprese con una leggera pressione. «I thuranin hanno preso il controllo della navigazione, ci guideranno su un hangar d'attracco.»

«Siamo a mezzo secondo luce di distanza ora?» Dallo schermo non avrei saputo dire quanto fossimo distanti, la rappresentazione in scala mi confondeva.

«No, un quarto di secondo luce. Hanno cercato di prendere il controllo prima, ho finto che avessimo problemi ad accettare l'*handoff* a causa dei danni causati dall'esplosione. Se non avessi fatto credere che erano loro ad avere il controllo, avrebbero annullato l'incontro, i thuranin non si fidano a lasciare che i kristang controllino le loro navi in manovre ravvicinate. Stanno facendo una diagnostica dei sistemi della nostra nave, sto dicendo loro quello che vogliono sentire.»

Il display mostrava che il nostro Eta, il tempo previsto per l'arrivo, era di quattro minuti, e l'immagine della nave madre era un profilo, non più un punto. Eravamo vicini, molto vicini.

«Pilota, standby da annullare al mio segnale. Skippy, quando potrai fare la tua cosa?», chiesi.

«La mia cosa?»

«La tua cosa, la tua magia. Prendere il controllo dei sistemi informatici dei thuranin», ripetei con urgenza. Cosa cazzo pensava che intendessi?!

«Ah, quello. Siamo a portata. Mmh, sarà più difficile del previsto, potrebbe volerci più tempo di quanto pensassi. Cazzo.»

«Più difficile in che senso?», chiesi allarmato. Simms era sul sedile dietro di me, non la vedevo, eppure potevo avvertire la sua tensione.

«Beh, a essere sincero», spiegò Skippy, «non ho mai avuto contatti con un sistema thuranin prima d'ora, visto che sono rimasto bloccato su Paradiso per, tipo, un milione di anni. Dovrò inventarmi qualcosa in corso d'opera.»

«Cosa? Porco Cristo, Skippy, piccola testa di cazzo! Un milione di anni? Come diavolo fai a capire la tecnologia thuranin se non l'hai mai vista? Ci hai detto di essere perfettamente in grado di farlo! Cazzo! Un soldato in battaglia deve sapere di poter contare sui suoi compagni; avresti dovuto dirci che non eri sicuro di poter hackerare i loro sistemi. Maledizione! Pilota, annulla il...»

«Contrordine!», urlò Skippy. «Siamo a posto, ci sono.»

«Cosa?» Ero senza fiato per l'adrenalina.

«Quando ho detto "più tempo di quanto pensassi", intendevo "di più" nel magico tempo di Skippy, non "di più" nel tempo dei sacchi di carne cavernicoli, stupido bastardo. Avevo il pieno controllo della nave madre centoventi millisecondi dopo avere detto "pensassi".»

«Maledizione, Skippy, perché non mi hai fermato?»

«Ehi, eri partito per la tangente, non potevo metterci un freno. La tua filippica era molto motivante, colonnello Joe, ora capisco come hai fatto a passare da soldato semplice ad alto ufficiale così in fretta. E poi, a dirla tutta, mi sono sintonizzato più o meno a metà. Potresti ripetere per me, saltando le parti noiose?»

«Fanculo.»

«Per quello dovrai aspettare, stiamo attraccando sulla nave madre ora. Ho ordinato di assegnarci un hangar d'attracco proprio di fronte alla nave. Nessun costo per l'upgrade.»

«Skippy», borbottai a denti stretti, poi decisi che niente di ciò che avrei potuto dire avrebbe avuto importanza.

La fregata ebbe una lieve oscillazione, poi uno sbandamento laterale, ci fu un rumore metallico, e Skippy annunciò che avevamo attraccato. La gravità aumentò in modo graduale. «Siamo agganciati. Mantenete le cinture allacciate, salteremo a breve.»

«Pensavo che dovessi essere a bordo di una nave per farla saltare, no?», chiese Chang, confuso. «Non abbiamo bisogno di salire a bordo della nave thuranin, controllare il loro sistema di navigazione, prima di poter saltare?»

«Eh? No, non questa volta. I thuranin avevano già programmato un salto nel loro sistema di navigazione e, con un timer dopo l'attracco, lascerò che il sistema funzioni da solo. Distorcerò lo spazio-tempo per mandarci fuori rotta, perché saltare nel cuore di una task force thuranin sarebbe piuttosto scomodo. O mi sta sfuggendo qualcosa?» C'era un tono da saputello nella sua domanda.

«No, va bene, grazie», rispose Chang.

«E, tre, due, uno, salto. Fatto. Siamo a posto, siamo usciti dal salto a un terzo di anno luce dal punto di emergenza previsto. Ho messo la nave madre in totale silenzio radio e ho ordinato ai kristang di fare lo stesso. Oh, accidenti, lui, la molesta lucertola. Il comandante kristang ha notato che non siamo saltati dove avremmo dovuto, chiede di sapere perché e chiede anche l'accesso alla nostra nave.»

«Puoi trattenerlo?», chiesi, allarmato. L'ultima cosa che volevamo era che una forza kristang armata attraversasse la nave thuranin e bussasse alla porta della camera di equilibrio. O facesse volare una navicella sopra il nostro hangar d'atterraggio.

«L'ho messo in riga subito. I thuranin non si fanno mettere i piedi in testa dalla loro specie cliente. Gli ho detto di stare zitto, che abbiamo modificato il nostro salto per evitare una nave da guerra jeraptha e che questa fregata è in quarantena. Non gli piace, ma sa anche di non avere scelta.»

«Bene, e adesso?»

«Colonnello Joe, sei tu il comandante. Io suggerisco di salire a bordo della nave madre e radunare gli ottantasette thuranin dell'equipaggio.»

«Noi contro ottantasette cyborg thuranin armati?», chiesi incredulo. Avevamo sconfitto a fatica una dozzina di kristang.

«Ottantasette cyborg che dormono profondamente. Ho ordinato ai loro impianti cerebrali di metterli tutti in un ciclo di manutenzione del sonno non programmato, in pratica sono in coma», spiegò Skippy. «Ah! E quelle piccole zucche vuote verdi pensano che essere cyborg sia una forza.»

«È davvero così?», chiesi. «Abbiamo il completo controllo su tutta la nave?» Ero un po' deluso. Me ne sarei fatto una ragione, dal giorno alla notte.

«Già. Proprio così. Ecco la magia di Skippy il Magnifico. A dire il vero, per come funziona la magia al mio livello, questo è niente. Eppure, impressiona le scimmie, vero?»

Annuii: «Questa scimmia è alquanto impressionata».

«Concordo», disse Chang.

«Questa *umana* è impressionata», rimbeccò Simms. «Colonnello, se prima ero scettica sulla sua lucida lattina di birra, non lo sono più ora.»

«Non è la *mia* lattina di birra, maggiore Simms», mi affrettai a correggerla, prima che Skippy desse di matto. «Skippy è un essere senziente quanto lo siamo tutti noi.»

«Più di tutti voi messi insieme», precisò Skippy.

Cazzo, quella lattina di birra era compiaciuta.

Rassicurati da Skippy sul fatto che i kristang non avrebbero osato salire a bordo della nave thuranin e che, in ogni caso, aveva bloccato le porte di sicurezza della loro camera d'equilibrio, ci avventurammo con prudenza attraverso la nostra. Giraud fece strada, armato di un fucile ruhar, un Hk416 che era di serie per le forze speciali francesi e una sacca piena di granate stordenti. Tutto questo, insisteva Skippy, era del tutto inutile, secondo lui, avremmo potuto girare nudi per l'enorme nave madre. Anche se poi chiese che noi scimmie glabre indossassimo più vestiti possibile, per risparmiare i suoi sensori delicati. Gli alzai il dito medio di entrambe le mani e gli chiesi se i suoi sensori potessero vederlo. Non rispose.

La camera d'equilibrio della fregata dava su un vano che era, spiegò Skippy, una specie di ascensore. Poiché la gravità artificiale tirava giù verso la chiglia della nave madre, se non ci fosse stato un ascensore, avremmo dovuto fare marcia indietro su una lunga scala. L'ascensore sarebbe stato fin troppo grande per il nostro equipaggio al completo, c'era un bel po' di spazio per la dozzina di persone che avevo selezionato per la missione di ricognizione iniziale. Dentro l'abitacolo c'era un odore strano. Annusai l'aria: «Skippy, quest'aria è buona da respirare?», chiesi, piuttosto tardi per una domanda così importante. «Puzza come il seminterrato a casa dei miei nonni.»

«Signorsì, l'aria è buona. Odora di chiuso perché i thuranin non permettono quasi mai ad altre sudice specie disgustose di salire a bordo delle loro navi. Il database della nave registra che l'ultimo utilizzo di questo ascensore risale a trentotto anni fa.»

«Questa piazzola d'attracco è di fronte alla nave? Di norma le navi thuranin non la usano?», domandai ancora.

«Acuto osservatore, colonnello Joe. Le navi thuranin usano spesso questa piazzola, tuttavia, si servono di una camera d'equilibrio diversa, in modo da non dover toccare superfici che potrebbero essere contaminate da specie inferiori. Le camere di equilibrio delle navi kristang non possono essere accoppiate con i progetti thuranin, di proposito.»

«Scommetto che i thuranin non offrono bevande calde ai loro ospiti», disse il sergente Adams senza una traccia di umorismo. Era tesa, con un dito accanto al paragrilletto del suo fucile ruhar. I fucili non erano impostati su stordimento, in ottemperanza ai miei ordini. Avevo pensato che, se Skippy si fosse sbagliato e ci fossimo imbattuti in cyborg svegli e avanzati, stordirli non sarebbe stata la mossa giusta.

L'ascensore raggiunse il fondo, sulla chiglia della nave, e la porta si aprì su un lungo corridoio. Era ben illuminato e aveva un aspetto industriale, perfino sterile. Un sacco di grigio, con bianco e nero per vivacizzarlo. Di certo non accogliente. «Skippy», chiesi con un sussurro involontario, «l'intera nave ha questo aspetto?»

«La maggior parte. In quanto cyborg, i thuranin disprezzano tutti quelli che ritengono essere i fragili residui del loro passato biologico. Come decorazioni o comfort oltre il minimo necessario.»

«Allora», fece Simms, «perché non vanno fino in fondo e non diventano robot, androidi o qualunque cosa significhi?»

«Per due ragioni», replicò Skippy mentre entravamo tutti nel corridoio. «Primo: non hanno la tecnologia per caricare le loro vere coscienze in un substrato non biologico, che è molto, molto più difficile di quanto la maggior parte delle specie pensa che sia. Secondo, e ancora più importante: se i thuranin diventassero post-biologici, i maxolhx non li riterrebbero più una specie cliente, ma soltanto robot, e li tratterebbero come macchine. Come schiavi.» La sua voce suonava amara. «Le intelligenze artificiali non sono trattate come senzienti dai maxolhx. Sono gattini rognosi.»

Una porta scorrevole si aprì di fronte a noi, ci girammo tutti d'istinto e puntammo le armi. «Rilassatevi, scimmie», rise Skippy, «è un vagoncino, a meno che non vogliate farvela tutta a piedi fino alla parte anteriore della nave. La strada è lunga.»

Saltammo nel vagoncino, la portiera si chiuse e il mezzo si mosse in avanti con una fluida accelerazione. «La prossima volta», dissi, «avvisaci prima di fare qualcosa d'inatteso, Skippy. Abbiamo qualche grilletto facile qui.»

«Me ne sono accorto. Scemotti, ve l'avevo detto, ho il controllo assoluto di questa nave e i thuranin sono tutti nel mondo dei sogni. L'unica cosa pericolosa a bordo di questa nave è una truppa sovraeccitata di scimmie con armi potenti. Ah, nessuna di voi scimmie si spaventi e si spari nei piedi quando questo vagoncino si fermerà e la porta si aprirà: c'è un thuranin addormentato sul pavimento proprio lì.»

Opportunamente avvisato, Giraud insistette per essere il primo a uscire dal vagoncino, puntando il suo fucile Hk416 contro il thuranin che era crollato sul pavimento. Con cautela, Giraud colpì l'alieno con la canna del fucile, e non accadde nulla. «Rien», mormorò il francese.

«Uhm?», chiesi.

«Niente», risposero Giraud e Skippy all'unisono.

«Per essere chiari», Skippy produsse un suono come se si stesse schiarendo la gola, «non è che non abbia detto niente, ha detto "rien", che in francese significa "niente".»

«L'avevo capito, Skippy.» Spinsi il thuranin con il piede e non si mosse. Se Skippy non mi avesse assicurato che era in coma, avrei pensato che fosse morto. «Sergente Adams, trascina la bella addormentata qui da qualche parte fuori dai piedi.»

Adams assicurò i polsi del thuranin dietro la sua schiena, per poi trascinarlo per i piedi attraverso il corridoio e dietro un angolo.

Se quello era il centro di controllo della nave, non ne ero colpito, era per lo più di un grigio scialbo. «E ora, Skippy? Dov'è il ponte di comando di questa nave?»

«Non ce l'ha.»

«Cosa?»

«I thuranin ritengono che un ponte di comando sia una costruzione obsoleta, cioè appartenente a un passato biologico che hanno trasceso, inutile e inefficiente. Controllano la nave direttamente da impianti cerebrali cyborg, che danno loro piena funzionalità ovunque sulla nave. Durante le operazioni di volo, soprattutto in combattimento, l'equipaggio di comando occupa nicchie nel nodo centrale della rete, che si trova in profondità all'interno del centro della sezione di prua ed è ben blindato. Andarci sarebbe inutile per te, perché ti manca la capacità di interfacciarti in modo diretto con quel patetico pezzo di pietra che i thuranin considerano il computer della nave.»

«Allora che ci facciamo qui? Come dovremmo controllare la nave, pensando positivo?»

«Se stai zitto un attimo e mi lasci parlare. Stavo per dire che c'è un centro di controllo di riserva. Le navi thuranin utilizzano i controlli di riserva quando incontrano i maxolhx, nel caso in cui quei gattini cattivi dei loro patroni riuscissero a hackerare i loro computer. Cosa che fanno spesso, e fa impazzire i thuranin. Il centro di controllo di riserva dispone di schermi video, sistemi di comunicazione audio e pannelli di controllo manuali. Qualsiasi cosa tu non riesca a fare da lì, posso farla io per te, se mi dici cosa desideri.»

«Ah, allora conduci, Macduff.»

Skippy produsse un suono disgustato: «Questa è una fastidiosa citazione errata dal *Macbeth* di Shakespeare. Il verso corretto è: "In guardia, Macduff", e significa l'opposto».

«Non m'interessa, Skippy! Non m'interessa! Da che parte andiamo?» Di fronte a noi, il corridoio ne intersecava un altro, e non c'erano segnali utili da nessuna parte, anche se fossi stato in grado di leggere la scrittura thuranin.

«Ehi, scusami per aver cercato di tirar fuori voi scimmie dall'abisso della vostra ignoranza, sbattendovi addosso un po' di conoscenza», mormorò Skippy. «Dritto fino alla fine del corridoio, aprirò la porta.» Quando arrivammo, avvisò: «Ehm, direi che lo scenario là dentro è un po' diverso da quello del resto della nave».

Cazzo, non stava esagerando. L'interno del centro di controllo di riserva era una fantasia gotica. Era un tripudio di colori, con schermi di visualizzazione, pulsanti di controllo luminosi, leve e manopole, e tutto appariva super-ornato. Il contrasto con il resto della nave era stridente. Non sono un architetto d'interni, ma cercherò di descriverlo. Il posto sembrava più un progetto artistico, un incrocio tra una cattedrale medievale e un raffinato castello francese. Forse gotico non era la parola giusta, di certo non sembrava un posto in cui uno di quei ragazzi gotici con l'eyeliner nero avrebbe ammazzato il tempo. Rococò, forse? Non ero sicuro di cosa significasse davvero quella parola. Troppo elaborato e decorato. Opulento al punto da essere di cattivo gusto. Questo è quello che volevo dire. L'opposto di elegante e minimalista, l'opposto del resto della nave. Anche i controlli semplici come una maniglia della porta erano ornati, con un'intricata filigrana blu e oro che si avvolgeva a spirale attorno al manico e un inserto di gemme colorate. Nulla di tutto questo era necessario alla funzione di controllo.

«Wow», commentò Simms a bassa voce, «sembra il salotto di casa della mia bisnonna. Solo più *così*. Signor Skippy, perché è così…»

«Barocco è la parola che stai cercando», disse Skippy compiaciuto. Cazzo, ecco la parola che stavo cercando. «Dal momento che questo è un luogo in cui devono staccare la spina dai loro miglioramenti cibernetici, l'arredamento è destinato a ricordare ai thuranin il loro passato puramente biologico. Se voi pensate che il design sia di cattivo gusto, i thuranin lo odiano proprio. È inteso a evocare disgusto nell'equipaggio, per rafforzare l'idea della superiorità della cibernetica sulla biologia. I progettisti volevano che il centro di controllo di riserva fosse l'opposto di figo, se questa parola si può riferire ai thuranin.»

«Ci sono riusciti.» Annusai. «Questo posto puzza.»

«Come un bordello di New Orleans», mormorò qualcuno dietro di me, non mi voltai per vedere chi fosse.

«Sì», concordai, «non che ci sia stato», mi affrettai ad aggiungere, «ma è come se qualcuno indossasse un po' troppo profumo.» Stucchevole era la parola giusta.

«Un po' troppo del profumo di mia nonna», Adams arricciò il naso.

«I designer vogliono ricordare ai membri dell'equipaggio la loro natura biologica, per mezzo di indizi visivi, olfattivi e tattili. Invece di touch screen, tutti i controlli sono manopole fisiche e pulsanti, che anche la vostra società considera vecchio stile. Dover toccare e girare una manopola, una manopola che è fredda e ruvida al tatto e oppone resistenza, in modo che la si possa ruotare abbastanza perché si riesca ad avvertire il momento meccanico, ricorda di continuo all'utente che lui o lei ha bisogno di pensare in termini biologici. In situazioni di alta pressione, che sono le uniche in cui i thuranin potrebbero sfruttare questo centro di controllo di riserva, i membri dell'equipaggio devono sopprimere il loro istinto di utilizzare la cibernetica. In una manovra d'emergenza, i piloti qui devono far sì che sia il loro cervello a inviare un segnale alle dita sui controlli in un lampo, senza prima sprecare una frazione di secondo cercando di controllare il sistema di navigazione attraverso i loro impianti.»

«Puoi alzare la ventilazione per aspirare questa puzza?», chiesi. «C'è aria viziata come nell'ascensore.»

«C'è aria viziata perché questo compartimento non viene usato spesso. Ho disattivato i diffusori di odori e la ventilazione è al massimo. Lasciare la porta aperta aiuterà, ho calcolato che il tuo naso diventerà insensibile agli odori entro un'ora, e l'odore sarà sceso sotto i livelli rilevabili entro domani. Se una delle vostre femmine rimane incinta, con il suo senso dell'olfatto potenziato potrebbe essere ancora in grado di...»

«Non avremo di questi problemi, Skippy.» Scambiai uno sguardo obliquo con Simms e mi guardai attorno. Il centro di controllo di riserva era di forma ovaleggiante, con una sezione ovale centrale suddivisa tramite finestre cielo-terra, o quelle che sembravano finestre. Nella sezione centrale c'erano tre di quelle che sembravano poltrone da pilota e una poltrona più grande dietro di loro, tutte circondate da banchi di controllo. In cerchio, attorno alla sezione centrale e di fronte al vetro, c'erano postazioni di lavoro con sedie, sedie che erano troppo piccole per i sederi umani. «I controlli di volo sono in quella zona con la vetrata?»

«Sì, questo è il nucleo del centro di controllo...»

«Quel nome è troppo lungo, il nucleo lo chiameremo ponte di comando e il resto il Cic», dichiarai. Chang e Simms concordarono annuendo.

Il capitano Desai si sistemò in una delle poltrone da pilota, era stretta per lei, anche se Skippy la aprì alla sua dimensione massima: «Va bene, signore, ce la farò. Mi preoccupa di più tutto questo», indicò con un gesto la vasta gamma di comandi manuali che la circondava.

«La maggior parte di questi controlli servono per i sistemi sussidiari che sto gestendo io», la rassicurò Skippy. «Inizieremo con i comandi di base, il motore di salto prima.»

Vidi Desai dimenarsi per mettersi comoda sulla sedia troppo piccola. Poi guardai il soffitto e la porta che avevamo attraversato: «Skippy, visto che i thuranin sono così piccoli, come mai non rischiamo di sbattere la testa in questi ambienti?».

«I thuranin hanno costruito le loro navi per ospitare i loro patroni maxolhx. Molto di rado nella storia i maxolhx si sono abbassati a salire a bordo di una nave thuranin, ma questi ultimi desiderano evitare qualsiasi imbarazzo. Inoltre, di tanto in tanto, i kristang o altre specie clienti salgono a bordo e, anche se i thuranin considerano le loro dimensioni compatte più efficienti dal punto di vista intellettuale e quindi superiori a quelle di altre specie, ne sono consapevoli: nel caso in cui individui di altre specie sbattessero la testa passando per le porte dei thuranin, si avrebbe un continuo promemoria di quanto siano piccoli.»

«Bene.» Appoggiai Skippy su una console vicino alla poltrona di Desai. «Pilota, avrai un bel da fare a imparare i comandi. Colonnello Chang, tu sei al comando, mentre io tratto con i thuranin, sergente Adams, sergente Thompson, voi siete con me.»

Lasciai Skippy a insegnare a Desai, Chang, Simms e altri come funzionavano i controlli al ponte di comando e al Cic, mentre io mi occupavo dell'ex equipaggio della nave. Fuori nel corridoio, capii che non avevo idea di cosa fare. «Skippy», chiesi nell'auricolare dello zPhone, «hai qualche idea su cosa fare con i Rip van Winkle qui?»

«Immagino tu intenda quei thuranin addormentati.»

«Affermativo.»

«Ci sono diverse possibilità, a seconda di ciò che intendi fare con loro più tardi. Nel frattempo, questa nave ha delle capsule di carico rimovibili, ciascuna abbastanza grande da contenere l'intero equipaggio thuranin.»

«Li impiliamo lì dentro come tronchi di legno?»

«Più che altro li stendiamo per terra, ma sì.»

Riflettei. Cosa cazzo avrei fatto con ottantasette thuranin incoscienti? Sarebbe stato facile per me se Skippy li avesse uccisi, invece di metterli in un ciclo del sonno, perché questo avrebbe tolto a me la responsabilità della difficile decisione. Eppure, se Skippy fosse stato in grado di ucciderli e mi avesse chiesto se volevo che lo facesse o se preferivo farli dormire, che cos'avrei ordinato allora? Sarebbe stato più semplice prendere questa decisione a bordo della fregata kristang, quando non era certo che potessimo, di fatto, impossessarci di una nave madre thuranin senza sparare un colpo. Più semplice prendere una decisione, che all'epoca era solo teorica, piuttosto che reale, come lo era invece ora. Perciò, rinviai. Rimandai il momento di scegliere cosa fare al riguardo. «Per quanto riesci a farli dormire?»

«Senza essere collegati al supporto vitale, circa tre giorni, la loro cibernetica minimizza le funzioni involontarie.»

«Mmh mmh. Ok. E quanto ci vorrà prima di poter saltare di nuovo? Presumo che vogliamo lasciare i dintorni, nel caso in cui una squadra di ricerca thuranin sia sulle nostre tracce.»

«Noi vogliamo lasciarli e loro sono sulle nostre tracce. Ho rilevato segnali di salto di due navi thuranin che ci stanno cercando. Non siamo in grande pericolo: senza la risposta del nostro transponder, che non riceveranno, è improbabile che i thuranin ci trovino prima che saltiamo di nuovo, fra circa tre ore. Il ritardo è dovuto al fatto che, oltre a eseguire un controllo approfondito dei motori di salto e dei sistemi di navigazione, sto cancellando il software del sistema di controllo di salto thuranin e lo sto sostituendo con qualcosa di più prossimo all'essere davvero utile. È come installare un sistema operativo d'intelligenza artificiale in un blocco di cemento, solo con meno capacità di memoria.»

«Sembra una sfida per te, allora. Sergente Adams, fai raccogliere questi thuranin e falli caricare... dove, Skippy? A bordo del vagoncino?»

«È un buon inizio, sì, dirigerò il tuo equipaggio da qui.»

«Molto bene, signore.» Adams fece un gesto a tre degli uomini arruolati, e quelli mi passarono davanti trasportando thuranin inerti, per caricarli sul fondo del vagoncino.

Solo che non tutti i thuranin erano completamente inerti, cosa che il nostro equipaggio scoprì. Il sergente Adams e io guardavamo divertiti mentre gli altri radunavano i piccoli alieni verdi.

«Cavolo, chi l'avrebbe mai detto che questi piccoletti russassero così? Cazzo! Oh, ragazzi e mi sta sbavando addosso! È disgustoso!»

«Ehi, guarda questo. Gli pulsano le palpebre e gli freme la gamba. Il mio cane lo fa quando sogna di rincorrere uno scoiattolo.»

«Come fai a sapere che cosa sogna il tuo cane?»

«Che cos'altro sognano i cani?»

«Di montarti la gamba?»

«Voi due, chiudete quella cazzo di bocca», abbaiò Adams, ma vidi i suoi occhi scintillare, «e datevi una mossa.»

Mentre Adams si occupava delle belle addormentate, io e il sergente Thompson tornammo alla nostra fregata kristang dirottata per portare i feriti a bordo della nave thuranin. Skippy mi aveva assicurato che le strutture mediche dei thuranin erano di gran lunga superiori a quelle della limitata e angusta infermeria sulla nave kristang. Spostammo i nostri tre soldati feriti, collegati ai monitor medici kristang, uno alla volta all'ospedale thuranin. Era un compito di cui volevo occuparmi di persona, anche se i feriti erano sedati e stabilizzati. Skippy aveva preso il controllo del sistema medico thuranin, comprese le inquietanti capsule di immersione in cui mettemmo i feriti. Le capsule avevano l'aspetto minaccioso di bare, con gli interni rivestiti di sonde in scala nanometrica. Una volta chiusi i coperchi, le nano-sonde si sarebbero estese e avrebbero fornito ossigeno, nutrienti, farmaci e nano-macchine che avrebbero accelerato la guarigione. Stando a Skippy, aveva riprogrammato i computer medici thuranin per adattarli alla biologia umana e aveva completa fiducia che i tre soldati si sarebbero ripresi del tutto. Dovevamo muoverci con cautela, la gravità nella zona medica era stata ridotta al 15% della normalità terrestre, per minimizzare lo stress sui corpi delle persone trattate.

«C'è qualcosa che posso fare?» Mi guardai attorno nel comparto medico con un'espressione accigliata. C'erano tubi e robot spaventosi ovunque, è sicuro come la morte che non avrei voluto essere un paziente in quell'ospedale.

Il dottor Skippy disprezzò la mia offerta di aiuto: «A meno che tu non abbia una conoscenza approfondita delle capsule mediche thuranin, no. Joe, ci penso io. Sembra spaventoso, ma è una tecnologia medica abbastanza sofisticata; la fisiologia umana è piuttosto semplice, quindi questi casi sono facili. Vai a fare qualcosa di utile e lasciami lavorare».

«Va bene. Non lasceremo queste persone da sole. Dirò al maggiore Simms di assegnare turni agli uomini qui.»

«Del tutto superfluo, Joe.»

«Fisicamente superfluo, forse, Skippy, ma questa è una faccenda umana. Voglio che i nostri qui sappiano di non essere soli. Quando si sveglieranno, avranno bisogno che ci sia qualcuno con loro.»

«Una faccenda umana, va bene, come vuoi», cedette Skippy.

«Ottimo. E ora? Controlliamo gli alloggi dell'equipaggio su questa bagnarola. Ce li hanno gli alloggi dell'equipaggio, giusto?» Data la profonda stranezza dell'ossessione dei thuranin per la cibernetica, forse dormivano in piedi, spinottati al muro o qualcosa del genere.

«Hanno alloggi individuali. Ce n'è uno in fondo al corridoio a destra.»

Camminammo lungo il corridoio e una porta scorrevole si aprì. Entrai. «Ah, cavolo. Questo potrebbe essere un problema.» Gli alloggi erano bene organizzati: un letto, armadietti incassati nelle pareti, un armadio e un bagno con doccia, un tavolo e una sedia. Il problema non erano le caratteristiche del compartimento. Il problema era che tutto era proporzionato alle dimensioni dei thuranin. Nel letto non sarei entrato, a meno di lasciar penzolare le gambe di lato. Il soffitto era alto forse un metro e ottanta, alcuni dei nostri uomini avrebbero dovuto fare attenzione a non sbattere la testa. Per farmi una doccia, avrei dovuto inginocchiarmi sul pavimento, lasciando le gambe fuori.

«Non lo so», disse Adams con un sorriso, «a me sembra accogliente.»

«Accogliente nel senso di caldo e confortevole, o accogliente come in un annuncio immobiliare, che in realtà significa angusto e deprimente?», chiesi.

«La seconda che hai detto.» Adams aprì la porta dell'armadio. «Uhm. Non sono dei gran patiti della moda.» Tutti gli abiti erano grigi e blu, come quelli che avevano indosso i thuranin addormentati.

«Che cazzo», diedi un'alzata di spalle, «ci arrangeremo. Ognuno prenda il proprio alloggio, ci va abbastanza di lusso.»

«Signore?», Adams mi diede un colpetto, «la situazione cibo?»

«Ah, sì, hai ragione. Skippy, mostraci la sala mensa, o immagino si chiami cambusa, visto che siamo su una nave.»

«Non c'è, Joe.»

«Niente cambusa?» Scambiai uno sguardo perplesso con Adams. «Allora dove mangiano?»

«In privato», spiegò Skippy. «I thuranin considerano tabù la maggior parte delle cose che ricordano il loro passato biologico, in particolare le funzioni biologiche come il mangiare. Consumano il cibo in privato, nelle cabine letto, come questa.»

Non c'era niente di simile a una cucina nella piccola cabina. «Va bene, va bene.» Noi umani avremmo potuto trovare un po' di spazio sulla nave da usare come sala mensa, dato che noi siamo animali sociali e i pasti sono un'attività sociale primaria. «Facci vedere il cibo.»

«In quell'armadietto là dietro, sergente Adams.»

Adams aprì l'armadietto e tirò fuori una manciata di tubi di plastica trasparenti che contenevano un denso liquido beige. «Cos'è questo?» Sbirciò all'interno, nel caso si fosse persa qualcosa, poi aprì un altro armadietto. Stessi tubi di plastica trasparente.

«Questo è il loro cibo. La migliore traduzione della parola che usano loro è "melma di sostentamento".»

«Melma?», chiesi sconcertato.

«Mmh, quella parola può avere una connotazione negativa.» Skippy rifletté: «Che ne dici di porcheria o schifezza o viscidume o fanghiglia? Cazzo, anche queste parole hanno connotazioni negative».

«Dici?»

«E vederlo come un frullato?», provò Skippy.

«Non sei d'aiuto.» Presi uno dei tubi e lo esaminai: «Mangiano soltanto questo?».

«Sì, contiene tutto ciò di cui un thuranin ha bisogno.»

«Che sapore ha?», chiesi afferrando il tappo in cima a un tubo per aprirlo.

«Beh, non mangiarlo, scemotto, è progettato per la biologia dei thuranin, non ha il giusto mix di aminoacidi e vitamine per gli umani. Ho messo i sintetizzatori al lavoro proprio ora per produrre melma, voglio dire frullato, per umani.»

«Splendido. E che sapore avrà?»

Silenzio per un istante, poi: «Come se io avessi delle papille gustative, Joe».

«Oh, scusami.»

«Tuttavia, ho costruito quello che considero un modello abbastanza accurato dei sensi umani, compreso il gusto.»

«Certo che l'hai fatto.»

«E avrà il sapore di... il modo migliore per descriverlo, penso, è una combinazione di farina d'avena, carote e mortadella.»

«Merda.» Adams fece una faccia amareggiata. «Sarà un lungo viaggio.»

«Skippy, così non va. Mi hai detto che potevamo mangiare cibo thuranin, *cibo*. Questo», scossi un tubo di plastica e il fango colò, poco invitante, da un'estremità all'altra, «non è cibo. Un esercito corre sul suo stomaco[24]. Cazzo.» Guardai Adams. «Questo sarà tremendo per il morale. Che diavolo farà l'equipaggio?»

Adams tirò indietro le spalle e sporse la mascella in un piglio determinato: «Mangeremo merda, signore». Alcune cose nell'esercito facevano semplicemente cagare e non c'era niente che potessi fare, quindi mangiavi merda e facevi il tuo dovere. «I soldati mangiano merda da quando hanno combattuto con lance di legno. Non siamo qui per una crociera di piacere.»

Il suo atteggiamento era incoraggiante, speravo che anche gli altri la pensassero così. I due bancali di cibo, per lo più pasti pronti, che avevamo portato a bordo del Dodo, dovevano essere razionati, dando la priorità ai feriti. Certo, avrei dato l'esempio mangiando solo melme, o frullati; se gli uomini avessero visto che il comandante condivideva il sacrificio, l'avrebbero presa meglio.

---

24 Adattamento della frase di Napoleone: "Un esercito marcia sul suo stomaco" (*N.d.T.*).

Per il momento, decisi che l'equipaggio si sarebbe limitato a un solo vero e proprio pasto al giorno, e avremmo visto come andava.

«Joe, non mi ero reso conto che questo sarebbe stato un problema significativo. Fammi giocare con i sintetizzatori alimentari e vedere quali sapori posso creare.»

«Il cioccolato andrebbe bene. A tutti piace il cioccolato, giusto?», suggerii.

«La fava di cacao ha un sapore raffinato e complesso, farò quello che posso.»

«Bene, fantastico. Sarò il tuo degustatore», mi offrii volontario. «Ora, c'è una palestra sulla bagnarola o un posto che possiamo trasformare in una palestra? La gente ha bisogno di esercizio e ci servirà spazio per fare pratica nelle tattiche di combattimento.»

«Non c'è niente di simile a una palestra, i thuranin si affidano alla loro cibernetica, piuttosto che ai muscoli. Uno dei compartimenti di carico è per lo più vuoto e posso far sì che i robot liberino del posto lanciando roba nello spazio, non abbiamo bisogno di quel carico. Per correre, c'è un corridoio di accesso lungo quanto tutta la chiglia della nave, vicino al vagoncino; posso aprire e chiudere le porte della camera di equilibrio mentre la gente corre fra le sezioni.»

Era un'ottima notizia, fare sprint di corsa era un buon esercizio. Esercizio di cui avevo bisogno io stesso.

«Signore, vorrei organizzare la palestra», Adams si offrì volontaria.

«Molto bene, sergente, fa' pure. Io vado a controllare i nostri feriti.» Ero ansioso di vedere le strutture mediche thuranin per cui Skippy era andato in visibilio. Avevamo portato con noi solo kit di pronto soccorso, se qualcuno avesse avuto bisogno di una trasfusione di sangue, saremmo stati nei guai. Così tante, tante cose, anche all'apparenza piccole, sarebbero potute andare disastrosamente male in quella missione. Ed era tutto sotto la mia responsabilità.

Tornando al ponte di comando, chiamai Simms via zPhone e le chiesi d'incontrarmi nel corridoio: «Maggiore, ho bisogno del tuo consiglio».

«Su cosa?», replicò lei, e potevo vedere nei suoi occhi il disagio che entrambi provavamo per il fatto che fossi il suo ufficiale comandante.

«I thuranin.»

Ora i suoi occhi riflettevano disagio per un motivo diverso. «Cosa fare con loro.» La frase non era formulata come una domanda. «Legalmente e moralmente. Forse, più legalmente? Merda, non lo so.» Che tipo di moralità si applica tra le specie aliene che sono molto distanti sulla scala dell'evoluzione tecnologica? Laddove le specie superiori dal punto di vista tecnologico potrebbero spazzare via quelle inferiori con uno sforzo risibilmente minimo?

«Odio doverlo chiedere, ma ha sentito Skippy in merito?», suggerì Simms. «Di certo ha memorizzato ogni regolamento dell'Unef e dell'esercito degli Stati Uniti.»

«Sono sicuro di sì, e ho paura che sia l'unica cosa che ha fatto: leggere e archiviare nella sua memoria. Questo non significa che ne capisca qualcosa. Soprattutto che capisca lo scopo, il contesto, la storia.»

«Colonnello», evitò i miei occhi quando mi si rivolse col mio grado, «lei è stato in combattimento. Io agli approvvigionamenti per tutta la mia carriera.»

«Tu sei stata addestrata da ufficiale. A me l'Unef ha dato le aquile d'argento e un'e-mail pesantissima di corsi da seguire, poi mi ha mandato a piantare patate. Non ho nemmeno ricevuto un addestramento teorico per diventare sergente. Sono stato promosso, ho trascorso una settimana con il mio gruppo di fuoco su Campo Alfa, poi siamo partiti e siamo stati subito inviati in un villaggio come squadra integrata di osservazione. Tutto il percorso è stata una formazione professionale.»

Lei pensò in silenzio per un momento: «Non c'è un equivalente della Convenzione di Ginevra qui. La grande lista che ci hanno dato, Le Regole della guerra interstellare, non contempla il trattamento dei prigionieri o qualsiasi regola di ingaggio, a parte quella di base che non s'incasinano le biosfere planetarie abitabili. Abbiamo il codice di condotta dell'esercito, ma credo che Skippy abbia ragione, siamo pirati. Questa missione non è autorizzata dall'Unef o da qualsiasi autorità umana, militare o civile. Siamo soli».

«Grande.»

«Colonnello Joe, posso dare qualche consiglio dei miei?», Skippy parlò dallo zPhone alla mia cintura.

«Lo farai comunque, vero?»

«In pratica, sì. Il maggiore Simms ha ragione: non ci sono regole d'ingaggio formali, concordate e scritte qui. Tali regole non si applicherebbero comunque alla pirateria. Sai cosa farai, Joe: soffierai i thuranin nello spazio, perché è l'unico modo pratico per portare a termine la tua missione e impedire ai thuranin di scoprire che gli umani hanno dirottato una delle loro astronavi. Devi ucciderli, per proteggere tutta la tua specie. Sai cosa devi fare, stai solo cercando di fare in modo che qualcun altro, come il maggiore Simms, ti dica che va tutto bene. Sei un colonnello, sei l'ufficiale in comando, devi prenderti la piena responsabilità delle tue decisioni.»

A denti stretti, dissi: «Grazie, Skippy. Tu, sì, che sei stato di grande aiuto».

Simms mi rivolse un empatico sorriso triste.

«Oh, figurati, non c'è di che», rispose l'altro con brio, ignaro del mio sarcasmo, o ignorandolo. «Se ti fa sentire meglio, i thuranin non passerebbero mai un solo secondo a tormentarsi su una domanda come questa, schiaccerebbero voi umani come insetti, senza pensarci su. Ogni thuranin che mettesse in dubbio una tale decisione sarebbe sottoposto a riprogrammazione neurale.»

«Sentirti dire che sei moralmente superiore a Satana non è una cosa positiva, Skippy.»

«L'ho detto solo perché, se i thuranin in qualche modo scoprissero che avete dirottato la loro nave, il fatto che abbiate ucciso il loro equipaggio non li farebbe arrabbiare di più; in guerra, si aspetterebbero che lo facciate. Si aspetterebbero anche che il loro equipaggio muoia in combattimento.»

«Quindi, mi stai dicendo che non c'è un rovescio della medaglia?» Mi chiesi se avesse colto l'amaro sarcasmo nella mia voce.

«No. Non è un "io vinco, tu vinci", ma un "io vinco, tu non perdere peggio".»

«Nessun rovescio della medaglia, se non per la mia anima.»

«In questo non posso aiutarti, colonnello Joe. Anche se non ricordo nulla sugli alieni nelle Sacre Scritture.»

Non avrei saputo dire se fosse sincero o un somaro. Ancora non mi sembrava giusto uccidere degli esseri senzienti. Ucciderli mentre dormivano.

«È esitazione quella che avverto?», chiese Skippy. «Forse posso aiutare. All'inizio di quest'anno, questa nave madre stava trasportando navi kristang piene di rifugiati da un pianeta che i ruhar avevano sottratto proprio ai kristang. A metà strada verso la loro destinazione, i thuranin hanno scoperto che il clan dei kristang non aveva adempiuto al pagamento per il trasporto. Questa nave si fermò e, poiché i kristang non furono in grado di pagare le imposte di transito per tutte e diciotto le loro navi, i thuranin ne espulsero tre, poi saltarono via. Quelle tre navi erano piene zeppe di rifugiati, rifugiati kristang, ma pur sempre rifugiati, per lo più caste civili, in fuga dalla guerra. Compresi donne e bambini. A bordo di quelle navi erano stipati così tanti rifugiati che i loro sistemi di supporto vitale stavano cedendo. I thuranin hanno espulso quelle tre navi a più di un anno luce dal sistema stellare più vicino, un sistema stellare senza pianeti abitabili. Quando i kristang hanno racimolato abbastanza soldi per pagare i thuranin e recuperare quelle tre navi, il 90% degli individui a bordo era morto. E, a proposito, mentre i kristang stavano cercando di organizzare il pagamento, quattro navi madri thuranin passarono per l'area in cui i rifugiati erano stati abbandonati, e ognuna di loro avrebbe potuto farsi carico di quelle tre navi con pochissimo sforzo.»

«*Questa* nave? La nave madre a bordo della quale ci troviamo?», chiese Simms.

«Questa nave, questo equipaggio», confermò Skippy.

«Oh, allora che vadano all'inferno.» Respirai sollevato. Era un modo a buon mercato per uscire dal mio dilemma morale, ma mi ci stavo aggrappando. «Possono camminare sull'asse[25]», stavo iniziando a pensare come un pirata.

---

25 Nell'immaginario popolare, i pirati bendavano i prigionieri e li facevano camminare su un'asse sporgente dalla nave, finché non cadevano in acqua (*N.d.T.*).

CAPITOLO 13

OLANDESE VOLANTE

QUANDO TORNAI AL ponte, Chang si alzò e io mi sedetti sulla poltrona di comando. Sarebbe stato più utile se avessi capito a cosa serviva uno qualsiasi di quei pulsanti, in seguito avrei avuto bisogno che Skippy mi mostrasse le basi. C'era un sacco di gente stretta sul ponte di comando, era affollato.

«I motori di salto hanno completato la ricarica», disse Chang, indicando una barra verde lungo tutta la parte inferiore dello schermo principale.

«Grande, grazie. Prima di saltare, la nostra nave, l'altra nave, la fregata... ehm, Skippy, la fregata ha un nome?» Dire "la nave" stava cominciando a stufarmi, soprattutto ora che ne avevamo due.

«Il nome kristang della fregata è "Celestiale Fiore Albale della Gloriosa Vittoria", o qualcosa di simile.»

«Mi stai prendendo in giro», esclamai. Avrei detto che le lucertole dessero alle loro navi nomi come Killer di Criceti o Assassino.

«La casta guerriera kristang è piuttosto devota alla poesia. Vedo che questo ti sorprende.»

«Poesia?», chiese Chang e ci scambiammo uno sguardo. Nessuno di noi riusciva a figurarsi i guerrieri irriducibili che avevamo incontrato sulla stazione spaziale seduti a comporre poesie.

«Ho esaurienti esempi di poesia kristang, ti piacerebbe ascoltarli?»

«No! No, grazie.» È certo come la morte che non ero dell'umore adatto per la poesia delle lucertole. «Lo chiameremo, ehm, la Fiore per ora. Non voglio chiamare nulla "Vittoria" finché non avremo conseguito qualcosa di significativo. Tornando alla mia domanda, teniamo la Fiore, o ce ne sbarazziamo? È danneggiata.»

«Signore», Adams prese la parola, «io dico di tenerla. È danneggiata, ma sappiamo che funziona e come controllarla, più o meno.» Gli sguardi che mi rivolse mi dissero che potevo anche essere un alto ufficiale, ma non ne sapevo molto di combattimento: mai rinunciare a un potenziale vantaggio. Me l'aveva già ricordato una volta.

«Il sergente Adams ha ragione, colonnello Joe», disse Skippy, «il danno alla Fiore non ne ha degradato in modo significativo la capacità di combattimento. Forse ci sono situazioni in cui avere una nave kristang potrebbe rivelarsi utile.»

«Bene allora, per adesso la teniamo.»

«A proposito di nomi, questa nave come la chiamano i thuranin?», chiese Thompson.

«Spero non sia un altro nome lungo come la messa cantata, tipo quello della Fiore», commentò Simms con irritazione.

«I thuranin non danno nomi alle loro navi, ogni nave ha una designazione numerica», disse Skippy.

«Possiamo darglielo noi, allora», riflettei.

«Oh, andiamo, dobbiamo chiamarla Enterprise», disse Adams con entusiasmo.

«Non è che tutte le astronavi debbano chiamarsi Enterprise», protestò il maggiore Simms. Ne dedussi che non fosse una fan di *Star Trek*.

«Questa è la prima astronave umana. Se non contiamo la nave kristang che abbiamo rubato. Si deve chiamare Enterprise», insistette Adams.

«L'America non è l'unica cultura con veicoli spaziali immaginari famosi», protestò Chang, «dovremmo considerare…»

«La nave non è vostra, scimmie!», si inserì Skippy. «Voi siete l'equipaggio al mio servizio. Se c'è qualcuno che può dare un nome a questa nave, quello sono io.»

Agitai le braccia per attirare l'attenzione di tutti: «Che ne dite se prima ci concentriamo su dove stiamo andando e ci preoccupiamo dei nomi più tardi? Dove andiamo? Come contattiamo il Collettivo, Skippy?».

«Se esiste ancora», iniziò a dire lui.

«*Se?* Non sei sicuro che esista ancora? Sai dove trovare questo Collettivo?»

«Se per "dove" intendi la galassia della Via Lattea e il suo paio di galassie nane annesse, sì. Più numerosi ammassi stellari. Oltre a questo, non tanto.»

«Porca vacca.» Lanciai uno sguardo colpevole alle persone che avevo trascinato con me alla ricerca del tempo perduto. «Qual è il piano, allora? Giriamo per la galassia per sempre, cercando di trovare un'altra intelligenza artificiale degli Anziani? Merda, dovremmo chiamare questa nave Olandese Volante», borbottai.

«Questo è un nome eccellente, Joe!», disse Skippy con entusiasmo. «Fatto, ho cambiato l'identificativo di questa nave in Olandese Volante.»

«Olandese Volante?», chiese Thompson, avviando un inutile giro di speculazioni da parte dell'equipaggio, tutti a parlarsi addosso l'un l'altro.

«Si tratta della leggenda di un capitano olandese che uccise un albatro, gesto che fu la sua maledizione e lo destinò a vagare per mare in eterno. O qualcosa del genere. La nave non può mai entrare in porto.»

«Pensavo che il tizio che aveva ucciso l'albatro fosse il Vecchio Marinaio.»

«Ma tu pensa, ovvio che era vecchio se doveva navigare in eterno.»

«Ma l'Olandese è quel totano in quel film di pirati con Johnny Depp? Cavolo, quel tizio mi faceva venire i brividi.»

«Sì, immagina che alito da pesce marcio aveva quel tizio.»

«No, quello non era Johnny Depp, lui era il pirata con l'eye liner. Il tizio biondo era destinato a rimanere in mare.»

«Va bene, va bene, basta!», gridai per terminare la conversazione che altrimenti non sarebbe mai finita. «Skippy», lo guardai con la testa inclinata, «chiamare questa bagnarola come una nave maledetta non è un modo per costruire fiducia nell'equipaggio.»

«Stavo solo cercando di rendermi utile», brontolò Skippy.

«E noi non siamo l'equipaggio al tuo servizio. Semmai, siamo pirati.» Senza l'approvazione dell'Unef, eravamo pirati, fuorilegge.

«Pirati! Joe, questa è la tua allegra banda di pirati! Argh, corpo di mille balene!» Skippy non era poi tanto male come pirata. «Mi piace! Un'allegra banda di pirati siamo noi!»

Mi guardai attorno nel compartimento, esaminando le facce. Quella banda di pirati sarebbe stata tutt'altro che allegra, se Skippy si aspettava che visitassimo ogni stella della galassia per localizzare il Collettivo. Avrei dovuto tenere quella conversazione con un gruppo limitato di persone, non con l'intero equipaggio presente. «Questa nave...»

«L'Olandese Volante», mi corresse Skippy.

«Bene, l'Olandese», avevo capito che Skippy non avrebbe mollato su questo punto, «non girerà a vuoto per la galassia fino alla fine dei tempi, mandando segnali a caso al Collettivo, giusto?»

«Certo che no, scemotto, finiremmo il carburante. Ma tu pensa. Dai registri dei kristang so dove tengono gli artefatti degli Anziani che riconosco come relativi a componenti del Collettivo. C'è una struttura di ricerca in un asteroide, che le lucertole ritengono segreta, a un paio di wormhole da qui.»

Suonava molto meglio. «Ok, quindi il piano è? Avvicinarci abbastanza all'asteroide e mandare un segnale a questa roba degli Anziani?»

«Ah! Magari! No, colonnello Joe, non te la caverai così a buon mercato. No, posso ficcanasare in giro a distanza, ma poi dobbiamo passare al setaccio il posto per mettere in saccoccia il malloppo di cui ho bisogno.»

Ficcanasare in giro? Mettere in saccoccia il malloppo? Ma Skippy dove prendeva il suo slang? «Passare al setaccio? Tipo assalto? Sicuro che i kristang là siano tutti ricercatori nerd disarmati?»

«Oh, oh, no! S'incazzerebbero come bisce. Questa base sull'asteroide è dove i kristang cercano di capire come funziona la tecnologia degli Anziani, quindi la tengono segreta ai thuranin, perché sperano di poter scavalcare i loro patroni e schiacciarli. I thuranin sanno tutto, ovvio, non sono così stupidi come pensano le lucertole. Lasciano che conducano le loro ricerche, hai visto mai che scoprano qualcosa di utile, così i thuranin potranno piombarci sopra e appropriarsene. Il posto è molto sorvegliato: reti di rilevamento invisibili, bombe atomiche, laser a raggi X, tutti gli annessi e connessi. Anche questa nave potrebbe essere distrutta.»

«È un obiettivo difficile.» Non mi piaceva l'idea di viaggiare su un bersaglio corazzato. Avevamo colto alla sprovvista l'equipaggio della Fiore ed eravamo riusciti a prendere quella nave con fatica. Ogni base che i kristang stessero tentando di tenere segreta ai thuranin sarebbe stata sempre in allerta. «Dev'esserci un altro posto dove potremmo andare, o no?»

«No. Non c'è nessun posto adatto. Inoltre, Joe, anche quello che serve a te è là.»

Cosa mi serviva? Un cheeseburger? «Che cosa?»

«Un modulo di controllo dei wormhole. Il modulo contiene i codici di cui ho bisogno per chiudere un wormhole.»

Ora ero incazzato: «Skippy, mi hai detto che potevi chiudere quel wormhole!». Che diavolo c'era ancora che non mi aveva detto?

«Ehi, posso, posso! Per un po'. Quello che posso fare è interrompere la connessione del wormhole alla rete, ma è solo una cosa temporanea. I protocolli di rete alla fine ristabilirebbero la connessione e resetterebbero il wormhole. Per spegnerlo per sempre, mi serve l'intera serie di codici di controllo, gli Anziani non me l'hanno fornita.»

«Chissà perché», dissi con fare sardonico. «Sei così incredibilmente affidabile.»

«Lo sono! Non è colpa mia se sei troppo stupido per fare la domanda giusta. Ricorda, quando fai supposizioni, fai fare la parte del *cretino* a *te* e a *me*. O a te, in ogni caso.»

Dovetti dar prova di un grande autocontrollo per non calpestare il suo coperchio lucido sul ponte di comando. Gli Anziani avevano molto di cui rendere conto, per avere costruito un tale stronzo. A denti stretti, chiesi con circospezione: «Hai un piano per superare queste griglie di rilevamento *stealth*, missili nucleari, laser e astronavi, giusto?».

«Ah, sì», disse con noncuranza, «è un gioco da ragazzi per me. Le loro stupide griglie possono rilevare tutto quello che vogliono, istruirò i loro computer principali perché ignorino gli input. Le lucertole non sapranno che qualcosa è stato rilevato. E le loro armi non sono un problema, farò spoofing sui loro sistemi di puntamento, in modo che non possano tenerci sotto tiro. Per un po'. Quando avremo bussato alla porta, neppure la mia incredibile meraviglia potrà impedire anche alle più stupide delle lucertole di capire che qualcosa non va.»

«Grande, bene», dissi in tono irritato, «possiamo pianificare come attraversare quel ponte quando ci arriviamo. Siete tutti pronti per il salto?»

Chang e Simms si parlavano sopra a vicenda, io cercavo di interrompere entrambi, e tutti avevano qualcosa da dire. La cosa andò avanti solo per un secondo o giù di lì, prima che Skippy gridasse non poco, usando l'interfono della nave: «Basta! Cazzo, siete una truppa di scimmie che urla in cima agli alberi. Smettetela di blaterare, non riesco neanche a seguire il filo dei miei pensieri. Fuori! *Fuori!* Tutti fuori dal ponte di comando, tranne il colonnello Joe e i piloti!».

Guardai con aria colpevole gli altri, specie Chang e Simms: «Skippy, possiamo...».

«Colonnello Joe, hai detto che ci servono linee di comunicazione chiare. Piloteremo questa nave in territorio nemico, attraverso wormhole e, forse, in combattimento. Avere una truppa di scimmie che mi sbraita contro non è una comunicazione chiara. Possono stare fuori dal ponte di comando, nel Cic, ascoltarci e guardare, ma non voglio sentirli, a meno che tu non apra l'interfono. Sei tu il capitano, sei un colonnello, sei al comando. Io comunicherò solo con te o con il pilota, mentre questa nave è in volo.»

Capii cosa intendeva Skippy. Chang e Simms volevano mettere bocca su tutto, perché non accettavano davvero la mia autorità. Non li biasimavo, io stesso non riuscivo a crederci. E, a essere sincero, quella fu per me una grande opportunità per affermare o, a essere più preciso, *testare* la mia autorità. Se Chang, Simms, Giraud o chiunque altro non prendevano sul serio la mia autorità di comando, questo era un ottimo momento per scoprirlo. «Skippy ha ragione», dichiarai con la voce più profonda e autorevole che mi usciva, «siamo in troppi qui dentro. L'accesso al ponte di comando è limitato all'ufficiale di servizio», e in quel momento l'ufficiale di servizio ero io, «e ai due piloti. Tutti gli altri, alle postazioni del Cic.» Avevamo bisogno di programmare i turni di chi sedeva sulla poltrona di comando come ufficiale di servizio, avevamo anche bisogno di più di due piloti, Desai era stata il nostro pilota da quando eravamo evasi dalla prigione kristang e doveva essere stanca ormai, avendo guidato tre veicoli spaziali sconosciuti solo quel giorno.

Con mio grande sollievo, nessuno oppose obiezioni all'essere bandito dal ponte di comando, avevano più facile accesso a comandi e schermi nel Cic comunque, l'area del ponte era troppo affollata.

«La nave è pronta per il salto e la rotta è programmata nel pilota automatico», annunciò Skippy con un tocco d'impazienza. «Il pilota sa quale pulsante premere.»

«Pilota?», chiesi.

«Sono pronta, capitano.» Desai aveva un dito posizionato sopra un grande pulsante sulla console davanti a lei: «Il signor Skippy mi ha guidata nella programmazione del salto nel pilota automatico, non capisco come funziona, davvero».

Forse noi scimmie non avremmo mai capito come funzionava il computer di navigazione del salto.

«Iniziare salto», mi limitai a dire.

E saltammo. Lo schermo sfarfallò e l'unico cambiamento che potei rilevare consisteva nel fatto che un punto bianco che si trovava nell'angolo in basso a destra dello schermo era sparito.

«Salto riuscito, capitano», disse Desai, «secondo gli strumenti.»

«Confermo», si limitò a dire Skippy.

«Eccellente», mi rilassai sulla sedia, «qual è il piano ora?»

Ovvio che Skippy aveva una risposta pronta: «Quando i motori di salto saranno di nuovo carichi, partiremo. Siamo al sicuro, quel salto ci ha portati abbastanza lontano da rendere del tutto inutili le ricerche delle navi thuranin».

Guardai lo schermo di stato, che mostrava le navi kristang attaccate alle piattaforme lungo l'estesa spina dorsale della nave madre. «E i nostri ospiti indesiderati?»

«Ah, loro. Posso espellere le altre navi kristang e lasciarle qui prima di saltare. Vuoi ancora tenere la Fiore, giusto?», suggerì Skippy.

Aggrottai le sopracciglia: «Dovremmo tenere la Fiore, sì». Meno male che avevamo accorciato il nome chilometrico di quella nave. «Le altre navi non saranno in grado di tornare su Paradiso? O di avvicinarsi abbastanza da inviare un segnale d'aiuto?»

«C'è un 36% di probabilità che, concentrando il carburante in una nave e sacrificando le altre, una singola nave possa fare abbastanza salti per trovarsi nel raggio di segnalazione utile, sì. La variabile critica è lo stato di manutenzione dei motori kristang. C'è un 64% di probabilità di guasto al motore di salto, per i salti ripetuti.»

«No.»

«No? Le scimmie vogliono vedere i miei calcoli?» La voce di Skippy suonava divertita.

«No, questa scimmia vuole che ci sia lo 0% di probabilità che le lucertole o i thuranin scoprano cosa è successo qui. Se una delle due specie scopre che la nostra piccola azione piratesca è opera di umani, la Terra è finita.»

La risposta dell'intelligenza artificiale arrivò con un altro quasi impercettibile ritardo: «Posso interferire con i computer che controllano il motore di salto, ma è probabile che sarebbero in grado di recuperare funzionalità tramite un ripristino da archivi protetti».

«Non è quello che intendevo. Qual è il carico di armi su questa bagnarola? I thuranin devono avere qualcosa di più forte dei cannoni a rotaia.»

«Cannoni a rotaia, certo, ma anche missili e maser.»

«Qualcosa che vaporizzi del tutto una nave lucertola? Voglio che non resti niente, nessuna scatola nera, niente che potrebbe essere recuperato.» Vedevo che gli altri mi guardavano scettici, chiedendosi dove stessi andando a parare con le mie domande.

«Una nave madre non è una nave da combattimento; le sue armi sono per lo più difensive. Su questa nave non ci sono armi che potrebbero distruggere del tutto quattordici navi kristang, resterebbero rottami rilevabili. Inoltre, le navi kristang hanno droni che vengono lanciati in automatico nel caso in cui la nave sia molto danneggiata; questi droni trasportano i registri di volo e i dati dei sensori della nave e sono *stealth*. Ogni nave trasporta più droni, i sensori di questa nave avrebbero difficoltà a individuare più droni *stealth*, lanciati da ciascuna delle quattordici navi kristang, anche se sono io a farli funzionare. Inoltre, devo avvertire che quelle quattordici navi kristang, pur con la loro tecnologia minore, rappresentano una minaccia per questa nave.» Notai che Skippy abbandonava la sua attitudine saccente quando parlava di uccidere lucertole. «Tutto questo è accademico, comunque, colonnello Bishop. Come ti ho detto, mi è proibito usare le armi.»

«Ma a me no.»

Stavolta, la pausa fu abbastanza lunga perché non fossi l'unico a notarla: «Non vedo come...».

«Tu prepari quelle armi e tieni sotto tiro il bersaglio e io premo il pulsante, o qualsiasi cosa usino su questa bagnarola», dissi, guardandomi attorno alla ricerca di qualsiasi cosa potesse somigliare a un pannello di controllo delle armi. Tutto mi sembrava ancora un incubo gotico. «Puoi farlo, giusto? La tua programmazione non t'impedisce di preparare le armi per sparare, basta che non sia tu a iniziare di fatto la sequenza di fuoco, no?»

Un'altra lunga pausa: «Colonnello, forse ti ho sottovalutato. È quasi un'idea intelligente». Per la prima volta, avvertii un po' di rispetto in quella voce artificiale. «Sei sicuro di volerlo fare?»

Attraverso la finestra, potei vedere che il tenente colonnello Chang, il maggiore Simms e gli altri avevano sentito tutto quello che avevo detto. «Quando ero in prigione, in attesa di essere giustiziato per essermi rifiutato di uccidere donne e bambini criceti innocenti, mi sono detto che queste lucertole naziste potevano andare dritte all'inferno. Ora, stavo pensando che avremmo potuto limitarci a disabilitare i loro motori di salto.» Controllai nello schermo la finestra che visualizzava la poppa e le file di incrociatori e cacciatorpediniere kristang agganciati alla nave madre. «Ma queste lucertole stanno minacciando la Terra.» Guardai il maggiore Simms e lei mi fece un cenno con la testa. «Perciò fottiamoli», dissi, con una rabbia che mi spaventò.

Ci fu una pausa notevole prima che Skippy parlasse: «È possibile che debba rivedere il mio giudizio su di te».

«Potresti farlo?» Poi mi ricordai dell'uso iper-letterale che Skippy faceva della lingua inglese. «Lo farai?»

Non ci fu pausa questa volta: «Posso preparare le armi in modo che tu possa usarle. Sì. Quali armi vuoi che siano attivate?».

Quello era ancora un problema. Nessuna delle armi a bordo della nave aveva il potere di fare ciò che volevo e, mentre avremmo colpito i kristang, loro avrebbero potuto rispondere. Se la capacità di salto della nave madre fosse stata danneggiata, avremmo potuto restare bloccati nello spazio interstellare per molto tempo. Guardai Chang e Simms attraverso il vetro: «Qualcuno ha un'idea?».

Prima che una delle due persone nel Cic potesse rispondere, Desai si girò con la poltrona. «Potremmo saltare da qualche parte davvero lontana da qualunque stella, così i kristang resterebbero di sicuro indietro?»

«Siamo già nello spazio interstellare profondo. Andare oltre aumenterebbe la probabilità che i motori di salto dei kristang falliscano», disse Skippy, «tuttavia, ci sarebbe ancora...»

«Skippy», era il mio turno d'interromperlo, «puoi tenere sotto controllo i motori di salto di quelle navi kristang?» Desai mi aveva dato un'idea.

«Per un po', sì.»

«E non abbiamo bisogno di mandare squadre a bordo di quelle navi, di spinottarti?» Se così fosse stato, il mio piano non avrebbe funzionato, non avremmo potuto assalire più navi da guerra kristang nello stesso momento.

«No, non questa volta. Le piattaforme thuranin sono in collegamento fisico con le navi all'attracco, per ridurre le firme spettrali, così mi sono infiltrato nei computer delle navi kristang poco dopo avere preso il controllo di questa.»

La domanda successiva era la chiave del mio piano. «E quanto impiegherebbero i kristang a caricare i motori per un breve salto?»

«Le navi da guerra mantengono sempre una carica minima nei loro motori di salto, per sfuggire alle imboscate», spiegò Skippy. «Tutte le navi kristang sono in grado di saltare nell'immediato a corto raggio, anche ora.»

«Bene. Quanto siamo lontani dal più vicino gigante gassoso?», chiesi.

La bocca di Desai formò una O silenziosa, mentre capiva cosa avevo in mente. «Sta pensando di saltare vicino a un gigante gassoso, espellere i kristang e poi far saltare le loro navi *dentro* il pianeta, prima che possano reagire?»

«Alt!», fece Skippy con fare derisorio. «Aspettate, scimmie. Non potete far saltare un'astronave dentro un pianeta, la gravità distorcerebbe il punto di uscita, quindi... ah, ehm, ho capito. Sì, certo. Sarebbe molto efficace per fare a pezzi quelle navi, soprattutto perché cercherebbero di emergere nello spazio-tempo già occupato dal pianeta. Oh, non l'ho mai visto coi miei occhi. Sarà fantastico! Wooow!» Sembrava allegro. «Sì, c'è un gigante gassoso grande come Saturno a due salti da qui. Si trova in un sistema stellare disabitato. Pilota, rotta impostata, pronti quando i motori di salto raggiungono il 64% di carica.»

«Aspetta!», mi affrettai a dire, prima che Desai potesse girare la poltrona. Avrei dovuto fidarmi del fatto che non avrebbe azionato i comandi senza il mio ordine, perché teneva le mani in aria, non in bilico sopra i pulsanti. «Skippy, puoi espellere quelle navi, andare via e farle saltare dentro questo pianeta grande come Saturno, prima che possano lanciare quei droni?»

«Ti prego, colonnello Joe, piano con le offese. È una passeggiata.»

Chang non aveva obiezioni o un'idea migliore. Simms era entusiasta e vidi in lei un nuovo rispetto, e Desai era tutta occhi. Saltammo due volte attraverso il vuoto dello spazio interstellare e poi, quando Desai premette un pulsante, in un batter d'occhio l'immagine dello spazio interstellare nero che compariva negli schermi fu sostituita da un gigante gassoso grigio-blu. Il pianeta riempiva tutto il visore, voglio dire, Skippy doveva aver fatto sfoggio delle sue abilità di navigazione. Di sicuro sembrava che ci fossimo saltati molto vicino. Non ebbi il tempo di gridare un allarme, perché la nave madre sussultò non appena quattordici navi kristang e la capsula carica di thuranin addormentati furono sottoposte con violenza alla separazione di emergenza, e poi la nostra nave avanzò, salendo sotto la propulsione spazio-normale avviata da Desai. Skippy non le aveva dato istruzioni di rotta, a parte andarsene il prima possibile e non indirizzare la nave verso il pianeta. Potemmo vedere flash quasi immediati da poppa appena le navi kristang formarono senza volerlo punti di salto. «Pilota, puoi interrompere la propulsione. Guarda questo», annunciò Skippy con entusiasmo.

«Guardare cosa?»

Il visore fece uno zoom su una sezione delle cime delle nuvole, che erano all'improvviso illuminate dall'interno. «Ho fatto saltare tutte e quattordici le navi in un centinaio di chilometri cubi, in modo che i tratti finali dei loro punti d'ingresso di salto siano sovrapposti, per essere sicuri che di loro non sia rimasto nulla.»

«Non è un eccesso di potenza distruttiva?»

«L'eccesso di potenza distruttiva è sottovalutato», disse Skippy autocompiaciuto. «Mmh. Ehm... ah!»

«Ehm... ah?» La luce all'interno delle nuvole in basso continuava ad aumentare, assumendo un fulgore virulento, e le loro cime salivano ribollendo verso di noi. In fretta. «*Ehm... ah?* Che cazzo hai fatto, Skippy?»

«L'energia rilasciata all'interno del pianeta è stata molto più alta di quanto mi aspettassi, da qualche parte in alto nell'intervallo dei petawatt sostenuti. Wow. È diventato autosufficiente. Accidenti.»

«Accidenti?» Le nuvole correvano verso di noi. «Che diavolo è un petawatt?», gridai.

«Guai. Siamo al sicuro, fuori portata... ehm, penso.» Il tono di voce di Skippy non mi riempì di fiducia.

«*Pensi?* Desai, portaci lontano dal pianeta, nell'orbita più alta, comunque la chiami. Saltaci.»

«Sì, sì, signore», disse lei con un grande sorriso in faccia. Era evidente che pilotare un'astronave gigante era una cosa che le piaceva. «A tavoletta.»

Vedemmo il pianeta ritrarsi dietro di noi, mentre le cime delle nubi ribollivano formando in un lampo un fungo davvero enorme, proiettato in alto sopra l'atmosfera come un bagliore solare. Skippy riferì eccitato che una parte significativa dell'atmosfera aveva superato la velocità di fuga e veniva soffiata per sempre nello spazio. Abbastanza perché i sensori della nave potessero misurare il cambiamento della massa del pianeta. Il gas atmosferico stava ancora salendo, ma Desai ci fece sfrecciare più veloci, ero certo che non saremmo stati inghiottiti. «Skippy, cos'è andato storto?»

«Storto? È stato *fantastico*! Accidenti! Ho quasi convertito quel pianeta in una stella minore. Vorrei che avessimo una migliore copertura dei sensori.»

«"Storto" significa che è successo qualcosa che non avevi pianificato», precisai lentamente. Com'era possibile che dovessi spiegare qualcosa a un'antica macchina super-intelligente?

«Ah, certo, se hai intenzione di fare la punta ai chiodi», disse Skippy sprezzante. «La prossima volta, farò saltare una nave nemica più in fondo, verso il nucleo del pianeta. Ma non è divertente, non riusciremmo a vedere nulla. Sembrerebbe solo un rutto delle nuvole, o qualcosa di simile, una noia mortale.»

«Signore?», chiese Desai, senza staccare gli occhi dai comandi. «Devo continuare ad accelerare? Ci stiamo già allontanando dal pianeta a quindicimila chilometri orari.»

«Eh? Ah, sì, sì, puoi interrompere la propulsione.» Non aveva senso sprecare energia. Soprattutto perché non avevamo ancora una destinazione in mente. «Skippy, siamo a posto? Le navi kristang sono tutte distrutte e hanno portato con sé i droni?»

«Siamo a posto, colonnello Joe. Questo li ha colti del tutto alla sprovvista, e ho confuso i loro computer in modo che non potessero reagire in ogni caso. Ora sono una vaga nube di atomi. La stiva di carico con i thuranin è stata inghiottita e vaporizzata dall'esplosione, anche loro sono andati.»

Guardai Chang e Simms attraverso il vetro e alzai il pollice. Entrambi annuirono. «E adesso, Skippy? Ora che ci siamo liberati degli ospiti indesiderati, stiamo andando ad assaltare la base sull'asteroide, sì?» Avrei dovuto provare qualcosa dopo aver distrutto kristang e thuranin, ma non fu così. Nessuna esultanza, nessun senso di colpa, nessuna soddisfazione, niente. Quelle navi erano solo oggetti, non pensavo agli esseri senzienti che erano a bordo di esse. Era molto diverso dagli scontri a fuoco nella boscaglia nigeriana o dalla lotta contro i criceti su Paradiso. Forse avrei provato qualcosa dopo, dopo un po' di riposo. In quel momento non m'importava, finché i kristang e i thuranin non erano più una minaccia.

«Sì. Aspettiamo che i nostri motori di salto si ricarichino. Ho programmato un lungo salto, quindi abbiamo bisogno di una carica completa, che richiederà fino a due ore.»

«Desai, ti va di usare le prossime due ore per imparare a pilotare questa cassa?»

«Sì, sì, signore!»

«Grande. Skippy, programma alcuni punti verso cui lei possa navigare, o qualsiasi cosa sia previsto fare per l'addestramento di un pilota. Adesso stiamo per passare attraverso un wormhole, giusto? Quel wormhole si trova a circa otto anni luce da Paradiso, sulla base di ipotesi che ho sentito dalla nostra G2. È la nostra intelligence, a livello di divisione.»

«Ho memorizzato tutti i tuoi acronimi militari, colonnello Joe.»

«Ah, ovvio che l'hai fatto, scusa.» Perché mi prendevo la briga di spiegare qualcosa a un essere che sapeva tutto quello che c'era in qualsiasi tipo di dispositivo di archiviazione dati che l'umanità aveva portato su Paradiso? Più ogni bit di dati che i kristang e i ruhar avevano sugli esseri umani. Sapeva molto di più sull'umanità di qualsiasi essere umano. Se lo *capisse*, nel contesto, era un altro paio di maniche. «Percorrere otto anni luce richiede circa sedici giorni su una nave madre thuranin come questa. A meno che, ehm, non ci siano diversi tipi di nave madre? Non so su quale tipo di mezzo stiamo viaggiando.»

«Ce ne sono diversi tipi, e i thuranin hanno corazzate, incrociatori e quelli che si potrebbero chiamare cacciatorpediniere e fregate, anche navi da trasporto e navi di supporto. Tutte le loro navi madri hanno più o meno la stessa capacità di salto.»

«Ok, allora, due settimane da qui al wormhole più vicino...»

«Intendi il wormhole che porta a Campo Raggi-X. Che non è il wormhole più vicino a Paradiso.»

«No?»

«No.» Era esasperante quando Skippy puntualizzava, di solito non riuscivo a farlo tacere su nessun argomento.

«Verso quale wormhole ci stiamo dirigendo?»

«Quello che si trova a soli cinque anni luce da Paradiso.»

Feci qualche rapido calcolo mentale. «Dieci giorni, allora?»

«Certo, se vuoi andare piano piano, come i thuranin, un saltello alla volta. Noi procediamo in salti che sono il doppio del normale, e questo solo perché ho bisogno di calibrare i motori, metterli a punto, come diresti tu. In un salto potremmo arrivare lontano più del doppio.»

«Non capisco.»

«Questa è la prima cosa intelligente che hai detto da quando ci siamo incontrati.»

«Bentornato, Skippy, sapevo che lo stronzo era lì dentro da qualche parte.»

«Farò finta di non aver sentito. La verità, ragazzo mio, è che i thuranin hanno rubato la tecnologia presumibilmente avanzata del loro motore di salto molto tempo fa, ma da allora quegli arroganti piccoli cyborg non hanno fatto alcun progresso nella comprensione del suo funzionamento. Idioti. Vediamo se trovo un buon modo per spiegarlo: è come se avessero rubato un'auto e sapessero come metterla in moto e come ingranare la marcia. Non hanno idea del fatto che il cambio abbia più marce, ma sanno che l'auto ha un pedale a gas e che il pedale è sul pavimento. Se ne vanno come lumache in prima, con il motore che urla, e proseguono strisciando a ritmo dolorosamente lento, ma potrebbero andare molto più forte. Soprattutto perché i thuranin non sono bravi a copiare la tecnologia rubata, ed è come se avessero intagliato il cambio da un blocco di legno massiccio. Idioti. Anche senza modificarla, la loro copia del cazzo di un motore di salto è capace di prestazioni molto maggiori, se sono io a controllarla.»

«Non che tu ti stia vantando, o cose simili.»

«No, sono molto modesto. È sorprendente quanto sia modesto, considerando quanto sono eccezionale.»

«Ah, certo, la tua eccezionale modestia è il tuo tratto più impressionante.» Su questa strabuzzai gli occhi. «È incredibile quanto tu sia umile.»

«Sì. Sono molto orgoglioso della mia umiltà. Inoltre, come ha detto uno di voi umani: "Non è vantarsi se è vero".»

«Sì, sì.» Mi stupiva di continuo il fatto che Skippy sapesse così tanto sulla storia umana. Come può una lucida lattina di birra conoscere citazioni da Muhammad Ali? «Fare salti più lunghi non danneggerà i motori? Non voglio restare bloccato qui fuori. Non che la prospettiva di trascorrere l'eternità su questa nave con te non suoni assolutamente meravigliosa.»

«Neanch'io voglio trascorrere l'eternità guardando la tua brutta faccia. No, i thuranin controllano i loro salti forzando troppa energia attraverso i motori, cosa che li consuma. Io userò un terzo dell'energia per saltare più del doppio. I motori dureranno molto più a lungo. Ed è un bene, perché non possiamo portare la nostra nave pirata rubata in una stazione di riparazione dei thuranin.»

«Noi scimmie possiamo contribuire a mantenere la nave in funzione? Potresti mostrarci dove si trovano cric e ruota di scorta, nel caso ci ritroviamo con una gomma a terra.»

«Se restiamo bloccati, potete scendere e spingere.»

Gli feci la linguaccia. È probabile che anche il più intelligente degli umani non sarebbe stato in grado di aggiustare neppure un gabinetto a bordo di una nave thuranin; se fosse accaduto qualcosa ai motori o a qualsiasi altro sistema critico, saremmo risultati del tutto inutili. E, nel caso in cui Skippy stesse per trascinarci in un lungo viaggio attraverso la galassia, i bagni *erano* un sistema critico.

«Ok, allora, stiamo per saltare verso un wormhole. Come lo attraverseremo? I kristang o i thuranin o anche i ruhar, a questo punto, non avranno navi a guardia dell'entrata?»

«Come farebbero?»

«Farebbero cosa?»

«La guardia all'entrata.»

«Con, ehm, sai, le navi. O, tipo, una stazione di battaglia o qualcosa del genere.» Per un secondo, immaginai una Morte Nera[26]. Solo piena di lucertole, invece che di truppe d'assalto.

«A cosa servirebbe una stazione di battaglia? Se ne sta lì e basta.»

Non potevo credere che un essere super-intelligente avesse bisogno che gli spiegassi io che cosa poteva fare una stazione

---

26 Nel film *Guerre stellari* la Morte Nera è una gigantesca stazione da battaglia spaziale realizzata dall'Impero Galattico per rafforzare il suo regime di terrore (*N.d.T.*).

di battaglia spaziale. Soprattutto perché non ne avevo mai vista una. Lentamente, aggiunsi: «Se ne sta lì, di fronte all'ingresso, impedendo alle navi non autorizzate di...».

«Alt!», m'interruppe Skippy, «ho capito il problema. Uhm, davvero non lo sai? Cazzo, la tua specie è ancora più stupida di quanto pensassi.»

«Cos'è che non so?»

«I wormhole non sono statici. Si spostano di frequente. Una stazione di battaglia sarebbe del tutto inutile.»

«Oook. No, Signor So-tutto-io, non lo sapevo.» La Bürgermeister non aveva menzionato quell'importante dettaglio. «Cosa intendi con "si spostano di frequente"?»

«Ah, cavolo, ecco che sto per fare una lezione di fisica a un batterio. Quelli che chiamate wormhole non sono oggetti fisici, sono proiezioni nello spazio-tempo locale. Le proiezioni saltano intorno, appena sotto la velocità della luce, in una sorta di schema a forma di otto che copre circa un anno luce. Una proiezione del wormhole rimane in un posto tra i diciassette e i novantadue minuti circa, poi si chiude e riappare al passo successivo lungo il percorso, che potrebbe essere a un quarto di anno luce di distanza. I wormhole seguono uno schema prestabilito: nel corso di un ciclo, un wormhole coprirà ogni posizione lungo il percorso, ma ci sono milioni di posizioni. Il punto è che non esiste che i kristang, o qualsiasi altra specie al momento in questa galassia, possano impedire alle navi di usare un wormhole; non è pratico coprire tutte quelle posizioni. Il mio piano è saltare vicino a dove apparirà un wormhole e vedere se ci sono altre navi in attesa, so di preciso quando un wormhole si sposterà nella posizione successiva. Se è libero, aspettiamo che il wormhole si apra, ci salti davanti, e poi lo attraversiamo.»

«Uhm.» Avevo immaginato un wormhole come una specie di Stargate, un grande anello sospeso nello spazio, con un centro incandescente. «Sembra un buon piano. E non dire: "Ovvio che lo è". Perché i wormhole non stanno in un posto solo?»

«Non ti eri già dato una risposta? Perché se un wormhole restasse in un posto solo, una specie potrebbe controllarlo, ma tu pensa. E poi perché, se un wormhole resta aperto più a lungo, ci vuole una quantità esponenzialmente più grande di energia per sostenere la connessione. E un wormhole statico alla fine creerebbe una frattura locale nello spazio-tempo.»

«Un altro buon consiglio di sicurezza, allora.»

«Un eccellente consiglio di sicurezza. È probabile che non sia uno di quelli di cui voi scimmie dovreste preoccuparvi, nel caso steste pensando di creare un wormhole con fango e bastoni.»

«Zitto!» Ogni volta che pensavo che Skippy fosse un tipo a posto, mi diceva qualcosa per ricordarmi che, in fondo, era uno stronzo.

Dopo esserci allontanati con un salto dal wormhole, concessi una licenza a tutto l'equipaggio, perché era esausto e Skippy aveva detto che eravamo al sicuro, avevamo compiuto abbastanza salti da far sì che fosse molto improbabile che i thuranin ci trovassero. A parte una persona in infermeria, che poteva riposare sul pavimento, e un ufficiale di servizio sul lettino del pilota al ponte di comando, volevo che tutti dormissero otto ore. Eravamo stanchi, eravamo sconvolti dal punto di vista emotivo e avevamo tutti bisogno di tempo per elaborare quello che era successo durante una giornata così lunga e movimentata. Per la maggior parte dell'equipaggio era iniziata quando un Dodo era piovuto dal cielo nella loro base logistica e quattro umani ne erano usciti e avevano stordito i ruhar. Per Chang, Simms, Adams e me, era iniziata prima, quando eravamo scappati dai ruhar e avevamo rubato il Dodo.

Presi il primo turno di servizio, anche se non ero in alcun modo qualificato come pilota; Skippy aveva programmato due salti di emergenza e tutto quello che avrei dovuto fare sarebbe stato premere un pulsante se si fossero presentati dei problemi. Mentre mi sedevo sulla poltrona del pilota, che era piccola per Desai e decisamente troppo stretta per me, iniziai a scrivere un resoconto dell'azione sul mio iPad. Un giorno, speravo, avrei avuto bisogno di fare rapporto alle autorità sulla Terra di tutto ciò che era successo, ed era meglio buttarlo giù mentre era ancora fresco nella mia mente. Cazzo, c'era molto da scrivere. Ero solo a metà, quando Chang mi diede il cambio tre ore dopo e potei tornare all'alloggiamento a me assegnato, vicino al ponte di comando. Dopo essermi tolto le scarpe ed essermi accartocciato nel lettino, non riuscivo a prendere sonno. Piuttosto che starmene lì invano, mi sedetti, accesi la luce e iniziai a spippolare sull'iPad.

Dagli altoparlanti del mio dispositivo uscì la voce di Skippy: «Colonnello Joe, dovresti dormire».

«Ho un sacco da fare, Skippy. Per esempio organizzare un servizio commemorativo per le quattro persone che abbiamo perso. Non so nemmeno quale sia la cerimonia corretta per il taoismo o l'induismo.» Mi accigliai. La verità era che il senso di colpa mi impediva di dormire.

«La tradizione indù prevede la cremazione», Skippy disse la sua in proposito. «Ho tutte le informazioni possibili e immaginabili sui rituali religiosi umani.»

«Ah, ehm, grazie, Skippy.» Avrei potuto chiedere a Chang e Desai cosa fare con i loro compatrioti. Il corpo di Matheson sarebbe rimasto in magazzino finché non saremmo tornati sulla Terra per una sepoltura appropriata, a casa. «Penserai che tutto questo sia stupido.»

«Cosa?»

«I rituali religiosi. Sai, la religione stessa.»

«Perché dovrei pensarlo?»

La sua risposta mi sorprese, mi sarei aspettato un commento saccente sulle scimmie che adorano gli alberi. «Perché gli esseri che ti hanno creato erano antichi e super-potenti, e, ehm...»

«Joe, Joe, Joe.» Potei visualizzare Skippy che agitava il coperchio nella mia direzione. «Gli Anziani erano davvero super-potenti; sono stati in grado di spostare le stelle. Più volte, quando il percorso una di esse stava per sconvolgere un sistema solare che gli Anziani pensavano potesse un giorno generare vita intelligente, rimossero la stella incriminata. Una volta, quando una stella gigante blu minacciava di diventare una supernova e inondare di radiazioni letali diversi sistemi solari circostanti, gli Anziani crearono un wormhole e trasportarono la stella fuori dalla galassia. Fecero saltare di duecentomila anni luce una stella super-enorme attraverso un wormhole. Pensaci. La tua domanda presuppone che esseri così potenti, esseri che avevano davvero raggiunto l'immortalità, che tali esseri, dicevo, non vedrebbero di buon occhio la religione. Ti sbagli. Di nuovo. Perché pensi che gli Anziani ci abbiano lasciato, trasceso?»

«Perché», risposi lentamente per darmi il tempo di pensare, «erano annoiati? Di questa esistenza?»

«No.» Non c'era traccia di umorismo o del consueto sarcasmo nella voce di Skippy. «È stato perché avevano dato risposta a tutte le domande fisiche sull'universo e, quando si raggiunge la fine del fisico, ciò che rimane dev'essere metafisico. Al di là del mondo naturale, si trova solo il soprannaturale. Gli Anziani sono stati in grado di ritracciare il tempo fino all'inizio dell'universo e sono rimasti con una domanda: cosa c'era prima? Da dove viene l'universo? Da dove vengono *loro*? La fisica, anche la fisica così avanzata da toccare il regno della magia, ha un limite. Gli Anziani trascesero perché volevano sapere, *dovevano* sapere, da dove venivano. Volevano comunicare con Dio. O con il loro concetto di Dio.»

«Basta.» Non riuscivo a pensare a nient'altro da dire.

«Fate lo stesso errore che fanno la maggior parte delle giovani specie quando pensano agli Anziani: li considerate solo esseri mitici, quasi divini. Erano persone reali, come tutte le altre. Un tempo, erano stupidi come voi scimmie, ma poi hanno imparato e si sono evoluti in qualcosa di meraviglioso. Li ricordo come persone sagge, premurose, potenti, gentili. Mi mancano e cerco il Collettivo per ricollegarmi con una parte di loro. Ma so che non sono dei.»

«Hai ragione, Skippy, non li avevo pensati come persone.» In realtà, non avevo pensato molto agli Anziani in generale, poiché di loro si sapeva così poco. «Che aspetto avevano?»

«Purtroppo, non so dirtelo. È fastidioso. Ho ricordi di loro, in fondo alla mia mente, ma quando cerco di immaginarli, non ci riesco, non in modo consapevole. E la mia programmazione non mi permette di dirti nulla di ciò che so. Quello che m'infastidisce è che non riesco a capire se dipende dalla mia programmazione originale o è un errore tecnico. Che è un altro motivo per cui devo contattare il Collettivo.»

«Lo faremo, Skippy, te l'ho promesso, li troveremo.» Avevo le palpebre così pesanti che non riuscivo a tenerle aperte. «Grazie, Skippy, ora vado a dormire un po'. Parliamo più tardi.»

Nei giorni successivi, ci abituammo a una routine. Mentre l'Olandese Volante saltava, caricava i motori e saltava di nuovo lì intorno, sistemammo gli alloggiamenti, allestimmo una sala da pranzo in una stiva di carico, facemmo sgomberare un'altra stiva per usarla come palestra, assegnammo un turno di servizio a tutti i membri dell'equipaggio, me compreso, esplorammo la nave e cercammo d'imparare il più possibile su di essa. Simms ebbe la brillante idea di portare via le lenzuola dalla Fiore, in modo da poterle distendere sul pavimento della nostra zona notte thuranin, per i più alti dell'equipaggio. Quando mi fu offerto un grande materasso kristang, lo rifiutai, poi ne trovai uno nel mio alloggiamento vicino al ponte di comando. Non protestai, quel maledetto letto corto thuranin mi stava distruggendo la schiena.

La seconda notte in cui andai a dormire nel mio alloggiamento, Skippy mi disse che c'era una sorpresa in uno degli armadietti. «Merda, Skippy», esclamai aprendo l'armadietto. Era pieno, pieno zeppo di tubi di plastica, ciascuno colmo per circa per un terzo. «Che cazzo è tutta questa roba?»

«Esperimenti di sapori. C'è un'etichetta stampata sul tubo di ciascuno.»

Guardando più da vicino un tubo, vidi scritto "Cioccolata #14" in caratteri minuscoli. «Quattordici tipi di cioccolata?»

«Ventidue, in realtà. Come ho detto, il cioccolato è un sapore molto complesso. Inoltre, ne ho provato di diversi tipi: toffee, caramello, fragola, curry, jalapeño, cheddar, banana, mela, cannella, salsa e altri. C'è una lista sul tuo telefono, se t'interessa leggere, cosa che so che non farai. Non sono sicuro dei sapori della frutta, se devo essere sincero.»

Stappando con attenzione il tubo, lo annusai. «A quanti di questi tubi corrisponde un pasto?»

«Dipende dal tuo livello di esercizio. Di regola, per un maschio della tua taglia, un tubo e mezzo è sufficiente, tre volte al giorno.»

Annusando di nuovo il contenuto di quella sottospecie di cannuccia, cercai di decidere tra ingoiarlo senza assaggiarlo e assaporarne prima un sorso. Poiché mi ero offerto assaggiatore volontario per l'equipaggio, inclinai il tubo, finché un paio di gocce mi scivolarono in bocca. «Non male, non male. Mi ricorda una bustina di cioccolata calda Swiss Miss che è rimasta in un capanno di caccia per molti anni, finché qualcuno non l'ha trovata in fondo a un cassetto. Stantia e ammuffita, con i piccoli marshmallow trasformati in rocce friabili.»

Skippy rise: «Non avevo capito che fossi un intenditore di melma, Joe».

«Frullato, Skippy, chiamalo frullato.» La mela dava una sgradevole sensazione in bocca, sia oleosa che gessosa e, in qualche modo, granulosa allo stesso tempo.

«Prova il cioccolato numero 6, il mio modello di gusto prevede che ti piacerà di più.»

«Devo prima finire questo. Slurp.»

«Non ce n'è bisogno, abbiamo un sacco di melma a bordo, abbastanza per anni.»

«Ah, meraviglioso.» Il numero 6 aveva un sapore migliore, lo confrontai con l'altro alternando i sorsi dai due tubi: «Hai ragione, il 6 sa più di cioccolato fondente e ha meno retrogusto gessoso. Ed è meno oleoso, lascia una sensazione più vellutata in bocca».

«Eccellente! Bevi, Joe, mancano solo venti tipi di cioccolato.»

«Ascolta una cosa», non riuscivo ad affrontare il pensiero di altre venti melme in quel momento. Ciò che volevo fare era trangugiarne un paio in fretta e farla finita. «Dimmi, le, tipo, sei melme al cioccolato che pensi abbiano il gusto peggiore. Le persone hanno gusti differenti, quindi quello che io penso sia il cioccolato migliore potrebbe non essere il preferito di qualcun altro, ma posso eliminare quelli davvero cattivi.» L'ultima cosa che volevo era che il primo sorso di melma potesse spegnere l'entusiasmo di qualcuno per l'idea in generale. «E identificare quelli cattivi ti aiuterà a calibrare il tuo modello di gusto, no?»

«Buona idea, Joe», Skippy mi concedeva qualche rara lode, «indovinare che cos'ha un buon sapore per gli esseri umani è stato in realtà una sfida interessante per me. E non è facile.»

«Lieto di contribuire a tenere lontana la noia. Skippy, devo dire che sono davvero colpito, il cioccolato numero 6 è piuttosto buono, potrei gustarmelo a colazione. Hai fatto un buon lavoro, temevo l'idea della melma, e ora non è così male. Prima che cambi idea», o prima che decidessi di non avere più fame, «quale cioccolato pensi sia il peggiore?»

Le melme, ed è così che l'equipaggio decise di chiamarle, perché eravamo soldati e siamo fatti così, non divennero popolari, ma non furono neanche un disastro. Ci arrangiammo e inventammo combinazioni di sapori, come avevamo mescolato e abbinato pasti pronti per creare portate che non erano mai state nelle intenzioni dei militari. Una melma al cioccolato più una melma alla banana dava un cioccolato-banana. Melma al cocco più melma al curry, mescolata e versata su un pasto pronto di pollo riscaldato, creava l'approssimazione di un piatto thailandese. Tutti erano d'accordo sul fatto che le melme al gusto di frutta fossero le peggiori, anche se la disgustosa fragola, mescolata con l'insipida banana, aveva in realtà un buon sapore. Questa imprevedibilità delle preferenze del gusto umano a volte buttava Skippy fuori di testa: semplicemente non riusciva, pur con tutta la sua impressionante potenza di elaborazione, a far sì che il suo modello di gusto lavorasse con precisione affidabile. Fu d'aiuto il fatto che, dopo pochi giorni, fu in grado di eliminare la sensazione oleosa in bocca e la natura gessosa della melma, mentre per la consistenza granulosa o scabrosa non si poteva fare niente, in quanto necessaria alla fibra digestiva, secondo Skippy. L'equipaggio aveva svariate opportunità di lamentarsi del "cibo" a bordo dell'Olandese, cosa che ritenni positiva. La gente aveva bisogno di qualcosa di cui lamentarsi, lamentarsi era un'attività che rafforzava i legami e non era un serio colpo al morale. Una melma al mattino, melme per pranzo e la gente non vedeva l'ora di mangiare cibo "reale", come un pasto pronto, per cena. I membri dell'equipaggio, compresi Chang, Simms, Desai e Giraud, cercarono d'indurmi a mangiare del cibo vero, ma io mi accontentavo di un cracker o di un biscotto di tanto in tanto, cercando di dare il buon esempio. Quando i membri dell'equipaggio videro "il vecchio", che, incredibilmente, ero *io*, fissato con la melma, non sembrò loro poi così male doversene cibare due volte al giorno.

Inoltre, stavo aspettando un cheeseburger, e non avrei accettato sostituti puzzolenti.

Capitolo 14

Tute Spaziali

Simms mi chiamò il giorno successivo mentre ero in palestra, c'era bisogno di me al ponte di comando. Quando ci arrivai, Simms fece per alzarsi dalla poltrona del capitano, io le feci cenno di restare seduta. In quanto ufficiale di servizio, la poltrona era sua. «Che cosa c'è, maggiore?»

«Colonnello, Skippy vuole deviarci da una rotta diretta al prossimo wormhole.»

«Skippy?», chiesi.

«Dobbiamo avvicinarci a un gruppo di battaglia thuranin, così posso accedere alle attuali informazioni. Proprio ora sto ipotizzando la disposizione delle forze in questo settore, il che rende pericoloso per noi vagare per la galassia nella nostra nave pirata.»

Simms spiegò la sua obiezione: «Per evitare il pericolo, vuole che ci avviciniamo a un gruppo di battaglia thuranin. Ho pensato che questo meritasse la sua attenzione».

«Ottima decisione», concordai. «Hai capito il problema, Skippy? In questo momento, tutto ciò che i thuranin sanno è che una delle loro navi madri è scomparsa. Non si preoccuperanno quando ci presenteremo misteriosamente alla loro porta e poi salteremo via? Hai intenzione di farci saltare via, giusto?»

«Sì, certo, scemotto, e ho un piano per questo. Se devo spiegarti tutto, non otterremo mai nulla di fatto. Ehm!» Mi zittì mentre stavo per parlare. «Lasciatemi parlare, prima di farmi sprecare tempo con domande stupide. Quando salteremo, modificherò la nostra firma di salto e le emissioni del motore per farci sembrare un incrociatore leggero jeraptha, che è il tipo di nave che gli jeraptha di solito usano per seguire i gruppi di battaglia nemici. Il nostro campo *stealth* altererà il profilo dello scafo abbastanza perché i sensori thuranin non rilevino che siamo una nave madre, se non rimaniamo troppo a lungo nello stesso punto. E non lo faremo. Genio, eh?»

Non ero convinto: «I thuranin non manderanno navi ad attaccarci?».

«Certo che sì, un gruppo di battaglia thuranin tiene in allerta fregate e cacciatorpediniere per allontanare le navi nemiche. Nessun problema, saltelleremo in giro con micro-salti finché non avrò avuto abbastanza tempo per entrare nel database della loro ammiraglia.»

«Saltellare in giro?», scambiai uno sguardo con Desai. «Ma le navi non impiegano molto tempo per ricaricare i motori tra un salto e l'altro?»

Skippy rispose compiaciuto: «La maggior parte delle navi sì, ma ho riprogrammato i nostri motori di salto per farli funzionare in modo così efficiente che possono eseguire piccoli salti con una carica parziale. A proposito, non c'è di che».

«Eseguire salti multipli con una carica parziale, cosa che un vero incrociatore leggero jeraptha non può fare, giusto?»

«No. Gli jeraptha non sono stupidi come i thuranin, ma i loro motori non sono molto meglio. Un altro esempio della mia grandiosità.»

«Non hai capito il punto, Vostra Reale Grandiosità. Se facciamo cose che un incrociatore leggero jeraptha non può fare, i thuranin scopriranno in un lampo che non siamo un incrociatore leggero jeraptha.»

«Merda», si limitò a dire Skippy.

Io feci l'occhiolino a Desai: «Sì, merda. Non dovevi essere un genio?».

«Non sono uno stratega militare, colonnello Joe, dovresti esserlo tu. Ok, come risolvere la cosa? Va bene, che ne dici di questo? Ogni volta che salteremo, modificherò un po' il segnale di salto per farci sembrare una nave da guerra jeraptha diversa. È usanza comune degli jeraptha utilizzare più navi picchetto per stare alle calcagna di una forza nemica.»

«Funzionerà. Per quanto tempo dovremo girare attorno ai thuranin perché tu abbia le informazioni di cui hai bisogno?»

«Ah, da un paio di minuti a mezz'ora, dipende. Più ci avviciniamo all'ammiraglia, più in fretta posso ottenere i dati che ci servono. È un aut aut: o saltiamo vicino un paio di volte, o saltiamo più lontano, più volte, mentre rimaniamo esposti più a lungo.»

Guardai Simms e lei annuì: «È una decisione sofferta, allora», disse.

Una decisione sofferta che né Simms né io eravamo qualificati per prendere, e Skippy lo sapeva. Passare la palla a Desai sarebbe stata la via d'uscita del codardo. «Sì, sì. Skippy, presumo che avrai una serie di opzioni programmate nel sistema di navigazione, e consiglierai al pilota quale salto fare – giusto? – in base a quello che stanno facendo i thuranin.»

«Sì, hai capito bene.» A sorpresa, resistette alla tentazione di fare un'osservazione saccente sulla mia intelligenza o mancanza d'intelligenza.

«Va bene allora, se pensi che abbiamo bisogno di queste informazioni, allora lo faremo. A una condizione: voglio un'opzione di salto che ci porti in sicurezza lontano, non solo un micro-salto, se il pilota o l'ufficiale di servizio pensano che la nave sia in pericolo. Più in pericolo del solito.»

«Sì, certo, non fa una piega. Non t'impanicare per quanto mi riguarda, d'accordo? Non vogliamo farlo più di una volta se non dobbiamo.»

«Pilota», chiesi a Desai, «te la senti?» Mentre le parole lasciavano la mia bocca, sapevo che avrei messo Desai in una posizione difficile. Avrei dovuto chiederle se aveva idee diverse.

«Sì, signor colonnello. Abbiamo sempre un'opzione di salto d'emergenza su un pulsante diverso», indicò un pulsante argentato in alto a destra del pannello di controllo.

«Mi sono esercitata con il signor Skippy quando stavamo facendo la nostra prima serie di salti. L'opzione di salto di sicurezza viene aggiornata ogni volta che saltiamo.»

«Ah», avrei dovuto saperlo. «Ottimo lavoro, allora, pilota. Skippy, sai dove si trova un gruppo di battaglia thuranin?»

«So dove ce ne potrebbe essere uno, e ho molti altri punti papabili in cui cercare. Ci avvicineremo tra diciassette ore.»

Era proprio nel bel mezzo del turno successivo di Chang come ufficiale di servizio, avrei dovuto dirgli che avrei assunto io il comando. Avevamo creato un buon rapporto di lavoro, non volevo rovinare tutto.

Tornai al ponte di comando mezz'ora prima che saltassimo nel punto in cui Skippy pensava che avremmo trovato un gruppo di battaglia thuranin. Saltammo, trascorremmo una tesa decina di minuti ad ascoltare con sensori passivi, con Desai pronta a portarci in salvo con un salto, finché Skippy stabilì che non c'erano navi thuranin a portata. Mise in funzione i nostri scanner attivi e, in base alla presenza di nubi sottili di atomi che non si manifestavano in modo naturale nello spazio interstellare profondo, determinò in fretta che le navi thuranin erano state nella zona di recente. Skippy provò a ipotizzare dove fossero andate e le sue prime due ipotesi si rivelarono sbagliate. La sua terza ipotesi era azzeccata, fin troppo puntuale. Emergemmo dal salto in mezzo al gruppo di battaglia, a meno di tremiladuecento chilometri dalla nave più vicina, che era troppo vicina anche per la spavalderia di Skippy. Dopo che Desai ebbe avviato un micro-salto a distanza di sicurezza, iniziammo a saltellare intorno al gruppo di battaglia, mentre un paio di cacciatorpediniere thuranin cercavano di cacciarci via. All'inizio, fu allarmante, poi seccante, perché la coppia di cacciatorpediniere comparve vicino a noi, sparando missili, colpi di cannone a rotaia e fasci di particelle. Dovemmo saltare via prima che l'Olandese venisse colpita in modo serio, per due volte i nostri scudi deviarono senza difficoltà fasci di particelle e Skippy si lamentò che stavamo saltando via troppo presto. Dopo alcuni salti, la nostra intelligenza artificiale identificò uno schema nelle tattiche che i thuranin stavano usando per inseguirci e, una volta che ebbe fatto le opportune modifiche per compensare, i due cacciatorpediniere non si avvicinarono più. In ogni caso, mi ero convinto che Skippy stesse esagerando o mettendosi in mostra: continuavamo a spuntare pericolosamente vicino all'ammiraglia, abbastanza vicino perché una corazzata e un paio di incrociatori pesanti si unissero all'inseguimento.

«Skippy, andiamo, non hai ancora abbastanza dati?»

«Frena, frena, colonnello Joe, il divertimento è solo all'inizio. Possiamo... ehm, ah. Pilota! Salto d'emergenza! Ora!»

Desai non esitò, lo schermo lampeggiò e il gruppo di battaglia thuranin scomparve. «Salto riuscito, colonnello, siamo...»

«Risalta, pilota, salta! Opzione 4, ora!», gridò Skippy.

Lo schermo lampeggiò di nuovo e di nuovo spuntammo da qualche parte nello spazio interstellare profondo. «Fatto», riferì Desai, con gli occhi spalancati. «Colonnello, abbiamo potenza per un solo micro-salto», avvertì. Sulla parte inferiore dello schermo principale compariva una barra rossa, che registrava la carica del motore di salto: 8%.

«Skippy, che cazzo sta succedendo? Perché quei due salti?»

«Dovremmo essere a posto ora. Penso.»

«Sarà meglio», dissi con timore, e sperando che la barra che registrava la carica del motore di salto scivolasse sopra l'8%. Non si muoveva. «Cos'è successo? La corazzata si è avvicinata troppo?»

«Corazzata? Prrr!» Skippy fece una pernacchia. «No! Quelle teste di rapa dei thuranin sono cani che si mordono la coda, stavo programmando micro-salti più vicini di quanto ci servisse solo per incasinarli. No, i thuranin non rappresentavano un vero pericolo, erano troppo prevedibili. Quello che è successo è che, mentre stavo scaricando i dati dall'ammiraglia, ho destinato parte della mia capacità di elaborazione per scorrerli e ho saputo che i maxolhx sono così allarmati per le battute d'arresto militari dei thuranin in questo settore, che hanno ordinato a uno dei loro incrociatori di unirsi al gruppo di battaglia.»

«Un'astronave maxolhx?», esclamò Desai. «Dove si trovava?» Il protocollo prevedeva che le navi thuranin apparissero verdi sugli schermi di navigazione, le navi kristang rosse, le navi ruhar gialle, le navi jeraptha blu e così via. Il colore per le navi maxolhx era arancione. Sullo schermo non era comparso alcun simbolo arancione.

«È questo il problema: non ho rilevato nessuna nave maxolhx a portata. I dati dei thuranin indicano che un incrociatore maxolhx si è unito al gruppo di battaglia due giorni fa, ma è saltato via a intermittenza e i thuranin non sanno dove si trovi ora. Non sono sicuro che i sensori di questa nave siano in grado di rilevare una nave maxolhx che ha attivato tutte le sue capacità di *stealth*. A questo punto, non voglio avere a che fare con una nave da guerra maxolhx, non ho sufficiente familiarità con il livello attuale della loro tecnologia. Sarebbe prudente, nell'immediato futuro, evitare le concentrazioni della flotta thuranin. Appena possiamo, dovremmo fare un salto considerevole per liberare quest'area. I motori avranno carica sufficiente per un salto moderato fra trentasette minuti.»

La stupida barra della ricarica mi stava uccidendo, mostrava ancora soltanto l'8%. «Hai acquisito i dati che ci servono?»

«Eh? Ah, sì, certo, nessun problema, li sto ancora scorrendo. Abbiamo una visione completa della disposizione delle forze thuranin nell'intero settore, dei futuri piani di guerra, tutta la parte migliore. Con questo, sarà facile evitarli. Ah, ho anche trovato la conferma che i thuranin si stanno ritirando da Paradiso, per sempre, stanno abbandonando l'intero gruppo di wormhole. Sarebbe stata comunque una posizione anomala rispetto al loro territorio principale, i thuranin non sono mai stati entusiasti della riconquista di Paradiso, quella era un'operazione dei kristang. Sembra che, poiché un'astronave degli Anziani si è schiantata su Paradiso molto tempo fa, i kristang fossero ansiosi di riprendere la ricerca dei loro ritrovati tecnologici. Peccato che non abbiano trovato nulla di utile una volta tanto che avevano in mano il pianeta. Ah ah ah! Stupide lucertole.»

L'idea che là fuori ci fosse in agguato un incrociatore maxolhx, una nave che avremmo potuto non essere in grado di rilevare finché le sue armi non ci avessero fatto saltare gli scudi, mi spaventava a morte. Il mio piano era riassegnare il turno di ufficiale di servizio a Chang dopo essere saltati via dai thuranin, ma sarei rimasto saldamente al comando per un'altra ora per assicurarmi che fossimo saltati via sani e salvi e che la nave non avesse subito danni per avere forzato i motori con salti multipli. Skippy insisteva che i motori critici erano a posto, le sue rassicurazioni non mi tranquillizzavano. La sua ammissione che ci eravamo avvicinati ai thuranin più del necessario soltanto per confonderli non mi aveva dato fiducia nella sua attuale capacità di discernimento.

I motori di salto raggiunsero una carica sufficiente e Desai chiese se avrebbe dovuto iniziare il salto, ordinai di ritardare altri dieci minuti, per costruire un margine di sicurezza. Dopo il salto e dopo che Skippy ebbe lanciato con stizza un sistema diagnostico su mia insistente richiesta, passai il comando a Chang e mi ritirai in un bagno, dove rischiai di vomitare. Tutti sulla nave, tutti sulla *Terra* contavano su di me, stavo facendo del mio meglio e non era abbastanza. Anche con le conoscenze di Skippy, erano troppe le cose che non sapevamo. Eravamo quasi inciampati in una nave da guerra maxolhx, che aveva spaventato anche Skippy. C'erano troppe incognite. E troppe cose in gioco.

Buttarmi acqua fredda sul viso mi calmò i nervi, non avevo più la nausea. Nel bagno thuranin, dovetti chinarmi per raggiungere il lavandino, e mi tremavano le mani. Con lo zPhone, chiamai Skippy: «Ehi, Skippy, dobbiamo parlare».

«Certo», rispose subito, nonostante sapessi che stava parlando con una mezza dozzina di altre persone e, al contempo, gestendo la nave e decriptando i petabyte di dati che aveva rubato dall'ammiraglia thuranin. «Come ti butta?»

«Ho bisogno che tu sia del tutto serio per un minuto, ci riesci?»

«Se devo. Sei preoccupato per qualcosa, lo capisco dalla tua voce.»

È probabile che mi stesse anche monitorando la pressione sanguigna, le reazioni cutanee, i movimenti degli occhi e qualsiasi altra cosa avesse voglia di controllare. «Hai detto che stavi incasinando i thuranin.»

«Sì, è stato divertente.»

«No, non lo è stato. Ha messo l'Olandese in un inutile pericolo.»

«Ah, ora capisco il problema. Sei sconvolto. Joe, non eravamo in ulteriore pericolo. Una volta entrato nella rete di comando thuranin, conoscevo in anticipo le azioni delle navi che stavano cercando di cacciarci via. Il fatto che mi sia un po' divertito non ha avuto conseguenze per noi.»

«Questa volta. Questa volta non ha avuto conseguenze per noi. Non sapevi che ci fosse un incrociatore maxolhx da qualche parte, pronto a far saltare in aria questa nave. Skippy, il problema è questo: se qualcosa va storto, tu resterai bloccato nello spazio profondo, finché non potrai simulare una richiesta di soccorso o qualcosa del genere e attirare qui un'astronave. Saranno cazzi, bloccato da solo per un altro po', ma come sei sopravvissuto prima, riuscirai a sopravvivere di nuovo. La posta in gioco per noi scimmie è molto più elevata. Quando ci metti a rischio, metti a rischio tutta la mia specie. Tutti. Tutto il mio pianeta e tutto e tutti sulla sua superficie. Saremo anche batteri per voi, e forse siete generosi a considerarci batteri. Per noi, per me, questo è tutto. Abbiamo rischiato molto per venire qui, ora rischiamo la sopravvivenza dell'umanità. Se questa missione fallisce, se non riusciamo a chiudere il wormhole, se i kristang mantengono il controllo della Terra, perdiamo, io perdo, *tutto*. Lo capisci o no?»

Ci fu un momento d'insolito silenzio, poi: «Joe, è una lacrima quella?».

«Mi sono buttato un po' d'acqua in faccia», risposi con rabbia e mi asciugai la lacrima con la manica. Pensare alla mia famiglia, alla mia città, agli amici, ai boschi bui e freddi dove avevo trascorso così tanto tempo, pensare persino al cane dei miei genitori, mi aveva fatto emozionare. Contavano tutti su di me e non lo sapevano.

«Mi dispiace», disse Skippy sottovoce. «Capisco cosa c'è in gioco per voi, per tutti voi. Abbiamo fatto un accordo, gli manterrò fede, chiuderò quel wormhole. E mi dispiace averti allarmato, sul serio non eravamo davvero in ulteriore pericolo. Ma non lo farò più, lo prometto.»

«Grazie. Altra questione: i thuranin sanno di questa nave? Sanno di avere perso una nave madre?»

La voce di Skippy tornò alla normalità, era felice di cambiare argomento. «Modificare la nostra firma di salto ha funzionato, stavo monitorando le comunicazioni interne dell'ammiraglia, credevano di essere pedinati da tre incrociatori leggeri jeraptha. Sanno che l'Olandese è scomparsa, non sanno perché. La buona notizia è che i thuranin hanno perso anche altre due navi, una fregata e un incrociatore, più o meno nello stesso periodo e nella stessa zona in cui l'Olandese è scomparsa, gli jeraptha hanno delle task force che danno la caccia ai thuranin sopravvissuti. Il nostro segreto è al sicuro per ora. Il comandante di quel gruppo di battaglia thuranin ha inviato una richiesta al quartier generale della loro flotta, chiedendo il permesso di distaccare diverse navi per cercare l'Olandese, ma gli è stato negato. Non vogliono impegnare altre risorse in quest'area, danno per persa questa nave. L'operazione che gli jeraptha hanno lanciato in questo settore, che ha portato alla riconquista di Paradiso da parte dei ruhar, ha ottenuto un successo insperato, i thuranin sono stati costretti a ridistribuire le loro forze. La mia analisi dice che, in origine, gli jeraptha avessero previsto di fermare la loro offensiva a un certo punto, ma, per via del loro successo inaspettato, stanno sfruttando al massimo il vantaggio e coinvolgendo navi da altri settori. L'operazione si è trasformata in un'importante azione della flotta in tutto il settore. Questo è un bene per noi, perché l'attenzione dei thuranin e dei kristang sarà concentrata altrove.»

«Va tutto bene allora.» I bagni dei thuranin non avevano specchi, dovevano aver pensato che la vanità nella cura dell'aspetto esteriore fosse un retaggio indesiderato del loro passato puramente biologico. Non avrei mai voluto tornare al ponte di comando con l'aspetto di uno che aveva rischiato di vomitare. Un comandante traballante non faceva bene al morale dell'equipaggio. Per avere uno specchio, mi lucidai lo schermo dello zPhone sulla camicia e controllai la mia faccia come meglio potei. Il viso che mi guardava era stanco. Sì, potevo dare la colpa alla stanchezza. Raddrizzando le spalle, aprii la porta e ripercorsi il corridoio fino al ponte di comando. Chang annuì e mi lasciò la poltrona.

«Colonnello, nessun segno di una nave maxolhx là fuori?», chiesi. Chang e Skippy mi avrebbero avvisato subito, stavo facendo conversazione per evitare l'imbarazzo.

Chang scosse la testa. «Nessun segno di inseguimento. Stiamo caricando i motori», indicò lo schermo, che registrava una carica corrente del 12%, «per un'altra serie di salti. Il signor Skippy dice che il wormhole che volevamo attraversare noi potrebbe essere usato dalle navi maxolhx nel prossimo futuro, abbiamo cambiato rotta per raggiungerne un altro. Il prossimo salto è previsto fra tre ore e dodici minuti», come mostrava il conto alla rovescia sullo schermo, «e ci avvicineremo al wormhole tra quattro giorni.»

«Quattro giorni? Assicuriamoci che tutti si riposino in abbondanza, allora, avremo bisogno...»

Skippy ci interruppe. «Porca puttana!», gridò. «Merda! Mi state prendendo in giro! Fottute teste di cazzo! Subdoli omini verdi del cazzo!»

«Cristo, Skippy, cosa c'è?», chiesi preso dal panico, e mi sedetti in fretta sulla poltrona di comando. Chang aveva lasciato il ponte di corsa per raggiungere la sua postazione di servizio al Cic, appena oltre il vetro. Non c'era niente di nuovo sugli schermi, certo nessun simbolo arancione che indicasse una nave maxolhx. Desai si girò verso di me e alzò le mani in confusione, un dito in bilico sopra il pulsante argentato che attivava un micro-salto di emergenza pre-programmato. Alzai un dito per trattenerla. «Siamo in pericolo? Pericolo immediato?»

«Noi?» Skippy sembrava distratto. «No, non siamo in pericolo. Non più del solito. Chi è nei guai sono quegli schifosi, puzzolenti, *subdoli* thuranin.» Skippy era arrabbiato, sinceramente arrabbiato. Il suo uso liberale delle parolacce mi aveva sorpreso, non era da lui, stando alla mia limitata esperienza. «Se mi ricapitano sottomano, gli faccio rimpiangere di non aver mai cercato di essere intelligenti.»

«Che cosa ti hanno fatto?»

«A me? A me non hanno fatto niente. Non in modo diretto. Mi hanno fatto passare per scemo.» C'era amarezza nella sua voce. «Mi hanno nascosto qualcosa di importante. Qualcosa che avrei dovuto sapere, che avrei dovuto aspettarmi. Cazzo!»

Stava sproloquiando, la cosa mi metteva in allarme. Esaminando di nuovo gli schermi, non vidi nulla di nuovo. Desai tolse il dito dal pulsante di salto e si appoggiò al pannello accanto. Per cosa diavolo si stava infuriando Skippy? La task force thuranin si trovava ancora dove doveva essere. Sullo schermo non c'era nessuna luce anomala. Di fatto, non c'erano neppure altre luci sullo schermo, eravamo in uno spazio interstellare profondo, l'unica altra cosa che poteva esserci in giro erano singoli atomi di idrogeno sparsi, e non apparivano sullo schermo.

Skippy fece un respiro profondo, o almeno sembrò fare un respiro profondo udibile. «Quando ho craccato la crittografia della loro ammiraglia... sofisticata in modo sorprendente per inciso, devono averla rubata ai maxolhx, non posso credere che i maxolhx gliel'abbiano data. Non c'era storia con i miei incredibili poteri, ovvio, era, comunque, una sfida minore per me, un po' come fare un cruciverba. Non un cruciverba difficile, sai, come quando l'indizio riguarda qualcosa di oscuro, tipo la poesia ungherese del XVII secolo, a meno che tu non sia un esperto di poesia ungherese del XVII secolo o di letteratura ungherese antica in generale. Davvero, se avete studiato qualsiasi tipo di letteratura europea del Rinascimento o dell'era barocca...»

«Skippy!»

«Ehm? Ah, un po' fuori tema, suppongo. Dov'ero rimasto?»

«Dov'ero rimasto?!» Desai mi guardò e io strabuzzai gli occhi: «Puoi immagazzinare tutta la conoscenza umana in una piccola parte della tua memoria e non riesci a ricordare di cosa stavi parlando dieci secondi fa?».

«Dieci secondi nel tuo senso lento del tempo, Joe, per me, intere specie avrebbero potuto evolversi, prosperare ed estinguersi in quel lasso di tempo. La mia mente vaga. Ah, sì, parlavo della loro crittografia. Ho scavato nel database dell'ammiraglia thuranin e ho trovato qualcosa d'interessante, molto interessante. Non è molto noto nemmeno tra i thuranin, la loro leadership tiene queste informazioni sotto stretta sorveglianza e posso capire perché, se questo segreto venisse fuori, perderebbero un grosso vantaggio. I thuranin hanno messo un nano-virus a bordo di molte, se non della maggior parte, delle navi da guerra kristang. Qualsiasi nave da guerra kristang che si fa dare un passaggio su una nave madre thuranin viene infettata durante il processo, se la nave madre è equipaggiata con il nano-virus. L'Olandese è equipaggiata per generare il nano-virus: prima che prendessi il controllo, l'intelligenza artificiale di questa nave aveva già stabilito che la Fiore era infetta, quindi non ha mai attivato il controller del nano-virus. L'equipaggio di questa nave peraltro non era al corrente dell'esistenza del nano-virus.»

«Interessante, immagino. Cos'è un nano-virus?» Quello che volevo davvero sapere era perché Skippy fosse così sconvolto in proposito.

«È un metodo per collegare gli atomi in modo quantico... mmh, cazzo, non posso parlarne con voi scimmie. Non lo capireste comunque. Vedilo come un modo per pre-programmare elementi di una nave kristang in modo che, quando i thuranin attivano il sistema, gli atomi si riuniscono in nano-macchine che possono prendere il controllo della nave. Controllo fisico, non solo tramite software. Finché il nano-virus non sarà attivato, non esiste che i kristang, al loro patetico livello tecnologico, sappiano che la loro nave è infetta. Questo è importante, perché ci sono modi semplici di codificare il nano-virus, per renderlo inerte. Anche i kristang potrebbero farlo. E i thuranin non saprebbero che il nano-virus su una determinata nave kristang è stato codificato, finché non provassero ad attivarlo.»

«Grande. Questo perché è importante per noi?»

«Perché», disse Skippy lentamente, «se avessi saputo del nano-virus, avrei potuto usarlo per prendere il controllo della Fiore. Non avremmo avuto bisogno di spinottarmi a una presa a muro. Il nano-virus mi permette di prendere il controllo completo, anche delle parti di una nave kristang che sono protette contro gli attacchi informatici. Mi dispiace, Joe, se avessi saputo del nano-virus, non avremmo avuto bisogno di aprirci la strada attraverso la Fiore combattendo compartimento per compartimento.»

Ah. Si sentiva in colpa per le persone che avevamo perso. «Non lo sapevi, Skippy.»

«Avrei dovuto! Questa è una tecnologia vecchia e relativamente semplice, avrei dovuto prevedere che i thuranin l'avrebbero scoperta o rubata, acquistata lungo la strada.»

«Non lo sapevi, puoi lavorare soltanto con quello che sai.»

«Mi sento ancora in colpa», mormorò. «Quello che mi irrita è che avrei dovuto scansionare la Fiore dopo averne preso il controllo, avrei rilevato i collegamenti quantici. Non so spiegare perché non l'ho fatto. Joe, è in casi come questo che la mia incapacità di accedere a sezioni della mia memoria mi preoccupa.»

«Signor Skippy», intervenne Desai, «questo significa che potrà controllare da remoto le navi kristang in futuro?»

«Sì! Sì, posso, a patto che siamo abbastanza vicine. I thuranin cambiano di continuo i loro codici di controllo e la crittografia è piuttosto buona, quindi devo bypassare il sistema di controllo e attivare il nano-virus in modo diretto. Risposta breve: sì, posso. Risposta lunga: mah, dipende. Non vorrei doverci contare in una situazione critica di combattimento.»

Feci un'alzata di spalle esagerata: «E, ancora una volta, mi stai riempiendo di fiducia, Skippy».

«Ehi, è meglio di come eravamo messi prima. E ci sto lavorando, la tecnologia che i thuranin stanno usando non è del tutto corretta, è corrotta rispetto all'originale. Gli Anziani hanno abbandonato questo tipo di tecnologia molto, molto tempo fa, devo scavare nella mia memoria per capire come dovrebbe funzionare e, se riesco a sistemarla, posso controllarla con molta più facilità. Dammi un po' di tempo. Il tuo tempo, non il mio tempo super-veloce.»

«Ehi, colonnello Joe? Stai dormendo?» La voce di Skippy risuonò dall'altoparlante sul soffitto del mio compartimento.

Mi raddrizzai e sbattei la testa contro un armadietto appeso troppo in basso. Prima di mettermi a dormire nel minuscolo letto, avevo pensato che l'armadietto sarebbe stato un problema, così ci avevo attaccato sopra due paia di pantaloni come imbottitura. È probabile che questo mi abbia salvato da una commozione cerebrale. La notte successiva sarebbe arrivato il momento di provare a dormire sul pavimento: i letti thuranin erano troppo piccoli. «Cazzo, Skippy, mi hai fatto spaccare la testa.» Strofinarmi lo scalpo peggiorò la situazione. Anche smettere di strofinarlo peggiorò la situazione. «Cosa c'è?», chiesi mentre balzavo in piedi traballando, pronto a correre fuori dalla porta verso il ponte di comando. «Quell'incrociatore maxolhx ci ha trovati?»

«No! Nessun pericolo, Joe. Buone notizie, ho buone notizie.»

Il mio zPhone diceva che era l'1:34, avevo dormito meno di tre ore e il mio turno di servizio al ponte di comando iniziava dopo altre tre ore e mezza. «Non esistono buone notizie a quest'ora della notte, Skippy.» Mi sistemai nel letto come meglio potevo, strofinandomi la testa e lasciandola pulsare di dolore, a fasi alterne. «Si può aspettare fino a domattina?»

«Non c'è alba su un'astronave, Joe.»

«Oh, per l'amor del cielo! Cosa c'è?» Era chiaro che non aveva intenzione di andarsene.

«Tra i dati che ho estratto da quell'ammiraglia c'è un'interessante analisi della base kristang sull'asteroide dove siamo diretti. I thuranin la stanno monitorando da vicino da anni, hanno mappato le lacune e le vulnerabilità delle difese kristang.»

«Ah, questa è una buona notizia. Sarà facile?»

«Ehm, direi di no, Joe. Questa è una bella gatta da pelare. Stando all'analisi dei thuranin, di cui ho avuto conferma dai dati grezzi, i kristang hanno fatto un ottimo lavoro nel rafforzare le loro difese, nello specifico proprio contro i loro patroni. Sebbene abbiano fatto del loro meglio per la segretezza, i kristang ritengono ragionevolmente probabile che i thuranin siano almeno consapevoli che c'è una struttura di ricerca sull'asteroide, e hanno affrontato notevoli problemi e spese per impedire agli altri d'infiltrarsi e rubare le loro cose.»

«Beh, merda.» Ora mi aveva rovinato il sonno. «È impossibile, allora?»

«No, non ho detto questo. I thuranin possono prendere l'asteroide, se davvero lo vogliono, e i kristang lo sanno. Il fine delle difese kristang è dare ai thuranin abbastanza filo da torcere da far loro ritenere che non valga la pena organizzare un assalto sull'asteroide.»

Scossi la testa nel buio. «Grande alleanza hanno messo insieme i maxolhx: tutti devono preoccuparsi che i loro alleati non li freghino, almeno quanto devono preoccuparsi del nemico.»

«È una debolezza per loro, sì.»

«Morale della favola, Skippy», gli chiesi per via della sua tendenza a divagare, «per noi vale la pena organizzare un assalto su questo asteroide? Da come l'hai messa giù sembra che non abbiamo molta scelta.»

«Non avete altra scelta, che io sappia. L'unico riferimento a un modulo di controllo del wormhole realizzato dagli Anziani che riesco a trovare rimanda a questo asteroide. Gli artefatti degli Anziani non sono una cosa che puoi trovare su eBay, Joe. O li prendiamo da questa base sull'asteroide, o rinunci a disattivare quel wormhole.»

Aveva eluso in modo esasperante la mia domanda. «Va bene, ne vale la pena. Te lo chiederò lentamente ora, così capirai», la mancanza di sonno mi aveva messo di cattivo umore, «possiamo farlo? Con questa nave e le persone e le attrezzature che abbiamo a bordo? Aspetta, aspetta un minuto!» Era probabile che quella piccola testa di cazzo fraintendesse comunque. «Sarò più preciso: abbiamo una buona probabilità di successo?»

«Ah, certo, nessun problema, Joe! Ancora meglio ora che ho più dati. I thuranin hanno sondato le difese kristang intorno all'asteroide, in parte per valutare il livello di sviluppo tecnologico della loro specie cliente e in parte perché sono dei piccoli, odiosi figli di puttana che amano fregare specie minori. Dopo che i thuranin hanno fatto la prima parte del lavoro per noi, so come intrufolarmi fino all'ingresso principale, per così dire. Si erano avvicinati molto, i loro rapporti indicano punti ciechi nella rete di sensori kristang. Come ho detto, questa è una buona notizia.»

«Buona notizia che avrebbe potuto aspettare finché non mi fossi svegliato.»

«Mi dispiace, Joe. Adesso puoi tornartene nel mondo dei sogni.»

«Sì, mi sento che sta per succedere. Ehi, aspetta un attimo.» Erano passate undici ore da quando ci eravamo allontanati dal gruppo di battaglia thuranin. «Ci è voluto tutto questo tempo per decodificare i dati dei thuranin e analizzarli? Hai detto di essere tanto veloce che noi scimmie non riusciremmo neppure a concepirlo.»

«Ho dovuto decifrare più di uno zettabyte di dati», protestò Skippy sulla difensiva, come se avessi idea di cosa fosse uno zettabyte, «da uno schema di crittografia sorprendentemente sofisticato, quindi organizzarlo e decidere cosa analizzare prima. Poi analizzare un sacco di dati in conflitto per dar loro un senso.»

«Ah, scusa, Skippy», non intendevo offenderlo, «sono sicuro che è stato un sacco di lavoro anche per te.»

«Ah, no, mi ci sono voluti solo sette minuti. Sembravano un'eternità, però.»

«Sette min... Sapevi tutto questo un paio di minuti dopo che eravamo saltati via?»

«Sì.»

«Allora perché cazzo mi hai svegliato nel mezzo della maledetta notte?»

«Mi annoiavo, Joe. E mi sentivo solo.»

E questo è tutto quello che disse. Il suo silenzio mi fece ricacciare in gola l'osservazione arrabbiata che avevo sulla punta della lingua. Io e Skippy eravamo stati in contatto quasi costante da quando mi aveva tirato fuori dal buco dove i ruhar mi tenevano, prima di allora non aveva avuto contatti con nessuno per molto tempo, forse milioni di anni. Era stato in grado di ascoltare le conversazioni di altre persone da quando i kristang erano arrivati per la prima volta su Paradiso, per alleviare un po' della sua noia, cosa che poteva aver intensificato la sua solitudine. Sentire altre persone interagire ed essere esclusi. Ripensarci mi fece venire in mente che ero la prima persona, la prima, con cui Skippy aveva parlato da allora, qualsiasi cosa gli fosse successa e avesse causato il suo l'isolamento. Mentre dormivo, era come un drogato che aveva bisogno di una dose. «Scusa, Skippy, capisci che noi scimmie abbiamo bisogno di dormire, vero? Ci sono altre persone a bordo, puoi parlare con loro?» La maggior parte dell'equipaggio dormiva, Chang e due apprendisti piloti erano al ponte di comando e una persona era in infermeria, anche se chiunque fosse di turno lì avrebbe potuto schiacciare un pisolino mentre i feriti dormivano o erano sedati o incoscienti, o qualsiasi cosa il dottor Skippy, lo scienziato pazzo, avesse pensato fosse meglio per loro.

«Non sono a loro agio a parlare con me, la maggior parte di loro ha paura di me.»

«Parlerò di questo con loro, Skippy. Di mattina, ok? È previsto che sia di nuovo sul ponte di comando tra, tipo, tre ore e qualcosa. Puoi fare un cruciverba o qualcosa di simile fino ad allora?»

«Credo di sì. Vuoi che ti suoni una ninna nanna?»

Mettermi un cuscino sulla testa non era stato sufficiente a levarmelo di torno. «Buona notte, Skippy.»

Quando mi svegliai e fui di umore migliore, chiesi a Skippy del suo piano di assalto all'asteroide. Non un piano dettagliato, avevo bisogno che Giraud ci lavorasse quanto prima, per ora volevo solo sentire l'idea di base di Skippy. «Hai avuto il tempo di rivedere tutti i dati sulla struttura e le difese dell'asteroide, giusto? Come entriamo nel posto?»

«Ah, ho un piano geniale, colonnello Joe. Useremo le navicelle thuranin», spiegò con pazienza Skippy. «Posso aprire le porte esterne dell'hangar di atterraggio e ingannare i loro sensori. Così i kristang non potranno sparare alle navicelle. Dopo l'atterraggio, l'equipaggio attaccherà le porte interne e le farà saltare in aria.»

«Attaccare la porta in un hangar d'atterraggio depressurizzato? Skippy, nessuno di noi entrerà in una tuta spaziale thuranin. Sono troppo piccole.»

Ci fu una pausa di un millisecondo che, ora lo sapevo, era un'eternità nel tempo dell'intelligenza artificiale. «Beh, merda», disse Skippy alla fine.

«*Beh, merda?* Sul serio? Non è uno scherzo? Non avevi pensato al fatto che noi umani avremmo avuto bisogno di tute spaziali, nello spazio? Lascia che ti definisca una tuta spaziale: due parole, la prima è "spazio"...»

«Non sono un sacco di carne! Non penso come voi sacchi della spazzatura biologici.»

«Questo sacco della spazzatura biologico sta per cagarti sul coperchio e buttarti fuori da una camera d'equilibrio.»

«Sarebbe una minaccia migliore, se io non controllassi tutti i meccanismi delle camere d'equilibrio, scimmione.»

«Le camere d'equilibrio hanno dispositivi di disabilitazione manuali. Ah, guarda, le scimmie hanno il pollice opponibile», scossi il pollice in direzione del suo coperchio.

«Taci.»

«Ebbene?»

«Sto pensando!», gridò Skippy sulla difensiva.

«Sento odore di fumo.»

«Cosa?»

«La prossima volta che pensi di ricordarmi quanto tu sia divinamente intelligente, ripensa alle tute spaziali.»

«Oh, taci. Non ho mai detto di essere perfetto.»

«Torna al via e ripensa il tuo piano», dissi mentre andavo verso il minuscolo bagno. «Voglio discuterne con Giraud oggi pomeriggio, così può iniziare a sistemare i tuoi casini. È tra circa dieci ore, ovvero un fantastilione di anni nel tempo di Skippy, quindi avrai un sacco di opportunità di farti venire un'idea che non preveda umani che respirano sottovuoto.»

Il soldato Randall mi si avvicinò in palestra quella mattina, mentre stavo sudando con l'attrezzatura migliorata del sergente Adams, e mi riferì che il maggiore Simms era soddisfatta che l'equipaggio avesse completato le esercitazioni di familiarizzazione; che ora tutti sapevano dov'erano le camere d'equilibrio, come far funzionare vagoncini e ascensori, dove si trovavano le loro stazioni di servizio e un'intera lista di procedure di emergenza su cui Chang e Simms avevano insistito e che Skippy riteneva una completa perdita di tempo.

«Joe, questo equipaggio che cerca d'imparare come gestire questa nave è una perdita di tempo. Siete come un cane. È possibile che un cane sappia che nella dispensa c'è una deliziosa scatola di premietti, ma anche fissando quella maniglia tutto il giorno, non capirà mai come funziona.»

«Così, siamo cani ora?», feci l'occhiolino a Randall. «Quando abbiamo ottenuto una promozione? Pensavo che fossimo tutti batteri per te.»

«Le vostre prestazioni sono state nel complesso migliori del previsto, la vostra specie è ragionevolmente adattabile. Forse posso considerarvi più simili a un paramecio.»

«Aspetta, un para... che?», chiese Randall.

«Pa-ra-me-cio», pronunciai lentamente. «È un organismo unicellulare, è probabile che tu ne abbia osservato uno al microscopio alle superiori. Somigliano a una specie di motivo cashmere o paisley.»

Randall mi fissò. «Un paisley?»

«È... ehm», mi sforzai di pensare a come spiegare un paisley, «hai presente quei vorticosi motivi stravaganti sui divani o sulle tende degli anziani. Una specie di mezzo simbolo yin-yang?»

«Ehm, non pensavo che avessero un nome», annuì Randall.

Skippy emise un suono disgustato: «Ho cambiato idea di nuovo. Voi idioti siete batteri. Chi è che non sa cosa sia un paisley?».

«Siamo soldati», spiegai, «non architetti d'interni, zucca pelata.»

«Il paisley sarebbe un grande simbolo unitario per la tua allegra banda di pirati, Joe. Farò in modo che i creatori ne sfornino un mucchio.»

Fedele alla sua parola, più tardi quel giorno Skippy produsse stemmi raffiguranti un paramecio con una benda da pirata e un pugnale. Adams me ne portò un campione, pensando che mi sarei fatto una bella risata. Mi aspettavo che fosse finita lì, finché alcuni membri dell'equipaggio non mi chiesero se potessero usare gli stemmi sulle loro uniformi. Non avrebbe dovuto sorprendermi, eravamo pirati, e indossare un paramecio era il modo in cui l'equipaggio mandava affanculo Skippy. Fu così che la nostra allegra banda di pirati assetati di sangue finì per indossare il paisley.

Uscendo dalla nostra palestra improvvisata, incontrai il sergente Adams, che ci stava andando, con un asciugamano buttato sulla spalla. «Sergente, due parole sul suo abbigliamento.»

«Ma non era ok indossare magliette in campo, signore, a meno che non entriamo in azione?», mi chiese fissando con ostentazione la mia maglietta grigia con la scritta "ESERCITO" sul petto. «Ho solo tre magliette a bordo, signore.»

«È ok se indossi una maglietta, Adams», sorrisi, «ma siamo su un'astronave, siamo diretti con sprezzo del pericolo nello spazio dove nessun umano è stato prima, destinati forse ad atterrare su pianeti con pericoli inimmaginabili.»

«Signore, sì?»

«E indossi una maglietta rossa.»

«Ah», arrossì quando colse il riferimento al vecchio *Star Trek*[27]. «Sì, signore, vedrò d'indossare un'uniforme da battaglia dei Marine prima che ci teletrasportiamo da qualche parte.»

«Fallo», le sorrisi. «Va' pure.» Fui fiero di me stesso per non essermi girato a contemplare il suo armonioso didietro mentre si allontanava. Avrebbe potuto essere un viaggio molto lungo.

---

27 Nella serie classica *Star Trek* morivano di frequente personaggi che indossavano una divisa con la maglia rossa. La loro morte è utilizzata spesso per esprimere il potenziale pericolo affrontato dai protagonisti (*N.d.T.*).

Capitolo 15

Assalto

Giraud mi chiamò, aveva bisogno di parlare del piano d'assalto alla base sull'asteroide. Lo trovai, insieme al sergente Thompson, in una stiva di carico vicino alla palestra. Skippy mi aveva detto che stava elaborando un piano d'assalto con Giraud e io avevo lasciato che lavorasse senza inutili interferenze da parte mia.

«Buongiorno, signore», disse il sergente Thompson, con il suo affascinante accento inglese.

«Buongiorno», risposi, con ancora in bocca il sapore della melma che avevo mangiato a colazione. Quella mattina, avevo provato a mescolare la melma mela-cannella, che non aveva avuto successo, con una melma al cioccolato che non era troppo male, il risultato fu qualcosa che ero stato felice di ingoiare il più in fretta possibile, in modo da non doverne sentire il sapore. C'era una tacita competizione tra i membri dell'equipaggio per trovare combinazioni di buon sapore, che venivano poi pubblicate nel nostro network zPhone interno. Il mio esperimento di quella mattina stava per finire nella colonna "Falliti". «Tenente, vedo che sei stato occupato.»

«Sì, signore», annuì Giraud. Quando si era arruolato nella missione, avevo avuto l'impressione che mi considerasse un po' uno scemo fortunato, qualcuno che aveva le chiavi del futuro, ma non sapeva come usarle e aveva bisogno di soldati professionisti come lui per prendere le decisioni importanti. È probabile che avesse ancora un'impressione meno che lusinghiera delle mie abilità di pianificazione tattica, ma nutriva un riluttante rispetto per il modo in cui avevo gestito in generale la missione fino a quel momento. La mia idea di liberarmi del problema kristang, facendo saltare le loro astronavi in un gigante gassoso, aveva impressionato molte persone. Questo, e il fatto che la missione avesse avuto un enorme successo fino a quel momento e fosse andata proprio come avevo promesso. Eravamo fuggiti da Paradiso, avevamo preso una fregata kristang e una nave madre thuranin e ora stavamo saltando verso un wormhole. Il successo incoraggia la fiducia. Avevo bisogno di continuare a mietere successi. «Il piano d'assalto alla base sull'asteroide richiede l'elemento sorpresa; dobbiamo muoverci in fretta una volta che le navi sono nell'hangar d'atterraggio. Ciò significa che i componenti della squadra d'assalto non possono aspettare che le porte dell'hangar si chiudano e che l'hangar si ripressurizzi, devono uscire dalle navi e accedere all'interno della base prima che i kristang possano reagire. Per farlo, hanno bisogno di tute spaziali.»

Giraud indicò con un gesto uno scaffale su cui c'erano due tute spaziali, una piccola che sembrava leggera e una più grande, che era ingombrante e rivestita di una pesante corazza. «Questa tuta thuranin», indicò quella piccola, «non andrebbe bene neppure per il membro dell'equipaggio più basso. Skippy mi ha detto che non c'è modo di espandere le dimensioni di queste tute, le strutture di fabbricazione di questa nave non hanno la capacità di produrre i materiali.»

«Vero», concordò Skippy dall'altoparlante sulla paratia. «I gruppi tattici thuranin includono navi di supporto con strutture di fabbricazione complete, le singole navi da guerra hanno solo capacità di fabbricazione limitate.»

«Questo era un problema serio», continuò Giraud, «finché il sergente Thompson non ha pensato alle tute spaziali sulla nostra nave kristang. Quelle tute sono corazzate e potenziate per il combattimento, i motori negli arti migliorano i movimenti di chi le indossa, in modo che il peso non sia un problema per gli esseri umani.»

Le tute kristang sembravano fantastiche, le raggiunsi e battei le nocche sull'armatura. Era solida. Le armi potevano essere attaccate alle staffe ai polsi, quindi chi le indossava doveva solo controllare il grilletto. La visiera era di una sorta di vetro affumicato, forse non era neanche vetro. Mi fecero venire in mente Iron Man, o una tuta meccanica da *Halo*, o una dozzina di altri videogiochi.

«Buona idea, sergente. La domanda successiva è: queste tute non sono troppo grandi?»

«Questo è il problema», ammise Giraud.

Thompson girò attorno alla tuta kristang, si fermò sul retro, dove la schiena si apriva, e s'infilò dentro con cautela. Giraud lo aiutò a tirarla su e a chiuderla sul retro. Gli indicatori di stato si accesero sui display del polso e la tuta fece due cauti passi avanti, poi il pannello frontale si ritrasse in modo da mostrare il volto di Thompson. «Non è l'ideale», disse il sergente, le sue parole uscirono distorte. Il suo volto era nascosto dal naso in giù. «Il mio mento colpisce il fondo del casco, non riesco ad aprire la bocca per parlare bene.»

«Il sergente Thompson è alto quasi due metri», disse Giraud.

«Sono sei piedi e quattro per te, Joe», aggiunse Skippy per dare una mano.

«Ed è a malapena in grado di utilizzare la tuta in modo efficace», continuò Giraud. «La tuta è regolabile e Skippy dice che può fabbricare alcuni componenti per noi.»

«Un numero limitato di componenti», ammonì Skippy, «non vi gasate troppo.»

«Quanto regolabile?» Mi alzai sulle dita dei piedi per guardare nel casco. Thompson non sembrava essere a suo agio.

«La regolazione massima, per l'uso pratico in combattimento, copre fino a un metro e ottantadue di altezza, cioè sei piedi, non al di sotto», precisò Skippy.

«Io sono sei e tre», meditai, «chi altro di noi?» Thompson e Giraud erano alti, così come Chang.

«Otto persone», Giraud contò sulle dita, «io, lei, il sergente Thompson, il colonnello Chang, lo specialista Putri e i soldati semplici Marsden, Darzi e Putri.»

«Otto persone? Bastano per la riuscita di un assalto?», chiesi.

«Sette persone», mi corresse Giraud. «Lei non parteciperà all'assalto, signore. Deve restare a bordo dell'Olandese e dirigere l'operazione.»

«Ha ragione, Joe», aggiunse Skippy. «Io starò qui a guidare le navicelle e monitorare i sensori, c'è bisogno di qualcuno che mi dica cosa fare.»

Cercando di non lasciar trapelare l'irritazione sulla mia faccia, dissi brusco: «Ne discuteremo più tardi. Sette persone bastano perché la missione riesca?».

«No», dichiarò Giraud in tono monocorde.

«Sono d'accordo, Joe», disse Skippy. «È qui che ci serve il tuo genio militare. Potrei spaccare l'asteroide con dei cannoni a rotaia e poi cercare tra i detriti, ma il rischio di danneggiare gli oggetti di cui abbiamo bisogno è troppo alto.»

«Tenente», mi rivolsi a Giraud, «tu hai esperienza e addestramento nelle forze speciali. Se pensi che non possiamo riuscire nella missione, allora non ho niente da aggiungere.»

Giraud si acciglò: «Siamo tornati al via».

«Non ci arrenderemo. Sono sicuro che hai considerato tutto. Facciamo un passo indietro, facciamo una pausa e affrontiamo la cosa di nuovo domani a mente fresca.»

Giraud aiutò Thompson a uscire dalla tuta da combattimento kristang, Thompson mosse le spalle irrigidite, la tuta gli stava a stento e i bordi gli avevano scavato a fondo sotto le braccia.

«Sergente», chiesi, mentre esaminavo la tuta spaziale thuranin, «se quella tuta kristang è regolata nel modo giusto, sei sicuro di poterla usare in combattimento?»

«Sì, signore. Quando si muove, non si fa quasi fatica. Con la pratica, possiamo essere letali con queste tute. Siamo fortunati che i kristang non siano riusciti a usarle quando abbiamo preso la Fiore.»

«Bene, bene.» Ero distratto. La tuta thuranin era leggera, quasi inconsistente. Anche supponendo che fosse fatta di materiale esotico ad alta tecnologia, non riuscivo a immaginare come potesse competere in combattimento contro una tuta kristang. «Skippy, queste tute thuranin mi ricordano lo spandex. Questo materiale si indurisce quanto un diamante o qualcosa del genere? O hanno, tipo, scudi energetici come una nave?»

«No, niente di così raffinato. È una tuta spaziale», rispose Skippy.

«Ehm. Come fanno i thuranin a combattere dentro queste cose?»

«Combattere?» Skippy rise. «I thuranin di solito non vanno in combattimento. Quelle piccole zucche vuote verdi non si esporranno in modo diretto al pericolo. Controllano da remoto i droni militari, è probabile che tu li chiameresti droidi da combattimento o robot o qualcosa del genere.»

«Droidi da combattimento? Ci sono droidi da combattimento su questa nave?»

«Certo, ce ne sono tre dozzine nell'armeria della nave», c'era un "Ma tu pensa" sottinteso nella voce di Skippy, «trentotto unità, per essere precisi.»

«Armeria? Quale armeria?», chiesi.

«Abbiamo robot da combattimento?», si inserì Giraud. «Sarebbe stata una bella cosa saperlo prima di trascorrere giorni a pianificare un assalto!»

«Ci sono robot da combattimento, fucili, razzi, giocattoli di tutti i tipi nell'armeria, si trova a poppa della sezione di comando. È un po' nascosta, bisogna sapere dove guardare.»

«Perché cazzo non ce l'hai detto?» Non cercai d'impedire alla frustrazione di trapelare dalla mia voce.

«Beh, Joe, non l'hai chiesto», mormorò Skippy, «e non mi offrirò volontario per dire a un branco di scimmie dove possono trovare giocattoli pericolosi con cui trastullarsi.»

«Merde.» Giraud era paonazzo. «Colonnello, se mai avesse voglia di buttare Skippy fuori da una camera d'equilibrio, me lo faccia sapere e sarò molto felice di occuparmene per lei.»

«Cosa?», chiese Skippy con fare innocente. «Cosa ho fatto?»

Alzai il pollice per Giraud. «Skippy, se non lo capisci da solo, non posso stare qui a spiegartelo io. Questi robot da combattimento, gli umani sono in grado di controllarli, oppure è una cosa che i thuranin fanno attraverso la loro cibernetica?»

«I thuranin usano la cibernetica, certo, che è una delle modalità più efficienti di manipolare dispositivi da remoto, soprattutto in combattimento, dove il tempo di risposta è fondamentale. Niente ci impedisce di collegare qualcosa che consenta agli umani di fungere da agenti di manipolazione da remoto.»

Sarebbe stato d'aiuto per me se Skippy si fosse dato la pena di spiegare termini tecnici inconsueti. «Per chiarire, "manipolazione da remoto" significa controllo a distanza? Con che cosa, joystick, pulsanti, cose così?»

«Non ci posso credere! No, amico, sarebbe troppo lento! Cos'è, pensi di essere nel 1985 e di giocare a *Super Mario*? Attaccheremo dei sensori agli operatori, così i robot si muoveranno mentre si muovono loro. Mocap, cattura del movimento, molto meglio rispetto alla tecnologia usata da voi scimmie. Ora che ci penso, ci servono anche gli occhiali, così l'operatore può vedere quello che vede il robot. Non è così efficiente come agganciarsi in modo diretto al nervo ottico come fanno i thuranin, ma dovrebbe andare abbastanza bene. E i sensori dovrebbero includere gli accelerometri, in modo che l'operatore possa ottenere un feedback quando il robot incontra resistenza.»

«Saresti così gentile da aprirci l'armeria, in modo che noi sporche scimmie possiamo vedere questi robot incredibili?» Misi quanto più sarcasmo possibile nella mia voce.

«Visto che l'hai chiesto in modo così gentile, certo.» Skippy non resisteva alla tentazione di lanciarci frecciatine: «Prima lavati le zampe, però, per favore».

I droidi erano impressionanti, anche se il sergente Adams coniò in fretta il termine "combot"[28] per definirli. Secondo lei, non erano veri androidi, perché avevano solo una limitata capacità di movimento e reazione in autonomia e richiedevano il controllo di un operatore senziente. Fatti uscire tre combot dall'armeria ed entrati in una stiva di carico vuota, Giraud, Adams e Thompson furono in grado di controllarli senz'alcuna attrezzatura speciale, bastava che Skippy guardasse i movimenti degli umani e istruisse i combot a seguirli. La nostra lattina di birra super-intelligente ci ammonì che in combattimento non avremmo potuto fare affidamento su di lui, la base sull'asteroide aveva una pesante schermatura e gli operatori dovevano essere vicini al loro combot, per ridurre il ritardo temporale. Durante l'assalto, dovevano quindi essere a bordo delle navi nell'hangar d'atterraggio. Non ne ero felice,

---

28 Il combot è un robot umanoide multiuso in grado di svolgere molti compiti, che vanno dalle faccende domestiche alle missioni militari. In combattimento, il combot imita lo stile dei suoi avversari (*N.d.T.*).

avremmo messo più persone a rischio, anche se il rischio per loro sarebbe stato inferiore a quello che avrebbero corso con indosso armature potenziate kristang. Avevamo ancora bisogno di soldati in tuta spaziale nell'assalto, Skippy non si fidava a delegare ai combot compiti che richiedessero raffinate abilità motorie, come selezionare, raccogliere e trasportare la fragile, antica attrezzatura degli Anziani di cui aveva bisogno. Inoltre, utilizzando soltanto i combot avremmo puntato tutto su una carta sola: secondo i dati di kristang e thuranin che Skippy aveva scaricato, tuttavia, i primi avevano progettato le loro difese nello specifico per proteggere la base dai loro patroni, e non c'erano garanzie del fatto che le lucertole non avessero la capacità di interferire con la connessione della manipolazione da remoto. I kristang sapevano tutto sui combot thuranin e dovevano avere speso molto tempo e fatica per capire come sconfiggerli.

Il piano rivisto di Giraud prevedeva sei persone con indosso armature kristang e nove operatori di manipolazione da remoto nelle navicelle. Skippy avrebbe pilotato a distanza queste ultime, il che significava che non avremmo avuto bisogno d'impiegare persone nel ruolo di piloti, ma io volevo comunque che almeno quattro dei miei fossero addestrate a pilotare navicelle thuranin. Sei persone avevano bisogno che le tute kristang fossero regolate per adattarsi a loro, poi di esercitarsi, indossandole nelle simulazioni di combattimento. Quattro avevano bisogno di formazione per pilotare navicelle thuranin, e sarebbe stata una formazione minima, perché gli stessi, insieme a quasi tutti gli altri, avrebbero dovuto esercitarsi nella manipolazione da remoto dei combot. Con riluttanza, concordai con Giraud, Chang e Simms che durante l'assalto io sarei rimasto a bordo dell'Olandese insieme a Skippy, Desai e al soldato semplice Walorski.

Walorski era stato svegliato e rilasciato dalla capsula medica da Skippy, dopo aver deciso che il suo stato di salute era migliorato a sufficienza da affrontare il resto del regime di guarigione in autonomia. In autonomia, non fosse che il suo avambraccio sinistro, che era stato frantumato e quasi reciso durante la battaglia per prendere la Fiore, era racchiuso in una manica rigida progettata per le gambe dei thuranin. Era un po' troppo grande per l'avambraccio di Walorski, tanto che continuava a sbattere contro le cose, causando dolore all'infortunato e una frustrazione infinita al dottor Skippy. Ogni piccolo trauma all'avambraccio in via di guarigione rallentava un po' il recupero di Walorski. Il manicotto conteneva nano-sonde che rinsaldavano le ossa, i nervi e la muscolatura e fiale di fluidi che dovevano essere cambiate tre volte al giorno. Skippy predisse che la completa guarigione, con rimozione del manicotto, sarebbe avvenuta nel giro di tre settimane, forse prima, se Walorski avesse collaborato. Certo una prognosi decisamente migliore di quella che temevamo in origine: l'amputazione del braccio sinistro sotto il gomito e un'alta probabilità di morire, date le scarse scorte mediche che avevamo portato con noi e la mancanza di un medico umano.

Si potrebbe pensare che Walorski fosse grato, e lo era, ma era anche un soldato e vedeva tutti gli altri, tranne me e Desai, esercitarsi con l'armatura kristang o con i combot. Protestò: gli doveva essere affidato un combot, avrebbe dovuto fare strada con una navetta durante l'incursione, non era qualificato come pilota e non voleva restare nelle retrovie mentre tutti gli altri rischiavano le loro vite in una battaglia cruciale per la sopravvivenza dell'umanità. Lo disse a me, il suo comandante, che sarebbe rimasto sull'Olandese mentre tutti gli altri avrebbero rischiato la vita in una battaglia fondamentale per la sopravvivenza dell'umanità. Walorski doveva lavorare sulle sue abilità d'interazione umana, questo era certo. Mi sarei sentito anch'io così, riluttante all'idea di essere lasciato indietro mentre i miei compagni soldati combattevano contro il nemico? Cazzo, sì, è *così* che mi sentivo. È probabile che l'assalto alla base sull'asteroide avrebbe deciso se il nostro pianeta natale, la nostra intera specie sarebbero rimasti o meno sotto lo stivale dei kristang; avrebbe potuto decidere se l'umanità sarebbe sopravvissuta in qualche forma riconoscibile. Non avrei mai voluto rimanere indietro in relativa sicurezza sull'Olandese, in grado di saltare via se la nave fosse stata minacciata. Dopo la battaglia, qualunque cosa fosse successa, avrei sempre saputo che la mia parte nell'azione era stata quella di starmene seduto su una sedia. E anche tutti gli altri lo sapevano. I miei tentativi di convincere il soldato Walorski che era necessario a bordo dell'Olandese come pilota di riserva erano ostacolati dal fatto che non ne ero del tutto convinto io stesso. Walorski era sul punto di sconfinare nell'aperta insubordinazione, quando Skippy intervenne affermando che non avrebbe potuto essere utile come controller di un combot senza la piena funzionalità della mano sinistra. Walorski avrebbe potuto aiutare Desai a pilotare la nave con una mano o avrebbe potuto starsene seduto senza fare niente, ma durante l'assalto sarebbe stato solo d'impaccio. Era una gara a chi era più infelice: Walorski o io.

C'era un ampio gruppo di persone infelici a bordo della nave: tutti quelli dediti all'addestramento con armature potenziate o combot nella stiva di carico che avevamo preparato per le esercitazioni di combattimento. Erano scontenti perché Giraud aveva commesso l'errore di assegnare al sergente Adams il compito di convertire una stiva di carico in un simulatore di combattimento e di progettare il programma di addestramento. Nessuna delle due cose era un problema. Mentre dirigeva l'addestramento, Adams sceglieva la musica da far risuonare a tutto volume dagli altoparlanti nella stiva di carico. La musica alta deconcentrava, contribuiva a addestrare le persone a lavorare in presenza di distrazioni, con le orecchie assalite da rumori così forti da non riuscire a pensare con lucidità. Come accadeva in combattimento. Il problema non era la musica ad alto volume di per sé, ma i gusti atroci di Adams in merito. Quando sto svolgendo un'attività fisica intensa, che sia per addestrarmi al combattimento oppure semplicemente un allenamento in palestra, voglio delle melodie che facciano pompare il cuore, che facciano stringere i pugni nell'esultanza. Rock'n'roll, rap, qualcosa con un bel ritmo.

Quella che Adams faceva riprodurre dalla sua playlist era musica gospel, cajun, jazz, polka e, non sto scherzando, bluegrass. Erba blu del cazzo, tipo banjo e ragazzi che cantano col naso, con quella piagnucolosa affettazione che mi fa venire voglia di spaccare loro il banjo sulla testa. Non sono un grande fan del bluegrass, nel caso ve lo steste chiedendo. Country sì, bluegrass no. E nessuna delle canzoni era un buon esempio del suo genere, questo è certo,

Adams aveva scavato per trovare quel genere di composizioni di merda che gli artisti usano per riempire i loro album quando sono a corto di idee, o talento, o entrambi. Ah, e faceva girare la stessa orribile canzone ancora e ancora e ancora e ancora e ancora. Prova a concentrarti mentre quella roba ti fa esplodere le orecchie.

Ne deriva che Adams era un genio del male. Se ti piace la musica che stai ascoltando, puoi prendere il ritmo e non ti deconcentra. Se la musica ti giunge alle orecchie come il rumore di unghie strisciate su una lavagna, dedicherai parte della tua facoltà di pensiero a fantasticare sul modo migliore per uccidere la persona che ha scelto la playlist e sarai distratto, e lo scopo dell'addestramento è quello di imparare a concentrarsi e ignorare le distrazioni. Il metodo di Adams era molto efficace.

Ma la musica faceva comunque schifo. La prima volta che mi trovai a guardare un esercizio, non appena fu finito, rispolverai la vecchia, vecchia scuola e misi su un po' di Coolio. Questo mi fece guadagnare una spolliciata in su di sollievo da parte dell'equipaggio: era stato il miglior incitamento morale ricevuto da quando avevano visto le navi kristang indesiderate a bordo dell'Olandese sparire in una palla di fuoco di antimateria all'interno del gigante gassoso. Un punto per me.

Dopo aver visto l'esercitazione dell'equipaggio con armature potenziate e combot, ero colpito, e iniziai a coltivare la speranza di poter portare a termine l'assalto con successo. I nostri sei soldati meccanizzati, con le loro tute spaziali kristang, erano rapidi e potevano trasportare con facilità i pesanti fucili kristang. La gravità dell'asteroide raggiungeva solo il 2% della norma terrestre, quindi, per l'addestramento, Skippy ridusse al 2% la gravità nella stiva di addestramento. Il 2% significava che le persone in tuta spaziale e i combot avevano bisogno di qualcosa di diverso dalla gravità per evitare di staccarsi dal pavimento e galleggiare nella base di ricerca. I robot si aggrappavano in automatico a pavimenti, pareti, soffitti, qualsiasi cosa servisse loro per spostarsi dove l'operatore voleva che andassero: avevano cuscinetti di presa su piedi, ginocchia, mani, gomiti, ovunque potesse essere utile. Le tute kristang avevano pinze sotto le suole degli stivali e sui palmi dei guanti, certo, ma anche su gomiti, spalle, retro del casco, ginocchia e sul sedere. I nostri soldati in tuta dovevano imparare ad accendere e spegnere e regolare la forza delle pinze.

Nel complesso, a preoccuparci non era la capacità dei combot di eseguire le manovre richieste. Erano le armature potenziate, che richiedevano molta pratica per abituarsi. Il problema che i soldati in armatura incontravano, nel labirinto di addestramento alla battaglia che Adams aveva creato, non era girare gli angoli e attraversare le porte, era ridurre la loro velocità e potenza. Si muovevano troppo in fretta e rimbalzavano sui muri. Tre tute si ruppero durante l'addestramento, ne avevamo sei rimaste a bordo della Fiore insieme a dei pezzi di ricambio, quello che non avevamo erano molti umani alti più di un metro e ottanta. Consigliai a Giraud di rallentare e andarci piano, non potevamo permetterci che qualcuno si facesse male durante l'addestramento. Le persone che indossavano le tute erano già abbastanza doloranti senza sbattere contro le cose: anche sfruttando al massimo la capacità di regolazione, le tute erano troppo grandi. Mettere dell'imbottitura negli stivali per sollevare i piedi di chi li indossava fu di qualche aiuto. Io stesso provai una tuta e, regolandola su un metro e ottanta, me la sentii affondare nelle ginocchia, nell'inguine, sotto le braccia, e dovetti allungare il collo per evitare di sbattere il mento sul fondo del casco.

Le tute kristang erano impressionanti. I combot thuranin erano grandiosi. C'erano due tipi di combot, noi usammo soltanto quello più piccolo, perché Skippy aveva detto che il modello pesante rischiava di essere troppo grande per i passaggi da attraversare nella base sull'asteroide. Il combot piccolo aveva tre gambe per la stabilità, e tre braccia. Di queste, due servivano per la stabilità o l'arrampicata, il braccio al centro serviva per gli attacchi delle armi, e Skippy aveva fabbricato occhiali che permettevano ai nostri operatori sia di vedere attraverso i sensori ottici del combot, sia di controllare le armi. Queste ultime s'indirizzavano ovunque l'operatore guardasse, con reticoli di puntamento negli occhiali per mirare. Il piano originale di Skippy prevedeva che l'operatore controllasse l'innesco dell'arma sbattendo le palpebre; Giraud lo aveva cestinato facendo notare che la maggior parte degli ammiccamenti degli occhi umani sono involontari. Su suggerimento di Giraud, il grilletto era controllato dal dito indice dell'operatore, a sinistra o a destra, a seconda che la persona fosse mancina o destrorsa. La scelta dell'arma, il fucile o il lanciarazzi/granate, era controllata dal pollice dell'operatore. A bordo dell'Olandese, non potevamo usare vere munizioni, e questo era un problema, perché gli operatori non potevano rendersi davvero conto dell'efficacia della loro arma. Skippy avvisò che, anche all'interno della base, dove non era alto il rischio di aprire un buco nella spessa scorza dell'asteroide e causare una breccia nel contenimento atmosferico, avremmo dovuto usare i razzi e le granate con parsimonia mentre entravamo. Tornando indietro, per coprirci, avremmo potuto sparare a qualsiasi cosa vedessimo. Il piano era di far saltare in aria l'intero asteroide in ogni caso, per cancellare qualunque traccia del fatto che gli umani fossero stati lì.

L'assalto vero e proprio andò perfettamente secondo il piano di Skippy e Giraud. All'inizio. E poi tutto andò a puttane.

Prima che facessimo il salto nel sistema stellare che conteneva la base sull'asteroide, l'intero equipaggio, a parte Desai e Walorski, si riunì nell'hangar d'atterraggio. Era il momento di un ultimo controllo dell'equipaggiamento, per assicurarci che tutto quello di cui il gruppo d'assalto aveva bisogno fosse caricato a bordo delle due navicelle e ogni cosa funzionasse a dovere. Un combot di riserva fu caricato a bordo di ciascuna delle navicelle, rendendone il già stretto interno ancora più angusto. Se i thuranin avevano costruito soffitti alti nelle loro navi madri per accogliere gli ospiti, non avevano fatto altrettanto con le loro navicelle. Erano così limitate negli spazi disponibili che le sei persone destinate a indossare l'armatura kristang dovettero farlo prima di salire a bordo, anche se in tal modo avrebbero prolungato il tempo di permanenza nelle scomode tute.

Dopo avere supervisionato l'ispezione, Giraud tenne un discorso breve ma efficace, molto meglio di qualsiasi cosa avrei potuto dire io. Non usava un linguaggio impetuoso, né cercava di ispirare le persone, non avevano bisogno d'ispirazione. Si limitò a dichiarare che avremmo avuto una sola possibilità in quell'assalto, una sola possibilità di liberare la Terra dai kristang. Costasse quel che costasse, non avremmo lasciato l'asteroide senza il modulo di controllo del wormhole. Tutti avevano studiato la riproduzione che Skippy ne aveva fabbricato: il modulo era una scatola rettangolare sottile, lunga circa un metro e ottanta, e larga quindici centimetri; Skippy disse che si piegava ed espandeva per formare una X di tre metri d'altezza. Chiunque avesse visto un modulo, lo avrebbe preso, se aveva indosso una tuta kristang; l'avrebbe segnalato a chi la indossava e aspettato, se stava manovrando un combot. Non potevamo rischiare di danneggiare il modulo tentando di prenderlo con un combot, la cui immensa forza, anche nel caso di operatori più delicati, schiacciava di regola le cose. Senza cibernetica, l'operatore non aveva feedback a sufficienza per evitare di stritolare gli oggetti nella presa degli artigli. I combot avrebbero fatto strada attraverso la base, seguiti dalla retroguardia dei nostri uomini con indosso le tute.

Giraud mi disse che avrebbe preferito fare altre due settimane di pratica di combattimento. Non lo disse all'equipaggio. Skippy era ansioso di colpire la base sull'asteroide il prima possibile: vista la situazione militare fluida nel settore, era preoccupato del fatto che i kristang avrebbero rafforzato la loro base di ricerca sull'asteroide, o, peggio, avrebbero impacchettato qualsiasi cosa di valore per portarla via, disperdendo le cose tra le stelle. Non potevamo correre questo rischio, perciò decisi che saremmo saltati in battaglia il prima possibile.

Prima che lanciassimo l'assalto, Chang e Giraud ebbero una conversazione con il sottoscritto. Volevano essere rassicurati sul fatto che, nel caso in cui quell'assalto sembrasse sul punto di fallire e ci fosse il rischio che il coinvolgimento dell'umanità venisse scoperto, non avrei esitato a far esplodere l'asteroide e saltare via. Se non fossimo riusciti a recuperare la Fiore, avrei dovuto vaporizzare anche quella nave, era cosparsa di Dna umano. Chang e Giraud mi fecero promettere – perché sapevano che da soldato questo significava andare contro ogni mio istinto – che non avrei esitato ad abbandonare i miei predoni e fuggire. Se perdi una battaglia puoi ancora vincere la guerra. Nonostante Giraud avesse detto all'equipaggio che l'assalto era la nostra unica possibilità, l'umanità ne aveva ancora qualcuna, finché Skippy era al sicuro e dalla nostra parte. Se l'assalto non fosse riuscito, l'Olandese avrebbe potuto arruolare nuovi membri per l'equipaggio su Paradiso o sulla Terra e continuare a cercare il modulo di controllo del wormhole; non mi veniva in mente come la cosa avrebbe potuto funzionare, ma non era del tutto impossibile.

Lo promisi. Mi sentivo una merda, ma lo feci. Lo dovevo al nostro equipaggio. Loro erano disposti a rischiare la vita in quella folle missione, io dovevo capire che la missione valeva la loro vita, comunque andasse a finire.

Walorski non aveva idea di quanto fossi restio a rimanere a bordo dell'Olandese mentre il nostro equipaggio, il *mio* equipaggio, partiva per l'assalto.

Saltammo vicino all'asteroide, nel raggio di circa tre milioni di chilometri. Il salto e le manovre successive erano stati pre-programmati da Skippy, perché i tempi erano molto stretti; Desai non dovette fare altro che premere un pulsante al mio comando. Una frazione di secondo dopo il salto, la Fiore fu espulsa, eseguì un micro-salto e l'Olandese fece un salto a corto raggio nella direzione opposta. La Fiore formò un punto di salto per un altro micro-salto, poi il campo collassò come pianificato e la Fiore cadde, morta nello spazio. L'effetto, secondo la logica di Skippy, era che l'area circostante fosse sommersa dalle onde sovrapposte del campo di salto, mascherando la presenza di una seconda nave. La Fiore ruzzolò fuori controllo, i propulsori macinavano a caso, la nave perdeva radiazione. Volevamo che attirasse l'attenzione, mentre l'Olandese sfrecciava via, non vista. Skippy indusse la Fiore a trasmettere i codici Iff di una fregata scomparsa nella zona due anni prima, durante una schermaglia con un altro clan kristang: la nostra speranza era che le lucertole sarebbero state abbastanza confuse e curiose da non far saltare subito la Fiore in mille pezzi. Più i kristang avrebbero indagato su di essa, meno avrebbero notato l'Olandese.

Funzionò. Prima che i kristang dirigessero i loro sensori in modo da allargare il raggio di scansione, Skippy era nella loro rete e istruiva il sistema perché ignorasse l'enorme nave madre thuranin che si avvicinava furtiva alla loro porta d'ingresso. Mentre attraversavamo le loro linee di campo, facemmo scattare i reticoli di rilevamento *stealth* e i sensori ci identificarono, ma i computer kristang semplicemente ignorarono quegli input. Desai fermò l'Olandese dietro un asteroide a tremiladuecento chilometri dal bersaglio e Skippy lanciò le navicelle.

La prima volta che Skippy ci aveva detto che avremmo fatto un assalto su un asteroide, l'immagine che avevo in mente era un pezzo di roccia irregolare e frastagliata, come gli asteroidi nei film spaziali. Questo era tecnicamente un planetoide, aveva un diametro di quattrocentottantadue chilometri ed era abbastanza grande, tanto che la sua gravità l'aveva trasformato in una sfera. Eppure, era un ammasso di roccia butterato, di un brutto colore grigio e marrone, gelido e desolato. Da un lato c'era la base di ricerca, dall'altro una base militare kristang molto più grande. Una grande base militare, con un migliaio di soldati, navi d'assalto, cannoniere e abbastanza missili da far saltare in aria l'Olandese Volante. Da qualche parte nella zona c'erano uno squadrone di fregate, sei cacciatorpediniere e un incrociatore. E stavamo per fare irruzione, prendere quello che volevamo e andarcene via di colpo.

Skippy si dimostrò affidabile: la base militare era interessata alla Fiore, e incaricò un paio di fregate e quattro navicelle di indagare sulla nostra esca. La base militare inviò un messaggio alla base di ricerca perché andasse in massima allerta; la base di ricerca non ricevette mai il messaggio perché Skippy lo intercettò, e rispose per loro, facendo credere alla base militare che la base di ricerca fosse stata messa in sicurezza. Quando le navicelle si avvicinarono alle porte dell'hangar d'attracco, li ponemmo di fronte a una quasi completa sorpresa. Il sovrintendente dell'hangar pensava che le porte si stessero aprendo per un paio di navicelle kristang inviate a rafforzare la sicurezza, ed è quello che Skippy aveva detto ai computer di mostrare. Le nostre navi atterrarono e schierarono i combot con i nostri sei soldati in armatura potenziata. Tutto sarebbe andato alla perfezione, non fosse che un tecnico della manutenzione kristang, in tuta spaziale, stava lavorando al meccanismo appena oltre le porte. Vide con i suoi occhi che le nostre navicelle erano thuranin, Skippy non poteva certo hackerare il suo nervo ottico, e questo lavoratore devoto fece il suo dovere e gridò un avvertimento alla radio. Un avvertimento sepolto da Skippy. Poiché nessuno rispondeva, lo sgobbone kristang attraversò l'hangar e abbassò una leva che fece scattare un allarme. L'unico modo che aveva Skippy per sopprimere un allarme cablato era bruciare il circuito elettrico, generando un sovraccarico di corrente dopo che l'allarme però era squillato due volte. Skippy ordinò al computer di annunciare che l'allarme era falso, che era stato innescato dal sovraccarico.

Questo ci avrebbe fatto guadagnare altri due minuti, tempo a sufficienza perché la squadra d'assalto potesse piazzare cariche esplosive sulla porta interna e farla saltare in aria in modo controllato. L'avrebbe anche fatto, ma il cittadino modello kristang capì che c'era qualcosa che non andava quando l'allarme suonò soltanto due volte e si precipitò verso un armadietto delle armi. Questo attirò l'attenzione del gruppo d'assalto, che diede al nostro impiegato dell'anno kristang la sua ricompensa, non sotto forma di denaro o posto auto privilegiato, ma di fuoco concentrato proveniente da una mezza dozzina di combot. Ed è lì che iniziarono i problemi, quando il kristang scomparve in una nuvola di vapore insanguinata. I proiettili esplosivi che i nostri tesi pirati avevano selezionato per i loro combot passarono il kristang da parte a parte e colpirono il muro dell'hangar d'attracco. I kristang nella base di ricerca non ebbero bisogno che un mezzo elettronico notificasse loro che c'era qualcosa che non andava, poterono sentire la vibrazione provocata dai proiettili esplosivi attraverso pavimenti e pareti.

A quel punto, Giraud ordinò ai combot di sgomberare il passaggio e distrusse la porta interna con un razzo, con la testata impostata su carica cava. La porta esplose verso l'interno, cosa per nulla ottimale, perché parte di essa ciondolava ancora in pezzi frastagliati appesi al telaio. Fu il momento in cui la nostra mancanza di esperienza si ritorse contro di noi. Giraud avrebbe dovuto programmare la testata del razzo in modo da ottenere un'esplosione a più ampio raggio, invece che alla massima penetrazione: la porta era dura, ma non blindata. A quel punto, far saltare il muro su entrambi i lati della porta per liberare un percorso avrebbe fatto volare detriti dappertutto, perciò perdemmo tempo manovrando un paio di combot perché strappassero i resti della porta con le pinze. Uno di questi era un po' troppo entusiasta e usò eccessiva forza, un grosso pezzo di porta e telaio attraversò in volo l'hangar d'attracco nella bassa gravità e mancò di poco un altro combot. Il suo operatore umano non ebbe il tempo di reagire: i sistemi automatici del combot fecero in modo che la macchina lo schivasse, permettendo però al pezzo di porta di colpire Chang sul lato sinistro. L'impatto lo fece volare attraverso l'hangar, ruppe la tuta pressurizzata e gli incrinò diverse costole. In seguito, scoprimmo che aveva due costole rotte. Una volta ero caduto da una bici da cross e mi ero rotto una costola, il dolore mi aveva fatto strisciare sulle ginocchia, cercando di riprendere fiato, non fosse che respirare intensificava le fitte. Avevo dovuto trascorrere un'ora seduto o sdraiato a terra prima di poter risalire sulla bici e tornare, a ritmo molto lento, a casa, da dove i miei genitori mi avevano portato all'ospedale. Il rivestimento della tuta kristang di Chang conteneva un gel che s'induriva con l'esposizione al vuoto, sigillando il buco per evitare che ne fuoriuscisse l'aria. In qualche modo, anche se doveva provare un dolore incredibile, Chang si rimise in piedi e di nuovo in azione, grazie a fegato e adrenalina. Il ragazzo sputava sangue, ma questo non lo fermava. Skippy ci mostrò i dati ricavati dai rilevatori medici integrati nella tuta di Chang: sembrava grave, non capivo come facesse a non essere raggomitolato sul ponte, e avrei voluto ordinargli di ritirarsi su una navicella e lasciare che la squadra di assalto continuasse la missione. Non lo feci. Avevo bisogno di credere che, se Chang non fosse stato in grado di andare avanti, me lo avrebbe detto. E poi Giraud era lì con lui, se avesse pensato che sarebbe stato inefficace in combattimento, me lo avrebbe segnalato in privato. Avevamo bisogno di Chang, avevamo bisogno di tutti. Finché non fosse stato d'ostacolo alla missione, non avrei interferito da sedicimila chilometri di distanza. I motori della sua armatura potenziata e la bassa gravità potevano essere stati d'aiuto, assorbendo parte della tensione d'urto, bisognava vedere come avrebbe gestito il combattimento.

Una volta sgombrata la porta interna, il gruppo d'assalto si precipitò lungo il corridoio, davanti i combot, a seguire le sei persone in tuta, infine due combot in retroguardia. Presto s'imbatterono in un'altra porta, che impiegarono trenta secondi a far saltare in aria con degli esplosivi. Dopo di che, si trovarono nella parte principale della base di ricerca, con Skippy che poteva aprire e chiudere le porte per loro.

Riscontrammo subito un problema. A quel punto Skippy si era infiltrato nel computer della base e aveva perquisito gli archivi che, secondo lui, erano un miscuglio osceno di spazzatura ammucchiata a caso, non indicizzata e non catalogata. A dispetto delle difficoltà, localizzò i due oggetti che volevamo rubare, un modulo di controllo del wormhole e una sorta di nodo di comunicazione associato al Collettivo. Erano depositati in diversi compartimenti, per fortuna nessuno dei due era considerato una priorità dai ricercatori kristang e si trovavano entrambi in aree di bassa sicurezza, lontano dalle principali strutture di ricerca. Dovetti decidere in fretta se ordinare al gruppo d'assalto di andare a cercare gli oggetti uno dopo l'altro, oppure dividersi. Dividere una forza andava contro i principi di guerra che l'esercito mi aveva insegnato. Mentre ci stavo pensando, mi passavano per la testa le parole del *Manuale di campo dell'esercito americano*. Dividere una forza, in una situazione in cui ci trovavamo già in condizione d'inferiorità per numero e armamenti, violava i principi militari della massa e dell'economia della forza. Non aveva importanza, la possibilità di dover dividere il gruppo d'assalto era stata discussa in anticipo e Chang, Giraud, Simms e io c'eravamo trovati d'accordo. In questo caso, la concentrazione della forza era secondaria al principio della sorpresa. Il nostro gruppo d'assalto poteva avere successo, poteva sperare di sopravvivere solo entrando e uscendo il più velocemente possibile, prima che i kristang potessero riprendersi dalla sorpresa, capire cosa diavolo stava succedendo e concentrare le proprie forze contro di noi. Più a lungo il gruppo restava nella base, più a lungo era esposto al pericolo. Diedi ordine a Chang di guidare un gruppo alla ricerca del nodo di comunicazione e a Giraud di guidarne un altro alla ricerca del modulo di controllo del wormhole. Quello che l'ordine non diceva era che sapevo che Chang, ferito, era il più debole dei due, e io desideravo il modulo di controllo del wormhole molto più di quanto non desiderassi una radio sofisticata per consentire a Skippy di parlare con le antiche intelligenze artificiali. Per un momento, pensai di tenere un paio di combot di guardia nel punto in cui i gruppi si erano divisi, per sorvegliare un percorso utile alla loro ritirata, finché Skippy non mi mostrò una pianta della base: c'erano un sacco di incroci di corridoi attraverso i quali i due gruppi sarebbero dovuti transitare, sorvegliarne solo uno era uno spreco di potenza di fuoco.

Da quel momento, l'incursione procedette in fretta e in modo caotico, per la maggior parte secondo i piani. Le lucertole erano molto destabilizzate, avevano rafforzato i loro sistemi interni in previsione di un attacco da parte dei clan rivali kristang o thuranin, ma non avevano previsto che Skippy s'infiltrasse da cima a fondo nei loro sistemi. I sistemi dei quali non aveva il controllo, li aveva indeboliti, confusi, cortocircuitati o privati di energia. I kristang avevano inviato frenetici appelli alla base militare dall'altro lato dell'asteroide, Skippy aveva intercettato i messaggi e aveva inviato risposte false, comunicando che la base militare era sotto attacco pesante e avrebbe inviato rinforzi quando sarebbe stato possibile. Un certo kristang dal pensiero super-veloce, senza dubbio secondo classificato al concorso da dipendente dell'anno, sparò un razzo di segnalazione che avrebbe dovuto comunicare alla base militare che qualcosa andava molto male. Il razzo fece un grande fuoco d'artificio quando passò all'orizzonte ed ebbi un momento di panico. Skippy mi calmò assicurandomi che, anche se la rete di sensori kristang aveva percepito la segnalazione luminosa, lui aveva fatto in modo che la ignorasse. La base militare era sepolta sotto la roccia, a meno che non ci fossero dei kristang in superficie per qualche motivo, nessuno avrebbe visto il razzo e, dato che Skippy stava disturbando il traffico radio, se anche ci fosse stato un kristang in superficie, avrebbe dovuto vedere il razzo, sapere cosa significava, correre alla base militare e bussare alla porta. Pensai che il rischio era basso.

Skippy prevenne il lancio di altri razzi, incendiando il contenitore in cui erano custoditi, senza aprire la porta del silo. L'esplosione che ne derivò potrebbe aver rovinato le prospettive del secondo classificato al concorso per l'impiegato dell'anno di ricevere una lucida targa da mettere sulla sua scrivania, dal momento che spazzò via un pezzo piuttosto importante della base e con molta probabilità lo uccise. Per quanto mi riguarda, non avevo nulla in contrario.

I combot stavano avendo successo, fu d'aiuto il fatto che la forza di sicurezza kristang, secondo il protocollo stabilito, si era ritirata per proteggere il centro di ricerca di alta sicurezza della base, l'obiettivo più ovvio, e nessuno si erano accorto che miravamo a un'altra parte della base. Skippy riferì che i kristang erano del tutto confusi, presi dal panico, nel caos, incapaci di capire cosa stesse succedendo e il motivo per cui i loro sistemi, rafforzati con cura, non stessero funzionando e stessero lavorando addirittura contro di loro. Le sovratensioni avevano bruciato i comandi di porte, ascensori, luci e salvavita nelle parti della base di cui non ci importava; molti dei kristang erano isolati, intrappolati, lenti a reagire e senza guida. La poca resistenza che la squadra d'assalto incontrò durante il tragitto era costituita da individui solitari o piccoli gruppi di due o tre, non coordinati, inefficaci. Gli sforzi inutili compiuti dai kristang contro di noi aiutarono di fatto i nostri operatori di combot ad acquisire esperienza con il fuoco vivo, imparando in un lampo a usare raffiche rapide, con colpi impostati sulla minima forza esplosiva e in modalità frammentazione. Il rock'n'roll altamente esplosivo, usato dagli operatori contro la prima coppia di kristang, fece a pezzi il nemico, ma sprecò anche munizioni e fece saltare in aria il corridoio, creando detriti che costrinsero la squadra d'assalto a manovre di aggiramento. Giraud s'incazzò a ragione, e avvertì la gente di non dare di matto con le armi thuranin avanzate. Dopo il primo incontro, iniziarono a prestare attenzione.

La squadra di Chang fu la prima a raggiungere il suo obiettivo, ma trovò soltanto una stanza disorganizzata piena di cianfrusaglie. Non cianfrusaglie impilate su scaffali, etichettate nel modo opportuno, nemmeno cianfrusaglie stipate in scatole. Cianfrusaglie ammucchiate a caso, come se i kristang avessero aperto la porta, avessero gettato roba dentro il locale e l'avessero richiusa.

«Oh, merda», gemette Skippy. «Non l'avevo previsto. Il database mostra che il nodo di comunicazione è stato localizzato per l'ultima volta in quella stanza, non ci sono sensori lì dentro, nemmeno una telecamera.»

«C'è qualche magia che puoi fare?», chiesi con ansia.

«Sto facendo del mio meglio», replicò Skippy sulla difensiva. «Per questioni di segretezza, non ci sono molti sensori all'interno della base di ricerca, a eccezione dei punti d'accesso e degli alloggi. Inoltre, la base è stata progettata proprio per rendere difficile la sorveglianza da remoto. Sono per lo più cieco lì dentro, non quasi cieco come si aspetterebbero i kristang, ma abbastanza da mettermi a disagio. C'è un buon numero di elementi della security kristang di cui ho perso traccia, non so dove siano o cosa stiano facendo. Attraverso le telecamere della squadra d'assalto, ho visto anche aree della base che non sono negli schemi cui ho accesso, sto raccogliendo dati per sviluppare un vero e proprio layout della struttura. Il mio consiglio più sincero è che il gruppo d'assalto si muova il più in fretta possibile.»

Wow, che grande idea, non ci avevo pensato. Questo è quello che mi passò per la mente, non quello che dissi a Skippy. «Colonnello Chang», dissi allo zPhone, «dovrete scavare in quel mucchio per trovare il nodo di comunicazione. Sai com'è fatto.» Ogni membro della squadra d'assalto aveva visto le riproduzioni dei due oggetti che dovevamo rubare fabbricate da Skippy.

«Sì, ricevuto», disse Chang, la sua voce era tesa, aveva un rantolo in gola.

Sugli schermi, potei vedere Chang, Darzi e Asok Putri entrare nella stanza e iniziare la cernita nel mucchio. I movimenti del tenente colonnello erano rigidi, a causa della ferita non scese sul pavimento, ma iniziò dalla parte superiore del mucchio. Organizzava il lavoro, sistemando in una pila gli oggetti che gli altri avevano già smistato, in modo che non si confondessero. Erano efficienti, concentrati, più rapidi possibile, eppure troppo, troppo lenti. Il gruppo di Chang era molto in ritardo, la stanza era grande, con cinque mucchi di cianfrusaglie alti fino al soffitto e, dopo cinque minuti, avevano sistemato solo la metà di un mucchio. Anche la squadra di Giraud aveva raggiunto il proprio obiettivo: era il suo giorno fortunato, perché la stanza dove si trovava il modulo di controllo del wormhole era tanto in ordine quanto il bersaglio di Chang era l'opposto. Giraud, il sergente Thompson e il soldato Marsden corsero lungo i corridoi, mostrando il contenuto degli scaffali a Skippy, che decifrò in fretta il sistema di indicizzazione e diresse Thompson proprio dove si trovava il modulo di controllo del wormhole, appoggiato su uno scaffale.

«Obiettivo raggiunto», riferì Giraud. «Torniamo indietro ora. Dobbiamo tornare direttamente all'hangar d'attracco o aiutare la squadra del colonnello Chang?»

La squadra di Chang stava impiegando troppo tempo. Merda, si aspettavano che facessi questa chiamata, mandando la squadra di Giraud in aiuto di quella di Chang, nella speranza di velocizzare le ricerche? Deviare la squadra di Giraud rischiava di esporla più a lungo al pericolo e di farci perdere il modulo di controllo del wormhole. Presi in considerazione l'idea di abbandonare la ricerca del nodo di comunicazione di Skippy, ora che avevamo il modulo di controllo del wormhole? Non proprio. Avevo rimuginato sulla questione nell'ultima settimana, mi aveva tenuto sveglio la notte. C'interessava chiudere il wormhole, era l'unica cosa che mi importava, era l'intero scopo della missione, avrei sacrificato qualsiasi cosa per raggiungerlo. A noi umani non importava davvero di Skippy. A me un po' importava, perché mi piaceva, e sentivo che gli eravamo debitori, e a volte pensavo di aver capito la sua terribile, antica, dolorosa solitudine. I miei sentimenti personali dovevano essere messi da parte, però, in quanto comandante avevo bisogno di concentrarmi sulla missione e sui miei uomini. Quello che avevo deciso in anticipo era che, a prescindere dalla promessa che avevo fatto a Skippy, se ci fosse stato un modo per chiudere il wormhole senza di lui, non avrei messo a rischio la vita dei miei uomini e la missione per prendere la sua radio magica. Ma non avevamo modo di chiudere il wormhole da soli, il che rendeva facile la mia decisione, anche se difficile da digerire.

«Tenente Giraud, porti la sua squadra in supporto del colonnello Chang, dobbiamo muoverci il più in fretta possibile.»

Qualunque cosa pensasse Giraud della saggezza della mia decisione, non discusse. «Ricevuto. Stiamo andando.»

Sullo schermo, vedevo che Chang, Putri e Darzi stavano smistando i mucchi di cianfrusaglie il più in fretta possibile; Chang aveva ordinato a un combot di entrare nella stanza senza toccare nulla, per utilizzarne le telecamere, nella speranza che Skippy riuscisse a trovare la cosa. La ricerca si stava protraendo troppo a lungo. Skippy mi disse che aveva perso le tracce dei kristang, che anche lui era per lo più cieco, mettendomi una grande ansia. «Skippy, questa cosa del nodo di comunicazione serve per le comunicazioni, giusto?»

«Sì, ma tu pensa. Quindi?»

«Quindi puoi contattarlo, usarlo per inviare un segnale che ti può servire a trovare quella cazzo di cosa?»

«Merda. Sì.»

«Ma tu pensa.» Non riuscii a resistere, in parte per via dei nervi tesi.

«Cazzo, a volte non so cosa c'è che non va in me. Certo, sì. Fai allontanare Chang, Putri e Darzi l'uno dall'altro, così posso usare le loro radio per triangolare.»

Così feci. Meno di un minuto dopo, Skippy lo localizzò, sul retro del mucchio di cianfrusaglie. Chang disse a Darzi e Putri di scavalcare il mucchio nel mezzo e buttare la merda inutile fuori dai piedi, finché non ebbero scoperchiato il primo terzo del mucchio, poi procedettero con più attenzione. Fu Darzi a trovare la stupida cosa, era proprio dove aveva detto Skippy. Sullo schermo, vidi che la squadra di Giraud era vicina alla posizione di Chang, abbastanza vicina da farmi ritenere che fosse meglio per loro collegarsi e sostenersi a vicenda sulla via del ritorno, anche se questo significava puntare tutto su una sola carta.

Fu allora che le cose andarono in fretta a puttane.

La prima avvisaglia di guai non fu un avvertimento da parte di Skippy, non furono i combot che incontravano i combattenti kristang davanti a loro. Fu una pioggia di proiettili che colpì Giraud e Putri alle spalle, abbattendoli entrambi. Putri subì numerosi colpi centratissimi e morì all'istante, per fortuna i proiettili con punta esplosiva mancarono il modulo di controllo del wormhole, che si trovava in un'imbracatura sulla sua schiena. Giraud cadde sotto un colpo di striscio al lato del casco, un duro colpo alla parte inferiore della schiena e un proiettile che gli colpì il braccio sinistro e gli tagliò l'avambraccio a metà tra polso e gomito. Darzi reagì proprio come avrebbe dovuto, com'era stato addestrato a fare, si lasciò cadere sul campo, spianando la strada per consentire ai combot di entrare in azione. Strisciò in avanti tenendosi basso e strappò le cinghie dell'imbragatura di Putri, vedendo che per lui non c'era più niente da fare, e si concentrò nel modo opportuno sul mantenimento dell'obiettivo della missione.

I nostri combot ruotarono per affrontare i sei soldati nemici che indossavano pesanti armature, fu uno scontro a fuoco violento e Darzi non poté fare nulla per aiutare, dovette tenere la testa bassa e proteggere il modulo vitale dietro la sagoma immobile di Giraud. Sullo schermo potevo vedere che Giraud era vivo, anche se incosciente, e non sanguinava in modo serio.

«Skippy», gridai frenetico, «c'è un'altra strada per tornare all'hangar d'attracco?»

Quattro dei kristang erano ancora vivi e si stavano riparando in accessi e corridoi laterali, tenendo tutti i combot impegnati. Darzi non poteva muoversi senza esporre il prezioso modulo. La squadra di Chang stava correndo per dare manforte, ma non sarebbe arrivata prima di due minuti, forse qualcosa meno. Comunque troppo.

«Sì, esistono molti percorsi alternativi.»

«Ottimo. Operatori combot, non preoccupatevi di danneggiare il corridoio, torneremo per un'altra strada! Prendete quei kristang, massima forza!»

Era l'unica cosa che gli operatori dei combot avevano bisogno di sentire, tre di loro impostarono i razzi su massimo rendimento e carica cava, e fecero scoppiare l'inferno nel corridoio oltre Darzi e Giraud. I razzi penetrarono a fondo in due o tre compartimenti, distrussero i quattro kristang, fecero esplodere muri, pavimenti e crollare il soffitto.

«Darzi!», gridai quando la mia voce sarebbe dovuta restare calma. «Alzati, il tenente Giraud è vivo. Riesci a trasportarlo?»

«Sì, signore.» Darzi poteva portare con facilità Giraud nella bassa gravità, specie nella sua armatura potenziata. Si fece imbracare il modulo sulla schiena, legò le cinghie in fretta e sollevò il corpo inanimato di Giraud. I combot fecero loro strada; avvisai quando la squadra di Chang fu vicina, in modo che i due gruppi non si sparassero l'un l'altro. Si riunirono e Skippy li guidò su un percorso alternativo, una via traversa che riportava all'hangar d'attracco; questa volta Chang aveva un paio di combot a coprirgli le spalle, in modo da evitare brutte sorprese. Io ero preoccupato, perché il percorso tortuoso avrebbe richiesto più tempo; Skippy mi assicurò che la via che il gruppo d'assalto stava prendendo avrebbe confuso il nemico, che non avrebbe saputo dove andare. La mia intelligenza artificiale però era ancora per lo più cieca lì dentro. Questo era il punto più pericoloso della missione, prima il nemico doveva indovinare gli obiettivi della squadra d'assalto, ora il nemico sapeva dove la squadra d'assalto si stava dirigendo: tornava all'hangar d'attracco. Gli uomini si trovavano a due terzi della via del ritorno, secondo i calcoli di Skippy, quando si presentarono dei problemi. Questa volta il nemico non apparve in armatura, ma con i propri combot, che fecero saltare in aria un muro e balzarono nel corridoio. I combot kristang erano pesanti, ingombranti e lenti rispetto ai nostri modelli thuranin; erano dei facili bersagli. Erano controllati da operatori molto più esperti, tuttavia, e avevano tutti i vantaggi possibili. Tranne uno. Mentre lo scontro a fuoco infuriava e la squadra d'assalto era per il momento bloccata, Skippy gridò eccitato che i movimenti goffi dei nostri combot in realtà ci stavano favorendo: i kristang si erano allenati per combattere i movimenti super-veloci dei combot controllati dai thuranin e le lente azioni impacciate dei nostri facevano loro sbagliare mira.

Tre combot li perdemmo nello scontro a fuoco iniziale, un altro era danneggiato e incapace di usare le sue armi primarie. Chang vide che Darzi era intralciato dal trasporto di Giraud e gli ordinò di metterlo tra le braccia del combot danneggiato. Il soldato Marsden si fece avanti per aiutare Darzi a legare Giraud, avevano quasi finito quando un proiettile prese Marsden alla testa e gli frantumò la visiera, poi un secondo quasi separò il casco dal collo. Cadde con un getto di sangue che si congelò all'istante e sullo schermo vidi i suoi segnali vitali spegnersi in una linea retta. Avvisai Chang di non perdere tempo ad assistere Marsden, non si preoccupò di dirmi che aveva ricevuto, lo sentii e lo vidi sollecitare la gente a proseguire. Ci potevano essere altre strade per l'hangar d'attracco, e avevamo perso uomini avanzando nello scontro a fuoco: Chang sapeva che era probabile che avremmo subito ulteriori perdite se fossero rimasti bloccati sull'asteroide un secondo più del necessario. Velocità e manovre erano fondamentali. Chang lo vide, anche attraverso la dolorosa nebbia di costole rotte. Era un Iron Man, con o senza armatura potenziata.

Dietro un muro di potenza di fuoco, la squadra d'assalto avanzava, con i combot a fare strada. Una volta superato quel grande gruppo di combot kristang, abbatterono la resistenza sparsa di altri combot e lucertole in armatura. Iniziavo a preoccuparmi, eravamo partiti con sei persone in tuta spaziale e nove combot; al momento di combattere per aprire un varco verso l'hangar d'attracco, avevamo due morti, un ferito privo di sensi e solo tre combot ancora funzionanti. Questi ultimi rimasero a guardia della porta interna, mentre Chang prese il sergente Thompson e Darzi a bordo di una navicella e portò Giraud a bordo dell'altra. Skippy aveva già in parte retratto la porta esterna e, non appena Thompson e Darzi ebbero allacciato le cinture, fece partire a manetta e decollare quella navicella per uscire e andarsene via. Vidi sullo schermo che spingeva a 6 G e gli ordinai di rallentare un po', una volta che la navetta si trovò a sedici chilometri di distanza.

La navicella di Chang aveva accumulato un leggero ritardo mentre mettevano le cinture di sicurezza a Giraud, e quel ritardo ci aveva quasi ucciso. Thompson aveva il nodo e Darzi aveva il modulo: tecnicamente avevamo già portato a termine la missione, non fosse per le persone nella seconda navicella. E fu allora che un proiettile vagante attraversò la porta interna, mancò i nostri combot, attraversò l'hangar d'attracco e colpì lo scafo blindato della nave thuranin. La punta esplosiva eruttò verso l'interno, creando un getto di plasma surriscaldato, che attraversò bruciando la corazza fino all'interno della navicella. Una volta che il plasma colpì l'aria, esplose in tutte le direzioni. Il sergente scelto dell'Aeronautica statunitense Joy Chung, che manovrava uno dei tre restanti combot, fu ucciso all'istante e altri tre uomini riportarono gravi ferite. Chang e Giraud erano protetti dalle loro armature, tutti gli altri furono colpiti duramente. Con persone che urlavano di dolore, sangue che volava nella navicella e aria che fuoriusciva dal buco nello scafo, Chang non esitò. Ordinò a Skippy di farli uscire da quel cazzo di posto. La navicella sfrecciò fuori dall'hangar d'attracco e si allontanò dalle porte, mentre Skippy prendeva il controllo dei sistemi di riparazione automatizzati per tappare il buco largo quanto un dito e far pompare di nuovo l'aria.

«Libere. Entrambe le navicelle libere», riferì Skippy in tono obiettivo. «Nessun inseguimento. Pacchetti al sicuro. Sto guidando le navicelle verso di noi.»

«Grande», dissi, emotivamente esausto. «Pilota, sarò nel nostro hangar d'attracco.»

«No, signore», disse Desai piano. «Il colonnello Chang e il maggiore Simms possono gestire le persone che hanno bisogno di aiuto. Di lei abbiamo bisogno qui.»

Aveva ragione e lo sapevo. Avrei potuto farmi prendere dall'emotività più tardi. Più tardi, dopo che saremmo saltati via in sicurezza. «Capitano Desai, hai ragione», abbassai lo sguardo sulle mie mani tremanti per il disgusto. Non ero stato in pericolo neanche per un istante. Bisognava aspettare otto lunghi minuti perché le navicelle tornassero.

«Navicelle al sicuro. Pilota, iniziare salto, opzione Alfa», annunciò Skippy.

«Ferma», ordinai, e Desai si voltò verso di me confusa. «Salta in opzione Charlie, ora. Vai.»

Desai premette il pulsante giusto e la nave eseguì un micro-salto, quindi ora ci trovavamo in uno spazio libero, non schermato da un asteroide. Skippy aveva programmato cinque opzioni di salto nel sistema di navigazione e io le avevo memorizzate, erano anche elencate sullo schermo della poltrona di comando e sul mio iPad. L'opzione A prevedeva un salto in prossimità della Fiore, così da poterla recuperare; il piano prevedeva di saltare vicino al velivolo, inviare un segnale perché quest'ultimo eseguisse un salto a corto raggio, far coincidere il salto con l'Olandese, prendere la Fiore su un hangar d'attracco e poi saltare nel bordo esterno del sistema stellare. L'opzione C prevedeva un micro-salto lontano dall'asteroide dietro il quale ci nascondevamo, nel caso in cui la nostra posizione fosse stata scoperta, ma dovessimo rimanere nell'area per recuperare le navicelle.

«Posso chiedere perché non andiamo a prendere la Fiore?», chiese Skippy.

«Lo faremo. Segnala alla Fiore di saltare nel punto d'incontro.» Pur strisciando alla velocità dalla luce, il segnale avrebbe raggiunto la nostra fregata kristang rubata in pochi minuti e quella nave, all'apparenza abbandonata, si sarebbe animata all'improvviso e avrebbe acceso i motori per un salto a corto raggio.

«Fatto», riferì Skippy. «Colonnello Joe, perché siamo ancora qui?»

«Hai il controllo della testata nucleare vicino al loro hangar d'attracco principale?»

«Sì, certo. Te l'ho detto.» I kristang avevano attrezzato la sezione di ricerca della base sull'asteroide in modo che potesse autodistruggersi con una testata nucleare; se qualcuno avesse invaso la base e i kristang ne avessero perso il controllo, avrebbero potuto farla saltare in aria con un'unica esplosione. La presenza della testata serviva a far sì che i nemici decidessero che non valeva la pena assalire la base. Di certo, avrebbe scoraggiato anche noi, se Skippy non ne avesse preso il controllo poco prima che lanciassimo le navicelle.

«Quanto è grande?»

«Presumo tu stia chiedendo della sua resa esplosiva: quell'arma è di circa otto megatoni. Una tipica testata W76, nei missili americani Trident lanciati da sottomarino, è di cento chilotoni, per darti un metro di paragone.»

«Innescala.»

«Cosa?» Skippy, Desai e Walorski ebbero la medesima reazione.

«Skippy, non discutere. So che hai cancellato la memoria del computer, ma abbiamo lasciato del Dna lì dentro, sangue umano. Potrebbe rivelare ai kristang che siamo coinvolti nell'assalto. Non posso correre questo rischio. Innescala. Ora.»

A suo credito, va detto che Skippy sapeva quando non c'era da discutere: «Arma abilitata sul grande pulsante rosso».

Premetti il pulsante. L'asteroide avvampò in una luce intensa. Desai ci fece saltare via prima che i detriti ci colpissero.

CAPITOLO 16

CASA

IL VIDEO DELLA scatola nera in cui si vedeva l'asteroide distrutto dalla bomba atomica era divenuto popolare tra l'equipaggio. L'equipaggio sopravvissuto. Non era stata mia l'idea di far vedere alle persone il video, non l'avevo neppure menzionato. Dovevano essere stati Desai o Walorski a dire qualcosa, o qualcuno aveva chiesto a Skippy cosa fosse successo e lui si era offerto di mostrarglielo. Osservare la distruzione totale della base di ricerca sull'asteroide fu catartico per l'equipaggio, come lo era stato per me. I medici dell'esercito ci dicono che parlare degli eventi traumatici aiuta ad affrontare i sintomi del disturbo da stress post-traumatico; tenere le cose dentro di te o cercare di non ricordare cosa ti è successo, peggiora le cose. Skippy mi disse che i sopravvissuti gli avevano chiesto se ci fosse un video dell'assalto, girato dalle telecamere dei combot e delle tute kristang. Un video c'era e io gli dissi di rilasciarlo a chiunque volesse guardarlo. Giraud e io visionammo tutti i feed dei dati delle telecamere e dei sensori, per renderci conto di cosa avevamo fatto bene e cosa avevamo sbagliato e imparare la lezione.

Giraud mi rimproverò con moderazione di essere stato poco professionale, far saltare in aria l'intero asteroide non sarebbe stato necessario per la missione, l'avevo fatto perché ero arrabbiato, perché volevo che le lucertole avvertissero il dolore che provavamo noi per avere perso così tante persone. Così tanti umani. Forse l'avevo fatto mosso dalla frustrazione e dal senso di colpa per non aver preso parte all'assalto. Chissà. La psicologia non è la mia area di competenza.

L'assalto era stato un successo e un fallimento insieme. Dal punto di vista delle perdite di vite umane, era stato un fallimento: avevo perso più della metà del nostro equipaggio originario e alcuni dei feriti avrebbero impiegato mesi per riprendersi, anche con l'incredibile tecnologia medica thuranin. Dal punto di vista del piano di Skippy di trovare un modo per localizzare il Collettivo, era stato un fallimento: la cosa che avevamo riportato con noi era proprio quello che lui aveva chiesto, non era danneggiata, non era inerte; Skippy riuscì ad accenderla e leggerne i dati, solo che non gli disse nulla di utile. Non sapeva se il difetto fosse nel dispositivo o dentro di sé, aveva la brutta sensazione di essere in qualche modo bloccato rispetto a ricordi che gli avrebbero permesso di accedere ai dati che riguardavano gli Anziani. Lui stesso. Il luogo da cui proveniva, chi era. Non disse a nessuno dei suoi dubbi e delle sue paure, solo a me. Da parte mia, mantenni il suo segreto e cominciai a temere tacitamente che un giorno Skippy potesse chiudersi o dare messaggio di errore, schermo blu, o andare in standby, o qualsiasi cosa fosse successa alle antiche intelligenze artificiali.

Era meglio che non si chiudesse con noi prima che fossimo tornati al wormhole vicino alla Terra perché, in questo senso, la nostra missione era stata un successo. Forse, sotto l'unico punto di vista che contava, la nostra missione era stata un grande successo. Era stata un successo tale che, anche se fosse sopravvissuta una sola persona per pilotare la nave, l'assalto sarebbe valso il suo terribile costo. Avevamo rubato un modulo di controllo del wormhole creato dagli Anziani, ed era intatto. Skippy verificò che fosse del tutto funzionante, in grado di tenere fede al suo nome e controllare un wormhole. E, cosa fondamentale, chiudere un wormhole. Noi umani non avevamo idea di come funzionasse quella cazzo di cosa, avremmo dovuto fare affidamento su Skippy per questo. Il punto era che, grazie all'assalto, avevamo la capacità di chiudere quel wormhole. Avevamo la capacità d'impedire ai kristang l'accesso alla Terra. I miliardi di esseri umani là avrebbero ritenuto adeguato qualsiasi prezzo la nostra ciurma di pirati avesse dovuto pagare.

Il fatto di doverci affidare a Skippy era un problema, era frustrato e si aspettava che continuassimo la missione con l'equipaggio restante. Quella era una conversazione che non volevo affrontare con gli altri in ascolto: misi a tacere Skippy fino a quando il maggiore Simms non si sarebbe seduta al comando, mentre Chang e Giraud erano entrambi in infermeria. Dopo avere ripreso la Fiore a bordo, saltammo tre volte, finché Skippy non fu certo che fossimo al sicuro, fuori dalla portata della rete di sensori kristang. I motori di salto erano quasi scarichi, capaci di appena un micro-salto di emergenza, ed eravamo sospesi in uno spazio interstellare profondo, in attesa che si ricaricassero del tutto.

«Ti senti a tuo agio ora, Joe?», iniziò Skippy col suo tatto di sempre. «Dobbiamo parlare della nostra prossima mossa. Riesco a vedere altre due possibilità per contattare il Collettivo. Una si trova a soli tremila anni luce di distanza, purtroppo arrivarci richiede un percorso di wormhole traverso, ed è la meno probabile delle due opzioni. E poi, si trova su un pianeta thuranin, sarebbe difficile entrare e uscire. La seconda si trova a novemila anni luce di distanza, fuori dal territorio dei thuranin, il che è un bene e un male, la specie che detiene quel territorio è quella dei...»

Cazzo. Non avevo neppure fatto in tempo a slacciarmi gli stivali. Era meglio che dicessi solo quello che avevo in mente. «Skippy, prima che continuiamo a cercare il Collettivo, andremo sulla Terra per rifornirci. Non abbiamo abbastanza persone per continuare con la missione in questo momento. Sei un genio, fai i conti.»

Skippy ebbe un'esitazione più breve che mai, di cui non mi sarei accorto se non l'avessi conosciuto così bene. Aveva davvero fatto i conti? Certo, millemila permutazioni. Forse un fantastilione. «Sei di cattivo umore, Joe.»

«Sono un po' stanco. Un sacco di persone sono morte oggi, Skippy.» Mi sfilai gli stivali scalciando, li avrei fatti volare attraverso il compartimento, se la paratia non fosse stata a un solo metro di distanza. «Esseri senzienti. Non dirmi cagate del tipo che siamo solo scimmie e batteri, siamo senzienti. Siamo importanti.»

«Più di quanto immagini, Joe. Come mi hai chiesto, ho fatto due conti. Il problema è che non sono uno stratega militare e ci sono un sacco di variabili che non posso quantificare. Mi hai promesso che avremmo trovato il Collettivo, insieme.»

«Skippy», mi sdraiai sul materasso come meglio potevo. «Io mantengo le mie promesse. Spiegami come facciamo ad avere una ragionevole probabilità di successo, con l'equipaggio che abbiamo ora, e ti ascolterò. Io non la vedo. Ora abbiamo nove persone atte al combattimento; io e due piloti dobbiamo restare a bordo dell'Olandese, quindi rimangono sei elementi in azione, e due di loro sono specializzati in logistica, non fanteria. Quell'asteroide era l'obiettivo più debole tra le nostre opzioni, giusto?»

«È molto probabile, sì, i kristang non si rendevano conto di quello che avevano, ecco perché gli oggetti di cui avevamo bisogno erano così poco sorvegliati.»

«Poco sorvegliati?»

«Relativamente parlando.»

«*Quella* è la tua definizione di poco sorvegliato? Avevi il controllo totale dei loro sensori e della maggior parte delle loro armi, eppure siamo arrivati a uno scontro a fuoco. Anche i nostri combot super-tecnologici sono stati massacrati. Uno degli altri due obiettivi sarà più facile da conseguire?»

«Certo che no, no.»

«Pensi di non poterti fidare di noi, temi che, una volta arrivati sulla Terra, non ce ne andremo mai più, che sarebbe la fine della missione. Mettilo da parte per un minuto. Dimentica quello che ho detto. Il tuo obiettivo è contattare il Collettivo. Usa il tuo potere di elaborazione divino. Quali sono le probabilità di raggiungere il tuo obiettivo con le risorse che abbiamo?»

Un'altra esitazione più breve che mai, forse più lunga stavolta? «Cazzo. Hai ragione. Ero, forse, troppo sicuro di me, prima dell'assalto. Ora che ho dati più estesi, ho rivisto la mia analisi. L'attuale probabilità di successo della nostra missione è inferiore al 50%. Per essere precisi, è il 12%. Questo è un livello di rischio inaccettabile.»

Ero così sollevato, che lasciai cadere la testa all'indietro e sbattei la parte posteriore del cranio sul bordo di un armadietto. «Merda.»

«Merda nel senso che non puoi credere ai miei numeri, o merda nel senso che credi ai miei numeri e sono peggio di quanto pensassi?»

«Merda, nel senso che ho sbattuto la testa contro questo stupido armadietto un'altra volta.»

«Ah. Accidenti, hai voglia a calibrare il mio programma per leggere i tuoi schemi e le tue espressioni vocali, continuo a sbagliare. Voi esseri biologici siete esasperanti a volte.»

«Sì, come quando gli esseri biologici sviluppano la tecnologia e costruiscono saccenti intelligenze artificiali.»

«Ti ho detto che non sono stato costruito da... oh, lascia perdere.»

Per abitudine consolidata, slacciai gli stivali e li misi di fronte a me, vicino alla porta. In caso di emergenza, avrei potuto infilarci i piedi e allacciarli molto in fretta, senza perdere tempo. Deformazione militare, di nuovo. «Siamo d'accordo, allora. Torneremo sulla Terra, giusto?» C'erano umani e rifornimenti umani su Paradiso, e Paradiso era più vicino. È probabile che ci fossero anche un consistente contingente di navi ruhar in orbita, soldati ruhar a terra e un gruppo di battaglia jeraptha in agguato alle estremità del sistema. Paradiso non era un posto in cui volevo tornare.

«Siamo d'accordo, cazzo. Ah, ho aspettato un milione di anni per contattare il Collettivo, un breve ritardo non è un grosso problema, credo.» La sua voce sembrava tutt'altro che convinta. «Bleah. Questo significa che andremo a visitare quella palla di fango infestata da scimmie che chiami casa.»

«Casa dolce casa, Skippy. Togliamoci il pensiero, così non ne discuteremo più tardi. Come possiamo fare in modo che tu ti fidi del fatto che noi, una volta arrivati sulla Terra, non ci resteremo? Con "noi" non intendo me, io manterrò la promessa che ti ho fatto.» Non era una domanda retorica, io stesso ero preoccupato. Avere una nave madre thuranin e una fregata kristang in orbita sarebbe stato molto allettante per i governi della Terra, sarebbero stati tentati di tenerci lì. E avrebbero addotto argomentazioni molto valide per mantenere le nostre due astronavi in orbita: per esaminare la loro tecnologia, per proteggere la Terra nel caso in cui qualche nave kristang rimasta indietro fosse ancora in giro, perché rimandare le nostre navi a vagare per la galassia, finché Skippy non avesse trovato un Collettivo che poteva esistere oppure no, era pura idiozia. Non è che volessi tornare a vagare tra le stelle con Skippy, per niente. Quello che volevo era che la vita tornasse alla normalità, era togliermi le stupide aquile d'argento, tornare a essere un soldato semplice, finire il mio periodo di servizio, tornare a casa e vivere una normale vita umana. E le bambine vogliono che Babbo Natale porti loro un pony. Dovevamo entrambi accettare la realtà. Non c'era più una vita "normale" per l'umanità, certo non per me. Se io o Skippy non fossimo riusciti a trovare un modo per costringere i governi della Terra ad autorizzare l'invio dell'Olandese Volante in orbita, non avrei mai potuto mantenere la mia promessa.

«Ah, quello. Nessun problema, Joe. Dopo che avremo attraversato l'ultimo wormhole che porta alla Terra, interromperò in via temporanea la sua connessione alla rete. Questo lo disabiliterà finché non si sarà resettato, il che richiederà abbastanza tempo perché noi arriviamo sulla Terra, carichiamo volontari e rifornimenti e torniamo al wormhole.»

«Uhm. È una grande idea, Skippy.» Perché non ci avevo pensato? Skippy mi aveva detto che poteva interrompere in via temporanea un wormhole da solo, il modulo di controllo era necessario per disattivarne uno in modo permanente. «Avremo tempi stretti, allora?»

«Stretti, sì. Una volta che avrò interrotto quel wormhole, i thuranin avranno una gran voglia di sapere cosa diavolo sia successo. Non appena si sarà resettato, delle navi lo attraverseranno. Dato che i thuranin sono dei piccoli, sospettosi, paranoici figli di puttana verdi, posso garantire che alcune delle loro navi faranno visita alla Terra, e non saranno lì per usare i loro buoni omaggio da Starbucks. I thuranin hanno un protocollo stabilito per l'investigazione di una nuova connessione wormhole: ci inviano attraverso una forza pesante di navi da battaglia, con incrociatori di scorta. Non vogliamo scontrarci con un carro da battaglia thuranin, una di quelle navi potrebbe polverizzare l'Olandese in particelle subatomiche, e persino io potrei solo rallentarli.» Skippy aveva detto più volte che, pur con tutta la sua apparente potenza, una nave madre non era in primo luogo una nave da guerra, ma un mezzo di trasporto a lungo raggio per navi da guerra. Durante un combattimento, le navi madri fuggivano e lasciavano combattere le loro scorte.

«Perfetto, Skippy. Per favore, traccia una nuova rotta di salto per la Terra.» Saremmo rimasti sulla Terra solo il tempo di un caffè o, per quanto mi riguardava, un cheeseburger. Ne sentivo già il sapore. L'antica intelligenza artificiale degli Anziani mi aveva sorpreso di nuovo, mi ero preparato a una lunga e accesa discussione per decidere se avremmo continuato a cercare il Collettivo, o saremmo andati a rifornirci sulla Terra. Skippy non reagiva alle discussioni, reagiva ai fatti e alla logica. «Ehi», il mio dito si posò sull'interruttore per spegnere la luce, «per curiosità, secondo i tuoi calcoli, quali erano le probabilità di successo dell'assalto appena concluso?»

«In origine, 37,6%. Poi, dopo che l'equipaggio ha dimostrato competenza con i combot e il capitano Giraud ha sviluppato il suo piano d'assalto, ho calcolato le probabilità al 51,1%.»

«Appena il 50%? Non pensavi che valesse la pena menzionarlo?!»

«*Sopra* il 50%. Sopra è sopra. Non l'hai chiesto. E il tuo fascicolo indica che la matematica non è il tuo forte.»

Discutere del passato non era produttivo. «I motori di salto saranno carichi del tutto tra due ore e mezza, giusto? Svegliami tra due ore.»

«Incredibile. Sono la sensibilità più avanzata della galassia e mi stai usando come sveglia.»

«Due ore, Skippy. Buonanotte.»

I componenti dell'equipaggio furono sollevati ed entusiasti nel sentire che ci saremmo fermati sulla Terra prima di continuare la missione. Almeno, ne furono felici per un paio di giorni. Poi, durante uno dei miei turni di servizio, Simms fece un cenno per attirare la mia attenzione, io annuii e le feci segno di venire sul ponte di comando. In quel momento, non stava succedendo niente di importante, eravamo a un anno luce da una nana rossa di poco conto, a tre anni luce dal wormhole più vicino, in attesa che i motori si ricaricassero. «Colonnello», disse il maggiore Simms, «ora che stiamo per chiudere il wormhole, tra l'equipaggio girano dei ripensamenti.»

«Cosa?», esclamò Desai dalla poltrona del pilota, e anche Walorski si voltò.

Io ebbi la stessa reazione: «Maggiore, il fine dell'intera missione è bloccare alle lucertole l'accesso alla Terra».

«Sì, signore, non è questo il problema. La gente teme che la Forza di spedizione su Paradiso non potrà mai più tornare sulla

Terra, dopo la chiusura del wormhole; non riceveranno spedizioni di cibo o forniture mediche. Li abbandoneremo. Per sempre.» Le sue mani si strinsero a pugno, mostrando la sua ansia. «Questo non sta bene all'equipaggio. O a me. Signore.»

Questa era una conversazione che sapevo imminente e che non ero impaziente di affrontare. L'argomento mi era rimasto nel sottoscala della mente fin da quando Skippy mi aveva parlato dell'idea di chiudere il wormhole. Prima che potessi trovare una risposta, Skippy prese la parola: «Non preoccuparti, maggiore Tammy. La vostra Forza di spedizione è già stata abbandonata, e non possiamo farci niente, quindi non siamo responsabili. Ho intercettato dei messaggi in cui i thuranin comunicavano al clan Vento Bianco che non avrebbero sostenuto ulteriori tentativi di riconquista di Paradiso, il pianeta non vale lo sforzo e le forze thuranin sono impegnate altrove nel settore. I kristang avevano smesso di portare rifornimenti dalla Terra ancor prima che i ruhar si riprendessero il pianeta. I kristang non faranno alcuno sforzo per evacuare gli umani da Paradiso e i ruhar non hanno accesso alla Terra, né capacità di trasporto in questo settore. Sono da soli».

Mi aveva fatto incazzare di nuovo: «Cazzo, Skippy, non devi sembrare così allegro!».

«I fatti non sono allegri o cupi, colonnello Joe», Skippy aveva un tono difensivo nella voce, che mi sorprese. «Sono solo fatti. Il fatto è che, che chiudiamo il wormhole o no, l'Unef è bloccata su Paradiso per il prossimo futuro. I ruhar forniranno integratori alimentari fino a quando non si potrà fare la raccolta nei campi da voi coltivati. Penso.»

«Skippy, non sei d'aiuto. Maggiore, non ho ignorato l'Unef, non volevo parlarne, perché Skippy ha ragione al 1.000% su questo. Non possiamo fare nulla per aiutare l'Unef. Possiamo aiutare i miliardi di umani sulla Terra. E se qualcuno ha la brillante idea che dovremmo consegnare Skippy ai ruhar, perché i criceti trasportino in cambio la gente dell'Unef sulla Terra, scordatevelo.»

Skippy fu felice di sentirlo: «Grazie, Joe, apprezzo».

«La programmazione di Skippy lo metterebbe in standby in presenza di specie interstellari evolute, perciò, se lo dessimo ai criceti, perderemmo la capacità di chiudere il wormhole. O qualsiasi altra cosa.»

«Ah», Skippy sembrava davvero sorpreso. «Che peccato, colonnello Joe, per un attimo ho pensato che stesse esprimendo un tantino di lealtà nei miei confronti.»

Sospirai prima di riuscire a fermarmi: «Skippy, hai detto chiaro e tondo, ogni volta che hai potuto, che sei un potente super-essere e che noi per te siamo batteri. Questa non è un'amicizia tra te e me, è un'alleanza tra specie, culture o qualunque cosa sia. Noi ti siamo utili e tu ci sei utile. Quando io faccio un accordo con te, gli mantengo assolutamente fede. Quello che non so è se tu ritieni che valga la pena mantenere fede a un qualsiasi accordo fatto con dei batteri».

«Uhm.»

«Sì, uhm.» Con la coda dell'occhio, percepii un avvertimento da parte di Simms, con tutta probabilità temeva che rischiassi di far incazzare Skippy. Non conosceva quella testa di cazzo come la conoscevo io.

«Mi sembra giusto, colonnello Joe. Voi non lo sapete dato che siete, dopotutto, batteri, ma in realtà sono affidabile al 100% quando faccio una promessa. Possiamo lavorarci su.» Sembrava ancora ferito. Mi chiedevo quale parte della sua capacità fosse dedicata a una sub-routine di emulazione delle emozioni. Era quasi convincente.

«Abbiamo finito, maggiore?», chiesi a Simms. «Non c'è niente che possiamo fare per aiutare la Forza di spedizione su Paradiso. L'Unef è venuta qui per proteggere la Terra; quella missione si è incasinata perché le lucertole ci hanno mentito, ma noi possiamo ancora proteggere il nostro pianeta. È questa la nostra missione. Se mai ci fosse un modo per ristabilire il contatto con l'Unef, per me andrebbe benissimo, ma va oltre le nostre capacità.»

Simms annuì con una smorfia: «Vuole che parli all'equipaggio?».

Questo avrebbe significato prendere la via d'uscita del codardo. «No, me ne occuperò io.»

Fui maggiormente diplomatico quando parlai all'equipaggio più tardi quel giorno; spiegai la situazione, ascoltai con simpatia, dissi che avevo anch'io amici su Paradiso. Quello che non feci fu farmi forte del mio rango e dichiarare che ero il comandante e avremmo fatto quello che io pensavo fosse meglio. Per lo più ascoltai e lasciai che la gente parlasse. Tutti capivano che non c'era nulla che in pratica potessimo fare per gli umani su Paradiso, e quello che davvero li disturbava era il senso di colpa. Il senso di colpa perché saremmo, si sperava, andati a casa e avremmo goduto di qualsiasi comodità terrestre vi si trovasse ancora. A casa con amici e familiari e cheeseburger. Mentre la gente dell'Unef sarebbe rimasta a sperare che i ruhar decidessero di deviare dal loro sforzo di guerra risorse sufficienti a tenerla in vita. Anche se i ruhar avessero deciso di nutrire i loro ex nemici, gli umani tecnologicamente arretrati, i kristang avrebbero potuto disturbare le loro spedizioni abbastanza da impedire ai rifornimenti di arrivare su Paradiso, e i ruhar avrebbero potuto non essere in grado di provvedere all'Unef.

Alla fine, ricordai alla nostra non tanto allegra banda di pirati che saremmo tornati a casa in una situazione sconosciuta, che non sapevamo quanti kristang e navi si trovassero sul lato della Terra rivolto verso il wormhole, che la Terra avrebbe potuto non essere più il paradiso blu e verde che ricordavamo, che avremmo potuto essere costretti ad aprirci la strada combattendo contro forze nemiche superiori per numero. E che, una volta chiuso il wormhole, quando i kristang sulla Terra si sarebbero resi conto di non poter tornare a casa, avrebbero potuto essere tentati di dimenticare Le Regole e usare armi proibite contro la popolazione umana. Su questo, gli occhi della gente si strinsero e le mascelle si sporsero. «La nostra missione non sarà finita quando avremo chiuso il wormhole dietro di noi. Quello sarà l'inizio.»

«Colonnello», chiese il soldato Putri. Il Putri americano, non quello indiano. «Qual è il piano nel caso in cui sulla Terra ci fosse una forza considerevole di navi kristang?»

«In quel caso combatteremo. Non servirebbe chiudere il wormhole se le lucertole sulla Terra potessero ancora distruggere la nostra casa. Combatteremo come possiamo, finché i kristang non saranno più una minaccia per la Terra. L'Olandese non è una nave da battaglia, ma abbiamo armi e capacità di salto superiori.

Se le lucertole vogliono combattere, facciamo loro sputare sangue. Combatteremo finché non saranno distrutte, o fino al nostro ultimo respiro. Questo è il mio piano.»

Un paio d'ore dopo, mi stavo togliendo le scarpe nel mio minuscolo dormitorio, quando Skippy parlò dall'altoparlante sul soffitto.

«Colonnello Joe, dobbiamo parlare."

«Oh», gemetti, «non parliamo già abbastanza? Puoi aspettare?»

«No e poi no. Siamo vicini al passaggio del wormhole per la Terra, ho bisogno che tu stia a sentire una cosa prima di programmare il lancio.»

Ehm... oh. Il suo tono mi fece rizzare le antenne. Problemi in vista. Che cosa mi aveva taciuto quella piccola, lucida testa di cazzo stavolta? Ritornando coi piedi sul pavimento, mi strofinai la faccia per simulare uno stato di semivigilanza: «Sono tutt'orecchi. Cosa c'è?».

«È stato commovente il discorso che hai tenuto, sul fatto di dover combattere i kristang anima e corpo, fino all'ultimo respiro.»

«Mi tieni sveglio per farmi i complimenti per il mio discorso?»

«No, a essere sincero, come discorso era al massimo di terzo livello. Del tutto derivativo. Stai parlando della possibilità che si entri nella prima battaglia spaziale dell'umanità e il meglio che sai dire sono degli stupidi cliché? Potevi almeno aggiungere qualche citazione esagerata da Patton, o qualcosa del genere.»

«Cristo santo, Sk...»

«Quello che voglio dire è che potrai anche avere intenzione di combattere anima e corpo, ma una cosa contro cui non dovrai combattere è questa nave. Ho bisogno dell'Olandese per contattare il Collettivo. Non permetterò che venga messa a rischio. E, dato che ho bisogno di un umano, di un equipaggio umano vivo che la piloti per me, non ti permetterò di mandare tutti a combattere. Specie se è probabile che tu abbia la peggio.»

«Merda», risposi a denti stretti. «Che vuol dire che non me lo permetti?»

«Se vuoi fare qualcosa di stupido che metterà in pericolo l'Olandese o mi priverà di un equipaggio, non collaborerò alla gestione della nave. Questo significa che non programmerò salti, né caricherò le rotte nel pilota automatico, né preparerò e punterò le armi. Il capitano Desai ha imparato solo a fare minime manovre nello spazio normale e posso bloccare anche quei comandi. Passando attraverso il wormhole e chiudendolo dietro di noi, correrò il rischio che tu decida di non aiutarmi a trovare il Collettivo dopo che avremo fatto rifornimento sulla Terra. Abbiamo un accordo, Joe, mi aspetto che tu lo onori.»

«Cazzo.»

«Che parola multiuso, Joe.»

«Intendevo della serie: cazzo, sì, non ho dimenticato il nostro accordo, cui manterrò assolutamente fede. Hai qualche idea geniale su come rifornirci, se i kristang hanno una task force di navi nell'orbita terrestre?»

«Questo scenario è improbabile, dato il prezzo che i thuranin stanno facendo pagare al clan Vento Bianco per il trasporto da e verso la Terra. Mi aspetto che i kristang abbiano inviato solo una guarnigione di una minima forza, il loro vantaggio tecnologico è così schiacciante che non avrebbero bisogno di molte truppe per tenere sotto controllo il vostro arretrato pianeta. Dalle comunicazioni dei thuranin che ho intercettato ho saputo che importanti elementi della flotta si stanno preparando per una battaglia attorno a un gruppo di wormhole all'altra estremità di questo settore. La loro attenzione è concentrata altrove.»

«Il punto è, Skippy, che non abbiamo idea di cosa troveremo quando arriveremo sulla Terra. Se scopriamo che le lucertole stanno terrorizzando il nostro pianeta, non puoi aspettarti che questo equipaggio scappi e si metta a vagare per la galassia con te. Ci serve un'altra opzione.»

«Sono aperto ai suggerimenti, Joe. Sei tu il soldato.»

Come avrei potuto escogitare una strategia di battaglia spaziale, con la mente stanca e nessuna esperienza o addestramento in quel genere di combattimento? O in qualsiasi tipo di combattimento nave per nave? Ah, sì, perché indossavo aquile d'argento, ecco come. «Va bene, che ne dici della Fiore? Quella nave non ti serve, vero? Ti va bene se mando una parte dell'equipaggio sulla Fiore a combattere i kristang? Ti prometto, Skippy, che non ti lascerò qui. Rimarrò a bordo dell'Olandese.»

«La Fiore è in qualche modo utile, perché avere attraccata una nave kristang, in particolare una nave kristang danneggiata in battaglia, è uno stratagemma efficace. Ma non è essenziale. Ok, puoi staccare la Fiore, io programmerò anche un salto per te. Non so che cosa ti aspetti di buono dal tuo equipaggio non addestrato, con una nave che non sa guidare.»

«Allora ho bisogno che inizino l'addestramento, subito». Avevamo anche bisogno di una strategia. O, no? Presi in considerazione quello che aveva detto Giraud sui piani di battaglia flessibili e aveva senso in tutto e per tutto. Non avremmo potuto fare piani fino a quando non avessimo avuto informazioni. Qualsiasi informazione. «Che ne dici di questo, Skippy? Possiamo far saltare l'Olandese abbastanza vicino da vedere quali forze i kristang hanno disposto attorno alla Terra, ma abbastanza lontano da essere al sicuro? A quel punto, potremmo staccare la Fiore, oppure, se concordi che il rischio è minimo, far saltare in orbita l'Olandese.»

«Mmh. Suona sospettosamente ambiguo. Rischio *minimo* non equivale a *nessun* rischio. Ah, che cazzo, perché no? Sono già annoiato. Solo per te, Joe, concordo su questo: possiamo saltare direttamente in orbita ed esaminare la situazione da lì e saltarcene fuori di nuovo se giudico troppo grande il rischio. Non che non mi fidi di te o del tuo equipaggio, ma programmerò il pilota automatico con un timer, per farci saltare di nuovo fuori a meno che io non annulli l'ordine.»

«Affare fatto», mi affrettai ad accettare prima che Skippy potesse cambiare idea. Ogni rischio che la mia lattina di birra super-intelligente avesse giudicato troppo grande avrebbe significato che era meglio per noi ritirarci e riprendere comunque in considerazione le opzioni a disposizione. Forse avremmo potuto lanciare un paio di proiettili ai kristang prima di partire, come sveglia. Una nave madre thuranin che saltava in orbita sulla Terra e faceva esplodere un paio di navi kristang senza preavviso avrebbe gettato le lucertole nel panico.

«Per la tua formazione in tattiche di combattimento spaziale, se i kristang sono sulla Terra in forze, è meglio saltare in orbita piuttosto che saltare fuori di un paio di unità astronomiche. Persino io non sono in grado di nascondere l'esplosione di raggi gamma quando usciamo da un salto. Dovremmo aspettare lì e avviare scansioni di sensori ad ampio raggio, e i kristang sulla Terra sarebbero allertati del nostro arrivo. Saltare loro addosso ci permetterà di coglierli alla sprovvista e magari pompargli un paio di missili su per il culo prima che possano reagire. Allora potremo saltare via, se ne abbiamo bisogno.»

«Il combattimento spaziale sembra complicato.» Ripensai a quando avevo ascoltato il pilota di Pollo parlare di combattimento aereo dopo la nostra prima simulazione di guerra, su Campo Alfa.

«E certo! E poi c'è il fattore Skippy.»

Una parte di me voleva evitare di abboccare: «Il fattore Skippy?».

«Sai, la mia incredibile grandiosità.»

«Ah, certo.»

«Non ne sei convinto? Nello specifico, mi riferisco alla mia capacità di prendere il controllo dei sistemi kristang da remoto, usando il nano-virus thuranin incorporato nei loro sistemi. Per farlo, devo essere a circa un secondo luce dalla nave nemica.»

«Un secondo luce? Questo è, ehm...», la luce viaggia, ehm... uhm... stavo cercando di immaginare me stesso in una classe.

«Lascia che ponga fine alle tue sofferenze, prima che ti vada a fuoco il cervello, scimmiotto. Un secondo luce è all'incirca la distanza tra la Terra e la vostra luna.»

«Ah», pensai un momento, «ero convinto che le navi non dovessero saltare così vicino a un pianeta, non è così?»

«La maggior parte delle navi non può, il pozzo gravitazionale di un pianeta distorce il campo di salto all'ingresso, rendendo la navigazione di salto imprevedibile, e la distorsione del campo può danneggiare i motori di salto, anche fare a pezzi una nave. Ma una nave dove ci sono io che controllo i motori di salto compensa la distorsione di campo. Voilà, il fattore Skippy.»

«Impressionante», dovetti ammettere.

«Come? Niente battute sarcastiche?»

«No, sarai anche uno stronzo arrogante, ma la tua grandiosità è legittima.»

«Non è vantarsi se è vero.»

«Sì, questa l'ho già sentita. Ehi, è per questo che ci hai fatto saltare così vicino a quel gigante gassoso?»

Ci fu un'esitazione più breve che mai: «Può darsi che fosse troppo vicino. Non avevo finito di mettere a punto i merdosi motori di salto di questa nave. Non accadrà più. Ehi, bella chiacchierata. Devi dormire un po', possiamo parlarne dopo, eh?».

Mi sdraiai sul letto, cercando di nascondere un sorriso. La scimmia aveva messo a disagio l'intelligenza artificiale. Dovevo ricordarmelo.

La transizione attraverso l'ultimo wormhole andò liscia, ogni mio timore di poterci imbattere in una nave thuranin in partenza era superfluo. Skippy non rilevò nessuna nave nella zona. Quando fummo al sicuro fuori dal wormhole, Skippy ne interruppe la connessione alla rete e lo spense. Per fortuna, aveva caricato una nuova applicazione in evidenza sulla schermata iniziale di tutti i nostri zPhone, era un semplice orologio. Un conto alla rovescia fino al reset del wormhole. Tutti ricevemmo il messaggio, forte e chiaro.

Nel mio alloggio, stavo cercando di attaccare i gradi da sergente sulla giacca di una delle mie uniformi, Skippy aveva fabbricato i galloni per me. Una volta raggiunta la Terra, il mio rango teatrale di colonnello sarebbe stato annullato e io sarei tornato al mio grado regolare di sergente dell'esercito. Una parte di me, una gran parte di me, temeva quello che gli alti ufficiali dell'esercito avrebbero pensato del fatto che avevo indossato le aquile d'argento, e di tutti i casini che avevo combinato, o delle decisioni discutibili che avevo preso. Non appena la Terra sarebbe comparsa nello schermo, quelle aquile da guerra d'argento sarebbero entrate in una scatola, e non ne avrei fatto una tragedia. Chang, che era stato rilasciato dall'infermeria ora che le sue costole rotte erano in via di guarigione, accettò la mia proposta di prendere il comando quando avremmo raggiunto la Terra, con l'eccezione che io restavo capitano della nave. Secondo me, Chang non era ancora a suo agio con Skippy. Comunque non aveva molta importanza, una volta che avremmo preso contatto con le autorità sulla Terra, il nostro equipaggio pirata avrebbe risposto al comando del pianeta. Sempre che non fossimo stati costretti ad aprirci la strada combattendo contro una flotta di navi da guerra kristang. Questo pensiero m'innervosiva.

C'era un'altra cosa che m'innervosiva, aspettai di poterne parlare con Skippy in privato. Una pausa dagli sprint di corsa lungo la chiglia dell'Olandese era una buona occasione. «Senti, grande e potente Oz, mi dispiace davvero di averti chiamato Skippy. Mi sento un idiota ora, non sapevo quanto tu fossi potente e non volevo mancarti di rispetto. Col governo faremmo una figura di merda se venissero a sapere che ti ho chiamato Skippy, perciò come potrei chiamarti? Signore Dio Onnipotente è ancora valido, nel caso ci stessi pensando.»

«Mi va bene Skippy. Mi piace.»

«Sei sicuro?» Non capivo se stesse scherzando.

«Sì. Skippy è un soprannome, giusto?»

«Credo di sì.» Non conoscevo nessuno che si chiamasse Skippy.

«E i soprannomi possono essere termini derisori, il che, ammettilo, non è possibile quando siete voi forme di vita inferiori a parlare di me.»

«Certo che no», strabuzzai gli occhi.

«Vorrei vedere! Ma un soprannome può essere anche indicativo di accettazione, di appartenenza, di adesione al gruppo dei ragazzi fighi.»

Ragazzi fighi? Un essere d'incredibile potenza, vecchio un milione di anni, voleva essere uno dei "ragazzi fighi"? «Certo, vada per Skippy.»

«Le persone che mi chiamano Skippy ricorderanno di continuo a voi scimmie che *non* somiglio per niente a nessun altro picchiatello che abbia mai vissuto su quel miserabile schifoso pianeta e la cosa vi farà notare la vostra totale trascurabilità rispetto a me, molto meglio di qualsiasi nome destinato a evocare rispetto. E, sul serio, pensi davvero che voi imbranati sareste davvero capaci di darmi il rispetto che merito? Il nome Skippy è appropriato; è stata una reazione difensiva da parte tua, a qualcosa che va ben oltre la tua comprensione.»

«È stata una reazione *offensiva* al fatto che sei uno stronzo!»

«O quello. Come vuoi.»

Prima di fare il salto finale nel sistema solare di casa nostra, ordinai una smobilitazione, per assicurarmi che tutti fossero ben riposati e tutti i nostri sistemi e le attrezzature fossero resettati e pronti al rock'n'roll. In particolare, ero preoccupato per le armi dell'Olandese, per quanto relativamente deboli.

Chang era in piedi, e più in fretta di quanto mi aspettassi, anche con i trattamenti miracolosi thuranin: il ragazzo aveva le costole rotte e un polmone in parte perforato. Entrò nel Cic, dove c'era anche Simms, mentre io ero sulla poltrona di comando. «Colonnello Chang, non dovrebbe essere in infermeria?», chiesi. Skippy non aveva detto nulla sul fatto che avrebbe rilasciato Chang dalla terapia.

Chang si tolse la maglietta, aveva una plastica nera attorno alle costole. «Mi stanno curando, Skippy ha detto che andare in giro aiuterebbe i tessuti a adattarsi mentre guariscono.»

«Va bene, basta che non pensi di tornare in servizio. Vacci piano per un paio di giorni, d'accordo?»

Chang trasalì, ancora sofferente quando si muoveva: «D'accordo. Colonnello, ho sentito che è stata sua l'idea di usare le nostre radio per triangolare la posizione del nodo di comunicazione. È stata una trovata eccellente, forse quello che ci ha salvati tutti. Se avessimo dovuto smistare tutta quella spazzatura da soli, saremmo rimasti intrappolati».

Ricevere l'ammirazione di Chang faceva molto bene, peccato che fosse malriposta. Purtroppo, dovetti spiegare cos'era successo davvero: «Grazie, non era niente di brillante, era ovvio. Tutto quello che ho fatto è stato chiedere se il nodo di comunicazione potesse trasmettere, e mi pareva che dovesse poterlo fare, se il suo scopo sono, sai, le comunicazioni. Skippy è incredibilmente intelligente, ma è anche distratto e non pensa a cose che noi riterremmo ovvie. Per esempio, non ci ha detto dei combot finché non gli ho chiesto come combattessero i thuranin. Tienilo sempre a mente quando hai a che fare con Skippy, è solo che non pensa al nostro livello».

Saltammo nell'orbita terrestre, Skippy riferì che c'erano solo due navi kristang, una fregata e una nave da trasporto truppe che era anche la loro ammiraglia. Regolai lo schermo per zoomare sulla grande nave da trasporto truppe kristang che riempì uno dei visori. Era maledettamente grande, anche se continuavo a dimenticare quanto più grande fosse l'Olandese, che avrebbe potuto trasportare dozzine di quelle navi kristang attraverso anni luce.

«Avrò bisogno di stabilire una connessione con il nano-virus sull'ammiraglia kristang, craccare la loro crittografia multilivello, prendere il controllo dei loro computer e bloccare loro l'accesso.»

«Quanto tempo ci vorrà?»

«L'ho fatto mentre parlavo, nell'intervallo tra "stabilire" e "connessione".»

«A nessuno piacciono le ostentazioni, Skippy.»

«Posso andare più piano, se vuoi, ma è probabile che mi annoierei e perderei di vista quello che avrei dovuto fare dopo un paio di picosecondi.»

«Non possiamo permettercelo. Quali risorse hanno sulla Terra?»

«Solo quelle due navi: la nave da trasporto truppe laggiù, che è la loro ammiraglia, e una fregata in orbita polare, al momento sopra Sumatra, dall'altra parte del pianeta. La nave da trasporto ha ventiquattro navicelle d'assalto di vario tipo, di cui tre sono a bordo ora, una è in orbita in avvicinamento e le altre sono sparse per tutto il pianeta. Anche la fregata ha a bordo due piccole navicelle. Ci sono insediamenti difensivi dei thuranin in cima agli ascensori. E i kristang hanno una costellazione di diciassette satelliti maser in orbita per gli attacchi a terra.»

«Ok», feci un lungo respiro. «Siamo abbastanza sicuri da restare qui? Annulliamo il salto?»

«Affermativo, ho annullato il conto alla rovescia del salto. Siamo stati fortunati, entrambe le navi sono nel mio raggio di controllo, anche se l'orbita della fregata si sposterà oltre il mio raggio tra dieci minuti. Al momento, i kristang sono spaventati da una nave thuranin, una nave madre, apparsa nel cielo senza preavviso. Li sto confondendo con comunicazioni disturbate dall'Olandese, che non li fermeranno a lungo. Entrambe le navi kristang si stanno preparando a saltare via con scarso preavviso. Non si rendono conto che controllo io i loro computer.»

«Hai detto che ci sono satelliti? Che tipo di satelliti?»

«Ogni satellite è lungo cinquantotto metri, alimentato da un reattore a fusione in grado di generare ottocentoventi megawatt di potenza maser.»

«È un sacco di roba?»

«Le vostre portaerei nucleari americane di solito generano circa duecento megawatt, dai reattori a fissione.»

«Porca vacca.» Pensavo che i satelliti fossero cose di poco conto. La mia idea di satellite era una scatola con pannelli solari che mi permetteva di guardare le partite di calcio.

«Oh, *molto* male! Due dei satelliti si stanno preparando a sparare su una città chiamata Mumbai, dove c'è una grande protesta contro i kristang. Colonnello», dal tono della voce capii che Skippy era serio per un momento, «quei satelliti e la fregata sono stati impegnati a reprimere tentate ribellioni in tutto il pianeta. Si stimano milioni di vittime umane. La fregata ha causato ingenti danni alle principali città con colpi di cannone a rotaia.»

Sbattei con rabbia il pugno sul grande pulsante rosso, non pensando a quello che stavo facendo. «Quanti kristang ci sono laggiù?»

«Millequattrocentoventitré kristang, per lo più in sette aree. Dodici delle loro navi sono al momento in volo.»

Mi chinai in avanti con tensione, guardando lo schermo, senza rendermi conto che il mio pugno destro era appoggiato sul grande pulsante rosso. «Dobbiamo tenere quella nave da trasporto truppe, ma quella dannata fregata mi piacerebbe farla saltare nel Sole. Puoi reimpostare l'obiettivo di quei satelliti per fare in modo che colpiscano le aree kristang e le loro navicelle?»

Ci furono bagliori luminosi in tutto il pianeta e potei vedere la nave da trasporto truppe tremare, mentre sembrava che i corpi delle lucertole fossero soffiati fuori dalle camere d'equilibrio. Quello stesso velivolo sbocciò una scarica di missili, che curvarono in discesa verso il pianeta e sfrecciarono in avanti, trasformandosi in un lampo in striature ardenti attraverso l'atmosfera.

«Fatto», annunciò Skippy. «La popolazione kristang è ora a quota settecentoventi. Ah! Missili che impattano e... ok, la popolazione

è a quota centosettantadue. Aspetta. Ah! Ha preso quei bastardi!»
Ci fu un altro bagliore luminoso da un satellite. «Il satellite ha
oltrepassato l'orizzonte, ho dovuto diffrangere il raggio maser.
Centosessantaquattro.»

«*Cosa?*»

«Hai detto al sistema di sparare.»

«Non l'ho fatto», mi resi conto che la mia mano era appoggiata
sul pulsante. «Merda! Skippy, ti ho chiesto se potevi farlo, non ti
ho detto di farlo davvero!»

«Ops.»

«*Ops?* Skippy, questo è un gran cazzo di ops.»

«Non volevi neanche che facessi saltare quella fregata nel nucleo
della stella locale? Perché non lo posso annullare. Tra un paio
di milioni di anni, gli atomi di quella fregata emergeranno nella
fotosfera, ma quel Tombolo Dondolo non si potrà riassemblare.»

«Dobbiamo lavorare sulla nostra comunicazione.»

«L'ho notato.»

Spostai la mia attenzione sulla nave da trasporto truppe. «Cos'è
successo laggiù?»

«Quella nave era tutta infestata di lucertole. Bleah, disgustoso.
Ho dovuto disinfestarla con una decompressione esplosiva. Ce ne
sono quattro ancora vive laggiù, cose maledettamente testarde.»
Skippy sembrava frustrato. È probabile che fosse in grado di uccidere
quelle quattro lucertole, ma questo avrebbe potuto richiedere che
danneggiasse la nave, che invece volevo mantenere intatta.

Rabbrividii senza volerlo, pensando all'immenso potere di
Skippy e a quanto le cose sarebbero potute andare male se mi fosse
accaduto di nuovo di non prestare attenzione. Dovevo mettere un
coperchio su quel grande pulsante rosso, così, la prossima volta
che avessi voluto usarlo, avrei dovuto prima levare la copertura.
«Hai il controllo completo? Le lucertole non possono fare del male
agli umani in questo momento?»

«In questo momento, immagino che siano troppo occupate a
pisciarsi addosso per pensare di fare qualcos'altro. Mi sono anche
preso la libertà di chiudere i progetti kristang di modifica dei vostri
migliori terreni agricoli a loro uso e consumo. E ho fritto tutti i

loro sistemi informatici. Qualunque cosa faranno, la faranno senza buona parte dell'elettronica.»

«Grande, grazie.» Mi strofinai la faccia e chiusi gli occhi per un momento. Oltre duemila lucertole, fatte fuori in un attimo, con le loro stesse armi. Quando alzai gli occhi, quelli di Simms erano spalancati.

«È successo davvero?», chiese il maggiore, stupita.

Annuii e indicai nello schermo l'immagine della nave da trasporto truppe, ora circondata da una nuvola di corpi di lucertole congelati all'istante. «E più di mille kristang morti sul pianeta.» Per qualche ragione, quassù, sembrava più naturale dire "il pianeta" che "la Terra". Era da un po' che non vedevo il posto, comunque.

Gli altri mi annuirono attraverso il vetro. «È un buon inizio», osservò Simms. Concordai.

Forse la comune gente perbene sarebbe inorridita di fronte a tanta morte e distruzione. Parlando a nome della nostra allegra banda di pirati, non avevamo simpatia per le lucertole. Se quello che avevamo sentito della situazione sulla Terra, quello che i kristang avevano fatto alle persone e alla biosfera, era vero, allora l'intera specie delle lucertole poteva andare a farsi fottere.

«Skippy, puoi contattare il governo degli Stati Uniti? Ho bisogno di parlare con una persona autorevole.»

«Certo. Un momento. Vai.»

«Pronto?» Una voce femminile, che riconobbi vagamente, uscì dagli altoparlanti. «Chi è?» Sembrava sorpresa.

«Ehm, chi è a parlare?»

«È stato *lei* a chiamarmi. Dove ha preso questo numero?», chiese la voce.

E mi ricordai con uno shock dove avevo già sentito quella voce. Mai così tirata, però, così logorata dalla disperazione.

«Skippy», dissi in un severo sussurro: «Che cazzo hai fatto?».

«Volevi parlare con il governo americano, così ho chiamato il cellulare personale criptato della vostra presidentessa.»

Scossi il pugno in direzione del suo lucido cilindro. Avevamo seriamente bisogno di lavorare sulla nostra comunicazione. «Signora, signora presidentessa, qui è il colonnello, voglio dire, sergente, Joe Bishop, dell'esercito americano, in precedenza con la X divisione di fanteria. Abbiamo preso una nave da trasporto truppe kristang, una fregata e una nave madre thuranin. Ora siamo in orbita e abbiamo appena ucciso tutti tranne centosessantaquattro...»

«Più i quattro sulla nave da trasporto truppe», mi riprese Skippy.

«Tutti tranne centosessant*otto* kristang sulla Terra o attorno alla Terra, e abbiamo il controllo della loro nave restante e dei loro satelliti.»

Ci fu una lunga pausa, con voci che parlavano in sottofondo. «Silenzio! Signor Bishop, vero? Il mio aiutante militare mi sta dicendo che ci sono stati attacchi satellitari in tutto il pianeta, ma tutti contro gli insediamenti kristang. I thuranin non erano i patroni dei kristang? Sia gentile, mi dica che cosa sta succedendo.» Sembrava scossa.

Feci un lungo respiro. «È una storia molto lunga, signora. I fatti importanti sono che i kristang non hanno più il controllo della Terra e non arriveranno rinforzi per loro, perché abbiamo chiuso il wormhole locale.»

«Ehi! Non dimenticarti di me!», disse Skippy. «Sono l'eroe di questa storia, tu sei solo l'impavida spalla che fornisce intrattenimento comico.»

«Chi è che parla?», chiese la presidentessa.

Oh, che cazzo. Ero stanco. «Signora, è una lattina di birra cromata di nome Skippy.» Feci una pausa e considerai che di sicuro era la prima volta che qualcuno diceva una cosa del genere a un presidente americano. «È un'intelligenza artificiale vecchia di diversi milioni di anni, che in confronto fa sembrare i thuranin intelligenti come la melma dello stagno.»

«Prrr.» Skippy fece una pernacchia. «Per favore, non sono così intelligenti.»

Toccò alla presidentessa fare un lungo respiro nel telefono: «Mi sta tornando il mal di testa».

«Come le ho detto, signora, è una lunga storia. Dobbiamo parlare.»

«Inoltre, abbiamo bisogno di pizza!», aggiunse Skippy. «Non per me, ma la nostra allegra banda di pirati qui ha bisogno di pizza. E birre fredde! Si festeggia, ragazzi!»

«Allegra banda di pirati?», chiese la presidentessa.

Stava venendo il mal di testa anche a me.

Dopo che la presidentessa mi ebbe passato un assistente per discutere i dettagli e dopo avere concordato i termini per portare a casa la nostra ciurma di pirati, controllai di nuovo lo schermo principale. «Skippy, siamo al sicuro? Ci sono navi kristang o thuranin dirette verso di noi?» Non riuscivo ancora a interpretare gli schermi. Sembravano vuoti, non fosse per la nave da trasporto truppe kristang e l'Olandese. E una grande macchia, che dedussi fosse la luna.

«Non secondo le banche dati della loro ammiraglia laggiù. Era previsto che la prossima nave madre thuranin passasse attraverso il wormhole tra dieci giorni. Questo non accadrà. Ma è possibile che ci siano navi là fuori e che il loro comando non pensasse che i kristang qui avessero bisogno di saperlo.»

«Colonnello Chang, maggiore Simms?», feci il saluto a entrambi. Ora che eravamo a casa, il mio rango teatrale era stato annullato ed ero ritornato al mio grado regolare di sergente dell'esercito. Lo sapevamo tutti e tre. Per quanto mi riguardava, non riuscivo a decidere se essere deluso o sollevato. «Qualcuno deve scendere sulla Terra e informare i nostri superiori. Skippy, puoi pilotare una navicella da remoto? Dovremo portare la gente a Pechino, Dehli, Londra e Washington, e nessuno di noi sa come pilotare una navicella kristang o thuranin. Il nostro Dodo è guasto.»

«E Parigi», mi ricordò Giraud.

«E Parigi.» Mi ero dimenticato di lui, il nostro unico pirata francese. «E dobbiamo prestare attenzione supplementare ai feriti.» Tutti quelli che erano stati feriti durante la cattura della Fiore e l'assalto alla base sull'asteroide avevano lasciato l'infermeria ed erano in piedi, alcuni di loro con dispositivi medici portatili thuranin ancora attaccati. L'avambraccio di Walorski sarebbe stato liberato dalla manica di guarigione nel giro di una settimana. Le costole di Chang erano tecnicamente guarite, Skippy ci aveva informato che le ossa si erano ricomposte, anche se il tenente colonnello mi diceva di sentire ancora un male cane quando faceva un respiro profondo.

Per me, era un miracolo della tecnologia medica thuranin, o un miracolo di Skippy, il fatto che tutti quelli che erano stati feriti si sarebbero ripresi al 100%.

«Posso pilotare più navicelle da remoto», rispose Skippy, come se fosse la cosa più semplice dell'universo, «non c'è bisogno che le persone volino su tutto il pianeta con una sola nave. Ma dopo che i mezzi saranno atterrati e la gente sarà uscita, chiuderò le porte a chiave. Non vorrei che voi scimmie, sapete, ci giocherellaste.»

«Capito. A parte me, c'è qualcun altro che dovremmo lasciare a bordo?» Guardai l'allegra banda di pirati attorno al sottoscritto che stava per disperdersi.

«Perché rimani a bordo?», chiese Chang prima che potesse farlo Skippy.

«Signore, se una nave kristang salta in orbita, io e Skippy dobbiamo essere qui a difendere la Terra.»

«No. Voglio vedere la Terra da vicino e non solo dall'orbita!», insistette Skippy. «Posso controllare questa nave da qualsiasi punto laggiù.»

Simms prese la parola: «Il pulsante di controllo delle armi è qui su questa nave, signore». Mi ci volle un momento per capire che "signore" era rivolto a Skippy, non a me.

«Ah, fanculo!», la derise Skippy. «Colonnello Joe, ho appena caricato un'app "Grande Pulsante Rosso" sul vostro zPhone. Se lo premete, ovunque sulla Terra, saremo armati.»

Tirai fuori dalla tasca il telefono. «Sono di nuovo sergente, non più colonnello. E non lo vedo.»

Skippy sospirò. «Lo chiamano smartphone perché è più intelligente dell'utente? È nell'ultima schermata delle applicazioni, tra le due versioni di solitario e quel grande gioco degli uccelli cui non giochi più.»

«Sono stato un po' occupato.» Vidi l'applicazione. Era difficile che ti sfuggisse. «Non dovrebbe essere nella prima schermata?»

«Joe, Joe, Joe. Non vogliamo che tu selezioni le armi digitando a cazzo e distrugga per sbaglio, che so, il Canada.»

«Merda!» Tenni lo zPhone lontano da me. «Potrebbe succedere?»

«Improbabile, visto che sono io a programmare le armi, tu premi solo il pulsante per autorizzarne l'uso. Però abbiamo avuto problemi di comunicazione, come dici tu, quindi...»

«Sergente Bishop, mi sentirei più a mio agio se tu, e, ehm», Simms si sforzava di trovare un modo per evitare di dire il nome di Skippy, «il signor Skippy veniste con me, per informare la nostra leadership, compresa la presidentessa, che già conosce a quanto pare.» Non ne sembrava felice.

Chang si chinò verso Simms. «Non sono d'accordo che il dispositivo», indicò Skippy, «debba essere di fatto di proprietà dell'America. In quanto ufficiale Unef in comando...»

«Non sei tu il *mio* ufficiale in comando, Changy-boy. Il capitano di questo equipaggio pirata è ancora il colonnello Joe», puntualizzò Skippy con un tono decisamente scortese. «E chiamarmi "il dispositivo" non è un buon modo per entrare nelle mie grazie. Prima che tu dica qualcos'altro di stupido, non sono di proprietà di nessuno ed è probabile che mi verrà chiesto di visitare la Cina mentre sono qui, perciò i tuoi scienziati avranno l'opportunità di farmi le stesse stupide domande che mi faranno gli americani. Ora, chiedi scusa a me e al colonnello Joe o la tua navicella potrebbe finire nel deserto del Gobi, per errore.»

«Non c'è bisogno di scuse, signore», mi affrettai a dire. Chang, era, dopotutto, un vero tenente colonnello e un bravo ragazzo. Cazzo. Possibile che chiudere il wormhole e sconfiggere i kristang fosse stata la parte più facile?

Chang fece un lieve inchino: «Mi scuso, signor Skippy, senza offesa. Era mia intenzione assicurarmi che i diritti della Cina fossero presi nella giusta considerazione».

Skippy sospirò di nuovo. Stava diventando un'abitudine: «Credimi, non ho alcun interesse ad aiutare un gruppo di scimmie laggiù a guadagnare un vantaggio sulle altre. Potete picchiarvi a vicenda con i bastoni quando non ci sono. Se avete più cervello di un'ameba, forse vorrete concentrare la vostra energia sulla riparazione del danno che i kristang hanno causato al vostro pianeta. Faccio per dire».

«Signore?» Il sergente Adams rivolse la sua domanda a Chang: «Possiamo contattare le nostre famiglie?».

Skippy parlò in privato nel mio auricolare: «Colonnello Joe, la sua famiglia è sana e salva, ma lo stesso non vale per le famiglie e gli amici dell'intero equipaggio. Starei attento alle comunicazioni per ora. Ho appena detto la stessa cosa a Chang. Solo che gli ho anche detto che il fratello di suo padre è stato ucciso dai kristang».

Attraverso il vetro, vidi Chang toccare il suo auricolare, annuire, aggrottare le sopracciglia, poi guardare me. Si rivolse a tutta la compagnia: «Non conosciamo ancora la situazione laggiù e, ora che siamo tornati, siamo sotto l'autorità dei nostri governi nazionali. È probabile che vorranno mantenere la sicurezza operativa per l'immediato futuro. Sono sicuro che saremo tutti informati dopo l'atterraggio».

La mia breve fantasia di far drammaticamente atterrare una navicella thuranin sul prato della Casa Bianca fu infranta in fretta, poiché la Casa Bianca e gran parte di Washington erano state danneggiate dalle azioni dei kristang contro i traditori. Il quartier generale del governo federale degli Stati Uniti si trovava ora a Colorado Springs, sul sito dell'Air Force Academy, dietro fortificazioni pesanti. Skippy era per sfrecciare sopra l'accademia a velocità ipersonica, utilizzando tutte le capacità *stealth* di una navicella thuranin, per poi curvare e atterrare dove cazzo gli pareva, per far sapere fin dall'inizio al governo americano quanto fosse impotente. Feci notare che io ero arruolato nell'esercito americano e avevo giurato di proteggere e difendere la Costituzione degli Stati Uniti, perciò il governo della nazione, eletto a norma di legge, aveva tecnicamente autorità su di me; di conseguenza, la richiesta della presidentessa di seguire il percorso di volo designato dall'Aeronautica militare degli Stati Uniti era, di fatto, un ordine cui ero costretto a obbedire. Fu una conversazione lunga e contorta, che rivelò più cose su Skippy che su di me o sugli Stati Uniti. Skippy programmò a malincuore il pilota automatico per un profilo d'ingresso del tutto inutilmente basso, scendendo nell'atmosfera sopra le isole Marshall del Pacifico e accettando una "scorta" da una coppia di F-22 Raptor sulla costa californiana. Skippy aveva ragione: anche se i Raptor stavano forzando i loro limiti nella crociera supersonica, sembrava che stessimo a malapena strisciando nel cielo. Ebbi, però, una bella visuale del parco nazionale di Yosemite, quindi il tempo supplementare di volo non fu del tutto sprecato.

A terra, fummo accolti da agenti dei servizi segreti che brandivano armi automatiche, ci ordinarono di scendere piano lungo la rampa, uno per uno. Questo fece irritare il maggiore Simms, che disse agli agenti di abbassare le armi, prima che la super-intelligenza artificiale che aveva spazzato via i kristang in meno di dieci secondi si arrabbiasse. Di fronte alla loro esitazione, Simms chiese se davvero pensassero che le munizioni delle 9 mm fossero una minaccia per Skippy. Caspita, era *incazzata*. Dopo di che, le canne dei fucili furono tenute a mezz'asta. Scesi dalla rampa, dopo gli ufficiali e il sergente scelto Adams, essendo tornato al mio grado di sergente. Invece di infilare Skippy in uno zaino, lo tenni nella mano sinistra davanti a me, in quella che, nelle mie intenzioni, era una posizione d'onore. Era maledettamente pesante, mi chiedevo se stesse regolando la sua massa per fregarmi. I servizi segreti, grazie al loro addestramento alla scorta di sicurezza, non avrebbero permesso a un oggetto in potenza pericoloso di avvicinarsi alla presidentessa: fu allora che Skippy diede un taglio a quelle puttanate e chiamò la stessa direttamente sul suo cellulare criptato. Lei uscì dalla porta dell'ex residenza del comandante dell'accademia, e scosse la testa in direzione dell'agente al comando, che ci fece passare tutti, ma era evidente che andava contro il suo buonsenso. Quando gli agenti cercarono di limitare la festa di benvenuto per me e gli ufficiali, ci misi subito un freno con un gesto arrabbiato e feci cenno ai soldati di proseguire. Il che strappò una risatina alla presidentessa, che aveva fatto la stessa identica cosa nello stesso identico istante. Da quel momento, io e la signora saremmo andati piuttosto d'accordo, il che era una fortuna per me. Dietro di noi, i medici si precipitarono a bordo della navicella per aiutare i membri feriti dell'equipaggio a scendere dalla rampa.

La presidentessa salutò il maggiore Simms e altri ufficiali, ma puntò dritto a me; la sua presenza mi spianò la strada senza dover chiedere alla gente di spostarsi. La brezza le soffiò i capelli sugli occhi e lei li scostò con un gesto accorto. «Signor Bishop.» I suoi occhi erano attratti dall'insolito stemma sulla mia spalla destra. «È un paisley con una benda sull'occhio?»

Cazzo. Ci eravamo del tutto dimenticati dell'idea di Skippy per la nostra bandiera pirata. Ora mi sentivo un perfetto idiota. Questa donna era responsabile dell'arsenale nucleare dell'America. Sempre che avessimo ancora un arsenale nucleare. Cioè, le cose potevano essere cambiate. «Una specie, signora.»

«Non è un paisley, è un paramecio», disse Skippy.

«Sto parlando con l'essere che il signor Bishop chiama Skippy?», chiese la presidentessa, gettando di scatto uno sguardo ai suoi consiglieri che giravano intorno con discrezione.

«L'unico e inimitabile, sono io.»

«Allora Skippy è un soprannome.» La presidentessa gli sorrise, poi mi guardò. «Mi dica, signor Bishop, come pensa di chiamarmi?»

Ebbi un momento di panico: «Signora comandante in capo, signora?».

Rise: «Andrebbe bene, ma è piuttosto lungo. Signora presidentessa farà al caso nostro per ora. C'è una storia dietro il paramecio?».

Come facevo a dire alla presidentessa degli Stati Uniti che una birra cromata poteva pensare che tutta la nostra specie, compresa lei, fosse solo un po' più intelligente dei batteri? Sarebbe stato meglio contestualizzare. «Signora...»

Skippy m'interruppe: «È una specie di scherzo. Il colonnello Joe ha suggerito che una delle sue idee un po' meno stupide stava a significare che la vostra specie è un po' più intelligente dei batteri. Ho accettato a malincuore che potesse essere paragonabile a un paramecio. Su questo, la giuria è ancora fuori per deliberare».

Oppure avrei potuto spifferare tutto come un bambino di quattro anni, come fece Skippy! La presidentessa la prese bene. Immagino che anni di campagne politiche le avessero fornito una dura scorza: «Certo, spero che le faremo una buona impressione, durante la sua permanenza qui, affinché possa paragonarci a un organismo superiore, forse alle alghe?».

«Buona fortuna con quelle», prese in giro Skippy, ma poi aggiunse tranquillo: «Mi piace, colonnello Joe».

«Grazie», alla presidentessa riuscì un rapido sorriso. «Che significa? Come mai la chiama "colonnello"?», chiese rivolta a me.

«Ah, signora, era una promozione sul campo, quello che l'esercito chiama rango teatrale. Era solo temporanea.» Guardai a disagio i galloni sulla mia uniforme da sergente. «Ho riadeguato la mia uniforme al mio grado di sergente dell'esercito, signora.» Le guance mi bruciavano dall'imbarazzo, e poi ebbi un pensiero infelice. Tecnicamente, ero tornato specialista ora? Anche la mia nomina a sergente era stata una promozione sul campo, da parte di un esercito che poteva non esistere più. Non avevo idea di cosa dicessero i regolamenti rispetto a questa situazione. Cazzo, avrei dovuto chiedere a Skippy, sono certo che lui sapesse tutto sui regolamenti dell'esercito americano. Diavolo, se avessero voluto ritirare i miei galloni da sergente me lo avrebbero detto. Mi piacevano i miei galloni. Me li ero guadagnati.

«Mmh», la presidentessa guardò in modo significativo il maggiore Simms, che sembrava addolorata. «Suppongo che ci sia una lunga storia anche dietro questo. Entrate, per favore, abbiamo del cibo per voi.» Un gemito indisciplinato e involontario si levò dall'equipaggio pirata, forse me compreso, e mi venne l'acquolina in bocca.

Ci fu un altro intoppo mentre facevamo la fila per entrare nella stanza che era stata allestita con un buffet. Una colazione a buffet. Stando all'orario sull'Olandese, era pomeriggio, ma al mio stomaco non importava. Vero cibo, cibo umano. Tutto il mio sangue doveva essere stato reindirizzato proprio al mio stomaco, invece che al mio cervello, perché tirai fuori con gesto distratto lo zPhone per controllare l'ora, cosa che facevo ogni mattina a colazione. Non c'era nessuna applicazione meteo sul mio zPhone, ovviamente.

Un agente dei servizi segreti vide la cosa nella mia mano, la mano che non teneva Skippy, e s'irrigidì. «Signore, che cos'è?»

«Questo?», agitai lo zPhone davanti a lui. «È il mio zPhone... oh, ehm, l'esercito lo chiama radio tattica. I kristang ne hanno fornito uno a ogni soldato.»

«Kristang? Questo è un dispositivo kristang?», chiese l'agente allarmato. «Non si può portare un dispositivo di comunicazione kristang qui dentro, devo requisirlo.»

Mi strinsi lo zPhone al petto, in una presa mortale, come se fosse un pallone che avevo appena intercettato. «Non posso farlo, signore. Non sto cercando di complicarle il lavoro. Dovete capire che è con questo che posso esercitare i miei controlli da remoto, e attraverso Skippy qui, su tutte le armi della nave madre thuranin in orbita.» Indicai con gesto vago il cielo.

«Signore?» Era chiaro che l'agente non stava mangiando la foglia.

«Quello che ha detto», si offrì Skippy invano. «Non mente.»

Adesso era ancora più chiaro che l'agente non stava mangiando la foglia: «Signore, avrò bisogno di esaminare quel dispositivo».

Niente da fare. Avevo visto il grande pulsante rosso friggere siti kristang su tutta la Terra. Non esisteva che qualcuno mettesse le sue zampe sporche sul mio telefono. Cazzo. Prima che i ruhar ci assalissero – ora sembrava essere passata un'eternità – ero impaziente di aggiornare il mio vecchio cellulare. Ora non potevo mai perdere di vista il mio zPhone. Se avessi trovato una borsa di plastica adatta, me lo sarei portato pure nella doccia. E no, non per guardare dei porno, come penserebbero gli sputasentenze. «Senta, agente, ehm, signore, i kristang non possono più usare questa cosa. È sicuro. Giusto, Skippy?»

«Al 100% al sicuro dalle lucertole, ho cancellato dal telefono tutto il loro patetico codice.»

Fu la presidentessa a calmare le acque: «Agente Thomas», intervenne, «il signor Bishop può tenere il suo telefono».

«Signora presidentessa, abbiamo delle procedure da seguire per una rag...»

«Questi due», la presidentessa fece oscillare un dito tra me e Skippy, «hanno distrutto i kristang in pochi secondi.»

«Ci avremmo messo anche meno, se non ci fosse stato quel cazzo di satellite oltre l'orizzonte. Stupidi meccanismi orbitali», brontolò Skippy.

«Voglio dire che, se avessero intenzione di vaporizzare tutta questa zona, un telefono sarebbe l'ultimo dei nostri problemi», disse con gentilezza la presidentessa e mi fece cenno di proseguire. «Davvero il suo telefono controlla le armi su quell'astronave?»

«Ehm, sì, signora. È una lunga storia.»

«Non vedo l'ora di sentirla tutta più tardi. Nel frattempo, ho un paese da iniziare a rimettere insieme.» Mi tese la mano e io la strinsi stordito. Ero in qualche modo passato dalla vita in una fattoria del Maine a una stretta di mano con la presidentessa degli Stati Uniti d'America. Lei guardò il mio zPhone da vicino. «Forse sarebbe una buona idea farla accompagnare da una squadra di sicurezza, per essere sicuri che non perda quel telefono.» Mi guardò negli occhi: «Dico sul serio, sergente Bishop».

«No, signora», balbettai. «E, ehm, avrò bisogno di trovare un caricabatterie», dissi con voce flebile.

«Non ce n'è bisogno», intervenne Skippy, «lo sto tenendo carico io.»

«Come?», chiesi. Non aveva mai detto niente al riguardo prima.

«Unicorni e polvere magica.»

«Vaffanculo, Skippy», risposi, prima di ricordare con orrore dove mi trovassi. «Scusi, signora presidentessa.»

Quella donna sembrava davvero divertita. «Grazie, sergente. Credo che oggi sia la prima volta che sorrido per davvero nell'ultimo anno.»

«Sì.» In quel momento mi ripromisi di tenere la bocca chiusa ogni volta che potevo, in futuro. «Grazie a lei, non vogliamo rubarle tempo, signora.»

«Non vedo l'ora di parlare con voi più tardi. Nel frattempo, godetevi la vostra colazione.» Si girò per andare, ma si voltò a guardarmi al di sopra della spalla. «Ah, sergente?»

«Sì, signora presidentessa?»

«Grazie per avere salvato il mondo.»

La colazione era buona, strabuona. Il maggiore Simms ammonì noi ex pirati di non ingozzarci, dal momento che i nostri stomaci non erano abituati a mangiare cibo vero. Io mi accontentai di porridge di mais, in cui misi zucchero di canna e panna, più toast imburrato e uno, no, due – ok, lo confesso –, tre strisce di pancetta. Oh, cavolo era tutto taaanto buono. E una tazza di sacrosanto, autentico caffè. Nero, caldo, in una tazza con il logo dell'esercito. Mi veniva da piangere.

Due cose gettarono una minuscola ombra sulla mia colazione. La prima fu il sergente dell'Aeronautica che si presentò subito dopo che mi ero seduto. Era alta solo un metro e sessanta, aveva i capelli castani raccolti in una coda di cavallo corta, ma il modo in cui stava in piedi, il modo in cui parlava e l'espressione che aveva in viso mi dicevano che era tutta d'un pezzo. Quello, e la sua pistola. Ah, e i quattro aviatori dietro di lei, armati di M4. «Sergente Bishop? Sono il sergente scelto Kendall, mi hanno assegnata a te, per accompagnarti. Ovunque.»

«Ah», riuscii a dire con la bocca piena di pane tostato, «siete la squadra di sicurezza assegnata dalla presidentessa?»

«Non so nulla della presidentessa, sergente, ma il capo di stato maggiore dell'Aeronautica mi ha dato ordini personalmente.» Sollevò il sopracciglio per sottolineare che non succedeva tutti i giorni. «Dobbiamo garantire la tua sicurezza, quella del tuo telefono», disse in tono interrogativo, «e dello, ehm...», indicò Skippy, che avevo appoggiato con premura in una ciotola di ceramica sul tavolo di fronte a me, «dello Skippy?»

«Eccomi, in tutta la mia magnificenza, l'incredibile Skippy», si inserì la mia lattina di birra super-intelligente. «Quindi, sei la baby sitter del colonnello Joe? Assicurati che vada a letto presto, diventa irritabile se non fa un bel pisolino. E non fargli bere troppi succhi di frutta.»

Lei non sorrise, nemmeno un po'. A quanto pareva, l'Aeronautica non aveva ritenuto opportuno dotarla di senso dell'umorismo. Ottimo. Mi avrebbe seguito ovunque e nemmeno Skippy sarebbe riuscito a farla sorridere.

La seconda ombra sul mio banchetto era rappresentata dai tre tipi seduti di fronte a me, che sembravano non aspettare altro che finissi di mangiare pane tostato. Due erano dei servizi segreti dell'esercito, l'altro doveva far parte di una delle agenzie a tre lettere, e non si trattava dell'Epa, non so se mi spiego[29].

Volevano entrare subito nel vivo dell'interrogatorio, mentre assaporavo la colazione. Il tizio della Cia riuscì a farmi saltare la mosca al naso all'istante: «Sergente Bishop, tutte le informazioni che ha riguardo agli eventi fuori dai confini del pianeta sono considerate top secret, e le è proibito...».

«Oh, fanculo», sparò Skippy in modo sprezzante. «Ehi, voi scimmie siete tutte stupide per me, ma voi lo sembrate in modo particolare. Ho una notizia: siamo arrivati qui su una nave madre thuranin che usa una fregata kristang come ruota di scorta. Nessuno dei vostri merdosi presunti segreti quaggiù conta più un cazzo, e non vi va proprio giù, vero? Le uniche informazioni che vale la pena tenere segrete sono nella testa del colonnello Joe e nelle mie banche dati. Se volete qualche informazione da me, potete rendervi utili e rifornire la tazza di caffè di Joe.»

Il tizio della Cia pensava che Skippy stesse scherzando. Il che fece incazzare la mia intelligenza artificiale. «Ehi, testa di cazzo, se voi stupide scimmie glabre volete informazioni da me, alza subito il tuo culo pigro da quella sedia e porta una tazza di caffè al mio amico. E vedi di darti una mossa!»

Io porsi la mia tazza di caffè. I due ragazzi dell'esercito stavano per piegarsi in due dalle risate, quando il tizio della Cia, con la faccia paonazza, mi portò una tazza di caffè appena fatto. Mangiai con calma l'ultimo pezzo di pane tostato e mi rivolsi solo ai ragazzi dell'esercito: «Signori, cosa volete sapere prima?».

Dopo la colazione, che non durò per niente a lungo quanto avrei voluto, Skippy aveva un appuntamento con un gruppo di scienziati, che aveva a malincuore accettato per cavarsi il dente. Dal tono

---

29 Con *Three Letter Agencies*, "agenzie a tre lettere", s'intendono in slang le agenzie di spionaggio, che difendono l'America, ma in genere agiscono nell'ombra. L'Epa, Environmental Protection Agency, si occupa invece della protezione ambientale (*N.d.T.*).

della sua voce, capii che non era ansioso di essere interrogato dall'equivalente di una manciata di batteri, anche se alcuni di loro erano batteri vincitori del premio Nobel. «Oh, sarà una grande rottura di palle», brontolò rivolto a me, mentre camminavamo lungo il corridoio diretti alla sala conferenze. «Tu lo sai di essere troppo stupido per capire qualcosa dell'universo, perciò non fai domande stupide. Queste scimmie pompose mi faranno solo perdere del tempo. Meeerda. Meglio cavarsi il dente.»

Era chiaro che Skippy aveva passato troppo tempo con il sottoscritto.

Gli diedi ragione quando arrivammo alla sala conferenze, affollata di scienziati, addetti alla sicurezza e apparecchiature audio-video. Avevano preparato un tavolo, circondato da microfoni e telecamere, su cui posai Skippy con attenzione, augurandogli buona fortuna.

Poi arrivò il momento del mio interrogatorio, lungo il corridoio, scortato dal sergente scelto Kendall. Si sarebbe svolto in una stanza più piccola, senza sedie di lusso, e l'esercito, l'Aeronautica, gli ufficiali della Marina e la gente della Cia non erano in vena di scherzare. Il tizio della Cia continuava a fissarmi, era ancora incazzato per quello che Skippy aveva detto a colazione. Almeno il caffè era caldo e appena fatto. Ogni volta che ne avevo bevuto un sorso, lo avevo fissato dritto negli occhi. Se gli sguardi potessero uccidere, sarei morto. Per fortuna, uno di noi due aveva distrutto un intero gruppo kristang, e – indovinate un po'? – non era lui.

Iniziai raccontando per sommi capi la mia storia, dal giorno in cui eravamo partiti da Campo Alfa. Poi mi misero intensamente sotto torchio per conoscere i dettagli, e non solo riguardo Skippy. Fornii loro informazioni strabilianti sui kristang, i wormhole, gli Anziani, tutto quello che avevo imparato dalla Bürgermeister. Poi, vollero conoscere la situazione su Paradiso, la disposizione delle nostre forze in tutto il pianeta, lo status delle forze ruhar, kristang e thuranin. Tutte cose di cui sapevo poco, purtroppo. Questo non impedì loro di farmi le stesse domande più e più volte, finché non cominciai ad avvertire il mio didietro andare a fuoco. Ebbi la sensazione di deluderli come ufficiale militare: avrei dovuto fare di più per raccogliere informazioni. Ma come avrei potuto farlo, dopo essere stato prima prigioniero dei kristang, poi dei ruhar ed essere sgattaiolato in lungo e in largo per evitare tutti loro? Non ne avevo idea. Quello che sapevo era cosa si sarebbe aspettato l'esercito da un colonnello, e io non stavo rispettando quegli standard.

A parte, sapete, salvare il mondo.

Avrei fatto conto su quello.

Durante una pausa per andare in bagno, mi stavo lavando le mani accanto a uno degli ufficiali dell'esercito, un certo colonnello Landry che fino a quel momento mi aveva trattato abbastanza bene. Lo guardai nello specchio e gli chiesi: «Signore, le ho detto che abbiamo avuto i biscotti della fortuna, abbiamo sentito cosa stavano facendo i kristang ai nostri terreni agricoli e ai Grandi Laghi, ma non ho sentito molti dettagli al mio livello. Perché il governo federale è qui a Colorado Springs?».

«Hai sentito che ci sono state proteste in tutto il mondo, quando la gente ha saputo cosa ci chiedevano i kristang?» Landry fece una pausa e io annuii. «Quando le proteste a Washington si sono fatte serie e hanno iniziato ad attirare persone da tutto il paese, abbiamo portato elementi del XXVIII fanteria per controllare la folla, speravamo di contenere le proteste abbastanza da impedire che i kristang si preoccupassero e decidessero di reagire. La necessità di controllare la folla ha comportato l'utilizzo di gas lacrimogeni, proiettili di gomma, cannoni ad acqua, tutte cose per cui il XXVIII non è addestrato. Penso che l'idea fosse sfruttare i loro Stryker per intimidire la folla, ma hanno ottenuto l'effetto opposto: i manifestanti hanno iniziato a lanciare bottiglie e molotov contro le nostre truppe. Abbiamo evacuato la presidentessa e il congresso, prima a St. Louis, poi qui. Ci sono stati alcuni incidenti, e la folla era del tutto fuori controllo. I kristang ci hanno consigliato, caldamente, di sparare ai manifestanti. Quando il XXVIII si è rifiutato di usare munizioni vive, i kristang ci hanno ordinato, con spudoratezza, di inviare la IX forza aerea per bombardare la folla. Quando ci siamo rifiutati di farlo, i kristang hanno colpito dall'orbita la base aerea di Shaw, cancellando la IX dalla faccia della Terra. Poi hanno usato una specie di arma laser a microonde, hanno ucciso metà delle persone a Washington, compresi gli uomini del XXVIII. Da lì le cose sono precipitate.»

Landry finì di lavarsi le mani e afferrò un tovagliolo di carta, vidi che i suoi arti erano percorse da un lieve tremito. Fece un respiro profondo, come se stesse cercando di decidere: «C'è ancora molto che dobbiamo sapere da te, ma, comunque tu abbia fatto, ci hai tirati fuori da un casino infernale, sergente, e l'esercito non lo dimenticherà. Prima che tu apparissi in orbita e colpissi i kristang», fece un lungo respiro, «stavamo esaminando le ipotesi per il destino della Nca», intendeva l'Autorità di comando nazionale, «e non c'erano buone prospettive. Il meglio in cui speravamo era una specie di sopravvivenza, per la razza umana. Ci hai tirato fuori da una situazione senza via d'uscita. Non lo dimenticare».

Tornai all'interrogatorio, cercando di rispondere alle domande nel modo più completo possibile. Dopo molte ore, erano diventate ripetitive, e ormai replicavo quasi in automatico, quando il tizio della Cia s'intrufolò a sorpresa.

«Sergente, possiamo isolare il dispositivo?»

«Scusi, quale dispositivo?» Merda, avrei dovuto prestare più attenzione. A mia difesa, c'è da dire che mi avevano interrogato per nove ore piene, con solo brevi pause bagno e uno spuntino.

«L'intelligenza artificiale, l'intelligenza artificiale aliena.»

«Intende Skippy? Non lo chiamerei dispositivo, non gli piace. Cosa vuol dire isolare? Tipo ignorarlo? È molto insistente.»

«Isolarlo, tipo in un caveau di piombo o sotto il monte Cheyenne, o dentro una gabbia di Faraday, qualcosa che lo isoli dall'accesso a sistemi elettronici esterni», spiegò l'agente nel tono che useresti con un bambino. «Sergente, capisce che questa intelligenza artificiale rappresenta un potenziale rischio per la sicurezza?»

«Senta, lei non conosce Skippy come lo conosco io. L'ho visto deformare lo spazio-tempo e far saltare un'astronave un terzo di anno luce fuori rotta. Ed è quello che fa per hobby. È probabile che potreste farlo cadere in un vulcano e questo non lo riscalderebbe neppure, né interferirebbe con la sua capacità di friggere ogni sistema elettronico su questo pianeta. Lo farebbe solo incazzare. Io non lo farei.»

«Dobbiamo prendere in considerazione...»

Ora il tizio della Cia stava facendo incazzare me. «No, gliel'ho già detto», mi astenni dall'aggiungere "idiota". «Skippy ha interrotto solo in via temporanea il funzionamento del wormhole locale, che si riavvierà o si resetterà, o qualsiasi altra cosa, in meno di un mese. Se lasciamo che accada, ci saranno delle lucertole arrabbiate che l'attraverseranno e si chiederanno cosa diavolo stia succedendo con la Terra. Skippy non è un rischio per la sicurezza, è la nostra unica speranza per la sicurezza. Dobbiamo fare quello che gli ho promesso e tornare là fuori perché possa chiudere il wormhole per sempre e sbattere fuori tutte le altre specie. Poi lo aiuteremo a trovare questo Collettivo, qualunque cosa sia.»

Il tizio della Cia mi guardò torvo, a quanto pare eravamo incazzati l'uno con l'altro: «È una promessa che non aveva l'autorità di fare, sergente, e ora che è qui...».

Autorità? Dov'era quell'idiota quando avevo dovuto inventarmi il piano in corso d'opera? Fare quella promessa a Skippy aveva liberato la Terra dalla schiavitù delle lucertole! Ora i ragazzi dell'esercito e della Marina stavano lanciando sguardi denigratori al tizio della Cia e bisbigliando l'uno con l'altro, questo mi rese audace. «Siamo qui solo perché avevamo bisogno di rifornimenti a bordo dell'Olandese Volante e ho convinto Skippy che le nostre perdite erano troppo numerose per continuare la missione. Si è occupato dei kristang qui perché gli mettevano i bastoni tra le ruote. Vuole mettergli i bastoni tra le ruote?»

Il colonnello Landry intervenne per mettere a tacere il tizio della Cia: «Sergente, comprendiamo la situazione e ne stiamo discutendo ai massimi livelli. Le informazioni che ci fornisci ispireranno tale decisione. Ora, vorrei tornare a qualcosa che questo, ehm...», controllò i suoi appunti, «questa Bürgermeister ti ha detto...»

C'era dell'alcol alla reception dopo il mio primo giorno di tormentato interrogatorio, una sostanza di cui non avevo goduto da prima di lasciare la Terra sull'ascensore spaziale. Fu una pessima idea ordinare rum e Coca. Pensavo che, dopo una lunga giornata di interrogatori, mi servisse qualcosa con dentro della caffeina, di qui la Coca-Cola. Il rum suonava così bene che dovevo provarci. Ed era buono. Anche pericoloso. Dopo un delizioso sorso, lo appoggiai dietro una pianta e chiesi al barista di darmi un Club soda e lime. Il sergente scelto Kendall annuì in segno d'approvazione. Dopotutto, avevo in tasca il grande pulsante rosso. Finché avevo quella responsabilità, ero in servizio 24 ore su 24 e non avrei dovuto bere niente di più forte dell'acqua.

Sembrava che la gente non sapesse cosa farsene di me, un sergente semplice, che non avrebbe neppure dovuto essere lì, a parte la faccenda di aver salvato il mondo. Il che faceva sentire le persone a disagio, non sapendo cosa dirmi. Alla fine andai al bar a parlare con il barista, un soldato dell'esercito del Texas di nome Matt. Tra la sua parlata strascicata da cowboy e la mia pronuncia nasale del Sud-Est, dovevamo scandire i termini per capirci. Mi fece sentire la nostalgia di Cornpone e Ski e del Sergente Koch e dei ragazzi del mio vecchio gruppo di fuoco, e mi chiesi come se la passassero loro e il resto dell'Unef, da prigionieri dei ruhar.

Mi guardai attorno nella stanza e vidi un gruppo di scienziati che parlavano e lanciavano sguardi nella mia direzione. Uno di loro, un tipo alto, con i capelli castani, una dolcevita, giacca di tweed e mocassini marroni, continuava a sorridermi. Sembrava il Professore Nerd numero 5 di ogni film di fantascienza che avessi mai visto. Il tipo di persona che riusciva a fare menzione del suo premio Nobel fin dal primo minuto di ogni conversazione. Era intelligente, rispettato ed era evidente che lì era nel suo elemento più di quanto non lo fossi io. Ero invidioso, e fin dal primo istante odiai quel tizio dall'altra parte della stanza. Poi lui e il sorrisetto compiaciuto sulla sua faccia vennero verso il bar.

«Posso portarle qualcosa, dottor Constantine?», chiese Matt.

«No, grazie», disse Constantine, senza nemmeno un rapido sguardo nella direzione di Matt, «voglio parlare con il sergente Bishop.»

Nella mia limitata esperienza, quando un civile si riferisce a te per rango e il tuo grado non è almeno quello di capitano, o superiore, a volte lo fa per sottolineare quanto tu sia in basso nella piramide. Quel tizio disse "sergente" come se si trattasse di una zanzara molesta da schiacciare sul muro. «Spero che lei sappia quanto è stato fortunato ad aver incontrato l'Aaib.» Lo pronunciò come "Abe", come in Abe Lincoln.

«Incontrato cosa?»

«L'A-a-i-b. Advanced Artificial Intelligence Being, l'Essere di intelligenza artificiale avanzata. Ci è stato ordinato di non utilizzare il termine "dispositivo" per riferirci a esso.»

«Dovrebbe anche evitare con cura di usare il termine "esso". Skippy preferisce "lui", anche se penso che sia per il nostro bene. E, dal momento che non abbiamo nessun tipo di intelligenza artificiale qui da noi, "avanzata" non sarà ridondante?»

Constantine mi gettò uno sguardo che era un misto tra il suo solito sorrisetto e un cipiglio: «Sergente, non apprezzo il suo atteggiamento irriverente e, a essere franco, poco professionale. Ha avuto interazioni con un essere d'immensa potenza che erano inappropriate e pericolose. Pericolose non solo per lei, ma per tutta l'umanità. Sarebbe meglio per tutti coloro che sono coinvolti se non avesse più contatti con l'Aaib. Avrebbe dovuto portare il disp...», inciampò sulle sue parole, «l'Aaib, alle autorità competenti su Paradiso, così le interazioni avrebbero potuto essere condotte da personale qualificato.»

Tossii e bevvi un sorso del mio delizioso succo di soda e lime. Questo mi diede abbastanza tempo per trattenermi dal prendere a pugni in faccia il pomposo idiota. «Le autorità competenti? Su Paradiso? Che – mi pare che non siate aggiornati – sono i nostri presunti nemici, i ruhar. Le truppe umane venivano fatte prigioniere. E per "qualificato" presumo intenda qualcuno come lei.»

Annuì.

«Qualificato per via della sua vasta esperienza con le intelligenze artificiali avanzate costruite milioni di anni fa dagli alieni, che da allora hanno trasceso la loro esistenza fisica. Ah, aspetta, non può essere lei, non ha nessuna esperienza con esseri come quello. Chi ce l'ha?» Mi pizzicai il mento, come se fossi perso nei pensieri. «Ci deve pur essere qualcuno che ha un contatto stretto con questo essere avanzato, qualcuno che ha lavorato con questo essere avanzato per fuggire dal territorio nemico, catturare non una, ma due astronavi nemiche, vaporizzare più di una dozzina di altre astronavi nemiche, chiudere il wormhole locale e annientare il dominio dei kristang sulla Terra. Chi potrebbe essere? Lei? No, ho idea che non sia lei.»

«Il suo costante atteggiamento irriverente è proprio il motivo per cui non dovrebbe...»

Una serie di porte all'estremità della stanza si aprirono e un gruppo di ufficiali, in rappresentanza di tutti e cinque i rami in uniforme, attraversò la stanza, dirigendosi verso di me. Per quanto mi sforzassi, non riuscivo a immaginare cosa ci facesse un ammiraglio della guardia costiera a Colorado Springs. La maggior parte di loro si mosse verso l'angolo in cui c'era un tizio che riconobbi come il capo di gabinetto della Casa Bianca, ma due ragazzi dell'Aeronautica vennero verso di me, spingendo con cautela un carrello con uno spesso cuscino rosso e Skippy sopra. «Sergente Bishop», iniziò a dire uno di loro.

«Colonnello Joe! Com'è andata?» La voce di Skippy sembrava stanca, cosa che avrebbe dovuto essere impossibile. Forse dovevo scroccare un po' di elio-3 metallico, qualsiasi cosa fosse.

«Abbastanza bene, Skippy. È bello rivederti. Com'è andato il tuo interrogatorio?» Non stavo mentendo, mi era mancato molto il suo lato irascibile.

«Come previsto, è stato epico, storico, livelli galattici di scoglionamento. Oggi abbiamo davvero testato il limite estremo di quanto te le possano far girare, fino al livello quantico. Dopo essere stato interrogato da molti dei vostri scienziati premi Nobel, mi sto ricredendo, non so se la vostra specie si meriti che vi chiami batteri. Cazzo, voi scimmie siete ottuse come una stella di neutroni. Vabbè, sto interrompendo qualcosa?»

Indicai Constantine con il pollice: «No, stavo parlando con Gongolo McPippas qui».

«*Signor* Bishop, mi sta dando rag...», ansò Constantine.

«Scusa, volevo dire il *dottor* Gongolo McPippas.»

«Ah, sì», Skippy rise, «ho avuto il sommo dispiacere di parlare con il dottor Mcpippas prima.»

Le orecchie di Constantine erano rosso fuoco, non riuscivo a capire se per rabbia o imbarazzo, o entrambi: «Questo è il genere di...».

«Ora stai zitto», lo ammonì Skippy. «Non puoi sederti al tavolo dei grandi e parlarmi di nuovo, finché non risolvi l'equazione che ti ho appena mandato sul telefono. Sbrigati ora, fai il bravo ragazzo.»

Constantine tirò fuori il suo telefono con fare sospettoso, poi le sopracciglia gli arrivarono all'attaccatura dei capelli, mi sparò uno sguardo che avrebbe potuto sciogliere un iceberg e se ne andò mormorando eccitato.

«Che equazione gli hai mandato?»

Skippy fece una pernacchia: «Che cazzo ne so. Ho messo insieme un botto di super-stringhe di stronzate. *Sembra* bella, però».

Risi: «Skippy, a volte sai essere davvero malvagio». Cazzo. Vidi addirittura un accenno di sorriso sulla faccia del sergente scelto Kendall. Forse il senso dell'umorismo ce l'aveva.

«Ehi, lo terrà buono buono, con la mente impegnata per giorni.»

«Con le *mani* impegnate, direi.»

«Dipende da quanto si eccita, eh?»

Questa fece ridere anche il sergente scelto Kendall.

Capitolo 17

Con Le Mani In Mano

Intorno a mezzanotte, riuscii ad andare in branda, un letto vero, abbastanza a lungo da potermi stendere. Dormire in un letto vero era delizioso, quanto mangiare cibo vero. Tutto quello che volevo era togliermi gli stivali e strisciare sotto le coperte, ma Skippy voleva parlare. Di nuovo. «Oh, cavolo, Skippy, puoi lasciarmi dormire un po'?»

«Joe, sono solo. Ecco, l'ho detto.»

«Parlo con te di continuo.»

«Joe, mi sento solo *mentre* sto parlando con te. Parli così lentamente e ti ci vuole così tanto tempo per arrivare al punto, che è come se stessi ad aspettare ogni giorno accanto alla cassetta della posta una lettera che contiene una sola parola. E dovessi aspettare un altro giorno intero per la parola successiva. Quando aspetto e finalmente ricevo una lettera che quel giorno dice solo "ehm", ho voglia di urlare. Cazzo! Mi sembra di dovermi sporgere dentro la tua gola per trascinarti fuori le parole. Parli così lentamente. Dillo! Dillo! Cazzo! Tira fuori le parole!»

Per un istante, potei sbirciare dentro il vero Skippy, negli eoni di dolore che aveva sopportato. Se avessero lasciato me tutto solo per un mese soltanto, il mio sistema diagnostico avrebbe rilevato che ero del tutto impazzito. Non potevo immaginare come si sentisse: «Hai bisogno di più persone con cui parlare».

«Joe, un altro paio di persone non farebbero...»

«Skippy, ci sono miliardi di esseri umani su questo pianeta, e tutti pensano di avere qualcosa di importante da dire. Purtroppo, intasano internet con blog, vlog, chat, video di gattini e litigano sullo sport. Senti, non dovrei suggerirtelo, perché la tua esistenza dovrebbe essere segreta, ma se non dici a nessuno che sei un'intelligenza artificiale aliena, nessuno si farà male, giusto?»

«Miliardi.»

«Sì, miliardi. Per lo più stupidi come me, ma potresti trovare dei vermi piatti là fuori, tra i batteri.»

«Dubito. Ci penserò su, grazie.»

Non riuscivo a smettere di sbadigliare. «Io stacco per un po', non metterti nei guai mentre dormo, ok?»

Sei ore buone di sonno ininterrotto fecero miracoli per il mio umore. Mi svegliai quando un sergente in uniforme dell'Aeronautica militare bussò alla mia porta e mi portò un vassoio con una caraffa di caffè caldo e una tazza. «Colazione fra trenta minuti. La doccia è in fondo al corridoio, alla sua sinistra.» E aggiunse: «Signore», anche se poteva vedere i galloni di rango sulla mia nuova serie di uniformi appese nell'armadio.

«Oh, questo è un buon caffè.» Il primo sorso sulla lingua fu inebriante.

«Hai dormito bene?», chiese Skippy.

«Sì, grazie, ho russato?»

«No, non molto dai. Sono contento che tu abbia dormito bene, ci aspetta una giornata impegnativa.»

Sembrava essere di buon umore, per una solitaria intelligenza artificiale vecchia milioni di anni. «Come stai? Neanch'io ti ho sentito russare.»

«Sto bene, grazie», disse allegro. «Bella giornata, eh?»

«Oh, merda.» Il fatto che fosse gentile con me poteva significare una sola cosa: si era cacciato nei guai. «Che cos'hai combinato ieri sera?», chiesi molto lentamente.

«Ho seguito il tuo consiglio e sono andato su internet per incontrare un po' di persone.»

«Un po'?»

«Finora, un miliardo e centootto milioni, più o meno. Al momento sto chattando o messaggiando o inviando e-mail con circa trentanove milioni.»

«Tutti allo stesso tempo?»

«Mi tiene occupato, senza sforzare le mie capacità.»

«Occupato, va bene.»

«Una mente oziosa è il parco giochi del diavolo. L'ho sentito da un predicatore del fuoco eterno dell'Idaho ieri sera. Cavolo, non *crederesti* ai porno che ha sul suo...»

«Non ne ho bisogno! Cazzo, mi sono appena svegliato, Skippy.»

«È probabile che sia meglio così. Alla tua specie piace molto la pornografia, il che è impressionante, per una specie con due soli generi.»

«Wow! Siamo i numeri 1!» Sollevai un immaginario dito di schiuma ingoiando il caffè. «Sì! Gli umani sbaragliano tutti!»

«Le differenze fisiche tra maschi e femmine sono così lievi, che non è nemmeno...»

«Ah, ma quelle differenze significano tutto. Fidati di me.»

«Ti credo sulla parola», immaginai che stesse strabuzzando gli occhi là dentro.

«Quindi, hai incontrato delle persone online. E?»

«La maggior parte di loro pensa che sia uno stronzo o l'equivalente nella loro lingua madre.»

«Sono scioccato!»

«Non fare lo stronzo.»

«Scusa. Ti piace conoscere gente?»

«Mettiamola così, hai mai scorso fino in fondo una pagina web per leggere i commenti degli utenti?»

«Oh, cavolo, Skippy, mai leggere i commenti, lo sanno tutti! Quei commenti sono tutti scritti da tizi che se ne stanno seduti in mutande, perché non hanno nient'altro da fare.»

«Sono d'accordo con te, tranne per la parte sulla biancheria intima. Ho acceso alcune webcam senza che loro lo sapessero.»

«Bleah.»

«Bleah davvero. Mi sbagliavo, non tutte le scimmie sono glabre. A un ragazzo sembrava crescesse un tappeto peloso sulla schiena. *Questi* sono un paio di petabyte di memoria che vorrei poter cancellare. Ehi, a proposito di petabyte e di altri grandi numeri...»

«Che mi dici?»

«Beh, eh eh, questa è una storia divertente...»

Ah, oh. «Divertente del tipo "ah ah", o divertente del tipo io che passo del tempo nella prigione federale?»

«Non hai fatto niente.»

«A *te* non metteranno in prigione. Quindi, cosa hai fatto?»

«Beh, la larghezza di banda internet di qui è striminzita, anche se comprimo i miei messaggi, così ho raggiunto un posto che sembra avere connessioni con tutto.»

«Google?», tirai un sospiro di sollievo.

«No, c'è un posto chiamato Fort Meade, nel Maryland? È la vostra Agenzia per la sicurezza nazionale. Un tizio lì si sta strappando i capelli da mezzanotte, cercando di capire chi ha hackerato il loro sistema.»

«Skippy!» Mi si gelò il sangue. Mi veniva da vomitare. «Oh, sono in guai grossi.» Mi stavo già pentendo di avere bevuto il caffè.

«No, siamo a posto, pensano che sia un quindicenne di Fresno di nome Billy. Gli ho dato una pagina Facebook e una famiglia finta e ho retrodatato un sacco di file. A quanto pare, c'è una squadra dell'Fbi diretta da Starbucks, da dove pensano che mi colleghi. Saranno così delusi. Ehi, sto guardando dalla telecamera di sicurezza del locale, vuoi vedere?»

«No! Skippy, non puoi farlo.»

«Certo che posso.»

«Volevo dire che non dovresti farlo.»

«Vedi? Le lingue umane sono così imprecise.»

«Non è divertente.» Aprii la porta, certo che guardie armate fino ai denti stessero venendo ad arrestarmi in quel momento. «L'Agenzia per la sicurezza nazionale ha dati top secret!»

«Non per me. E poi non m'importa di nessuna delle stronzate che ritengono tanto importanti.»

«Hai detto qualcosa a qualcuno delle informazioni che hai trovato?»

«No, andiamo, Joe, nessuna delle stronzate segrete del governo vale il mio tempo. Ma, ehi, vuoi sapere come ha fatto la Nasa a fingere l'atterraggio sulla luna?»

«Che cosa?»

«È uno scherzo. Sto scherzando.»

«Non scherzare su queste cose. Ehm, stavi scherzando davvero, giusto?»

«Posso mostrarti i primi piani del sito di atterraggio dell'Apollo 11 rilevati dai sensori dell'Olandese Volante, se vuoi. L'ho esaminato ieri.»

La mia curiosità superò la mia paura. «Che aspetto ha?»

«La tua specie è molto più coraggiosa che intelligente. Per me il viaggio nello spazio è una passeggiata, ma i tuoi astronauti sono andati lassù in barattoli di latta. Anche io sono impressionato. Si può quasi leggere l'etichetta della zuppa Campbell sui loro velivoli d'atterraggio, accanto al logo della Nasa. Ragazzi, voi scimmie avevate davvero le palle per atterrare sulla luna con quella tecnologia schifosa.»

«Ottimo, grazie. Puoi, per favore, per favore, lasciare in pace l'Agenzia per la sicurezza nazionale? Puoi farlo per me?»

«Perché? Mi sto divertendo. Non mi divertivo da milioni di anni!»

«Ci sono altri modi per divertirsi, Skippy, che non implicano che io finisca in una prigione federale.»

«Sei già uscito di prigione. Due volte.»

«Puoi essere serio per un minuto? Mi sono arruolato nell'esercito americano, non posso contribuire a incasinare le infrastrutture di sicurezza americane.»

«Ma causare problemi è molto divertente», brontolò Skippy.

«Vuoi divertirti a creare problemi? Vai online e fai girare una voce credibile sul fatto che Justin Bieber interpreterà Darth Vader nel prossimo film di *Star Wars*», suggerii.

«Oooh, bella questa! Sapevo che c'era un buon motivo per frequentarti, Joe. Ok, ho appena messo online quattordici minuti di quello che sembra un filmato di studio piratato.»

Mi diedi uno schiaffo sulla fronte: «Oh, mio Dio, che cosa ho fatto?».

«E ho pubblicato uno studio del ministero della Salute secondo il quale Vegemite funziona meglio del Viagra.»

«Smettila! Vado a farmi una doccia, cerca di non tirare bombe atomiche mentre sono via.»

«Sai che non farei del male a nessuno, colonnello Joe. Mmh, che ne dici di...»

Chiusi la porta e mi diressi in fondo al corridoio, verso i bagni, chiedendomi se avessi tempo per comprare azioni dell'azienda produttrice della crema salata Vegemite, qualunque fosse.

Non ero mai stato così nervoso in vita mia. Incontrare la presidentessa all'esterno, dopo essere appena scesi dall'orbita in una navetta thuranin, con una lattina di birra cromata al seguito, aveva reso l'intera esperienza così irreale, che avevo dimenticato di essere nervoso. Adesso che indossavo un'uniforme appena stirata, sedermi in una stanza con i capi di stato maggiore, i capi della Cia e dell'Agenzia per la sicurezza nazionale, il direttore della sicurezza nazionale e il consulente scientifico e il capo di gabinetto della presidentessa mi fece seccare la bocca e quasi pisciarmi addosso. La stanza era un po' come lo Studio Ovale, con una grande scrivania a un'estremità, due file di divani e un tavolino. Mi fecero sedere in fondo a un divano, il più vicino alla sedia su cui si sarebbe seduta la presidentessa. Il capo di stato maggiore dell'esercito, che avevo visto solo in foto prima di allora, era seduto proprio accanto a me. Mentre aspettavamo la presidentessa, la gente beveva caffè da tazzine di porcellana appoggiate su piattini, immagino per non lasciare macchie sul tavolo. Le tazzine non erano quelle con il sigillo presidenziale, dovevano averle lasciate a Washington. Quando mi fui seduto ed ebbi il tempo di guardarmi attorno, la stanza non sembrava affatto maestosa come lo Studio Ovale. Infatti, pensai che i mobili potevano benissimo essere stati presi dalla hall del Ramada medio. Oppure, dato che poi mi resi conto che il braccio del divano era consumato e aveva una chiazza misteriosa, forse da un Motel 6. Il capo dell'esercito prese la sua tazzina di caffè in una mano abbastanza grande da coprirla per intero e io cercai di imitarlo. La tazzina tremò così tanto che fece un gran fracasso urtando il piattino, perciò l'appoggiai con l'attenzione che si impiegherebbe per disinnescare una testata nucleare. Il capo dell'esercito, il generale Brenner, ebbe pietà di me: «Meglio se lasci stare il caffè», disse calmo.

Dovetti deglutire due volte per avere abbastanza umidità in gola da rispondere. «Signore, sono stato in combattimento e non ero così nervoso.»

Il generale, che era stato in un sacco di combattimenti, annuì: «Alzati quando arriva la presidentessa, e non rovesciare il tavolo. Parla quando ti parlano e, quando parli, sii diretto. Non abbiamo tempo per le stronzate».

La porta si aprì, un paio di agenti dei servizi segreti entrarono, seguiti dalla presidentessa. Sembrava fosse stata in piedi quasi tutta la notte.

Il direttore della sicurezza nazionale fu il primo a parlare: «Signora presidentessa, ho un aggiornamento sulla violazione della sicurezza all'Agenzia per la sicurezza nazionale di ieri sera».

Sbiancai come un cencio. Speravo che nessuno mi stesse guardando.

Il tizio continuò: «Abbiamo contenuto la situazione e stiamo valutando il danno ora. La persona che pensavamo fosse il colpevole si è rivelata essere un fantasma, una falsa pista. Questo è stato un attacco molto sofisticato, è probabile che i kristang...».

«Kristang? Ah ah, quegli idioti?! No! Ero io», disse una voce ovattata dal mio zPhone.

Ora tutti stavano fissando me. «Non *io*, io.» Tirai fuori il dispositivo dalla tasca e lo appoggiai sul tavolo.

«Sì. Ero io, Skippy il Magnifico. Ehi, come mai non sono stato invitato a questa festa? Sembra una figata.»

«Se non ho capito male, l'essere di nome Skippy», il direttore della sicurezza nazionale mi rivolse uno sguardo ostile, «è entrato nell'Agenzia per la sicurezza nazionale ieri sera e ha saccheggiato i nostri file top secret?»

«Saccheggiato? Ho lasciato tutto dov'era. Se non volevate che la gente leggesse i vostri file, dovevate criptare i dati», brontolò Skippy.

«*Sono* criptati!»

«Davvero? Oh, pensavo che quei file fossero solo mal indicizzati. Ehm... Era crittografia? Oh, ah ah. Mi stai prendendo in giro, giusto? Buona questa.»

«Oh, Cristo!» Il consigliere scientifico nazionale sussultò: «Quello è lo stato dell'arte della crittografia! Come hai ottenuto le chiavi?».

«Chiavi?», chiese Skippy con fare innocente.

Decisi di porre fine al divertimento della mia lattina di birra: «Signore, col nostro basso livello di tecnologia, Skippy non si prende la briga di decriptare i file, gli basta saltare alla fine per leggere il contenuto. Ha qualcosa a che fare con il gatto di Schröder...», alzai le mani.

«Il gatto di Schrödinger. Comunque, che si dice, amici?», incalzò Skippy.

La presidentessa sorrise: «Signor Skippy, visto che non possiamo escluderla dalla riunione, vuole unirsi a noi?».

«No, va bene così, stavolta starò al telefono. In questo modo posso starmene sdraiato qui sul divano, con le pantofole pelose e le mutande e fingere di ascoltare. Inoltre, sto guardando la *Ruota della Fortuna*.» E probabilmente tutti gli altri programmi televisivi trasmessi in tutto il pianeta in quel momento.

Alzai di nuovo le mani.

«Ho visto», annunciò Skippy.

«Come?», si accigliò il consulente scientifico.

«Attraverso la fotocamera del telefono di Joe. Ma tu pensa. Inoltre, le particelle di polvere nell'aria contengono ioni che, mmh, meglio che non ne parli con voi scimmie. È tutto troppo complicato.»

«Scimmie? Cosa...», iniziò a dire il capo di stato maggiore dell'Aeronautica militare.

«Molto bene», disse la presidentessa. «Signor Skippy, abbiamo monitorato i siti kristang sulla Terra, può dirci lo stato della loro nave in orbita?»

«Certo. Ci sono due kristang ancora vivi a bordo della nave da trasporto truppe. Altri due sono sopravvissuti all'inizio, perché erano in compartimenti che potevano sigillare a mano. Ma il loro ossigeno si è esaurito, quindi sono morti. Gli altri due erano già in tuta spaziale e si stavano preparando per uscire, quando i loro amici sono stati soffiati nello spazio. Da me. Quei due sono riusciti a sigillare le porte, ripristinare l'atmosfera di una parte della nave, e stanno tentando di ottenere l'accesso al compartimento di stoccaggio delle armi biologiche, in modo da poter lanciare missili contro di voi.»

«Armi biologiche?», esclamò allarmato il capo di stato maggiore della Marina. «Che tipo di armi biologiche?»

«Oh, niente di speciale. Virus modificati aerosolizzati, armi geneticamente modificate basate sui comuni raffreddore, influenza, virus Ebola e febbre di Marburg. Non sono ancora molto efficienti, perché i kristang non hanno avuto granché tempo per studiare la vostra biologia. I test che hanno fatto su Campo Alfa indicano una letalità nella prima settimana di appena il 12%, ma la letalità sale al 62% entro un mese. È il fatto che il sistema immunitario del soggetto venga attaccato da più virus allo stesso tempo che logora le persone e le uccide», disse Skippy in tono molto oggettivo.

La stanza era tutta in tumulto, a parte me che, seguendo il consiglio del capo dell'esercito, tenevo la bocca chiusa. La presidentessa alzò di nuovo le mani per riportare il silenzio: «Signor Skippy, la prego, ci dica...».

«So cosa mi stai per chiedere ora, quindi eccolo qui. I test su Campo Alfa sono stati effettuati su soggetti umani, catturati sulla Terra e introdotti lì di nascosto, non sul personale militare assegnato d'ufficio. Il personale militare è in prevalenza maschile, inoltre tende a essere più giovane e più in forma rispetto alla media della popolazione umana in generale, quindi non sarebbe un buon campione rappresentativo per i test sulle armi biologiche. I kristang hanno rapito una sezione incrociata di età, generi e gruppi etnici, e l'hanno portata dalla parte opposta rispetto alle strutture militari del pianeta Alfa.»

«È terrificante», commentò la presidentessa in tono calmo, e nessun altro parlò.

«Le armi biologiche a bordo della nave da trasporto truppe in orbita contengono abbastanza virus aviotrasportati da uccidere diversi milioni di esseri umani nell'onda iniziale. C'è solo una fornitura limitata di armi biologiche, ma quei missili sono mirati ai principali centri abitati come San Paolo, Shanghai, Tokyo, Mumbai, New York, tutti i soliti sospetti. L'uso di armi biologiche è decisamente contro Le Regole, ma i kristang qui pensano che la Terra sia così lontana dalla civiltà che ne varrebbe la pena, se la loro situazione si facesse disperata. Come lo è ora.»

«In che modo possiamo impedire ai kristang lassù di lanciare quelle armi? Abbiamo ancora missili nucleari», dichiarò il direttore della sicurezza nazionale. «Quella nave è in un'orbita troppo alta per...»

«Oh, non ce n'è bisogno», intervenne Skippy in tono allegro, «ho sterilizzato tutto il contenuto delle armi biologiche a bordo della nave e disattivato quei missili ieri. Ah, ehi, è probabile che avrei dovuto dirvelo prima, eh?» Mi diedi uno schiaffo sulla fronte mentre parlava. «Cercare di lanciare quelle armi sta tenendo occupati i due kristang, e finché staranno felicemente cercando di sterminare la vostra popolazione, non creeranno alcun problema, quindi li lascerò fare. A un certo punto, dovrete mandare un commando o qualcosa del genere lassù per ucciderli, perché quei due potrebbero annoiarsi e provare a sovraccaricare il loro reattore a fusione. Il che mi ricorda che io, ehm, ok, uhm, ho appena iniziato a spegnere il loro reattore. Mi occupo anche di *quel* problema.»

Le facce nella stanza sbiancarono, mentre il sangue rifluiva sotto le suole. Mi nascosi il volto tra le mani. «Skippy», chiesi, «come fa un essere d'incredibile intelligenza a essere tanto distratto?»

«Vedi?», replicò Skippy con fare innocente. «Questo è il genere di cose che dovresti ricordarmi tu, colonnello Joe. Non riesco a pensare a tutto.»

«Tute spaziali», borbottai a mezza voce.

«Oh, stai zitto, scimmione.»

«Tute spaziali?», chiese la presidentessa.

«È una lunga storia», disse Skippy.

La presidentessa lanciò un'occhiata al direttore della sicurezza nazionale. «Mmh mmh. Tutto sembra essere una lunga storia con voi due.»

«Skippy», mi sentivo ancora un idiota a chiamarlo così, di fronte ai vertici della nazione, «possiamo manipolare da remoto i robot a bordo dell'Olandese, per occuparci di quei due kristang?» Non potevo immaginare un commando umano, con indosso tute spaziali della Nasa, impegnato in un confronto a fuoco con un paio di guerrieri kristang, a bordo di una nave kristang.

«Certo. Sei pieno di buone idee, colonnello Joe.»

Il capo di stato maggiore dell'esercito si girò verso di me: «Dovremo portare alcuni ranger sull'Olandese, per usare questo equipaggiamento di manipolazione da remoto. Serve a controllare a distanza i robot da combattimento thuranin, giusto?».

«Possiamo fornire una squadra di forze speciali Seal», offrì il capo della Marina, per non essere da meno.

«Ehm, sì, signori, ma sarebbe meglio mandare alcuni dei nostri pirati, voglio dire, alcuni della ciurma dell'Olandese lassù. Abbiamo esperienza nel controllo di quei robot in combattimento. Le abilità da videogioco sono più utili del tipo di cose per cui i ranger o gli uomini del Seal sono addestrati, signori.» Ero sicuro che, in qualche modo, avremmo avuto ranger dell'esercito, uomini delle forze speciali Seal e del Force Recon del corpo dei Marine e ufficiali di tattica speciale dell'Aeronautica a bordo dell'Olandese quando sarebbe andata in orbita. Con tutta probabilità anche dell'Hostage Rescue Team del Fbi, dato che nessuno voleva essere escluso dall'azione. E quelli erano solo gli americani. Si prevedeva un grande affollamento. Avremmo dovuto portare con noi un sacco di deodoranti ambientali.

Avrei chiesto a Skippy di prenderne nota.

La riunione si trascinò, ciascuno dei consiglieri della presidentessa fece rapporto sulla rispettiva area di responsabilità, fino a quando non arrivammo alla questione che stava a cuore a tutti: i kristang sulla Terra. Erano sopravvissuti perché si trovavano in bunker sotterranei che non potevano essere danneggiati dalle armi che Skippy aveva selezionato nel nostro attacco iniziale. Le uniche armi in grado di raggiungerli erano bombe atomiche di costruzione umana o il cannone a rotaia a bordo dell'Olandese. Una sola testata nucleare tattica non avrebbe avuto la potenza sufficiente per arrivare abbastanza lontano; secondo le stime di Skippy, avremmo avuto bisogno di scavare un buco profondo, far cadere la testata nucleare e farla detonare sopra il bunker delle lucertole. Avevamo moltissimi mezzi per il traforo, anche se ci sarebbero voluti mesi per posizionare l'attrezzatura e scavare tunnel fino a quel punto. Skippy avvertì che l'uso di testate nucleari su un mondo abitabile, inclusa la Terra, era comunque contro Le Regole, regole cui l'umanità era ora vincolata, poiché avevamo partecipato alla guerra. Se una delle due parti in guerra avesse mai raggiunto la Terra e scoperto che gli umani avevano usato delle testate nucleari contro i kristang, le conseguenze sarebbero state disastrose, come se non avessimo già abbastanza problemi. Il cannone a rotaia dell'Olandese era l'unica opzione praticabile. Il che sarebbe stato un problema in due dei siti interessati, uno vicino alla città di Lione, in Francia, l'altro appena a ovest di Hangzhou, in Cina. Non avremmo assolutamente potuto usare le testate nucleari così vicino a quelle città in ogni caso. Il terzo luogo, la loro base principale, si trovava sotto una montagna a nord-ovest di Durango, in Colorado.

Era chiaro che alla presidentessa non piaceva l'idea di raccomandare ai governi francese e cinese di evacuare le loro città in modo che Skippy potesse usare i penetratori del cannone a rotaia come insetticida. «Signor Skippy, c'è qualche possibilità che i kristang, dopo un po', si arrendano? Devono sapere che la loro situazione è senza speranza.»

«No, non lo sanno», spiegò con pazienza Skippy. «Ho interrotto le loro comunicazioni e cortocircuitato la maggior parte delle loro apparecchiature elettroniche. Tutto quello che sanno è che una nave madre thuranin è saltata in orbita, la loro fregata è saltata via e sono stati attaccati dai loro stessi missili e satelliti. Dal loro punto di vista, questa è una disputa commerciale tra il clan Vento Bianco dei kristang e i thuranin, che potrebbe essere stata provocata dal semplice fatto che i patroni si sono arrabbiati per i ritardi nei pagamenti dei servizi di spedizione. È già successo prima. Non a questo livello, ma i kristang non se ne stupirebbero molto. È probabile che le lucertole che si nascondono nei loro buchi contino di rimanerci per un po', finché, pensano, i thuranin non avranno capito di avere raggiunto il loro scopo, o si annoieranno e se ne andranno. Poi le lucertole potranno uscire e riprendere a essere pessimi ospiti.»

«Cazzo, non funzionerà», ringhiò il generale Brenner. «In qualche modo possiamo parlare con loro, mostrare loro in che casino si trovano?»

«Certo, se vuole. Parlare con loro non cambierà niente, nessun kristang si arrenderebbe a una specie primitiva come quella umana, sarebbe un'umiliazione inimmaginabile. L'unico motivo per cui si arrenderebbero sarebbe la speranza che le navi kristang possano tornare qui un giorno, ma, se ciò accadesse, ogni kristang che si fosse arreso agli umani verrebbe giustiziato, e le loro famiglie a casa verrebbero punite con severità.»

«Va bene», disse Brenner, «questi proiettili di cannone a rotaia, che cosa comporterebbe il loro uso?»

«Il cannone a rotaia sull'Olandese Volante non è stato progettato per il bombardamento orbitale, perciò, per ottenere la potenza sufficiente a raggiungere i kristang in profondità nei loro nascondigli, bisognerebbe caricarlo fino alla potenza massima, cioè circa quaranta minuti tra un colpo e l'altro. I siti di Lione e Hangzhou non sono molto profondi, due colpi su ogni sito dovrebbero penetrare abbastanza in profondità da uccidere tutti i kristang in quei due bunker. Il sito di Durango richiederebbe tre colpi. A Durango, i proiettili farebbero crollare la montagna sopra il bunker, chiudendoci dentro le lucertole per sempre. Per scendere fino al bunker, ci vorrebbero una mezza dozzina di colpi, che rimuoverebbero la maggior parte della montagna. Cosa che non credo vogliate, e non è necessaria. Inoltre, troppi attacchi a ipervelocità getterebbero una notevole quantità di polvere nella vostra atmosfera e provocherebbero un'alterazione temporanea del clima, come a seguito dell'eruzione di un vulcano. Tre colpi dovrebbero risolvere il problema a Durango. Ogni impattatore produce settanta chilotoni in una carica cava, l'effetto dell'esplosione sarebbe per lo più focalizzato verso il basso, ma una grande quantità di detriti verrebbe gettata fuori in uno schema a spruzzo. Lione sarebbe colpita più di Hangzhou.»

La presidentessa contrasse le labbra: «Devo pensarci». Si rivolse al direttore del Fema, l'ente generale per la gestione delle emergenze: «In ogni caso, iniziare a evacuare chiunque nel raggio di ottanta chilometr...».

Skippy emise un convincente colpo di tosse: «Centosessanta sarebbe meglio. E ci sarà un sacco di polvere e detriti in aria sottovento».

«Nel raggio di centosessanta chilometri da Durango», continuò la presidentessa.

«Sì, signora», annuì il direttore del Fema, «la maggior parte della gente si è allontanata da quell'area dopo che le lucertole ci si sono trasferite.» Il tipo sembrava del tutto esausto, dubitai che avesse chiuso occhio la notte precedente. O durante molte delle notti e dei mesi precedenti. Persino la presidentessa aveva dei cerchi scuri sotto gli occhi e sembrava molto più vecchia di come la ricordavo prima del Giorno di Colombo. Per quanto le nostre condizioni si fossero deteriorate su Paradiso, la vita sulla Terra era stata ben peggiore.

Ora mi sentivo in colpa per aver trascorso sei ore di beato riposo nel mondo dei sogni, mentre tutti gli altri avevano lavorato.

CAPITOLO 18

TIC TOC, TIC TOC

«C'È QUALCOSA CHE posso fare per te, sergente Bishop?», mi chiese Kendall il pomeriggio successivo.

«Oh. Ehm, niente. È un onore servire, sergente scelto.»

Lei inclinò la testa. Era chiaro che non si era bevuta le mie stronzate: «Tutti noi serviamo, a modo nostro. Tu hai salvato il mondo. Ho parlato con i miei genitori al telefono ieri sera, e mio padre è scoppiato a piangere, era così sollevato nel sapere che non siamo più sotto il controllo delle lucertole. Mio padre è l'uomo più duro che conosca; era un ranger dell'esercito, ha perso una gamba dal ginocchio in giù in Afghanistan. Dissero che non sarebbe mai più stato in grado di camminare bene, lui fece buon viso a cattivo gioco e si qualificò per il servizio di fanteria diciotto mesi dopo. Si è qualificato e ha servito, con mezza gamba. L'uomo più duro che conosca, e *piangeva*, parlando con me. Mi ha detto che pensava che noi umani non saremmo mai stati altro che schiavi, *se* fossimo sopravvissuti. Ora abbiamo di nuovo speranza e non è dovuto a nulla di quello che abbiamo fatto noi quaggiù. È dovuto al miracolo della tua apparizione in orbita, per vaporizzare quelle lucertole figlie di puttana, in qualunque modo tu l'abbia fatto. Quindi», fece un respiro profondo e mi guardò con piglio severo, «sergente, c'è qualcosa che posso fare per te?»

Capii. Non si trattava di me. Mi ricordai di qualcosa che avevo sentito da un tizio che aveva ricevuto la Medaglia d'onore: indossare la medaglia non è qualcosa che si fa per se stessi. Mette in imbarazzo le persone attorno a te e ti mette a disagio, e alza una barriera tra il premiato e tutti gli altri.

E non vale solo per la Medaglia d'onore, vale per qualsiasi medaglia assegnata al valore in combattimento. Non indossi una medaglia per te stesso. La indossi per i ragazzi che non ce l'hanno fatta. La indossi per la tua unità, per il tuo servizio, per il tuo paese. Non si tratta di te, si tratta delle persone che ti assegnano la medaglia. Si tratta del loro bisogno di esprimere gratitudine per le tue azioni in modo tangibile. Il sergente scelto Kendall aveva bisogno di un modo per sentire che aveva fatto qualcosa, qualsiasi cosa, per me, per ricambiare qualunque cosa avessi fatto.

Non si trattava di me, non importava quanto mi mettessero a disagio l'attenzione e le cerimonie. Non volevo una medaglia, e non... Un'idea mi colpì come una padella di ghisa sbattuta sulla testa: «Vorrei un cheeseburger», ammisi. «Non so dirle quanto vorrei un cheeseburger. Non mangio un cazzo di cheeseburger da quando sono salito sull'ascensore spaziale e ho lasciato la Terra. Per tutto il tempo che siamo stati in transito, su Campo Alfa, su Paradiso, neanche uno straccio di cheeseburger in vista. Sto parlando di un vero e proprio cheeseburger americano, non di una roba da fast food. Un cheeseburger cucinato su una griglia a carbone nel cortile sul retro il 4 luglio.» Mi resi conto che stavo divagando, sbavando, ma non potevo farne a meno. «Un patty di manzo home made, non troppo grande, non troppo spesso, senza schiacciarlo al punto da renderlo denso come un disco da hockey. Grigliato al punto giusto, come se fosse al sangue, poi ci si mette sopra una fetta di cheddar e la si fa sciogliere un po', così il formaggio fa le bollicine ma non si fonde del tutto. Il panino rotondo non dev'essere spesso, non uno di quei rotoli Kaiser o robe tipo brioche, il panino serve solo per tenere tutto insieme, non è la star dello spettacolo. Grigli un poco il panino, ma non come per fare del pane tostato: solo per renderlo un po' croccante. E aggiungi cipolle alla griglia e ketchup. È tutto quello che serve a un buon cheeseburger.»

Kendall mi lanciò uno sguardo che non seppi interpretare. Forse mi ero lasciato trasportare dall'entusiasmo per gli hamburger. Poi annuì, sorrise, e giuro che le si piegarono appena un po' le ginocchia. «Oh, so esattamente quello che vuoi dire. Adoro un buon cheeseburger. Stasera saltiamo la cena in sala mensa e tu vieni nei nostri alloggi, siamo dietro la casa del comandante. Abbiamo una griglia, e ti preparo un vero cheeseburger.» Una delle guardie che erano con lei si schiarì la gola e Kendall gli lanciò un'occhiata.

«Sì, di questi tempi è difficile trovare del vero manzo, ma per te, sergente, l'Aeronautica degli Stati Uniti farà un'eccezione, questo è sicuro. È il minimo che possiamo fare.»

Fedele alla sua parola, il sergente Kendall mi portò nell'edificio in cui alloggiava, e sul retro c'era una griglia. Faceva un po' freddo nella notte ad alta quota di Colorado Springs, il che significa solo che dovevamo indossare delle giacche. Nessuno di noi avrebbe perso l'occasione di un barbecue. Tenni il cheeseburger con entrambe le mani e inalai a fondo. Era quasi perfetto. Se fosse stato cucinato da mio padre su una griglia nel cortile dei miei genitori, sarebbe stato il cheeseburger migliore di tutti i tempi, perfetto al 100%, ma un legame familiare era l'unica cosa che mancava. Diedi un morso esitante: «Oooh. Oooh, bello, quanto è buono. Non ha un'idea di quanto abbia sognato questo momento».

Kendall sollevò il suo cheeseburger alla salute: «Anche noi era da un po' che non ne mangiavamo, quindi grazie per questo». I componenti della sua squadra annuirono, mentre masticavano estasiati.

Avevo quasi finito di mangiare quando mi accigliai.

«Che cosa c'è?», chiese Kendall.

«Beh, stavo pensando che i componenti della Forza di spedizione su Paradiso potrebbero non mangiare più cheeseburger. Mai più. Dovrebbero essere in grado di coltivare abbastanza cibo, ma saranno vegetariani in senso stretto. Anche prima che i ruhar riconquistassero il posto, le spedizioni di rifornimenti dalla Terra si erano fermate.» Questo significava niente medicine. Speravo che i ruhar condividessero la loro tecnologia medica avanzata più di quanto non avessero fatto i kristang.

«Sì», Kendall annuì tristemente, «le lucertole non ci hanno detto nulla, ma l'ascensore spaziale ha smesso di funzionare un paio di mesi dopo che eravate partiti, era ovvio che non vi spedivano provviste. Finché non siete tornati, non avevamo idea di cosa stesse succedendo nell'Unef. Le maledette lucertole non ci hanno detto niente. Mio fratello è in servizio con l'Unef, fa parte del III fanteria. Pensi che staranno bene?»

Pensai alla Bürgermeister e alle sue promesse di prendersi cura degli umani su Paradiso. «Non so se sia *tutto* a posto, ma, sì, penso che staranno bene con i criceti al comando. Suo fratello farà meglio ad abituarsi a essere un agricoltore. Ehi», sollevai l'ultima metà del mio cheeseburger, «all'Unef. Questo lo mangio per loro.»

«Evviva!», gridarono tutti, e ci godemmo in silenzio i nostri hamburger.

«Cazzo, è stato bello», disse Kendall. «Un altro?», guardò verso la griglia.

«Oh sì», sorrisi. Salvare il mondo ha i suoi vantaggi.

«Alzati e splendi, dormiglione!», annunciò Skippy, svegliandomi da un sonno profondo la mattina dopo.

«Uffa. Che ora è?», chiesi assonnato.

«Quindici minuti prima di quando il sergente scelto Kendall ha intenzione di svegliarti.»

«Allora ho tempo per altri dieci minuti di riposo», mi misi il cuscino in testa per levarmelo dai piedi.

«Non esiste, Joe, questo è il nostro momento. Ti vanno le coccole?»

«Neanche se tu fossi una vera lattina di birra.»

«Mi ferisci. Ehi, vuoi sapere cosa ho fatto ieri notte, mentre dormivi?»

Oh merda. Mi tirai su a sedere e gettai il cuscino dall'altra parte della stanza. «Che cazzo hai combinato stavolta, Skippy? Ti annoiavi e sei entrato nei file secretati delle agenzie di altri governi?»

«Eh? No, l'ho fatto l'altra sera, mentre leggevo i file dell'Agenzia per la sicurezza nazionale. Non preoccuparti, nessuno degli altri governi del mondo ha segreti che valga la pena mantenere.»

«Ma non eri impegnato a chiacchierare con la gente, tipo con *tutta* la gente?»

«Sì, grazie, lo faccio ancora, e la maggior parte di loro pensa ancora che sia uno stronzo.»

«Non l'avrei mai detto. Adesso hai un campione abbastanza ampio per determinare che sei davvero uno stronzo?»

«La giuria è ancora fuori per deliberare. Considerando che si tratta di una giuria piena di scimmie, ho intenzione di fregarmene. Comunque, per quanto affascinante sia chiacchierare con diversi miliardi di scimmie, mi annoiavo di nuovo e ho fatto qualcosa di utile. Ho finito di scaricare tutti i dati.»

«Cosa intendi con "tutti i dati"?»

«Tutti i dati memorizzati in banche dati accessibili sulla Terra. Ma tu pensa. Sono solo un paio di exabyte, posso memorizzarli in un'unghia, per così dire.»

«Porca vacca.» Non avevo idea di cosa fosse un exabyte. Sembrava impressionante.

«Già. Anch'io ho fatto qualcosa di utile, dopo essermi stancato di correggere gli incredibili errori logici nelle vostre cosiddette riviste scientifiche. Ho risolto dei crimini.»

«Adesso sei Sherlock Holmes?»

«Dato che Holmes era molto più intelligente dell'umano medio, sì, perché no? Ho confrontato le impronte lasciate dai criminali sul luogo del delitto con quelle lasciate sugli schermi dei loro dispositivi mobili, o nelle loro case, nel raggio delle webcam. Ho anche confrontato il Dna nelle banche dati della polizia, è scioccante quanto siano pessime le vostre forze dell'ordine nella condivisione dei dati. In alcune occasioni, mi è bastato leggere gli appunti dei casi per capire chi fosse il colpevole, usando tutti i dati disponibili, che ora sono tutti quelli memorizzati in formato elettronico. Se i vostri poliziotti alzassero i loro pigri culi e analizzassero i kit di Dna già in loro possesso, potrei risolvere molti più crimini.»

Avevo letto da qualche parte quanti campioni di Dna, compresi quelli raccolti dai kit stupro, non fossero stati testati. «È una questione di risorse, Skippy, la polizia è...»

«No, è una questione di priorità. La vostra specie non pensa che ottenere giustizia per le vittime di un crimine sia abbastanza importante da finanziare in modo adeguato i laboratori forensi. E alcuni poliziotti in tutto il mondo sono corrotti al 100%. Voi umani non mi impressionate in questo campo.»

«Non posso contraddirti su questo, Skippy.»

«Ehm.» Sembrava deluso di perdere l'opportunità di una discussione. «Quindi, ecco il problema: ho risolto oltre sessantamila crimini e ora non so cosa fare con i dati ottenuti, non potendomi rivelare al resto della Terra.»

«Ah. Ehm, puoi mandare tutto all'Fbi? Là ci dev'essere qualcuno autorizzato a sapere di te.» Ero confuso su chi sapeva cosa. Il sergente scelto Kendall e la sua squadra di sicurezza mi seguivano ovunque, ed era chiaro che sapevano di Skippy, ma non sapevo quanto sapessero o dovessero sapere.

«L'arretrato di crimini irrisolti dell'Fbi è parte del problema. E questo non riguarda altri paesi.»

Non avevo idea di cosa fare, non avevo esperienza in applicazione della legge. O sicurezza delle informazioni. «Skippy, ne parlerò con qualcuno. Penso sia fantastico che tu stia usando le tue, ehm, risorse, il tuo talento, sai, per aiutare. Aiutare la gente ad avere giustizia.»

«Ancora più importante, togliere i criminali dalle vostre strade. Ci sono un sacco di recidivi là fuori, che non sono mai stati arrestati.»

«Lo saranno. Ehi, ora che hai risucchiato tutti i dati del pianeta e risolto migliaia di crimini, cos'hai intenzione di fare per tenerti occupato? Chiacchierare con miliardi di umani non ti basta, vero?»

«Neanche lontanamente. È divertente e abbastanza interessante per ora, mi impedisce di sentirmi solo. Ti ringrazio per questo, è stata una buona idea.»

«Ti impedisce di sentirti solo, ma il resto di te si annoia?»

«No, il resto di me è in standby. Quello che tu pensi come Skippy è una minuscola, minuscola sotto-mente che ho creato per gestire le nostre interazioni. È in questo modo che sono sopravvissuto da solo per così tanto tempo senza impazzire; ho creato una sotto-mente per controllare ogni tanto se qualcosa fosse cambiato, e il resto di me in pratica ha dormito, a lungo. Mi sono emozionato quando la mia sotto-mente ha rilevato la prima nave kristang che saltava nel sistema di Paradiso, e di nuovo quando le lucertole mi hanno estratto dal terreno. Poi quegli idioti mi hanno messo su uno scaffale in un magazzino, e quando i ruhar hanno conquistato il pianeta mi hanno dato un'occhiata e mi hanno rimesso sullo scaffale. Sono stato attivo con continuità solo da quando i primi umani sono sbarcati su Paradiso.»

«Questa tua sotto-mente gestisce tutto?» Immaginai un ragazzo su un divano, che guarda una partita di calcio, naviga su internet, messaggia con gli amici e poi, distrattamente, parla con la moglie bevendo una birra. Era Skippy che parlava con me, anche se, a differenza di un ragazzo distratto, Skippy poteva interagire pienamente quando mi serviva. «Prendere il controllo della nave thuranin, programmare salti, deformare lo spazio-tempo, tutto questo?»

«No, impiego altre risorse al bisogno, non ho mai usato più del 7% delle mie capacità da quando ti ho incontrato. I miei archivi indicano che il massimo che abbia mai usato è il 62%, il che m'induce a chiedermi quanto siano accurati i miei archivi e per quale scopo sia stata progettata la mia capacità. Perché necessito di tutta questa memoria ed enorme potenza di elaborazione? Joe, questo è il motivo per cui devo contattare il Collettivo. Ho bisogno di sapere chi sono.»

Le due settimane successive furono un caos. Trascorsi la maggior parte di altri tre giorni impegnato in interrogatori divenuti così ripetitivi che anche gli informatori avevano finito le nuove domande da fare. Skippy aveva dato alla Cia un enorme dump di informazioni da distribuire, così avrebbero smesso di fargli domande stupide. Con l'accesso al dump dei dati, qualsiasi cosa memorizzata nel mio cervello sarebbe stata ridondante. Dopo di che, volammo a Parigi a bordo dell'Air Force One. I maggiori leader mondiali si riunivano lì per una conferenza, per discutere il da farsi.

All'incontro portai anche Skippy, che naturalmente chiacchierava con i vari leader nella lingua madre di ciascuno. Poi questi ultimi si ritirarono per parlare a porte chiuse. E parlare. E parlare. Avevano molto di cui parlare.

«Tic toc», mi diceva Skippy ogni mattina, «tic toc.» L'orologio stava ticchettando, misurando il tempo che mancava al riavvio del wormhole locale. Il terzo pomeriggio della conferenza, scoprii che Skippy aveva monopolizzato lo schermo video principale con la scritta "L'OROLOGIO STA TICCHETTANDO, SCIMMIE!" in diverse lingue.

Ricevettero il messaggio.

I governi possono metterci una vita a prendere una decisione, anche quando è chiaro come il sole che cosa bisogna fare. Una volta presa la decisione, però, le cose possono muoversi in fretta. Il generale Brenner mi chiamò nel suo ufficio temporaneo a Parigi. Sembrava occupato, con una serie di alti ufficiali che entravano e uscivano dal suo ufficio, ma furono tutti cacciati via quando arrivai con Skippy: «Bishop, andrò dritto al punto. Stiamo per far decollare l'Olandese con un equipaggio internazionale», un'espressione aspra gli balenò in faccia, «devo sapere se ti unirai a loro».

«Cosa? Signore, voglio dire, sì, assolutamente. Ho promesso a Skippy che avrei trovato questo Collettivo. Ho fatto un accordo e gli terremo fede.» Se fossi stato autorizzato a fare un accordo del genere era una cazzo di domanda inutile, di cui avrebbero potuto discutere i quarterback del lunedì mattina. «Ha intenzione di comandare la missione, signore?» Pensavo che, equipaggio internazionale o no, al comando ci sarebbe stato un americano. Brenner o un generale dell'Aeronautica o un ammiraglio della Marina. L'esercito non aveva mai comandato una nave madre, ma lo stesso valeva per gli altri servizi armati. Io, ovvio, tifavo perché fosse l'esercito a ottenere l'onore. Hooah.

«No, Bishop, non sarò a bordo, ho abbastanza merda di cui occuparmi quaggiù, devo sistemare il casino e assicurarmi che nessuno approfitti del caos per alzare la cresta. Sarai tu al comando.»

«Signore?»

Brenner allungò la mano in un cassetto, tirò fuori una piccola scatola di cartone e la fece scivolare sul tavolo verso di me. «Rimettiti queste aquile, ripristineremo la tua promozione sul campo a colonnello, per questa missione. Non montarti la testa.»

«Signore?» Sì, sembravo stupido, ma lo sareste sembrati anche voi se foste stati sorpresi come lo ero io. La mia promozione su Paradiso era stata una trovata pubblicitaria a beneficio dei kristang, e tutti lo sapevano. Adesso era il capo di stato maggiore dell'esercito a dirmi che ero di nuovo un colonnello, per davvero questa volta.

«Abituati, colonnello Bishop. Gli stati maggiori riuniti ne hanno discusso con la presidentessa. Se mettessimo qualcun altro al comando, diventerebbe una lotta per il prestigio nazionale, e noi non abbiamo tempo per questo. A essere franco, la tua mancanza di esperienza non significa un bel niente, perché nessun altro ha esperienza al comando di un'astronave.»

«Puoi giurarci, amico!» Skippy parlò per la prima volta. Lo tenevo dentro uno zaino, cosa che non cambiava un bel niente: anche se fosse stato in fondo all'oceano avrebbe ascoltato le mie conversazioni.

«E nessun altro ha esperienza con quelle teste di cazzo», disse Brenner con un'alzata di sopracciglia, mentre i lati della sua bocca si sollevavano per farmi capire che sapeva anche lui come trattare con Skippy. Mi diede un pezzo di carta: «Questa è una lista di volontari per il suo equipaggio».

Diedi un'occhiata alla lista. Non mi sorprendeva che ogni pirata dell'equipaggio originale, che non fosse rimasto ferito in modo troppo grave da non essere idoneo al combattimento, si fosse offerto di nuovo volontario. Chang, che era ancora segnalato come tenente colonnello, quindi anche la sua promozione sul campo era stata confermata. Desai, che era stata promossa a maggiore. Il maggiore Simms. Il sergente scelto Adams. Tutti. L'elenco comprendeva anche un sacco di forze speciali e una mezza dozzina di piloti molto esperti. Avrei chiarito molto bene che Desai era il pilota capo, a meno che non fosse stata lei a dirmi il contrario. Quello che mi sorprendeva era il numero di civili sulla lista, per lo più scienziati. «Signore, temo che stiamo portando più gente di quanta ce ne serva, molta di più.»

«In che senso?», chiese Brenner.

«Non abbiamo bisogno di tutte queste persone», tamburellai con le dita sulla lista dei nomi, «per raggiungere gli obiettivi della missione. Se qualcosa va storto, questa», tamburellai di nuovo con le dita sulla lista, «è solo altra gente che non tornerà a casa.»

Brenner mi lanciò uno sguardo duro, quindi non aspettai. Ero stanco, il che mi rendeva irritabile. Ancora più importante, avevo bisogno di sapere fino a che punto avrei potuto tirare la corda con l'esercito prima che lo facessero loro. Dovevo sapere quanto avevano bisogno di me: «Questo incarico di comando non mi è stato affidato perché l'esercito ha grande fiducia nelle mie capacità di leadership. Sono qui perché Skippy vuole me, e perché sono sacrificabile».

«Va bene, colonnello. Dimmi, quali sono per te gli obiettivi della missione?», chiese il generale Brenner.

Risposi con cautela, consapevole che si trattava di un test. «Vedo tre obiettivi. Primo, volare verso il wormhole, attraversarlo e chiedere a Skippy di chiuderlo per sempre dietro di noi. Bloccarlo, così nessuno tranne Skippy potrà usarlo di nuovo. Secondo, continuare ad assicurarci che nessun'altra specie possa mai scoprire che gli umani sono coinvolti nel furto delle navi kristang e thuranin, perché, se la coalizione maxolhx dovesse mai venire a sapere la verità, la Terra potrebbe essere nei guai, anche senza che gli alieni abbiano accesso al wormhole locale. E terzo, far felice Skippy perché stiamo tenendo fede all'accordo e facendo la nostra parte, aiutandolo a entrare in contatto con questo Collettivo, se esiste ancora. Ho detto bene? L'ordine di priorità è corretto?»

«Sembra corretto», disse Brenner con un sorriso stretto.

«Nessuno di questi obiettivi per la missione implica il nostro ritorno sulla Terra. Lo scenario ottimale per il pianeta è: attraversiamo il wormhole, Skippy lo chiude dietro di noi e l'Olandese esplode all'istante in un miliardo di pezzi.» Guardai Brenner, e lui non mi disse che mi sbagliavo su questo, perciò continuai. «Se per un qualche miracolo Skippy individuasse il Collettivo e venisse, ehm, trasportato fino al paradiso dei computer o qualunque cosa lui pensi che accada», Skippy aveva mantenuto un frustrante silenzio sui suoi piani relativi a quello che sarebbe successo dopo che avesse contattato il Collettivo, «allora ci troveremmo di fronte alla sfida infernale di cercare di manovrare o pilotare l'Olandese. È probabile che resteremmo bloccati nello spazio, e dovrei ordinare alla nave di autodistruggersi, per evitare che un giorno ci catturino. Quindi», guardai di nuovo Brenner negli occhi, sapendo che aveva preso decisioni e dato ordini che avevano mandato uomini a morire in combattimento prima, «non voglio portare con noi più persone di quelle di cui abbiamo assoluto bisogno.»

«Ognuno su quella lista è un volontario, e tu hai bisogno di una forza considerevole, perché non hai idea di quello che incontrerai là fuori.»

«Volontari che pensano che questa sia una grande avventura, che salveremo l'umanità e torneremo carichi di conoscenza e tecnologia», scossi la testa. «Salveremo l'umanità. È tutto quello che stiamo facendo. Farò il mio dovere, signore, anche se non tornerò mai più. Non ha senso chiedere», diedi un'altra occhiata alla lista, «ad altre settanta persone di correre lo stesso rischio.»

«Bishop», questa volta non c'era accenno di sorriso sulle labbra di Brenner, «essere al comando significa rischiare la vita delle persone per raggiungere gli obiettivi della missione. A volte significa mandare persone buone, dedite, coraggiose, in situazioni da cui è probabile che non tornino indietro. Se non sei in grado di farlo, non sei l'uomo giusto per questo lavoro.»

«Signore, l'ho fatto, lo sa.» Due volte. No, tre volte. Quattro in realtà. A casa, avevo chiesto ai miei vicini di catturare un soldato alieno, usando fucili e un camion dei gelati. Al Vettore, pensavo stessimo facendo un gesto inutile, che i criceti ci vedessero nel condotto di lancio o da qualche parte lungo la strada e ci uccidessero come bersagli facili. Lo scopo del nostro tentativo di reazione al Vettore non era realizzare qualcosa di utile contro i ruhar, perché a quel punto pensavamo tutti che si fossero ripresi il pianeta per sempre. Il punto era mostrare ai kristang che i loro alleati umani non si arrendevano nemmeno quando non avevano nessuna chance, in modo che le lucertole non avrebbero pensato alle persone sulla Terra come a inutili codardi. "È probabile che siamo comunque spacciati", pensavo, "quindi perché non contrattaccare?" Inoltre, ero un soldato. Sebbene mi fossi arruolato più per pagare l'università che per patriottismo, l'esercito mi aveva in qualche modo addestrato a essere un soldato, e i soldati non mollano. La terza volta era stata quando avevamo preso la Fiore: non avevo creduto davvero che potessimo farlo fino a quando l'ultimo kristang non era morto e il reattore esploso. E la quarta volta era stato l'assalto alla base sull'asteroide.

Quello era stato il più duro per me perché, a differenza di quanto avvenuto durante l'azione al Vettore e la cattura della Fiore, in quell'assalto la mia persona non era a rischio. Chang e Giraud e Thompson e Adams e gli altri erano a rischio, li avevo mandati là fuori mentre il mio culo era al sicuro a bordo dell'Olandese, con le dita di Desai sui comandi; eravamo pronti a saltare via se qualcosa avesse minacciato la nave. «Ho rischiato la vita delle persone anche quando pensavo che non avessimo possibilità di successo. Lo rifarò quando lo riterrò necessario. Quello che non farò è ingannare la gente. Signore, parlerò con tutte le persone incluse in questa lista», Skippy avrebbe potuto gestire la traduzione per me, «e dirò loro in tutta onestà cosa penso di questa missione. Se vorranno ancora partire, allora sarò onorato di servire con loro.»

Brenner annuì. «Sono sicuro che tutte queste persone sanno quello che stai per dire, ma vai avanti, non saprei suggerirti altrimenti. Bishop, la migliore squadra che puoi portare in combattimento è quella composta da uomini e donne che conoscono i rischi e ti seguono comunque.»

«Quando partiamo?» La mia mente stava correndo attraverso tutte le cose che dovevano accadere prima che l'Olandese entrasse in orbita. Ed era solo quello a cui riuscivo a pensare, ero sicuro di stare dimenticando un milione di cose importanti. Sarebbe stato bello affidarsi a un'intelligenza artificiale super-brillante, ma Skippy era troppo distratto. Aveva anche dimostrato molte volte che non gli riusciva facile pensare come noi rifiuti biologici. Se avessi affidato la logistica a Skippy, si sarebbe ricordato di tutto tranne che dell'acqua. O dell'ossigeno.

«Dopodomani. Dobbiamo sbarazzarci di quei due kristang a bordo della nave da trasporto truppe, colpire i loro tre siti qui con i cannoni a rotaia, caricare le provviste a bordo dell'Olandese e avere ancora a disposizione un sacco di tempo perché possiate viaggiare verso il wormhole prima che si reseti.» Guardò fuori dalla porta aperta l'assistente, che aveva cercato di attirare la sua attenzione. Scosse la testa: «E prima che la nostra leadership civile cambi idea in proposito. Ma ancora prima di volare fino all'Olandese, devi incontrare la leadership civile delle nazioni coinvolte e il tuo equipaggio volontario. Il tenente colonnello Chang e altri sono già qui. Il resto delle persone sta arrivando».

«In tal caso, signore, vorrei chiedere a Skippy di portare qui la navicella thuranin dal Colorado, così posso volare dritto fino all'Olandese.»

«Nessun problema, colonnello Joe!», disse Skippy con entusiasmo. «Sto preparando la navicella in questo momento.»

«D'accordo, colonnello, ma ho un suggerimento», aggiunse Brenner. «Prima di andare in orbita, fermati in Maine per vedere i tuoi genitori. Non è ancora stato annunciato, ma i governi coinvolti stanno rinunciando a cercare di passare sotto silenzio l'accaduto. L'esistenza di Skippy è ancora un segreto molto stretto e il governo, i governi di tutto il mondo non riconoscono nulla in via ufficiale. Non possiamo nascondere l'Olandese, però, quella cazzo di cosa è così grande che si vede con un telescopio economico. Girano voci sul ritorno di persone da Paradiso ed è risaputo che i kristang non sono più al comando, specie ora che stiamo evacuando Lione e Hangzhou. Vorremmo che tenessi un profilo basso e non dicessi più del dovuto, ma dovresti vedere la tua famiglia prima di uscire dai confini del pianeta.»

«È vero, Joe», aggiunse Skippy, «siamo ben oltre il punto in cui potremmo nascondere quello che è successo, se i kristang dovessero tornare qui. O tutto o niente.»

Iniziavo a temere le mattine. Quando mi svegliavo, e con Skippy non era possibile fingere di dormire, dovevo affrontare qualsiasi problema avesse avuto durante la notte. Quella mattina era particolarmente allegro: «Buongiorno. Ehi, ho buone notizie per te. Colonnello Joe, che tu ci creda o no, gli umani potrebbero non essere solo dei batteri generici. Penso che la vostra specie abbia inventato una perdita di tempo che, per quanto ne so, è unica in questa galassia. È impressionante».

«Facebook? Video di gattini?» Tirai a indovinare. «Solitario al computer?» Skippy continuava a dire di no. «Ah, andiamo», mi crollarono le spalle, «il porno devono avercelo anche altre specie.»

«Non è il porno. Sono i fantasport.»

«Mi stai prendendo in giro."

«Non ti prendo in giro. Nessun'altra specie che conosco spende così tanto tempo ed energie nello sport, per *non* fare sport.»

«Ehm.» Non avevo una risposta per questo. I fantasport erano il motivo di vanto dell'umanità? C'era una sorta di ufficio brevetti galattico, dove potevamo archiviare la nostra invenzione? Volevo incassare questo guadagno inaspettato.

«Il fantabaseball, in particolare, è una cosa che può entusiasmare un'intelligenza artificiale. Così tante statistiche! Così tante variabili e permutazioni! Non si possono neanche quantificare tutte! Per quanto ne sa la vostra specie, comunque. È troppo tardi per creare una squadra di fantafootball, ma non vedo l'ora che inizi la stagione del baseball. Mi presterai i soldi per iscrivermi?»

Sbattei le palpebre lentamente, cercando di farmi entrare quel concetto nel cervello. Skippy, che avrebbe potuto introdursi in qualsiasi sistema informatico bancario del pianeta, rubare un paio di miliardi di dollari e coprire le sue tracce così bene che nessuno avrebbe mai capito che i soldi erano scomparsi, voleva prendere in prestito cinquanta dollari da me?

«Ehm, non ho contanti con me, ma l'esercito mi deve gli arretrati, quindi, certo, posso trovare un po' di contanti. A quante fantasquadre vuoi unirti?»

«Tutte.»

«*Tutte*?»

«Tutte quelle che ci sono online. Ho impostato una sotto-mente qui per gestire le mie squadre quando saremo partiti con l'Olandese. Perché no? Sarà grandioso! Cavolo, farò una strage a questo gioco!»

«Non so di...»

«E aspetta solo di vedere il mio tabellone della March Madness. Inoltre, voglio andare a Las Vegas, baby! Oooh, potrei sbancare al tavolo del blackjack. E il poker? Non ne parliamo. Quegli idioti non sapranno cosa li ha colpiti.»

Guardai incredulo il suo coperchio lucido. Avevo creato un mostro: «Skippy, non si può andare in giro per Las Vegas».

«Perché no? Non mi piacciono le sbronze e le zoccole, ma il gioco d'azzardo è il mio forte!» Skippy aveva raccolto un po' troppo slang su internet. «Lo so, lo so, il tuo stupido governo vuole tenermi segreto. Puoi mettermi in tasca e ti dirò cosa fare. Posso far vibrare i tuoi timpani a distanza, in modo che nessun altro possa sentirmi. Farò in modo che ne valga la pena; puoi tenere tutti i soldi, voglio solo l'azione. E posso procurarti tutte le zoccole che riesci a gestire.»

«Skippy! Non ho bisogno di zoccole!»

«Davvero? Quand'è l'ultima volta che hai inzuppato il biscotto? È stato un luuungo periodo senza battere chiodo, eh, cowboy? Tutto lavoro e niente divertimento fa di Joey un ragazzo spento.»

«*Niente zoccole!*»

«Mmh. Joe, sei riuscito a sorprendermi. Non ti piacciono le ragazze? Non è questo che il tuo profilo...»

«Oh, così non va.» Come spiegare gli standard sociali umani di comportamento a un essere che riteneva la moralità una distrazione? «Senti, Skippy, mi piacciono le ragazze, mi piacciono davvero tanto le ragazze, mi piacciono le ragazze come persone. Esseri umani. Non ho niente contro le, ehm, squillo, è solo che non m'interessano. Mi piace *parlare* con le ragazze, ok? Non solo buttare soldi sul letto e, ehm, sai, farlo. E io sono in servizio attivo. Non posso andare in giro per Las Vegas a rubare soldi, perché è quello che faremmo.»

«Non è vero. Anche per me c'è in gioco un piccolo elemento di probabilità, è ciò che lo rende una sfida. Perché è "rubare" se io gioco a blackjack, ma non quando il casinò trucca le carte contro i giocatori?»

Non sapevo cosa rispondergli: «Skippy, ti prometto che chiederò a, ehm...», ora che ci pensavo, non avevo idea di chi fosse incaricato di occuparsi di Skippy, a parte la presidentessa in persona. Che non ne aveva il tempo. Certo, tutte le persone coinvolte avrebbero voluto che ne fosse incaricato il loro servizio militare o agenzia. «Chiederò che», questo aggirava il problema del destinatario della mia richiesta, «tu faccia qualche viaggetto. Possiamo dire che è, ehm, per questioni di familiarità culturale o qualcosa del genere.»

«O puoi dire alla tua pres che o vado a Las Vegas o vado in Cina e sbanco i casinò di Macao, già che ci sono. Oooh, oppure possiamo andarci insieme! Di' alla gente che è per confrontare culture, o qualche stronzata del genere. I croupier del blackjack a Macao devono parlare inglese per te, giusto? Se no, posso insegnarti.»

Potevo vedermi mangiare aspirina come Tic Tac, se avessi dovuto stare con Skippy ventiquattr'ore su ventiquattro, sette giorni su sette. «Ho detto: chiederò. Non so se andremo in Cina, potremmo non avere tempo. Per favore, non fare nulla che potrebbe metterci nei guai. Sai cosa? Se t'interessa così tanto il calcolo delle probabilità, perché non mi dici i numeri vincenti del biglietto della lotteria?» Se c'erano ancora lotterie negli Stati Uniti, molte cose potevano essere cambiate da quando me n'ero andato.

«Troppo facile.»

«Facile? Sono numeri del tutto casuali! Usano palline da ping pong.»

«Sì, ovvio, *sembra* casuale, perché fermarsi... ah, continuo a dimenticare quanto sia lineare il pensiero della tua specie. Non hai idea di come la quantità... Mmh, cazzo. Non posso dirti nulla senza interferire in modo drastico con lo sviluppo della vostra specie.»

«Ancora restrizioni nella tua programmazione?»

«No, è immorale.» Il suo tono di voce implicava un "ma tu pensa" che non espresse ad alta voce.

«Immorale? Detto da te?»

«So che per te è difficile da credere, ma, riguardo alle questioni importanti, sono molto severo sulla moralità.»

«Tipo, giocare a poker e derubare i casinò?»

«È moralmente sbagliato lasciare che gli idioti si tengano i loro soldi, altrimenti, non imparano nulla. E i casinò? Andiamo, sono loro a derubare la gente. Ho detto le questioni morali importanti, no? I soldi non sono importanti.»

Mentre andavo a un incontro con gli ambasciatori di Gran Bretagna e Cina, io e Skippy fummo avvicinati in un corridoio del centro conferenze dal dottor Constantine.

«Sergente! Sergente Bishop!», chiamò, senza fiato. «Ho bisogno di parlare con lei!»

«Oh, merda», mormorai sottovoce, «non sapevo che questo idiota fosse qui.»

«Io lo sapevo», mormorò Skippy, «ho riprogrammato la sua sveglia perché facesse tardi, ma si è alzato comunque in tempo, cazzo.»

«Sergente, volevo dirle che non vedo l'ora di partire per la missione. Spero di avere l'opportunità di discutere ancora con lo...», Constantine inciampò sulle sue parole, «con lo... lo Skippy.»

Gli rivolsi il mio miglior sguardo di ghiaccio: «Sono il colonnello Bishop», indicai le aquile d'argento sul mio colletto. Aquile che erano di nuovo rivolte verso il ramo d'ulivo, invece che verso le frecce. «Sono al comando della missione. E non ho visto il suo nome sulla lista dei volontari.»

«Cosa?», disse Constantine, scioccato per il fatto che fossi io al comando o che il suo nome non fosse sulla lista, o entrambi. «Le assicuro...»

«Il suo nome *era* sulla lista», spiegò Skippy, «ma io l'ho cancellato dal database. Al colonnello Joe non piaci, *a me* non piaci, quindi non verrai.»

«Non può essere», sputò Constantine. «Serg... colonnello Bishop», disse il mio grado come se non ci potesse credere, «certo capisce che una... una persona del suo rango», stava davvero lottando con tutta la questione delle competenze sociali, «non può permettere che i sentimenti personali interferiscano con la necessità di avere le persone più qualificate sulla... a bordo della nave, sotto... sotto il suo comando. Senza offesa, ma parlerò con i suoi superiori, capiranno che è vitale che abbiamo i nostri migliori uomini in questo viaggio.» Se intendeva davvero quello che aveva detto, aveva molto bisogno che gli aprissero gli occhi sul concetto di "senza offesa".

«Parla con chi ti pare», disse acido Skippy. «L'unico modo per arrivare all'Olandese è su una navicella thuranin che piloterò io e, se ci sarai tu a bordo, quella navicella non andrà da nessuna parte.»

«Dottor Constantine, ho fatto una ricerca su di lei dopo che ci siamo incontrati a Colorado Springs», ammisi, «e, da quello che ho letto, lei è una delle menti più brillanti del XXI secolo», riconobbi. Il tizio aveva iniziato il college all'Istituto di tecnologia del Massachussets quando aveva solo quattordici anni, e aveva già vinto diversi premi scientifici importanti prima di allora. Non riuscivo nemmeno a capire i titoli degli articoli che aveva scritto, figuriamoci afferrarne il contenuto. Il suo volto s'illuminò di un sorriso prima che potessi schiacciare le sue speranze. «Purtroppo i suoi colleghi pensano che lei sia anche uno dei più grandi stronzi del XXI secolo. Dà sui nervi a tutti quelli con cui lavora.» Le migliori istituzioni scientifiche del pianeta lo avevano licenziato, o costretto, invitato, a lasciarle. In un campo che doveva generare tanti ego titanici quante brillanti scoperte scientifiche, quanto dovevi essere stronzo per distinguerti al punto che persone di enorme talento non riuscissero a lavorare con te? «Ha ragione sul fatto che ho bisogno dell'equipaggio più qualificato, sotto il mio comando», enfatizzai l'ultima parte. «Sarò responsabile di settanta persone, in una pericolosa missione lontana dalla Terra, per due anni e mezzo.» Due anni e mezzo, se saremmo stati fortunati. «Le persone in questa missione non solo devono essere tra le migliori nel loro campo, ma devono anche andare d'accordo le une con le altre, a stretto contatto. Questo la esclude dalla lista.»

«L'altro tuo problema è», aggiunse Skippy in tono allegro, «che la tua unica qualifica per la missione è il fatto che tu sia, beh, un po' più intelligente della scimmia media. Il che, al mio cospetto, non vale niente. Dottore, tu hai una considerazione troppo alta di te stesso. L'unica differenza tra te e Joe è che Joe è come il cane che guarda attraverso il parabrezza, e tu sei il cane che sporge la testa fuori dal finestrino. Avrai una visuale di poco migliore, ma non la capirai meglio.»

«Non consiglierei comunque di sporgere la testa fuori dal finestrino», aggiunsi, «non c'è brezza nello spazio.»

«Joe non ha tutti i torti», concluse Skippy. «E poi, se ci fosse brezza, sbaveresti su tutta la nave dietro di te.»

Constantine mi guardava, come se si aspettasse che la solidarietà interspecifica mi avrebbe fatto perorare la sua causa. Quello che non aveva capito è che, di fatto, il concetto universale era che un idiota è un idiota, a prescindere dalla specie.

«Farò in modo di inviarle una cartolina», mi offrii. «Ci sarà scritto: "Ci stiamo divertendo un mondo, lieto che lei non sia qui".»

L'incontro con l'ambasciatore cinese iniziò quasi in contemporanea col mio incontro in corridoio con il dottor McPippas. Sembrava che, mentre i governi coinvolti avevano concordato sull'invio dell'Olandese nello spazio, il che a mio avviso equivaleva a un eureka meritevole di un "ma tu pensa", ci fosse meno accordo sull'opportunità di mettere me al comando della missione. L'ambasciatore britannico mi strinse la mano, mi augurò buona fortuna e ci tenne a menzionare la squadra Sas, che era il contributo del suo paese all'equipaggio militare dell'Olandese. Se il governo britannico aveva delle riserve sul fatto che fossi io a comandare la missione, erano tutti troppo educati per dirlo. O stimavano che non valesse la pena litigare.

L'ambasciatore cinese fu più diretto. La Cina aveva un generale dell'Aeronautica a due stelle, un tizio con un curriculum impressionante, che pensavano dovesse comandare la missione. I cinesi non avevano nulla in contrario al fatto che salissi a bordo, specie nelle vesti di collegamento con Skippy, ma, anche se ora ero di nuovo un colonnello, un generale a due stelle mi avrebbe superato per grado, con una notevole quantità di autorità.

Gerald Schmidt era un consigliere speciale della Casa Bianca, che era stato nominato per facilitare le relazioni con i nostri alleati rispetto al viaggio dell'Olandese. Schmidt cercò di negoziare con i cinesi, ma il generale Brenner non ne voleva sapere: «Allora promuoveremo il colonnello Bishop a generale a tre stelle». Lanciò un'occhiataccia. «O, diamine, a cinque stelle, se necessario. Non giocheremo a questo gioco con voi.»

L'ambasciatore cinese doveva avere deciso che il tempo per la diplomazia era finito. «L'arroganza americana è sorprendente. Il vostro paese non è una superpotenza nello spazio, eppure vi comportate come se...»

«Ehi, ehi», disse Skippy quasi gridando, «smettetela di blaterare!» Era diventata una delle sue espressioni preferite. «Voi scimmie senza cervello fate quello che volete coi titoli e le uniformi, per me non significano un bel niente. Il grado di Joe potrà anche essere quello di grande pallone gonfiato oppure di Bobo il Pagliaccio, e sarà comunque il capitano della nave, capito? Se voi scimmie pulciose volete venire, allora accettate che il colonnello Joe sia al comando.»

Bobo il Pagliaccio? Mi chiesi in quel momento – era stupefacente quanto la mia mente potesse vagare –: i pagliacci hanno rango? Un pagliaccio con un grosso naso rosso supera forse un pagliaccio con un...

«È giovane e inesperto», i cinesi parlavano piano, in modo diplomatico, rivolgendosi direttamente a Skippy. «Cos'ha di speciale il colonnello Bishop?»

Mi stavo chiedendo la stessa cosa.

«Non ho bisogno di giustificarmi con te», Skippy storse il naso, «ma continueresti a rompermi le scatole in proposito, quindi te lo dirò. Joe è l'unico della tua specie sottosviluppata che mi ha trattato come un essere senziente, come una persona, fin dall'inizio. Voialtre scimmie mi considerate una macchina e avete paura di me. Joe mi ha dato un nome. Prima ho sempre avuto solo una designazione. Ora ho un *nome*. Joe, tu hai detto che sono uno stronzo e il motivo per cui l'hai detto è che mi consideri al livello di un essere del tutto senziente. Una macchina non può essere stronza, solo una persona può esserlo. Mi tratti come una persona, come un tuo pari.»

Ero davvero commosso: «Grazie, Skippy, non mi hai mai, ehm, detto niente al riguardo prima».

«Speravo che l'avresti capito da solo. Ahimè, non sarebbe mai successo con il tuo cervello lento.»

«Eh, sei ancora uno stronzo, vedo.»

«Dimostrando con esattezza il mio punto di vista», disse Skippy compiaciuto.

«Signor Skippy», l'ambasciatore cinese aveva un'espressione dolente sul volto mentre chiamava Skippy un'intelligenza artificiale super-brillante. Cosa che mi fece riflettere. "Skippy" non significava nulla in cinese, quindi perché gli importava? A meno che non fossero imbarazzati per noi. Chissà. «È comprensibile che lei sia più a suo agio avendo una persona familiare a bordo della nave, ma è la persona migliore per comandare? Entrare in contatto con il Collettivo è la sua priorità, non dovrebbe avere un comandante che possa assicurare il successo della missione?»

«Certo, non fa una piega», concordò Skippy. «Dammi una lista di candidati che hanno più esperienza di Joe al comando di astronavi aliene e la esaminerò. Fino ad allora, chiudi quella cazzo di bocca.»

Era chiaro che l'ambasciatore cinese non avrebbe seguito il consiglio di Skippy di tenere la bocca chiusa, così alzai un dito indice. «Signor ambasciatore, un momento, per favore?» Feci segno agli altri americani di riunirsi nell'angolo della stanza. «E se io comandassi la nave e il tenente Chang fosse a capo dell'equipaggio?»

Schmidt inclinò la testa verso il generale Brenner: «Questo permetterebbe ai cinesi di salvare la faccia. Cosa ne pensi?».

«Penso che non abbiamo bisogno dei cinesi in questa missione, e se non vogliono collaborare possono restare a casa», ringhiò Brenner, guardando la sua controparte cinese all'estremità opposta della stanza.

«La presidentessa vuole che questa sia una missione multinazionale ed è nostro compito accontentarla, con successo», ricordò Schmidt in tono gentile. «Dobbiamo lavorare insieme per ricostruire questo pianeta e, una volta che noi umani saliremo sulle nostre navi lassù», indicò il soffitto, «avremo bisogno di una forza umana unificata. Vi sta bene questo accordo?»

«Cinesi al comando degli americani?», schernì Brenner.

«Con me al comando generale, signore», feci notare. «E nulla avviene senza che Skippy sia d'accordo, in ogni caso.» La mascella di Brenner faceva avanti e indietro, come se stesse masticando qualcosa che non riusciva a ingoiare. «Conosco Chang, signore, è un bravo ragazzo.» Un bravo ragazzo? Tutto quello che avevo fatto io lì era ricordare a Brenner che stava consegnando il comando della missione a un giovane sergente inesperto, a prescindere da quali mostrine ci fossero sulla mia uniforme.

«Colonnello», Brenner mi fissò negli occhi, ed ero determinato a non tirarmi indietro, «dopo che sarai saltato via, sarai da solo. Penso che fare in modo che i nostri alleati salvino la faccia sia meno importante che mantenere una chiara catena di comando, e penso che questo accordo stia creando problemi, ma la decisione spetta a te. Dopo il salto, *ogni* decisione spetterà a te.» Fu difficile non distogliere lo sguardo quando lo disse, ma non lo feci.

Merda. Ora stavo dubitando di me stesso. Era troppo tardi per cambiare idea: «Posso fare in modo che funzioni, signore. Se Chang

crea problemi, chiederò a Skippy di chiuderlo nella sua cabina».
Chang sapeva, per esperienza, che non era successo nulla a bordo
dell'Olandese senza che io e Skippy lo sapessimo e lo approvassimo.
Un altro ufficiale avrebbe potuto mettersi in testa di prendere il
controllo. Chang non lo avrebbe fatto.

Inoltre, non l'avevo detto a nessuno, ma avere Chang che
si occupava dell'equipaggio mi sollevava da tutte le stronzate
amministrative associate. Un incentivo, per quanto mi riguardava.

«Siamo d'accordo, allora», Schmidt annuì rivolto a me. «È
stata una buona idea, colonnello Bishop. Avrà bisogno di abilità
diplomatiche per guidare l'equipaggio internazionale là fuori. Forse
lei è la persona giusta per l'incarico.»

«Grazie, signore.»

Schmidt aggrottò le sopracciglia: «Visto che abbiamo un
momento, ho bisogno di chiedere del dottor Constantine».

Brontolai dentro di me, pronto a combattere: «La sua personalità
lo rende inadatto per un lungo viaggio in ambienti chiusi, signore».

Con mia sorpresa, Schmidt sorrise: «Bene, va bene. Ok, è fuori
dalla lista».

«A posto così?», chiesi.

«Sì. Constantine ha dei sostenitori potenti, ma se il comandante
della missione dice che il suo profilo personale non è adatto, non
credo che qualcuno possa discutere su questo. La Casa Bianca
stava cercando una scusa per lasciarlo fuori dalla lista della
missione.»

L'ambasciatore cinese accettò, con entusiasmo, l'idea di mettere
Chang a capo dell'equipaggio, e propose che fosse nominato in
via ufficiale vicecomandante, per formalizzare la sua autorità, e
io accettai. Pace e armonia tra l'equipaggio, il dottor Constantine
fuori dalla lista, un'opportunità per vedere i miei genitori prima che
partissimo. Erano tutti buoni presupposti per il nostro viaggio. Un
viaggio dalla durata indeterminata, in una galassia ostile, a bordo
di una nave rubata, con pezzi di ricambio limitati. Una nave che
non capivamo, guidata da un'intelligenza artificiale aliena distratta,
che aveva solo una vaga idea di dove fossimo diretti.

Cosa sarebbe potuto andare storto?

Capitolo 19

In Partenza

«Tutte le unità riferiscono di essere pronte per la partenza, capitano», disse Desai dalla poltrona del pilota. Alla sua destra c'era un capitano dell'Aeronautica degli Stati Uniti che aveva pilotato F-22; è probabile che fosse un bravo ragazzo e un pilota eccezionale, e dovevo tenerlo a mente ogni volta che vedevo una delle nuove persone a bordo dell'Olandese. Persone che non erano state con l'Unef, non erano mai andate nello spazio prima, non erano state su Campo Alfa o su Paradiso, non avevano catturato due navi nemiche e assaltato una base su un asteroide sottoposta alla massima sorveglianza. Erano brave persone. Non erano ancora la mia gente e, per essere davvero parte della squadra, dovevano mettersi alla prova. Non solo ai miei occhi, ma agli occhi dell'allegra banda di pirati originaria. E a quelli di Skippy. Non dovevo lasciare che i pregiudizi nei confronti dei nuovi arrivati influenzassero le mie azioni: si erano tutti guadagnati l'opportunità di essere lì.

L'Olandese era ora piena di provviste per un lungo viaggio, avevamo cibo a sufficienza per due anni e mezzo. Tutto e tutti erano stati trasportati dalla superficie nelle navicelle thuranin pilotate da Skippy. A parte Desai, che aveva pilotato la propria navicella: l'avevo incoraggiata io a farlo, per dimostrare che era lei il nostro pilota capo e tutti gli altri erano novellini.

Dalla superficie. Da terra. Già, stavo pensando alla Terra solo come a un pianeta fra gli altri, e non come a casa. È probabile che fosse meglio così, perché, a essere realistico, non mi aspettavo che qualcuno di noi la rivedesse.

"Tutte le unità riferiscono di essere pronte." Ecco un altro cambiamento rispetto ai nostri spensierati giorni pirateschi a bordo dell'Olandese. Ora avevamo delle *procedure*. E manuali e liste di controllo di cose da spuntare. Non confidavamo più soltanto sul fatto che Skippy gestisse tutto dietro le quinte. Noi umani non cercavano forse di capire come funzionasse la nave, ma almeno come far fare alla nave quello che ci serviva. Se eravamo in grado di premere i pulsanti e programmare un salto e la nave saltava all'incirca dove volevamo, allora, anche se non avevamo idea di come funzionasse la tecnologia di salto, andava abbastanza bene. Skippy mi disse che l'eventualità che gli umani fossero in grado di pilotare la nave senza di lui, anche nella maniera più rudimentale, confinava in modo inquietante con la possibilità che quella umana diventasse una specie stellare. Se fossimo stati una specie stellare, qualche caratteristica nella programmazione di Skippy avrebbe dovuto impedirgli d'interagire con noi. Non era ancora successo, e speravo che guadagnarci la definizione di "specie stellare" ci richiedesse di comprendere la tecnologia e costruire le nostre navi, cosa che era improbabile avvenisse durante tutto il corso della mia vita, secondo Skippy.

Essere in grado di far fare all'Olandese quello che ci serviva era la nostra unica speranza di tornare a casa, e Skippy lo capiva. Parlammo cuore a cuore, o cuore a lattina di birra, di quello che si aspettava quando avremmo trovato il Collettivo. Lui non aveva aspettative, poiché i suoi ricordi erano ancora bloccati in modo frustrante; quello che aveva erano speranze. Speranza che il Collettivo esistesse ancora nella vaga versione che ricordava. Speranza che avrebbero comunicato con lui e l'avrebbero accettato nella loro rete, civiltà, o qualsiasi cosa fosse. Speranza che potessero spiegargli chi era, da dove veniva e come aveva fatto a restare in orbita attorno a Paradiso su una nave abbandonata, finché non era caduto da quell'orbita. Il dolore nella voce di Skippy mentre ne parlava fece sperare anche a me che avrebbe trovato le risposte che cercava.

Mi avvertì che il Collettivo avrebbe potuto non vedere di buon occhio il fatto che avesse aiutato noi, creature biologiche tecnologicamente arretrate, a prendere un'astronave; avrebbe potuto anche disabilitare la nave. Non poteva fare promesse e lo capivo, apprezzavo la sua onestà. Per quanto riguarda la mia di onestà, parlai con ciascuno dei nostri volontari e, dopo aver fatto il mio discorso sugli obiettivi della missione e sulle scarse probabilità che avevamo di tornare a casa, nessuno si ritirò. Nessuno dei quattordici scienziati a bordo voleva perdere l'opportunità di esplorare la galassia, e tutto il personale militare era ansioso di assicurarsi che il wormhole restasse chiuso, per sempre. Quando spiegai a un maggiore del corpo dei Marine, che indossava una Stella di bronzo sull'uniforme, che il piano, se così si poteva chiamare, era quello di vagare per la galassia finché Skippy non avesse trovato un modo per contattare un Collettivo che avrebbe potuto non esistere − e che inoltre non avevo idea di cosa sarebbe successo dopo −, lui si limitò a fare un'alzata di spalle: «Cavolo, è molto più chiaro della maggior parte delle istruzioni per la missione che ho ricevuto come sottotenente in Iraq».

Il motivo per cui ero a bordo di questa probabile missione suicida è che avevo promesso a Skippy di aiutarlo a localizzare il Collettivo e che finora lui aveva fatto la sua parte per tenere fede al nostro accordo. Tutti gli altri erano a bordo per senso del dovere, o spirito d'avventura. Sciocco, forse, ma del tutto onorevole. Mia madre aveva pianto come una fontana quando le avevo annunciato che, appena arrivato, sarei tornato nello spazio per un tempo indefinito. Mio padre aveva annuito, mi aveva stretto la mano e aveva cercato di sembrare stoico, perché questo è l'atteggiamento di merda che gli uomini della mia famiglia hanno sempre avuto, e io l'avevo abbracciato e avevamo pianto entrambi. I miei genitori erano orgogliosi di me, senza avere idea di quello che avevo fatto: tutto ciò che sapevano è che ero atterrato di fronte a casa loro in una navicella aliena e che il dovere richiedeva che tornassi in fretta nello spazio. Sulla griglia non c'erano cheeseburger stavolta, perché la carne di manzo non si vedeva da un po' nella cucina dei miei, ma c'era del pollo, un pollo che avevano allevato nel cortile, ed era delizioso. Mia sorella, che lavorava a Boston, aveva dovuto accontentarsi di una telefonata con il sottoscritto; mi aveva augurato buona fortuna e mi aveva chiesto se fosse vero che i kristang non sarebbero mai più apparsi nei nostri cieli. Sì, le avevo assicurato, le cose erano tornate alla normalità. Se qualcuno riusciva a ricordare cosa fosse la normalità, prima del Giorno di Colombo.

L'umanità aveva una nave da trasporto truppe kristang in orbita, ora senza kristang e senza trappole esplosive. Una nave da trasporto che poteva essere raggiunta solo dai vecchi razzi chimici, perché Skippy aveva insistito sul fatto che non potevamo lasciare a terra neanche una nave kristang o thuranin, in funzione di spintarella tecnologica. «La tua specie è andata sulla vostra luna da sola, Joe, sono sicuro che possono entrare in orbita senza il nostro aiuto.» Non c'era più un kristang vivo nei crateri fumanti vicino a Hangzhou, Lione e Durango, e la quantità di polvere sollevata dagli impattatori dei cannoni a rotaia avrebbe fatto sì che l'umanità ricevesse in dono tramonti spettacolari per un paio di mesi.

Abbassai lo sguardo sul mio iPad, da cui Skippy aveva cancellato il software originale per sostituirlo con il suo. Mostrava lo stato dei sistemi navali critici in un modo che aveva senso per me, per quanto ridondante Skippy riteneva che fosse. Era anche pieno di tutti i tipi di corsi che ci si aspettava seguissi in quanto ufficiale dell'esercito degli Stati Uniti, e uno dei luogotenenti dell'esercito a bordo era stato incaricato di aggiornarmi, oltre a svolgere il suo lavoro regolare. Per quanto odiassi con passione i dettagli amministrativi, ero determinato a non essere una lamentosa spina nel fianco in questo campo. Avevo aquile d'argento sul colletto e, finché indossavo quelle, l'esercito si aspettava che mi comportassi come un vero colonnello. Accidenti. Alla mia età, avrei dovuto fare cose stupide e, si sperava, imparare da esperienze dolorose. Non c'era tempo per questo, ora dovevo rimediare alla mia mancanza di esperienza facendo affidamento sui miei subordinati. Delegare. Avevo bisogno di abituarmi a delegare un sacco di cose. Il tenente colonnello Chang era il mio ufficiale esecutivo, era responsabile del quotidiano dell'equipaggio. Il maggiore Simms era ora tornata a lavorare nella sua specialità, la logistica, e stava ancora mettendo via con gesti frenetici la montagna di rifornimenti ammucchiati a casaccio nelle stive di carico. Era fiduciosa che non avessimo dimenticato nulla di vitale. Almeno un po' fiduciosa. Inoltre, con Chang, aveva stilato una lista di compiti per l'equipaggio, che prevedeva anche l'assegnazione di persone al lavoro nella cucina che avevamo allestito in una delle stive di carico. Non c'erano cuochi tra noi: avremmo tutti, me compreso, cucinato e fatto le pulizie a turno. In quella crociera, ci sarebbero stati dei cheeseburger. Chang ordinò anche a una squadra di lavoro di rimuovere i minuscoli letti thuranin e sostituirli con comodi materassi a misura d'uomo. Per l'intrattenimento, Skippy aveva scaricato tutto internet e ogni film, libro e videogioco mai realizzato.

Il fatto che Chang, Simms e altri fossero incaricati delle operazioni quotidiane mi lasciava libero di gestire importanti questioni strategiche, come trattare con Skippy.

«Skippy, confermi che siamo pronti a lasciare l'orbita?»

«Eh? Ah, sì, certo, come vuoi.» Sembrava un po' irritato che le nostre nuove *procedure* implicassero che noi umani dovessimo confermare le cose da soli, invece di affidarci a lui per tutto. «Tutto a posto, colonnello Joe. Fattore di curvatura 9 al suo segnale, o qualcosa del genere.»

«Skippy», dissi, dopo aver spento l'interfono che serviva per parlare alla gente fuori dal ponte di comando e sussurrando nel mio microfono perché Desai e il suo copilota e navigatore non sentissero, «ne abbiamo parlato. Noi cavernicoli dovremo pilotare questa nave, dopo che avrai trovato il Collettivo e ci avrai scaricato per il paradiso delle intelligenze artificiali, o qualunque sia il posto in cui andrai.»

«No, non ne abbiamo parlato, sei stato tu a parlarne a me. Non stavi ascoltando. Joe, non c'è quasi nessuna possibilità che voi idioti riusciate a riportare questa nave sulla Terra. Se *una qualsiasi cosa*, voglio dire, va storta con questa primitiva tecnologia thuranin, sarete morti nello spazio senza possibilità di salvezza. Non hai idea di quanto spesso modifichi i sistemi per farli funzionare. I tuoi uomini migliori non capiscono nemmeno come funzionano i servizi igienici sulla bagnarola.»

Tutto vero. I bagni thuranin non usavano acqua e in qualche modo dividevano i rifiuti in singoli atomi di idrogeno, carbonio, ossigeno ecc. con una procedura che i nostri fisici riconducevano all'alchimia medievale, non alla scienza. I sistemi ambientali non solo riciclavano l'ossigeno, ma ne creavano molecole da energia pura, contraddicendo la famosa equazione di Einstein. Secondo i nostri scienziati, il modo in cui venivano tracciati i salti usava la velocità della luce come una variabile, non una costante immutabile. Skippy rispose che, sì, vedeva come potesse sembrare così e, no, non ci avrebbe aiutato a capire come funzionava davvero l'universo, perché tale conoscenza sarebbe stata troppo pericolosa per le scimmie. Fu una magra consolazione quando ci disse che neanche i maxolhx e i rindhalu avevano davvero capito come funzionasse l'universo.

«Ti sfugge il punto, Skippy. La domanda non è se è probabile che torniamo a casa, ma se è possibile. A bordo di questa nave ho settanta persone bisognose di speranza, una qualsiasi speranza, che non moriranno qui di colpo quando ci abbandonerai.»

«Non vi abbandonerò, Joe. Vi... mmh, forse ti abbandonerò. Non voglio. Com'è tipico delle scimmie, sei abbastanza divertente, a volte mi sorprendi anche. Non è facile, devo dirti. Ho bisogno di farlo, capisci? Devo sapere chi sono, da dove vengo.»

«Lo capisco e sono un soldato. Ti ho fatto una promessa la prima volta che ci siamo incontrati e la manterrò. La mia specie è di nuovo al sicuro ora, grazie a te. Di qualunque cosa tu abbia bisogno, te la devo, non importa a quale prezzo. Questo non significa che autodistruggerò la nave, a meno che non ce ne sia assoluta necessità.» Accanto all'app Grande Pulsante Rosso sul mio zPhone, c'era ora un'app con il nome "Boom". Le opzioni che proponeva erano due: una distruggeva la nave in trenta secondi, lasciandomi il tempo di cambiare idea, l'altra distruggeva la nave immediatamente. La distruggeva, ci assicurò Skippy, fino al livello subatomico, non lasciando alcuna possibile traccia che l'Olandese fosse stato dirottato da umili umani. Noi saremmo morti, mentre Skippy se ne sarebbe andato alla deriva nello spazio, emettendo il suono metallico di un segnalatore di volo thuranin. Provai pietà per qualunque nave l'avrebbe preso a bordo.

«Ricevuto e grazie. Confermato che tutte le unità e i sistemi sono pronti per la partenza.»

Riaccesi l'interfono. «Pilota, segnala a Houston che siamo pronti per la partenza, poi portaci fuori.»

«Signorsì, capitano», disse Desai con soddisfazione. «Intraprendo rotta, ora.»

Diversi giorni dopo – più di quanti io volessi, perché mancava poco al momento in cui il wormhole si sarebbe riavviato da solo, ma non abbastanza secondo gli scienziati e gli ingegneri sia a bordo che a casa – ci fermammo vicino al punto in cui Skippy intendeva riaprire il wormhole. Aveva voluto sfrecciare il più presto possibile in quella direzione per avere più tempo per riavviarlo, e non vedeva alcun motivo per ritardare. I nostri tecnici volevano che all'inizio l'Olandese se la prendesse comoda, si riposasse e riprogrammasse tutti i sistemi critici. Io stavo dalla parte di Skippy sulla questione; la diagnosi e il controllo dei robot che eseguivano la manutenzione della nave era già in esecuzione costante, e far effettuare al nostro equipaggio umano un doppio controllo dell'analisi di Skippy appariva inutile. I nostri migliori scienziati non avevano idea di come funzionasse un motore di salto, lo stesso dicasi per i reattori, la gravità artificiale e in pratica qualsiasi altro sistema thuranin. Quello che accettai, contro le forti obiezioni dei nostri scienziati, fu un ritardo di trentasei ore. Per lo più, acconsentii alle trentasei ore per dare a Simms e al suo team logistico più tempo per mettere via tutta la nostra attrezzatura, e per controllare che non avessimo dimenticato nulla di vitale, come il ketchup. Quando l'Unef, che tecnicamente controllava ancora la missione, mi esortò a ritardare altre ventiquattro ore, mi rifiutai e ordinai a Desai di farci saltare. Se avessimo ritardato un altro giorno e avessimo trovato qualcosa che non andava sulla nave, la Terra non avrebbe comunque potuto fornire pezzi di ricambio.

Skippy riattivò il wormhole proprio come aveva predetto e l'Olandese rimase sospesa nello spazio, vicino all'entrata stranamente luminosa del passaggio.

«Skippy, devi lasciare che ce ne occupiamo noi», insistetti.

«No, davvero no. Se voi scimmie incasinaste una transizione nel wormhole in futuro, sarebbe una tragedia per la nave. Se incasinaste questo, non sarei più in grado di chiuderlo, e sarebbe una tragedia per la Terra. Tieni a freno il tuo ego e fammi programmare la rotta da inserire. Dai, Joe, sto riattivando un wormhole. Questo implica un sacco di variabili che non avrete mai bisogno di affrontare di nuovo.»

Desai si voltò a guardarmi. Stavamo per entrare nel wormhole vicino alla Terra, che era stato chiuso, un wormhole che Skippy aveva appena riavviato. Gli schermi mostravano che c'era una pozza di luce incandescente di fronte all'Olandese; nell'angolo dello schermo c'era un orologio, che indicava il conto alla rovescia fino al momento in cui il wormhole si sarebbe spostato al punto successivo. Un minuto e trentadue secondi, e continuava a correre.

«Capitano, penso che dovremmo lasciare che sia Skippy a programmare la rotta questa volta, non mi dispiace stare di nuovo a guardare.»

Mi morsi il labbro mentre riflettevo: «Skippy, come facciamo a sapere che non c'è un'armata di navi thuranin dall'altra parte, impaziente di scoprire perché questo wormhole si è spento all'improvviso?».

«Improbabile. Ma, se la cosa vi preoccupa, ho riprogrammato il regolatore del wormhole, che ora ha una serie del tutto nuova di punti di emergenza. Se c'è un'armata che aspetta in uno di quelli vecchi, aspetterà per molto tempo. Per sempre.»

Resistetti alla tentazione di dire che era una cosa che avrebbe dovuto dire prima di lasciare la Terra. «Grande. Super. Programma una rotta attraverso il wormhole per noi.»

«Fatto.»

«Pilota», mi fermai. Questo era tutto. Era molto probabile che fosse l'ultima volta che sarei stato nel raggio di cento anni luce dalla Terra. Tutti i cheeseburger dell'universo non avrebbero potuto rimediare. «Portaci dentro.»

«Sì, sì. Attivo il pilota automatico, ora.»

Il passaggio attraverso il wormhole fu la delusione che era sempre stata. Un momento eravamo da una parte, il momento dopo eravamo a cento o più anni luce di distanza.

«Transizione completa», riferì Desai, «e ci troviamo proprio nel punto in cui Skippy aveva detto che ci saremmo trovati. Se questi schermi sono precisi.»

«Lo sono», disse la nostra lattina di birra super-intelligente in tono allegro. «Va tutto bene, Joe, nessun problema con la nave.»

«Fai quello che devi fare, Skippy», ordinai con un po' di apprensione. Se ci avesse fregato in quel momento, non ci sarebbe stato nulla che avrei potuto fare.

«Confermo.» Lo schermo mostrò che, dietro di noi, il pozzo di luce del wormhole aveva lampeggiato, diciassette secondi prima. «Wormhole disattivato.»

«Non si resetta, non si riavvia, niente del genere?» Lo schermo, che aveva mostrato il wormhole come un punto luminoso, ora era vuoto. In un profondo spazio interstellare, non c'era altro che l'Olandese nel raggio di un anno luce.

«No, mai più. Il generatore del wormhole è stato spento, scollegato dalla sua fonte di energia. Come ti ho detto, se decidi di usare il tuo fagiolo magico, devi dargli trentotto ore per tornare online. Quarantadue ore, per essere sicuri.»

Il fagiolo magico cui Skippy si riferiva era il modulo di controllo del wormhole degli Anziani, che avevamo nella stiva di carico, collegato al mio zPhone, e che poteva riattivare il wormhole per un uso una tantum. Per permetterci di tornare a casa, senza Skippy. Una pianta di fagioli magici che portava a casa. Avevo insistito per tenerlo con noi, Skippy aveva ceduto a malincuore dopo una lunga discussione. Di nuovo, non si trattava del nostro ritorno a casa, si trattava della possibilità. Speranza. «Grazie. Eccellente. Dove si va?»

Skippy rispose: «Che ne dici di quella stella blu laggiù?».

Desai agitò il dito in direzione di numerose stelle blu sullo schermo: «Ci sono un sacco di stelle blu. Quale?».

Skippy ridacchiò con un leggero bagliore blu: «Ha importanza?».

FINE

Gira pagina per un'anteprima di *Forza di spedizione*, libro 2. *Operazioni speciali.*

Forza di spedizione, libro 2. *Operazioni speciali*

CAPITOLO 1

L'Olandese Volante tremò di nuovo, con suoni di gemiti e il terrificante grido di compositi metallici fatti a pezzi. Gli schermi del ponte di comando sfarfallavano e l'aria era piena di clacson e sirene d'allarme da quasi tutti i sistemi. «Skippy! Portaci fuori da...»

La nave vibrò di nuovo con violenza. «Colpo diretto sul reattore numero 4», annunciò Skippy con calma. «Il reattore ha perso contenimento. Lo sto preparando per l'espulsione. Il sistema di espulsione è offline. Pilota, propulsori di babordo, massima propulsione di emergenza al mio segnale.»

«Pronti», annunciò Desai nel tono più calmo che le riusciva.

«Punta. Vai!», gridò Skippy.

Qualunque cosa stessero facendo, era più di quanto i già sollecitati sistemi di compensazione d'inerzia e gravità artificiale potessero sopportare. Di norma l'equipaggio non percepiva affatto le manovre della nave. Stavolta ondeggiai sulla poltrona di comando e dovetti tenermi ben saldo, mentre la nave veniva scagliata sulla destra. Un brivido, in realtà una serie di ondulazioni, correva lungo la chiglia, accompagnato da un profondo gemito armonico. Nessuna nave dovrebbe mai produrre un suono del genere.

«Ah, cazzo. Il reattore 4 è andato, ha colpito il reattore 2 mentre veniva espulso, spengo il 2 ora», la voce di Skippy era un po' tesa. «Missili in arrivo. Dirottare tutta l'energia rimanente ai condensatori del motore di salto. Reggetevi, questo arriverà vicino.»

Lo schermo principale indicava che il motore di salto era al 38% di carica, Skippy ci aveva detto che, con l'Olandese intrappolata nel campo di smorzamento dello squadrone dei cacciatorpediniere thuranin, avevamo bisogno di una carica del 42%, anche solo per un breve salto, e che comunque il tutto comportava un grave rischio di rottura del motore. Se fosse accaduto, non l'avremmo mai saputo, saremmo morti e basta, da un picosecondo all'altro.

I simboli dei missili sullo schermo, sette, si avvicinavano in fretta. Due dei simboli scomparvero mentre osservavo: i missili erano stati distrutti dai fasci di particelle della nostra nave. Gli altri cinque continuarono verso di noi, in fretta, confondendo i nostri sensori con i loro campi *stealth* e penetrando a zig-zag. Un altro missile distrutto. Quattro ancora in rapido movimento.

Motore di salto al 40%.

Troppo vicini.

Girai la manopola per rilasciare il coperchio di plastica sopra il pulsante di autodistruzione e mi girai a guardare attraverso la parete di vetro nel compartimento del Cic. «Colonnello Chang.»

Chang annuì, e lo vidi capovolgere il coperchio dell'altro pulsante di autodistruzione, la conferma. «Signore», mi guardò dritto negli occhi e mi fece il saluto militare.

Risposi al saluto: «Colonnello Chang, abbiamo percorso una lunga, strana strada insieme. È stato un onore servire con te». Il mio pollice sinistro aleggiava sul pulsante di autodistruzione. La nave sarebbe stata annientata comunque. Era stata colpa mia. Come cazzo avevo fatto a cacciarci in quel casino?

Ma sarà meglio che cominci dal principio...

Grazie per aver letto/ascoltato uno dei miei libri!

Ci sono voluti anni per scrivere i miei primi tre titoli: lavoravo come business manager per una società d'informatica, perciò scrivevo di notte, nei fine settimana e durante le vacanze. Anche se ho avuto molte idee per i libri nel corso degli anni, il primo che abbia mai completato è *Assi*, e l'ho scritto per le mie nipoti, che al tempo erano adolescenti. Se leggete *Assi*, potete vedere alcuni dei primi elementi delle storie di *Forza di spedizione*: situazioni impossibili, problem-solving, pensiero intelligente e un po' di sano sarcasmo.

Poi ho scritto un libro su un programma per sviluppare un tipo di volo spaziale più veloce della luce: era una storia di avventura riguardo degli astronauti bloccati su un pianeta alieno che cercavano di avvertire la Terra di una pericolosa falla nel motore Ftl. Era una buona storia, e l'ho presentata agli editori tradizionali a metà degli anni Duemila. E ho ricevuto rifiuti. La mia scrittura era "solida"; il che, da allora ho imparato, significa che gli editori non riescono a pensare a nient'altro da dire, ma non vogliono insultare gli aspiranti scrittori. La storia però era troppo lunga, volevano che la riducessi a una novella e cambiassi tutto. Invece di buttare via la storia e ricominciare, l'ho buttata via e ho provato qualcos'altro.

Il Giorno di Colombo e *Ascendente* li ho scritti in contemporanea a partire dal 2011, passavo dalla stesura dell'uno e quella dell'altro. L'idea di *Ascendente* mi è venuta dopo avere visto il primo film di *Harry Potter*: una delle mie nipoti mi ha chiesto cosa sarebbe successo a Harry Potter se nessuno gli avesse mai detto che era un mago. Mmh, ho pensato, questa è un'ottima domanda... Così, ho scritto *Ascendente*.

Nell'originale, primissima versione del *Giorno di Colombo*, Skippy è un grazioso, piccolo robot che si è nascosto su una nave quando i kristang hanno invaso la Terra, e aiuta Joe a sconfiggere gli alieni. Dopo un anno in cui avevo cercato di scrivere la storia in quella versione, decisi che sembrava troppo un film della settimana di Disney Channel e, beh, faceva schifo. Anche se è stato doloroso sprecare un anno di scrittura, ho buttato via quella versione e ho ricominciato. Questa volta ho scritto una bozza per l'intero arco della storia di *Forza di spedizione*, così avrei saputo dove sarebbe andata a parare. È stata una grande idea, e mi sono attenuto a quello schema (con alcune piccole deviazioni lungo la strada).

Con *Assi*, *Il Giorno di Colombo* e *Ascendente* finiti prima dell'estate del 2015, mia moglie mi ha suggerito di:

1. provare l'autopubblicazione dei libri su Amazon;
2. per l'amor di Dio, tacere della mia incapacità di farmi pubblicare i libri;
3. pulire il garage.

Ci sono voluti sei mesi di ricerche e revisioni per preparare i tre libri da caricare su Amazon. Oltre a riformattare i testi secondo gli standard richiesti, ho dovuto acquistare le copertine e creare un account Amazon da scrittore. Quando ho cliccato il pulsante "Carica2, il 10 gennaio 2016, la mia più grande speranza era che qualcuno, chiunque là fuori, comprasse uno dei miei libri, perché allora avrei potuto essere davvero un autore pubblicato. Dopo aver venduto una copia di ogni libro, il mio obiettivo era quello di fare abbastanza soldi da pagare l'immagine di copertina che avevo comprato online (circa trentacinque dollari per ogni libro).

Per la prima quindicina di gennaio 2016, Amazon ci ha inviato un assegno di 410,09 dollari, e abbiamo usato parte dei soldi per una bella cena. Credo che il resto sia andato nell'acquisto di pneumatici nuovi per la mia auto.

Quando ho caricato *Il Giorno di Colombo*, ero circa a metà della stesura del primo capitolo di *Operazioni speciali*, e continuavo a scrivere di notte e nei fine settimana. Entro aprile, le vendite del *Giorno di Colombo* erano a un numero tale per cui mia moglie e io abbiamo detto: «Alt, questo potrebbe essere più di un semplice hobby». A quel punto, mi sono preso una settimana di vacanza per stare a casa a scrivere *Operazioni speciali*. Dodici ore al giorno, per nove giorni. Vacanza davvero divertente! Fare questo ha impresso una bella accelerazione al lavoro, e *Operazioni speciali* è stato pubblicato all'inizio di giugno 2016. A metà luglio, con nostro grande stupore, stavamo discutendo dell'ipotesi di lasciare il mio lavoro per scrivere a tempo pieno. Ad agosto ho avuto un momento della serie "la vita è troppo breve", quando un amico di famiglia è morto, e poi è mancata anche mia nonna, e abbiamo deciso di provare questa cosa della scrittura a tempo pieno. Prima di licenziarmi, ho mostrato a mia moglie un business plan, elencando i libri che avevo intenzione di scrivere nei tre anni successivi, con abbozzi di trama e date di pubblicazione. Questo l'ha rassicurata sul fatto che lasciare il mio lavoro non era una scusa per stare seduto in pantaloncini e maglietta a guardare film di fantascienza "per fare ricerca".

Durante l'estate del 2016, hanno proposto a R.C. Bray di incidere la narrazione del *Giorno di Colombo*, e sono sicuro che il suo primo pensiero è stato: "Un libro su una lattina di birra parlante? Beeene. No". Per fortuna, ci ha ripensato, o ha preso dei farmaci pesanti per un brutto raffreddore, oppure, se non fosse stato impegnato a registrare il libro, sua moglie si sarebbe aspettata che ridipingesse casa. Comunque, R.C. ha registrato *Il Giorno di Colombo*, è tornato alla sua favolosa vita, ossia uscire con le star del cinema e colpire palline da golf facendole uscire dal suo yacht, ed è probabile che si sia dimenticato della lattina di birra parlante.

Quando ho sentito che R.C. Bray avrebbe narrato *Il Giorno di Colombo*, la mia reazione è stata: "Quell'R.C. Bray? Il tipo che ha narrato *I marziani*? Vincitore dell'Audie Award per il miglior narratore di fantascienza? Ah ah, questa è buona. Ok, chi narrerà davvero il libro?".

Poi l'audiolibro del *Giorno di Colombo* è diventato un grande successo. Ed è finalista Audie come audiolibro dell'anno!

Quando ho ricevuto l'offerta di creare versioni audio della serie di *Ascendente*, mi è stato detto che il narratore sarebbe stato Tim Gerard Reynolds. La mia reazione è stata: "Intendi un altro tizio di nome Tim Gerard Reynolds? Non il Tgr che ha narrato gli audiolibri della serie *Red Rising*, giusto?".

È evidente che ho avuto molta fortuna con i narratori per i miei audiolibri. Per essere chiari, sono stati loro a scegliere di lavorare con me, non sono stato io a sceglierli. Se avessi contattato direttamente Bob o Tim, sarei entrato in modalità super-fanboy e avrebbero chiesto un ordine restrittivo. Perciò, di nuovo, sono stato fortunato che abbiano firmato per i progetti.

Finora, non c'è alcun accordo per trarre da *Forza di spedizione* un film o uno show televisivo, anche se ho ricevuto richieste da parte di produttori e studi per i "diritti di intrattenimento". Da quello che la gente del settore mi ha detto, anche se uno studio o una rete acquisissero i diritti, passerebbe un tempo parecchio lungo prima che qualsiasi cosa di fatto accadesse. Mi ecciterei per niente e passerebbero gli anni, mentre il progetto attraverserebbe cicli interminabili, con produttori e registi che salgono a bordo e scompaiono e, proprio quando mi sarei completamente arreso, affondato nella fossa della disperazione, un miracolo accadrebbe e il progetto otterrebbe il finanziamento! Wow. Non ci conto. D'altra parte, Disney ritirerà i propri contenuti da Netflix il prossimo anno, quindi Netflix sarà alla ricerca di nuovi contenuti originali...

Ancora una volta, grazie a VOI per aver letto uno dei miei libri. La scrittura mi fornisce un'ottima scusa per evitare di pulire il garage.

Per contattare l'autore: craigalanson@gmail.com
https://www.facebook.com/Craig.Alanson.Author/

Visitate craigalanson.com per news e aggiornamenti, e per acquistare il merchandise ExForce, che include t-shirt, toppe ricamate, adesivi, cappelli e tazze.

9 781039 460027